易俗风云

冷梦 著

陕西师范大学出版总社

图书代号　WX22N0131

图书在版编目(CIP)数据

易俗风云 / 冷梦著. —西安：陕西师范大学出版总社有限公司，2022.3
ISBN 978-7-5695-2822-0

Ⅰ. ①易… Ⅱ. ①冷… Ⅲ. ①长篇小说—中国—当代 Ⅳ. ①I247.5

中国版本图书馆CIP数据核字（2022）第027850号

易俗风云
YISU FENGYUN

冷梦　著

出 版 人	刘东风
责任编辑	庄婧卿
责任校对	刘存龙
封面设计	刘志华
出版发行	陕西师范大学出版总社
	（西安市长安南路199号　邮编710062）
网　　址	http://www.snupg.com
印　　刷	陕西龙山海天艺术印务有限公司
开　　本	710mm×1000mm　1/16
印　　张	26.5
字　　数	390千
版　　次	2022年3月第1版
印　　次	2022年3月第1次印刷
书　　号	ISBN 978-7-5695-2822-0
定　　价	68.00元

读者购书、书店添货或发现印刷装订问题，请与本公司营销部联系、调换。
电话：（029）85307864　85303629　传真：（029）85303879

自古江山闲不得,

半归名士半英雄。

——题记

目 录

第一章　摔碎的西夏茶碗 / 001

第二章　琼锅糖和山奴 / 051

第三章　名伶失踪和蒲州血案 / 153

第四章　满城里的女人们 / 225

第五章　革命党人的光荣与梦想 / 329

第六章　情深似海只为君 / 387

第一章

摔碎的西夏茶碗

一

宋遏云一张口亮开嗓子，林子桐手里的茶碗就落了地。茶碗落地摔碎的声音异常响亮，竟然压过了宋遏云的秦腔唱腔。这有些诡异。白俊亭看了一眼摔碎在地上的茶碗，轻声说了句："可惜！"白俊亭声音很低，可还是被他身边的那几位在富原有头有脸的士绅听见了。士绅们便很诧异。哎呀，能让蒲州第一大富户的白家大公子白俊亭叹其"可惜"的茶碗，那肯定价值连城。于是有人在林家的戏散场以后，偷偷地捡起了那只茶碗的碎片。

这只茶碗百年以后现身西安古董拍卖市场，售出价一千二百万元。

茶碗的釉非常特别，象牙似的乳白却透着天空似的湛蓝。瓷并不细腻，看上去还有些粗糙，却晶莹剔透。据考古学家考证，这只茶碗的主人是西夏王拓跋垂一。西夏王国是公元11世纪至13世纪在中国西部由党项人拓跋氏建立的一个政权。尽管西夏王朝作为与北宋王朝相抗衡的力量活跃在中国西部地区长达两个世纪之久，可是，因其势力从来没有进入中原，因此在中国历史的长河中基本被人们遗忘。更要命的是，西夏亡国于1227年，它的末代皇帝李睍投降后按照元世祖成吉思汗的遗嘱被杀。为了让西夏王国灭亡得更加彻底，蒙古大军对西夏国进行了一次非常彻底的破坏，在西夏王陵附近掘地三尺，以至于后来的历朝历代，均未在西夏王陵附近获得过什么有价值的历史遗物。也从这个时候起，西夏开国皇帝李元昊派大臣野利仁荣仿照汉字结构创建的西夏文字，也消隐到了厚重的历史帷幕后面……而这只西夏茶碗，居然在它的碗底和碗沿，有二十六个西夏文字！这当然是非常珍贵的文物了。

林子桐是在听到宋遏云《状元媒》柴郡主的第一句唱词——

柴郡主在深宫笑容满面，

阵阵喜气上眉尖。

——就摔碎了一只价值连城的西夏茶碗,这件事让当时以及后来的好事之徒们演绎和阐释为一种兆头。什么兆头?不吉利的兆头。怎么不吉利?他们认为,林子桐和宋遏云之间的一种"不伦之恋"由此埋下了伏笔,而林子桐一生中奇怪的婚姻命运,也可以从这只摔碎了的西夏茶碗里得到一种征兆。就在林子桐摔碎茶碗的同一时辰,他的长子林雨僮呱呱坠地了。算来也就在他摔碎茶碗后的一个多小时。明媒正娶的王夫人在生了长子林雨僮后没有熬过第二个月便撒手人寰。此后这便成了林子桐的一个宿命,他的次子林雨僧、三子林雨萌以及前后两个女儿的出生,都让他们的母亲、也就是林子桐先后五位夫人在生下孩子不足百天去世。直到六夫人辛夫人的到来才终止了林子桐总是"得子丧妻"的悲剧命运。人们说,这是西夏茶碗和宋遏云带来的厄运。

六夫人辛夫人进门的那年冬天,宋遏云上吊自尽了。

宋遏云被领到林子桐面前的时候只有十二岁。

这一年是1895年,乙未羊年,清光绪二十一年。而林子桐则长她八岁,生于1875年。此时,给林老太爷祝寿的一共三台对台戏中的两台还在林家花园里热闹地进行中。林子桐和白俊亭退到了东厢房,和他们一起的还有几位士绅。洪云班的班主黄七一听林家二公子叫他带唱旦角柴郡主的宋遏云单独去见,不敢不去,去又心虚,在林府管家的带领下一路穿堂过院往二少爷住的东花厅去的路上,再美的景色也不敢瞟上一眼,心里只有一句话:

"这可把天失塌下咧!"

两人都没有来得及卸妆。

黄七扮演的须生伍员,宋遏云扮演的旦角柴郡主,一个春秋战国的老者和一个宋朝的美丽公主,两个人跑得汗流浃背急匆匆进了林家二少爷林子桐住的东花厅东厢房。黄七一进门纳头就拜,宋遏云却只浅浅地一揖。

林子桐一开口就问宋遏云:"你是坤伶?"

这句话如同晴天霹雳，让黄七一下子瘫在了地上。黄七用头一劲儿地去磕林家亮光可鉴的油砖地面，口中语无伦次地说："不不不，我黄七哪儿敢用坤伶？遏云……遏云……是，是……"

"你敢说她是男儿身？"

林子桐逼问了一句。

林子桐话没落音，一个清亮的声音响起，简直如黄莺婉转。

"不，我是女儿身。"

从宋遏云进门，一屋子人都被她吸引住了。林子桐、白俊亭等全都目不转睛地盯在她身上。这女孩儿，天生自带光环，这就是为什么她一登台、一亮相，林子桐的心就像被什么东西突然抓了一把一样，那么痛，又那么幸福。而她一张口，林子桐听到的，不像是人间的声音，而像是来自团团白云里的天籁之音，柔美甜润到让人心碎！林子桐像被电击了一样，魂飞天外，瞬时间失去了意识，这就发生了摔碎西夏茶碗的事情。在这之后，林子桐和白俊亭发生了争执。白俊亭不相信宋遏云是女孩儿，这是因为他根本不敢相信黄七会冒天下之大不韪把一个女伶带到林府大宅来唱堂会！秦腔自古以来就不设坤伶，这是行规，认为女孩子唱戏对戏班子不吉利。而对大户人家，尤其像林家这样的世代簪缨钟鸣鼎食之家，应当更加在乎这些清规戒律。林家从高祖林塘起即世代为官，林子桐祖父林老太爷曾官至军机大臣、吏部尚书，到了林子桐父亲这一辈，一门出了两个进士三个举人。这样一个书香门第、官宦世家，一般人认为，怎么也不会让一个女戏子登门入户到他家的大雅之堂。这应当是一种忌讳。白俊亭对林子桐说，黄七死都不敢这么做。林子桐笑笑，说要证明给他看。这就有了当下这一幕。不要说这时的宋遏云才只是一个黄毛丫头，就是一个成年女子，面对这样的场面，几个青年男子全都瞪着眼珠子看她，也难说不尴尬不脸红。但这小女子不一样。这小女子，站在那里，竟然一副气定神闲的样子，不拘束，不胆怯，不慌乱，当然更不恐慌，一双黑白分明的眼睛、黑眼仁又特别大，更显得特别黑亮，一眨不眨不错眼珠地看着林子桐。

看着看着，这小女子竟然禁不住抿嘴一笑。

这笑容，看得包括林子桐和白俊亭在内的所有人都心神荡漾。

林子桐已经说不出话发不出声了，这是似曾相识的笑容啊，这是熟人之间打招呼的那种笑容，这小女子像是在对他说，你好啊，我早认识你，也早就想见你了！今天见到你，真好！

白俊亭看着两人，突然失口道："你这娃，倒不认生！难道你认识林府二少爷不成？"

黄七在一边早已经吓得浑身筛糠。

他把头在地上磕得如同捣蒜一般，口中叫着："罪过，罪过，二少爷，我真是罪过啊，真是罪该万死！我怎么会把这么个不洁之物、不祥之物、不干不净的东西带到贵府，真玷污了这神圣之地、清白之地，腌臜了你这官府之家、庙堂之地啊……"

没等他话落音，谁都没有想到林子桐已经几步冲到了黄七身边，把他从地上提起来，当胸就是一拳："放你的臭狗屁！闭上你的臭嘴巴！你才是不洁之物、腌臜东西！去，一边去，别吭声！"他又转向宋遏云，并且随即换了个语气："姑娘，你说。你是见过我还是认识我？"

宋遏云再次抿嘴一笑，如同戏剧中人物一样，双手一揖，道了个万福，脆声道："林公子万福，小女子宋遏云这厢有礼了。回公子话，我不认识公子，也没见过公子，但公子写的几大本秦腔戏小女子全都熟记在心……"

"什么？！"

这一下举座皆惊。

在座的那些士绅都有点儿不敢相信自己的耳朵，面面相觑。

这些士绅基本上都是林子桐在陕西正阳书院的同学，大家清一色的长袍马褂，虽然质地不一，有棉麻布，有绫罗绸缎，其中还有人寒酸地在布袍上打着显眼的补丁。大家年龄也参差不齐，有比林子桐年长十多岁的，还有比林子桐年轻七八岁的，但有一点很相似——大家全都是有功名的人，都是通过科举考试中了举的秀才中的佼佼者。这和正阳书院的"身份"有关系。不是一般人能进正阳书院，也不是有钱或有势的人就能进正阳书院，你得十年寒窗，参加科举考试，中榜后，取得"府学生员"的身份，才有资格进入这个西北最高学府。而进了正阳书院，所有的贫寒人家子弟都可以免费上学，享受清政府发给的补贴。从某种意义上来说，这天在林府二公子林子桐东厢房聚集的这些学子全都是清政府的官费生，也就是未来的清政府官员。他们当中许多人也是戏迷，林子桐时不时地拿出新创作的秦腔剧本，大家一起欣赏，又一起排练演出，这也是他们经常相聚的一个内容。至于林子桐和白俊亭，则关系更不一般。富原林家和蒲州白家世代通婚，两家的太夫人为亲姐妹，到了第四代的白俊亭又娶了林子桐的本家三妹，所以，白俊亭算是林家的姑爷、林子桐的内弟。白俊亭不喜欢秦腔，但他家养着一个戏班子，所以，他知道所谓林子桐的几大本戏是怎么回事，他家的戏班子最有名的旦角顶多也只能记住其中的四五本！可这小女娃说她全会？

"你这娃，你说你能唱全林公子的'几大本'？"

白俊亭跳起来，瞪着眼，脸几乎碰到宋遏云的粉嫩小脸上。

宋遏云眼珠子眨也不眨，平静地看他一眼，轻吐俩字："当然。"

"好，那我来考考你。你先把这几大本戏的名字报上来，我看全也不全？"

宋遏云还是微微一笑，口吐莲花般一口气说了出来："好吧，您大老爷在上，请听。林子桐先生编写的这几大本戏是《白玉钿》《春秋配》《火焰驹》《紫霞宫》《四岔捎书》……"

林子桐拊掌笑道："不错不错，真不错。"

白俊亭笑道："好吧，等有机会你把这几大本戏唱给我子桐哥听。现在，赶紧回去，听听，听那锣鼓声，黄七，还有你这娃，不会是你们的戏？"

黄七这时候心已经放回到了肚子里，明白宋遏云的女伶身份暂时还不会给他连灾带祸，便赔着笑脸，作着揖，边往门口退边说："各位爷，帮个忙。看在黄七的薄面上，这事请保密，请保密。千万不敢让太老爷、老爷、夫人、太太们知道。说出去，黄七可就没活路啦！"

众人没人理他，说笑着起身，又回到林家花园去看堂会。

这天晚些时候，夜深人静，一脸狐疑的林子桐和白俊亭把卸了妆的黄七单独叫到了后花园的亭子里。这两人后来关在书房里讨论了很久，结果还是一头雾水，宋遏云是谁？宋遏云是这女孩子的真名假名？

宋遏云的身世到底是什么？她怎么会到黄七的洪云班子？总之一句话：她怎么会是一个女伶？不错，从这兄弟两个的观察来看，宋遏云的一举一动、一颦一笑、一举手、一投足，尤其是她落落大方的谈吐，都和他们印象中的一般坤伶相去甚远，都不像是一般贫寒人家出身的女孩子。白俊亭说，他敢打赌，这女孩子一定是出身大户人家、官宦人家，是名门世族，甚至，可能还是巨室豪富之家的大小姐。总之，是一个有着良好教养的大家闺秀。林子桐虽然也是这么认为，可他还是问了句："何以见得？"他嘲笑白俊亭说："你不一开始和我打赌，说肯定不会是坤伶，说黄七肯定没有胆量把一个女孩子扮演的旦角带到林府大院。"白俊亭知道这位哥哥是在玩激将法，目的就是让自己说出他心中所想。白俊亭说："好吧，第一，她怎么就不怕人？一屋子的男人瞪着她看，如果是没见过世面的小户人家女孩子早被吓得语无伦次了。显然，这是个见过很多世面，而且可能是见过很大世面的女孩子。第二，她怎么会唱那么多戏？才十二三岁啊，说是能把你的'十大本'唱完，没有读过书，没有读过很多书，不是知书达礼的女孩子怎么可能记下那么多唱词？不可能，完全不可能！第三，子桐哥，你注意她的手没有？细长白皙，纤纤玉手啊。纤纤玉手就是没有干过苦活儿累活儿，娇生惯养的。第四，你注意她的脚没有？子桐哥，没缠小脚，天足啊！没缠小脚，天足，这说明什么？"

林子桐也被他问住了。

是啊，他注意到了前两项，怎么就没有注意到后两项呢？——宋遏云的手和脚。手和脚，其实是最能说明一个人的出身的。手不说了，关键就是白俊亭说的"脚"。不缠脚的会是哪种人家的女孩子？满人？满人女孩不缠脚。官宦人家的大小姐？官宦人家出洋留学或在教会学校读书的女孩子，自然也不缠脚。宋遏云的身世之谜难住了这两位公子学问人，但在黄七到来之前两人商量好了，为了保护这个女孩子，两人要"当问则问，不当问则不问"。

黄七来了。

卸了妆的黄七看上去有点面黄肌瘦，大概是抽大烟的缘故吧。

黄七以为是东窗事发，他带女戏子到林府来给林老太爷演祝寿的堂会绝对是一件胆大妄为、对这样的官宦人家甚至是"大不敬"的恶劣事件。不吉利。伤风败俗。玷污了林府几世的清名。林府要为此事把他交官府下大牢,那也是分分钟的事情。黄七走近后花园的时候就发现一片肃杀,远远地,园子周围站满了兵丁,县衙的捕快头目在院门口看见他的时候还不怀好意地拍拍他的肩膀,对他龇牙一笑。黄七进到凉亭里,又是双膝跪地。

"二位爷,有什么事只管吩咐。"

"黄七,你起来。不要动不动就下跪,跪有什么用?自己做的事情自己心里清楚,是不是?我和林公子不要你的命,但要你的实话。你现在在这儿说的每一句话,你都要对天发誓,不是谎话!黄七,你发誓!"白俊亭唬道。

"我……我发誓。若说假话,天打五雷轰!"黄七战战兢兢。

"你老实说,这个叫宋遏云的女娃到底怎么回事?她什么出身?怎么到的你的戏班子?她的真名实姓究竟是什么?她是不是你拐带的谁家的良家女孩子?黄七,你必须如实一一道来,半句谎话也不许说!"

"二位爷,小的不敢。"

接下来,黄七讲了一个让林子桐和白俊亭都深感意外和目瞪口呆的故事。深感意外是黄七讲的故事太简单,目瞪口呆是这故事不合情理,太过离奇,让两人觉得,甚至有点《聊斋》里的狐女一样。反正黄七的故事不仅没有解开两人心中的谜团,反而给两人的内心平添了几分神秘感,让这个叫宋遏云的小姑娘的身世之谜更加云遮雾罩。根据黄七的讲述,那天他们戏班子去赶三原的腊八会,第一天演出结束后他们的台柱子小翠红就病倒了,人发高烧,烧得火炭似的,连嘴唇上都烧出了一圈水泡,显然第二天小翠红的戏就演不成了。更要命的是,三原县管腊八古会的会首专门强调点的就是小翠红的《洞房》,说,如果不是小翠红演的《洞房》,他们就要撤戏,另换广福班的谢德顺来演《皇姑打朝》——而且,广福班的人马就在腊八会的现场,很方便……

黄七讲到这里深深地叹了口气。

林子桐问:"你叹什么气?"

黄七说:"唉,都是命。是命让我迫不得已做出今天这等子事,犯到了二位爷手里,也冲撞了林老太爷的喜日子……唉,只要二位爷能放过我这次,以后黄七我给爷做驴做马都愿意。"

"到底什么事情?"白俊亭性急,追着一步紧问。

原来,无论是演会戏还是唱堂会,陕西地区乃至西北地区都恪守着一项行规,即所有上演的剧目都要由会首或主人家的当家人指定,这叫"点戏"。戏单上确定下来的演出剧目,就有了法定的意义,除非会首或主人家要变动,作为乙方的戏班子是无权进行任何更改。黄七去找会首,会首一口咬定,非小翠红的《洞房》不可,如果非要更换戏码,对不起,他们就要换班。这等于是要把洪云班赶出三原腊八会。这是天塌下来的事情。三原腊八会原本就是陕西的几大戏班子竞技的比武场,能争取到在这里演出的资格已经相当不容易,怎么可能被人挤出去,还要损失上一大笔钱,剧团这个月的吃喝都成问题!黄七急得团团转,想寻绳上吊的心都有。就在这时,剧务来了。剧务说,戏箱子里发现了个女娃。黄七说他当时就给了剧务一耳光。戏班子常遇到这种事,流浪儿童动不动就想到江湖班子混点吃喝,可这会儿,谁还顾得上谁。

黄七大喊着:"打走,打走!赶快给我打走!"

可剧务捂着脸不走,说:"是个女娃。"

女娃就更没有用。他正想抬脚去踢剧务,剧务的下一句话让他愣住了。

剧务说:"这女娃活脱脱的是个女小翠红,还会唱《洞房》,是不是可以让女娃来试试?如果可以,不就把我们大家全都救了?"

黄七说,事情还真是这样,当天连夜简单对对台词,第二天这女娃就登台演出,居然不输小翠红,演了个满堂彩!洪云班算是渡过了一次危机。黄七说他从来都没有想过要收个女伶,对戏班子不吉利。这下好了,留下吧,留下做个万一。也还真应了这个万一。这次,到林府来演堂会,林老太爷是点了《状元媒》,但演柴郡主的那位旦角就在来林府之前突然提出要增加报酬,黄七不答应就要罢演。这分明是要挟。黄班主说他左右为难,答应吧,眼看着后面还有样学样的,这戏班子往后就没法带,不答应吧,林家主事的管家肯定不答应。黄七说他本来还是硬着头皮找了管家,管家答应得倒痛快,说,好啊,你要想改戏码唯一就是减一小半戏价,你看行不?一听要减掉差不多一半戏价,黄七剜心割肉般疼,他暗中调包就让宋遏云登了台,没想到就……

林子桐和白俊亭交换了个眼色,两人都相信黄七没敢说谎。

可在黄七的叙述里还是没有女娃的来历。

林子桐问:"这女娃到底叫什么?宋遏云可是她的真名实姓?"

黄七说:"不,那是她自个儿给自个儿起的名儿。"

"那她原来叫什么?"林子桐问。

"她不说。她说她没名儿,家里人只叫她十一妹。她是湖北人,家里遭了灾,逃难路上和家人失散了,只身一人流落到了陕西……"

"可她怎么会唱那么多戏?就光记住那些戏词儿都不容易啊。"白俊亭道,"你说,她开始顶的是小翠红,今儿个又顶了演柴郡主的角儿,像是无所不能啊,这样的事,我倒是从来闻所未闻。"

"是啊,有时候想想我也觉得奇怪,想不通……"黄七说。

"你见没见过她读书?知不知道她可识字?"林子桐问。

黄七摇头:"没,从来没有。"

"不识字?不可能吧!她明明像是知书……"

白俊亭失声道。

林子桐急忙地扯扯他的衣袖。

黄七当然也早一脸狐疑:"但她却像是一听就会,一学就会。就像是那些戏词早就装在她脑子里,只要打开取出来就行了……要不我觉得她就是一个天生的戏子!只可惜生了个女儿身……"

黄七说到这儿吐了吐舌头,看了看周围像木桩一样杵在那里的兵丁。

这夜月色如洗,整个林家后花园都笼罩在薄纱似的青雾里,远处有一团山火,鬼火似的,飘忽东飘忽西,给这子时的夜晚增加了几分虚空和莫测。除了这山火以外,东边天际,隐隐有雷声和闪电,可能是古城西安附近有地方在下着雷雨。这一切都让人内心有些不安,似乎有什么大事件正在发生。黄七走了以后,有好一会儿林子桐和白俊亭谁都没有说话。园子里只剩下他们俩。兵丁们本来就是做个样子给黄七看的,是来给林老太爷祝寿的知县临时派给二少爷用的,都在院外。所以,黄七前脚进来,林子桐后脚就让兵丁们撤了。这会儿,两人望着西边的山火,东边的雷雨闪电,有好大一会工夫不知道说什么。终于,林子桐望着远处那团鬼火般的山火,轻声道:"俊亭,如果有人给我说这女娃是鬼魅我都相信,你信不信?"

白俊亭看他一眼:"我只相信,这个叫宋遏云的女孩子一时半会儿从你的心里走不出去了。"林子桐点头:"这倒也是。我在想,把这女孩子交给黄七,是个问题……""那你怎么想?"白俊亭问他,"莫非你又有了什么惜香怜玉之心……"

就在这时,林府大院里起了骚动。

林府后花园这座凉亭建在一座假山上面,居高临下,可以俯瞰整个大宅。这个时候,就在林子桐和白俊亭为一个此时还只有一面之缘的女孩子宋遏云而唏嘘不已,并为她未来的命运而担忧的时候,他们突然从高处看见林子桐的大哥林子衡住的西花厅一片火把通明,家丁们打着的灯笼看上去像是一条条红光闪闪的游龙,有点儿触目惊心……

两人心里一惊:出事了?

二

的确是出事了。

林府的这番骚动和举宅的慌乱全都因了一个人:南秋阳先生。

南秋阳被后世的人们尊为关学鸿儒或关学宗传的重要人物之一。有人说,"关中自古多豪杰,其忠信沉毅之质,明达英伟之器,四方之士,吾见亦多矣,未有如关中之盛者也"。说这话的可不是别人,是明代著名学者王阳明。这是王阳明先生对关学养育出来的人物精神气质的一种赞赏,也是对关学的赞叹,关学可是比阳明学还要久远的一个理学流派,从北宋到清末,延续了八百余年。南秋阳在西安关中书院读书的时候,和林子衡、林子桐、林子健兄弟们的父亲林爵成了莫逆之交。说来也奇怪，南秋阳的书读得好，是关中书院一顶一的学霸级人物，但考上举人之后似乎就再也无法科举折桂了。林爵不一样。林爵以优贡中举，翌年再中进士，再翌年赴京会试又高中榜眼，被选在皇帝身边做了个庶吉士。然而，林爵是太清楚自己和老同学南秋阳在学问上的差距，明白南秋阳绝意仕途和立志教育救国心意已定，林爵给了自己的挚友一份礼物：在林府里专辟了一个大园子作为南秋阳的馆驿——南秋阳先生开馆教书的地方。

这个园子，就被命名为"秋阳书院"。

那天，林爵特意骑马到了南秋阳的村子，进到茅草屋里硬是把正在读书的南秋阳拽了出来。两个好朋友一路驰骋，到了林宅大门口，把缰绳扔给仆人后，林爵笑盈盈道："今天，为兄有言在先，无论兄送你什么，秋阳老弟你都只能接受不许拒绝……"

南秋阳说："你要是送我金银财宝那就别怪我不给你面子，我扭头就走！"

"不是，不是。"林爵说，"我还不知道你的臭脾气？你是死抱着'交贵不托事，交富不借钱'的千古名训，宁肯饿死也不吃我家的粟米。我尊重你。可是，我想托你一件事，你答应不答应？"

"说，什么事？"

两人这时已经穿过林家花园来到了一处庭院门口，南秋阳一抬头，见院门口高悬一匾，上书"秋阳书院"几个大字。南秋阳惊讶得说不出一个字来。

林爵郑重地双手一揖："看见了？林爵特意拜托秋阳老弟，把林家后辈子侄的前程以及愿来此地读书的无论贫富人家的贤良之才交托于你，如何？"

"哎呀，爵兄啊，你的意思，咱办义学？"

"当然。以我的意思，假如我有能力的话，我真愿网罗天下英才交给你南秋阳。可现在，我能做的也只能如此了。秋阳贤弟，你知道我常在京城，林家子侄的教育问题可是我和家父最为挂心的，只有交给你，我才放心。"

两人走进园子。

南秋阳对园子里的亭台楼阁一概像是视而不见，唯独对那座藏书楼像是一见钟情，他轻轻地"啊"了一声，快步趋前，一路奔跑，几步跳上台阶，一头就钻进了藏书楼，一边叫道："你把你家的藏书都搬了过来？是吗？"

"家父的意思。"

"嗬，林老伯可是太了解我了！"

南秋阳对林家的藏书实在太熟悉，林家从清初起至林爵已历七八代读书人，家传藏书万册有余。南、林二人同窗六载，每逢假期，南秋阳到林宅居住时一天到晚都钻在林家的藏书楼里，而他喜欢读的书里除了王阳明的《王文成公阳明全集》以外，就是同文馆和商务印书馆出版的以及林家父子搜集来的几乎所有新书，其中包括魏源的《海国图志》《西国近事汇编》《环游地球新录》等。这些书，如今都静静地躺在新书架上，在阳光照射的玻璃橱窗里熠熠发光，就像是一群可爱的精灵在呼唤他："来啊，快来啊，我在这儿呢！"南秋阳忍不住打开橱窗，取出一本上海制造局翻译出版的介绍世界地理情况的新书《瀛环志略》。他把书举在手中，有些欣喜若狂："我要先看这本！"

"随便你看，这整座楼里的书都归你了。"

"这是多大的诱惑啊……"

"我就是想要诱惑你呀！"

"还真诱惑得让我连气都喘不上来了。我不走了。我真的不走了。这一辈子都不走了。我就住在这里，把这些书全读完，直到读得我老死在这里！"

南秋阳抱着本书摊手摊脚地一下躺倒在地上，幸福地跷起了二郎腿。

林爵拉他起来："别急，秋阳兄，我还有更好的东西给你看。"

林爵拉他一口气跑到三楼。

三楼的一角辟出一个阅览室，架子上摆满了报刊。南秋阳跑过去只看了一眼，就失声叫了起来："真不得了，真真的不得了啊！"

原来，架子上摆放着的几乎是当时在北京上海能够搜罗到的最著名的报刊，有《万国公报》《中西闻见录》《字林西报》《京津泰晤士报》，以及《申报》《新闻报》《顺天时报》等。此外，还有《申报》

主办的《瀛寰琐记》《四溟琐记》《寰宇琐记》等月刊。南秋阳拿起一本《万国公报》，开怀大笑道："宝贝啊，我今天可终于看见这宝贝了！你知道，林爵兄，我曾经在一位老先生那儿见过，老先生死活不借给我，只准我看两个时辰，我那天看得眼睛都快出血了，可还想看！我知道它，这个《万国公报》是英国人在上海办的，大量介绍西方政治、经济和科技知识，还时常发表一些时事评论和西方社会政治伦理。你怎么把它们搞到手的？"

"花钱啊。只要有钱，就能买到。秋阳兄，你只管好好在这里教书，我会源源不断给你输送'武器'……"

"真的？"

"真的，我派专人一半个月往返一次北京上海，专门给秋阳书院采购新出的书刊。怎么样？"

"还能怎样？好到我都说不出话来了。你知不知道，林爵兄，养育人的心智比给人万两黄金还重要……你放心，这秋阳书院我一定办好。"

两人击掌为誓。

好景不长。

好景不长是因为仅仅才过了一年，时值壮年的林爵居然染上沉疴一病不起，从北京回到西安没几天就撒手人寰。去世之前，林爵把他三个儿子叫到床前，逐一地摸着三兄弟的头说："你们弟兄，从今往后要视先生如我。我把你们交给南先生，九泉之下也完全可以瞑目。现在，你们告诉我说，汝父是谁？汝先生是谁？"

"南……南先生。"

三个儿子在父亲床前放声大哭。

南秋阳也早已是泪流满面。

林爵却笑了。

林爵含笑道："秋阳兄，你知不知道，我找了个最好的理由把你留在我儿子们的身边。我知道你会一诺千金，不会辜负我对你的嘱托，会好好地把我的儿子们教育成为国家的有用之材、栋梁之材。我知道啊，我知道，国家在多事之秋，我的儿子们……一定……一定比我强！"

以后的日子里南秋阳住馆在林宅，林子衡、林子桐、林子健弟兄三个在他的精心教诲下果真个个成才，尤其老大林子衡，少年及第，再中进士，进京后先授翰林院编修，后改任工部员外郎，又任总理衙门章京。林子衡以及南先生在京在沪在穗的门生故旧们一直和南秋阳先生保持着密切联系。中日甲午战争爆发后，传回来的消息一直不好，就在林老太爷七十寿辰的前几天，他听说南先生因为连日来心情不好决意在林府过寿这几天想要避居乡下，林老太爷让人叫来他的长孙媳妇南氏夫人，告诉她说：如果南先生不参加他的寿诞，他就连寿都不过了！南先生的爱女南瑞芝嫁给了他的得意门生林子衡，两家又有了一层姻亲关系，如果因为他而把整个林府上下准备了大半年的寿诞庆祝活动取消的话，他女儿肯定要受到大家的责备和抱怨。

南先生只能勉为其难地答应了。

堂会开始之前就有两件事惹得林老太爷不高兴。

一件，给林老太爷祝寿的三台对台戏到了堂会开始的时候却只有两台能开演。这怎么回事？请来的戏班子怎么会临时辙火了？这样的事情一般不可能发生，如果发生就等于这家戏班子当众打了主人家一耳光。这叫"晾场子"，是件极其窝囊、不给面子和陕西人说的"丢人现眼"的事情。尤其是当这家人家办红白喜事的时候，又尤其像林府这样的高门大户书香门第，一句话，冲了喜事的氛围不说，这人是万万丢不起的。没想到，这种在富原县几乎是百年不遇的怪事结果让林府这次遇上了。林家花园里提前搭好了三座戏台子，中间的那座戏台子当然是要留给最有名气的戏班子。林家有一个姨表亲戚，也是当地的一家大户，老爷姓陈，叫陈家骥。陈家骥的爷爷做过几任知县，但后来陈家的财富是越积越多却没有出几个读书人，这在当地人的眼中叫作"富而不贵"。林老太爷过寿，当地的达官贵人、有头有脸的人物都会来，因此在陈家骥看来这正是自己长脸和出风头的一个好机会。陈家养着一个戏班子，叫广福班，非常有名，唱红了陕西，又唱红了邻省的山西和甘肃。广福班如此有名的原因只有一个，它的班主叫谢德顺，小名顺儿，人称"满堂红"。传说，谢德顺的戏迷遍布陕甘晋，有人为了看他的戏不惜翻山越岭或乘船渡过黄河，就是为了过一把戏瘾，于是有人编出这样一句顺口溜："紧走别歇，看顺儿的《走雪》。"

陈家骥自告奋勇，说过寿这天他带他的广福班来。

"好！"林府管家很高兴，"那就一言为定！"

一言为定。

一言为定却出事情了。

为了把堂会搞得热闹一些，林家决定在他们颇有名气的林家花园里同时唱三台大戏，而且是唱对台戏。所谓对台戏，就是唱戏打擂台，又叫"对台赛"。在一个大场子上同时搭几个戏台子，几台戏同时唱，互相竞争，看戏的人群潮水一般，觉得哪边儿戏好，就往哪边儿涌。唱得好的戏台子下面可能会人挤人挤破头，挤得水泄不通，而人潮退去的戏台子下面就可能门可罗雀，情形会非常凄惨。这种对台戏，戏班子最怕，观众最喜欢，众人这是在用脚投票，台下观众人数多的便是赢家。陈家骥早早地就让他家的戏班子加紧排练几出拿手好戏，还派人专程到北京、上海采购回几套新戏箱，一心想在林宅举办的这次堂会上拔个头筹！也许还真的是"智者千虑，必有一失"。在林府的堂会没到期前，你不可能让一个戏班子不外出演戏吧？好了，广福班应了邻县的几个邀请，走了。在林府堂会快到日子的时候，陈家骥就写信派人专程给班主谢德顺送信，要他一定赶在林府堂会前一天回家。然而，陈家骥左等右等，等得像个热锅里的蚂蚁，却怎么也等不到谢德顺回来，接连派出去的几拨人马全都空空去、空空回，连谢德顺和广福班的一点儿消息都没有得到。

广福班和谢德顺像是突然之间从人间蒸发了！

陈家骥的面子这下可栽大了。

林府管家一劲儿跑来问他："挂不挂灯？挂不挂灯？"

挂灯就是要在舞台两侧挂出戏班子的名号。到了这天下午晚些时候，左右两侧的戏台子都已经早早挂上了灯，一边是黄七的洪云班，另一边就是甘肃来的庆喜班，两家班子的人马一到位，就已经有演员在热场子，在台上"呜呜哇哇"敲敲打打吹吹唱唱了。可中间的戏台子却始终空着，一直还没有挂灯。

陈家骥急得一头汗水、一头汗水地出着。

直到最后时刻他还在盼着奇迹出现。

但是，没有。

没有。

陈家骥顾不得斯文，开始破口大骂："这驴使的！这把他家的！这是要我的命，故意给我难堪，给我下套呢嘛！他就甭来见我！这驴使下的顺娃子，这混账东西，可生生地、活活把我气死咧，给我懂下这么大的乱子，让我这可咋办呀？这驴使的，今辈子都甭见我，要让我见了，看我非扒他的皮、抽他的筋，让他这辈子都记得马王爷的脸是咋样子！……"

陈家骥自己是骂得痛快淋漓了，可林府马管家还吊着个苦瓜脸。

马管家跳脚道："陈老爷，再等不及了。我真真得要挂灯了！"

"挂、挂……你挂谁、谁的……灯？"

陈家骥变得语无伦次，像是随时要倒地似的紧紧拽着管家的袖口。

马管家气恼道："反正不挂你家的灯！这么大的场面，总不能让中间的戏台子空着，对吧？我……我现在就安排人换台！"

"换谁的台？"

"洪云班。"

"那……万一我的人回来了呢？中间的台……"

马管家这次毫不客气地一甩胳膊："我的爷！你的顺娃子要能赶在堂会开演前回来，我抹脖子给你看！回不来，你抹脖子给我看！你敢吗？不留了，万万不能留了！再留，我的头都长不到脖子上了！"

"可，可万一……万一回来了呢？"

已经到了这会儿陈家骥却还不死心，管家都不知道他是该哭还是该笑。他一拍大腿，一指左边的那个台子："就那儿！回来的话就在那儿唱，唱一天算一天，唱两天算两天，唱三天呢就算三天，行了吧？你看看，看看，三台戏白空着个戏台子已经够难堪了！你就自个儿再等吧！"

管家生着气，走了。

谢德顺的广福班换作了黄七的洪云班，林老太爷最想看的谢德顺的《打金枝》是看不上了，落了空，林老太爷就有些不高兴。左边的戏台

第一章　摔碎的西夏茶碗　017

子还空了出来,客人们有些窃窃私语,林老太爷什么时候往左边斜瞅上一眼,什么时候就觉得空荡荡的戏台子太扎眼。只是林老太爷修养好,他的失望和生气别人都看不出来。林老太爷不知道的是,就因为这一换场,女伶宋遏云登上了主宾就座的中间戏台,她一亮嗓子就让他孙子林子桐手里的那盏西夏茶碗落了地。

林老太爷这天晚上不高兴的事情还有一件,这件是南秋阳先生引起的。

堂会开始前林老太爷早就发话说,南先生不到场戏就不开演,南先生什么时候到场,戏什么时候开演。其实,这是林府一直以来的一个规矩。可是这天,南先生迟迟不来。林老太爷前后派了三次人去请,仆人们回来都说,先生的房门紧闭,再敲门,里面都没有人应,可门却明显是从里面锁上的。

出什么事了?

不会吧?

众人纷纷猜测。

如果南先生在里面,南先生不愿开门,那就没有人敢去撬门扭锁。眼看着开场锣鼓敲了一遍又一遍,林老太爷旁边南先生的座位却还空着,所有的宾客就都有些心急。南先生的女儿南瑞芝坐不住了,南先生的弟子林子桐几个也坐不住了,一行人就到了林子桐的大哥林子衡住的西院。自从南瑞芝嫁给了林子衡,南先生也就搬到了西院居住。路上,大家问瑞芝,先生到底是怎么了,会不会突然不舒服了?瑞芝说,晚饭的时候还好好的,就是吃完饭回到房中,来了个人,送来了封信,看完信,她父亲的脸色就不对了,随即把房门关上了。她当时认为,父亲可能是累了,躺躺就好了。

"来了个什么人?"林子桐问。

"一个面熟人生的人。"南瑞芝说。

"真不愧是南先生的千金,"白俊亭笑了,"嫂子,到底是个什么样的人?"

"你别笑,俊亭。父亲这儿来来往往的人都不许我们问姓名的。所以我说这个人面很熟,来过我家多次,可我还是不知道他叫什么。不过,这碎娃好像和你家的碎娃非常熟……"

碎娃,陕西人的口语"碎"即"小"的意思。

白俊亭家的碎娃就是白俊亭身边的一个小书童,叫高满儿,这年也就十三四岁,很机灵。这孩子从小在白府长大,白府一些在西安以及陕西邻省,比如四川、湖北、山西、河南等地的一些生意上不大的事情就让他去跑。白俊亭来林府也喜欢把他带在身边,于是高满儿和林府上下都非常熟悉。此时,白俊亭和林子桐一听南瑞芝这话,马上明白来人是谁了,也马上明白南秋阳先生突然闭门不出一定是和甲午海战失败后李鸿章到日本去议和传回来的消息有关。因为这正是这个时期包括林子桐、白俊亭这些在正阳书院读书的士子们极其关切的事情。

"南先生,南先生……请把门开开。"

林子桐和白俊亭对着门缝轮流叫着。

南瑞芝也趴在窗户上叫道:"爸!爸呀!你怎么忘记了,你不到场,老太爷的戏就不让开场!你看,几百上千号人都在等着您呢,你老人家就是不看僧面也得看佛面呀,给老太爷一个面子吧!快把门开开,开开!爸,我求你了!我给你在院子里跪下了,你要再不开门,我就一直跪着,不起来了!"

门"吱呀"一声开了。

脸上还泪痕未干的南先生站在了大家面前。

自从风雨飘摇的中国突然被一个自己从前瞧不起的弹丸小国拖进了一场战争——中日甲午战争中,在陕西的腹地关中平原以及渭北高原之间的这个重镇富原县和古城西安之间就一直存在着一个秘密通道。这个秘密通道的脐带一直连接到了几千里外的北京紫禁城。这个秘密,是陕西近代历史上包藏最深的一个秘密,也是事件发生百年之后一个悉心读史的女作家秋子珍发现的一个秘密。

有时候非常奇怪,历史上的一些谜团,史学家们解读不清楚反而是作家们能够从蛛丝马迹中看破其中的一些秘密。比如秋子珍。秋子珍一直在想,关于中国近代的红色历史,实际上人们一直没能解读清楚的就是,为什么几乎所有足以改变中国命运的重大历史事件很多都发生在陕西?……比如,红色延安和陕北革命根据地的存在。全国别的地方能养育中国革命吗?不知道。但红色延安十三年的根基到底在哪里?为什么只会是陕西而不是别的其他地方?——好吧,这是个问题。那么,第二个问题呢?——西安事变。这又是中国革命的一个重要关口,一个决定中华民族命运的转折点。它还是发生在了陕西,发生在了西安。没有西安事变的中国命运、中国共产党的命运、中国抗日战争的命运又会怎么样?——好吧,这是第二个问题。第三个问题,对,第三个问题其实就是前面两个问题的出发点——辛亥革命。为什么南方的第一枪是在武汉,而北方的第一枪是在陕西?而且,从辛亥年的第一枪开始,此后,从袁世凯复辟二次革命到孙中山护法革命、护国革命,再到西安围城和北伐战争等,中国最酷烈的战争几乎都发生在陕西。陕西始终固若磐石般捍卫着革命,北伐战争中的西安围城,多么悲壮啊,这个城市,即使全城人民已经冻死饿死了几万人,被围在城里人数的三分之一啊,却没有一个人要开城投降!西安以及陕西,到底是一个什么样的地方?这里又生活着怎样的一群人?这些人为什么会这样?从辛亥年直到后来、后来……

这是一个冬日的早晨。

女作家秋子珍站在阳台上望着不远处的大明宫遗址公园进行的一次沉思,一次对历史深处的追问。她的目光往东,远眺。距离西安百公里有一座城市——韩城——那里埋葬着一个人,中国的"史圣"司马迁。这个人甘愿受宫刑,也要写完一部书——《史记》。没有《史记》的中国不知道会是怎样的一个中国,就像没有秦始皇的中国不知道会是怎样的一个中国。最专制的帝王和至死也要反专制的文人就这样奇怪地前后出现在了同一片土地上。司马迁前所未有地为"刺客"作传,前所未有地为造反的农民作传,前所未有地为郭解等反叛朝廷的侠客作传。司马迁不写这些人恐怕就活不下去,或许,司马迁写《史记》就是想要把这样一种悲愤慷慨激昂的精神遗留于世。啊,人活着,就应该忧国忧民活得侠肝义胆,活得壮怀激烈!那么,司马迁之后呢?秋子珍继续想,不错,中国最美丽的女人杨贵妃和最有权势的女人武则天曾经就活在大明宫这片宫闱里。这之后,中国的政治经济中心就与陕西渐行渐远,但陕西保留下了一样东西——或许，就是这样东西能解开，为什么已经远离了中国政治与经济中心千年之久的陕西却在中国近代命运攸关的辛亥年，打响了北方的第一枪！

是啊，这样东西究竟是什么？

是什么啊？！

南秋阳……

哦，南秋阳先生！

一位骨峰清癯的老人从历史深处望着她。

她恍然大悟。

司马迁、张载、冯从吾、南秋阳，这就是一条清晰的精神脉络啊。"风声雨声读书声声声入耳，国事家事天下事事事关心。"关学创始人张载的"为天地立心，为生民立命，为往圣继绝学，为万世开太平"影响了后世关中多少读书人，所以关中从来不缺少悲壮慷慨激昂之士，民国一大批陕西知识分子就是如此。忧国忧民，志向高远，风流倜傥，率性而为，上马提剑，下马吟诗，好个"纵死侠骨香，五岳为倾倒"啊！后世研究历史的人似乎都没有注意到这条精神脉络的存在……啊，人，一旦有了一种精神，为了追求时代的进步和担当自己的历史责任，就没有越不过去的东西。北京与西安的物理距离的确很远——在19世纪末叶和20世纪初交通和通信都极不方便的情况下。陕西偏僻，陕西远离中国政治经济中心。可是人们没有搞清楚的是，陕西虽偏僻，却并不闭塞，陕西的读书人士大夫知识阶层在那个时候一点儿都不闭塞，原因就是那个秘密通道的存在……

秋子珍发现，她找到了打开秘密的钥匙。

从这时开始，她知道她要写的这段历史风云，血腥悲壮。

好友林爵把获取最新知识的通道给了关学在清末民初的最后一位大儒南秋阳。此后在林爵去世后的十多年，这条通道始终没有关闭，包括林家三兄弟、白俊亭，以及以后的诸多陕西圣贤，其中不少人都在秋阳书院藏书楼里《万国公报》《中西闻见录》《字林西报》《京津泰晤士报》及《申报》《新闻报》《顺天时报》等的字里行间接受到与传统士大夫不一样的文化洗礼。林家并不富有，但源源不断地为士子们提供精神武器是林爵的临终心愿。林爵的父亲林老太爷在京为官多年，到过上海、香港，看到了西方人治理下的政府机构和地方管理大不一样，深有感触。而作为曾经的兵部尚书加太子太傅，林老太爷曾和李鸿章同朝为官，并且，同恭亲王奕䜣关系不错，当然是洋务运动的拥趸，明白让士子们接触西学和了解西方知识学问的重要性，在这一点上，他并不保守，反而因知之愈深求之愈切。有些时候，他身体和精神好些的时候还会拄着龙头拐杖，到秋阳书院这边，参加孙子辈们的讨论。这种情况，一直持续到了甲午战争爆发以前。甲午战争的爆发乃至于李鸿章的赴日谈判，让林府里林老太爷和他的儿孙辈们及南秋阳先生的关系发生了微妙变化。原因当然就是他和李鸿章、恭亲王奕䜣的关系。这两个人被南先生以及正阳书院、秋阳书院读书的士子们视为"求和派"。求和派的另一个代名词就是"投降派"——南先生口中的"国贼"。要知道，这个名词可是南先生骂人最厉害的一个词了，弟子们都知道，谁要是被南先生骂为"国贼"，差不多就等于被判了死刑，十恶不赦，万劫不复了。

门开了。

南先生脸上的泪痕让他的弟子们大吃一惊。

众人扶南先生坐下，南先生无力地指了指桌上的一封信。林子桐早已料到信的内容和甲午战争有关，而刚才的来人（他嫂子南瑞芝口中的碎娃）不会是别人，只会是一个叫焦海波的少年。比起白俊亭身边的碎娃高满儿，这焦海波更是一个天才少年，这年才刚刚十五岁。焦海波属于那种从小就见多识广的人，这和他父亲的职业以及父亲对他的培养分不开。焦海波的父亲处在一个非常重要的位置：清政府按察使司陕西驿传房，任佥事。官职不高，但很重要。这是一个为清政府和地方军政部门传送军情与公文的专门机构。既是驿传，当然有驿站驿马——这在当时已经是最快的交通工具了。所以，焦海波的父亲就等于是清政府在陕西的最大的通信官员了。焦父见自己的这个儿子从小聪明伶俐，便在他才七岁时就带到了身边，悉心培养。小海波在西安的按察使司大院里长大，耳濡目染就熟悉了他父亲的业务。而让他突然之间崭露头角的是湖北和陕西之间的一次公文传递事故。陕西的一支军队要对调到武汉，结果，这支部队去了，武汉的部队却声称没有接到公文，不调防。这事情就大了。朝廷要追查，陕西巡抚大怒，马上传人叫驿传房的人去面见他。谁都知道这是件挨子弹的事情，搞不好会掉了脑袋。驿传房所有的官员，当然也包括焦父在内，没有一个人敢去见巡抚。这时，十五岁的少年焦海波说，他去。这时他的身份是佥事助理，这件事正好是他协助父亲办理的。驿传房上下提心吊胆认为他此去肯定凶多吉少，具体经办此事的那个小伙子甚至已经找好了上吊的绳，准备一旦巡抚衙门来抓人，他先上吊自杀，说，只要死了人就不会连累佥事了。正闹哄哄间，不大工夫，少年焦海波却笑嘻嘻地回来了。关于他见巡抚大人的情景，战战兢兢跟在他后面的他父亲身边的老书吏绘声绘色地描述给了大家。老书吏说，巡抚大人一看堂下站着个黑脸少年，很生气，说："驿传房的人都死净了，怎么来个碎娃？"

小海波一笑："大人，假如碎娃能办事呢？"

巡抚大人一愣："碎娃能办啥事？"

小海波上前一揖，先说："大人，这件事非同小可。不说这责任我们小小的驿传房担当不起，如果朝廷要处罚，耽误了军机大事的罪名，恐怕就连我们按察使司大人，还有巡抚大人您，都承担不了。但这事责任不在我们，在湖北方面。大人，您只要给我五天时间，我跑一次湖北，保证给您查个水落石出。"

"就你？"巡抚大人诧异地从堂上走下来，近距离地观察这个黑脸少年。

——"咱海波，这叫不亢不卑，落落大方，谈吐字正腔圆，对答如流。除了咱脸黑以外，真正的一个少年才俊呐！"这是老书吏的插播。

听的人都笑了。

老书吏继续讲道——

"对，就我。"少年焦海波说。

"好！我看你就是我大清朝的一个罗成！"巡抚喜爱地拍拍小海波的肩膀，"我给你七天时间，如何？"

"不用，我骑快马，路上往返用三天，取证一到两天，足够。"

"黑脸罗成"——这是事后巡抚对他的昵称——证明了他办事乃至于办案的能力，他骑马赶到湖北，剥丝抽茧，一步步查清了原委。原来是湖北新军的一个文书打球时把公文搞丢了。这之后焦海波就名声大噪，巡抚特意把他破格录用为正式吏员。有了驿传房提供的便利，南秋阳及其弟子们虽然身处陕西富原一隅，其政治触角或者说消息来源却顺畅地伸向了京城以及沿海。这有点像是南秋阳有了一个信息网，他的门生故吏只要把书信投送到在西安的驿传房，这些书信便会很快送到他手里，南秋阳和他的弟子们因此变得耳聪目明。

这就是一条秘密的信息通道。

信，不出林子桐所料是他大哥林子衡的笔迹。

林子衡在信里只报告了一件事，这就是"条约已签"。

林子衡在信里说，前几天皇上已电谕中堂："原冀争得一分有一分之益，如竟无可商改，即遵前旨，与之定约。"而今晨总理衙门得到的消息是，中日双方举行最后一轮（第六轮）谈判，会谈从二时半延续到七时半，其间李鸿章苦苦哀求日方减轻勒索，但均遭拒绝。在最后时刻中堂甚至哀求，想从赔款二万万两中削减五千万两。不行。又要求减少二千万两。还不行。以至李中堂竟然说出如此可怜的话："以此少许之减额，赠作回国之旅费。"日本人还是没有答应。至昨天上午双方正式签订条约。"只是条约的具体内容，"林子衡在信的末尾说，"等儿随后抄录电报后告知。"

林子桐看完，明白了南秋阳的痛苦。他也同样痛苦。如果说，在此之前大家还抱有最后一丝希望，希望和日本的谈判最后破裂，双方重新开战，哪怕打个鱼死网破也在所不惜！可是现在，大哥说条约已经签订。这是说，总理衙门已经收到了条约电文，求和派赢了！投降派赢了！我们再无希望了？

这天晚上的戏，南秋阳并没看好。戏还没有演完，他就说身体不舒服想回去休息。林老太爷发现他这一晚上情绪一直不佳，问他，他也只简单说了声："衡儿来信了，说我们和日本的和约签订了。"

林老太爷问他:"什么时候?"

"昨天。"

"李中堂什么时候回国?"

"信上没说。"

"哦……"

林老太爷深深叹口气。

这之后两人都不再说话。南秋阳不明白林老太爷叹气的原因,以他的想法,这是如释重负。开战以来,林老太爷是家里"主和派"的代表,而南秋阳则是"主战派"的代表。条约一签,明显是主和派的胜利,所以,南先生落魄,而林老太爷应该是如愿以偿。南先生起身的时候神情落寂让林老太爷看了都有些于心不忍,但他知道这事没法儿劝,于是只吩咐孙媳瑞芝也别再看戏了,送她父亲早些歇息。

事情发生在戏结束后不久。

堂会结束的时候已是子时时分。这个时候,南先生已经睡下。西安城睡了,富原城睡了,整个关中平原,整个中原大地,整个中国都睡了,而旷野上一匹马却在迅疾地奔跑着,四蹄腾飞,铁蹄时而在青石上溅起火花,时而越过小溪河流溅起水花,铿锵的蹄声简直像是要踩碎这沉沉黑夜,月色下的这个少年看上去英姿勃发。他是焦海波,十五岁的黑脸少年。这天,他把第一封信送到林府以后,他所尊敬的南先生才看了第一行字,就流泪了。

南先生说:"我们投降了。"

焦海波接过信也看了,看到最后一行,林子衡在信上说,关于中日《马关条约》的具体内容随后禀报,于是他问:"先生是不是想要越快看到条文内容越好?"

南先生点头,还流着泪。

"扎心的事情,是害怕知道,但逃又逃不掉了,当然早点儿知道更好。"

"好吧,下封信只要一收到,马上给您送来。"

"越快越好,越快越好。"

南秋阳把牵马的少年送出院门的时候反复叮咛。从西安到富原不足百十里，少年焦海波骑马往返一次要四五个小时，他刚刚回到家，老书吏就给他说，总理衙门又来了一封很厚的信，还是给富原县南秋阳先生的。焦海波听完，拿了信就又跨上了马背。马大汗淋漓，他也大汗淋漓，一下马，少年叩响了林府西院门上的铁环。静夜中，这声音惊雷一样。不等仆人开门，根本就没有入睡的南先生已经趿着鞋跑到了院门口。然后，不长时间，焦海波冲出了房门，跑到南瑞芝的门前，一边敲一边急促地喊道："姐！姐！南先生昏过去了……"

南先生的昏厥惊动了林府上下。

林子桐和白俊亭也结束了他们关于女伶宋遏云的话题，匆匆来到南先生身边。昏厥的南秋阳手里紧紧攥着一厚叠纸。

那是中日《马关条约》。

三

广福班和"满堂红"谢德顺到底是去了哪里？

林府堂会的那三天时间里陈家骥疯了一样派人到处去找。杳无音信。第五天，第六天，第十天，半个月过去了，还是没有任何消息，不见一点儿踪影。东里镇的人都说，顺娃和戏班子要么被土匪绑了票，要么就是被乱军抓了丁，搞不好已经被人砍死在了秦岭的哪座深山里。人们说得多了，陈家骥渐渐地也抱定这些戏子全都死了，就再也不去想这件事了。没想到，约莫一个月后的一天，谢德顺和戏班子居然全须全尾地回来了！

那天，陈家骥外出做客，喝醉了酒回到家。他最宠爱的六姨太给他宽衣解带，伺候他才刚刚躺下，管家喜眉喜眼地进来了："老爷，德顺回来了，还给咱带回了两匹大骡马，一个俊俏的小娘子，还有个好看得不得了的碎女娃……"

"什么？你说什么？谁……谁回来了？"

陈家骥没有听清，指指自己的额头，示意六姨太给他揉头。

六姨太伸出纤纤玉指开始给他轻柔地揉着太阳穴。

"德顺啊，我们家的戏班子全都回来了！"

管家仍旧兴高采烈，上前帮着给主人捶腿。陈家骥坐在那儿想了一会儿，好像慢慢才想清楚了管家说的是什么，也回想起了一些事情，他的脸开始一点点扭曲，脸上的横肉一点点鼓起，腮帮子开始急骤地抖动，额头上一根根青筋暴起，管家和六姨太同时发现了他不大对劲儿。陈家骥雷霆大怒前的所有征兆这会儿都显现了出来，六姨太和管家吓得几乎不会呼吸，两人同时停住了手，身子往后退了退。几乎就在同一时间，这两个人还没看清楚，陈家骥已经从床上跳了下来，一把推开挡在他面前的六姨太，六姨太惊吓得尖叫了一声，回头看时，陈家骥已经一股风一般地旋出了房门。

谢德顺他们是饿了。顶着大太阳，赶了几十里山路，又饿又渴，等到回到东家家里，把所有的东西卸完，全部人马都进到了伙房里，大家围着个锅灶，抓起剩馒头，端起剩饭剩菜剩汤，全都吃喝起来。谢德顺吃着吃着，突然觉得背后有一股子风直旋到了他的脖子里，凉飕飕的，到底原先练过刀马旦，他本能地一蹲下身子，扫出一条腿，等他的腿刚扫出去，马上意识到不好，是东家！可要想收回已经不可能了，他只能在那个肥胖的身躯就要啃个狗吃屎的一瞬间，伸手去抓了一把。他的手抓到了陈家骥的头发上，结果揪下了一绺带血的头发。这下，谢德顺吓愣了，抓着带血的那绺头发，战战兢兢地叫了声："老爷！"

血流在了脸上。

陈家骥抹一把脸，看了看手上的血，再往四周看看，看见墙上靠着一把平时用来铲煤、已经铲得亮光闪闪、锋利无比的铁锨，跳过去，一把抓了起来，"呼"的一声，铁锨带着呼哨朝谢德顺的头上直拍下去，这是要出人命的节奏！所有的人都闭上了眼睛。那个三岁的小女孩"哇"的一声哭了，一头扑到了母亲怀里。这一下来得狠，来得猛，来得快如风，急如电，谢德顺只来得及把头偏过去，铁锨就斜劈到了他的肩膀上，他"哎哟"一声，腿像折断一样，跪倒在了地上。等到陈家骥再次举起铁锨,要往下劈的时候,谢德顺已经跳起来,一把擎住了铁锨。陈家骥发现,他即使使出吃奶的力气,那铁锨在谢德顺手里还是纹丝不动。

陈家骥涨红了脸,喊道:"还不快把这狗东西给我捆起来!"

这一喊,几个家丁如狼似虎地扑了上来,不一会儿就把谢德顺捆成了个粽子。

"给我拖出去!吊起来!"

谢德顺大叫道:"老爷!老爷!你听我说,听我说呀!老爷你先听我说,说完了,你再打也不迟呀!老爷,我根本不是故意的,我是被土匪抓了,身不由己啊,回不来了!"

陈家骥根本不听,让人把他吊到院子里一棵大树上,让家丁们轮流用蘸了水的皮鞭抽他。鞭子如毒蛇一般,在空中闪过一道可怕的黑色弧线,每一鞭落到谢德顺被扒光了衣服的脊背上、屁股上、腿上,立刻皮开肉绽,绽放的血花,让空气里都有了一股子血腥味。陈家骥坐在屋檐下一把太师椅上,让丫鬟打着扇子,捶着脊背,像欣赏一幕好戏一样,边品着茶,边斜睨着一双眼睛朝受刑的谢德顺望着。谢德顺撕心裂肺的吼叫声让他听起来像是很惬意。坐在一边的六姨太小声地对他说:"家骥,我是个吃斋念佛的人,见不了这样的场面。要我说打两下就行了,你还是把他放了,积上点德总比打死个人要好……"

陈家骥瞪她一眼:"妇人之仁!我根本就没想让他活!"

"可你为什么非要他死呢?"

"不是我要他死,是他罪有应得!你真不知道他犯下的是什么罪?——大不敬!懂吧?大不敬!大不敬就是十恶不赦的罪……"

"不就是误了场堂会?"

"嗐,丢人现眼我不怕,当众出丑我也不怕,就是赔上些银子我还可以不在乎。久香,你知道我在乎什么?这小子现在以为自己是个角儿了,早就猖狂得不把我陈家骥放在眼里了!这次,我看他就是蓄谋已久,有意跟我过不去,故意想要在这么重要的一场堂会上耍笑我!别听他胡说八道什么土匪把他抢了,你想,真要是土匪抢了他,能让他牵了两匹大骡子回来？他的银钱还一点儿都不动？戏班子的一应物件全都好好地，连马车都好好地回来了？世上有这样的土匪？"

"或许呢？"

"或许个屁！"

"可德顺从不说谎……"

"那是从前！你见过世上会有不抢人的土匪？"

"那你说不是土匪抢了他，那这么长时间他到哪儿去了？"六姨太仍然坚持辩驳着。陈家骥吹胡子瞪眼："还用说，挣黑钱去了！跑得远远的，躲到一个我们找不见的地方给自己挣外快去了！这种事情能开头？这头要是开了，以后这些贱人、这些个下九流，从此眼里就没我陈某人了！"

说到这里，他想了起来："去，把那些戏子全都给我叫出来！让他们看个猴样！嗣儿呢？嗣儿该下课了，把嗣儿也叫来！"

"叫嗣儿干什么？嗣儿在读书……"六姨太不情愿地嘟囔了一句。

"不懂世事，读书有什么用！去！马上给我把他叫来，一刻都不许耽搁！"

六姨太明白，这是陈家骥要杀一儆百、杀鸡给猴看了，要把这血腥的场面展览给所有人，尤其是她的儿子陈嗣祖了。她阻止不了。果真不大工夫，天真可爱的小嗣祖就被仆人张二领了过来。嗣祖五岁，虎头虎脑，长得煞是可爱。他一头扑进陈家骥的怀里，嘴里叫着："大，大，大！"陈家骥刹那间也像是换了个人，一脸慈爱地弯腰抱起了儿子。本来躲在伙房的戏子们这时也全都被赶了出来，陈家骥命令他们一字排开站在大太阳下。这个时候，陈家骥和六姨太第一次见到了被管家形容为"一个俊俏的小娘子，还有个好看得不得了的碎女娃"这母女俩。她们也战战兢兢站在人群里，母亲牵着小女孩儿的手，小女孩儿却回头在看陈嗣祖。小嗣祖的手里拿着一块糖，这糖叫琼锅糖，却是富原县的一种特产，用白芝麻、花生仁、核桃仁、冰糖、白砂糖等制作而成。因为晶莹如玉，所以取名叫"琼锅糖"。小嗣祖手里的这块琼锅糖是长条状的，在阳光下看上去像是镀了层金，黄灿灿的。小女孩儿实际上是在看小嗣祖手里的糖，一边把手指头放在嘴里吮着。女孩儿虽只有三岁，但却已经能看出长大以后会是怎样一个标致的美人儿。这孩子，额头中间天生长着一颗胭脂红的美人痣，两个眼角出奇的长而且往上挑，生就的一双凤眼，水灵灵，像是有一汪湖水在眼里边闪动着波光，不动，不眨，自然地透出一种妩媚。那母亲，一只手紧攥着女儿，身子却软了下去，一下瘫倒在了地上。刚才在伙房里听着谢德顺的惨叫声让，个年轻的女人早已吓得魂飞魄散，捂着张脸哀哀地哭个不停。这会儿，当她目睹了谢德顺的受刑，那飞舞着的皮鞭，那每鞭下去的血肉横飞，每鞭下去伴随着的谢德顺那几乎是野兽般的惨叫声，终于撕裂了年轻女人的神经，她疯了似的跪在地上用拳头打自己的脑袋，女孩在母亲跪下的时候早已经不再看那根诱惑她的金灿灿的糖了，她不由自主模仿母亲也跪了下来，一边吓得哭了起来，一边抱着母亲口中叫着："娘，娘……"

年轻女人哭泣着突然跪着转身朝陈家骥爬了过来，把头一劲儿地在台阶上碰着，哀求着："别打了……老爷，求求你，别打了！他是个好人，好人呐！求求大老爷开恩饶了他，千万不要再打了！求你了，求你了！"

"你是谁？！你怎么跑进我家院子里来混吃混喝？"

陈家骥看着这个近似疯狂的女人，气得一拍桌子，一下站了起来。

女人这时似乎才清醒了。

她愣愣地抬头看着陈家骥。陈家骥这才看清了这女人，的确是长得眉清目秀，颇有几分姿色。可陈家骥见过的漂亮女人多了，他的六姨太就是个美貌女子，他对这女人并不动心反而有些憎恨，以他的想法，很可能就是这个女人用她的美人计拖住了谢德顺，让本来尚还老实的谢德顺有了这个大逆不道的举动，害得他从此在富原县都抬不起头。他恨死了谢德顺，由此当然也就恨死了这女人。

"我，我，老爷……我……"

"你什么你？你是他的相好，对吧？滚！赶紧给我滚！滚出我的院子，滚得越远越好，别污了我的地方！"

陈家骥怒吼着走下台阶，照着女人的胸口就是一脚。这一脚非常狠，一脚下去，女人就瞪了白眼，像是一口气憋在了那里，紧接着"哇"的一声吐出一口血。陈家骥却不管她，拉着儿子陈嗣祖的手径直走了过去。陈嗣祖在走过这母女俩的时候不由地把手里剩下的糖给了小女孩儿，小女孩儿正"哇哇"地大声哭着，却也不由自主地伸出小手，接过了还剩下大半截儿的糖。陈家骥一眼看见，劈手就夺了过来，扔到地上，一脚踩了下去，接着对着六姨太怒吼一声："看你养的好儿子！这儿没你事儿了，你走！回房去！"

六姨太虽怒却不敢言，在陈家骥目光的逼视下离开了庭院。

陈家骥把儿子带到了血肉模糊的谢德顺跟前。

打手见主人过来便把手里的皮鞭挥舞得更加快、更加狠。

陈家骥伸出手，打手没有明白："老爷？"

"给我！"

陈家骥接过皮鞭，却递到儿子手里："嗣儿，会不会用皮鞭抽人？"

小嗣祖看着血肉模糊的谢德顺，害怕得往后退着，摇头。

陈家骥把他一把拉回到自己跟前："记住大的话，嗣儿，这个世界就是个弱肉强食的世界，你只有对别人狠，你才能活！你才能活好！活得比别人好！记住大的话了？"

小嗣祖害怕地点头。

"唉，你跟你妈一样，太心善，大是怕你长大吃亏呀！来，嗣儿，大教你！"陈家骥把皮鞭放到旁边放的水桶里浸了会儿，然后提起湿淋淋的皮鞭，一扬手，对着谢德顺的头，一鞭抽了下去。谢德顺只轻声"嗯"了一下，头耷拉下去。小嗣祖"哇"一声哭了，反而扑过去抱住了谢德顺的腿，哭道："大，大呀，顺叔给我捉蛐蛐呢，你不要打他，不要打他！顺叔还教我唱戏，我爱听他的戏，你不要再打他了！"

"什么，你还跟他学戏？这狗东西！"

陈家骥更加生气："这胆大妄为的狗东西，竟然还背着我给我儿子教戏？气死我了！嗣儿，大给你说句话，你今天要是不抽他一鞭子，大就把他往死里抽！你抽，还是不抽？"陈家骥把鞭子又递回到了儿子手里。小嗣祖到底聪明，他想想，哭哭啼啼地拿起了鞭子，也学父亲的样子，把皮鞭往水里浸了会儿，然后哭着努力使足力气往昏死过去的谢德顺的身上抽了一鞭子。

陈家骥高兴了："好！儿子！"

抱起他，亲了一口。

这天晚些时候陈嗣祖躺在妈妈的臂弯里，问他母亲："顺叔会死吗？"他母亲摸摸他的头，叹息一声，没有说话，深深地望着窗外的狂风暴雨。黄昏的时候突然天空一下子变黑了，像是突然捂上了一个锅盖，接着就狂风大作，下起了瓢泼大雨。打手们正要把一盆凉水泼到谢德顺身上，好把他激醒了继续打。突然的变天，让打手们也全都逃进了房子里。这雨，把吊在大树上的谢德顺一下子激醒了，他在雨中呻吟："救我！救我！救我……"

然而，没有人敢冒险来救他。不长时间，他的身体就感到有些麻木了。他知道，这一晚上再要没有人救他，他肯定要死了……

到了半夜时分，他突然感到下半身捂上了一样东西，瞬间有些暖和。他低下头，朦胧的雨夜中是一个女人的身影。这女人像是用条破毛毡裹住了他，同时用两手紧紧地抱住了他的腿。

他小声地问："谁？"

"我。米娘，我是米娘。我想救你，恩人！"

谢德顺轻叹口气："可你怎么救我？"

米娘说："我拿把刀来，上树砍断绳子！"

"然后呢？"

"然后我们就逃，赶快逃！"

"逃哪儿？"

"逃出这镇子，逃得越远越好。"

"我们逃不出去。"谢德顺轻叹一声，"我们一出去，狗就会叫。这院子养着几只大狼狗，狼狗会把我们撕着吃了。我们跑不出这院子，也跑不出这镇子……"

"恩人呐，可我怎么救你？你快说！就是上刀山下火海我米娘也豁出来了！"

"我想想。"谢德顺因为下面有人抱着，两条胳膊也稍稍地能够活动一些了，身体也不再那么麻木了，他看看树梢上空破碎的夜空，想到了林府。"米娘，现如今我想来想去只有一个办法能救我的命。你从这里出去，一直往西跑，跑到头再往左拐，你就会看见一座很气派的院落。四五个院子套在一起的那种院子，那是尚书林大人家的宅院。门口有个匾，匾上写着'进士第'三个大字……唉，我忘了，你不识字……"

"不要紧，我能找到！就是一大片院子，门楼很高的那种！"

"对，你能找到。"

"找谁？"

"你说你找长房的二公子林子桐。"

"好！……可是万一，林公子要是不在呢？我还能找谁？"

这问题谢德顺倒没有想到。这女人还是心细，是啊，除了林公子外他还能找谁？东里堡镇是个戏窝子，这里懂戏的人真不少，可是，要说对戏的造诣和学问高深没有人比得过林子桐，林子桐爱戏，懂戏，还写戏。林子桐是个廪生，所谓廪生，就是拿工资的秀才，比起一般秀才来又高了一等。原来，考中秀才后只能说是取得了一个身份，还得参加县学的岁考，一个县的廪生有名额的限制，一般一个县每年也只有二十名左右廪生。只有学习特别优秀考试名列前茅者才能获取廪生的资格。中了秀才只能被称为"小先生"，当了廪生就晋升做了"先生"，这就是区别。这位真正的秀才先生林子桐居然收下了他这位"学生"，林子桐只要回到家，一有空，就会来访他的广福班，看他们排练演戏，坐下来，一一地给他分析人物的性格特点、唱腔把握等。谢德顺也只要一听林子桐从正阳书院回到家，一滴一点工夫都想要去找他求教。说来谢德顺比林子桐也只大了五岁，今年刚刚二十五岁。两个人一来二去，居然就交往了两三年，这两三年，谢德顺的戏是越演越好，别人不清楚他清楚，这和他跟着林子桐学文化学戏剧理论分不开。现在，危急关头，他也只想到了林子桐。

是啊，先生要是不在呢？

他耷拉着头想了一会儿。

"恩人你……你说、说，找谁？不管……管找、找谁，我都……都去！"

凄风苦雨中衣着单薄的米娘已经被冻得浑身哆嗦，抱着他的腿直打冷战，而且哆嗦得越来越厉害，直到把谢德顺带得也跟着哆嗦起来。

"唉，只要是林家的人，都行……对，林公子要是不在，你找南先生！找南先生的女儿林……林夫人！对，万一还不行，你就找……找林老太爷！"

米娘听到这里有些担心："我都能去找！可……可是，德顺大哥，你不觉得这……这样一来，你家主……主人会更恨你？他原本……本、就认为，你让……让他丢……丢、丢了面子？"

谢德顺觉得这女人真的太心细，该想到的她似乎都想到了。

可是……

"顾不了这些了！米娘！要是再不叫人，我今晚就得死！我今晚要是不离开这里，明天也必死无疑！去吧！赶紧去吧！就按我说的，一点儿都不要耽搁！"

米娘最后把毛毡给他往紧里裹了裹，转身跑进了黑暗里。从这时开始，谢德顺只有一个念头：但愿米娘能够救他。活着，一定要活着！凄风苦雨抽打着他，但他想，他谢德顺绝对不能这样死去，不能！

来救他的是南先生父女俩。陈家骥披衣趿拉着鞋，见到是南秋阳先生和他女儿林子衡夫人，吃惊得简直要掉了下巴。等到看见躲在南先生父女俩后面哆哆嗦嗦的那个年轻女人，他立刻明白了事情的原委。南先生给他面子，口中只说，是林老太爷听说谢德顺回来了，就想连夜请谢德顺去给他唱《走雪》和《皇姑打朝》。陈家骥招呼南先生父女两个在客厅用茶，又殷勤地端上来几盘点心，说："德顺回来累了，已经睡下了，能不能明天一早让他和戏班子都过到林府里去？"南先生说："老太爷对戏的痴迷你又不是不知道？林老太爷这会儿不睡觉，就坐在厅堂里等着！"没办法，陈家骥悄悄吩咐人赶紧去把谢德顺放下来，再给他擦洗一番，尽量搞得能见人。谢德顺咬着牙，忍着疼，强挨着挨到了南先生面前，尽管略微还画了点妆，可是，谢德顺的样子让南先生父女俩见了还是大吃一惊。南先生禁不住说了句："你怎么成这个样子了？是被虎吃了，还是被狼咬了？"

谢德顺苦笑笑："是我自己不小心，摔到山崖下去了。不要紧，谢谢先生，我嗓子不受影响，戏还能唱，我现在就和你走。"

谢德顺在林府里只养了七八天伤,说什么都不愿意再住下去了。这天下午吃完饭,谢德顺说,他这一班几十号人马吃住在林府已经很不像话了,他们得去演戏,挣口饭钱了。只是,有一个麻烦事他不知道该怎么解决。

南先生说,"到底什么事情,你先说出来。"

谢德顺长叹一声说:"这到底也是我自己的劫数哇,差点儿把我的命给要了!"

接着他讲了这次在山里边的离奇经历,就连按说已经够见多识广的南先生听着听着都听愣了。林老太爷过寿唱堂会这件事,谢德顺说,他根本不敢忘,刀刻似的刻在心头。这当然有对林老太爷和林子桐林公子的敬重。那段时间,他们在甘肃的演出红火得出奇,这家请那家叫,而且还越来越多,一天,他说把送来的请柬摊开来看看,看哪家完全推不掉就先唱哪家,这下子不得了,剧务抱来了一大堆,桌上、床上都摊满了,没办法,又摊到了地上。剧务喜上眉梢,说:"谢班主,我看我们就唱到明年腊月再回,多好!"我给他说:"现在就是金山银山摆在咱面前也都得按期回!人不能只为钱活着,人活着得为情义二字,戏文里不就这样教我们的?"因此上,其实不用陈老爷派人来催,回去的行程早就定下来,雷打不动。问题出在回去的路上……

谢德顺像是喉咙发干,噎住了。

南先生把茶递到他手里:"不急,慢点说。"

"好。"

谢德顺喝了口水。

出了秀水关就到了陕西境内,眼看着离富原县越来越近,已经到了富原与蒲州的交界处。这里就是有名的五龙山区。五座高耸入云的山峰如同五把利剑直插云霄,绵延起伏的大山横贯南北几百里,这山,有原始森林,人迹罕至的地方,更有数不清的深沟险壑,但对戏班子来说,穿州过县是家常便饭,走一些山路险路也是家常便饭。大家并不在意,赶着骡马大车,走在路上,一路走一路不时地甩上几声响鞭,高声吼上几声秦腔,欢声笑语不断,毕竟是离开家乡一段时间了,身上的褡裢里装满了给家人带的礼物,口袋里还有鼓鼓囊囊的钱。可是,一走进黑森林和黑水沟,所有的人都突然噤声了,一下子没一点声音,再没人说一句话唱一句戏词,似乎连马和骡子都知道害怕,响鼻都不打了,周围静得可怕,只有马蹄声和人走在腐败的树叶枯枝上踩出来的"沙沙、沙沙"声。这地方,空气中弥漫着一种仿佛鬼界或魔界的恐怖和神秘,所有的树木都长得奇形怪状,所有的山石都自带一种狰狞,嶙峋古怪得就像在远古野人手里打凿过一样,森林里只透着很少的光亮,高大的树木遮天蔽日,大家都想着赶紧走完这条路,好和妻子父母团聚。丑角聚财走在最前面,他的身后紧跟着的是几个武生武旦,这几个人都不由自主地把演戏用的刀枪剑戟等提在了手里。丑角聚财突然停住了脚步,一脸紧张的神情表明他听到了什么,但因为他平时就爱作怪取乐,有人就呵斥他说:"什么时候了,不许取笑!"

聚财"嘘"了一声,脸上的紧张有增无减:"听,有声音!"

这地方,平时就传说黑水沟黑森林一带有土匪出没,杀人越货,极为凶残,听聚财这么一说,大家全都竖起两耳。这还真的是怕鬼鬼就来!就在聚财话音刚落,平空里就响起一声大笑,这笑声,炸雷一般,平生没有听到过这么响亮震耳的笑,后来知道,这人唱"黑头",最喜欢黑脸包公的戏。随着这声笑声,呼呼啦啦,就在他们眼前像是空中飞人一般,从参天大树上跳下来一二十条汉子,这些汉子人人手持一把明晃晃的细长利刃,这种刀,平时常见,人称"关山刀子"。

"南先生你见过?"谢德顺问。

南先生点头。

不错,这种叫"关山刀子"的利刃在陕西,尤其在陕西的咸阳、渭南、临潼一带常见。刀长约三尺,宽却不到两寸,形制特别,极为锋利,由于刀为特制,只出自陕西临潼关山镇,中国境内大概只有陕西关中一带的绿林好汉喜爱和偏爱携带这种刀子,故群众称之为"刀客"。

当下,这一二十个手持"关山刀子"的刀客把广福班团团围住。那个笑声震耳的大汉手舞一把这种锋利的细刀,只几下就把为首的几个武生武旦手里的"武器"全部打落在地,然后就用震耳欲聋的声音吼道:"都搜刮了些什么?给我搜!一点儿都不要放过!"

马车上、骡马上所有的箱子打开,那些人都愣住了:全部是些戏装道具。有人捡起打落在地上的刀枪剑戟,全是些假的,那些人笑嘻嘻递给为首的大汉:"头儿!我们上当了!"为首的大汉接过一把洋枪来掂掂,突然放声大笑。但这笑声却已经没有了刚才那样让人心惊肉跳,而是充满了一种快乐的豪气。丑角聚财假装高兴地也跟着他"嘿嘿"了两声——这是试探。如果对方没有善意,这聚财就首先要被人毒打上一顿,以往他们有这经验。所以,丑角聚财的笑声里就有几分颤音,实际上比哭还难受。为首的大汉这时已经笑出了眼泪,他的大巴掌重重地拍了聚财几下,聚财被他拍得差点儿趴在地上。

为首的大汉笑道:"你们……你们,还真……他妈的像支官府的队伍!"

戏班子的人这时才明白他们是被人当官府的人打劫了。大家相互看看,这假官府的兵丁比真官府的兵丁还要像。这是他们演完戏来不及卸妆连夜赶路的原因。

"你们是戏班子?"为首的大汉问。

"对,是戏班子。老爷,没看我们带着戏装赶路呢。"答话的还是丑角聚财。

"哪个戏班?"

大家相互地看看,都不敢说话。

这个时候危险并没有过去,因为如果人家要抢的话,他们的骡子马道具以及身上的银钱等财物都会成为对方的战利品,他们几个月来的辛苦瞬间就会付诸东流,搞不好会人财两空。大家仍旧很害怕。那个为首的大汉居然认识字。他从一个戏箱子里翻出了海报和一些节目单,他翻看着,越翻看越狐疑也越兴奋,突然问道:"你们是广福班?"

没有人敢回答。

因为不知是凶是吉。

"你们就是广福班!"大汉自问自答,随即忽地站了起来,急切地问道,"你们既然是广福班,班主呢?班主在哪儿?班主可是'满堂红'谢德顺?"

还是没有人敢回答。

因为还是不知是凶是吉。

大汉纳闷了一会儿,笑了:"哦,我明白了,你们是怕土匪绑你们的票?你们错了,真正的刀客不是土匪,是土匪的都不是刀客,刀客可是司马迁《游侠列传》里的侠客,只杀官,不杀民,不杀不抢不糟害百姓。你们既是戏班子,我就本该放你们立刻就走,可我,是'满堂红'的戏迷,假如今生有缘能见'满堂红'一面,我都算是三生有幸,心满意足!你们里边究竟谁是?"

谢德顺只好站了出来:"好汉,我是谢德顺。"

那大汉上前一把就抱住了他,好像再也不肯松手:"德顺大哥!好哇,满堂红,好哇,这可真是'踏破铁鞋无觅处,得来全不费工夫'!居然还真让我遇到了!走,走,走,大哥,跟兄弟小聚一场,如何?"

看看天色已晚,明天赶路还来得及,再说,看样子这戏迷也绝不会就这样放他们走。这人居然亲自给谢德顺牵马,两人一路走一路聊。原来,这人叫严凤山,蒲州人,本来还不敢问他的经历出身,他倒痛快,仨核桃俩枣一口气说了出来。他家原本还有几亩薄田,可他很小的时候父亲就病死了,他十一二岁就靠给官府驮盐为生,养活寡母和三个妹妹,十五岁那年官府里来了个新盐官,这人一来,驮盐的脚夫们日子就变得苦不堪言。原来,官府的称大,驮回来的盐原本一斤的,交回来一称却才只有八两,一斤短二两,回回都短,每回都交不足称,短得越来越多,积累下来,数字就变得大得吓人。可不驮盐呢,生计又在哪里?没办法只能硬着头皮继续驮,继续短。一天,厄运来了,官府的盐局把他租借别人的骡子扣下了,还杀了吃了!这天塌下来了,别说盐局里欠的几百斤盐钱他永远还不起,这骡子,就是杀了他,他也还不起!十五岁的严凤山只有死路一条了,他把自己的破棉袄卖了,买了条绳,寒冬腊月光着身子把绳子往县衙门口的大槐树上绑好,踩了块石头就把脖子往绳索里套。他想他是死过了,可他硬被人从阎王的鼻子底下救了过来,拉回到了阳间。这人就是他如今的义父——因为身手特别敏捷,人称"野狸子"王五。也是严凤山命不该死,恰好是这天夜里,"野狸子"王五带了几个刀客到县衙去杀一个班头,杀完人,才发现县衙门口树上还吊着个人,赶紧砍断绳索,把人放了下来,一看,是个娃,再一摸,鼻子还有气,赶紧背着就背上了五龙山。醒来后"野狸子"说了句:"娃呀,没出息的娃呀,一个男子汉就是死,也得死他个堂堂正正、轰轰烈烈、体体面面,你就不能把害你的人杀咧?自己倒寻绳上吊!没出息的娃呀!"这严凤山在父亲活着的时候原本读过几天私塾,王五又传给了他一身武艺,算是个文武双全的角色,如今,在这拨刀客队伍里地位也就仅次于义父王五。

　　刀客们没有固定的山寨,但却有固定的区域。"野狸子"王五的这拨人马居住的地方叫坡头沟,也算是占山为王,坡头沟的人几乎全都和"野狸子"这拨刀客有瓜葛。见严凤山带着个戏班子回来了,而且是平时大家见也见不着的名戏班名角儿来了,坡头沟的人比见了皇上还要高兴!原本说唱上一夜戏就能走了,可第二天、第三天、第五天都没能走成。刀客王五下了个死命令,不把戏班子会的折子戏、全本戏唱完就不能走!谢德顺苦苦给严凤山解释,说,林老太爷家的堂会是万万耽搁不起呀,哪怕等他们唱完堂会专门回来再唱多少天都行!严凤山拉下了脸:"一个卖国奸贼的林老太爷的生日就那么重要?一个恶霸地主的箱主陈家骥的命令就那么重要?他要你死你就死去不成?根本不要管他们!回去后要是这些人和你过不去,咱血洗了他们!"走又不敢走,逃又逃不出去,山大沟深,真是万般无奈!过了林老太爷过寿的那三天日子,谢德顺就彻底死心了,反正这时候就是赶回去,也没用了。严凤山还一直宽慰他说,唱戏的钱不会短他们的,只要让弟兄们过足了戏瘾,怎么说都行!

　　到了第六天,严凤山说,来了个他的二弟。

　　谢德顺听了,说:"奇怪,你不是只有三个妹妹?"

　　严凤山笑:"是义父认下的第二个儿子,当然也就是我二弟了。"

　　这个二弟,姓姚,叫姚二。他拉的一杆子人马居住的地方叫坡底沟,姚二听说了"满堂红"谢顺德来了,也特意来请广福班到他的坡底沟去唱戏。谢德顺一再地想要推托掉,这姚二就变脸说,一个戏子,不给你二爷面子是吧?我大哥能请得动你,我请不动?严凤山在一边劝说,我这二弟脾气是坏点儿,但他也是个戏迷,你不去,他肯定放不过你,去吧去吧!到了坡底沟谢德顺才发现,这姚二,绝对和严凤山不是一类人。

姚二抢来的几个女子中就有个叫潘米娘的，带着个三岁的女儿叫山奴。

"哦，就是你那夜派来找我的年轻媳妇？"南先生问。
"对。"
"那女儿就叫山奴？"
"对。"
"怎么起了这么个奇怪的名字？"这回是南先生的女儿南瑞芝发问。
谢德顺说："我也问过她，她告诉我说，她是怀有身孕三四个月的时候被姚二抢上了山。山奴就出生在了五龙山，山奴一生下来姚二笑着说，这不又多了个小奴隶，所以就取了这么个名字。"
"好可怜，但又好心疼的孩子！"南瑞芝叹息。
"可你是怎么把她们娘俩带下山的？那姚二，能让你带走他的女人？"
"不。是后边又发生了一件事。"

不错，是这件事改变了山奴母女的命运。
比起坡头沟，坡底沟更是山大林深，与外界几乎隔绝。最要命的就是，这坡底沟的前沟绵延着一大片沼泽地，要穿过这片沼泽地，只有当地人才知道的一条林中小路，非常神秘。谢德顺他们那天进沟是被蒙着眼睛用滑竿抬进山里的。这里的人说，已经人老几辈没见过戏班子了，姚爷能把在几省名气都这么大的戏班子给咱请来，真是托了姚爷的福了！姚二听着人们的夸奖跟吃了蜜似的笑眯了眼，很是受用。戏台子就搭在姚二的大院子里，姚二让他的几个女人都来跟他一起看戏，这样，谢德顺就注意到了一眼看上去很是特别的山奴母女俩。这个叫米娘的女子从发式衣着到说话的口音都不同于农村人或山里人，她们母女穿着那个时候即使在大城市都很少有人穿的针织毛衣，小女孩儿穿了件鹅黄色的小背心，而年轻母亲则穿着一件翠绿色的毛衣，仅就这两种颜色看上去就非常扎眼，因为深山里的人无论男女老少几乎是清一色的黑灰色衣裤，没有人穿颜色那么鲜亮的衣服。太阳好的时候，谢德顺发现，这位年轻母亲怀里抱着那个洋娃娃似的小女孩儿，坐在太阳照得暖洋洋的一个石磨旁，手里拿着本书，教孩子咿咿呀呀地识字。这在大山深处偏僻的农村是罕见的。姚二像是对这女人看管得很紧,他让他的其他女人给戏班子的人端茶倒水,送些吃喝瓜果之类,但有好几次,这个叫米娘的女人端着果盘或提个茶壶,刚要过到戏班子住的这个小院,就被姚二或他手下的人叫了回去。女人每次被叫住的时候都像是很受打击的样子,很难过,很伤心,谢德顺总觉得,这女人想找他们,像是有什么事情想给他们说。

姚二一天天拖着就是不放他们走。

这期间姚二他们出去过几次,每次都满载而归。

这天深夜,谢德顺刚脱衣睡下,忽然听到有人轻轻地敲窗户。

他很紧张:"谁?"

一个女人的声音:"我,是我,米娘。"

谢德顺怕招惹是非甚至是杀身之祸,忙说:"夫人请回,我已经睡下了。"

"谢班主,你不用开门。"这女人像是很理解别人的心思,马上就猜出来了,谢德顺这是害怕和她单独在一起,一个压寨夫人和一个戏班班主,深更半夜在一起万一被人发现就一定会惹祸上身。"谢班主,你只要把窗户开道缝,我有重要话给你说。"

"有话等明天……"

谢德顺还是不想招惹是非。

女人说:"明天?明天就来不及了!谢班主,黎明时分这里就血流成河了!"

"什么?"

谢德顺这下害怕了,赶紧把窗户开了条缝。

女人告诉他说,姚二这几次下山抢劫,没想到捅了个马蜂窝——把一个路过的传教士给抢了。如果仅仅是抢了这个洋人的东西那还不大要紧,关键就是,他居然逼得洋教士跳了崖,还强奸了洋教士的女人,这女人也跳崖死了!陕西巡抚被朝廷严命,一定要把犯下如此罪恶的匪徒捉拿归案,不惜一切代价消灭这股匪徒。"你要知道,谢班主,灾祸马上就要来临!你没发现今天晚上看戏的时候,姚二和他的爪牙们都不在?他们都跑了!联合五龙山的其他土匪和官军打仗去了,只留下很少一些人守这里……"

"那你的意思？"

谢德顺很紧张，喉咙都有些发紧。这个时候，他已经顾不上什么了，一把推开了半扇窗户。年轻女人就趴在他的窗台上，两人几乎脸对脸地看着。女人的脸在月光下很苍白，但很奇怪，大理石般的沉静，看不出来她有丝毫惊慌，这种情绪很快传染给了谢德顺。

"你的意思，夫人？"

"米娘。我叫潘米娘。"女人更正道。

"好，米娘，你说。"

"林中的那条小路我知道。我们今晚就逃。不逃，官军如果杀了进来，我们全都得跟着姚二死！官军会血洗了这里，玉石俱焚……"

"你说什么？"

"玉石俱焚！我说的就是玉石俱焚，没错吧？"

谢德顺愣了一下，从年轻女人出奇的冷静和镇静里，从她处理事情和说话的方式里，他意识到这是个见过世面的女人。可这样一个女人怎么沦落到了姚二的手里？当下已经顾不了这些了，事情紧急，他赶紧把大家都叫醒，幸亏离开严凤山和他义父"野狸子"王五的坡头沟时，严凤山多送了谢德顺几匹骡马，这时候这些骡马就派上了用场。米娘怀里抱着沉睡的山奴骑在一匹白马上，一行人小心翼翼地从熟睡的土匪岗哨下面溜了过去。走过那片沼泽地，再走出黑森林和黑水沟，再走出纵横连绵的五龙山，几天几夜的昼伏夜出艰辛跋涉，终于到了富原地界，看到了平原上的庄稼地和耕作的农人，大家全都长出了一口气。这天，在一家骡马店住下，米娘突然端了盆热水来到了谢德顺住的客房。谢德顺这时刚刚脱了鞋袜，一见米娘进来慌乱地盘起了脚，他不想让米娘看见他长满了水泡、淌水流脓脏兮兮的两只大脚片。

米娘把水盆放到他的炕沿下，抬头看着他。

"恩人，就让我给你洗洗脚吧。"

谢德顺一愣："你叫我'恩人'？可我们大家能逃出来，保住性命，都靠你啊，是我们该叫你'救命恩人'呐！你怎么反倒叫我'恩人'？"

米娘流着泪:"恩人呐,你听我说,我被姚二掠到山上这三四年没有一天不想要逃走!可是你知道,我一个小脚女人,又有一个三岁大的孩子,只有长上翅膀,才能从那样的深山老林里逃出来!没有你们,我、我、我……"

米娘哽咽得说不下去了。

"你刚才说'掠',你是怎么……怎么……"

谢德顺趿拉着鞋,把米娘扶到一个凳子上坐下。米娘突然抽抽咽咽地哭了起来,这一哭,就像是停不下来,一连气地哭了有半个时辰还多,谢德顺很耐心,一直站在窗前等着她哭够。哭到最后,米娘抹了把眼泪,却带着泪水笑了。

"我这是……这是……这三四年来第一次这么痛快地哭。原来,能痛痛快快地哭一场,都是……都是一种幸福。"米娘不好意思地笑笑,"你想知道我是怎么被姚七掠上山的?"

谢德顺点头。

"好吧。我不是陕西人,我是湖南人。我爷爷那年随左宗棠收复新疆,全家人才到了陕西。我父母后来回到湖南老家,那年湖南发大水淹死了。我从小跟爷爷长大,也跟着爷爷读书识字,爷爷去世前把我嫁给了他一个湖南同乡的儿子,也就是山奴的父亲。山奴父亲中举以后,被派到了云阳当知县,谁知道不长时间竟然染疾死在了任上!得知噩耗后,我随即雇了辆轿子上了路,没想到……"

米娘又嘤嘤地哭了起来。

谢德顺给她拧了条毛巾。下面的事已经不用再说下去,一个身怀有孕的年轻女人遇到剪径的匪徒能怎么样?反抗只有死路一条,而她已经怀上了她亲爱丈夫的孩子!而等到女儿出生她就更不能死了,于是就只有一个念头:活着,带着女儿离开这里!现在谢德顺听明白了,却也感到难为了。眼前这位女人连同她幼小的女儿在这个人世上已经没有一个遮风挡雨的家,没有了亲人。不用再问,谢德顺也明白,等到安全以后他得把这母女两人的生活安排一下,戏班子肯定不行,戏班子的生活已经够艰辛,没有能力再添两张吃饭的嘴……

"唉，要不是这个叫潘米娘的女人，我这回，肯定是要死在陈家骥那黑心人手里了。我现在想，不是米娘欠我的，是我两次都欠米娘的，一次是逃出土匪窝子，一次就是这回陈家骥要把我往死里打！"南先生这时也听明白了一开始谢德顺说的"麻烦事"到底是什么。他看看女儿，女儿示意还是听谢德顺说。

"本来我想就给东家说些好话，让她留在陈府里干点什么杂活儿，可是现在……"谢德顺苦笑了一下，"我自己都成了这样，真不知道该怎么办了？"

南先生沉吟片刻："到西安吧。我西安有个学生，姓傅，前些日子来看我。我给他写封信，你让这个叫米娘的女人带上，应该不成问题。"

谢德顺赶紧起身："那我就替米娘、山奴母女在此谢谢先生了！"

"不要谢。你们打算到什么地方去？"

谢德顺说："尽管再到甘肃去路途遥远而且危险，可广福班在那里已经闯下了名气，我们就到那里去演出倒不至于饿肚子吧！"

"也好。"南先生说。

谢德顺告辞后已经走到门口了又站住，转过身："林先生呢？林先生到底去了哪里？走前我还能不能再见他一面？南先生，你知道，我很想见他！"

南秋阳倒是愣住了。

"这府上那么多林先生，你说的是哪位林先生？"

谢德顺自己也笑了："倒是。林府里一门的林先生，而且，全是大先生，没有小先生。南先生，我说的是二公子林子桐啊，我很想见他！再跟他说说话，给他告个别！因为不知道这一去要走多久呢……"

"你要这两天走的话肯定是见不到他了。"

"为什么？"

"他去北京了。"

"去北京？去北京干什么？去多久了？什么时候回？"

谢德顺还是一心地想要在他离开陕西前见林子桐一面。

"唉，顺娃子呀，国家出大事了！甲午战败了，朝廷要跟日本签署一个坏得不得了的条约,中日《马关条约》,这条约要是一签署,国家就完了,完了啊!"

南先生一说这话,马上又是捶胸顿足。他没有搞明白的是,他说这话,谢德顺听不懂。谢德顺对南先生说的什么甲午战败、什么《马关条约》一点儿概念都没有,不但对这些没概念,他对这个国家所发生的所有的事情都没有概念,南先生的话让他如坠五里云雾。他懵懂地问道:"那,中国打了败仗了,签了个什么条……条约,和林先生有什么关系?他要去北京干什么?"

"呀——"

南先生这一声"呀",之后就没词儿了。他怎么给谢德顺说?他能解释清楚什么?给他说"天下兴亡,匹夫有责"?还是给他说国家已经到了危亡关头,这条约一签,全中国的老百姓就都成了日本人的还债人,每个人都要从自己的口中食、身上衣里扣出钱来给日本人还,中国的大好河山也要被人割走了,从此愈发支离破碎?……南秋阳感到再一次堵心,再一次揪心的痛,也再一次伤感得说不出话来,只是摆摆手。

四

林子桐此次进京赶上的是中国的一件大事:公车上书。

一个廪生当然是没有资格参加上书的,因为所谓"公车"是举人的代名词。汉代曾用公家的车马接送进京参加进士考试的举人,后世就用"公车"作为举人入京应试的代称。但是,一个廪生虽然没有资格上书,一个廪生的爱国心却烈烈地燃烧在林子桐的胸腔里。所以,那天晚上过后,当林子桐、白俊亭以及十几个正阳书院的学生,遵照老师南秋阳的吩咐让家人套了几辆马车前往北京的时候,他们心中唯一的一个念头就是,想办法要阻止这个该死的可怕的《马关条约》正式生效。可是怎么阻止？南秋阳也罢，士子们也罢，心里都还没有数。他们唯一能够想到的就是皇帝手里的那颗玉玺。因为，就在林子桐的大哥林子衡用娟秀的字迹抄录下来的那份条约第十一款里分明地写着：

"自本约奉大清帝国大皇帝陛下及大日本帝国大皇帝陛下批准之后，定于光绪二十一年四月十四日，即日本明治二十八年五月初八日在烟台互换。"

这是说，只要光绪皇帝的玉玺不落下，李鸿章签了也白签！

这让那天晚上读完条约已经泪流满面的南秋阳先生和他的弟子们在绝望中又看到了一线希望。"要想阻止皇帝用宝，我们就只有上书请愿！让皇帝知道天下读书人的人心向背！"南秋阳先生沉吟道，"所以，你们要赶紧进京，多联系一些我们陕籍在京人士向皇上赶紧上奏上书上条陈！这或许就是我们现在唯一能够做的事情了！不要耽搁了，快去，快去！"

天微明，他们的马车就出了林府，然后，一路向东。

林子衡在他北京的家里见到弟弟林子桐以及白俊亭他们一点儿都不奇怪。他让仆人赶紧把马卸了牵去喂水喂料，又赶紧把风尘仆仆的这些人请进堂屋。他第一句话就是："有先生的信吗？"这句话表明林子衡就知道弟弟他们是衔命而来，衔的就是他先生兼岳父大人南秋阳之命，而且为的不是家事而是国事。当他接连发回家两封信后他就知道南先生不会无所行动。

林子桐笑道："哥，你见面第一句话不问嫂嫂？"

林子衡道："你嫂嫂不会有事，先生到底怎样？"

白俊亭道："先生无法执笔，也无法给你写信了。子衡哥，先生读完条文，当场就晕倒了。等我们赶到房中的时候，先生手里紧紧攥着你的信……"

"唉，那是我害了先生了！"林子衡当即痛苦地说道。他们兄弟从小跟南先生读书，自从父亲去世后他们兄弟就把南先生视作了父亲，南先生也视他们如同己出。三兄弟中林子衡尤其对南先生感情深，听到先生读信晕倒，他立即心像针扎似的。等他听白俊亭述说，那天夜里，他们几个站在南先生床前，先生让他们逐条逐条地念着《马关条约》的条文,他们轮流念,念的人在流泪,先生也在流泪。听着听着,林子衡的眼中也迸出了泪水。林子衡一把抹掉眼泪:"不说了。我已经知道先生让你们来干什么了。群情汹汹,群情汹汹啊!"

"什么叫群情汹汹?"

几个人面面相觑。

"整个北平城都燃烧起来了!从我进京为官还从没见过这样的阵势!你们是不知道哇,就在我连写两信回去的次日,不知怎么回事,消息就传了出去……"

"传出去?京城的人现在都知道了?"林子桐性急,一把抓住他哥的胳膊。

"不错。说来也巧,今年乙未科进士刚在京考完会试,等待发榜。条约签订的消息不知道怎么就走漏了出来,《马关条约》中最刺激人的那两条,割让台湾及辽东,赔款白银二万万两,太难让人接受,难让人接受哇。消息一传出,应试的这些举人一下子群情激愤,台籍举人更是痛哭流涕,在天安门前金水桥上一跪一片,长跪不起!子桐,台籍举人是长跪不起、哭声震天呀!"

"真的?"

"明天我带你们去看看,不仅仅是举子,京城各个衙门,所有的举院、贡院,在京的各省会馆,全都聚满了人,那可真是群情激愤、群情沸腾啊,你们看看就知道了!"

当天晚上众人都洗洗睡了,月色朦胧的庭院中只剩下林家兄弟两个。哥哥在京为官,也是一年半载才能回家一次。总理衙门负责的是总理各国事务,基本相当于后来中国的外交部,"京章"又是一个很重要的职位,特别从去年朝鲜危机爆发后,又接着甲午战争、甲午海战爆发,林子衡再也无法脱身回陕西老家了。他问了妻子南瑞芝和几个孩子的情况,又问了祖父过寿的情景,这兄弟俩也都是戏迷,当林子桐告诉哥哥因为陈家骥的广福班误了堂会,结果是黄七的洪云班抢去了风头,关键就是这洪云班的黄七"捡了个旦角坯子"。

"你怎么说'捡了个旦角坯子'?"哥哥问道。

"这女娃……"

第一章 摔碎的西夏茶碗　047

"什么？你说是个女戏子？黄七竟然收了女戏子，还带到咱家唱堂会？"林子衡惊奇道。林子桐听哥哥这一问，也惊了一下。"唉，是我说漏嘴了。我不该说出黄七的戏班子收了个女伶。我还答应人家不说出去了。没关系，说给你听没关系。"

"当然没关系了。说，把什么都说给我听。"

林子桐就把听宋遏云一张口摔碎了他家一只西夏茶碗，黄七告诉他的关于这个女子的所有事情，他和白俊亭两人当面见过这女娃后的种种怀疑，都一五一十诉说给了哥哥，林子衡听得直瞪眼睛："子桐，你说的这些可都是真的？"

"真的，一点儿都不是说故事。"

"我知道你会说故事，能编戏的人都会说故事。就我所知而言，子桐，能入你法眼的唱戏的可不多，谢德顺算一个，对不对？"

林子桐点头："德顺的戏是真的不错，人品也好，我一直很欣赏他。"

"那这一个呢？这个叫宋遏云的女伶……为听她的戏还摔碎了一只西夏茶碗！"林子衡的语气里不无打趣的成分，"你喜欢她，看上她了？"

林子桐笑："喜欢她的戏不等于喜欢上她的人，再说还是个碎碎的女娃，小我七八岁呢。哥，不说笑，这女娃我一眼就看出来了，日后必成大器，成为一个了不起的旦角演员。她张口一唱，一抬手，一举足，能让我惊呆，能让我感到一种勾魂摄魄的力量，哥，我以前还从来没有过！"

"这么好？"

"这样说吧，哥。你用'嗓音圆润，唱腔悠扬，做工细腻，表演传神'来形容一般的角儿，甚至比如形容谢德顺都行，可形容这女娃，不行！"

"子桐你搞错没有？一个角儿，能达到你说的'嗓音圆润，唱腔悠扬，做工细腻，表演传神'已经是相当不容易了！"

"不。"林子桐摇头，"哥，如果你真想用什么词儿来形容这女娃的话，你只能用'奇葩'或者'奇才'来形容。非常奇怪，她的声音似乎能穿透你的灵魂，到达天上的某个地方。只是她的身世……好像到现在对我来说都是个谜。"

"要按你说的这女娃的情况，没缠脚，还谈吐文雅，像是受过良好的教育，我猜想，"林子衡看着天上稀疏的星星，"不会是……不会是哪个王爷家的女儿，或者是、是哪个满族贵族家里的格格？"

林子桐被他哥的猜想吓了一跳。

"哥，不会吧？咱一些汉族大臣，包括咱家的女孩子就不缠脚啊。"

"哦，我只是随便说说，看你紧张的！"

"我紧张什么？我是想如果她是满族人家的孩子那就糟糕了。如果不是，我想把她从黄七那儿要过来，放到俊亭家的戏班子找专门的老师好好调教，将来肯定是个了不起的角儿！不然，就可惜了！"

"哦，你这样想？子桐，别。我劝你别管这事，还是好好读你的书吧！"

林子桐不置可否。

兄弟俩在庭院里坐的时间不短，临上床就寝，林子衡才想起一个人来："咦，咱家的调皮鬼怎么样？"林子桐扑哧一笑："哥，亏你还能想起他，亲弟弟呢！你总是忘他！"

"也是。"林子衡不好意思地笑笑，"父亲去世的时候他还太小，而我到京城的时候他才五六岁，又一直是跟着五娘长大的。他长什么样子我都经常想不起来。子健怎么样？他还好吗？还那么调皮？"

林子桐点头："整天就喜欢舞枪弄棒，做梦都想做个岳飞。这才还不到十岁，已经长得人高马大臂力过人，和别的小孩打架，十个小孩儿也不是他的对手。前两天，还让南先生罚站了一天。不过学习也还好，可真是聪明过人呢。"

林子桐的话音没落就听到了他哥的鼾声。

他自己也累了，不一会儿也打起了呼噜。

第二章

琼锅糖和山奴

一

　　林子桐万万没有想到他把宋遏云从黄七手里要出来，送到白俊亭家的戏班子后竟然惹出了一大堆麻烦事！这个宋遏云，这个破戏子，用他家林三妹的话来说，就是个天生的狐狸精，从她进到白家戏班子就搞得白府上下从此没有了安宁日子。林子桐认为他家林三妹的话有些夸张。宋遏云到白府去的时候才只有十二岁，白俊亭大她五岁也只十七岁，刚刚和他家三妹结婚不久，两人还在新婚宴尔中，怎么可能让个"狐狸精"搅得全府上下不得安宁？当然，白俊亭是个义气君子，对朋友从来一言九鼎，而对他的这位大舅哥又是正阳书院同窗好友林子桐托付的事，更是万般不打折扣地努力做好做精。黄七一开始对失去宋遏云这棵摇钱树很不乐意，只是碍于林白两家的势力不敢不放人，但他又想趁机大捞上一笔。林家是官宦人家不假，可林家并不富有；白家不一样，白家是陕西巨富。白家祖上是大盐商，在四川一带投资盐业，颇为发达，经过明清几百年已经积累起了巨额财富。而到了白俊亭父亲白大佑手里，家业的兴隆发达更是不得了。白大佑天生的一大儒商，很有经营头脑，除了经营祖上传统的盐业以外，又在上海、汉口、广州、重庆、郑州、兰州等地开设了一二十处商号，经营绸缎、药材以及银号银庄。白大佑一生虽然广有财富，并且妻妾成群，但命中膝下乏子。一直到四十岁上下才得一子，白大佑对这个儿子视若珍宝。而白俊亭不仅相貌俊朗，而且从小就聪慧过人。优贡生出身的白大佑自然对儿子的教育时时挂在心头，在白俊亭很小的时候就想重金延聘一代关学大师南秋阳到府为子教育启蒙，不过，南秋阳这时已到林府设馆。好在两家是亲戚和世交，白大佑只能忍痛割爱把儿子送到林府就馆。就这样，白俊亭等于从小就在林府里长大。黄七当然清楚林白两家的关系，知道即使林家不会为宋遏云出上一大笔钱，而对白俊亭来说，出钱买戏子不过是小菜一碟。所以，他大着胆子伸了五个指头说："得这个数。"

"多少？"林子桐问。

"你猜。"

"五十两白银？"

"嘻嘻，不行。"

"五百？"

黄七还是摇头。

林子桐这下瞪圆了眼睛："什么？五千两！你要五千两！这么大一笔钱都能盘下一个戏班了！"

黄七呲着抽鸦片抽得发黄的牙齿，毒毒地笑。"二位爷！"他眼睛瞟向白俊亭，"我要的不多，你们知道，这丫头可是自古以来秦腔行当里破了天荒的第一个坤伶，我也是破了行规冒了风险才要的她，但奇货可居呀！二位爷，正因为她是个坤伶，只要你敢打出她的牌子，肯定红！将来还会红透天！信不信？她挣的钱，肯定比一个戏班还要多，所以这叫物有所值，是不是白少爷？"

"好！五千就五千……"

白俊亭爽朗地一口就答应了下来。他知道，林子桐想要做的事情那是一定要做，不能因为一笔钱让林子桐的愿望落空。但林子桐却突然给黄七翻了脸："黄七，别想五千两，连五两我都不给你！"

"怎么？"

"我问你，你凭什么要这笔钱？你有契约吗？你是有跟这女娃家里签的卖身契，还是有跟这女娃签的合约？……有没有？如果没有，这女娃就是自由身，和你黄七一个铜子的关系都没有！是不是？"

黄七这下愣住了。

等到黄七蜡黄着一张脸失魂落魄地趔趄着出了门，白俊亭笑了："子桐兄，你可真的是个眼里不容沙子的人。"林子桐还气哼哼地说："是啊，这黄七是想大大地敲一笔竹杠呢。俊亭，我不是说呢，你怎么就可以随意答应这种恶人呢。"

"我是错了。我原本只想帮你把这事谈成，别的倒没想到。可是，有一件事你想过没有？子桐兄，就是这女娃的安全。你要是一个子儿都不给这黄七，他要是把这女娃的事宣扬出去，会不会引来什么麻烦事情？"

林子桐想到了两人对宋遏云身世的怀疑。

"这倒是。俊亭，还是你考虑问题周到。"

两人当下商量，为了封住黄七那张臭嘴，由白俊亭给他五百两银子，条件就是从此以后对任何人都不许再提宋遏云的名字。黄七拿到白捡的五百两银子，立即心花怒放。等宋遏云再次来到林子桐书房的时候，这小姑娘的脸上已经有了掩不住的笑容，她进门扑下来就拜，口中说道："先生在上，请受学生一拜！"

林子桐故意板起面孔："你这娃！你怎么知道我会收你为徒？"

"你？你？……"

小姑娘的脸上立即写满了失望："先生你不要我？"

旋即，那特别大而有神的黑眼珠子蒙上了一层水雾，看上去可怜楚楚，很是让人疼怜。白俊亭笑道："林先生还正在求取功名，怎么会给你当唱戏的先生？不过，他有空儿的时候会来给你开导指点。"林子桐见吓到了小姑娘，也不敢再开玩笑，说道："你条件不错。不过，你显然没有受过正规的训练，甚至听着像是你从来都没有拜过师，更不用说拜过名师了，是不是这样？"

小姑娘一下大睁眼睛："啊，先生连这都能听出来？"

这等于是告诉两人，她是"自学成才"。林子桐和白俊亭这下愈发感到不可思议：一个女孩子仅凭自己就能学到如此程度？两人交换了下目光。白俊亭对她说："林先生刚才和我商量，你跟我到我们家的白家班，我会好好照顾你，给你请名角儿教你戏，只是，为了让你一心学戏，三年内不许你登台演出，你同意还是不同意？"

"不演出？我白吃饭？谁来养活我？"

宋遏云不敢相信会有这样的事。

林子桐和白俊亭笑了。

白俊亭带宋遏云回到家里就忙活起来。他家有个大花园，叫白家花园，远近闻名。园内建筑仿《红楼梦》大观园的布局，取苏杭园林艺术的雅致和精巧，亭台楼阁，清静幽深，奇花异草，四时生香，景色迷人。园中建筑有观月楼、远香亭及假山、水榭、鱼池、石舫,当年建白家花园,是白俊亭的曾曾祖父,这位曾曾祖父在道光年间曾被选为翰林院庶吉士,见过大世面,因而品味高雅,他家的假山山石,全部采自江浙一带,采购时的四字原则是"古、奇、秀、皱",即所谓"奇石"。"异草"方面也绝不含糊。园中的名贵花草更是白家花园中的一大特色,芍药园、蜡梅园、牡丹园、竹园、玫瑰园等,简直一步一景,一年四时景色各异,让人流连忘返……白家戏班子就在园中专门隔开的一个园子里,这个园子,就是白家的戏园子,人称"白家堂"。宋遇云跟着白俊亭走过堪称渭北名园的白家花园,走过一条长长的画廊,再穿过一个又一个园子,最后到了一个不比西安哪个大剧院逊色的"白家堂"戏园子。白俊亭的小书童高满儿这年也才十三岁,只比宋遇云大了一岁,下了马车后,他一路替宋遇云提着个大包袱,一边一直侧脸去看宋遇云。这时,他不由舌头底下"啧啧"了两声。

小姑娘不扭头,有些生气地说:"你一劲儿看我,又'啧啧'什么?"

高满儿脸上充满了好奇。

"我觉得怪啊。"

"你怪什么?"

"嗨呀,来我们园子的大人物多了,来了没有人不咋舌叹息的,你怎么不?"

"我为什么要'啧啧'?"

"好奇呀,'啧啧',没见过呀。"

"没见过?我怎么会没见过?我当然……"

宋遇云突然不说话了。

走在前面一直听着两人斗嘴的白俊亭开始觉得好笑,后来就觉得听出来点什么,马上回过头问道:"遇云,你是不是想说你家有比这还要大的园子?所以你根本不会大惊小怪?"

"不,不,不!白先生……我不是这意思。"

"那你什么意思?你的意思就是你当然见过!是不是?你在哪儿见过有比我们白家花园还要好的园子?你说,是不是皇帝的御花园呀?你说呀!"高满儿一连串儿地发问。

宋遏云却再也不说一句话。

白俊亭一进演员们住的院子，马上让人叫李班主前来见他，给他一口气布置了三件事：第一，赶紧派人到甘肃去找谢德顺，告诉他是林家二少爷林子桐叫他回来，到白家班子专门教一个叫宋遏云的女伶。第二，安排宋遏云住到一个单独的宽敞的房间，平时不要打扰她，让她专心学文化学戏。他对班主李十四的最后一句话就是："这女娃和你们都不一样，记住，只练戏，不演戏。由谢德顺负责教，你负责给她排戏。明白了没有？"李班主不敢说自己不明白，只能点头答应，但心里觉得奇怪，这是来了个什么皇后娘娘，要人这么伺候？管家随即也被叫了来，一听要专门为新来的女娃宋遏云修一间练功房，室内要装一个一整面墙大的镜子，好让她每天对着镜子练功。管家一开始听得下巴都快要掉下来了，嘴张开就合不上去。班主李十四在一旁看着，忍不住想笑，却又不敢，便捂着嘴使劲儿地假装咳嗽。管家结结巴巴："爷，爷……少爷，这是为……为一个小女娃？"

他没敢说"女戏子"。

白俊亭绷着脸："不是小女娃，是王母娘娘！"

管家到底聪明，一看小主人这样的态度马上明白了自己应该怎么做，脸上立即堆上了笑容："爷，这样吧，既然给这女娃新建个练功房，还要不被人打扰地学戏，我看，不如把咱戏园子东南角上的那座水榭亭院改造成一个单独的院子，里面配上专门的化妆室、书房、练功房，让这女娃……不，让宋小姐……"

"你还是叫她名字。"

"好，让这宋遏云小姐就住在这叫'水榭花园'的园子里，如何？"

白俊亭觉得这样更好，就让管家立即办理，把宋遏云临时交代给了班主李十四。这之后的日子就像白俊亭或者他内兄林子桐用手指头翻动书页一样，眨眼就过去了三四年，这三四年里，宋遏云潜心跟着谢德顺学戏，从最基本的学起。谢德顺因为林子桐的特意交代，对宋遏云的教诲真可谓不遗余力，一个认真教，一个认真学，至于谢德顺往返奔波的车马舟船费用和教学的报酬，白俊亭全部从优，不惜银钱。而林子桐在考上京师大学堂到北京上学之前，只要有时间就会骑马或坐着马车到相邻的蒲州白府,指点宋遏云学戏和排戏。在此期间,他发现宋遏云不仅聪颖过人,悟性很高,一点就通,而且,再难记的戏词她似乎全都过耳不忘。有一天排演《白玉钿》,宋遏云站在林子桐和谢德顺面前,一字一句地听林子桐讲解戏词,这时,来了几位蒲州士绅,白俊亭派管家来请林子桐,管家站在一边听了一会儿,突然笑道:"林公子,这戏文宋小姐早就背过了,你不必再给她教,直接排戏就行了!"

这话让林子桐大吃一惊:"什么?我这才第一次给她教?——怎么,你会?"

他转向宋遏云。

宋遏云"腾"地一下脸红了。

管家说:"宋小姐识字,林公子你不知道?我好几次看见过她读书!"

"你认字?"

宋遏云咬着嘴唇想了一会儿,觉得隐瞒不住了,只好点头:"认识一些……"

"认识一些?"林子桐把一整本戏递给她,指着《白玉钿》这段,"你就把这段读给我听。"宋遏云红着脸接过书,一点儿都不打磕绊地读了起来——

慢挑银灯傍小窗,
不是思郎是恨郎。
愁思万重压心上,
为何此夜恨更长。
……

她抬头偷觑了林子桐一眼。

林子桐听着听着站起了身,一边用手掌打着节奏,一边望向外面的花园。

这时,白俊亭正穿过园中的一片竹林,走上一座小石桥朝这边的亭子走来。管家一眼看见少主人的身影,这才想起自己来这里的任务,赶忙地对林子桐说道:"林少爷,你看,我家少主人来催你来了!"

宋遏云也看见了白俊亭就想停下来。她刚刚想合上剧本，林子桐转身道："继续！"宋遏云只好继续诵道——

> 这残魂如游丝任风曳荡，
> 恍惚间犹觉得身在长江。
> 十数年守闺阁父女依傍，
> 谁料想无端的天外飞殃。
> 老爹爹怎经得这样风浪，
> 白首盟只落得梦断高唐。
> 我何必忍欺凌强活世上，
> 人世间伤心事故国沦亡。
> 坐店房一阵阵心神飘荡，
> 细思想还不如衔恨长江。
> ……

白俊亭进到亭子里的时候宋遏云还在低头朗诵。他一见这情景，也像是吃了一惊。林子桐一把拉住他的衣袖，对他耳语道："你听，如此复杂的戏文念得滚瓜烂熟！你说呢？"

白俊亭疑惑地说："莫非还真让我们猜对了，这女娃是谁家的大小姐？……待会儿我们再好好问问。好了，你现在赶紧跟我走，知道谁来了？"

"谁？"

"景孝严和景孝天兄弟两个。"

"哦！"林子桐一听，拔腿就跟着白俊亭往外走，边走边问："还有谁？"

"还有你哥！"

"我哥？我哥也来了？"

"对。焦海波也从西安来了，另外，还有我们蒲州当地的几个人。"

原来，这景家兄弟两个也算是蒲州地界上有名的人物。传说，景家祖上非常贫穷，景家夫妇二人从河北逃荒要饭来到了蒲州一个旱塬上，给当地一户地主家做长工。不久景家夫人不幸染病死去，却无寸土掩埋，好心的地主就给了一块坡地，使其得以葬埋。掘墓时，发现了一座古墓，墓穴葬有古代武将骸骨，穿戴盔甲和殉葬金银器物颇多。这位地主家的老祖母知道后却说，这块地从祖上传到现在少说也有上百年，地送给人家就发现财宝了，那是人家祖上积了阴德，得了福报，咱不能眼红。景家从此摆脱了贫穷。后来，景家先祖与人合股在云南开金矿，渐成巨富。清光绪初年一场连续三年的大灾，景家在蒲州放赈，全县饥民蜂拥而至，灾年过后，其他州县饿死饥民成千上万，蒲州竟无一人饿死，只是景家也因此而家渐衰落。更加不幸的是，弟弟景孝天才刚刚四岁时，父亲亡故。景孝严大弟弟十岁，从此这弟兄俩相依为命。景孝严考上了武秀才，为人仗义疏财，尽管家道不如从前，但他仍然不吝财物，喜欢结交四方豪杰，在地方上颇负盛名。而他的弟弟景孝天更是一个令当地人传诵的奇异少年。哥哥景孝严和林子桐年龄相仿，弟弟这年才十二三岁。但这十二三岁的少年却有奇志奇才，从小就爱背诵汉高祖刘邦的《大风歌》和荆轲的《易水歌》，唱时慷慨激昂，形于辞色。人都说他是貌秀心雄。小小年纪，学业之外，还跟着哥哥拜著名拳师"朱砂王"为师，学擒拿格斗，练拳剑技击，又日常腿缚铁瓦，练飞檐走壁，日行千里。林子桐一听他哥和景家兄弟俩都来了，不由加快了脚步。

当下林子桐随着白俊亭到了白家花园里假山上的一处亭子。

亭子外边，景孝天正和焦海波在下棋，高满儿在一边观战。其他人包括林子衡、景孝严以及蒲州的几个士绅则在亭子的中央边喝茶边聊天，白俊亭和林子桐刚刚走到亭子外边三个少年下棋的地方，就听见景孝严拍桌大叫道："不顶事，不顶事，咱非杀了这老妖婆不可！"

老妖婆指的是慈禧太后，林子桐一听就明白。

"又出什么事了？"

林子桐见哥哥林子衡脸色极为苍白，心里很是紧张。

二

形势真的是风云突变。

几年前他和白俊亭几个奉南先生之命进京去动员陕西的举子们阻止光绪皇帝在《马关条约》上加盖玉玺。到京的第二天他们就跟随这时还是个京官、任总理衙门章京的哥哥林子衡到各政府衙门去走了一圈，这才体会到了他哥所说的"群情汹汹"。当时，聚集在京城的几乎所有读书人以及几乎所有政府衙门的京官，全都热血沸腾地加入了这场"进谏"运动。不光是公车们（即举人们）上书，京官们也在上书。而且，领头羊居然是都察院的御史们，这些位极人臣的高官也都上奏极谏，有些人甚至连上数折，全都反对和约，主张再战。除了这些位高权重的京官上书以外，都察院门口每天都挤满了大批请愿的和投递上书折子的举人。陕西的公车们也没闲着。林子桐、白俊亭他们到了山陕会馆，会馆里的气氛跟烧着了一样，根本不用他们动员，陕西这年进京赶考的举子们除了吃喝拉撒睡以外，每天聚在一起热烈讨论的就是用什么样的语言打动皇帝千万不要用宝，以粉碎卖国贼们的卖国行径。每天都有雪片般的奏折、上书飞到都察院，由都察院再呈送到光绪皇帝的案头。林子桐他们在京城盘桓了一二十天，根据他们每天的观察和林子衡带回来的消息，他们确信，皇帝一定不会同意这个条约！一天饭桌上，林子衡告诉弟弟他们说，全国的举人有一千三百多人在上书的奏章上签字，其中，陕西有五十七人之多，而且大部分还都是南秋阳先生的学生！就在他们都认为已经阻止住了《马关条约》准备启程回陕时，一个消息传来，光绪皇帝还是"用宝"了！

《马关条约》正式生效。

那天，许多在京的举子都抱头痛哭。

山陕会馆里甚至有人拉起黑色帷帐，遍地撒上白纸，说，这是"国葬日"。

南先生听完这个消息后，痛心地连呼三声："天呐，天呐，天呐！"然后含泪问弟子们："你们知道这意味着什么？"他们几个当然知道。甲午战败和《马关条约》的签订，对古老中国来说结局非常可怕，战胜国日本将凭借中国的巨额赔款、割地以及通商特权等，迅速崛起并跻身于世界帝国主义列强行列，而战败国中国却从此沦入万劫不复的苦难深渊。甲午战败和《马关条约》的签订，意味着中国国运的衰落、走下坡路，一个曾经的东方巨人被中国士大夫们从来都瞧不起的一个蕞尔小邦打倒了，这当然是晴天霹雳！

士子们都说不出话来。

后来，还是白俊亭含泪道："有一个人说了句话，我觉得这句话说得非常好。"

"什么话？"

"吾国四千年大梦之唤醒，实自甲午战争败割台湾、偿二百兆始。"

"这是谁说的？"

"梁启超。"白俊亭说。

"哦，是他！康有为呢？他怎么说？"南先生问。

"康有为和梁启超，"林子桐回答说，"他们在上书中，请求皇帝拒和、迁都、练兵、变法。说中国要'变法图强'，为此提出要'下诏鼓天下之气、迁都定天下之本、练兵强天下之势和变法成天下之治'。而在此四点中，重点就是变法。"

"变法图强！"南秋阳先生神情为之一振。

"对，康、梁在上书中说，变法的重点在于富国、养民和教民。"

"啊，又是这个康有为和梁启超！"南先生不禁脱口道。

"对！"白俊亭说，"不错，就是他们！我们还刊印过他们的书呢！"

白俊亭说的是早在林爵还在世时，林爵和南秋阳两个人就在秋阳书院办起了一个刊书处，目的当然是"薪火相传"。十多年下来，刊书处刊印和出版了不少西方自然科学书籍和时事政治书籍，康有为、梁启超的著作以及严复的《天演论》等书籍就是从这个刊书处源源不断地流向了地处内陆的陕西学子们。如今,听了康有为、梁启超等人的新主张,南先生又兴奋了起来。这之后的几年,康有为的几次上书,内容也都由林子衡不断从京城输送到了南先生的刊书处,而当康有为、梁启超主办的《中外纪闻》和《强学报》先后出版后,南先生也让他远在京沪的学生定期给他寄送报纸。这些报纸到了秋阳书院和正阳书院,当然也成了林子桐、白俊亭他们的精神食粮。而在京城,当康有为被光绪皇帝任命为总理衙门章京、因身份的特殊不便来往于紫禁城的情况下,深受光绪皇帝信任的林子衡就成了光绪帝和康有为之间的密使。林子衡既有这样一种特殊身份,也就把"百日维新"的消息不断地报告给他的老师南秋阳,还连通了他老师和康有为之间的通信来往——这些,当然也成了戊戌变法失败后,他们师生"勾结"康党的罪证。慈禧举起屠刀的时候,最先得到消息的林子衡首先通知了康有为、梁启超他们,而他自己也躲进了英国公使馆避难,虽然没有像谭嗣同等六君子喋血菜市口,逃过了一次杀身之祸,但随即也受到了严厉处分,林子衡被慈禧降旨"革职永不叙用"。

一个凄风苦雨的日子,被革职永不叙用的林子衡回到了家乡。林子桐惊异地发现,被摘去了花翎顶戴的哥哥林子衡在富原县乃至周边府县,甚至在西安,似乎反而比在京为官时还要受士大夫们的欢迎。包括正阳书院、秋阳书院的士子们都把林子衡当作维新英雄来欢迎,他走到哪里,哪里就聚集起一大群人,大家慷慨激昂地谈论着"六君子",谈论着这场虽然失败但却悲壮的短命的改革,唏嘘长叹。所以,从林子衡回来,这一两个月,林府不但没有门前冷落车马稀,反而人来车往,人声鼎沸,热闹非凡,日子似乎会平平安安地过去,不会再有什么不幸发生,可现在又怎么了?……

"什么,你居然什么都不知道?"

武秀才景孝严粗喉咙大嗓门地喊道,林子桐茫然地看着他。他到蒲州几天了,每天都专心地写戏和教宋遏云理解戏文的内涵。这时,林子衡开口了:"孝严,不怪子桐,他这几天根本就不在家怎么会知道。是这样,子桐,南先生……"

"呀，南先生怎么了？"一听是南先生的事他就更加紧张。

"是这样，"还是景孝严抢过话头，"朝廷里出奸臣了，把南先生出卖了！"

"谁？"

"赵惜时。南先生从前的同窗好友，为了讨好那老妖婆，居然把他偷偷藏着的一封康有为写给南先生的信，呈送到了老妖婆手里，这下，正瞪大两眼找康党的一群狗，马上把南先生列入了逮捕名单。这不，还是焦海波那儿得了消息马上跑来送信。"景孝严愤愤地说。

焦海波一听在说他的名字，马上站起身对和他对弈的景孝天道："这局算了，孝天，咱不下了，看看哥哥们都在说些什么。"景孝天抬头看着他笑了："我知道你想赖棋，这一局眼看再有一两步你就输掉了。算了……"焦海波不好意思地说："你就不能给你海波哥哥点儿面子？"景孝天笑："好，好，这局算你赢了行不？"两人说笑着到了亭子里，高满儿也跟在两人后面晃悠过来。

"那南先生怎么说？"林子桐问道。

"南先生真有骨气！你听你哥说！"景孝严道。

"唉，当然家里人都劝先生赶紧躲起来。你猜先生怎么说？先生当即厉声对我说：'逃？逃到什么地方？逃到外国公使馆？逃到外国？不，我不逃！'我说咱不是'逃'，是'避祸'，总不能正襟危坐、束手就擒吧？你猜先生怎么回答？"林子衡看了大家一圈，"先生说，国家已成这个样子了，如果我能够死于国难，这是我的福气，不是祸！子衡吾婿，你说，我有什么祸可避？"

"这话简直和谭嗣同异曲同工啊！"景孝严击掌叹道。

"先生就这么死活不走？"林子桐问。

"我已经劝说到这份上了，还不走！你说怎么办？"

白俊亭和其他几个南先生的弟子听到这里也都急了，大家纷纷道：

"先生总不能等死啊！"

"好汉不吃眼前亏，留得青山在不怕没柴烧啊。先生怎么能不走？"

"是啊，总不能眼睁睁看着先生被人抓走啊！"

"先生要是真被抓了，只会是九死一生，甚至是……"

"必死无疑！"

"是啊，以朝廷目前的疯狂劲儿，以我们陕西巡抚桂升又是慈禧忠实鹰犬的现实，他还不以杀害我们先生去邀功？先生一定会遇难……"白俊亭忧心忡忡。

"唉，一切都因变法失败了，老妖婆囚禁了光绪皇帝。假如变法能够成功的话，这会儿，该死的就是慈禧，而不是我们先生了！"林子桐顿足道。

"好啊，我刚才不是说嘛！"景孝严一挽两袖，一脚踩到凳子上，又一拳砸在桌上，震得茶碗"砰砰"作响，声振屋瓦地叫道，"就该杀死慈禧，迎回光绪皇帝，重新实行维新时的一切新政！这样，维新人士的血才不会白流！"

这时，众人身后传来一声冷笑，接着一个童稚的声音响起，声音非常清亮悦耳："哥，还有众位哥哥，难道你们真还相信这个腐败透顶的清政府？相信什么'维新'，或者，相信你们所说的什么'变法'能够救中国？"人们回过头去，正是景孝严的弟弟景孝天。但见这少年面孔白皙，朗目疏眉，相貌极其清丽，甚至有几分女孩子般的秀美，但说出的话却像是金石之音，可谓落地有声。众人中只有个别人有几分惊讶，心想，就这么个小孩子竟敢如此说话！——在一群秀才举人的面前？可大多数士子一点儿都不觉得奇怪，反而全都非常感兴趣地看着他，就连他的哥哥、被他这样驳了面子的景孝严也不生气，脸上突然挂上了笑，好像在说：看看我家孝天，了不得呢！

景孝严看弟弟的目光中充满了疼爱、佩服和骄傲。

"好，允弟你说！"

景孝天的小名儿叫"允儿"，所以他哥哥一直叫他"允弟"。

景孝严给弟弟让出自己的位子，景孝天进到人圈里，却并不坐下，一手撑着桌子望着大家，朗声问道："诸位哥哥可知道广东孙中山？可知道孙中山的兴中会？可知道他乙未年在广州的流血起义？"别人都还没有吭声，焦海波先喊了起来："知道，知道！我知道这个孙中山，《万国公报》上登过他的文章呢！"

林子桐以博闻强记著称："对，你们想起来没有？——咱们都看过,就是那篇《上李傅相书》发表于1894年《万国公报》的第69、70期上。我记得很清楚,南先生还专门给咱们讲过这篇文章,很是夸赞呢。"

"不错。"白俊亭也说,"我也记起来了,子桐哥。你还记得这个孙中山在给李鸿章的上书中说自己的强国观是什么?"

"记得,当然记得。"林子桐得意地背诵道,"孙先生认为:'欧洲富强之本,不尽在船坚炮利、垒固兵强,而在于人能尽其才,地能尽其利,物能尽其用,货能畅其流——此四事者,富强之大经,治国之大本也。'说,中国仿效西方凡三十余年,至今仍无法与西人相抗衡,原因就在于不能推行上述四大措施。对不对?"

"是这么个意思。"白俊亭点头道。

林子衡却有些不解了:"这篇文章我也看过,而且,我还知道《万国公报》就因为刊载了这篇文章,还惹出了些事情。朝廷中一些人认为,洋人的报纸刊登这样的文章有干涉中国内政之嫌,想把这报纸给封了,之所以不敢,还是因为这是洋人办的报纸。就因为这件事,对这篇文章我记忆很深,没觉得它比康有为、梁启超的主张有什么特别的地方呀!"

"我也觉得是这样。"林子桐说,"梁启超在《变法通议》等文章里也主张,中国要变法图强,必须学习西方资本主义国家的政治制度和文化教育制度;要'伸民权''设议院',实行君主立宪制度。也主张改革科举制度,培养有用人才,大力发展近代工业,云云。是这样吧?我看不出来这孙中山和梁启超他们有什么不同。"

"不错。"白俊亭也说,"《马关条约》之前,国人无人说变法图强。《马关条约》之后,举国人人说变法图强,朝野皆然。尤其在德国侵占了我们胶州湾,俄国进占了我们旅顺大连,法国一看眼红也占领了我们广州湾,再下来英国又进占了我们山东威海,还要求拓展九龙新界。这种情况下康有为、梁启超、孙中山他们提出变法图强都一点不为奇,我也看不出他们有什么不同。"

"你们这是只知其一,不知其二。"少年景孝天这时笑着开口了。

"好!允弟,你就给大家好好说说这'其二'!"他哥鼓励道。

景孝天却转向了焦海波和高满儿:"你们问问他俩,他俩也知道。"

满儿，你给他们也都说说。"高满儿一听，圆脸都涨红了，很兴奋。他虽然年长了景孝天两三岁，但对这个个头比他矮了一头的少年才俊，他是打心眼儿里佩服，他鼓鼓胸脯，顿时像一只雄赳赳的小公鸡，"本来，这是我们三人的秘密……"

"你们仨的秘密？"景孝严插道，"怪不得我什么都不知道。"

"孝天让说，我就说给你们吧！"高满儿又用征询的目光看了看景孝天，景孝天点点头，示意他可以说，"好吧。就在前两年吧，我们家老主人派我到武汉去收一笔账——少主人，这事你也知道，对吧？"他转向白俊亭，"就是咱绸缎行短了一笔款子那事。"白俊亭赶紧点头："对，对，对。"其实他并没想起来高满儿说的是什么事，只不过他急着想往下听。"到了武汉我们偶然得到了一个小册子，你们猜是什么？"——"哎呀，你这怂娃，就赶快往下说吧！"景孝严已经完全耐不住性子了，拍着桌子叫。"对，我赶紧说！"高满儿再不敢卖关子了，"这册子上写了五个字'兴中会章程'，起草人是孙中山。这章程上说帝国主义侵略中国所造成的民族危机已经非常严重，兴中会，兴中，兴中——就是要以'振兴中华'作为这个会的宗旨。对吧？"他停下来，又望着景孝天。

景孝天再次严肃地点点头，对焦海波说："海波，你还记不记得那个小册子上的秘密誓词？"焦海波说："记得。我到死都不会忘记这几句话。"

景孝天俨然一副老师般的模样："好，海波，你就背给大家听听。"

焦海波做出一副宣誓的样子："兴中会的秘密誓词是'驱除鞑虏，恢复中华，创立合众政府。倘有二心，神明鉴察'。"所有的人听到这里，全都紧张地"啊"了一声。有人还看看亭子的周围，像是害怕树上的鸟雀来偷听了这几句传出去马上会掉脑袋的话。这时，景孝天才开口说道："当初我们看到小册子上的这句话基本上就和你们大家现在这个样子一样。这可不是什么变法维新了，哥哥们，这是要推翻清朝了！'驱除鞑虏，恢复中华'，啊，这不正是我们日思夜想的！当我们读到章程里这样一段话的时候，我们三个真是相拥而泣呀！这话是这样的——"

景孝天背诵道：

> 中国积弱，至今极矣！上则因循苟且，粉饰虚张；下则蒙昧无知，鲜能远虑。堂堂华国，不齿于列强；济济衣冠，被轻于异族。有志之士，能不痛心！夫以四百兆人民之众，数万里土地之饶，本可发奋为雄，无敌于天下，乃以政治不修，纲维败坏，朝廷则鬻爵卖官，公然贿赂；官府则剥民刮地，暴过虎狼，盗贼横行，饥馑交集，哀鸿遍野，民不聊生，呜呼惨矣！方今强邻环列，虎视鹰瞵，久垂涎于中华五金之富、物产之多。蚕食鲸吞，已见效于接踵；瓜分豆剖，实堪虑于目前。呜呼危哉！有心人不禁大声疾呼，拯斯民于水火，扶大厦之将倾。庶我子子孙孙，或免奴隶他族。用特集合志士以兴中，协贤豪而共济。切仰诸同志，盍自勉旃。
>
> ……

亭子里一片寂静，过了一会儿——

"后来呢？"白俊亭开口问道。

"我们三个，决心去一趟广州，去找这个叫孙中山的人！"

"你们？就你们这三个小人儿？"

林子衡失声道。心里说，真不得了，后生可畏啊！

"对。'驱除鞑虏，恢复中华'，我们懂，可什么叫'创立合众政府'？什么叫'合众政府'？不明白。不懂。我们就想搞清楚这个，也很想见见这位孙先生。正好他俩，满儿参与你们白府的生意经常跑上海、湖北、广州，而海波也正好有驿传房的便利，于是我们三个结伴去了趟广州。到了广州后才知道，这里不久前刚发生过一起血案，孙中山组织的一次起义被清政府给镇压下去了！"景孝天说。

"怎么一回事？"林子桐急忙问。

"就我们打听到的消息，孙中山的兴中会一成立就筹划发动广州起义，想要以武力彻底推翻清政府的统治。"说到这里，景孝天看了眼大家，有人吓白了脸，有人竟然一下子捂住了嘴，似乎害怕一出声就会惹来杀身之祸似的。

"有这事儿？"有人煞白了脸问："我们怎么一点儿都不知道？"

"清政府把这消息完全封锁住了！"焦海波说。

"起义到底怎么回事？"林子桐焦急地问。

"有人告密，起义未及发动就失败了。参加起义的几十个人被捕，起义领袖有几个人也牺牲了。听人说，其中有一个叫陆皓东的人，被捕以后非常英雄，刽子手用大铁钉钉他的手足，又用铁锤把他的牙齿一颗颗凿掉，受尽酷刑，可他就是不肯供出同党。说，'但我可杀，而继我而起者不可尽杀！'最后硬是被活活折磨死了！"

"那，孙中山呢？"林子桐又问。

"朝廷通缉他，可他逃脱了。据说，是逃到了日本。"

有一会儿时间大家都不再说话。

最后，有人开口道："唉，要是我们南先生也能逃到日本就好了。"

这句话却引起了大家的讥笑：南先生连家门都不肯离开，肯定是要效仿"六君子"中的谭嗣同了，怎么可能劝他逃出中国亡命海外呢？

回家的路上林家兄弟两个坐在马车里只听着马蹄"嘚嘚"的响声。暮色苍茫中的富原大地看上去极其辽阔且婀娜多姿，富原地处关中平原和陕北高原的过渡地带，西北高而东南低。林子桐和林子衡兄弟两个从蒲州进到富原地界后不久，耳边就乍然响起了水流的巨大喧哗声，哗啦啦，哗啦啦，呜嘟嘟，呜嘟嘟！……仿佛千军万马在这关中腹地咆哮和奔腾。林子桐被这水流声惊了一下，心想，哦，石川河，是石川河！他霍然翻身坐起。可能是刚刚下过一场暴雨，石川河涨潮了，河流宽阔处可至百米，洪峰高流，萦回境内。这河，因盛产细砂和鹅卵石，一川的石头，所以叫了石川河。水大，流急，水流冲击石头，响声就格外清脆悦耳。从小就枕着石川河的涛声入睡的林子桐，此时，望着这宽阔的河面，白日最后一抹阳光跳跃在这河面上，恋恋不舍，真的好美，不知怎么，他鼻子就突然一酸。

哦，石川河，简直和中华民族一样古老。

这河古称"漆沮"，《诗经·绵》有记载，说"绵绵瓜瓞，民之初生，自土沮漆"，说明它是一条哺育中华先民的圣河。石川河还曾经是郑国渠的重要水系，见证过秦国的强大。从古至今，它就像镶嵌在富原大地上的一条美丽飘逸的绿色飘带，静静流淌了数千年。是啊，我的关中，我的富原，我的石川河，我的家乡！林子桐从掀开的帷帐望出去，眼中一热，差点儿落下泪来。他想起了刚才景孝天用那稚气得几乎还不脱童音的声音朗诵的兴中会宣言中的几句话："夫以四百兆人民之众，数万里土地之饶，本可发奋为雄，无敌于天下……"是的，戊戌春季，德国、俄国、法国、英国等在《马关条约》之后掀起了瓜分中国的狂潮，深深地刺激了中国几乎所有的读书人，几乎所有人都意识到了古老的中国已经面临了生死危机，祖国之邦、父母之邦、几千年的中华文明之邦，很有可能要在他们这一代手里灭绝了。"亡国灭种"，民族灾难的深重危机就在眼前，这个时候，几乎每一个中国人，尤其是中国的知识分子都不能不想：何去也？中国何去也？国家何去——中国往哪里去？——当然，自己何去？！在林子桐的想象中，他们这一路溯流而上的美丽的石川河似乎也突然被抽干了河水，龟裂成了一副不堪入目的凄惨景象，龟裂的河床上印满了各种野兽的爪痕和蹄印。他晃晃脑袋，心想，真的不敢再想下去了！可是，越是告诫自己不要再想却越是忍不住地要想。他回头看了哥哥一眼，只见哥哥像是在闭目养神，脑袋靠在车厢壁上，随着马车的晃动也有规律地晃动，但从哥哥不断颤动的眼睫毛以及面部肌肉的细微变化，他还是知道哥哥内心也和眼前这条大河一样在波涛汹涌……

　　林家祖祖辈辈出了不少有名气的读书人，林府大门口的"进士第"还是乾隆皇帝御赐的牌匾，这是因为他们的高祖林塘考上了乾隆年间陕西唯一的状元。自从"进士第"的牌匾挂在林府的大门上以后，林家的后世子孙就把读书出仕为朝廷效力当作了人生座右铭。哥哥林子衡是他们"子"字辈这一代中最能读书、书也读得最好的人，他在童试中中了秀才第一，以后一路青云直上到了光绪皇帝身边，林家传统的光宗耀祖的希望也都放在了哥哥林子衡的身上。可是突然间，哥哥一抹到底，成了个彻彻底底的布衣，而且是永不叙用！这个打击不说对哥哥，就是对林氏宗族也真不算小。但林府从林老太爷到南先生到一府上下全都平静地接受了。这是因为，林府早有祖训叫作"不要做大官，要做大事"。林子衡这是为国尽责尽忠才遭此大难，一点儿都没有违祖训。而且这样一来，哥哥林子衡从精神上和南先生一样成了这一带的士林领袖，林家声誉不降反升，这叫什么？林子桐从哥哥这件事情上已经明白了什么叫"人心向背"。然而——然而，哥哥作为康党，从他对康有为、梁启超等人的公谊私交，他一定是一个不反对皇上的维新派人士，而今天景孝天的一席话，简直就是石破天惊，他们第一次听到有人要以武力彻底推翻清政府的统治。孙中山在广州的起义，孙中山成立兴中会，兴中会的目的是要"驱除鞑虏，恢复中华，创立合众政府"——尽管目前他们谁都搞不清楚什么叫"合众政府"，但这个"合众政府"一定是一个没有了满族统治的，也没有了皇帝的政府和国家！这一点，是毫无疑义的，就连他听了这些都感到深受刺激，那么哥哥呢？

——还有，南先生呢？

三

从蒲州白府到富原林府也就二三十里路程，马车慢悠悠地走了一个多时辰，而在后半程里，他们就已经是在赶夜路了。从黄昏暮色苍茫到夜幕降临好像连一点儿过渡都没有。林子桐只转脸看了哥哥一眼，再回过头时，夜色就像在天地间拉开了一道擎天大幕一般，"倏忽"一下，天就全黑了。林子桐看到这突然间漆黑一片的大地，心想，要是某一种社会变革突然来临的话，会不会也是这样骤然和毫无预兆呢？就像要应验他的话一样，马车刚刚拐进东里堡镇的街巷，平地里突然起了大风，紧接着，天空像被完全遮住了一样变成黑压压一片，等到车夫甩着马鞭，口中响亮地叫着："驾！驾！驾！"马车瞬时狂奔起来的时候，犀利的雨点也随即落了下来。

一直到车进家门，进到院子里，在闪电的强光下看见哥哥早已瞪大了眼睛,林子桐才来得及问了句:"哥,今天我们听到的这些,给南先生说不?"

他哥一边撑着雨伞跳下马车,一边在雷电中大声回答说:"当然!"

是啊,对于这个像父亲一样的先生,他们兄弟当然可以无话不说。

书房里还亮着盏玻璃罩着的油灯。他们的弟弟林子健还在灯下读书,旁边正襟危坐的是南先生。这种情景,林子衡、林子桐兄弟俩再熟悉不过,同样的书房和同样的书桌只是在这十来年的时间里坐过他们兄弟中不同的人,而课子读书的只有他们的先生南秋阳。林子健和景孝天年纪相仿,两人现在还都在南先生的秋阳书院里读书。不同的就是,父母早早亡故的景家兄弟两个就像荒原上的两棵小松树一样伸展着枝丫自由自在地长大,身上更多了些自由的气息,而他们的幼弟林子健,则更多地受到南先生思想的打磨,除了他不知怎么搞得天生一股匪气或说豪气以外,骨子里却还透着一股书卷气。大概正因为他太"匪",南先生对他从来都手不离戒尺,这不,书桌边上正放着那把他们小时候看着都发怵的乌木戒尺。林子健见两个哥哥进来连眉毛都没有动一下,但哥哥们还是发现他的耳朵像兔子耳朵一样耸动了几下。这是子健的本领,别人都没有。兄弟两个一看这情景就打算退出去,但南先生却叫住了他们。

"子衡,我今晚上毫无睡意。你让人给我温壶酒,我想跟你兄弟两个好好喝喝酒,如何?"

林子衡兄弟两个正有事情想跟南先生说。当下,就叫丫鬟进来,给南先生的房间里拢了盆红红的炭火,又叫灶房现炒了几样下酒菜,这师生三人,也算是父子三人在这个窗外的雨下着下着就下成了雨夹雪的夜晚,围炉而坐,喝酒品茶,说了个通宵……

三个人默默喝了会儿酒。

南先生先开口道:"子桐,你也见海波娃了?"

"见了。"林子桐见先生一口喝干了酒,又给他斟满,同时看着南先生的脸说,"海波说,他这次送给你的信要你千万不可大意。他看到了陕西巡抚桂升写给慈禧的亲笔信,就是请示慈禧要把你抓捕归案……先生,你怎么不走?学生们都为你焦急啊!"

南先生笑了:"海波先到的我这儿,我当然什么都清楚。我算了算日子,如果他们要抓捕我,也就这一两天的工夫。走驿传房的快件,用八百里急送,往返一趟也就四五天的工夫,我要是逃,今天还来得及。可我不想逃。"

林子桐望望哥哥。

哥哥只喝酒吃菜,不说话。林子桐相信,哥哥比自己更了解既是他岳父又是他老师的南先生,他不劝,就是完全已经没有希望劝了。

"我就坐在这儿喝酒,等着他们来抓我。"南先生又说。

过了一会儿,林子衡突然开口道:"先生,你还记不记得你给我推荐过的《万国公报》上的那篇文章《上李傅相书》?……就是那个孙中山,如今在广州搞了一次武装暴动,要以武力推翻政府的统治,口号居然是'驱除鞑虏,恢复中华,创立合众政府'!"林子衡接着讲了南先生的学生景孝天和焦海波、高满儿这三个关中少年得到一个小册子的事情、兴中会以及孙中山的广州起义失败流血牺牲等,哥哥讲着的时候林子桐一直在观察,观察这一对翁婿,心里很好奇这两个康党人物究竟会怎么看待这个革命党的孙中山。南先生一直侧耳听着,神情专注得让林子桐也暗自惊奇,他仍旧一杯接一杯地喝酒,只不过,端酒杯的手越来抖动得越厉害。林子桐不知道先生怎么想,只不过,从哥哥叙述的语气里和情不自禁的感叹中,他知道哥哥已经从下午最初的震惊中恢复了过来。

"先生你说,我们国家就真的没救了?就真的需要推翻皇上的统治?——不说慈禧,皇上呢?光绪帝呢?……先生,我真的很难过,我们、我们毕竟还算是朝廷和皇上的臣子啊!"林子衡最后道。

谁都没有想到,南先生突然间双目如炬,就像眼底里充满了电光与火花,一股电流冲去了他刚刚还蒙在眼睛上的一层荫翳。他厉声问道:"子衡,你告诉我,这是谁的国家?谁的朝廷?谁的皇帝?"

林子衡愣了。

"是我们的国家?我们的朝廷?我们的皇帝吗?"南先生又问,语气居然有些咄咄逼人，"不，不，不！这是爱新觉罗的国家、爱新觉罗的朝廷、爱新觉罗的皇帝！怎么会是我们的？子衡，你不是经常告诉我慈禧一直在说，大清是祖宗的江山。那么我问你，这'祖宗'又是谁的祖宗？——是我们的祖宗，还是满人的祖宗？爱新觉罗的祖宗？……如果不想清楚这些，我们，就是认贼作父的人！你说，是不是这样？"

窗外树梢上似乎炸响了一个响雷。

林子衡用一种惊诧的眼神死死地盯着南先生，人就像被钉在了那里一样，僵硬得动弹不得。毫无疑问，林子桐看得出来，哥哥此时心中恐怕也正是雨雪交加。

"可这江山，根本不是他爱新觉罗的江山，是我们华夏民族的江山呐！是我们的祖宗之邦，而不是他们的祖宗之邦！这个兴中会，这个孙中山，说得多好，'驱除鞑虏，恢复中华'。这话让我听了有如天鞭抽我，让我血脉偾张，早该如此，早该如此啊！"南先生击打着桌子，桌上的杯盘碗盏在他的击打下全都跳动起来。他突然又圆睁了双眼，问这弟兄两个道："你们两个，该不会忘记'扬州十日'和'嘉定三屠'吧？"

兄弟两个都摇摇头："不，从来不！"

南先生提到的这"扬州十日""嘉定三屠"，是清王朝入关时犯下的两桩血腥罪行。那个时候，面对不愿投降的民族英雄史可法和扬州全城百姓，多尔衮代表满洲贵族发布了"屠城令"。据史料记载，扬州陷落后，清兵屠戮劫掠，十日封刀。屠杀共持续十日，仅被收殓的尸体就超八十万具，故名"扬州十日"。而"嘉定三屠"也是说嘉定城被前后三次屠城。"扬州十日"和"嘉定三屠"一直是江南以及中原读书人的心头之痛。南先生和他的弟子们也不例外。林子衡的脸上有了愧色，既是先生也是岳父的南先生刚才说到"认贼作父"他就突然脸上一热。现在，先生又说到"扬州十日""嘉定三屠"，这让他突然感到羞愧得简直无地自容。他弟弟林子桐，原本也不是个坚定的康党或保皇党人物，所以在听了三位少年，尤其是景孝天的一番演讲后，在最初的惊骇之后，对革命党孙中山这些政治主张接受起来倒也并不困难，反而有一种拨云见日、别有洞天的感觉，南先生关于"谁的国家、谁的朝廷、谁的皇帝"的话让他突然间浑身一震！是啊，这个国家从来都不是老百姓的国家，中国最古老的一部诗歌总集《诗经》不是说"率土之滨，莫非王土"吗？那这个国家，不是爱新觉罗的国家就是李唐王朝的国家……这个孙中山，了不起啊，他是要结束中国几千年的帝制！这会是个梦想还是变成现实？现实，对，现实……这时他想到了一个问题。

"先生，朝廷把你列为康党，也是要以康党的名义抓捕你。可你，你现在居然接受了孙中山的主张……而孙中山甚至比康党还要激进和激烈，干脆就不要这个破朝廷了！你说，你现在不成了个伪康党了，如果真把你当康党抓捕甚或杀害，岂不冤？"林子桐说。

南先生又默默喝了会儿酒，苦笑："的确。"

林子衡却瞪了弟弟一眼，他觉得弟弟这话说得太唐突太不吉利，他完全不能接受这样一种假设。不过，弟弟的话却的确又把他拉回到了现实：先生怎么办？——现在的现实就是，不是这个国家怎么办而是他敬爱的岳父和先生怎么办？

"倘若这次不死，我还真要好好研究一下这个孙中山。"南先生看着窗外这样说道，"你们还记得，我让你们读过的那些书？"南先生说的就是他让弟子们读的那些经世致用的书，如顾炎武的《天下郡国利病书》、顾祖禹的《读史方舆纪要》，同文馆和上海制造局翻译的一些西书比如《西国近事汇编》《环游地球新录》，魏源的《海国图志》《瀛环志略》，等等。南秋阳一直按照关学的思想培养弟子，尤其是好友林爵的遗孤、他视如己出的林氏三兄弟。关学同其他儒学很大的区别就是，它强调"经世致用"：学贵有用，道济天下。以天下为己任，忧患民命民生。林氏兄弟们还在幼年时每天起床后第一件事就是站在庭院里，对着初升的太阳诵读张载关学之要旨的四句格言："为天地立心，为生民立命，为往圣继绝学，为万世开太平。"这就是他们的"宗教"，他们的"主祷词"，久而久之，这四句话就仿佛融化在了他们的血液里。张载在《横渠易说·系辞上》中说："圣人苟不用思虑忧患以经世，则何用圣人？"——南先生给他们解读说，这句话是说，圣人之学就是为排除国家民族之忧患而立，圣人如果不以民生为忧患，经世以除患，那么，这种圣人也是没有用的，这种圣人也就不是圣人！横渠先生这话，多胆大呀，简直是斥责了古今所有的伪圣人，一个不为苍生谋利益的人他根本就算不上是个"圣人"——当然，也根本不可能是南先生的学生。

两个弟子点头。

"这次再读，你们要好好搞清楚孙中山说的那个'合众政府'究竟是什么？"

这是南先生给他们兄弟布置的作业，当下这兄弟两个就明白了，南先生在他自己生命还受到威胁的时候却在想一个国家和民族的大问题：他的目光已经投向了远方。中国向何处去？在推翻了清王朝以后，我们这个民族要建立一个什么样的国家，什么样的政府，什么样的政权？这时，天色微曦。雨雪到了后半夜已经停息，启明星在东方升起，极亮极亮，似乎要弥补昨夜一度被乌云遮挡住了的星光。鸡叫了，近处远处的鸡都叫了，院子的天井里响起了剑戟之声和一个清脆童稚的声音喊出的"嘿、嘿"！林子桐站起身，打开房门，只见一个少年的轮廓剪影在青白色的天幕下。那是小弟林子健。只见他白衣白裤，虽然略显肥胖，却异常灵敏，腾挪移步，一招一式，一望而知是名师指点，林子健非常喜欢读兵书，他早就给南先生和两位哥哥说过，他将来一定是要投笔从戎带兵打仗的。甲午战争，一次又一次战败的消息传来，当时还只有八九岁的林子健一次次悲声大哭。他自己做了个沙盘，还在南先生的指点下绘制了一幅中国海疆图，经常站在沙盘前或地图前，用一些小人或木棒等代替军队和舰艇，像下棋一样在沙盘和地图上排兵布阵……

四

林子桐看了一会儿，见哥哥林子衡也踱出了房门，兄弟两个便没有打扰弟弟练剑，走出了庭院。林子衡说，南先生刚刚睡下，他不想让先生知道，想来想去，他还是想要去面见陕西巡抚桂升，为老师说说情。

"什么？哥，你去找巡抚桂升？你以为你还是过去朝廷的三品大员?"林子桐非常惊讶,"桂升是慈禧和荣禄跟前的红人儿,这会儿,正想用康党的血为自己邀功呢。而你,自己刚刚逃过一劫,你就不怕这桂升再奏一折,把你再次打入大牢?"

"这事我想过。"

"想过你还去?"林子桐瞪着哥哥,他死也不愿哥哥去冒这个险,到时候没有救出南先生,反而再把哥哥送进牢狱。林子衡道:"我想不至于。子桐,你是不了解这个桂升,除了他家和我们家祖上有过不少渊源关系以外,咱父亲当监察御史的时候还救过这个桂升一命……"

"有这事?"

"那个时候,桂升年少气盛,不知为什么得罪了哪个权贵,有人就参他一本,说他在皇帝面前说了慈禧的坏话,挑拨帝后关系,属于大逆不道。这折子真要是递到慈禧手里,桂升肯定要被杀头。正好那天晚上咱们父亲值更,一看这折子就悄悄抽了出来。事后把桂升叫到家里,当面烧掉。那时候桂升说,父亲对他有'再生之恩',他今生但凡有一天能够报答林家则生死不避。我看现在,就到了他实现诺言的时候了。"

"可是……此一时彼一时也,哥。"林子桐还在犹豫。

兄弟两个站在鱼池边,只见一群一群的红锦鲤在水里游来游去,天光也越来越亮了。林子衡说:"弟弟,不管怎么说都值得去试试!现在的情况就是,小人进谗,落井下石,如果我们不去保护先生,先生则性命堪忧!所以,只要有一线希望我们都应该去试试……"

"这样吧,哥,我去!"林子桐突然说道。

"你?"

"对,我。我想,我这目标总比你要小一些。我用父亲的旧恩为自己的先生求情,怎么都说得过去,不是吗?哥,你来,你来给我好好说说这桂升究竟是个什么样的人?我见了他,到底该怎样说话?他贪不贪财?要不要备上些礼?……官场上你比我有经验,我听你的!"

林子衡想想,觉得弟弟说得很有些道理,于是也就不再坚持自己去巡抚衙门面见桂升。兄弟两个当下到了林子桐住的东院,在书房里谋划了起来。根据林子衡的了解,这个桂升,既不是个贪官也不是个酒囊饭袋,此人算是满蒙贵族中的佼佼者、满蒙贵族中少有的饱读诗书满腹经纶的人物，进士出身，也曾经当过翰林院庶吉士，对清廷忠心耿耿。除了林家对他有旧恩以外，还有一点，就是他对汉族的读书人，尤其对这位名满天下的关学大儒南秋阳先生颇有几分敬意。有一次，这个桂升竟然对人说道，如果不是诸事繁杂，他真想程门立雪以求教于南先生门下。林子桐听了哥哥这些介绍，又问了些进巡抚衙门都有哪些规矩，然后，让家人套了辆马车，去了省府西安。到了西安，林子桐就住在了驿传房焦海波家。焦家院子不大，十分清静。焦海波的父亲是林家的一个姨表亲戚，林家但凡有人到西安，多数情况都住在焦家。其实，除了焦家以外，林家在西安还有不少高门大户的亲戚，焦家所以成为最好的落脚点，一来这里清静，二来这里消息灵通。焦家的仆人一见林家的马车进了院门，马上一边招呼，一边派人去衙门里叫海波父子，这父子两个不长时间就回来了。

焦父说："子桐，你脸色不好，是家里有事？"

林子桐便把关于南先生的事情说了一遍。

焦海波道："关于南先生的事情还是父亲让我送的信。不过，现在已经快到中午了，你得先歇歇，吃过饭，等衙门下午上班以后。"

林子桐确实也累了，在等待吃饭的时候，他说先睡会儿，结果，身子刚一挨到床上，就闭上了眼睛，朦胧中，他觉得有人轻手轻脚进来，给他盖上了被子，又把他脚上的鞋脱了下来。不知道睡了多久，突然，他听到窗外传来女孩子银铃般的笑声，"咯咯咯……"十分清脆悦耳，他推开窗户望出去，见是院子里进来一只小花猫，两个小姑娘"咯咯"笑着想捉住花猫，花猫惊慌地在院子里四处逃窜，一下子撞到了其中一个小姑娘身上，那小姑娘倒被花猫一头撞倒在地，惊吓得尖叫一声，"哇"地哭了起来，可旋即，小姑娘又"咯咯"笑着一下子跳了起来，继续奔跑着去追花猫。花猫眼看被两个小姑娘捉住，却出溜一下上到了院中的一棵桂花树上，在树枝上"喵呜喵呜"地叫着，两个小姑娘在树下又蹦又跳又叫又笑又拍手，简直快乐得不得了。

林子桐推门走了出来。

正在院子里烫鸡毛的焦海波抬头一眼看见了林子桐，失声道："哎呀，真该死，我怎么忘了先生在里面歇呢！喂——山奴，翠翠，你们两个！"他做了个威吓的动作:"你们把先生吵醒了,还不快过来道个歉!"

林子桐一听"山奴"这个名字感觉有点耳熟。等两个小姑娘拉着手过来,怯生生地低头到了他面前时,他突然想了起来,轻声地问焦海波:"这个山奴,是不是被土匪抢到山里、她母亲做了压寨夫人的那个山奴?"

焦海波说:"是啊,是南先生把她们母女推荐给了卢进士巷傅家……"

"这我知道。"

西安有一条很有名的街巷叫"卢进士巷",它的得名是因为唐朝大诗人卢照邻曾在此居住过,而它现在的出名则是因为住在这条巷子里的全是些高门大户的名公巨卿、仕宦世家,南先生的同窗好友、也是他两位学生的家长傅紫英此时就在京城里做监察御史。潘米娘和山奴母女俩被抢进了五龙山坡底沟土匪姚二的匪巢这件事,林子桐后来听南先生和谢德顺都讲过,谢德顺说事后他听说姚二的匪巢就在那天夜里被官军血洗了,那股土匪几乎全部被消灭干净,但姚二却奇迹般地逃脱了,听说不久后死灰复燃,又聚集起了一股子人马。谢德顺说,要是没有潘米娘,他和他们广福班也会和这帮土匪玉石俱焚了,因为听说官军上山后无论男女老少见人就杀,杀得血流成河,最后一把火烧掉了整个山寨。林子桐当然也听南先生说了,那晚谢德顺再次从陈家骥的毒手下死里逃生,还是靠了米娘的勇敢和仗义。后来,戏班子去了甘肃,南先生把这母女俩安顿在了西安傅府里。

两个小姑娘低着头不敢吭声。

林子桐仔细看去,一个十一二岁,另一个更小,看上去也就六七岁的样子。大的是焦海波的妹妹,林子桐认识。小的那个,不用说,就是山奴了。这个小女孩儿,可真像谢德顺说的,天生的美人坯子,站在那里,仿佛院子里所有的阳光都聚集在了她的身上。她穿着一身葱绿色的衣服,小身板儿挺得直直的,那么小,竟然看上去也显得亭亭玉立。林子桐招手让她过来,想看仔细一些,女孩子却害怕得反而往后退了两步。

焦海波说:"山奴,你过来,到哥哥这儿来。"

这孩子听话地一头扑到焦海波怀里,然后拧过头来,大睁着一双凤眼，咬着手指，好奇地看着林子桐。林子桐一眼就看到了山奴额头中间的那颗胭脂红的美人痣，看出了她眼中天生的不笑自媚的一种妩媚，在看到山奴的第一眼他就想到了一个词，什么叫"天生丽质"，女孩子的美，是上苍给人间最美丽的礼物，而这种美，是要人百般呵护不可亵渎、不可亵玩。山奴就让人格外疼怜，看着她，林子桐想，的确有一种心疼。

他问焦海波："这孩子怎么在你们家里？"

焦海波道："我家小姑坐月子住在这里要人伺候，就把她母亲从傅家临时借了过来。她母亲自然要把这小尾巴也带上，所以也就都来了。"

说话间，仆人过来说饭好了，请老爷们入席。进到饭厅，一位美妇人正在往桌子上上菜，而紧跟在他们身后进来的山奴一下子就抱住了这妇人的腿。林子桐心想，不用说，这就是山奴的母亲潘米娘了。此后在整个进餐过程中，每次米娘进来端饭上菜，她的腿边都紧靠着小山奴，而她好奇的眼睛也一直一眨不眨地望着林子桐。在饭桌上，焦父听完林子桐讲述的他哥林子衡对陕西巡抚桂升的评价后，说："子衡说得不错。但有一点你要记住，这个桂升从骨子里不喜欢甚至仇视我们汉人，他对南先生的敬重，只限于对南先生学问的敬重，而不会因为南先生是我们汉族的大儒而敬重。满族统治我们这几百年，将中国人分三等，一等满族，二等蒙古族，三等才是我们汉族。这种划分，在桂升心里也根深蒂固，不会有任何改变。最根本的，是他一定把我们当奴才，不会有真正的尊重。还有一点……"

焦父给林子桐面前的盘子里撕了条鸡腿，停了一会儿。

"您请说。"林子桐催问。

焦海波插话说："父亲的意思是，子衡哥哥对桂升的看法还有点书生意气。这个桂升，绝对不像他表面的那样宽厚，而是一个面热心冷，甚至面热心狠的人，并且，此人非常狡猾和奸诈。"

焦父道："不错，心狠手辣。非常奸诈和狡猾！你要和他打交道，可是要非常小心！读书人，总有看问题比较善良和单纯的一面……"

焦海波看了他父亲一眼："父亲的意思是……"

这父子俩像是心有灵犀，一个的心思另一个完全明白，焦海波早成了他父亲在驿传房的一个得力助手，这当然一方面是他父亲对他的悉心培养,另一方面是焦海波的聪明和好学上进,对这儿子,这位父亲相当满意。此番对话中,焦父像是在小心翼翼地保护着林子桐的自尊心,有些话像是不好意思说出来,其实,他说的"读书人善良和单纯"已经不单是指林子衡了,而是在说林子桐。他怕已经成为贡生的秀才林子桐对付不了老奸巨猾的政客桂升。他想提议让儿子一起去,可又怕伤了林子桐的自尊心。现在,一看儿子也同意他的看法,便索性说了出来。

"对,我的意思是让海波和你一起去。那次湖北公函丢失的那件事,他对海波很有些好感。万一说得不好的话,还有海波帮你打个圆场……"

这是焦家父子的好意,林子桐当然不会拒绝。

在走进巡抚衙门之前,林子桐做了相当大的思想准备,觉得比上考场还要紧张十分,原因当然是此举涉及南先生的生死安危,可以说他做了十万分的思想准备。然而,出乎他意料的是,巡抚桂升竟然完全是以一种礼贤下士的态度来接见他和焦海波。在衙役端进了两人求见的签子后不久,只见桂升身穿官服匆匆忙忙来到前厅,告诉两人说,请到后堂稍等片刻,他更衣后即来和二位相见。随即桂升匆匆离去,他们两人就随衙役到了后堂。而且果真没等多久,桂升一身家常便装来到了两人面前,还一劲儿口称,"请多包涵"。坐下后桂升先问其兄林子衡一切可好?听说尚在家闭门思过中,忙说,"那就好"。然后又问了林子桐的学业和林老太爷身体安好,等等。这之后才说到正题——

"林公子此来有何见教?"

林子桐在没有回答前,先看了焦海波一眼。

焦海波假装在低头品茶,却用食指在椅子把上轻叩了一下,这意思是,说!

林子桐说,京城里传回消息,说南先生的同窗好友赵惜时给慈禧太后上了一折子,里边附了康有为写给南先生的一封信,据此便上奏太后说,南先生是康党。可是这样给南先生定罪名实在有些勉强。第一,南先生远在陕西,并没有参加康梁变法。第二,南先生甚至没有见过康梁一面,和康有为的通信也只是表示对变法的支持。第三,全国许多士子和官员在报纸或公开发表的言论中都表示过对变法的支持和态度,总不能说这些人全是康党。第四，变法是光绪皇帝下诏实行的，在当时算是响应皇上的号召，不是什么密谋犯上作乱的事情，所以说变法并不是犯罪。第五，变法是为了国家图强，为清王朝强大以应对外敌，这就更不是什么错误了。第六，南先生是陕西士林领袖，是有名的关中大儒，如果仅仅因为给康有为写过几封信就罹此大难，是会让天下读书人寒心的，其实对陕西的安稳局面也很不利……

林子桐一直侃侃而谈，桂升则一直侧耳聆听，一面面带微笑不时地点头，似乎鼓励他说下去。焦海波则一直低头喝茶，只是像是无意识地用指头轻弹着大腿。

"还有没有？"末了，桂升问道。

林子桐想想，好像自己想到的都已经说完了，摇头笑了："就这些了。"

"不错，不错。真的不错。"

桂升摇头，叹息，微笑。然后就不说话了，两只眼睛只是望向厅堂外面水池边的两只叽叽喳喳的小麻雀。林子桐这时真不知道该怎么办了，他喃喃道："巡抚大人，南先生的道德文章可是在世人和士林有口皆碑啊，而且，而且……这样有着高风亮节的道德君子如果被小人陷害致祸，会寒了世人之心呐！"

桂升还是那样，摇头，叹息，微笑。

"不错，不错。真的不错。"

到底是说什么"不错"？林子桐摸不着头脑，束手无策，真不知道该怎么办了。他很想问一句，南先生的案子大人到底打算怎么办？总得讨个说法呀，也好让人放心！可他嘴刚想张开，就感觉脚被焦海波踩了一下。他明白了，海波意思是他们该走了。于是告辞。上了马车，焦海波这才对他说："南先生不会有事了。"林子桐感觉非常奇怪："不会有事了？可他什么都没说呀！"

"没说比说了好。"

"此话怎讲？"

"要是说了，他一口回绝了你怎么办？不说呢……"焦海波思索着，摇摇头，"唉，我也不知道。我只是有个感觉，这事已经成了……"

林子桐急了："海波，你这话说了跟没说一样！什么感觉成了？

怎么叫感觉成了？"焦海波还是固执道："子桐哥，我还真的是感觉成了。怎么说呢？以我对桂升的了解，他能见我们，这事已经十有八九对我们有利，否则他完全可以找个借口不见我们呀！我想，很可能在我们去之前他对这件事已经有了大体的想法，而你说的后面两句话可能真的打动了他。"

"你说！哪两句？"

"一个是你说抓捕了南先生恐怕对陕西的安稳局面不利……"

"还有？还有呢！"

"还有就是……哎呀，子桐哥哥！你这么性急，我想起来的也忘了。你别说话，让我想想……对，就是你说南先生是个道德君子，如果被小人陷害会寒了士子们的心。我想，桂升一定会想到这件事对社会风气和陕西政治局面的影响。抓捕了南先生，对他桂升很可能是个烫手的山芋，招惹了陕西士林的众怒，搞不好还会引起社会的不满和动荡。而对赵惜时，一个卖友求荣的人他心里一定不屑……"

"你这么认为？"

"对。桂升这种人除了他是清王朝的忠实走狗以外，对人的善恶、是非曲直这些人之常情常理大概还都比较正常。所以我认为，他可能会为南先生开脱……"

"怎么开脱？用什么名义开脱？他会说些什么？"

林子桐连珠炮地问，焦海波好一会儿时间不知道该说些什么，最后只好说了句："唉，管他以什么名义开脱！只要南先生能开脱就好！你说对不对，子桐哥？"林子桐想想，笑了。的确是。焦海波毕竟从小在按察司衙门大院里长大，耳濡目染，熟悉官场那一套，头脑特别冷静，看问题也很实际，少了许多读书人的空想和不切实际的想法，这是焦海波的长处，别人没法和他比。后来，事情果真如焦海波所料，尽管林府上下一直在为南先生的安危提心吊胆，每天战战兢兢担心哪天官府突然来人把南先生给抓捕走了，可日子却毕竟平平安安地过去了，一个星期、两个星期……突然一天，焦海波再次来到林府，带回的消息是南先生这次的确是逃过了一劫。原来，陕西巡抚桂升给慈禧上了个折子，理由也基本是林子桐所说的那些，结论就是南秋阳"尚非逆党"，请求朝廷"不能因一个小人的进谗而伤害了善类",说倘使如此,会令士子们寒心,也不利于安稳陕西的局面。朝廷批准了桂升的折子,对南先生的康党问题不予追究。

五

宋遏云长大了。

宋遏云长到十五六岁就突然像一朵绽放的荷花般艳丽无比,尤其是她那对黑白特别分明、黑眼仁儿又特别大因此显得特别黑亮的眼睛,有一种灿若星辰的光芒,经常耀得人似乎不敢直视这对眼睛。白俊亭对这对眼睛的光芒一开始的几年是麻木的,他对宋遏云所有的关心和照顾都是因为林子桐的交代。也就是说,是因为他和林子桐的情义。然而,就在林子桐指点着宋遏云唱《断桥》几个月后的一天,那天,书院放假,天降大雪,白俊亭在书房里读书,读着读着突然心里一阵烦躁,就让妻子林三妹给他取来件狐皮大氅,披上,往花园走去。花园紧连着戏园子,戏园子又紧连着戏班子住的庭院和给宋遏云单独辟出的小院。这个时候,天才刚刚放亮,他刚走到花园的小桥上就听见有人在唱《断桥》里的片段——

> 遇天兵打一仗提心在口,
> 忍不住痛煞煞血泪交流。
> 这才是虎难描反类成狗,
> 此事儿倒做了覆水难收。
> ……

白俊亭抬眼望过去,见是两个学旦角的男孩子在练戏,一个扮作白娘子,一个扮作青蛇,声音还压根儿没有脱去童音,看上去也就八九岁的样子。白俊亭信步走过去，两个小男孩儿一见是少主人来了，赶忙作揖道："少爷好！少爷早上好！"白俊亭随意地问了句："你们这是跟谁学的？唱得好像跟你师傅教的不太一样啊？"白俊亭说的"师傅"指的是他家戏班子的班主李十四。白俊亭尽管对秦腔并不十分热爱，却毕竟经过长年累月的听戏和看戏，从小到大受着秦腔的熏陶，耳濡目染，对秦腔的知识和理解早超过了一般人，甚至比起许多票友来道行更深了几分。他家班主李十四的唱腔特点他十分了解，所以虽然只听了这几句，就感到两个小家伙唱得走了音却又十分地好听。

两个旦角男孩儿马上高兴地说："我们不是跟李班主学的，我们是跟……"

说到这里两个孩子却突然停了下来不敢说了。

白俊亭觉得奇怪："跟谁学的，怎么不敢说？"

俩孩子相互看一眼突然跪下："少爷，你一定要替我们两个保密呀！"

"快起来！快起来！大雪地里下什么跪？"白俊亭问道，"说，保什么密？是不是你们跟着野路子的什么人学戏，怕李班主知道？"

大点儿的孩子摇头："不是野路子，是……"

"是跟着遏云姐姐学的，她唱得可比李班主好听多了！"小点儿的孩子抢着说道，"我们这是在这儿偷偷练呢，少爷，您可千万不要跟李师傅说呀！"

白俊亭口中说着："不说，不说……哎，你们继续练吧。"脚步就开始移动。他心里若有所失，但又十分茫然，不知道自己为什么突然间会被"遏云姐姐"这几个字打动，他心里一劲儿叫着"遏云、遏云、遏云"，像是在呼唤着天边挂着的一朵云彩，那云彩，忽儿飘进他的心头，忽儿又飘到了天边之外，让他一丝一毫地都看不见了……宋遏云几乎就在他眼皮底下长大的，从第一次在林府里见到她，这女孩子身上所有的那种不同凡俗的高贵和气定神闲，就让他眼前突然一亮。真的还没有见过这样的女孩子。别说在戏子中，就是在他见过的一些大家族教养很好的小姐身上，他也没见过如此高贵而又如此自信的女孩子，也就是这种高贵和自信让她身上有着一种超凡脱俗的光芒，就像戏词里唱的

"春光乍泄",乍泄的春光,流光溢彩般铺满天上人间,遮都遮挡不住。不错,后来白俊亭想,遏云的高贵与自信几乎是与生俱来,和上天赐给人间的美丽春光一样。他从林府里把她接回来,然后养在他家花园的一个深深庭院中。这几年,他的确没少为她费心,除了高薪聘请"满堂红"谢德顺对她专门培养外,只要是来到蒲州地界的戏班子,他没少花钱让其中的高手来给宋遏云指点,她的成长出乎所有人的意料,就连他这个自称"外行"的人也能看出来,宋遏云将来一定会"一鸣惊人"。这会儿,他的脚不知不觉地往水榭花园挪动的时候,脑子里想的还不是宋遏云的戏唱得有多好,而是,他突然想起来了从见到宋遏云起他和林子桐就一直在猜测的这女孩子的身世问题。那天,管家说了宋遏云会读书,而她也当着他们的面十分流利地读了《断桥》的戏文,此后他就把这件事暂时给忘了,今天倒是突然又想起来了。他走进水榭花园院子里的时候,发现宋遏云的窗户上居然还透着灯光,天都亮了,怎么还点灯?他疑惑地想着,没有去敲门,而是脚步轻轻地移到了窗前。窗纸上有一个女孩子低头在干什么的剪影,轮廓很是好看,长长的眼睫毛不时地抖动几下,就像蝴蝶的翅膀一样,扇动得周围的空气里也似乎有了花的香气……白俊亭看愣了。他不由得想要知道她究竟在干什么,这样想着的时候,不由地伸出指头轻轻地捅了捅窗户纸,窗户纸一捅破,他眼睛贴到上面才看清了宋遏云原来是在灯下读书,也许是读书读得过于专心,连天大亮了都不知道。可白俊亭这时浑身像触电一样,眼珠子也像被施了魔法一样,僵住了,一动也不会动了,因为,不知道是一种什么样的电波传递,宋遏云恰在那一瞬间抬起了头,那双黑而亮的眼睛居然就死死地盯住了白俊亭捅破窗户纸露出来的那只眼睛……

真的有点诡异。

宋遏云像是有超自然的能力,她怎么就……

三只眼睛就这么相互地看了一会儿。

奇怪的就是宋遏云似乎极为平静,连一点儿惊讶的表示都没有,更没有像一般女孩子那样惊慌失措地或大惊小怪地大叫一声"谁"?——她没有。她平静地对视了一会儿窗户纸的窟窿里露出来的那只眼睛,慢慢站起了身。似乎这才发现天已经大亮了,她把玻璃灯罩取下来,

"噗"的一声吹灭了灯,然后开了门,踱出门口。白俊亭此时尽可能地想让自己恢复平静,但是不行,他脸上的笑容极为勉强,甚至僵硬,像是有人在他的脸上贴上了一张假面。趴在一个女孩子的窗户上偷看,结果还被人家女孩子发现了,这种尴尬,这份窘迫,这种难堪,白俊亭觉得简直无地自容,这会儿,他真想撒腿跑掉倒还好受一些,可他的腿却挪不动……

还好,宋遏云脸上挂着的笑容和平时没有两样,她从屋子里出来,安详地笑着:"少主人万福,公子万福,先生万福。先生早起。先生怎么这会儿有时间到遏云这僻舍来了?先生可想喝杯茶,还是……"

这女孩子可真是善解人意!她没有一句话让白俊亭感到难堪,反而用这样一种一连串的问候和问话让白俊亭有足够多的时间去恢复平静。多聪明的女孩子,多懂事的女孩子,她知道怎么应付这种对谁来说都难以应付的尴尬局面,不动声色地解脱别人的难堪和不适,白俊亭不知道他认识的女孩子中还有谁能做得比宋遏云更好。像服了一剂药一样,白俊亭突然间就神情自若了。

"你读书?"

女孩子莞尔一笑,没有回答。

自从林子桐让她朗读《白玉钿》,她知道否认自己识字是没有用处的。

"读什么书?"他问。

"金本的《西厢记》。"

她的回答令白俊亭简直大跌眼镜。金本的《西厢记》,指的是金圣叹眉批的《西厢记》,这个版本的《西厢记》甚至连白俊亭都没有读过。这么一个小丫头居然能读这个版本的《西厢记》,而且,她居然还懂得什么"金本"?这说明她对版本的区别也多少有些知识吧!白俊亭很好奇,说:"哦,那你能拿来让我看看吗?"

宋遏云却犹豫了。

她低下头,用手指头绞着衣角。

白俊亭奇怪:"你的书……不能拿来我看看?"

宋遏云低头道:"先生,你不会责骂我吧?"

"责骂?……你说,我为什么要责骂你呢?"

"我，我……"

"不要怕，你尽管说吧。"

听着她发颤的声音，白俊亭觉得这女孩子挺可怜，心底突然就泛起惜香怜玉的情愫，他不由伸出手，放在了她的肩膀上，这才发现，她连肩膀都有些颤抖。白俊亭觉得可能她是在哭吧，就用手轻轻抬起了她的下巴，果真她的眼睛里汪了层泪水。这层泪水，就像给这双黑而亮的眼睛注入了一层水银，水银珠儿在黑眼珠子上滚动，给这双眼睛又平添了几分楚楚动人的妩媚……

"你怕什么？遏云……"他这样问道。话刚一出口，连他自己都感到吃惊，幸亏这女孩子这会儿只顾了害怕，并没有注意到白俊亭那声亲切的呼唤。

"先生，我……我卖掉了几件你给我买的戏装，买、买了这本书。"

"什么？你把戏装卖了买书？"

宋遏云被他的声调和样子吓住了，往后退了步："先生，你知道，这书……这金批的《西厢记》，很贵……可我很想、很想买……"

白俊亭看她惊吓的样子才明白她把他的吃惊误解了。

"你别怕。你还卖掉戏装买了些什么书？"

她再次不吭声，又扭绞着衣角。白俊亭走进了为她专设的这个书房，她只能低着头跟在后面。这个书房，是为了方便林子桐、谢德顺和其他先生师傅们为她说戏而设置的，简单、朴素，一张桌子，几把椅子，还有一个小书架上面放了一些书。宋遏云进来，涨红着脸，从书架上取下了几本书，居然是宋词、元曲、元杂剧！白俊亭翻看着："呀，你能看这些？"宋遏云却以为这是责备她的话，吓得马上跪了下来："少爷，公子……不，先生，我、我卖戏装买这些书，我知道错了！我不该这么做，这跟偷……跟偷、偷东西一样。我以后再不敢了！先生，请相信，等我唱戏挣了钱，我一定把你这些戏装还上，一定！"

白俊亭突然心痛得像是要杀自己。

他一把拉起这女孩子，又一把把她拉进自己怀里，拍着她瘦瘦的肩膀，就像在哄一个小妹妹，他做这一切，都像是在梦里，毫无知觉，他心痛地喃喃："遏云，遏云，遏云，我可怜的遏云妹妹，你有什么错啊,有什么错?错的是我呀,我从前不知道你能读书还可以原谅,可那次,我明明知道你识字读书,我怎么就没想过,需要给你买一些你需要的书或家里的藏书房供你使用呢?竟然会让你难为到变卖自己的戏装去买书!遏云呀,以后,你需要什么书,只管开上个单子,让管家派人去买。知道了?"

"你不责怪我?"

"不责怪。你读书有什么错?错的是我……"

眉到这时,宋遏云才意识到两人相拥在一起,她"腾"地红了脸,小声地说:"公子……啊,先生!"白俊亭被她的唤声像是从梦中惊醒,才发现自己的双手还紧紧抓着宋遏云的肩膀。他赶忙松开了手,小声说了句:"对不起……"为了掩盖自己的窘态,白俊亭顺便坐在了桌前的那把椅子上,看了看那盏玻璃罩着的油灯,"哦,油不多了,我看得添油了。"

"嗯。"

他又拿起宋遏云卖掉戏装买的那几本书,这才想起来问她说:"遏云,你实在跟我说,你到底上过学没有?"

"没,没,我真的没有。"

"那你怎么能读这样的书?"

"可你知道,先生,哪里有为女孩子办的书院?"

这倒也是。此时,虽说世界历史即将送走十九世纪拥抱二十世纪,洋务运动和戊戌变法也改变了不少中国的书院和私塾教育,但女孩子是不可能受到这样的教育。可宋遏云的确是个谜,她的话等于没有回答,白俊亭很想揭开这个谜。

"你家里有私塾?你父母为你专门请过教书先生?还是你父母亲自给你教的?……你不可能完全是自学的,对吧?以你的年龄,你能读这样的书,一定是从小就念书的!我没说错,对吧,遏云?"

宋遏云别过了身子。

白俊亭站起来绕到她的面前,才发现她已经在掩面哭泣了。

六

　　宋遏云的身世和她所受的教育仍然是个谜，但这一切都丝毫影响不到她一亮相秦腔舞台就立即大红大紫的现实，白家班子也因她而一跃成为当地顶级的戏班子。只要是有宋遏云挂牌演出，白家戏园子"白家堂"就人满为患，蒲州乃至邻近的富原等地，男女老少扶老携幼地赶到白家花园来看戏。作为当地乃至陕西巨富白俊亭的父亲白大佑根本不在乎所谓的票房收入，只因他是个戏迷，他白家祖祖辈辈都是戏迷，只是到了他儿子白俊亭才不像他那么喜欢戏剧。白大佑当然高兴他家戏班子如此红火，尽管当地有些士绅对此有相当的非议，说什么一个女伶大模大样地在戏台子上唱戏，"有伤风化"，说白大佑这是寡廉鲜耻地聚敛财富，利用一个坤伶的绝色相貌在挣钱。这倒是，许多人都是冲着宋遏云是个青春貌美的坤伶来看戏的。白大佑听了这些，哈哈大笑，他说，听说京津冀地区的戏班已经有了坤伶，为什么我们秦腔就不可以有呢？无论男女演员，只要唱得好就是角儿！说我白大佑靠个坤伶挣钱，真是太小瞧我们白府了！所以这样，我分文不取，连唱十天大戏行不行？！话说出去，挂出去的戏牌就是，十天十场宋遏云《西厢记》折子戏，这下子不得了了，不但周围州县，就连邻省的甘肃和山西的一些戏迷不惜翻山越岭舟车劳顿也赶来看戏、过戏瘾，在这十天的后几天达到了高峰。蒲州县城都被戏迷们挤得水泄不通，而通往白府白家花园的街道两旁，不得不站满了兵丁来维持秩序，不然，滚滚的人流就会挤塌了街道两旁的店铺。

　　宋遏云红了。

　　红得过于耀眼。

　　宋遏云居然在短短的两三年时间里就唱红了这么一大片地区，这情形，就连她的先生林子桐、她的入门师傅谢德顺都没有预料到。当然，其中的因素很多，除了她是自古以来至少在陕西地面上的第一个秦腔坤伶以外，除了她的扮相俊美、身段婀娜，尤其是天籁般的嗓音以外，林子桐和白俊亭认为，宋遏云的文化程度和文化修养起了决定性的作用，她对每一出戏剧和每一句台词的理解让她的唱念做打全有一种独特韵味。这是他们知道的和见过的秦腔腕儿们都不具备的。于是两个人有了一个野心勃勃的计划：让宋遏云进行全国巡演，尤其要打到北京去，就像当年的徽班进京一样！这样确定下来以后，两个人就开始积极行动。先是派人到北京上海购买新戏箱，行头上当然一定要足够亮丽，以便在舞台上让宋遏云一出场一亮相就足够吸引观众的眼球。再就是乐队的配备。再就是车马舟船的准备。总之，一个剧团，长途跋涉外出演出的衣食住行都得考虑周到。这些事情主要还是白府里的人张罗，已经考上了京师大学堂的林子桐和正在准备举人乡试考试的白俊亭，主要是热心关于宋遏云这趟外出演出的有关事情，比如，林子桐正在为她写的一个新剧本需要琢磨、排练，白俊亭则热心地为她挑选戏装，同时和林子桐一起帮她理解剧中人的情绪把握……这两个白家班子的局外热心人什么都考虑到了，唯一没有想到的是，一听说第一站是到西安，宋遏云说，她死都不去！

死都不去？

为什么死都不去呢？

班主李十四来给两人汇报的时候，两人正和一帮士绅们坐在白家花园的假山凉亭里喝茶聊天，除了林子衡、林子桐兄弟俩，景孝严、景孝天兄弟俩，白俊亭、焦海波、高满儿以外，还有几个正阳大学堂的同学。这些人，基本上也都是南秋阳先生的学生。戊戌政变以后，南先生的康党罪行被陕西巡抚桂升消弭以后，南先生不但没有被抓捕入狱反而像是因祸得福了，原因就是当年高举屠刀的慈禧太后在经历了庚子赔款、八国联军入侵、《辛丑条约》签订，以及她亡命西安等一系列事件以后，似乎真的洗心革面下决心实行新政了。还在逃亡中的慈禧在西安以光绪皇帝的名义颁布了变法诏书，其中，和南先生以及他的弟子们息息相关的就是教育改革。改书院为学堂，各省于省城改设大学堂，各府及直隶州改设中学堂，各县改设小学堂。而学堂的管理、课程设置和考试方法完全是从西方引进的。正阳书院改成了"正阳大学堂",南先生被桂升聘作了大学堂的山长。于是,南先生把在秋阳书院开始的一些好的传统和办法扩大规模地搬进了正阳大学堂。此时的正阳大学堂,把原先秋阳书院刊书处变成了更大规模的"正阳官书局",名正言顺地刊印了大量文史、政治和自然科学书籍。而南先生又在学堂内创设了天文台、时务斋,甚至购买机器办起了像模像样的机器轧花厂。天文台让学生实际观测天体和星辰的变化,时务斋让学生上台演说辩论国内外时事大事,而办起的简易工厂则培养学生们的工业知识,这样一种读书氛围让南先生的学生们似乎个个都能言善辩,此时,他们说的话题就是:新政能不能救中国?

"什么?你说新政当然能救中国?那你给我好好说道说道,这样一个换汤不换药的新政又怎么能够救中国?"

说这话的是景孝天。

几年过去了,景孝天已经长成了一个年轻人,不再是小男孩了。他的气质显得更加风雅,他一手拿了个折扇,把折扇轻轻地往另一只手的掌心里敲着,一边微微向前倾着身体看着刚才说话的那位胖胖的学兄。林子桐、白俊亭都专注地望着这个风华正茂的少年,还想把这场辩论听下去,白家班子的班主李十四却匆匆地走进了凉亭,附耳对着两人说道:"宋遏云这是铁了心不去西安唱戏,你们两位先生再去劝劝吧!"

一听宋遏云坚决不去西安唱戏,两人觉得这事大了。和对方的合约已经签过了,对方的请柬也已经送出去了,戏牌子也早已经挂出去了,这会儿主角不去了!怎么行?两人匆匆离开凉亭。可是任凭两个人如何问和如何劝说,宋遏云却坚决不说出她拒绝到西安去演戏的理由,只是说除了西安她哪儿都去……说到最后,说急了,她甚至说,假如真要她到西安演出那她就只有死!怎么能说出这样的话呢?竟然连去死这样的话都说出来了!

为什么?

这到底为了什么?

等到宋遏云哭着被李十四带走,林子桐和白俊亭两个沉默了好一会儿。两个人不约而同地想起了第一次见到宋遏云时对她身世和来历的种种猜测和怀疑,时间过去了这么久,当年的那个碎女娃如今已经长大成了大姑娘,可她身上的那个谜团不但没有消失反而越来越多、越来越大。白俊亭心疼她,叹息一声:"唉,不去就不去吧,怎么还能说到死呢?这西安,对她来说真就是龙潭虎穴不成?"

林子桐皱着眉头:"俊亭,我怎么觉得这里面大有问题啊,西安对她真的可能就是龙潭虎穴!怎么一说到西安去,她就害怕成了这个样子,完全和平时判若两人啊,你说呢?"

"是啊,这么长时间相处下来,我也对她当初说的那一套有些怀疑。"

"我怎么忘了她当初说了些什么?"

"子桐兄,你怎么连遏云讲的她的身世都忘了呢?"白俊亭惊诧。

林子桐深深地望他一眼,意味深长地笑了笑:"什么时候,宋小姐变成'遏云'了?"白俊亭突然一愣,然后脸一红,赶紧转移了话头:"你是故意说你忘了吧?"林子桐说:"不是,我是真的不记得了。我只管教她戏,别的事情还真的没有太在意。你刚才说,你怀疑什么?"白俊亭说:"她当初告诉我们,她叫十一妹,是湖北人,逃难路上和家人失散才一个人流落到了陕西。可我这么长时间从来没有听她说过一句湖北话。子桐哥,你知道我们家高满儿很有点语言天赋,满世界跑,南腔北调的话还都会说上几句,他偶尔撒上两句地道的湖北话,遏云……哦,她好像一点儿反应都没有。"

"可她为什么要撒这么大的谎呢?"林子桐思索着,"我想,这女孩子没准还真是西安人,家也就在西安,只是她有一些难言之隐……对,肯定是有什么难言之隐。我想,会不会是逃婚出来的呢?"

白俊亭显然像是被林子桐这样的猜测吓住了,他好一会儿没有说话。

"要是这样的话,那最好让她永远都不要到西安去……这事我来安排。"

"好啊,连宋遏云在内,你白家戏班子都是你白家的家事,我不管。"

听着林子桐话中有话连带着讥讽的语气,白俊亭有些无奈地说:"子桐哥,你也别说宋遏云的事和你没一点儿关系,当初,是谁要把她从黄七手里买下来的?又是谁要我把她安顿在我们家的戏班子?你说你这是惜才爱才不错，可总归宋遏云的事情最初还是你子桐哥哥强加到我头上的，你能说她和你没有关系？"

白俊亭这话倒还真把林子桐说住了。

七

白俊亭对宋遏云的感情终于遏制不住了，爆发的强度令他身边所有的人都吃惊，如同火山爆发一样，一下子迸发出来，喷涌而出。那天，天气很好，秋高气爽，阳光暖暖地照着宋遏云所住的幽静小院，宋遏云这是结束了半年多的巡回演出刚回来，她见太阳很好，便把许多戏装都晾晒在了院子里的绳子上，花花绿绿的戏装在阳光下鲜艳夺目，煞是好看，尤其是戏装上的金箔银箔，被阳光一照，放射出万道光芒，整个小院于是就洋溢在了一种绚烂多彩的热烈氛围里。宋遏云这时很想洗个头。她烧了一大铁壶开水，又从井里打来一桶水，把它们费力地提到院子里一棵杜梨树下，又在树下的石凳上放了只木盆，然后打开发髻，洗起头来。白俊亭一直都在留意宋遏云回来的消息，高满儿作为他的书童一直陪伴在少主人身边，他当然清楚少主人的心思，为了在第一时间就准确知道戏班子回来的消息，高满儿给白府里的几个小家伙都布置了任务。这天中午时分，白俊亭和高满儿还在午睡，窗户下有了几声蛐蛐叫，三长两短，白俊亭睡在里屋，高满儿睡在外屋，他一听这蛐蛐叫，高兴地马上跳下了床，是他家小厮春儿，春儿跑这二三十里路就是来报告他们的白家班子回来了。

"好，好，那你等上会儿。"高满儿轻手轻脚地正想返回屋里，突然又想起什么返回身，问，"你来时，骑了几匹马？"小厮春儿说："按你的吩咐，骑一匹牵一匹。""好！这就对了！"

高满儿进到里屋轻轻推了推白俊亭："亭哥，亭哥，你醒醒。是宋小姐和戏班子回来了……"白俊亭睁开眼睛，一把揪住高满儿的衣领，

"你说什么？再说一遍！"高满儿这次大声道："少爷！是宋小姐和咱戏班子回来了！"

他话还没有落音，白俊亭就已经跳下床，等高满儿刚刚返回自己房间手忙脚乱地把衣服往身上套的时候，白俊亭已经冲出了房间。房门口拴着两匹马，白俊亭跳上一匹白马，转眼就冲出了正阳大学堂的寝室院子，高满儿和小厮春儿也急忙跳上了另一匹马，两匹马一前一后驰骋在从富原到蒲州的土路上。

一路黄尘滚滚。

白俊亭进到水榭花园院子里的时候宋遏云正在洗头。

木盆的清水里浸着宋遏云的一头乌发，根根青丝在阳光的照耀和水的反光下泛着一圈一圈的光晕，更显得又黑又亮。而同这种乌黑亮发形成鲜明对比的是宋遏云露出在衣领下的脖颈。因为洗头，怕水湿了衣服，所以就把衣领往里面挽了一圈，这就把平时露不出来的整个脖颈都暴露在了阳光下面。就是这段白皙而修长、白天鹅般美轮美奂的脖颈，一下子把白俊亭看呆了，他的身体里瞬间有了一股热辣辣的电流，这股电流简直一下子就把他击倒了。

白俊亭扑了过去，从后面紧紧地抱住了宋遏云。

宋遏云刚刚听到他粗重的呼吸声，正要回过头来却被他的双手抱得动弹不得。她并不惊慌，也不叫喊，在最初的惊恐中她睁开紧闭的双眼一眼瞥见白俊亭搂在她腰上的那双手，她知道是谁了。

她静静地站了一会儿，把水里的头发捞出来，拧了几把，然后，把还水淋淋的湿发挽在了头上，这才开口道："先生，你先松开手，遏云有话要说。"

白俊亭却拧过她的腰肢，想要把热情的双唇堵到她此时还淌着水珠的脸颊上和那张可爱的樱桃小口上。但白俊亭绝对没有想到的是，这纤秀的女子，这看上去如此纤细的水蛇腰，却是怎么用力也无法征服的，她的腰纹丝不动，整个人向后倾着的身体也丝毫搬不动，这时，他才想到了对方长年累月练功……他累得气喘吁吁，终于放弃了自己的努力。

"遏云，遏云，遏云……"他低声叫着。

他松开了手，她这才转过身。

"你知道我有多少个夜晚这样叫你吗？遏云啊，你只要点个头，我马上娶你！"他说。宋遏云有一会儿不说话，等白俊亭把两只手再次放到她肩膀上，她别过头去看着这双手的时候，眼睛里有了一层泪雾。她小声地问："娶我？娶我做什么？妾？小妾？……白公子白俊亭的小妾？不，宋遏云不能做你的小妾……"

这话让白俊亭惊住了。

这倒是他原先没有考虑过的。

他后退几步靠在了树上，嗫嚅道："遏云啊，你知道我是爱你的，我非常爱你……我就想娶你，想了很久了，我等啊，盼啊，真恨不得把这破举人都不考了，去追随你到天涯海角……你懂我心吗？"

宋遏云咬着嘴唇，不说话。

白俊亭看了她许久，最后，一咬牙，一跺脚，说："你，就等着我吧！"

白俊亭要休妻再娶这件事在林、白两家闹得沸沸扬扬。到了这年冬天，林子桐从京师大学堂放假回家，一回到家，关于这位林家三妹夫白俊亭有了一忧一喜两个消息。他哥林子衡这时已经聘作了正阳大学堂的教习，他告诉弟弟，白俊亭在这年光绪三十年甲辰科会试中考上了举人。白家为此大摆宴席，但请来的戏班子却是谢德顺的广福班而不是他家的白家班。原因就是俊亭的父亲白大佑不想让宋遏云再登他家的"白家堂"戏园子。

"闹到了这种地步？"

"是啊，本来像白家这种情况，俊亭多娶一个两个甚至十个妾都不算什么，偏偏这个宋遏云不干。很奇怪。好吧，你就等着咱家三妹抱怨你吧！这些日子，三妹一直哭哭啼啼说，都是你当初要把这个狐狸精送给俊亭，还说，解铃还须系铃人，你得把这个宋遏云带走，不能再把她留在白府里。"

林子桐想要逃避这个话题："哥，你说俊亭有一喜一忧，喜的是考上举人了。或许俊亭这科甲辰科举人就是最后一批了，京城里现在呼吁废止科举考试的呼声很高呢！那么，你说的忧，又是什么？"

林子衡说："子桐，白老爷因为这件事说是要把俊亭赶出家门，还要断绝父子关系呢。白老爷说，他们白家祖上还没出过一个戏子出身的媳妇，戏子不能进祖坟，这也是写在白家祠堂的族规里的，怎么说，也不能把一个戏子明媒正娶地娶进白家的大门。还说，只要他有一口气，就断然不能让俊亭休妻再娶。他老人家只要这林家儿媳和林家媳妇生的子嗣，其他再娶的必须是庶出、旁门别支！你说，这已经闹到父子反目了，是不是俊亭的悲和忧？"

"唉，这也真是。"

好半天，林子桐叹息道。

兄弟两个坐在堂屋里说了会儿话，天色就暗了，仆人端了盏灯进来，说晚饭好了，问二少爷是不是在这里吃饭？林子桐说，不了，他还是想回东院和妻儿们一起吃饭。林子衡听了，也不再劝，毕竟弟弟已经半年没有回家了。他起身送弟弟往院门口走去，这时，林子桐想起了小弟林子健，便问道："哥，我这回来大半天了，怎么就没看见咱子健弟弟？"

南先生被聘到正阳大学堂当山长以后，林子健跟着进了正阳大学堂去读书，现在，林子衡也在正阳大学堂当教习。所以，林子健到底在学堂里还是在哪儿，林子衡应该很清楚。林子桐不得不承认，他这半年在北京，还很想念这个小了他十岁的小弟林子健。哥哥林子衡每次写信都说，子健的武艺又长进了，子健的个子又长高了。如今，当先生的哥哥和当学生的弟弟同居一室，这倒让本来有些生疏的兄弟两个增进了感情。

"你知道这子健让人多不省心！"林子衡说。

"子健怎么了？"

"你说，多少人想上我们这陕西数一数二的正阳大学堂？别人考都考不上，进都进不来，可是，子健却闹着要退学！"

"怎么？他想退学？为什么想退学？"

兄弟两个眼看走到照壁跟前，不由站住了。

"他说，再新的学堂，就算是开设了现代西洋的算学、史地、格致、外语等等，还不是给清政府多输送一个官吏？他不想学，更不想走咱们科举考试的老路子。陕西如今将原来的武备学堂改作了陕西陆军小学堂，我们的子健就想去上这个学堂。他说，他要投笔从戎，反正他要学习现代军事,将来要带兵打仗!"

"哦,到底和我们的想法不太一样!"林子桐叹息道,"那他现在在哪儿?"

"前两天去了西安,可能在傅家吧!"

"一个人?"

"不。说是和陈嗣祖、景孝天、白俊亭家的高满儿几个结伴去了西安。"

"不会都要去报考武备学堂——不,陆军学堂?"

"不知道,这小东西不给我说。"

八

陈嗣祖这还是第一次见到景孝天。从看见景孝天的第一眼,他似乎就被景孝天身上的某种独特气质吸引住了,眼睛几乎一眨不眨地盯着对方看,就像中了魔一样,一对遗传了他母亲的杏核一样的漂亮眼睛再也离不开景孝天了。马车里坐着四个年轻人,除了陈嗣祖和景孝天以外,还有林子健和高满儿。高满儿是这里年龄最大的,林子健和景孝天不但年龄相仿,而且趣味相投,都喜欢武术,喜欢健身强体,而且都怀抱着岳飞岳武穆一样壮怀激烈的报国心,两个人经常在一起来几下拳脚功夫,相互切磋提高技艺,在正阳大学堂里是一对出了名的"武林高手"和同窗好友。高满儿不是正阳大学堂的在籍学生,只是少主人白俊亭的伴读,可他既聪明又好学,在正阳大学堂几乎没有谁对他另眼相看,有人作业做不出来甚至还会求他帮忙,所以,高满儿所受的教育不比别人差。四个人中,高满儿和景孝天都不熟悉的就是这个"小屁孩儿"陈嗣祖。陈嗣祖明显是个少年,才刚刚十四岁左右,又生得面相娇嫩,唇红齿白,像个没经过摔打没见过风雨的娇小姐一样……

事实也是这样。

陈嗣祖从小到大差不多足不出户，就生长于他家的深宅里，父亲陈家骥对他管教非常严，给他专门聘请了名气和水平与南秋阳先生几乎不相上下的著名塾师贺炳麟。这老先生因为年龄过大早就不就馆教书了，却硬是被陈家骥的诚意和金子打动，十多年一直住在陈家，课"子"读书。陈嗣祖在受到良好教育的同时，却对外面的世界一无所知，这回，是他父亲陈家骥下了决心要他跟上潮流闯荡世事去。就在前些天，贺老先生的一位学生来看望老师——这学生却不是一般人，是四川的一个知县，陈家骥当然要设宴招待，席间，这位四川知县说到自从庚子年冬天慈禧太后尚在逃亡西安的时候就下诏变法以来，的确是天下大变。新政涉及官商吏治财政外务等方方面面，而他认为，在军事方面和教育方面西太后的改革力度非常之大。去年，光绪二十九年冬，朝廷开始改革军制，裁汰绿营，编练新军，各省都成立了督练公所，将来，再也不走过去几百年来清朝的旧军制……

陈家骥听到这里大睁两眼："那你说说，什么叫新军制？什么叫新军？"

四川知县说："兵，不再是过去那种按籍征兵，而从社会招募。官，也不看你是不是八旗子弟，而要从新成立的陆军学堂招募军官。由新式军官学堂毕业的军官带的兵，又按照新式西方军制编练的军队，这就叫'新军'。我们四川和你们陕西，如今也正在着手编练新军，很快就会有跟过去的绿营不一样的军队啦！"

"啊？！"

陈家骥的眼睛瞪得更大。

过了一会儿，他又问道："你刚才说的还有教育方面呢？"

四川知县说："教育？教育方面的新政可就真的多了！太多了！所有的一切都革故鼎新了……"

"革故鼎新？"陈家骥问。

"对，是革故鼎新！敢问你家公子现在还跟着我先生在读四书五经？做八股文章？"四川知县显然是和他老师商量过了，所以敢这么说话。贺炳麟老先生听学生这样说话，连头抬都不抬，眼皮动都不动，只埋头吃菜。陈家骥被这一问，有点不好意思，看了和他老师一样只埋头吃饭的儿子陈嗣祖一眼,给知县的酒杯里斟满一杯酒,又恭恭敬敬地端上,说:"犬子不才,愿闻先生指教。"

四川知县说:"都什么时代了?世界都进入二十世纪了!连西太后都要变法图强实行新政了,陈老爷你怎么还能抱残守缺到如此愚昧的地步呢!"这知县倒是一点儿不给主人面子,说得陈家骥脸上红一阵白一阵,不过,因为对方的身份地位,他也只有忍着,还赔着笑道:"先生指教。"四川知县说:"再不能把公子养在你这深宅大院里了!我给你说,陈老爷,教育方面最大的一个变化,我认为,就是因为中国要面对几千年来前所未有的大变局,我们必须了解那个我们所不了解的外面世界。所以,从庚子年以后这几年士子们普遍出洋留学,掀起了一个出洋留学热潮……"

一直在埋头吃饭的陈嗣祖突然抬起头,兴奋地叫了声:"啊,出洋留学!"

他父亲瞪他一眼。

陈嗣祖却还是掩饰不住满心的兴奋和向往,热切的目光盯在四川知县脸上。

陈家骥问:"先生,请问都到哪儿去留洋?"

四川知县说:"前些时主要是赴美,如今则更多的是到日本。"

陈嗣祖把兴奋的目光投向他父亲,但他父亲却假装没有看见。

"你说到日本,嗯,日本倒是比美国近多了……"陈家骥说。

四川知县继续说:"就拿我们四川来说吧,我们四川一百多个县,每个县都派留学生,还有自费生随着官派生一起去。前年我们县走了三四十,去年走了六七十。到了今年,啊呀,不得了,一下子走了百八十人。就我所知,我们全川今年赴日留学的人数不下三四百人!"

"那我们陕西呢?"这回,陈嗣祖再也憋不住了,脱口而出道。

陈家骥知道这小孩子一旦感兴趣的事情,你就再瞪眼、再摇头、再挤眉弄眼都不顶用。阻止是阻止不了了,唉,那就让他问吧,等下来再说。

"你们陕西?"四川知县想了想,"不很多。我知道的,今年陕西像是首次派遣留学生,以前没有……"

"派到哪儿去?"这回问话的还是这小孩子陈嗣祖。

四川知县这次也是对着陈嗣祖回答:"到日本。"

"日本?先生,哦,不,大人,你知道去了多少?怎么派的?派的都是些谁?"

"不多,官派的。具体人数我还不太清楚,陕西大概只有十个吧,而且我知道,陕西派出的赴日留学生基本都是从你们陕西武备学堂派出的。"

"哪儿?……武备学堂……"陈嗣祖又急切地问。

他父亲这次不等四川知县回答抢先说道:"嗣祖娃,我听说如今已经把武备学堂改作了陆军学堂。对吧,知县大人?"

知县点头。

送走了这位四川知县,陈府里开始了一场从来没有过的争论。陈嗣祖告诉母亲,那位知县说得对,他再也不能被养在这深宅大院里了,他要走,要离开这个家,要出洋留学,到日本去。总之,他要像一只笼中小鸟一样,逃离这樊笼,要远走高飞了!嗣祖母亲六姨太当然不肯离开儿子,儿子闹得凶了,她想用眼泪留住儿子,说,嗣祖就是她的命根子,要是没有嗣祖她连一天都在这个家里待不下去,真的是一天都待不下去。嗣祖说:"娘,娘,嗣祖不可能总在你身边啊。嗣祖长大了,不可能永远不外出求学啊。嗣祖如果不外出求学,将来有本事,出人头地,当个一官半职,娘,等你老了你的希望在哪里呀?"他母亲听了,这才抹干了眼泪。可当这母子给陈家骥一说,陈家骥却大发了脾气,说:"我就你这么一个儿子,你要是出洋留学了,我这么大家业谁来继承?不行!"陈嗣祖说:"大,我出洋上几年学又不是不回来了。"他父亲还说:"不行!"陈嗣祖问:"为什么不行?"他父亲说:"你没听,要是官派的必须得上官办的学校,你又没上过官办的学校。"陈嗣祖愣了一会儿:"刘知县不是说了,还有自费的!大,我为什么不能自费到日本留学?"他父亲这倒又让他给问住了,想了半天,最后说:"嗣儿,我不是没有钱,也不是舍不得钱,而是和你妈一样舍不得你走那么远。你要非要上官办的学校,就近上我们正阳大学堂不好吗?为什么要跑那么远?"

陈嗣祖低头想了一会儿,拧着脖子说:"如果不让我去日本,那我就要进西安的陆军学堂！不然，我就什么书都不读！"

他父亲陈家骥跺脚："嗣儿，你这是越大越不懂事了？正阳大学堂和西安的陕西大学堂一样好，一样出名，你为什么非要到西安去读书？"

陈嗣祖反驳说："一样出名不假，可它不是军校！"

"不是军校又怎么啦？中国有句古话，好男不当兵，好铁不打钉。你怎么没出息到想要当个吃饷的丘八、兵痞子！"

"大，你怎么就不知道乱世出英雄呢？你看现在正是乱世，国家的多事之秋，你没听新军是新式武器、新式操练，还有洋枪洋炮。我学了，如果将来登高一呼，没准我还能当上个楚霸王项羽或汉高祖刘邦呢？——王侯将相宁有种乎！那时，岂不光宗耀祖？"

陈嗣祖这一番话是急了胡说，他的目的还是想通过上陕西陆军学堂将来到日本留学。可没想到，其实正是他这一番胡言乱语打动了陈家骥的心。乱世当中，谁有军队谁就是草头王，自古皆然。那么，让嗣祖去上陆军学堂，未必不是一件好事，陈家偌大的家业将来有个领兵将军保护，不就是未雨绸缪吗？陈家骥这才同意了把儿子送到西安去上陆军学堂，年龄小，那就上陆军小学堂，他把这些全都打听清楚了以后，到林府里一问，他们家的子健居然也准备去上陆军学堂！好，有表哥带着管着，这就最好！陈家骥郑重地把嗣祖交给了表哥林子健，子健拍着胸脯对姨父说："嗣祖兄弟你交给我放心好了，没人敢欺负他！"

陈嗣祖这是第一次出远门，心里还多少有些紧张。可就是奇怪，景孝天不知为什么就让他感觉与众不同，他就着迷般地喜欢对方——虽然两人到现在还没说过一句话。景孝天的腿上放着本书，一只手放在书上，另一只手扶在车厢垂帘边上，眼睛望着窗外的景色，像是在沉思什么。这样，陈嗣祖望着的就是景孝天的半边脸。在窗外秋阳的照耀下，嗣祖觉得这张半侧着的脸上写满了他所不能理解的高贵和高深莫测……高满儿到西安是去找焦海波，因为他听说清政府的新政里面有一条就是要创办巡警。什么叫"巡警"？这个时期的新名词非常多，他搞不明白的时候就会去问景孝天。景孝天总能回答他提出的各种问题。景孝天告诉他，他认为的巡警制度，其实就是西方国家的警察制度，清政府说要办巡警，还首先在河北保定设立了警务学堂，实际就是要培养现代国家的警察队伍。高满儿在听了景孝天的解释以后，两眼放光，他当时就喊道："太有意思啦！"这之后趁着为白家到河北办差的便利，高满儿顺便去考察了保定的警务学堂。回来他说："真不错！清一色的服装，学文化，还操练，和新军差不多，只是不打仗。"这之后他就一心地想当巡警了。最近听说，清政府要在各地普遍设立像保定这样的警务学堂，陕西也要办，他就想找焦海波问个清楚。

马车晃晃悠悠走了好半天，高满儿闭着眼睛已经睡醒一觉了，一睁眼睛，发现林子健也在睡，而坐在景孝天对面的陈嗣祖还一脸天真充满好奇目不转睛地看着景孝天。高满儿用脚踢了踢林子健，子健醒了，问他："踢我干什么？"

高满儿伏过身子小声地："喂，你带他来干什么？"

"干什么？"

"像个没见过世面的乡巴佬！"

林子健不高兴地："满儿哥，他是我表弟，我不让你这么说他！"

"可是他……你没看，一直在看孝天呐，眼珠子都不转！"

"这有什么？"林子健不屑地。

"是没什么。可是……"

"可是什么？"林子健一点儿都不让着他说，"我看他就是喜欢孝天哥，这有什么大惊小怪。哦，就许你喜欢，不许别人喜欢？你对孝天哥一直很崇拜，这我知道，满哥，那我表弟一样啊，他为什么就不盯着你看呢？"

高满儿被林子健这一顿抢白弄得很不好意思。

"那你说他……他跟我们来干什么？"过了一会儿高满儿还是要问。

"跟我和孝天哥一样啊，都是想报考陆军学堂。"

"哼，就他这身子骨！"高满儿一脸的不屑。

在两人小声这样说话的时候，景孝天已经回过头来，微笑着看着陈嗣祖。

"你好！"

"你好！"

"我叫景孝天，你叫什么？"

"我……我叫陈嗣祖，哦，我是子健哥的表弟。"陈嗣祖又兴奋又有点紧张，说话多少有些结巴和语无伦次。景孝天向他伸出手，他赶紧也把自己的手伸过去。两只手一握到一起，陈嗣祖立刻感觉到了这手的"孔武有力"，绝对不像他表面看上去的柔弱无力。这手，白皙修长，跟女孩子的手一样，怎么会这样——就像骨头缝里都是力气。而景孝天一握陈嗣祖的手，也立刻知道了眼前的这个小弟弟是个真正的公子哥，那手，真的是绵软绵软的，再看他一脸纯真的样子，知道他对眼前的一切事物都既新鲜又好奇，而且还有点紧张。

"第一次出门？"景孝天问。但这却是陈嗣祖现在最怕回答的一个问题，他回避，不回答，却问道："孝天哥哥，你看的是什么书啊？能不能让我看看？"

景孝天笑了，明白这少年人的心思，马上把书递过去："可以。"

陈嗣祖一看："啊，《革命军》？"

他叫了一声，这叫声不小，结果把林子健和高满儿都吓了一跳，两人几乎不约而同道："《革命军》！是啊，有什么？"

陈嗣祖一看这三人的神情，知道了自己的唐突：对他们几个而言，这书，一点儿不陌生，也根本不算什么。陈嗣祖脸一红，为自己的无知和孤陋寡闻而感到有些害羞。他刚才的确是被这书名吓了一跳，"革命军"——不会是反清言论吧？他低下头，开始翻看起来。这本书的作者叫邹容，书是上海大同书局出版的。陈嗣祖这一看，只翻看了一会儿书目，马上就明白了这书还真的就是反清的和鼓吹反清革命的。高满儿一看他越来越紧张的面容，哈哈笑了起来："我说小家伙，你就别再看了，再看，别吓得尿裤！"

林子健不愿意了，很生气，抬手砸了高满儿腿上一拳。这一拳下去，高满儿痛得差点儿迸出了眼泪，倒吸了一口冷气。"哎哟，疼死我了！子健弟弟，你手可真重啊，是想打死你满儿哥哥？！"高满儿假装不高兴地说，"小心等我当了巡警，用警棍打烂你的屁股！"

"嘘！那不还是清政府的一个奴才！有什么可神气的？"林子健讥讽道。

高满儿想想，抓抓头皮："那倒也是。"

陈嗣祖一直不理这两人的争论，只低头看书。翻看了一会儿后，有些疑惑，他抬头望着景孝天："这书上说，要推翻满清政府，建立'中华共和国'。你看一开始这段——呜呼……"

陈嗣祖的这一"呜呼"刚一出口，车里的其他三个人景孝天、林子健和高满儿就不约而同地背诵起来——

呜呼！我中国今日不可不革命，我中国今日欲脱满洲人之羁缚，不可不革命；我中国欲独立，不可不革命；我中国欲与世界列强并雄，不可不革命；我中国欲长存于二十世纪新世界上，不可不革命；我中国欲为地球上名国、地球上主人翁，不可不革命。革命哉！革命哉！我同胞中，老年、中年、壮年、少年、幼年、无量男女，其有言革命而实行革命者乎？我同胞其欲相存相养相生活于革命也。吾今大声疾呼，以宣布革命之旨于天下。

……

在马蹄的"嘚嘚"声中，在马车行进的旷野上，留下了一串清晰的年轻人的朗诵声。马车过后，这声音仿佛还回荡在天际间。陈嗣祖听愣了，但他仍旧想问出他心里的疑惑，不由脱口而出道："革命，革命，革清王朝的命，孝天哥，这我都听明白了。可是……"

"可是什么？"高满儿不耐烦地打断他。

景孝天阻止他说："满哥，你就让嗣祖兄弟把话说完。"

"好吧，好吧，那就让他说，我洗耳恭听！"高满儿负气道，把眼睛看向了外面的原野。他们在沿着石川河走。此时不是洪水期，河水并不宽广，也不波澜壮阔，石川河此时显得很秀气，一条妖娆的玉带，缠缠绵绵缠绕在富原的胸脊上，水流潺潺，清澈见底。高满儿再一抬头，却见突兀地，如同万丈绝壁般，平原上直立着十多丈高的直上直下的土崖。刀劈般的万丈绝壁上却是一座城。这城就是他们的富原县城。这是一座袖珍的城池。方圆也不过一两平方公里，其实就是一座村落般大小的军事要塞,悬崖峭壁起天然城防作用。这种借其天然形势,建在四壁似刀斩样陡直台塬上的城寨,人们叫它"斩城",意为刀子劈出来的一座城。这样的一座县城,高满儿清楚,全中国恐怕也就是他们富原县城,独一无二……平时他还不是太在意,此时望过去,却觉得壮美极了。这让他暂时忘记了和陈嗣祖的争吵。

陈嗣祖却不敢说了,他看看这个,又望望那个,完全一副欲言又止的样子。

景孝天鼓励他说:"没关系,把你的问题说出来吧!"

陈嗣祖鼓足了勇气,道:"满清政府是不好,可现在……现在它变了呀!"

"它变什么了?再变,还不是满清政府,又不是我们中华的政府!"

高满儿还是忍不住回过头来插了句。

景孝天说:"别管他,你说!"

陈嗣祖道:"清政府现在实行新政,听我先生说,慈禧太后现在实行的这些新政,其中一些改革举措,不仅超越了百日维新,就是在中国历史上也是空前的。我先生还说,慈禧太后这么顽固的人也不得不承认现实,说她用铁腕把新政变法扼杀在了血泊之中,可两年之后又用铁腕实施了戊戌年间提出的所有变法主张,并且还大大地向前推进了一步……"

这时候车里的几个人都在静静地听他说话。

"哦,你先生是谁?"景孝天问。

"贺炳麟先生。"

"哼,一个保皇派!或者叫君主立宪派!"高满儿恶狠狠地插了句。

景孝天这次没理他,对陈嗣祖说:"你先生说得这些都不错,也都是我们眼下正在发生的事情和变化。你是不是认为,既然清政府都已经知错改错、改弦易辙了,我们就不该革它的命?像你先生认为的那样中国实行君主立宪?"

在景孝天说话的时候陈嗣祖一直频频点头:"对,对,就是这样……"等现在景孝天的话刚一落音,他就急切地问道:"为什么就不要清政府了?为什么要革它的命?既然它已经实施新政了……"

林子健和高满儿这时几乎同时大叫："晚了！太晚了！"

"是太晚了。"景孝天说，"历史已经不再给清王朝时间和机会了。时间的窗口关闭了。现在，在全中国经历了新一轮的苦难之后，庚子年的变乱和丧权辱国的《辛丑条约》以后，举国上下已经没有人再相信清政府了。那么，嗣祖兄弟，你难道认为慈禧的新政可以救中国吗？"

陈嗣祖大睁着一双好看的杏核眼，又好奇地追问一句："为什么不能？"

"失去民心了！对不对？"林子健开口了，但他问话的对象却是景孝天，见景孝天点头，他才又对陈嗣祖说："嗣祖，孝天哥的话说得已经很清楚了。戊戌年变法的时候我们读书人还给皇上上书，那是对清王朝还抱有希望，对清王朝而言那恐怕也是最后一次机会！可是现在呢，一切都变了！清王朝在庚子年和辛丑年犯下的大错不可饶恕！一个昏庸无能的政府，导致八国联军入侵，国家主权大幅丧失，还有，数额达到四亿两的庚子赔款！怎么得了啊，这样的政府你能保证它再不犯错误？如果它再犯错误呢？——再犯更大的错误呢？——就像《革命军》这本书里说的，不推翻这样的政府中国人都不可活了！"

"没错，"景孝天说，"辛丑以后乃至这几年越来越多我们汉人的读书人意识到原来这个朝廷是异族政权。晚清这六七十年从鸦片战争开始，它犯下的一系列错误，它不思进取，它逆世界潮流而动，把我们整个中华民族往阴沟里带，这个政权也早就丧失它的合法性了，我们必须推翻它！"

"对对！对这样的政府，只有革命、革命、革命，还是革命！"高满儿热情洋溢地呼喊着，甚至站了起来，举着双拳，在马车上蹦。林子健也站了起来，两人一起蹦，"对，革命、革命、革命！！"车厢外的马儿像是被惊吓到了，"咴咴咴"地嘶鸣起来。林家的车夫在轿门上敲了几下，林子健这才停了下来。

等大家全都平静以后，景孝天看陈嗣祖还盯着他看，便说道："嗣祖兄弟，对于这些你一时半会儿还理解不了。不要紧，你好好看看这本书……"

"你借我？"陈嗣祖一下子很兴奋。

"你要喜欢，送你。"

"那你……"

"我还有。南先生那儿总是有这些书的。嗣祖兄弟，我只想给你再说一点，我们中国，正像《革命党》这本书里说的，一个有五千余年之历史，指点二千余万万里之地图和四万万同胞的古老帝国面临了一个大问题、大麻烦、大变局。在此之前和我们打交道的都是些游牧民族，比如蒙古族、满族，而今天，我们面临的对手完完全全变了，英美法日意等等，这些国家哪一个都比我们在科学、机械以及民族主义立国方面强，强很多！我们把他们叫作'列强'——列强，也就是说我们有不止一个这样的强敌，其中任何一个我们都战胜不了！我刚才想的就是，我们中国一定要抛弃这个腐败透顶的清王朝了，可下一步呢？下一步中国往何处去？像日本那样的君主立宪还是像美国那样的共和？……"

"一定是共和！"林子健和高满儿说。

"对！这也是孙中山先生的主张……"景孝天说。

"孙中山是谁？"陈嗣祖这话一问出立刻知道自己又不合时宜了。他表哥林子健皱起了眉头，而高满儿则一脸的不屑，那意思是："连孙中山是谁都不知道！"景孝天想了想，为了不伤害他的自尊心，说："以后你会知道，嗣祖兄弟。我是说，听说孙中山先生在国外成立了反清革命组织'兴中会'……"

"这兴中会不是前些年就有吗？"高满儿问。

"不错，但在那次广州起义之后，你们知不知道，孙先生又一连搞了几次武装暴动，却都失败了。兴中会当然也存在不下去。所以，现在，孙先生就把这个会办到了国外，美国和日本，所以我想……"

"你想怎样？"三个人不约而同地问。

"到日本去，追随孙中山先生。"景孝天平静地说。

"嘀——！"

三个人都长长地出了口气，林子健这才明白了这一路上景孝天一直凝神望着窗外在想什么。但这太出乎他意料了："孝天哥哥，咱不是说好了一起报考陆军学堂吗？等在陆军学堂毕业后再争取公派出国吗？"

景孝天摇头："太慢了！子健，我等不及了，我刚才一直在想的就是我怎么凑足这笔路费和到日本上学的费用。我又想到,就算是有了钱,又怎么去,跟谁一起去?这些事情都还没有想好。"

"我看这事得好好商量商量,你要是不上陆军学堂,我上也就没意思了……"林子健像泄了气的皮球一样,突然一下子就变得没精打采了。陈嗣祖一听景孝天想到日本去没钱和没门路,没钱他没办法,他家的钱再多都由他父亲掌管,可是门路呢?他突然想起到他家的那位四川知县,于是就把那四川刘知县在他家饭桌上讲的关于"留学潮"的话又讲了一遍。这回,就连高满川也听得津津有味。

"四川一年走那么多人?"高满儿啧啧叹息。

"既然这样的话,嗣祖,能不能你回去以后帮我打听到这个刘知县,我就跟他们那个县的人一起到日本去?"景孝天说。陈嗣祖一听,为自己能给景孝天帮上忙兴奋得连脸颊都变得绯红,他说:"没问题,一点儿问题都没有!那刘知县是我先生的学生,我一问我先生不就什么都知道了?到时候,我还可以陪你去四川找他!"

两人说得兴奋,眼睛里全都放着光。

林子健茫然若有所失:"好呀,孝天兄你去日本……我呢?咦,为什么我就不能去呢?……对呀,我也一起去日本!就这么定了!还有,如果我们一起结伴去,孝天哥,你的费用不用发愁,有我呢!哈哈,就这么定了!"

这大概就是年轻的好处。两人同行往西安去之前还一心向往的是报考西安的陆军学堂,结果这趟路还没走完,他们的人生目标已经改成了到日本去留学。在这件事情决定以后,景孝天和林子健都非常激动,两人的手紧握在了一起,景孝天说:"到日本去上士官学校,学习军事!"

"对,还要学习军械,掌握造枪和制造炸弹的本领!"林子健说。

兴奋了一会儿后,两个人同时笑了起来:"呀,那我们这趟到西安去干什么?"是呀,原本是要投考陆军学堂,现在要到日本去了,到西安干什么?可等两个人想起这个问题的时候,一掀车帘,马车已经到了西安城门口了。景孝天说:"既然已经来了,我看,咱就动员傅家兄弟也跟我们一起到日本去!如何?"

九

马车先驶进了焦家院子里。焦海波一听林子健、景孝天、高满儿还有陈嗣祖几个都来了，立刻把手头的工作给下面的人做了交代，抽身就往家走去。他现在已经是按察使司驿传房的经丞了，他父亲是五品按察使司驿传房佥事，离接他父亲的班几乎一步之遥了。他父亲的培养再加上陕西巡抚桂升对他的青眼有加，驿传房的人谁都知道焦海波迟早都是驿传房这个院子的主人。手下人恭恭敬敬听完要办的事，目送着年轻的经丞大步流星地走去。他家院子和驿传房的院子只隔了几条小巷，走不了多大一会儿就到了，他进院子的时候，几个人才刚把车上的行李、给焦家带的几口袋粮食、瓜果蔬菜等卸下来，正准备把马也卸下来，焦海波一进门急忙叫道："别卸！别卸！"

几个人住了手。

焦海波道："傅家兄弟一听你们要来，早就等着了，我们现在就把马车赶上，一起过去。"焦海波显然是要把他们带来的东西全都送到傅家去。林子健却说："且慢，海波哥哥。别的东西你要送也就送了，可这九眼莲……是我大哥和南先生特意为你家老太爷选的。你要都送走了，老太爷过寿、今年过年可怎么办？"

林子健这一说，焦海波抓了头皮："是啊，是啊，我怎么把这茬儿给忘了呢！"

原来，九眼莲是富原县的特产。这莲却也特别，不多不少有九个孔眼，环状排列，故称"九眼莲"。九眼莲节长尺半，洁白如玉，胖若儿腿，手感沉实，切开九眼，薄如纸翼，生吃熟食，入口无丝，脆嫩香甜，鲜美爽口，被人称为藕中极品。最好的九眼莲是温泉河上游凤儿嘴村大约二三十亩塘里产的，那儿正是焦海波的故乡。他爷爷焦老太爷每年过寿，寿筵上必备的蜜汁糯米藕、糖醋藕盒等都必须就是这温泉河凤儿嘴产的极品中的极品九眼莲。老太爷第一筷子一夹,放在嘴里品上一会儿就能辨出真伪,这谁也骗不了。林家和焦家既是姨表亲戚,这么多年从来都是一次不拉地按时按点送上家乡这难得的佳品,这次也不例外。于是焦海波、林子健两个人又爬上车,打开其中的一个麻袋,小心翼翼地把这九眼莲取出一半儿,剩下的一半儿,海波说,怎么也得让傅家人尝尝。

　　几个人重新坐回到马车上,焦海波挤坐在景孝天和陈嗣祖中间。他身材高大,人家本来叫他"黑脸罗成",现在,还真是长成了半截铁塔一样,坐在两个白面书生中间他就更加显得又黑又壮了。嗣祖他当然认识,不过,当时嗣祖还更小,这两年是长大了,长成个英俊少年了。焦海波一坐到马车上很快弄明白了这几个人各自的算盘。陈嗣祖还是想上陆军学堂,他和傅家最小的弟弟傅志远同龄,他想和志远一起报考陆军学堂。傅志远的哥哥傅文远和林子健、景孝天同龄,这时正在陕西大学堂读书,林子健和景孝天的目标是把傅文远拉着和他们一起到日本去留学。焦海波一听马上摇头说:"这兄弟俩从来都不拆伴,志远还小,家里不会让他走那么远。至于你们两个,我知道没人能挡住你们,孝天不用说,从小自己做主,连他哥孝严都听他的,他想去日本读书,困难的可能还是钱的问题……"

　　林子健道:"海波哥,有我呀!孝天哥的衣食住行我全包了!"

　　"那就好,那就好。"焦海波一听,"那就没有问题了!"

　　陈嗣祖小声地说:"子健哥哥不用商量家里就能同意?"

　　焦海波说:"林家和你们家不一样,家风不一样。林家只要子嗣们做的事情有利于国家,他们都会大力支持,不会埋怨,比如子衡哥哥当年参与戊戌年变法而丢掉总理衙门京章一事。再加上南先生在林家住馆多年,简直就是林家的一个成员,而且还是重要的成员,南先生把他的关学精神也完全传递和渗透到了林家的骨髓里。你家呢?嗣祖,同样的事到了你家我可还真不好说。"

　　陈嗣祖不吭声了,他知道焦海波说的都是实话。但他的脸微微泛红,过了一会儿,眼睛里有了一层泪光。这个十四岁的少年很想哭。因为,他在陈家过得不够幸福,感到有些压抑,而每次到了林府,和表哥表弟们在一起,他就无比快乐!他为什么要生在陈家呢?这个陈家,连海波哥哥都看不起!好丢人!

林子健看见了滚动在陈嗣祖眼中的泪水,忙暗中踢了焦海波一脚。

焦海波却装作不知道。

说话间,马车拐进了一条胡同,这就是西安城中有名的卢进士巷。

一走进这条街巷氛围马上不一样了,给人的感觉,这家家的高门大户,门口蹲着的石狮子,门楣上高悬的巨大牌匾,还有门口的拴马桩,以及写有警示人们到此必须下马的牌子,等等,都给人一种肃杀的气氛,到这里的人似乎不由得要屏息静气。马车行走在青石板铺就的路面上,马蹄的声音显得格外清脆悦耳,这条巷子的路面也比西安其他街巷要宽,因此显得路两旁那些高大的屋宇、高大的围墙更加气派,但也增加了这里的肃杀气氛。陈嗣祖之前跟着父母来过几次,陈家和傅家是姑表亲戚,傅家的一位小姐嫁给了陈家的一个叔叔,做了陈嗣祖的婶娘,这种关系就比较近了。陈嗣祖早就不想哭了,这会儿,他想笑,因为一想到今后要和表哥傅志远一起上学读书,说不定将来两人还一起到日本去留学,他就满心欢喜简直想要笑出声来!快到傅宅,他们就都感到氛围完全变了,这时,车帘早就掀开了,五个年轻人同时向外张望,只见傅宅门口挂着大红灯笼,车水马龙,各式各样的马车、轿子从傅宅门口一直排到了半条街那么长,他们的马车也根本挤不进去……

"咦,没听说傅家要办什么喜事啊?"焦海波先感到奇怪,"要是办什么喜事一定会通知我们家呀!"焦海波家和傅家是世交,两家的交情已经持续有几代人了,所以傅家如果有重大的红白喜事一定会提前通知焦家。马夫只能把马车远远地停了下来。大家正想下车时,傅家一名穿着号服的仆人来了,问道:"公子们可报一下尊姓大名,我好进去做个通报。"

焦海波看了大家一圈,稍稍有些难为,但旋即说道:"你去就报,富原林家和陈家,蒲州白家和景家,还有我,驿传房的焦海波几位公子来了。"

"好,好,多谢!"

高满儿说:"就海波哥哥这禀报事项的功夫,我们这几个人都得学上一阵子。海波哥，你说的蒲州白家公子指的可是我啊，人家会以为是俊亭哥来了呢！"

"不管他！这些年我总算摸出来了，在衙门里边所有的公事、禀报，要越简洁越好。能用一句话说明白的，绝对不用两句话。否则，上司会认为你无能。"

林子健说："怪不得我离开家时两个哥哥都反复教导我，到了西安，以后要多向海波哥哥学学，有事也多和他商量……"

焦海波说："唉，没什么。你们几个不管是谁，像我一样放在这酱缸里泡上几年都会比我强！""什么？"陈嗣祖叫道，"海波哥，你把什么叫酱缸？"

高满儿恨恨道："官场！绝对的腌臜地方，是吗？"

焦海波点头。

"啊呀，谁在说官场是个腌臜地方？"一个洪亮的声音盖过了周围所有的喧嚣声，一下子穿透到了他们几个的耳朵里。几个人这才看到，是傅家兄弟两个来了，说话的正是哥哥傅文远。这兄弟俩，一看便是贵公子哥儿，但却气质儒雅，风流倜傥。两人都属于那种高挑个儿、长相俊美的年轻人，弟弟傅志远虽说比哥哥小了四五岁，个头却也不低了。几个人相互打着招呼。

"文远好。"

"文远哥好。"

"志远好。"

"志远弟好。"

"志远哥好。"

而这兄弟两个也一一叫着哥呀弟呀的彼此握手，拉扯着下车。马车上的这些人中陈嗣祖当然最小，也是唯一一个比傅志远还要小的客人，傅家兄弟就特意一边一个伸手去搀他，却被陈嗣祖一扭身子甩开："我行！"他蹦跳着一跃跳下马车，像是比所有其他人还要敏捷。景孝天小声对林子健道："嗣祖身上有一股子不服输的劲头呢！"焦海波问傅家兄弟，"你家里为什么这么热闹？办什么事？我怎么不知道？"

傅文远说："两个事。一是著名京剧大师杨月楼到西安来了，刚好家父回家，两人本有私交，家父在京就是有名的票友，好友杨月楼大师来到门口了，能不招待一番？这下子好了，闻讯就来了一拨又一拨的客人，都是些亲朋好友，也都是些戏迷……唉，可惜，怎么忘了通知子桐哥哥？子桐哥哥可是戏剧方面的全才，既能编写，还能排演，真应该让他来会会杨大师呢！现在怕是来不及了！"

傅文远跌足。

高满儿说："的确是你不好，你要是提前派人到富原和蒲州送个信，子桐先生和我们俊亭先生一定会赶着赶着到西安来，还会把他们最欣赏的旦角宋遏云带上，来拜见这位京剧大师。真是太可惜了！"

林子健插话说："我二哥不在。"

高满儿："你刚才不是还说你走前……"

"对呀，可他也是匆匆来、匆匆去，昨晚上就回北京了。"林子健说。

焦海波问："家里办堂会？"

傅文远道："也不是什么正式的堂会，就是来了西安的一些票友，大家串演上几台戏，请杨月楼大师点评点评……"

"你们兄弟俩也登台演戏了？"林子健问。他留意到这弟兄两个脸上的油彩都还没有洗干净呢！傅志远立即说道："对呀，我爸演老生，我文远哥演正生，我演个小生，再加上杨月楼先生扮演个旦角，你说这戏好看不好看？"

高满儿拍手："呀，那太好看了！今天还演不演？"

"刚完。这会儿是宴请杨月楼先生……"

"呀，太可惜了！"

陈嗣祖也跟着叫："太可惜了！那就是说我们都看不上了？"

这时，傅文远才一拍脑勺说："嗨，我怎么就忘了，这儿还有俩戏迷——满哥和嗣祖……"

景孝天道："不，还有我！我也学了几天'黑头'呢！"

傅文远笑了："闹了半天，这里只有两个不是戏迷了，除了海波和子健。"

焦海波和林子健相互看一眼："我俩爱看戏！"

傅文远说："好，好，好，我记住这事了，等下次有机会一定通知你们！"

焦海波问："你说的第二个事儿呢？"

傅志远插话："这第二个事儿才更有意思，三哥，你说！"

傅文远笑："好事我们志远总是抢着说，我看，还是把这好事让给弟弟吧。"

傅志远打了哥哥一拳："哥，你坏！总埋汰我！我可是先要给大家披露个新闻了……"傅文远一听，忙去捂弟弟的嘴，傅志远一下跳开，说道："子健哥，你回去要告诉你二哥，我家文远哥偷偷地在写剧本了，我都看了，戏名就叫……叫……"他哥猛一跳又去捂他的嘴，他再一跳，跳开："戏名叫《戊戌变法》，对，就叫《戊戌变法》，我哥说，现在还不敢拿给你哥看，害怕你哥笑话……"

这兄弟俩一路走着一路打闹笑着，穿过外面的车水马龙，再进到前堂，穿过前堂走过前院，再拐来拐去，一连经过了几座院子，到了一个花园，又到了一个花园。这中间虽然说也遇到了一些人，但丝竹声却一直似远似近地响在耳畔，从这情形判断，傅家的票友活动还在他家的戏园子进行，不过，从唱腔和乐器的声音听来，这会儿怕是已经换成了秦腔。焦海波听了一会儿，这才想起这傅家兄弟到现在还没有告诉大家第二件事。

焦海波说："你俩只顾打闹，这第二件事呢？"

这次，是气喘吁吁的哥哥傅文远说："马球！我们打马球！我已叫了我们陕西大学堂的几个朋友，马我也准备好了，大家先吃饭。吃完饭，我们到南郊吴家坟园子去打马球！"哥哥的话音刚落，弟弟傅志远就骄傲地说："我哥一听你们要来，就专门安排了这场马球比赛！"

一听说打马球，大家都十分兴奋。

十

自唐朝开始在贵族中流行的这个运动项目在西安如今也只在少数

人中间作为一个娱乐项目而存在。它的魅力其实就是骑马打球,缺点就是费用过于昂贵,一般人玩不起。不过,在傅家兄弟看来这就是招待贵宾的最好方式了,在一个房间里他们准备好了所有打马球的人需要的行头:头上戴的马球帽,腿上戴的皮制护膝,脚上穿的棕色皮靴,身上穿的白色马裤,以及两队不同颜色的上衣,等等。至于马球马的全套设备,比如马球鞍具、马球缰绳和低头革,绑马腿的绷带,绑马尾巴的绷带,等等,傅家兄弟也早让仆人们准备好了,十几匹马都洗刷得漂漂亮亮拴在他们家的马房里。在他们吃饭的时候,仆人们正在忙着武装这些漂亮的马,把马尾如同编麻花辫那样编起,拧起扎紧。

吃完饭,大家就去换马球衣。可是,陈嗣祖穿的那件红色上衣一颗扣子刚一扣就掉了。傅志远看见,忙喊叫一声:"山奴!山奴!"一个女孩子应声道:"哎,来啦!"随即进来个身穿一身葱绿色衣裤的小姑娘,这小姑娘一进门,一屋子的男孩子全都眼前一亮:嚆,好漂亮的小姑娘!那眉眼,那叫个媚,尤其是她天生额头中间长着一颗胭脂红的美人痣,更给这小姑娘平添了几分妩媚。陈嗣祖看见小姑娘的第一眼就觉得有些眼熟,在哪里见过?额头中间的那颗美人痣?……幼年的回忆这时像放电影一样在他脑海里闪过,他想起了自己平生第一次用鞭子抽人的情景,那是他父亲陈家骥非要他那么做不可,想起鞭子落在他家戏班班主谢德顺身上从此给他造成的巨大心理阴影,谢德顺血肉模糊的样子和惨叫声时常让他在睡梦中惊醒。哦,是的,是的,就是那次,他见过她,一个很小很小的小女孩儿,对了,琼锅糖!

一想到琼锅糖,他什么都想起来了。

她拿来针线,低头给陈嗣祖缝纽扣。

"你叫山奴?"陈嗣祖问她。

"你怎么知道?"小姑娘闪动着一双媚眼,有点天真。

陈嗣祖问:"你和你母亲一起?你母亲和你曾被土匪抢上过山,后来你们就和我顺叔……哦,他叫谢德顺,我们陈家戏班子的班主,一起逃了出来。"

"咦,你怎么都知道?"

"你们逃出来先到的我家啊,我当然知道。你母亲呢?现在也在傅府？"

"对。我母亲当用人，我也当用人……"

"小山奴你胡说什么？"傅志远听见了，过来在山奴的脸上轻轻拧了一把，"让你再胡说，你母亲是我家女佣不假，可你不是，你总是和我妹妹在一起不是？差不多把你当我们家孩子养了。我是你哥哥，以后再不许胡说！懂吗？"

山奴笑了。

山奴的笑比世界上最灿烂的花儿还要好看。陈嗣祖又问她："你什么都不记得了？不记得我顺叔挨打，不记得我给你的琼锅糖？你什么都不记得了？"

一说琼锅糖山奴好像想起点什么："哦，你就是那个给我糖吃的小男娃儿？你说那糖叫什么糖？琼……什么锅？"

陈嗣祖说："琼锅糖。"

"在西安我怎么没见过呢？"

"是我们富原的特产呢。西安有没有卖的我不知道。"陈嗣祖说。

焦海波听到两个小人儿的对话，插过来说："有卖的，南院门就有。"

"不知道好吃不好吃。只是可惜，那糖被人踩碎了。我总忘不了这件事，想起来就难过。那个凶巴巴的人是谁？"

"唉，是我父亲。"

陈嗣祖叹息一声，很不情愿地说。

纽扣缝好了，陈嗣祖却舍不得让山奴走："和我们一起去看打马球吧。"

山奴说："我不能去，我还陪小姐读书呢。"

"你也识字？"

"当然。"

山奴已经要走出门了，可眼睛还是看着陈嗣祖，陈嗣祖追过去两步："还想吃糖吗？山奴，以后我给你买。琼锅糖可好吃啦，你吃一次就忘不了。知不知道，我以后就在西安上学了，可以经常来看你的。"

两个人手拉手地说着话。

就在陈嗣祖和山奴两个喁喁私语的时候，陕西大学堂的一个同学却一直盯着陈嗣祖看。傅文远这时已经换好了衣服，走到这个同学跟前："怎么还没穿好？"

这位同学问他："你表弟可是蒲州人？"

"是啊，你认识？"

同学摇头："不，他父亲可叫陈家骥？"

傅文远觉得奇怪："是呀，我叫他四舅父。"

"哦，我是看这孩子模样真俊俏，想起十二三年前我们山阳县发生的一桩命案。"

傅文远觉得奇怪："十二三年前你才多大？再说，你怎么能从我表弟身上想起你们山阳县一桩命案？"

"我那时大概也就七八岁吧，比你大了两三岁。但我已经很有些记忆了，我记得被陈家骥抢去的那个女人，非常漂亮，人们说，那是山阳县自古以来生得最漂亮的女人，有人甚至说，那女人就是貂蝉再世。在县城演戏的时候我看见过她，许多人去看戏都不是为了看戏而是为了看这个叫久香的女人，台上唱大戏，台下面大家在争睹久香的芳容。我见过以后也就忘不掉了。这孩子，轮廓还真有点像那女人，该不会是那女人生的孩子吧？"

傅文远说："你这一问还把我给问住了，我只知道叫她四婶娘，还真不知道她的名字。"同学说："我去问，我很快就会搞清楚这件事。"

这群身着红绿两色统一服装，骑在漂亮的高头大马上的年轻人很快吸引了西安大街上不少行人的目光。他们正当年少，风华正茂，而且，大多胸前都佩着校徽。校徽表明他们是陕西最著名的两所学校——正阳大学堂和陕西大学堂的学生。这足够让他们骄傲了。在人们羡慕的目光下，这群年轻人胸脯挺得高高的，一个个都昂首挺胸，显得更加意气风发。到了郊外，一大片长满野草的开阔地，正好用来作马球场。打马球是四人一队，他们十六个人正好分作了四队。没有人能够想到，这里边打得最好的居然是看上去弱不禁风的景孝天，当然了，最差的就是陈嗣祖了。打马球一定要有骑马的功底和挥杆的准确性，这两点景孝天都做得非常好。陈嗣祖不行。平时他父亲都不让他碰马,说是骑马搞不好会要了他的小命。所以,陈嗣祖现在在马上,基本就是连马都骑不稳当,更别说再用杆去击球了。只玩了一小会儿,陈嗣祖就不行了,汗流浃背,主动要求下场换人。焦海波看着马球场上景孝天矫健的身影,不由大声喝彩道:"了得呀,孝天弟乃是高俅再世!如果是在宋徽宗时,那可就是'景太尉'景大人啦!"

景孝天叫道:"别把我和那破人相比。唉,我这一手还是跟我哥学的,我哥的马骑得那才真叫好,要是他来打马球,我看,我们所有的人都只能是甘拜下风!"

焦海波喊道:"这我知道。孝天兄弟,你要是走了,你哥会同意?"

"走?走哪儿啊?"傅文远问。

"还没对你说呢,"焦海波道,"孝天和子健两人商量着要自费到日本去,他的意思就是看你们兄弟俩去不去?"

"自费?自费不去。"傅文远果断地说。

"怎么不去?你家这么有钱!"

傅文远说:"不是钱的问题。是我父亲在朝廷得到了一个消息,说从明年起,各省都有公派留学的名额,陕西要是选派留学生,一定是从我们这两个学校选拔,我想我只要想去,一定可以被选上。"焦海波说:"文远弟弟,你想得太简单。你以为景孝天和林子健只是想到日本去读书?不是,他们还是想着革满清政府的命那回事,说是孙中山在海外搞了个组织叫兴中会,他们就想去投奔这个组织去,驱除鞑虏,恢复中华!"

"要是这样倒是值得考虑了。"傅文远说。过了一会儿,他问焦海波说:"知道'苏报'案吗?"几个同学一听都围了过来,一个同学说:"到底清政府是何面目,通过'苏报'案就可以看得一清二楚!"

"苏报"案是由《革命军》那本书引起的。上海的革命刊物《苏报》,刊登了邹容写的《〈革命军〉自序》,以及章太炎写的评论《革命军》的文章,一时间洛阳纸贵,人们都争相阅读《革命军》和《苏报》。这一来,清廷坐不住了,找理由查封了《苏报》,逮捕了章太炎和邹容等人,这就是1903年震惊中外的"苏报"案。到了这年的春天,光绪三十年五月,"苏报"案结,章太炎和邹容被正式判处监禁。消息传出，全中国的读书人似乎都被激怒了，所以，只要一提这件事，士子们就无一例外地情绪激动。这会儿，他们马球也不打了，聚在一堆儿说起这件事。

"这个案子是个信号，知道吗？这说明这个满清政府是彻彻底底地要与人民为敌到底了！"另一个同学激愤地说。"看吧看吧，再不推翻这个满清政府我们真的是要亡国灭种了！"第三个同学喊道。第四个同学马上接过来说："正像《革命军》里说的，'我中国今日欲脱满洲人之羁缚，不可不革命！''中国者，中国人之中国也。割我同胞之土地，抢我同胞之财产，以买其一家一姓五百万家奴一日之安逸，此割台湾、胶州之本心'，想想还真是这样！"景孝天开口道："他们抓人、捕人、关押人、杀人，他们杀的永远都是我们的同胞，维护的永远都是清王朝！我看'苏报'案所有被抓的人都是英雄，邹容是英雄，章太炎也是英雄！"

非常奇怪，景孝天一开口立刻就成了中心。

大家都静静地听他说话。

景孝天说："《革命军》和章太炎的《驳康有为论革命书》我都看了。我认为《革命军》是一部宣传资产阶级民主共和思想的好书，邹容主张用革命的手段，推翻清王朝的专制统治，把中国建成一个共和制的国家……"

陈嗣祖也想挤进去听，但却被人拉了一下他的胳膊。

拉他胳膊的是陕西大学堂的一位哥哥，陈嗣祖有礼貌地笑笑："你好。"

那哥哥说："我看你眼熟。"

陈嗣祖说："我以前不认识你呀，我们今天才刚认识。"

那哥哥说："可我知道你父亲叫陈家骥，你母亲叫惠久香。"

陈嗣祖这一下瞪大了眼睛："啊？你居然知道我母亲的名字！她的名字可是没几个人知道呀！"

那哥哥很古怪地笑着说："这就对了，这就对了。我猜得果然没错。"

这句话和这种神情让陈嗣祖丈二和尚摸不着头脑："哥哥，你说什么这就对了？你猜想的又是什么？……你能不能告诉我？不，哥哥，你一定要告诉我！"

他一把扯住这位哥哥的衣襟，揪得紧紧的，神情非常果绝，一双眼睛瞪得圆溜溜的，就像在告诉对方：你今天不说，我就死不松手！因此你非说不可！那哥哥想了想，笑笑："这位弟弟，我只是和你开个玩笑。我也只是刚刚从文远兄那儿知道了你父母的名字。"如果他不这么说陈嗣祖可能还有点将信将疑，并不敢确定自己的感觉是对的，他这么一说，反而加重了陈嗣祖的疑心，他把对方的衣襟抓得更紧，说："哥哥你说错了，我母亲的名字亲戚中没人知道，文远哥哥也根本不知道。告诉我，你知道什么？关于我父母你究竟知道些什么？"那哥哥却像下了决心似的，努力去掰开他的手："我不说，我不想说，行不行？你只回家去问问你母亲……"

"问她什么？"

"你就问她，还记不记得一个叫杜怀珍的人？问她，你现在叫'大'的这个人到底是你的什么人？你回去问你母亲去！不要缠着我不放！"那哥哥生气地朝他瞪着眼睛，然后用力甩开了他。

当同一辆马车载着相同的四个人朝着来时的去路悠悠地行进的时候，马车里的四个人心境却大不一样。高满儿已经从焦海波那儿打探到了陕西警务学堂的筹备处，他跑到那里，打问清楚了明年招考报名的所有条件。景孝天和林子健也大有收获，他们从傅家兄弟和一起打马球的同学那里打听到了这两年陕西大学堂陆续到日本留学的同学的情况和联系方法，并且，傅家兄弟和他们那几个朋友都答应帮他们提前和日本方面联系。当然剩下的就是陈嗣祖答应的帮他们联系上四川那位知县。可陈嗣祖此时却心事重重，和来时简直判若两人，整个人都像病了一样，脸色突然变得蜡黄，两个眼睛无精打采地望着轿帘外面。此时，高满儿两眼望着轿帘外，两只手在膝盖上敲着拍子，哼唱着《葫芦峪·祭灯》里的戏文——

　　后帐里转来了诸葛孔明。
　　有山人在茅庵苦苦修炼，
　　把兵书和圣经尽都看完。

怨师兄他不该将亮推荐，
深感动刘皇爷三顾茅庵。
下山来吾凭的神枪火箭，
直烧得夏侯惇叫苦连天。
曹孟德领大兵八十三万，
他一心下江南虎灭孙权。
……

景孝天和林子健看陈嗣祖愁眉苦脸的样子，又看看高满儿一副踌躇满志的神情，两人对视着苦笑一下，心说：这是怎么啦？突然之间就悲喜两重天啦！过了一会儿，林子健想想，还是得问问陈嗣祖。

他推推对方的肩膀："嗣祖，怎么啦？"

陈嗣祖不动。

又过了一会儿，他再推推："嗣祖，你到底怎么啦？"

陈嗣祖还不回答。

林子健没有办法了，只好求救似的望着景孝天，那意思是你来吧，我问不出了。景孝天从侧面观察了一会儿陈嗣祖，对林子健暗暗摆摆手，意思是这会儿最好不要打扰他。两个人头碰头地小声商量起来。林子健说："我回去就给我哥说，我哥一定不会反对我。他要是反对的话，我给南先生说，南先生绝对能把我哥给压服了！"景孝天说："我回去也给我哥说，主要是和他商量着能不能变卖一些家产给我凑足学费生活费……"林子健说："我说不用就不用！你的学费生活费我全包了！"景孝天说："不是你说的那样。我不能仅靠你的资助，虽说我家的确大不如从前了，算是家道中落吧，可怎么说总还有那么一些家底，人说，瘦死的骆驼比马大，就是这道理……"林子健打断他说："但再怎么说，我也要帮你出这笔钱，南先生和我大哥二哥一定同意，就算我支持革命行不行？"

车厢内发生的事情，以及林子健和景孝天之间越来越大的争执声，高满儿哼唱秦腔的声音，这一切对陈嗣祖来说，仿佛都不存在，他完全跌落进了自己巨大的痛苦中，对这个十四岁的少年来说，一时之间感到天昏地暗，他的世界坍塌了。他想起了自己幼小的时候母亲经常抱着他哭泣的情景，想起了他长大以后母亲虽然不再当着他的面哭泣，但有好几次，他欢笑着跑进母亲房间的时候却看见母亲在对着一面破旧的小圆镜暗自垂泪。他搂抱着母亲的脖颈问："娘有什么不高兴的事情？嗣儿替娘出气去！"母亲只紧紧地抱着他，嘴里喃喃道："嗣祖我儿快长大，我儿快快长大。"然后死命地亲他。还有几次，在陈家川流不息的来宾中，有人赞赏他说，这孩子长得真好看。但也有人半开玩笑说，嗣祖和他一群姐妹们长得都不像，而且，和他爹陈家骥一点儿都不像。不会是从哪儿捡来的吧？所以从小到大他都隐隐约约觉得自己的身世有些怪异。这次，陕西大学堂的这位哥哥，这么清楚明白地提到一个叫杜怀珍的人，这么清楚明白地暗示他，他叫"大"的这个人并不是他的亲生父亲……他听了，心里清楚，这位哥哥说的可能都是真的。

　　这位哥哥打开了他心底里一直不敢正视的一个幽深黑暗的洞窟。

　　现在，陈嗣祖明白，他已经无可逃遁了。

　　他陈嗣祖必须面对生而俱来的命运。

　　马车先到林府。

　　林子健下车的时候紧紧握住陈嗣祖的手说："嗣祖，不管有什么事情，有你哥我呢！"陈嗣祖听了这话，鼻子一酸差点儿掉了眼泪，不过他吸吸鼻子，忍住了。景孝天说他要先看望一下南先生再回家，所以也在林府下了车。景孝天也拉住了陈嗣祖的手，说："嗣祖，心里再难过，别忘了你答应我和你子健哥的事情！"陈嗣祖这才想起他们两个要去日本留学的事，忙答应说："放心吧，子健哥，孝天哥哥，我这一次，受到的教育比读十年书还多，再说还有这个——"他扬扬手中的那本《革命军》，"你们要到日本寻求救中国的办法，我陈嗣祖再浑也浑不到把革命的大事当小事给误了。我一回去就问先生要四川刘知县的地址，还请先生修书一封给你们带上。这件事，我回去就办，办好派人送给子健哥，行不？"

　　景孝天和林子健大喜，三个人紧紧相抱了一会儿。

　　景孝天和林子健根本没有想到，他们和陈嗣祖的这一别居然就是六七年!

　　陈嗣祖这次回到家就像变了个人，也一下子长大了。突然变得沉稳，甚至沉默寡言。他父亲问他这次报考陆军学堂的事，他只简单回答了两个字："成了。"

　　他父亲再问："成了，什么意思？"

　　陈嗣祖说："成了就是行了。"

　　"傅家五公子呢？"

　　傅家五公子指的是傅志远。

　　陈嗣祖还是回答两个字："成了"。

　　"好，那什么时候报名呢？多少钱？还需要带些什么？这些你总该让我知道呀！小子！"陈家骥有些躁气了，忍不住把筷子头在桌子上使劲戳。其他几个姨太太都在挤眉弄眼看笑话，那意思像在说，看吧，养个野种到头来还不是个喂不熟的狗！能上饭桌的除了这父子俩以外就是陈家骥的正妻和几房姨太太。在这父子两个对话的时候陈嗣祖的母亲六姨太一直埋头吃饭，这时，她悄悄扯扯儿子的衣襟，又轻轻拧了儿子大腿一把。陈嗣祖知道这是母亲在求他。他强忍着心头的怒火对父亲说："过了年就去，一年十块大洋，除此之外一切由政府管了。"

　　"哦，这么便宜？"几个姨太太都眉开眼笑。

　　陈家骥也眉开眼笑，他摸摸陈嗣祖的脑袋："儿子，好好念！几年后我儿就是个领兵的将军了！"他没有注意到，就在他的手触摸到陈嗣祖的头上时，陈嗣祖好像突然打摆子一样全身颤抖了一下，而随着这一寒战，从陈嗣祖的眼睛里射出了两道利剑般的寒光。别人没有看到，他母亲看到了。他母亲的眼睛里同时现出了恐惧。晚饭以后，陈家的客厅里同时拉开了几张麻将桌，家里又是高朋满座，陈家骥拉嗣祖的母亲入座陪他赌上几把，六姨太推说今天身上不舒服回了自己的房间，母亲又暗中拉儿子一把。等母子两个一进门，他母亲把房门一关，立即问他道："嗣儿，你今天怎么了？"

　　没想到，平时如小猫一样听话和温驯的儿子突然变成了一只小豹子，他脸上带着恶狠狠的表情，并不说话，只把母亲扶到椅子上坐下来，然后，跪下，把头在地上磕得山响。母亲起来要扶他，他再次把母亲推坐到椅子上，一连磕了十几个头，一直到把额头磕得鲜血直流，他这才开口道："娘！你今天要是不给儿子把实情说出来，儿子就碰死在你的面前！"

他母亲顿时泪流满面："你让娘给你说什么实情？"

儿子逼近道："谁是我爹？谁是我父亲？谁是我大？"

他的声音越来越高，吓得他母亲伸手去捂他的嘴。

"不是陈家骥，对吧？你敢说他就是我父亲？我的生身父亲他叫，他叫杜怀珍，在山阳县，对吧？！"陈嗣祖声音低沉地问道。他母亲开始掩面而泣，哭了很长时间，等到终于止住了泪，母亲也昏倒在了椅子上。陈嗣祖吓坏了，又不敢叫人，只好使劲掐着母亲的人中，掐了一会儿，他母亲终于悠悠地喘过了一口气，母亲叫了声："儿啊！"就一把把陈嗣祖的头紧紧地搂在了怀里，陈嗣祖感觉柔弱的母亲像是使出了全身的力气，以致他被搂抱得几乎喘不过气来。他轻轻推开母亲："娘，告诉我，到底是怎么回事？"

他母亲用火炭似的眼睛盯着他："我知道有这一天，但不是今天。"

母亲摇头。

他问："为什么？娘！"

母亲说："你太小，你太小啊！再等几年……"

"不——！"陈嗣祖像个小狼对着母亲小声低吼。

他母亲用一种坚决的目光盯着他："嗣儿！今天，你就是逼死娘，娘也不会透露给你半个字！你是娘活着的唯一指望，娘不能让你冒险。你还太小、太嫩，你要是有了什么闪失，娘活不下去！等几年，再等几年！啊？！"

母亲双手抓着他的肩膀使劲地摇晃着他。

陈嗣祖绝望了。

陈嗣祖知道母亲是个柔弱但却意志相当刚强的女人，他无法强迫母亲。后来的日子里他一直郁郁寡欢，陈家骥也看出来了，陈家骥几次摸着他的头问他，以为他有什么不舒服，或者，是不是这少年像少女怀春一样对哪个女孩子有了爱慕之心，搞得自己神魂颠倒、神不守舍了？

陈嗣祖对他父亲这些关心的询问，总报以冷漠的一句："没什么。"只是，对他父亲关于他怀春的猜测和是不是喜欢上哪个女娃的询问，他还是略有所动。他住在傅家的那几天里，除了和傅志远去陆军学堂打听招生的消息，被傅志远拉着去和他的同学玩以外，每天总是魂不守舍地想见到一个小姑娘的身影和听到小姑娘银铃般的笑声。傅家比较开化，傅家的女孩子们有一个家庭教师每天给教书，小山奴就像高满儿在白家一样是傅家女孩子的伴读，陈嗣祖就每天买上点儿琼锅糖等在女孩子们读书的窗户外。只要山奴的身影一出现，他就迎了上去，笑着把糖递到山奴眼前，山奴接过去，甜甜地笑着，用两排细碎的牙齿咬上一口。

他问："好吃不好吃？"

"好吃。"

"甜不甜？"

"甜。"

"那……我明天还给你买。"

在傅家花园里捉迷藏，玩老鹰捉小鸡，在树叶下面翻找五星瓢虫，捉蜻蜓蝴蝶……和山奴在一起的所有游戏都让他感到前所未有的愉快。到他要走的那天，他发现小山奴站在送行的人群里抹眼泪，他跳下车，又跑回她身边，把一个用手绢折的小老鼠塞进她手里，山奴则把脖子上戴的一个香囊挂在了他脖子上，两个人又手拉着手相互看了一会儿，山奴说："嗣祖哥哥，早点回来啊。"他点头，这才松开了手。现在，他父亲说他可能是害了相思病，他这才想到，他可能真的是喜欢上了山奴。陈嗣祖被这极端的两种感情，对山奴的爱和对父亲陈家骥的恨，搅动得内心每天都翻江倒海般的痛苦。一天，他痛苦地躺倒在草地上，咬着一根苦苦的草茎想心事。他家仆人张二在不远处的花园池塘里用长竿网子打捞死鱼和腐叶烂草，开始的时候他脑子里还一片空白，但撑起胳膊看了一会儿张二佝偻得像个大虾米一样的身影，他突然想到，张二是陈府里资格很老的老仆人，他从小又是张二带大的，只要出门就骑在张二的脖子上——母亲不告诉他，或许，从张二嘴里能打听出来些什么？想到这里，他大声叫道："张二！"

张二一听少爷叫他，赶忙放下长竹竿，跑了过来。

"少爷叫我?"

"对,你来。"

他在前面走,张二在后面跟着,两人进到了陈嗣祖的房间。陈嗣祖命令他:"把门关上。"张二听话地把门关上。"插上门闩。"张二把门闩插上。可等张二刚把门闩插好,拧过头,发现情况不对了:陈嗣祖手里提着一把明晃晃的柳叶状关山刀子恶狠狠地站在他面前。张二浑身发抖,"扑通"一声跪倒在地上:"少爷!少爷!你这是……"陈嗣祖一手提刀,一手揪住张二的领口:"张二,我今天问你的话,你要是不一五一十、从实给我说出来,你知道我会怎么样?"张二胆寒地看着陈嗣祖手里的刀。陈嗣祖把刀举起来在张二眼前晃着。"我会……"他咬牙切齿,"把你的手指头一根一根剁下来!然后,再剜你的眼睛,割你的鼻子!你说,我敢不敢做?"

张二看着这个自己从小带大的孩子突然变得如此凶残,他哭了:"少爷,你从小骑在我脖子上、肩膀上,一点一寸地长大到现在,你知道,奴才疼你、爱你!你问吧,只要我知道的……"

"你知道!你一定知道!我问你,我的生身父亲是谁?陈家骥究竟是不是我父亲?他不是!对吧?那我母亲是怎么来到了陈家?我的生身父亲又怎么了?……你说!你从头到尾、一五一十地说!"

张二吓得浑身哆嗦。

"少爷,少……爷,张二不敢说,张二要是说了,张二就没……没命了!"

"那你就不怕现在没命?"

陈嗣祖用刀尖在张二胸口上比画。

"少爷,你不如一刀捅死我,也比把我打进死牢生不如死好啊。"

"你说什么?打进死牢?——死牢?这家里有死……牢?"

"你母亲、你母亲……当时被抢进陈府里的时候身边有一个、有一个……贴身仆人,叫,叫,叫……"

"叫什么?"

"叫……申豹。"

"他怎么啦?"

"他就被关……关在死牢里，十多年了，现在都不知是被野兽吃掉了，还是……还是饿死了……"

"我娘知道吗？"

"你娘，你娘知道，如果不是你娘求情救下他，他早死了。有时……有时你娘还让我偷偷、偷偷去给他……给他投上点食物。"

"申豹还活着？关于我父亲母亲、关于山阳县那桩命案，他都知道？"

陈嗣祖一连串地问，张二说："如果他还活着，他应该清楚。"

陈嗣祖说："好！今天晚上你带我到你说的那个死牢里！"

这夜月黑风高。等到陈宅的人全都入睡以后，张二提了盏罩着玻璃罩子的灯，陈嗣祖紧跟在他身后，两人一起到了他家的一个废园子。这个园子，原本就建在半山腰上，当初建这个园子有防土匪的作用。后来发现它在地势上有先天的弱势便废弃了。陈嗣祖没想到这里竟然藏着一个地牢。这地牢，利用的是一个天然洞穴。洞穴的口上，有一道石门，石门上有一把早就生了锈的大铁锁。他们不可能打开大铁锁，也不可能打开石门。张二告诉陈嗣祖，当年把申豹打入死牢的时候，足足用了七八个壮汉才推开了那道石门，而那把大铁锁的钥匙则一直被陈家骥藏了起来，没有人能找到。陈嗣祖问他，那怎么办？怎么才能进到死牢？张二说，有一个给死牢里的人投放食物的山洞，洞口不大，就在那座山的山顶上，平常被一块石板盖着。至于洞口到达地牢到底有多深？也从来没有人知道。因为每次他偷偷投放食物，感觉扔下去的东西像是掉进了一个无底洞里。陈嗣祖问张二说，那当年为什么要把这个叫申豹的仆人打入地牢里呢？张二说，申豹是因为保护夫人才被陈家骥抓捕的，陈家骥不管用什么办法威胁利诱，申豹只有一句话，他一定要为他家主人报仇雪恨……

张二和陈嗣祖攀爬到了山顶，两人借着玻璃灯微弱的灯光，好不容易才找到那块石板，费力地挪开石板后，现出一个不大的洞口。陈嗣祖要张二把他们带来的一根粗绳子一头拴到一棵大树上，一头拴到他的腰上。

张二说："少爷，这很危险！不行，咱明天把狗娃叫来，让他下去。"

陈嗣祖呵斥道:"这件事只能你我!洞口太小,你下不去,再说,我要亲眼看到这么个忠义的奴仆!不要啰唆,快给我系上,放我下去!"

张二只好把绳子牢牢拴在他的腰上,慢慢放着绳子,看着把灯盏挂到腰上、两只手紧紧抓着绳子的陈嗣祖消失在了黑暗的洞穴里……当洞口所有的光亮都消失以后,绳子也越放越少,直到把一根长长的绳子放到只剩下短短一截,绳子终于不动以后,张二所能做的就是紧抓着绳头,靠在树上,紧张地独自待在黑暗中等待着。陈嗣祖也不知道自己的身子在空中晃悠了多久,他只能拼尽全身的力气,一边紧抓着绳子,一边努力用脚探索着蹬着洞壁,当他的双脚终于挨到洞底,他站住了。取下挂在腰间的灯,他正想举灯去照时,突然感觉到一股冷风掠面而来,他下意识地拔出腰间的关山刀子,朝着冷风的方向一刀挥去,手起刀落不知道劈到了一样什么东西,随即伴随着浓烈的血腥味一股血雾扑面而来,等他举灯看时,不由吓得浑身的血仿佛都凝固了:他的眼前躺着一条碗口粗的大蟒蛇!接着他被脚下的情景又吓得倒抽一口冷气:乌泱泱一片吱吱叫着的老鼠,有的竟然顺着他的腿往上爬,去抢着吃他口袋里装着的食物。他浑身颤抖着跳了几下,不知踩到了几只老鼠。他伸手抹掉脸上溅上的巨蟒的血,打着灯,慢慢移步向前。洞窟很深很深,陈嗣祖感觉他足足走了有一二百米的距离,才到了一个凹进去的石洞口,他心跳加速,静静地站了一会儿,心想,这恐怕就是他闻所未闻过的地牢了,他也即将面对他和他母亲的一个恩人、他们家的一个义仆了!不知道他会是一个什么模样?当然,更不知道他如今是死是活?他鼓足了勇气,忐忑地举起灯,小心翼翼地迈开脚,踩着洞里的积水、泥浆往里面走。刚走了几步,他就突然浑身一激灵,站住了:洞壁上有一个人影。

那人紧贴洞壁坐在那里,凝固了一样,一动不动。

陈嗣祖神经质地大喊一声:"喂!你是——申豹?"

洞里一连串地回答:"申、申、申……豹、豹、豹……"

然后一切都寂静了。

那人还是不动。

陈嗣祖举着灯又往前走了几步,这次,他看清了:不是人,是一副人形的骷髅。再往近一看，白骨森森，两只黑洞洞的眼睛像是直视着他一样。人，不知道已经死去多少年了，连拴在白骨上的手铐脚链都早已经锈迹斑斑。陈嗣祖"扑通"一声跪倒在这副骷髅面前，一时泪如雨下。没有人知道这地窟深处曾经发生过什么样的悲惨情形，被拴在铁链上的申豹到底是饿死的？还是被狼虫虎豹、毒蛇巨蟒吃掉的？……陈嗣祖爬了过去，一把抱住了那副森森白骨，他哽咽着说道："申叔，申叔啊……"

他哭了一会儿，抹掉眼泪站了起来，发誓似的说道："申叔，先委屈你待在这里，等我杀了仇人，再给你修坟盖庙，我一定！一定做到！如做不到，我陈嗣祖誓不为人！"就在他说话的时候，他把灯又往前照照，想再看一眼他父母的这位忠仆，没想到，这一照，竟然发现申豹靠着的洞壁上像是刻满了文字！这下他吃惊不小，赶忙凑上前去，仔细地看了起来。洞壁上的字像是用尖石一笔一画刻上去的，他仔细辨认，终于读明白了申豹在生前写下的这些文字。申豹说，事情发生在光绪二十六年即庚子年腊月十六日，那天，山阳县有庙会。山阳县的腊八庙会在关中地区是非常有名的古庙会，最早可以追溯到北宋，前前后后一共要热闹半个月，山阳周边州县的老百姓，每年到这个时候都要扶老携幼逛逛这个规模堪称方圆百里最大的古庙会，一是为了购物，二是为了看戏。因为山阳古庙会上陕西几大戏园子和著名戏班子都会在此演出，表演的戏剧节目争奇斗艳，精彩纷呈。这天，是著名的肖家班演出全本的《杨家将》，因此，庙会上人山人海，挤得水泄不通。山阳县海棠书院的秀才杜怀珍这天也携妻来赶庙会看戏，妻子久香坐在一头小毛驴拉的轿车上，怀里抱着才一岁多的儿子，杜怀珍骑了匹马跟在旁边，赶车的是他家的仆人申豹。申豹彪形大汉，豹眼圆睁，杜申两家的主仆关系已经历经了三代以上，申豹从小就生活在杜家，对杜家忠心耿耿。因为车上坐着女主人和小公子，申豹小心翼翼地赶着车，生怕惊吓了车上的母子二人。不料，车在人群里走着走着，突然，迎面来了一顶八人抬的绿绒大轿，前面还有十来个开路的家丁，这些家丁，一个个凶神恶煞地挥舞着棍棒皮鞭在前面开路，一匹骡子受到了惊吓，尥着蹶子正冲着申豹赶的小毛驴飞奔而来，毛驴也受到了惊吓，跳起来一下子掀翻了轿车，这下子，把久香母子两个甩到了路上。

当久香母子两个坐在了地上的那一刹那,围观的人群发出一片惊叹:啊——!人们仿佛看到了天上的仙女一般惊叹于秀才娘子久香的美貌,当然,人群里也有人啧啧赞叹着这女人怀中抱着的哇哇大哭的孩子就像画中的娃娃一样可爱。这被人群围观的母子两个也引起了坐在绿绒大轿里的陈家骥的注意,他下了轿子,在家丁的护卫下挤开人群,才只一眼,他的目光就再也从这美貌女子的身上移不开了。

他附耳对管家说:"打听一下!"

管家这一打听,才知道原来是山阳县艳名远播的杜秀才娘子。这次庙会过后才两三天,山阳县的知县下了个帖子把杜怀珍请到了县衙,三杯酒过后,知县说,他一位朋友爱慕你家娘子,请你割爱另娶,行不行?杜怀珍一听大惊,气愤地问知县:"你这位朋友是谁?怎么敢说出如此有悖于人伦道德的话!你告诉他,休想!除非我死,我的结发妻子,你就是搬来金山银山,也休想让我什么'割爱另娶'?!"

杜怀珍拂袖而去。

他的身后,知县说:"怀珍兄,你要三思而后行,这个人,别说你惹不起,我惹不起,就连我们渭川知府也惹不起啊。兄弟,我劝你,最好再想想!我给你三天时间,好吗?"

杜怀珍想要稳住对方:"那好,三天。"

一回到家里,他就给妻子久香说了这件事,两人商量到最后,说,不如离开山阳县投奔四川杜怀珍的姨婆家去。于是,从当天开始,杜怀珍和申豹及家人就开始悄悄变卖家产。"奸人泄密,夜起大火"——申豹在洞壁的石头上刻道。陈嗣祖读到这几个字,马上明白了,就在他生身父亲杜怀珍和仆人申豹为避祸而积极行动准备举家逃跑的前夜,消息走漏了,有人放火烧了他家。接着,申豹在石壁上刻着的文字告诉他,大火中,申豹保护着男女主人一起从火海里逃了出来,可是,一声枪响,有人在黑暗中朝秀才杜怀珍连开几枪,等申豹把孩子塞进夫人的怀抱,赶过去时,杜秀才已经倒在了血泊中。申豹抱起奄奄一息的主人大声呼叫,杜怀珍只轻轻吐出两个字:"娘子!"就大睁着眼睛咽了气。申豹还来不及擦掉眼中的泪,忽然听见几声女人凄厉的尖叫声:"放开我!啊,放开我!"顺着声音望去,只见红红的火光中,从黑暗中冲出了几条大汉,抱起秀才娘子久香就往一边停着的马车旁跑,申豹冲了过去,却被这几条大汉一顿棍棒拳脚相加瞬间就打倒在了地上。这时,火光中他家的那匹马在咴咴嘶鸣,申豹顾不上全身的伤痛,翻身上马,一直追着那伙人到了富原县陈家骥的家……

等他刚刚随着那伙人冲进陈家大门,有人朝着马腿砍了一刀,马一声长嘶痛苦地倒下。接下来,申豹便被人五花大绑地捆了起来……

申豹留在石壁上的最后三个字是:苍天呐!

杀父夺母。

啊,杀父夺母!陈嗣祖完完全全明白了当他还在襁褓中时发生在山阳县的那桩血案。读完石壁上的文字,他觉得他的两个眼睛都喷出了火焰,他能够想象,在这黑暗幽深的洞窟里申豹是怎样借着微弱的光线几乎把脸贴在石壁上日复一日、年复一年地刻着这些文字……陈嗣祖脱下了自己身上的衣服,盖在了那副白骨上。夜,越来越深,也越来越冷,张二几乎完全冻僵了,他只能不断地活动腿脚,不断地哈气搓手,他根本不敢离开缠在大树上的绳索,当然更不敢点上堆火取暖。他都不知道在上面等了多久,眼看着长夜将尽东方有了一丝丝亮光的时候,他都以为陈嗣祖永远都不会再上来的时候,突然,他手中的绳索猛地晃动了几下。这是两人约好的信号。张二心中一阵惊喜,赶紧转着圈地往树上缠绳子,陈嗣祖的头露了出来,接着,整个人都上来了。张二搞不清楚他在下面怎么这么长时间,也搞不清楚他怎么还是一个人,申豹呢?地牢里的那个人呢?他很想问。但一看陈嗣祖的脸色,他一个字都不敢问了。

"娘,娘!娘!血海深仇啊,血海深仇啊,你怎么、怎么能和这个杀害我亲生父亲的仇人,同……同床共枕……这么多年呢?"陈嗣祖和母亲一起躺在床上,床上的帷幔也放了下来,在粉红的帷幔造成的一种像是柔和到极致的光线中,陈嗣祖告诉母亲的却是一个惨到骨髓里的故事。关于那场大火,关于她的丈夫被枪杀倒在血泊里,关于她自己被抢到陈府里,陈嗣祖的母亲久香当年都是知道的。没有别的,她活着,只为了他们夫妻的这个骨肉、他们的儿子。她死了,他们的儿子也就死了,杜家就绝后了。她即使再心痛再恶心也必须为她深爱的丈夫杜怀珍保留住这唯一的血脉。当年，她就是怀抱着儿子对陈家骥说，儿子死了，她连一刻钟都不会多活在人间。然而，关于申豹，申豹的惨死，申豹在地牢里不知受到了什么样的折磨乃至他在死前刻在石壁上的文字，还是让这位受尽了凌辱的母亲难以接受。她捂着脸，泪水从指缝里滴滴答答流淌了好大一会儿，而她，也无法回答儿子的问题。最后她捧着儿子的脸说道："儿呀，你父亲、我和你申豹叔，这三个人的今世冤屈，全靠你了！你听娘的话，且先把这仇恨藏在心里，先去上你说的那个陆军学堂。等你长大成人……"

他打断母亲的话："怎样才算长大成人？"

"十八岁，儿啊，等你到了十八岁……"

"到十八岁以后呢？"他逼问母亲。

母亲说："要不，我们母子两个逃走。要不……"

他母亲脸上现出恐惧。对这么个善良柔弱的女性，想到要杀人——尽管杀的是他们一家不共戴天的仇人，她还是感觉恐惧。陈嗣祖看出来了。即使到了复仇的一天，他母亲也还是对仇人下不了手。好吧，那到时候我就独自干吧！他想。他答应了母亲，先去上学，等再长大一些，再报他的血海深仇。然而，一个十四岁的少年是很难把内心的仇恨完全掩盖下来。有一天，陈家骥大宴宾客，有一位客人看着坐在陈家骥和六姨太中间的陈嗣祖，不禁夸赞道："陈老爷，我走州过县，见过的公子、少爷哥儿们也不少，可从来没见过你儿子这样的人物，好个朗眉秀目、天庭饱满、唇红齿白的翩翩美少年，将来长大，不知道会是多么风流倜傥的少爷呢！"

一听这话，陈家骥受用得哈哈大笑道："老兄，你说我陈家骥的种能不这么优秀？我告诉你，只可惜我就这一个，是我这些女人的肚子不争气，唉，要是再多生几个……"

客人们起哄道："那就再多娶几房姨太太，多生贵子！"

"来来来，为我们陈老爷多生贵子干杯！"

客人们全都站了起来，举起了杯子。

陈家骥和六姨太以及那几房姨太太也都站了起来，三姨太和四姨太互相还撇撇嘴，嘴角上露出着讥笑，全部人中，只有陈嗣祖仍端坐不动。他一脸潮红，眼睛里像是要流出血一样，陈家骥叫他道："嗣儿。"

他坐着不动。

陈家骥再叫他一声："嗣儿！"

他还是坐着不动。他母亲急了，猛地一拉他的胳膊，陈嗣祖狠狠地瞪了他母亲一眼，伸手把自己面前的一杯酒一挥手"砰"的一声扫到了地上，他涨红着脸站起身来，一头冲了出去，留下一屋子人的惊讶和不解。陈家骥一脸难堪，只好对客人们笑道："这孩子惯坏了，惯坏了。不理他，来，我们大家喝酒，干杯！"

这件事以后，陈家骥明显感觉到了陈嗣祖对他的敌意，而最为让他不满的或者说让他起了疑心的，是陈嗣祖从那以后从来没叫过他一声"大"。陈家骥百思不得其解，他不知道这孩子这是怎么回事？他问六姨太，六姨太支支吾吾说："是不是孩子大了……他现在连我这当娘的也不好好叫了呢。"

"这不是理由！"陈家骥斩钉截铁地说道，"好吧，你既然连大都不叫，我为什么要供你上学呢？要再不叫，老子一个子儿也不给！"陈家骥恶狠狠地说。但不管六姨太怎么求儿子，陈嗣祖就是咬紧牙关，绝对不叫一声"大"。到了快开学的时候了，这家里的气氛就更加紧张，眼看报到的日期就要到了，家里还什么都没有准备。然而这天一大早，东里堡镇子上一些有头有脸的人物就都喜气洋洋地抬着贺礼，敲锣打鼓地来到了陈府，大家说，喜闻陈家公子要到省城西安去读陆军学堂，这可是一件大喜事啊，乡里乡亲的理应祝贺祝贺。陈家骥本来正在厅堂里坐着抽着水烟生闷气，一见院子里涌进来这么一大群人，就跺着脚叫道："去！把那小崽子给我叫出来！"六姨太急急地跑到儿子的房间里，把还在蒙头大睡的陈嗣祖硬是拉到了陈家骥的面前。陈家骥用水烟杆指着他说："我不知道你最近犯的是哪一路子浑，但我今天告诉你，你不当着这么多人的面，大声地连叫我三声'大'，咱父子就从此恩断义绝！你上陆军学堂的事，我保证不会出一个子儿！你小子掂量掂量！现在是叫还是不叫？"

陈家骥说完，牛铃样的眼睛瞪着陈嗣祖。

陈嗣祖拧着脖子，始终一声不吭，不管他母亲在一边怎么扯他的胳膊。

　　陈家骥见状，可能心里明白了大半。他恶狠狠地瞪了六姨太一眼，大概他心里认为是六姨太泄露了当年的秘密，接着，跳起来重重地扇了陈嗣祖一耳光。这一巴掌，像是要把心底里积聚的雷霆之怒全部发泄出来，因而使出了浑身的力气，力气之大，下手之狠，超出了所有人的想象。只听一声清脆的响声过后，陈嗣祖被打得脸上留下了五个出血的指印，鼻子嘴巴甚至耳朵里全都流出了血，他身子旋了几圈，脚下稳了又稳，才最终没有被打趴在地上。当他头脑里的嗡嗡声终于止住，眼前的金花也终于散去，陈嗣祖的本能反应就是跳起来扑向那个对他下了如此毒手的人，然而母亲早已死死地抱住了他。就在这个时候，陈嗣祖听到了陈家骥对着人群的一声大吼："散去吧！你们都散去吧！我们家今天没人去上狗屁陆军学堂，今后永远也没人去上！散吧散吧，都散了吧！"这些街坊邻居们原本是想讨陈家骥一个欢心，没想到却讨了个没趣儿。等院子里的人群散尽，六姨太也不得已地跟着陈家骥离开了前厅院子。院子里剩下了陈嗣祖一个人的时候，陈嗣祖慢慢地才回过味来，才明白了自己目前面临的一种生存困境或者说面临了一种灭顶之灾：他已经不可能再去西安上陆军学堂了。

十一

　　这之后有几天陈家骥再没有看见过陈嗣祖。

　　陈嗣祖究竟跑哪儿去了？没人知道。六姨太怕儿子出事，想要派人去找，却被陈家骥恶狠狠地断喝住了，他说："死不了！这小崽子怕是不见棺材不落泪呢，那就等着瞧吧！"六姨太见他说这话时脸上的横肉痉挛地扯动了几下，怕他对她儿子下毒手，美丽的眼睛里立刻落下了两行泪："老爷，求你了，你千万千万不要对嗣儿……"陈家骥阴阴地笑笑："你别瞎想，只会是你那小崽子对我不利，我哪儿会对他不利呢？"——只是从陈嗣祖"失踪"的这天开始，陈家骥每晚都和六姨太睡在一起。六姨太总觉得陈家骥会对她儿子不利，这天睡觉前，往枕头下摸了一下，这一摸吓了她一跳：枕头底下藏着一把尖刀和一把手枪！她掀开枕头，像看到了毒蛇一样尖叫一声，正在脱衣服的陈家骥笑道："别怕，我这刀枪只为防土匪，以防万一。最近听说'野狸子'王五、严凤山那帮土匪已经下山到了咱这一带，不得不防呀。"六姨太从他阴阴笑着的脸上也看不出来他说的到底是真是假，夜里睡觉总是提心吊胆。

这天夜里，北风呼啸，狂风大作。

六姨太想念儿子，抹着眼泪刚刚入睡，突然，窗户外面只听"咔嚓"一声巨响，像是有什么东西折断了，或者有什么重物落在了地上。六姨太翻身坐了起来，陈家骥点亮灯，大声地喊叫张二去看看院子里有什么。不大工夫，张二喊叫说，是风太大，把院子里的一棵老柿树上一根粗壮的树枝刮断了。

陈家骥道："知道了，都睡吧。"

房子里的灯黑了。

张二打着灯笼，正要往自己住的小屋走去，他的嘴突然被人一把捂住，耳边一个熟悉的声音小声说："别怕，二叔，是我。"张二侧脸一看，不是别人，正是消失了几天的陈嗣祖。他感到腰间顶了个东西，再往下一看，几乎吓瘫了，陈嗣祖的手里握着把明晃晃的关山刀子。陈嗣祖说："我不伤你。我只要你给我把那扇门开开。"陈家骥住的房间通着一个暗道，暗道口有一扇隐藏在地窖里的门，那把钥匙，只有陈家骥和张二有。张二在陈嗣祖刀子的逼迫下，开了那扇门。陈嗣祖进了地窖，凭着记忆，慢慢摸索着前进。这个暗道，直通到陈家骥卧室里的一个大柜，大柜的板壁上有一个按钮，轻轻一转动板壁会像门一样自动开启。陈嗣祖进到了大柜里。此时，陈家骥的卧室里一片黑暗，从大柜的缝隙望出去，只能隐隐地看出来床上睡着两个人，陈嗣祖清楚，隆起得低一些的那个身体是他的母亲，而隆起得像个山丘一样的身体则是他不共戴天的杀父仇人。还有，从睡着的这两人的呼吸声也能分辨出来，打着粗壮呼噜的是陈家骥，而他的母亲则睡得很静很静……

他站在柜子里耐心地等待着。

他要等到鸡叫时分，那个时候，是人睡得最熟的时候。

鸡叫了。

鸡叫声把站在柜子里有点昏昏欲睡的少年陈嗣祖一下惊醒了。他再朝柜子外面看去，这次，有了非常弱的一点天光，他更能分辨清楚床上的两个人。他咬咬牙，轻轻推开柜门，扑了出去。当他几步窜到床边举刀砍下时，只听"咣当"一声，他手里的刀被另一把刀挡了一把，他毕竟力气太小，手中的刀随即落地。原来，陈家骥这一夜就根本没有睡，从落下的粗树枝他就已经知道了这一夜不会平安。等他把陈嗣祖手里的刀打落在地，同时，六姨太也早吓醒了。陈家骥顺手一把揪住陈嗣祖，大叫一声："点灯！"

六姨太没有点灯。

她站在床上，颤声道："是……嗣儿……？"

被陈家骥死死抱住的陈嗣祖睁大眼睛，望着渐渐泛亮的天光中母亲的形象流泪了。听不见回答声，六姨太已经明白被陈家骥死死抱住的那个瘦小的身子一定是自己的儿子。她明白儿子落在陈家骥的手里只有死路一条。她不能让她的儿子死。六姨太一点儿都没有犹豫，她突然一把扯起了被子，把一整条被子朝陈家骥的头上一捂，死命地捂、捂，一边大叫一声："儿啊，跑！快跑！我儿快跑呀！"陈家骥被捂得喘不上气来，陈嗣祖又拼命地朝他手上狠狠一口咬去，陈家骥手一松，陈嗣祖挣脱了出来，他想捡起地上的刀，但就在这时，房门一下子被撞开了，陈家的家丁仆人点着灯笼火把，手持刀枪棍棒冲了进来。陈嗣祖慌乱中，跳上床，从窗户一跃而下跑了出去……

十二

林府里林子衡和林子桐一大早就被陈府派来报丧的人吓了一跳。管家把陈家骥派来的人领到林子衡的卧房门口，林子衡睡意蒙眬地问了句:"陈家……陈家骥,陈家……谁、谁死了?"

陈家来人说:"是陈家骥的六姨太死了。"

六姨太?六姨太才刚三十出头,好端端地怎么会死呢?林子衡这一下睡意全没有了。他披衣下床,隔着门又问道:"年纪轻轻,又没听说得什么病啊,怎么就会突然死了呢?"门外的人嘴里嘟哝了一句什么,林子衡没听清,又大声问道:"你说什么?我听不清,大声点!"

陈家来人说:"老爷只说,是得急症死的。"

林子衡穿好了衣服,去到东院找林子桐。眼看着马上要开学了,哥哥林子衡和岳父南先生已经准备好了一切,打算这一两天就动身去正阳大学堂就教。林子桐也准备这一两日赴京到京师大学堂继续他的学业。林子衡过到东院的时候林子桐也一样还没有起床,昨天晚上,兄弟两个为了宋遏云的事讨论了半天,也争吵了半天。原来,白俊亭的妻子林家三妹前些日子又回到了娘家,这次回来,不再仅仅是哭诉白俊亭要休妻再娶,也不再是仅仅骂骂宋遏云那个"狐狸精"多么可恶,而是要挟说,解铃还须系铃人,既然林子桐当年把宋遏云"给了"白俊亭,那他现在就必须再把她"要"回来!否则,林三妹说,她就住在娘家再不回白家了!林子衡的意思,宋遏云如今已经是这么大名气的坤伶了,到哪个戏班子都能混口饭吃,而且,肯定还生活得很不错呢,不如,林子桐就把她从白俊亭那儿要过来,把她打发掉算了!林子桐坚决不同意这么做。他说,这么做一定会把这女孩子给毁了。江湖上的戏班子一定不把女戏子当人,也一定会让她成为有钱有势人胯下的玩物,基本上连想都不用想他都知道宋遏云此后的命运会是什么。这是他完全不能接受的,也不是他当初收留宋遏云的本意。他哥问他,那你说你的本意是什么?林子桐说:"我搞戏剧这么多年,还从来没有见过这么好的一个坤伶。哥,我这是爱才、惜才,不忍她毁在黄七的手里才……"

他哥讥讽他:"你从来没有见过这么好的坤伶?那是因为秦腔从来没有过坤伶!"林子桐说:"哥!你要相信我的眼光,像宋遏云这样的坤伶,不管唱任何戏曲,都一定能唱红,她的的确确是个不可多得的人才!"

"好。你不忍她毁在黄七的手里,现在倒好,把咱三妹的家毁了!也把白家父子的感情毁了!现在,白老爷因为这个宋遏云要把俊亭赶出家门，已经闹得鸡犬不宁了，你还不让她赶快离开这是非之地，还能干什么？"

林子桐沉静地说："哥，我把她带走。"

"你把她带走？"他哥林子衡这个见过大世面的人也一下瞪圆了眼睛，"你把她带哪儿？和你一起到北京，还是留在咱家？你呀，子桐，你一定要想清楚，这可是把祸水从白家引到了咱林家呀！你夫人能答应？万万不可！"

"哥，都什么年代了，你还真认为是红颜祸水吗？我想好了，宋遏云现在的确是已经唱红了咱这一大片区域，可还需要提高。她应该走出去，博采众长，向其他戏种学习，比如说，向京剧、昆剧、梆子戏等学习。所以，我打算把她带到北京去，给她聘请京剧名家为师传授技艺……"

"什么？！"林子衡这一下吃惊不小，"你把她带到北京？你一个孤身男人带一个青春貌美的女伶，你说是为了投师学艺，可谁相信呢？搞不好，京城里会传遍你这是狎妓游玩……名声不好呀！"

"哥！"林子桐气愤地打断他哥，"你不要说得这么难听好不好？谁爱怎么想那是他的事情，不是我林子桐的事情！宋遏云的事就这么定了！我明天就告诉俊亭，俊亭也好提前做些准备。"

林子衡见弟弟心意已决，知道再说什么也无济于事。三兄弟中，老二林子桐脾气最倔，从来说一不二。如今，老三林子健已经和景孝天一起去了日本，家里只剩下他们兄弟两个了，而且，也就这一两日就要你东我西，不能再吵了。兄弟两个就这么分手各回各房睡去了。现在，林子桐一听陈家出了这么档大事，也赶紧穿上衣服，和哥哥一起坐轿到了陈家。陈家骥说，六姨太的灵就停在她生前的房间里，只是她的病不好，医生说了，怕给人传染，因此最好和来宾们彻底隔绝开。林子衡问："是什么病？"陈家骥面带难色道："是……是……传染上了一种见不得人的病。"什么叫见不得人的病？陈家骥不说，也就没有人再问。后来，在整个葬礼过程中，都看不见六姨太的儿子陈嗣祖，这倒是最奇怪的事情了。

"嗣祖呢？怎么会不见嗣祖？"林子衡奇怪地问道。

陈家骥告诉他说，六姨太突然病故，陈嗣祖经受不住这样的打击，病倒了，已经被送到了西安的医院。这个说法，几乎没有人相信。你说母亲去世了，儿子只要不是病得爬不起来怎么会不参加母亲的葬礼呢？林子桐从进到陈府，凭着他特有的嗅觉和想象力，他就知道这个家里刚刚发生过一个大悲剧，是关于陈嗣祖母子的一个悲剧。作为一名剧作家的好奇心让他很想知道这个秘密，于是，当丧宴正在进行中，他悄悄离席独自一人到了陈嗣祖母亲住的那个小院。小院由两个戴孝的仆人把守着，他们一见林子桐走了进来，想要阻拦又有些胆怯。

"林先生……请……"

两个人想用身体挡住房门。

林子桐笑笑："你们不用怕，我进去看上一眼就走，什么都不会说。"

"那你不怕……？"

"怕什么？怕传染上瘟疫？——那要传染，你们不早传染上了？"

两个仆人明白这林家二公子是一定要进去看看了，挡是挡不住的，于是开了门。林子桐首先看见的就是撞坏了的窗户，还有撕破了的床幔，床栏杆也像是被刀子劈过，断了一块。再看看躺在那里的六姨太，居然就像睡着一样躺在床上，连装殓都没有装殓，只是脸上盖着一块白绸缎。林子桐掀开看了一眼，只见六姨太像生前一样漂亮，根本就不像一个得过重病而死去的人……林子桐想想，又轻轻掀开了盖在尸体上的红绸缎被，跟在他后面的两个仆人和他一样好奇，也跟着探头看去，这一看不得了：六姨太的胸口上一大片污血，很显然是被刀子刺死的。两个仆人看了，也大吃一惊！

"老实跟我说，你们姨太太是怎么死的？"

两个仆人面面相觑："不知道，真的不知道。我们只是听说……听说……"

"听说什么？"

胖点儿的那个仆人说："听说是少爷要刺杀老爷，姨太太为保护儿子用被子捂住了老爷，结果让儿子跑掉了。老爷一怒之下就用刀捅死了姨太太……是不是这样？"胖点儿的仆人问那个背有点驼的仆人。那仆人赶忙点头："我也是这么听说的。"林子桐听完，在院子里站了好大一会儿，院子里那棵粗壮的柿子树树叶已经落尽，明显可以看到几根折断的树枝留下的新断痕，林子桐想到久香这个美丽女人不幸的一生，想到这女人竟然是以这种方式香消玉殒，结束了她短暂而不幸的一生，不由得心情十分沉重。他抬头望望天，天空阴云密布，像是在酝酿着一场特大的暴雪，他想，应该给久香点上几炷香，起码替她儿子、也是他弟弟子健的好朋友陈嗣祖奠基和悲悼一下这位母亲……

两位仆人很快准备好了祭奠用的香炉纸钱蜡烛。

就在久香的床前，林子桐焚香烧纸，洒下了两行泪——当他做着这一切的时候，他根本没有想到，有一双酷似久香的眼睛也一直和他一样在流泪。他是陈嗣祖。那天晚上，他并没有跑得太远，因为他牵挂着自己母亲。等到他再潜回陈府里的时候，从全宅上下慌乱的人群中偶尔你一句我一句的议论中，他明白无误地知道他母亲为救他已经被陈家骥杀害了。陈嗣祖此时极其冲动地想要和陈家骥拼命，但他想起了母亲生前对他说过的一句话："嗣儿，你要活着，你一定要好好活着，答应娘，快答应娘，说你一定要好好活着！娘对你说，只要你活着，你父亲、我，我们杜家所有的血海深仇就迟早都会报！你要是死了，就什么都完了！儿啊，答应你苦命的娘，娘在九泉下都看着我儿在笑啊！"陈嗣祖说："娘，我……答应。"现在，他必须咬牙忍着，像他对母亲保证的：再过几年，留得青山在不怕没柴烧——他就是杜家的青山呐。这几天，他始终藏身在陈府里，悄悄地在为母亲守灵。林子桐是唯一一个来到他母亲灵前祭奠他母亲的人，陈嗣祖一直在和林子桐一起流泪……

出殡了。

陈家骥不知道是为了掩饰他的罪行，还是真的对六姨太充满了感情，此时是真的难过了后悔了和恋恋不舍了——毕竟，惠久香是他曾经爱过的美丽女人，葬礼的规模不小，最后盛殓久香的棺木也相当昂贵。所有请来的人和亲戚朋友一路吹吹打打把惠久香送到了陈家的墓地，陈家骥一路哭哭啼啼看样子也十分伤心。等到所有的人都离去以后，陈嗣祖才从隐藏的地方出来，一头扑到母亲坟上，泪洒坟头……最后，他抹干了眼泪，对着母亲一连磕了九个响头，说："娘！儿子只能先委屈你躺在这里了，但总有一天，等儿子杀了陈家骥，儿子就接你回咱杜家去。娘，你等着！"说完，陈嗣祖带着一把关山刀子消失在了黑暗中。至于陈嗣祖到了哪里？其实不久就有了消息，人们说，五龙山坡头沟的刀客严凤山收留了陈嗣祖。说是一天，严凤山在做完一单走私私盐的生意以后回五龙山的路上，大雪封山，一行人又饿又累于是投宿到了一家骡马大店，睡了一宿第二天就要上路，结果严凤山手下一个刀客到马厩里去牵马时，发现一个少年冻死在了马槽里。因为上路前还必须给马喂好料，所以，这刀客又喊来另一个刀客说把这冻死的少年给抬出来扔了，谁想这一抬，这死了的少年竟然轻轻哼了两声，把两个刀客吓了一大跳，再用手一摸，少年的鼻孔里还有气！他们于是把少年抬进了大房的土炕上，让他慢慢暖过身子，又给他嘴里喂些汤水，这少年竟然很快就活了过来。严凤山在给他一勺一勺喂米汤的时候仔细观察着他，发现他有着一双仿佛少女一般细嫩的手，脸上细皮嫩肉，一点儿都没有经过风吹雨淋的样子，就明白这是个富家子弟。当他清醒过来以后，严凤山问他："娃，你是谁？怎么会落到这种地步？"

这少年却忽地一下坐了起来反问他："你是谁？你为什么要救我？"

严凤山笑了："你这娃，我救你还错了？本人站不改姓坐不更名，我是刀客严凤山。"少年一听，几乎是一下子滚下了炕，一把抱住严凤山的腿呜呜哭了起来，而且哭得极为伤心，严凤山一看这情景心里先明白了大半：又是一个有着深仇大恨的人投奔他来了。这一场哭，陈嗣祖哭了个痛快淋漓，哭完哭够，他说，他要拜严凤山为师，因为他的确有血海深仇要报。他哭诉了当年陈家骥的杀父娶母，哭诉了如今他父仇未报反倒又失去了母亲。严凤山听完，劝他说："你是个贵公子，从小就没受过一丁点儿苦，我们刀客这种既危险又辛苦的生活你可能过不下去。我劝你还是去上陆军学堂，将来当个领兵打仗的将军多好！不然，可惜了你这一身好学问了。"

陈嗣祖说："陈家骥已经断了我上学的路了，再说，我只有报了仇雪了恨才会去做一个报国的人。家仇不报，何以为人？严大师，你如果不要我，我今天就用这把刀子结果了我的命！"

他把雪亮的关山刀子架在了自己细嫩的脖子上。

他说："你放心，天下所有的苦我都受得了。我一定要练就一身好武艺,到时候亲手杀了陈家骥那狗东西!"

严凤山一看这情景,只能收留下他。

林子桐到了北京以后,陆续听到的关于陈嗣祖的消息就是这些。有时候和宋遏云说起家乡的事,说到陈家的这些事情不免唏嘘长叹一番。林子桐上京师大学堂原本住在山陕会馆,那是大多在京求学的陕西学子落脚的地方。这次,一来为了解除白家父子及家庭的矛盾,二来为了宋遏云的进一步发展,带她到了北京,可这样一来,林子桐只能另租地方,结果就在学堂附近租了一个带小院的几间房。林子桐带小书童住一个里外间,宋遏云住另一个里外间——里间是她的闺房,外间则作为上课和练功的地方。这一段时间,宋遏云像是比在白家戏班子和在白俊亭身边还要快乐一些,她的黑眼珠子显得更亮甚至更加妩媚,一张青春洋溢的俊俏脸蛋上常常挂满了笑容。林子桐通过傅家的关系为她重金聘请了杨月楼为师,只要学堂里没有课,他就叫上辆人力车带她去杨月楼家里上课。除此以外,他还带她去观摩梅兰芳、富连成等科班的戏,要她写观摩笔记,并辅导她深刻理解所观摩的戏剧人物及情节、细节。几个月下来,宋遏云说,她这是大开了眼界,不仅提高了她的艺术修养而且开阔了她的视野,她这才知道戏剧的天空有多么广阔!不知道是不是这个原因,她对林子桐仿佛越来越情真意切,而林子桐,似乎也突然间坠入了情网。一天晚上观摩完李兰平主演的《游园惊梦》回去的路上,两个人坐在车上,车夫在拐弯的时候速度快了一些,结果车子有点重心偏移,宋遏云不由自主地把身子朝林子桐的身上靠了靠,这一靠,林子桐感觉浑身像过电一样,而宋遏云呢?宋遏云从这时起身体竟然动也不动地紧紧靠在林子桐身上。林子桐虽说到这个时候已经前后娶过两任妻子了,可还是突然感到一阵阵脸红心跳,他不知道自己这是为什么?难道……难道……自己从一开始第一次见到宋遏云,也就是说,当她还是个才十二三岁小姑娘时,自己就不由自主地喜欢上了她?

林子桐感觉自己突然间浑身僵硬,全身像着了火一样,额头上手心里也全沁出了汗。他想挪动身体,却中了邪一样,或者像在睡梦中有了梦魇一样,丝毫动弹不得。宋遏云感觉到了。他清楚明白地知道宋遏云一定感觉到了。但她不动,反而更紧地把身体靠了上来。林子桐感觉自己的喉结动了动,他是想要呻吟,不知道是痛苦还是幸福地想要呻吟了。他仍旧清楚明白地知道宋遏云一定听到了——尽管他只是喉头滚动了几下,他仍旧知道她能听到。

他们两个的心其实很近很近。

近到不需要触摸也能感知到对方的心跳。

所以,宋遏云知道他此刻幸福到痛苦或者痛苦到幸福的感觉,一丝一毫都不怜悯他。两个人就那样在黑暗中坐着一动不动,似乎希望这车子就永远这么走下去,永远在这个温暖春天的静夜里,在北京郊区的大街小巷里这么走下去……

林子桐此后曾经许多次地问过自己,为什么他不能爱宋遏云呢?或者,换一种说法,为什么他不能接受宋遏云的爱呢?这两种说法其实都归于一句话:他们相互都爱着对方。他爱宋遏云,而宋遏云也爱他。只是他爱宋遏云却从来没有流露过,更没有表白过,而宋遏云爱他却是向他流露过也表白过。归根结底,他告诉自己:他不能爱宋遏云。为什么不能爱?他总结为:第一,宋遏云是白俊亭所喜爱的姑娘,白俊亭又是他的三妹夫,而他,和白俊亭又亲如手足,那么他怎么能夺去白俊亭的所爱呢?第二,从名分上来说,从认识宋遏云的那天起,他们实际上——事实上也是如此——被定义作了"师生关系",宋遏云一直称他为"先生",而他也一直把她当作自己的学生。既是师生,再做夫妻或者情人,那不是一种不伦之爱?——虽然还算不上乱伦,却也会为正人君子所不齿,被人们讥讽和嘲笑?人们会不会从此把他视作轻薄之徒而让自己的名誉和社会声誉受到损失?第三,他哥林子衡和南先生(这个时候他祖父林老太爷已经去世了)会怎么看待他娶个戏子这件事?……林子桐自己心里其实也很清楚,他最怕的倒还真不是第一和第二条,他最怕的是第三条。想想,白俊亭想娶宋遏云为妻,闹出了多大风波啊,他敢吗?

他不敢。

宋遏云倒很勇敢,表达了对他炽热的爱。

那天,小书童为他们开了院门,两人在黑暗中穿过房东一家的庭院向他们租住的小院走去的路上,林子桐仍然感到身体火炭一样在燃烧,他尽力地想避开她的身体,往旁边刚走了一步,却被她一把拉住了胳膊。他还没来得及反应过来,她已经一把抓住了他的手,而且,一下子就抓得紧紧、紧紧的!

哦!

他在心底呻吟了一声,不知道是幸福还是痛苦。他总是这样,以后他才知道了,当他和宋遏云在一起的时候他从来没有搞清楚过他究竟是幸福还是痛苦。或许人生就是这样,最幸福时的感觉一定会夹杂着一种锥心的痛苦,像针在扎你的心,你的心有了感觉,幸福就和痛苦并存了。以后,他也才清楚,只有当他和宋遏云在一起的时候他才会有这样一种奇妙到仿佛灵魂出窍天上人间的感觉。宋遏云的脸凑了过来,在黑暗中,他以为她要吻他,她没有,她的头发蹭到了他的脸上,感觉痒痒的,她呻吟般地叹息道:"哦,先生,先生,我真的庆幸今生会遇到你……"

从她这句叹息中,他知道,在这一刻,她实际上也处于一种精神的迷幻中。她也不够清醒。她同他的所有感觉几乎,不,完全同步。这难道不奇妙吗?这一晚,她也就只说了这一句话。她这是在感激命运。感激她遇到他的那一天、那一时、那一刻。她是从灵魂深处在感激命运、感激他。

这件事过后没有几天,宋遏云在北京的学习和深造生活就突然戛然而止了。是白俊亭来了。不但是白俊亭来了,还来了陕西巡抚桂升身边的刘师爷。刘师爷和白俊亭说,陕甘总督不日要来陕西督办西潼铁路的事情以及其他新政改革措施的落实,总督专门点名要看宋遏云和谢德顺的戏,看宋遏云的《状元媒》和《断桥》,看谢德顺的《打金枝》和《拾玉镯》。现在,谢德顺已经被人从山西叫了回去,他们来,就是接宋遏云立即回西安……

几个人坐在房东家的花厅里说这番话的时候宋遏云一直在低头听着,等听到这里,她突然抽动着肩膀嘤嘤地哭了起来。这一哭,把刘师爷哭得极其难堪，他站起身，走到了花厅的另一端，假装欣赏那几盆正在盛开的芍药。白俊亭和林子桐也都被她的哭泣搞得手足无措，两个人相互地看着，接着，白俊亭把目光移向了宋遇云。他这么长一段时间没有见到心上人了，所以，看她的目光既炽热又深情。他看着她哭，有些心疼，看看刘师爷仿佛在专注地看花的背影，再看看林子桐也像是若无其事地走到了一边，白俊亭便站起身，移步到了宋遇云的跟前，坐到了她身边，小声地对她说着什么。林子桐自己有些尴尬。从见到白俊亭的那一刻起，他就感到有些做贼心虚似的，仿佛他爱宋遇云和宋遇云爱他是一件见不得人的事情。他的目光一直避免去看宋遇云和白俊亭。他看刘师爷。现在，刘师爷走到了一边，他也想走到一边，这样想着，他就不由自主地走到了花厅的另一边。

刘师爷问他："南先生还好吗？"

那次林子桐为南先生被列为康党的事去找陕西巡抚桂升就认识了刘师爷，后来南先生受到桂升的重用被聘作了陕西重点学府正阳大学堂的山长，刘师爷就免不了要经常代表桂升去正阳大学堂拜见南先生。林子桐也因为南先生的关系和刘师爷相当熟悉。他告诉刘师爷："前些日子哥哥子衡到京办事，说南先生现在遇到了一个大难题。"

刘师爷问："什么大难题？"

林子桐说："唉，自从甲午战败后又遭庚子赔款，先是《马关条约》后是《辛丑条约》，国家艰危，南先生忧国忧民的激愤心情就从来没有平息过。哥哥说，南先生认定我们所以一败再败、被外国人打来打去，就是因为我们民族工业太弱，所以，他立志要发展民族工业，要为国家培养出能搞工业的学生，他派我哥和几位正阳的师生前去汉口、苏州、上海等地，考察了织布、轮船、枪炮制造及印刷等近代工业，最后决定想办一个织布厂和轧花厂……"

刘师爷说："好极了，很好呀！这不正是朝廷想让办的新政吗？"

"是啊，"林子桐说，"南先生已经让我哥和英国人商议好了购买织机的事宜，可是，在筹措资金方面却遇到了大麻烦，朝廷大员掌印御使赵惜时……"

"他又怎么了？"刘师爷的神态里明显有着对这位陕籍高官的不屑，"当年不就是他把南先生出卖给了太后，这回他又怎么了？"

林子桐苦笑说："我哥说，他劝南先生不要再和此人打交道，免得遭他暗算。南先生……唉，南先生相信人之初性本善，说赵惜时当年举报他是康党，是此一时彼一时也，如今，太后要推行新政了他必不反对。南先生要筹办陕西机器织布局，要在北京大丰银号借银三十万两，银号提出需要陕西高官赵惜时作保才肯借给，南先生就让我哥去找这位赵大官人，没想到……"

刘师爷问："他不担保？"

林子桐叹了口气："不但不担保，还美美地把南先生大肆讥讽嘲笑一番。我哥给我说，他都不敢把原话告诉给南先生，就这样，南先生为这件事还是大病一场。"

"织布局没有办成？"

"没有办成。我哥说，这件事对南先生打击非常之大。不过，他到底还是把轧花厂办起来了。这件事也很不得了，买回的是日本产轧籽棉机。报上说，这是机器轧花首次传入陕西，一时间成了一大新闻。这事你不知道？"

"知道。"

"还有呢。听我哥说，南先生这一段时间在正阳大学堂还搞了个测绘馆，让学生精通数学和测绘技术，说是富原、蒲州还有附近州县兴修水利时的渠道测绘，还有各州县的地图测绘，都由正阳大学堂的师生们去实地勘测绘图……"

刘师爷这一下眼睛瞪得鸡蛋一般大，捻着稀疏的几根胡须突然哈哈大笑起来。

林子桐不解："师爷笑什么？"

刘师爷笑道："这可真叫是'踏破铁鞋无觅处，得来全不费工夫'啊，这次陕甘总督来西安，其中一项任务就是要寻找能够为西潼铁路测绘地图和计算的人才，这下我知道了，回去就报告总督和巡抚大人，说是我们陕西就有这样的人才，不必再到江南一带去高薪聘请了！"

林子桐也笑道："师爷这才知道了小一部分就高兴成这个样子，还有呢！"

"哎呀，别卖关子，快说！"

"我告诉你，我哥林子衡才是南先生在数学和测绘方面的高足呢。"

"哈哈，"刘师爷再次笑出声来，"这下，我们连陕西舆图馆的馆长都有了！"

"陕西要成立舆图馆了？"

"不错。我还告诉你，现在可真的是一个革故鼎新的时代了呢！自从朝廷诏准废除科考，一切士子皆由学堂出身，朝廷马上要设立学部，除了鼓励大办学堂以外，还鼓励和提倡士子们出国留学。据我所知，今明两年陕西要从两大学堂，你们正阳大学堂和陕西大学堂选派多名留学生呢！"

"这倒真的是好消息啊。"林子桐叹道。

"你们京师大学堂……"

"京师大学堂每年都有……"

两人刚说到这里，突然听到花厅的那一头传来一声女人的尖叫声："不去不去不去，我就是不去！"林子桐和刘师爷两人正说得热闹，差不多把刚才和宋遏云商量的事情忘记了，这会儿，两人才想了起来。林子桐当然知道宋遏云口中叫喊的"不去不去不去"指的是什么，上一次一说到西安巡回演出她居然都说到了"去死"，上一次还可以遭受些经济损失取消演出，这一次却是万万不可能了。刘师爷虽然不明白宋遏云喊叫的"不去"指的就是西安，却也猜出了八九不离十。刘师爷说："这样吧，我先回避一下，你们商量。我只提醒一句，时间不多了，明天一大早我们就要启程回去。"

刘师爷虽然态度和蔼，但说话的语气却是完全不由分辩。这话的意思在场的三个人当然完全明白，那意思说是，私情归私情，公事归公事，宋遏云根本不可能拒绝给陕甘总督的演出。因此，明天启程回西安就是陕西巡抚的命令，刘师爷和跟随的几个兵丁抬都要把宋遏云抬回西安去。刘师爷走后三个人静默了一会儿，宋遏云此时也止住了哭声，她睁着一双漆黑的泪眼无助地望着在阳光下盛开的鲜花和花丛中翩翩起舞的一对蝴蝶。林子桐见她这样子，觉得自己的心都揪得疼，可再疼，该说的话他觉得也必须说。林子桐看了白俊亭一眼，自己也在宋遏云的身边坐了下来，劝说道："遏云……"他刚这样一叫出口，连自己也吃了一惊——当然，白俊亭也敏感地看他一眼。宋遏云身子抖了一下，黑黑的、湿湿的、长长的眼睫毛也像蝴蝶翅膀一样扇动了几下，这些，都没有逃过白俊亭的眼睛。有一会儿时间，林子桐觉得被自己的话噎住了，说不出来了，他努力挣扎着，终于说道："你是个明白人，事情……事情在这儿明摆着，你要不去，白家……白府……白家班子……大家全都，全都……承受不了这样的后果啊！"

在他说这话的时候，宋遏云已经转过脸来，专注地看着他听他说话。

"还有对你，对吧？"宋遏云苦苦一笑，"对两位公子的忘恩负义。对林家、白家这两府上下的忘恩负义，对吧？这十年的养育之恩，这十年培养和栽培之恩，宋遏云当滴水之恩涌泉相报，对吧？是……不……我明白，我只能去。好吧，到了这种时候，我知道，我连去死的权利都没有，对吧？……"

"怎么又是死死死的？去西安演上几场戏就真的会死人？"白俊亭负气地说。

"不会死人，是的，不会死人……"宋遏云喃喃地说。

白俊亭说："我还真不明白，你为什么这么害怕到西安演出？你在西安究竟有什么秘密？遏云呐，你能不能告诉我和林先生？莫非……莫非……"白俊亭差点儿说出了他和林子桐当初的那个猜测——宋遏云不会是逃婚出来的？但他终于还是没有说出口。宋遏云看他一眼："你不用再说什么，我会跟你回西安的。"

说完这句话她走出了花厅。

第二天早上，刘师爷的马车到了院门口的时候，白俊亭带的马车也几乎同时到了，刘师爷还带了几个兵丁，这几个兵丁也都骑着高头大马。当然，他们本来也是跟着刘师爷到京城办差的，顺便保护名伶宋遏云返回西安也是一举两得。林子桐这天早上专门向京师大学堂请了假，说是要送送白俊亭和宋遏云。白俊亭和林子桐在院子里站了好一会儿,宋遏云的房门才终于开了,只见她两只眼睛通红,很可能一夜没睡,甚至可能哭了整整一夜。林子桐送她走出院子,再送她坐上轿车,一直都默默无语,因为他真不知道该说些什么……直到马车已经缓缓启动,他不由地跟着走了几步,这时,他看见一直倚在窗边目不转睛地望着他的宋遏云嘴唇动了动。他知道她有话要说,紧跑了几步,到了她跟前。

宋遏云说:"先生,我不知道这一别还能不能再见到你……"

林子桐正要说话,宋遏云用手势止住了他。

"如果你我就此作别,先生,你可有话要对我说?"宋遏云睁着一双泪眼问他。林子桐此时一只手攀在车窗边,白家的马车夫见状,早就让车停了下来。和宋遏云一起坐在马车里的白俊亭见两人有话要说,也不催促,从侧面望着宋遏云的脸,等着。林子桐听了这话有点儿发愣,宋遏云一把抓住他攀在车窗旁的那只手,紧紧地抓着,仿佛一个即将溺水之人抓住了一根救命的稻草,一双被泪水打湿的黑黑、亮亮的眼睛死死地盯着他,像是要把她眼前的这张脸、这张面孔,永远地印到自己的瞳孔里,锁闭在里面,让自己任何时候只要一睁开眼睛就能够看见这张无比熟悉和无比亲切的脸。林子桐看出了宋遏云眼睛里透露出的这种……这种仿佛是生离死别的神情,他心里不由"咯噔"一下,怎么回事?难道她真的在做生离死别的告别?不会吧?……不会。可她为什么这么绝望、这么无望、这么无助呢?……不,不会。他还会再见到她,此时此刻只是她太悲伤了吧?他动动嘴唇,声音有些干涩地说道:"遏云,记住我的话,任何时候、任何情况下你都要潜心于戏剧艺术,你是一个很有天分的演员,我只希望你珍惜自己!"

宋遏云点了点头,但脸上明显表现出失望。

"是的,先生……"

然后,她突然果断而急促地说道:"不,先生!我还要你记住,宋遏云不仅仅是你一个学生、爱徒、高徒,她还是一个、一个……深深地爱你的姑娘,在她的心里,从来没有装下过别人,只有你!"

她声音不大,但在他听来简直像是天空响彻着的一声春雷,震撼了他的五脏六腑!他的脑壳像突然炸裂一般,瞬时间,十年间宋遏云从一个小姑娘出落成亭亭玉立的少女、再到今天长大成了如今这个浑身洋溢着青春气息的美丽姑娘，她的一颦一笑，她的眉目传情，仿佛一下子写满了他眼前的天和地，原来，这小姑娘一直爱着的人是他！十年来一直悉心培养她从一棵幼苗长大成为誉满陕甘的秦腔名伶……可他怎么会爱她呀！不只是社会舆论，还有她旁边坐着的他三妹夫、他兄弟一般的白俊亭啊！他整个人都像是被突然间炸飞了……他脸上的惊恐和不安，他瞟向马车里边坐着的白俊亭的目光，一定深深刺激了她。她笑笑，用很低的声音说道："先生，你不必谴责自己和良心不安，爱你是我的自由，不牵涉任何人。有一天，白先生也是会明白的……"

"那你……"

他想问的是："那你为什么要答应嫁给他呢？"

她明白他的问话，又一次止住了他："我知道他做不到。这个世界上没人能做到为了一个戏子要休妻再娶。你不一样，先生，只要能和你在一起，我什么都情愿！没有别的，我只是想让你知道。因为此生，我只爱过你……我只想让你知道。再见，先生，再见了！"

她松开了他的手，依依不舍地望着他。

马车缓缓地离去，她的眼睛一直没有离开过他，直到他变成了一个小黑点。她心里明白这很可能是他们的生离死别。她这回冒险回到西安，很可能凶多吉少。她还能不能见到他？她不知道。当他完全从她眼前消失的那一刻，她不由珠泪滚滚，用手绢堵住嘴，哽咽声还是从她嗓子眼儿里露了出来，她开始抽动肩膀，哭声自然惊动了白俊亭，到了此刻，他已经完全明白了发生在他们三人之间的这个真实故事。他还是疼怜她，像从前一样疼怜她。他轻轻揽过她的肩膀，她的头靠在了他身上。

他说："遏云，我现在都清楚了……"

宋遏云用泪眼看他一眼："你是好人，我对不起你……"

白俊亭说："不，你没有什么对不起的。你唯一的错处就是，你不告诉我你心里真实想的……从今往后，遏云，我只把你当我的妹妹，好吗？"

宋遏云抬眼看他一眼，突然满脸幸福，点头。

"那就叫我一声。"白俊亭说。

"好啊,"她顿了顿,"哥,俊亭哥哥,亭哥,好吗?"她脸上有些羞涩。

"好,好,你以后就叫我'亭哥'好了。"

白俊亭说完这话,心里多少还有些酸涩。

第三章

名伶失踪和蒲州血案

一

　　白俊亭在很多年以后一直都在后悔自己当年为什么非要带宋遏云回西安，忏悔和后悔当宋遏云那么痛苦地叫出她宁肯去死也不愿到西安演出这样的话以后，自己为什么不努力让她说出原因……尽管在宋遏云突然失踪以后，他无数次地这样痛苦地谴责和责备自己，但冷静下来以后，他明白客观地说，在当时那种情况下他实际上什么都做不成。他不可能不让她在西京大剧院为陕甘总督和陕西巡抚登台演出——不管她说出任何原因，他都不可能阻止那次演出。可只要她在西安演出了，他相信，她一直不肯说出来却一直预感到的那个可怕的事情总归是要发生的。这和宋遏云的身世有关。和她神秘地出现在黄七的江湖戏班子有关。事情发生得很突然，提前一点儿征兆都没有。谢德顺和宋遏云这一对师徒第一次联袂在西安挂牌演出，的确轰动了整个西安城，一票难求，一票在黑市上的价钱已经卖到了两三两白银，票价越贵，去看戏的人身份就越高，结果，演出的三天时间里西京大戏院每到晚上可真的是华盖如云，满街一眼看不到边的都是满族王公贵族和汉人中高门大户、仕宦世家的华丽马车，最后一个晚上的演出观众的热情达到了最高潮。当总督和巡抚在演出结束后走上台去接见演员，全场观众起立鼓掌竟达五分钟之久。这之后剧终人散，白俊亭和他家管家也一起到了后台，准备等宋遏云卸了妆后接她到下榻的旅馆去，第二天就返回蒲州。

　　然而在后台他们没有见到宋遏云。

　　谢德顺倒在。

　　谢德顺说："谢完幕刚到后台，你们白家班班主李十四就匆匆忙忙地来把遏云小姐叫走了。"

　　"没说叫走干什么？"白俊亭问。

　　"说了，"谢德顺说，"说是总督的师爷在外面等着，说是总督要单独见宋小姐，让不要卸妆了，直接到剧院的贵宾室去……"白俊亭听了，松了一口气。可正说话时，李十四却回来了，白俊亭问他："宋小姐呢？"

李十四一脸茫然："我觉得这事有些蹊跷，少爷。"

"怎么蹊跷？"

白俊亭一看李十四的脸色，感觉不好。

"这人说是总督的师爷，说是总督要单独见宋小姐，我就去把宋小姐叫了出来。那位师爷就等在后台门口，一见宋小姐，旁边站着的几个大汉就一拥而上，带着宋小姐就往戏院门口走。我说，不是说总督在贵宾室？那师爷说，把宋小姐交给我们你就不用管了！那说话的语气竟然很凶……"

"然后呢？"白俊亭急忙问道。

"一群人转眼就不见了。我想想不对头，就跟着跑了出去，却看见……"

"看见什么了？快说！"

"看见几辆有着王府徽号的马车就停在门口，宋小姐一看见就拼命挣扎，扭头叫喊：'李师傅救我呀！'我急忙往过跑，但那师爷和那几个大汉把宋小姐抬着塞进了马车里，眨眼就看不见了！"

"你看没看清是哪个王府的徽号？"

李十四摇头，说他根本不认识。白俊亭一屁股坐在了椅子上，心里一个不好的念头：宋遏云这可能是被人绑架了。几个人这时都面面相觑。谢德顺说："以前戏班子也会发生这样的事，年轻貌美的女演员被人霸去做了姨太太。这回，宋小姐看来也是这样。"白俊亭急得跺脚："这可怎么办呢？"谢德顺、李十四以及管家都劝他先不要着急，这种情况，只能先打听出来是哪个王府的人干的，然后才能给官府报案，否则，官府也一点儿办法都没有。白俊亭说："那就快！快找人四处打听呀！"然而此后十天过去了，半个月过去了……最后半年过去了，却一点儿都没打听出消息来。宋遏云失踪的消息开始还一直瞒着林子桐，可是等到这年冬天，林子桐假期从北京回来，这时，就再也瞒不住了。那天，林子桐兴高采烈地坐车过到白府，带来了他刚刚完成的一部剧作——这当然是为宋遏云量身定做的一本折子戏《花堂会》，在他创作这个剧本时，他的眼前始终闪现着的貂蝉就是宋遏云。白俊亭不在家。白老爷白大佑和白俊亭的妻子林家三妹接待了林子桐，三个人坐在厅堂里喝了会儿茶，林子桐起身道："我到水榭花园去趟。"

林三妹和公公相互看了一眼。

林三妹说："哥，你去找宋小姐？可她……"

林子桐奇怪："她不在？没听俊亭说最近出去演出啊？"

林三妹不语。

白老爷道："子桐，这大半年了你一点儿消息都没有吗？"

"什么消息？"林子桐问。

"宋小姐失踪了！"白老爷道。

失踪？！林子桐完全不相信地瞪着白老爷。白老爷叹息一声，把半年前发生的事情叙述一遍。这之后林子桐就告辞出了白府，这一路上他昏昏沉沉，感觉到天和地都昏暗了，直到这时，他想起宋遏云在从北京启程回西安时对他说的那番话，才知道那其实就是在对他诀别！她明知此去很可能凶多吉少，她明知此去是往火坑里跳，可她还是毅然决然地走了，这是报恩……可是遏云呐，你现在在哪里啊？我这一生，不知道还能不能见到你啊？

林子桐把头伸在马车的车窗外，让凛冽刺骨的寒风，让飘舞在空中的雪粒，刮在和打在自己几近麻木的脸上。他望着一望无垠的关中大平原，望着覆盖着一层冰雪的石川河，内心痛苦地嘶喊着：这究竟是一个什么世道啊，像宋遏云这样的善良女子，竟连一个稍稍安宁的日子都没有……天老爷啊，你睁眼看看，这人世间，有多苦？！

是啊，这个世界上的事情从来不会无缘无故地发生。像清王朝被推翻，中国结束统治了这个偌大国家几千年的帝制——而且，清王朝土崩瓦解一样很快地、在那么短的时间里，就被民众抛弃并扫进历史的垃圾堆，绝对不会是一个简单的历史现象。百年之后悉心读史的女作家秋子珍把她的目光投向了辛亥之前。她相信，是清王朝自己掘了自己的坟墓——世界上，古今中外的人类史上，还没有一个王朝的坟墓不是自己掘的。那么，在清王朝覆灭前夕究竟发生了什么事情，让像林子桐这样的普通读书人和像白俊亭这样的富绅阶层以及像焦海波这样的清王朝政权的底层官吏，全都义无反顾地投身到了这样一场革命中？

这是个问题。

秋子珍想。

一个社会，如果连林子桐、白俊亭、焦海波这样原本与社会相安无事和与世无争的一批读书人、一批士绅阶层都想要起来造反的话，这个社会就一定是有了大毛病，出了大问题了。这个社会一定是病入膏肓，必须用一种激烈的手段和方式来解决问题了……

然而，这一切究竟是怎么发生的？

她想，林子桐、白俊亭、焦海波他们的命运轨迹或许能回答这个问题。

林子桐从京师大学堂毕业回到陕西发现富原、蒲州乃至关中平原、渭北高原——乃至整个陕西，仿佛都掉进了一个大火药桶里，三天两头听到的消息不是这儿的农民抗捐，就是那儿的农民抗税，要么就是这儿的士绅们要求惩办某个贪官污吏，那儿的学生们闹事罢课罢学……哪儿哪儿像是都不安宁了，哪儿哪儿像是随时会爆发一些特殊事件。他本来是要留洋的，已经和几个同学通过了到德国去留学的选拔考试，但他接到了南先生的一封信。南先生要他回来为乡梓服务，一来蒲州要办一所高等小学堂，一时半会无法选择到一个合适的总教习，而这个岗位非常重要，绝对不能落入"坏人之手"。二来富原县要编纂《富原县志》，这是要流传后世的一个"千秋之作"，也必须由一个德高望重的人来主持操刀。这两件事情，南先生说，无论蒲州知府也罢还是富原知县也罢，在士绅们中征求意见，大家一致推举的人选就是即将从京师大学堂毕业的林子桐。"你得回来。即使为了我们心目中共同的千秋大业你也得回来。"南先生在信的末尾这样写道。

他明白南先生说的"千秋大业"是什么。

就在宋遏云失踪的那年冬天快要过年的时候，刚去日本才半年的景孝天和他弟弟林子健突然回来了。事先也没有通知，两人回来的那天早上，天正下着鹅毛大雪，而他们也不是两个人回来的，一同来的还有傅家两兄弟和焦海波，几个人乘着一辆很阔气的大马车，到了林府门口，"砰砰砰"地使劲拍打着大门上的铜环，这声音，在冬日清晨寂静的东里堡镇简直就如同放礼炮一样，惹得鸡也鸣狗也叫，让原本死气沉沉的镇子顿时有了生气。林府上下所有的人都被这声音惊醒了，一听说三少爷从日本回来了，也全都聚到了厅堂里。厅堂中间烧起了一个大火盆，几张桌子上立刻摆上了点心和热气腾腾的鸡蛋醪糟，这边才刚刚端上桌，那边大门又被"砰砰砰"地敲响了，是景孝严也接到了报信，一听他弟弟允儿回来了，也马上叫上白俊亭和高满儿都从蒲州赶了过来。所有的人都坐下以后，南先生开口道："女人和娃娃们，热闹热闹就可以了。"

这是给家里的女人和小孩子下了"逐客令"。

自从林老太爷去世后，这个家里的长辈就是南先生了。所以南先生的话在此就是权威，没有人会不执行——包括林子健在去日本之前刚娶进家门就和他分别的新媳妇。男人们当然明白南先生这句话的含意：让女人和孩子们离开是他们有秘密要谈。于是林子衡他们全都眼巴巴地希望女人和孩子们赶快离开。但这个家里却也不完全是"师道尊严"或"父道尊严"，南先生的话还是可以打点折扣的，她们明显还没有完全热闹够！新媳妇青荷眼睛一眨不眨地盯着林子健看，这让她大嫂南瑞芝一边给二嫂使眼色，一边一个劲儿地用手指在脸上羞她："羞！羞！羞！哪有这样盯着自家男人看的？"

青荷脸一红，随即小声嘟哝说："你没看……"

"没看什么？"

青荷用更小点儿的声音说："头……"

她做了个手势。

"子健的头怎么了？"南瑞芝大声地问。

青荷红了脸，不说话。

大家的眼睛都望向了林子健的头，这才发现，他的头是和别人的不一样。紧接着，大家又发现，还有两个人的头和大家不一样，这就是景孝天的头和傅文远的头。而这三个人，都是从日本回来的——傅文远这年冬天刚刚被陕西大学堂选派去了日本，才去了一两个月，也一起回来了。他们三个发现大家都在看他们，突然明白了。三个人诡异地笑笑，林子健给两人小声耳语了一句什么，然后顽皮地突然用秦腔道白的腔调大叫一声："看——头——撒（音sǎn）！"

三个人便大笑着一起摘掉了帽子。

这帽子一摘掉，女人和孩子们倒瞬时间静默了下来，大家全都着了魔一般两眼死死地盯着他们眼前的三颗没有了后面拖着长发辫的脑袋。这是三颗新式脑袋，他们大家从来没有见过的脑袋。林子桐的夫人惊得"啊"了半声，后半声就噎在了喉咙里出不来了，只见她张大着嘴，眼睛瞪得鸡蛋一样圆，惊恐之色写满了脸上。是的，头发的事情有关生命，"留头不留发，留发不留头"，也许是清王朝入关以来给汉族人留下的最为惨烈的记忆。现在，这三颗修理成了短发的脑袋上没有了跟生命一样宝贵的"猪尾巴"，那他们……那他们……清廷的官员会不会像从前一样把他们三个人的脑袋给"咔嚓"了？

青荷吓得已经捂住了眼睛，就像那血腥的一幕已经呈现在了眼前。

在一片静默中南先生说："好啊，终于把这该死的'猪尾巴'给剪掉了。已经快三百年了，没想到在你们身上终于看到了这一天……"南先生的眼睛有些湿润。他女儿、林子衡的夫人南瑞芝问道："爸爸，那就不怕……不怕掉、掉、掉脑袋？"南秋阳先生说："这个你们大家就都放心吧！满人现在只怕怕的是自己的脑袋有一天还长不长在自己头上？他们已经不可能也没有能力再为留不留发的事情而杀人了。"

傅文远摸着自己的脑袋说："不过一开始还真不习惯，突然间像是脑袋后面少了个什么东西……"

景孝天说："所以习惯这种东西才最可怕，清朝三百年的统治已经让我们习惯了脑袋后面拖个'猪尾巴'，由此也培养了我们根深蒂固的奴性。我们要……"他不再往下说了。南先生明白。南先生说："瑞芝你们大家都去吧，今天我们家客人多，你们也早点儿准备准备饭食。"女人和孩子们走后，不久，天井里传来孩子们打雪仗的嬉闹声，这时，南先生才说道："快！你们这么快地回来一定是有事吧！"

"不错！"性急的林子健首先叫道，并且，两眼放光，"先生，收获真的很大，真的太大了！我们、我们见到了……啊，孙中山，啊，还有……还有……"林子健因为过于激动而喘不上气来，"你说，你说，孝天哥。"

景孝天的脸上也现出激动："先生，南先生！我这回才真正体会到了，什么叫'天不生斯人，万古如长夜'，这个人就是孙中山先生——见到孙中山先生，我才真正感觉到，中国有救了，我们国家有救了，人民有救了，民族有救了！"

"你们见到他了？别急、慢慢说。"南先生嘴里说着"别急"，可他脸上的神情却显得比谁都急。他的学生们非常了解他，林子桐说："孝天，你赶快先拣主要的说，不然把先生急的。"林子衡、景孝严和白俊亭他们也都催促道："你就快点儿说，快点儿说吧！"

景孝天说："这样，我取点东西来，让子健和文远先说。"

"取什么东西？我去！"焦海波和高满儿跳了起来。

"你们不知道。"景孝天说着，跳起来，冲出了房门。

"孙先生是从欧洲到的日本，听到消息我们大家都赶到横滨的码头去欢迎，几乎所有的日本留学生，上千人呐，气氛很是热烈。"傅文远说着，眉飞色舞，擅长情境描述是他的特长，"我说这个是说，孙先生的反清思想和屡战屡败却屡败屡战的武力反清革命乃至流血牺牲，已经赢得了国内外革命青年的认同和尊敬，包括我们，我们陕西去的这二三十个青年学生。孙先生说，我们不能对清政府抱有任何幻想，要向中国几千年的帝制宣战……"

"孙先生还说，维新也罢，君主立宪也罢，根本不是世界的潮流，不是世界最先进的制度，只有共和国才是世界上最先进的国家制度。"林子健抢过话头说道，"我印象最深的几句话就是，孙先生说，一个中古制度的中国去和一个有着近代文化和近代文明的现代国家，比如日本，比如欧美，去竞争和打仗，不败才怪呢！我们输，不是输在人力物力财力上，而是输在了文化上，输在了近代国家制度上！"

"哦，一针见血！"林子桐兴奋地叫道。

"我也很想见见这位孙先生了！"景孝严说。

"真太过瘾了！"焦海波道。

"哎呀呀，还有更加过瘾的呢！"接这话的是景孝天，他抱着一包用毛毡包裹得严严实实的东西进来，放到了桌子上。大家全都围拢了过来，景孝严性急，他几把扯开了缠绕在上面的绳子，再撕开裹在上面的毛毡，一厚沓散发着油墨香的报纸露了出来。林子桐眼快手快，一边叫了声："啊，《民报》！"先抢到了最上面的一份，看一眼，随即递给了南先生。然后，他又拿起一份。南先生的眼睛因为早年熬夜读书太多，几近失明，虽然戴着镜片很厚的近视眼镜，但凑到眼前去看，报上的字仍显得太小。他非常吃力地把整张脸都贴在了报纸上，那神情，那模样，就像是要把这报纸生吞下去。林子健看先生这个样子，突然想起了什么，他一拍脑袋，解开棉袍，从紧贴自己的内衣口袋里掏出个小盒子，急急打开盒子，取出一只精致的放大镜，递给了南先生："先生，这是我在日本给你买的放大镜，你用它来看，字就放大了好多倍！"

南先生接过放大镜，在报纸上一晃，好大的字就跳进了他眼睛里："好东西！真的是好东西！"南先生欣喜地说道，"这以后，我再读东西就不困难了。"

林子健也高兴地说道："看看，先生没白疼我吧！我漂洋过海从来都没有忘记过先生对我从小的养育之恩、教导之恩……"他大哥林子衡打断他的话说："别把孝顺挂在嘴上了，你看先生……"

他的意思是南先生有话要说。

果真，南先生神采飞扬地说道："真是要感谢你们三个，没有忘记我对你们所有人的要求，不管你们身在哪里，都要定期及时寄送报刊和书籍……"

景孝天、傅文远几乎同时大声地："怎敢忘！"

"好！我一直要求你们关心国内外大事，勤阅报章，看来你们还真挂在心上了。这报纸，这《民报》太好、太重要了，这是从海外来的第一批思想武器啊，我的孩子们！"南先生眼里闪着泪光。他的学生们都知道，他们的先生一激动起来容易落泪，他的学生兼女婿的林子衡早已把一块手帕递到了南先生手中。

"这报纸是孙先生办的！"年轻的景孝天无比自豪和骄傲地说。

"我知道！这《发刊词》就是他写的。呀，这可比他当年的《上李傅相书》好得太多了去了！说得多好，开章明义，就说这三大主义！你们听，'凡以三大主义：曰民族，曰民权，曰民生'。民族、民权、民生！好啊，好啊！'罗马之亡，民族主义兴，而欧洲各国以独立。……是三大主义皆基本于民，递嬗变易'！说得多好啊！"南先生用放大镜一边看着，一边大大地、长长地叹息着。

"当然，当然，还有这一段，你们听！"林子桐从拿到报纸那一刻起就开始贪婪地一字一句地看着、读着，这时，他像在课堂上一样大声地朗读起来——

  今者中国以千年专制之毒而不解，异种残之，外邦逼之，民族主义、民权主义殆不可以须臾缓。而民生主义，欧美所虑积重难返者，中国独受病未深，而去之易。是故或于人为既往之陈迹，或于我为方来之大患，要为缮吾群所有事，则不可不并时而弛张之。嗟夫！……

当林子桐刚开始读到"异种残之，外邦逼之"的时候已经是潸然泪下，而当读到"嗟夫"的时候却已然是气塞咽喉，语不成声了。在南先生所有的弟子中，大家公认，林子桐的性情最像南先生，说到这一对父子师生，大家都用了一个词"行藏耿介"，行藏耿介的背后是性情刚直，眼里不容沙子，并且，容易激动，激动起来就控制不住自己的感情。这用古希腊哲学家们对人性情的分类而言，南先生和林子桐都属于胆汁质。与他情同手足的白俊亭也早为他准备好了一块手绢，这时不声不响地递给了他。焦海波几个人也一直在埋头看报，这时，焦海波朗声道："我想读！南先生，我想读这一段！我嗓门好，再说，我还是清朝的一个小吏，读它最合适，我读——"

  大家都笑了："好好，你读，让海波读。"
  焦海波于是朗声读道——

  诚可举政治革命、社会革命毕其功于一役。还视欧美，彼且瞠乎后也。翳我祖国，以最大之民族，聪明强力，超绝等伦，而沉梦不起，万事堕坏；幸为风潮所激，醒其渴睡，旦夕之间，奋发振强，励精不已，则半事倍功，良非夸嫚。惟夫一群之中，有少数最良之心理能策其群而进之，使最宜之治法适应于吾群，吾群之进步适应于世界，此先知先觉之天职，而吾《民报》所为作也。抑非常革新之学说，其理想输灌于人心而化为常识，则其去实行也近。吾于《民报》之出觇之。

"吾群之进步适应于世界，此先知先觉之天职，"南先生重复道，然后望望眼前这一片青春的面孔，喃喃，"好，好哇！'而吾《民报》所为作也'，这是说，这份报纸就是要宣传孙先生的三大主义……"

景孝天说："是三民主义。"

"很好，很好。"南先生道，"我们有主义了，为民族，为民权，为民生，我从来都没想得这么深刻啊！这个孙中山，真的很了不起，你刚才说得很对，'天不生斯人，万古如长夜'……这上面说，这份报纸是中国同盟会机关报《民报》，在日本东京正式发行。孝天，怎么突然又有了个同盟会？而不是从前咱们知道的兴中会了？"

景孝天、林子健、傅文远三个相互看看，脸上充满了骄傲。

傅文远先说："这就是我们着急回来的目的啊。"

"什么目的？快说！"林子桐性急地拍桌叫道。

景孝天说："我们现在除了有了个奋斗目标三民主义，还有了一个组织，有了一个团体，叫同盟会！关于同盟会的来历，别急别急……"这时景孝天看林子桐又急着想插话，"子桐哥，我知道你想要问什么，你是想问，同盟会和以前的兴中会什么关系？对吧？"林子桐说："是，是。"景孝天说："现在我就告诉你们。也就是我和子健刚到日本不久，孙先生就从欧洲到了日本，在日本建立起了革命大本营。孙先生认为要把先前各地成立的革命团体统一起来，于是就和黄兴等人，以兴中会、华兴会等为基础，在日本东京创建了一个全国性的资产阶级革命党中国同盟会。孙先生被推举为了总理，他所提出的'驱除鞑虏，恢复中华，创立民国，平均地权'的革命宗旨也被采纳为同盟会的纲领。"

"既然有了纲领，有了主义，还有了一个资产阶级革命党的同盟会，你们不跟着孙先生进行反清革命，跑回来干什么？"林子桐又不禁发问道。他话音没落，他哥林子衡就制止他说："子桐，你总那么性急，让孝天把话说完嘛！"

"不过，"景孝天说，"子桐哥问的是对的。孙先生说，在日本是不可能实现三民主义和建立民国的，所以，孙先生说，我们这些人都是火种，要撒向中国的各个角落……"

"你们？"这次是高满儿呼出了声，"你们三个，都参加同盟会了？"

景孝天、林子健和傅文远异口同声："当然！"

"好，好！你们当然要追随孙先生，要参加同盟会！"南先生竖起大拇指夸赞地说，这让他这几个弟子非常骄傲。景孝天说："我们陕西去的留学生都首批加入了孙先生的同盟会！孙先生说，只我们反清革命还不够，要我们像火种一样到国内外各地发展组织，在各省各地创立同盟会的支部，广泛传播民主共和思想，让更多的人投身到反清革命中！"

林子桐喘一口气："嗬，我终于听懂了，你们回来，是想发展我们做同盟会员？——那我们的组织呢？"景孝天看看大家，说："不错，这就是我们回来的目的。至于我们的组织，我们一定是要孙中山先生的批准才能建立陕西同盟会支部，我找孙先生主动请缨，说，我要回陕组织同盟会支部，孙先生当时看看我说，你这么小的年龄，能办成这么大的事儿吗？……"

"孙先生真这么说？"他哥景孝严问。

"是这么说，我和文远哥陪他一起的。"林子健说。

"嗬，那是孙先生不知道我这个允弟可比黑脸罗成还黑脸罗成呢！这弟弟，比我这年长了他十岁的哥，论志向，论才气，论武艺，论……论，反正论什么都比我大了去了呢！我一直说我家允弟那就是国之少年、世之张良！"景孝严道。

"可惜你这番高论孙先生听不到。"焦海波略带讥讽地说，因为景孝严的话里把他的外号"黑脸罗成"给捎带进去了。景孝严一看焦海波故作生气的样子，忙抱拳道："对不起，海波弟弟，哥哥这是夸你呢，丝毫没有贬低你的意思。"焦海波笑了："能拿我和孝天弟比，我笑都来不及呢！孝严哥哥，你的话一点儿都不错，大家公认的，尽管你这个兄长也算是一方士绅里的豪杰,可孝天弟,我们凡人无法比啊,亏你这个当哥的有着如此的自知之明!"

"看看,看看,又扯远了吧!"林子衡敲敲桌子。

南先生说:"国之大事,不是儿戏。孙先生如此慎重也是对的,再怎么说,孝天无论如何还是年纪太轻了。整个陕西大了,你们了解孝天的人会跟他走,不了解的呢?一听是个娃娃闹事会把这事看轻了。"

"正是这样。"景孝天说,"可我急了。我是一定要回来组织陕西同盟会支部的!没有办法让孙先生在这么短的时间里了解我,我只好抬出我哥……"

"我?我!——你对孙先生说我了?"景孝严很吃惊。

"是的。我说,我虽年少,但我哥景孝严在陕西熟人颇多,也很有威望。我回陕后,可以通过我哥联络各界人士。我大体把我哥的情况做了介绍,孙先生一听我哥既是陕西一方的士绅,又是个武举人,便很高兴,亲自委任我为同盟会陕西支部长,让我回陕发展同盟会员,一俟时机成熟就举行反清革命武装暴动!"

"那你说我呢?"景孝严非常激动,想知道孙中山关于他的想法。

景孝天说:"孙先生专门给你修书一封,让我带给你。"

"嘀——!"

这次不光是景孝严呼出了声,他们全体都呼出了声。

景孝天也像刚才林子健给南先生取放大镜一样,解开自己的棉袍,从内衣口袋里取出了一封没有封口的信,双手递给了哥哥。景孝严看完信,把信给了南先生,接着,大家一一传看了一遍。信很简单,只有几行字,即委托景孝严利用他的社会关系和影响力"襄助其弟成功"。信最后传回到了景孝严手里,他郑重地接了过去,深深地吸了口气,说:"啊,我怎么突然有了种天降大任于斯人也的感觉!从此,我要将同盟会的事业当成我毕生事业,为我允弟鞍前马后。"

"不是为我,哥!是反清大业,建立民国的大业。"景孝天纠正哥哥。

"那好,"南先生说道,"我现在明白了,你们,你们所有的人,是不是愿意加入孙中山先生的同盟会?这个同盟会的宗旨就是'驱除鞑虏,恢复中华,建立民国,平均地权'。我的理解,就是最终要废除专制,创造共和。对不对?"

南先生问的是景孝天。

景孝天郑重点头:"是的,先生。"

南先生拍拍手,双手十指交叉,抱于胸前,他说:"我坚决拥护孙中山先生的主张。所以,凡我弟子,我希望你们都加入同盟会,愿不愿意那是你们自己的事情。"南先生说完,以目扫视所有在座的人。这中间,毫无例外的,不是他的弟子门生,就是他的再传弟子门生,比如傅家兄弟两个傅文远和傅志远,他们虽然受教于西安的陕西大学堂,但他们的父亲和叔叔都曾经是南先生的学生。

这一天晚些时候大家集中在了林府一间密封得很好的暖阁里,南先生亲自给他们点燃了香案上的一排香烛,然后默默地退了出去。南先生那天告诉他的弟子们的最后一句话就是,这叫薪火相传。他说他像古希腊神话中的普罗米修斯一样为他们这些年轻一代盗来了天火,输送了包括严复的《天演论》、梁启超的《幼学能议》以及西方资产阶级启蒙学者孟德斯鸠和卢梭等人的著作以及西方的民主共和思想,这些思想启蒙的种子,这些思想的曙光,如今要生根发芽,要大放光彩,要汇入孙中山先生领导的废除专制、创造共和的伟大洪流中,他唯有祝他们前行顺利,共和成功!南先生说这番话的时候,眼睛又湿润了,而他们大家在目送着南先生轻轻掩上房门以后,沉默良久。之后,在孙中山先生任命的同盟会陕西支部长景孝天的带领下宣读了誓词——

> 驱除鞑虏。今之满洲,本塞外东胡,昔在明朝,屡为边患;后乘中国多事,长驱入关,灭我中国,据我政府,迫我汉人为其奴隶,有不从者,杀戮亿万。我汉人为亡国之民者二百六十年于斯。满洲政府,穷凶极恶,今已贯盈,义师所指,覆彼政府,还我主权!……
>
> 恢复中华。中国者,中国人之中国,中国之政治,中国人任之,驱除鞑虏之后,光复我民族的国家。……
>
> 建立民国。今者由平民革命以建国民政府,凡为国民皆平

等以有参政权。大总统由国民共举。议会以民国公举之议员构成之,制定中华民国宪法,人人共守。敢有帝制自为者,天下共击之!

平均地权。文明之福祉,国民平等以享之。当改良社会经济组织,核定天下地价。……肇造社会的国家,俾家给人足,四海之内,无一夫不获其所。敢有垄断以制国民之生命者,与众弃之!

……

宣誓的时候他们每个人都神情肃穆,表情凝重。他们是士子,此前都认为在中国最好的人生状态是"君子无党",保留读书人的一种独立性和独立人格,可是,连连的国难,民族的危难,让他们连同他们的老师南先生一起踏上了这条造反的不归路。他们谁都心里清楚,一旦他们成了同盟会员他们就再也不是从前的自己了。宣誓之前,当南先生为他们轻轻掩上房门,他们有过一段短暂的讨论。景孝天说:"现在如果谁不想加入还可以退出,我等十分钟。"十分钟的静默后没有人退出。然后,景孝天给大家分发了一本小册子,小册子里有《军政府宣言》《中国同盟会会章》和《革命方略》等文件。景孝天说:"大家要仔细研读一下誓词,看看有没有什么异议?"果然有了异议。长年为白府打理买卖经营的高满儿很有经济头脑,他指着"平均地权"这条问道:"什么叫'平均地权'?是不是我们白家好些代人积累起来的土地财产都要被人拿走平均了去?"这显然是在替白俊亭发问,所有这些人中没有一家的财富能比得过蒲州白家,所有的人自然不看高满儿而是看白俊亭。

白俊亭脸一红:"你们都看我干什么?你们以为我会在乎我们白家的那些财产?不错,我是白家唯一的继承人,父亲也早把家产的经营权交给了我,可是,我白俊亭是关学后镇南先生的学生,我知道国比家大的道理——国家要是都没有了,家在哪里?所以,我今儿把话撂在这里,只要革命需要,我愿毁家纾难!"

景孝天带头给白俊亭鼓掌称好,然后说道:"这个问题,满哥提得好。其实,我听说就是在东京总部讨论的时候也有人提到'平均地权'的问题,后来孙先生还专门就此解释过,这在《革命方略》里有解释,你们回去仔细看。不是共产，主要解决的是城市土地的垄断问题。"

"好，我现在要说一个问题，"景孝严开口道，"就是保密。"

"这倒真的是一个重要问题。"大家都点头。

"清政府现在疯了，如果探听到有反清活动和秘密组织，比如我们同盟会，一定会抓去杀头！"林子衡说道，"所以我建议，所有的文件，包括今天这小册子，大家都不要带回家，统一由一个人保管，而此人，必须绝对忠诚！大家看选谁？"

景孝严说："我啊！我做大家的带刀侍卫！我是武举人，飞檐走壁的都行，遇有紧急情况，我先杀他几个，然后和他们同归于尽，绝不出卖大家！再说了，允弟是我亲弟弟，我不管出卖了你们谁，都等于出卖了弟弟！"

大家点头："那就孝严兄吧！"

"不过，"林子桐说，"孝严兄有一身好武艺不假，可你别忘了，在你杀死敌人和你自己英勇牺牲前，要先烧掉或处理好所有文件，以后可能还有我们同盟会会员的花名册，这才是最为要紧之事！"

景孝严点头。

这之后所有人都表示可以宣誓了。景孝天领誓，林子健和傅文远监誓。宣誓过后大家相互间紧紧握手拥抱，所有的人都抱作了一团，年纪最小的傅志远两眼里噙满了眼泪，说了声："生死与共！"大家也全低沉而坚定地说道："生死与共！"林子桐后来无数次地回忆当时的这个情景，他最深刻的感悟就是，人的生命太奇妙了，宣誓之前的林子桐和宣誓之后的林子桐不再是同一个人，天和地都变了，连他每天都要做的诸如走路、喝水、吃饭、访问朋友、读书、作文等，似乎都有了新的意义，后来他一再地想，这就是人生有了信仰和奋斗目标的缘故吧！大家相互间约定，要在朋友熟人中极为慎重和秘密地发展同盟会员，宁缺毋滥，决不能让一颗老鼠屎害一锅汤！林子桐很快成了蒲州高等小学堂总教习，蒲州知府高调宣布了对他的这个任命，而富原县知县也很快任命他为《富原县志》总编纂。总教习和总编纂这样两个身份，毫无疑问让他在宣传反清革命思想和发展同盟会员方面可以大有作为，很快在他身边聚集起了一批志同道合的朋友，这些人都被他、白俊亭和高满儿考察发展成了同盟会员。

这天,蒲州知府苟用下了个帖子,说是请本州绅学界的知名人士到知府衙门的小花园里观剧赏菊,因为这天正好是中秋节,知府想用这种方式联络联络本州的士绅们。林子桐和白俊亭都接到了请柬,林白两家的关系众人皆知,因此,知府的差人在给白俊亭送请柬的同时问他,林老爷的请柬也在这儿,是他专程跑一趟送去呢还是请白老爷给捎上?白俊亭让他留下。差人免了一趟差事,兴冲冲地走了。

二

白俊亭到了林府东院以后,叮嘱车夫就在前院等着,他径直走到林子桐的书房。一般情况,林子桐不在学校就在书房,他刚才先到蒲州高等小学堂去了,门房说,林总教习今天早上上完课就回去了。书房里静悄悄的,没人,白俊亭从敞开的窗户望进去,见桌子上放着一叠纸,密密麻麻写满了字。他知道,这一定是林子桐正在创作的剧本。于是就进了书房,坐在桌前拿起墨迹未干的剧本读了起来。剧本的名字叫《花亭泪》,写的是楚霸王项羽和虞姬的一场生离死别。白俊亭读着读着,发现剧中的虞姬仿佛就是专门为宋遏云量身定做的旦角戏,他明白了,这是林子桐在怀念倏忽间已经失踪了三年的宋遏云!想想时间过得真快,宋遏云唱《状元媒》的情景,宋遏云的一头乌发浸在水盆里、他从后面抱住她的纤纤细腰的情景,这些都好像还在昨天,可怎么……遏云,遏云,我的遏云妹妹,你究竟在哪里啊?你怎么样啊?白俊亭顿时感到悲从中来,一头扑在了桌子上,等到他听见林子桐的脚步声抬起头来时,看见林子桐已经到了他跟前,他匆忙地抹了把泪,林子桐看这情景,心里就明白了。

"子桐哥,怎么正写着就不见了人影儿?"白俊亭勉强笑着。

林子桐故意不去看他的脸,心说,你是看得落泪,我是写得难过,咱们一样啊。他嘴上却说:"累了,到花园里透透气。满儿呢?就你一个人来,满儿这一时没见了。"白俊亭说:"我也刚从五龙山回来,满儿留在那里,铁矿的事情还有些麻烦。"林子桐说:"我上次去的时候看见咱牧场的草已经长起来了,到新疆去买马的事情怎么样了?""哦,海波已经去了,估计第一批两百多匹马到年底前就可以运回来了。""这就好,孝天不在,所有的事情我们都要多操些心。你说铁矿的事情麻烦在哪里?"白俊亭说:"你知道我们在五龙山麻家梁买了上万亩地,其中包括几座山和几条沟,孝天上次回来也去看过了,很高兴,说,举事的时候这地方就可以作为我们的根据地,有我们的军马场,还有铁矿冶炼厂,到时候要在这里生产炸药炸弹。""是啊,你不是说已经请人勘探了,铁矿石的矿藏量还不小嘛!怎么会有麻烦?"林子桐说。

白俊亭道:"问题就是有铁矿石的那座山上有当地一家恶霸家的祖坟,人家说,你要炸山开矿采石会动了他家的风水,硬是堵住了矿口不让人进。"

"要是这样的事情,你派满儿去又怎么解决得了?"

"嘿,满儿昨天派人来给我报来了口信,说这事情你可以解决。"

"我?"林子桐不解。

"对,满儿已经打听出来了,那个恶霸居然是你家亲戚的亲戚。"

"什么叫我家亲戚的亲戚?"

"陈家骥的亲戚,不就是你家亲戚的亲戚。你只要去找找陈家骥……"

林子桐一听,忙摇头摆手:"要是找陈家骥的话,这事我不去。"

"怎么回事?"白俊亭问。他有些奇怪,为了同盟会的事情林子桐从来都是积极主动,不避风险。这回,同盟会办铁矿有了困难,他怎么就会不理不睬了呢?林子桐说:"俊亭,你说这人怎么会这么势力呢?自从我爷爷去世,我哥又因为变法的事情被革了职,我们林家就与官宦人家基本没有了关系。如今我哥虽然被聘作了西潼铁路筹备局工程助理,可也只管铁路勘测方面的事情,这陈家骥就认为我们林家破落了,连走动都不走动了。还有……"

林子桐突然不说了。

白俊亭见他突然有些难过的样子就说:"要是你觉得伤心,不说就不说了。"

"唉,我是想起了嗣祖母子。如果那年不出事的话,嗣祖现在也该像傅志远一样从陆军学堂毕业当了新军的军官了。可惜啊,这母子两个一死一逃……"

白俊亭问:"可他们的事情跟你有什么关系?"

林子桐苦笑:"你知道这陈嗣祖后来是到了五龙山,投奔了严凤山。而严凤山又和谢德顺有关系,当年,我家办堂会就是因为谢德顺和他的广福班被严凤山劫持……"白俊亭插道:"这事我知道。"林子桐说:"好,就因为我和谢德顺是朋友,陈家骥就认为,陈嗣祖落草当刀客的事是我给从中撺掇的。"

白俊亭叹息:"这也能扯上!真是!"

林子桐说:"我觉得陈家骥这是故意找借口。反正不管怎么说,要我去找他说情,不会起好作用,只会起坏作用。所以,我建议不行的话只能放弃那座山,重新买上一个矿山。"白俊亭抓头:"要你都这样说,怕是只能这么办了,亏些就亏些吧。反正得抓紧办矿了。"林子桐道:"俊亭,我下午还有课,这会儿我要到学校去了。"白俊亭拿出蒲州知府的请帖:"你看,知府苟用今天下午请咱们去观戏赏菊呢。"林子桐接过来只扫了一眼便直接扔到了地上:"这种人,和他打什么交道?不去,不去!"白俊亭捡了起来,把请柬又放回他的手中,说:"子桐哥,我知道你不屑于和苟用这种人打交道,可是,你忘了南先生还有你哥反复告诫你的,遇事不要任性,要冷静……"

"我冷静不了!"林子桐再次把放到他手中的请柬打落到地上,"你知道这苟用是个什么东西?吃民肉,喝民血,吸民脂民膏,啃民骨头民骨髓!这种人,我见都不愿意见,见了就恶心,污了我的眼睛!"

"是,你说得是不错,像苟用这样的狗官我也避之唯恐不及呢。可是,你知道这样做的后果是什么?他请你你不去,以后,你肯定会成为他的眼中钉。他为了拔除你这眼中钉会千方百计地干很多坏事……"

"比如呢?"林子桐的口吻里充满了不屑,那意思是他个苟用能把

第三章　名伶失踪和蒲州血案　171

我怎么样？能把我吃了、剁了、杀了、剐了不成？！"

"好吧，那我告诉你，子桐哥。他会让我们现在做的事情都做不成！比如，我们的蒲州教育分会。他还会给我们身边安插上一些坏人、眼线，这些人会像狗一样整天闻我们的气味，找我们的岔子，闻着闻着，嗅着嗅着，可能就顺藤摸瓜摸到了我们的五龙山麻家梁根据地……"

林子桐开始听的时候还一脸的不屑，听着听着，眼睛便越睁越大，最后几乎睁成了铜铃般大，而且还一脸的天真。他的这副样子让白俊亭看了心中很是好笑，他的这位哥哥，长相便异于常人，前额特别宽阔，眼睛就像欧罗巴人一般很深，深陷在一对大眼眶里边，鼻梁高挺，有如斧凿一般，他的整个面相都给人一种凛然正气而人不可欺的印象，很具有雕塑感。尤其他两道眉毛之间相距甚远，夸张一些如所谓的"眉间尺"。正因为他的这个长相，人说他克妻，到光绪三十四年，三十三岁的时候，他有了三个儿子，林雨僮、林雨僧和林雨萌，却也前后死了三位夫人，吓得他一时半会儿不敢再续娶——当然，邻近的人家也不敢再把女儿嫁给他。这段时间，林子桐是把所有的精力放在了学校和蒲州教育分会上，还有就是创作剧本和编纂《富原县志》上。还有，考察和发展同盟会员也是他切切在心的一件事。一听白俊亭说他的"任性"有可能会危及同盟会的事业，他眼大睁，嘴大张，惊讶和惊叹之色溢于言表，半天说了句："就——呦——！"白俊亭心想，要吓就把他吓个够，免得他将来控制不住自己的脾气，于是就故意板着脸，说："可不？！"

"那好，我这就换好衣服跟你一起去。"

林子桐说完，弯腰捡起了刚刚扔在地上的请柬。白俊亭见他这么快地就改弦易辙很是得意，两个人很快便坐上马车上了路。

蒲州知府的观戏赏菊会几乎请来了蒲州地界上所有的士绅，也就是请柬上所写的"绅学界"的知名人士，毫无疑问，当然也包括武举人景孝严和如今在蒲州地面上混得风生水起的陈家骥。此时的陈家骥因为对广福班班主谢德顺那场"下黑手"的毒打而闻名遐迩，因此在广福班出走以后再没有哪个戏班子敢投奔于他了。陈家骥于是卖掉了他家从祖辈起就置下的许多戏箱,这些戏箱有些甚至可以作为古董,因为从明朝中期到清朝五六百年间祖先购置下的戏箱都有,人说本来就富甲一方的陈家骥因此又发了一笔横财。陈家骥从养子陈嗣祖投奔了五龙山著名刀客严凤山以后,就一直琢磨着怎样扩大自己的武装,因为他知道,对他怀有着杀父娶母和杀母之仇的陈嗣祖迟早都会回来找他报仇,他必须永远防备着这个"狼崽子"……

也是天遂人愿。

就在这一时期,陕西进入了也许自明末李自成起义以来几百年未有的一场空前动荡不安中,其原因,既有天灾,也有人祸。庚子年十月,西太后慈禧带领着光绪皇帝一行逃往了西安——也许就是这个举动让陕西日后成了一个反清斗争的大本营,点燃了一场冲天的熊熊大火。辛亥百年以后,悉心读史的女作家秋子珍在研读这段历史的时候,发现非常奇怪的就是,每当中国历史出现一个拐点或者节点,这拐点或节点似乎都能和陕西,和古城西安扯上点关系。比如慈禧西逃,再比如三十多年后蒋介石遭遇的西安事变,都是近代中国历史的拐点或节点。慈禧的这次逃亡,或者说清朝朝廷的这次集体大逃亡,不仅不光彩,而且非常丢人现眼、无耻和让人羞耻难当——原因就是这个朝廷是犯了一个空前绝后的大错误逃亡到西安来的。慈禧竟然不经宣战利用所谓的"拳匪"愚民攻打各国使领馆,然后又无知透顶地向列强们——当时世界上最强大的八个国家同时宣战。女作家秋子珍认为,这无论如何都是世界文明史上一个前所未有,也是空前绝后的天大笑话,即使在第二次世界大战时疯狂的希特勒都没有过的发飙和疯狂!在把天捅了一个连女娲补天都补不上的大窟窿以后,这个极端愚昧也极端无耻的慈禧耀武扬威地到西安来了……

西安"接驾"的民众包括那天跪在雨中的陕西大学堂的学子们、傅家两兄弟傅文远和傅志远以及他们的同学,也全都第一次看到了原先高高在上坐在金銮殿里的慈禧的尊容。这一刻,什么都崩塌了。对这个朝廷,从此再没有了一丝尊敬,而是除了仇恨还是仇恨!女作家秋子珍发现,假如没有慈禧和朝廷的这次西逃,陕西的士子们和民众或许还真能对这个朝廷存有哪怕极其微弱的一丝幻想,但它逃到西安来了,于是,瓦罐便摔碎到了地上……

一切仿佛都是天意。

什么叫天意?哦,秋子珍说,天意就是无可挽回。天意就是一切机缘凑巧。天意就是一切选项皆无,只此一个选项你不选它都不行。安排给清王朝的这最后一个天意便是,就在慈禧西逃前后陕西连续三年大旱,庚子年、辛丑年和壬寅年。第一个荒年人们还叫"光绪二十六年大饥馑",后两年即光绪二十七年和光绪二十八年的荒年,人们已经叫它"熟年馑"了。

熟年馑。

陕西六十余州县、八百万人口,饿殍遍地,十室九空,许多地方人们已经是易子而食。这也就是前面说过的景孝严、景孝天的父亲因赈济灾民而导致破产和家道中落的原因。慈禧到了西安,逃难中签订了因她的巨大错误而不得不签的《辛丑条约》,巨额的赔款陕西分担六十万两,这六十万两国家债务是按粮赋派给了陕西农民。还有,比起全国人民,陕西人民更加不幸和雪上加霜的是,慈禧逃难到西安的花销,一个清王朝朝廷一年多的花销,二百五十余万两白银,也以陕西承办皇差的名义派到了百姓头上……

其实,对老百姓而言,一个最可怕的社会或者说最坏的社会就是两条,一个是政府犯了错误,导致了民族国家的大灾难,一个就是无所不在的吏治腐败。这两条,到了此时全都具备了。清王朝犯下的国家错误导致的灾难又让一大群贪官污吏的恶行放大了许多倍。林子桐所鄙视的蒲州知府苟用以及他手下大大小小的官吏就是这样一帮家伙。他们喜欢办差,因为只要朝廷让办差,他们就可借机发财。朝廷说,六十万两、二百五十万两白银要分摊到百姓头上,怎么分摊?好,盐税里摊,粮税里摊,土地税里摊,等等,朝廷加价一分,各级官吏和政府就敢再加价成两分、三分甚至四分,层层加价直至加得百姓无法再活下去。这个时候,到了光绪三十二年,原有的加价征税也不够了,这就是陕西要官办修西潼铁路了。那时候林子桐他们都知道,只要官办,一定出事。果然,一官办就开始给老百姓头上摊钱了,于是百姓就越来越活不成,活不成于是百姓就开始造反，为了对付狼烟四起的各地农民造反，州县政府开始鼓励各地大办民团，陈家骥正有此愿望，也就借此机会当上了蒲州民团团长。

所谓乱世必然出枭雄，陈家骥应运而生成为当地一个枭雄。

陈家骥来的时候引起了一阵骚动。

因为和知府苟用的关系很不一般，显然陈家骥把知府里边的这次观剧赏菊活动当作了展示和炫耀自己的一次大好机会。人都已经基本到齐了，知府大人却还迟迟没有邀请大家步入小花园中，他和一群士绅坐在厅堂里抽烟喝茶聊天，另外一群士绅包括林子桐、白俊亭在内也站在院子的天井里说话聊天。听着周围嗡嗡嘤嘤的声音，林子桐渐渐等得不耐烦了，他故意大声地问白俊亭说："等谁呢？怎么还不开始？"

白俊亭扯扯他的衣袖："子桐哥，既来之则安之，你就耐心点。"

坐在厅堂里的有几个花白胡子的士绅也故意在掏出怀表看看，其中一位问道："知府大人，坐的时候不短了吧？"——因为知府姓"苟"，大家避讳不能叫他"苟大人"。苟用笑眯眯地嘬了一口茶："再等等，再等等。"于是大家知道了，苟用是铁了心地要等陈家骥来了才开始。林子桐不好发作，便在人群里找景孝严，却看不见，他问："怎么不见孝严兄？我刚才明明看见他已经来了。"

不等白俊亭回答，一位叫许伯让的士绅开了口，有些故作神秘地说："给你们说吧，我们的这位武举人恐怕是想要……寻衅闹事了。"后面的几个字他是捂着嘴小声说的，可还是被周围的几个士绅听见，这几个人也全都捂住嘴笑。

士绅常玉敏说："我看见孝严兄来了又走了。"

"不是走了，是往前面门廊那儿去了。"许伯让说。

有人故意地问道："那怎么景举人要来了又出去呢？"

许伯让仍然一副喜眉笑脸的样子："我看景武举是想要迎接我们的陈老爷、陈大人、陈团总大驾光临！毕竟，他比我们谁都合适啊。"

林子桐、白俊亭听了，也都心领神会地微笑。他们聚在一堆的这些人，包括许伯让、常玉敏等在内，这几年已经先后被秘密发展成了同盟会员,而最能让他们物以类聚、人以群分的一个相互间能公开联络和公开活动的场所,就是去年刚刚成立的蒲州教育分会。同盟会员常玉敏做了教育分会会长,同样是同盟会员的许伯让、景孝严和林子桐、白俊亭也都分别当了副会长或评议员等。教育分会在各地也都是士绅阶层的组织,他们当然都是些在当地有头有脸、有田产和产业的"有产阶级",这是要他们为兴办地方教育出钱出力。所以,教育分会的这些士绅们主要都是些热心教育事业的和有功名的人。比如会长常玉敏,他并不靠这个会长挣一分钱,和林子桐一样是癸卯年的举人,他父亲参加过戊戌变法,自己也早早地就有了反清思想。许伯让则是个贡生,以后又考上了举人。所谓贡生是秀才里吃皇粮的人、秀才里边的上等人。此人家里也是广有田产,县城里开着几家油坊、布坊等。许伯让有一对弯得像月牙一样的细眉,一对同样弯得像月牙一样的眼睛,这让他不笑的时候都像是在笑,脾气好,心眼好,在士绅里很有人缘,所以他不管开什么玩笑,大家都不觉得会有什么恶意。就在许伯让话音刚刚落下,通往天井的门廊处只听一声声炸雷似的叫声:"陈老爷来了,还不赶快让开道,让开!让开!快让开!耳朵聋了还是怎么?"

天井里的士绅们全都循声望去。

只见果真有人挡住了陈家骥的绿绒大轿。陈家骥坐着的轿子前后各有十来个身穿整齐红制服的团丁,看上去是一片火红,喊叫的却还不是这些人,而是知府里的一群衙役。衙役们叫喊着跑到挡住了路的一顶破旧小轿子跟前,抡起拳头就要打抬着轿子的几个看上去瘦弱不堪的轿夫……

"好啊!好啊!你们竟敢打人!"

随着这声叫喊,只见从门廊的廊柱旁闪身出来了一个体形彪悍的士绅,人们一看,不错,正是武举人景孝严。景孝严声到人到,只一个虎步,就已经跃到了准备抡拳打人的衙役们面前,一撩袍襟,像座怒目金刚一样,堵在了小轿子和衙役们之间。衙役们都愣在了那里,没有人敢动一动,其中,一个衙役的头目只好赔着笑脸,凑到景孝严跟前小声地说道:"你看你看,景老爷,这轿子的确是挡住路了,你看就挪挪、挪挪……"

景孝严没等他话说完，当胸就是一拳。这一拳过去，粗壮得像个门神一样的衙役头目连退几步，虽然被他身边的几个衙役手疾眼快地扶住没有跌倒地上，却张开大口连连吐了几口鲜血，接着眼睛一翻，没有了声息。几个衙役围着叫道："快，快，掐人中，掐人中！"有人掐了一会儿，衙役头目这才悠悠喘过了一口气。当这一幕发生的时候，绿绒大轿的轿门和破旧小轿的轿门里同时出来了两个人，陈家骥和同治年间的老秀才葛三良。葛三良显然是因为年迈体衰一时半会儿下不了轿子，才让轿子挡在了路上，而衙役们一声声的断喝声更是把他吓得瘫软在了轿子里，这会儿，是景孝严打开轿门，硬是把他搀扶了出来，可他还是颤颤巍巍地站立不稳。陈家骥下了轿子，一脸的怒气，冲着离他最近的几个团丁，上去就是几脚，一边骂道："一群吃干饭的！连个轿子都不会抬？把自己的老爷就这么扔到个门口是怎么回事？"其实刚才他坐在轿子里已经看到了所发生的事情，心里边憋气，又不敢对着景孝严发，所以来了这么一出。心想：我也不招惹你景孝严，可我骂我自己人总可以吧？

一大群士绅都围过来看热闹。

景孝严这时假装才刚刚发现这绿绒大轿的主人是陈家骥，于是冲着他喊道："哦，是陈老爷大驾光临！看看，看看，是先生把学生的路挡了，是先生不对，不给学生面子，是不是呀？"这话就相当损，它揭露了一个事实：当年陈家骥是葛三良的学生，可如今，阔气的陈家骥根本就不再把自己的先生放在眼里，反而要让先生给学生让路。人群里有人冷笑，小声说："这可真叫世风日下呀！"有人就冲着葛三良大声道："葛老先生，你这是怎么啦，像是风一吹就要倒的样子？"还有人道："葛老先生，你就再找不到强壮些的轿夫？看看你这几个，也都瘦麻秆的样子，像是几天没有吃饭！"

葛三良听着这话，流下了眼泪，一边连连向大家拱手作揖，道："对不起各位，我这副样子，我这轿子，还有我家这几个子弟，这模样……有碍观瞻了！我今天来，来凑这热闹，是怕我以后、以后……想再见大家一面……"

人群里有人说："葛先生穷困潦倒到这种地步，这可真是想不到哇！"

又有人说:"这世道饿死人的事还少?老先生这样子也挨不了多长时间了……"还有不少人冷眼旁观:"今天这事有意思,看这阔学生和穷先生的戏往下怎么演?"陈家骥被景孝严讥讽得几乎无地自容,他想了想,放下架子,朝着老师走来,赶紧对着老师作揖道:"是弟子有眼无珠,竟然没有看见先生在此。来,来,来,请先生上轿、上轿!"

景孝严道:"咳!就这一二十步路,上什么轿啊,陈老爷,你就背你先生进去,不刚好成就一段佳话?"大家叠声喊道:"背上,背上!"陈家骥想想,还真就蹲下身子把老师背了起来,大家就都闹哄哄地一起往后院走去。

陈家骥这天的确是有些走了背运,在门口受到了景孝严的一顿奚落,又为了维护一个"尊师重教"的虚名违心地背了那个叫花子般的前先生。等他被一群起哄的士绅像看耍猴一般簇拥着来到后堂见过知府以后,他以为所有的不愉快都已经过去了。但远不是这样。知府一看陈家骥到了,还背了个老夫子葛三良,笑了:"我看我们今天的观戏赏菊活动有了个好主题,就叫'尊师重教',陈老爷的举动值得表扬,大家为陈家骥老爷鼓掌!"

人群里响起稀稀落落的掌声。

接着在知府的带领下人们步入了知府衙门的小花园兼戏园子。一进入花园,果真是一个菊花的世界,各种颜色的菊花争奇斗艳,人们在花海里似乎心情要好一些,而陈家骥却并非如此。一个原因是来自他家的姨表亲戚林子桐,两人一见面,正和别人寒暄的陈家骥赶忙走了过去,刚喊出一声"表弟……",不想林子桐就冷着个脸背过了身,让他热脸蹭了个冷屁股,很是尴尬。第二件事,知府和他一见面,他就问起请的是哪家戏班,知府说:"广福班啊,这戏班子名头响,咱既要办这个堂会肯定请的是名气大的戏班子啊。"陈家骥这一听,心里就很不舒服,这可真是冤家路窄,怎么偏偏请的是谢德顺的广福班呢!可他有苦说不出,因为这知府根本就不知道十多年前发生在他家的那个恶性事件,也根本不知道广福班与他家的渊源关系。第三件事,他明显感觉到了许多士绅对他的一种敌意。门口发生的那一幕且不说了,已经够让他感到屈辱的了，而当他们漫步在菊花丛中的时候，他听到的几个士绅的争吵议论更是让他堵心。许伯让、常玉敏和一个叫顾仲舫的士绅争了起来。

常玉敏说："你没看他多神气？不知道这是给谁看呢！你说，就是参加个这会，值得带那么多兵丁，耀武扬威——还故意姗姗来迟！真让人生气！"

陈家骥一听这话就明白这是在说自己。

顾仲舫此时正和陈家骥走在一起，他本来在生意上就和陈家骥有千丝万缕的联系，认为这种时候要挺身而出为陈家骥仗义执言，所以立即反驳说："常先生，此话差矣！你没看如今是什么世道？暴民四起，今天这儿交农，明天那儿罢耕，就我所知，从光绪二十六年庚子年以来，咱这地界就没有平安过，大大小小的农民造反事件就二三十起，多如牛毛！哪一次不杀人放火？哪一次不让人心惊肉跳？这两年就更不得了了，我看快赶上李自成那时候的造反了！没有我们的武装，没有陈老爷这样的人出面保护我们，能行吗？"他的话竟然也引起了几个士绅的共鸣，他们纷纷说道："是啊，是啊，咱就掰着指头数数这两年发生了多少农民交农罢耕造反的事件。光绪三十二年，兴平农民造反、平利农民造反，捣毁了我们官盐局，还杀死了我们几个司事和办事员。紧接着，安康哥老会造反，周至哥老会、宁强哥老会、凤县哥老会等也都相继起来造反，杀官杀吏，烧房毁屋，简直无恶不作！""对，对，到了去年，光绪三十三年就更不得了了！我们周围的这些州县，大荔、渭南、华州、华阴、富平、蒲城、蒲州、同州、三原、乾县、乾州……所有这些地方，几乎简直就是无民不反、沸反盈天了！"又一个士绅叫道："你知道他们干了些什么？我听说，把我们一个知县当众开膛破肚啊，场面极其血腥！"

陈家骥一听声援他的人不少也就加入了进来。

陈家骥说："所以我们就必须以恶制恶，以正义对付和压制邪恶！"

林子桐一听这话，再也忍不住了，尽管白俊亭一劲儿地拉他胳膊，可他还是突然高声说道："我倒想请教家骥兄，什么叫以恶制恶？谁是恶？谁又是善？"

陈家骥对此丝毫没有准备，愣了一会儿，想不出怎么回答，只好硬着头皮赔着笑脸道:"别,别,我倒想请教你子桐兄,你可是京师大学堂回来的大人物,咱蒲州人公认的一等一的才子,如今又是咱的总教习。你说,你说,我们大家全都想洗耳恭听!你们说是不是啊?"

顾仲舫带头叫道:"是啊是啊。"

"好!"林子桐道,"那咱们就说说这老百姓为什么四处放火造反?"

"洗耳恭听。"陈家骥皮笑肉不笑地说。

"所有这些造反事件的起因或者说导火索是什么?就最近这两年来说,是不是和修西潼铁路有关?"林子桐话音刚落,士绅里的一个有着肥大下巴的胖子接口就说:"这还用问!办铁路就是办新政,办新政就是为百姓谋利益,办铁路总要筹款,款从哪儿出?还不是得羊毛出在羊身上!这钱不往老百姓身上摊又往谁身上摊?"

"好!"林子桐也激动起来,"怎么个摊法?有合理的,有不合理的,是不是?"

顾仲舫道:"这你还不最清楚!"

他说这话的意思是说,林子桐的哥哥林子衡正是西潼铁路的工程助理,当然有着得天独厚的消息来源和渠道。对此,林子桐也不反驳,他说:"当然。铁路章程你们大家也都看过,筹款无非三项:加盐税、增粮税和土地税。这三项哪一项不是针对农民,可谓刀刀割的都是农民的血肉!别的不说,咱就只说盐税一项。"

林子桐话说到这里,陈家骥一愣,看许多人的眼光不由同时瞟向他,他多少有些恼怒,故意气哼哼地从鼻孔里大声地"哼——"了一声。林子桐不管他,只顾说下去。"咱就说上一笔账。光绪二十八年前不设官盐局的时候,老百姓吃的盐是每斤制钱二十余文。从光绪二十八年实行官盐,禁止民间私人卖食盐后,你猜怎么样?每斤盐的价钱从二十文一下翻了三倍——制钱六十文一斤!到前年开始更不得了,又加进了为修建西潼铁路而专设的路税,六十文上再加十文,变成了七十文。这还不算。更可怕和更不合理的还在后面。我们蒲州的官盐是层层承包给了私人——至于承包给了谁?大家心里就像明镜一样,不用我说。"

陈家骥的脸这时一下涨得红得像块猪肝,他终于耐不住性子了,大声叫道:"官府里的差使总得有人去办呀!难道我们给官府里办些差使,还有错了不成!"

"对呀,这差使大家都不办了,官府还怎么存在下去?"顾仲舫大声地叫喊道。"对呀,对呀,差使总得有人去办,总不能让知府自己去办盐差吧?""办盐差的人也不可能义务劳动,对吧?总得给人付些辛苦费,对吧?辛苦费从哪儿来?还不是得加价到盐税里去!"说这话的都是些和陈家骥以及知府苟用在盐价加价问题上一荣俱荣、一损俱损的利益共同体。顾仲舫既是陈家骥的帮凶,在盐价问题上也利益均沾。陈家骥为蒲州官盐的总承包人,这些人都是他手下大大小小的分包人,于是,这些人便沆瀣一气,共同声讨起林子桐来。景孝严两手交叉在胸前,冷眼旁观。白俊亭一看这帮人有些群狗吠日的感觉,和常玉敏、许伯让几个相互递个眼色,就想加入辩论。但景孝严看他们几个一眼,暗中给他们摆摆手,意思是沉住气,看子桐兄的本事!

林子桐冷冷地笑笑。

"好啊,这就是你们吃人的道理,对吧?合理的劳务费也许可以收取,可看看你们层层加码到了什么地步?——到了令人发指的地步!如今,老百姓都知道,我们的盐是已经涨到每斤制钱一百余文,足足比过去涨了五倍、五倍呐!而与我们相邻的一些州县,有些还不足七十五文,咱比人家就贵了差不多三十文,你还严禁百姓到外县去买盐。谁要是买了外县的盐,官府没收不说,还要把人抓到衙门里毒打、罚款。你说谁家能不吃盐?这如今,每天三餐谁都离不开的盐成了百姓的大问题,不造反不杀人放火,怎么可能?"

林子桐说完这段话,那些利益共同体一时半会儿反驳不了。

陈家骥却冷冷一笑,说:"哈哈,这叫什么?子桐表弟呀,我说你这是害了红眼病了!——吃不上猪肉,就讨厌人家猪哼哼,是不是啊?"

顾仲舫等人发出一片哄堂大笑。

林子桐气愤地说:"家骥兄,你别说这话,我可是真对你有些担心……"

就在此时,戏台那边开场的锣鼓响了。

正式开演前,谢德顺特意来到了林子桐的座位前,他想请先生坐到戏台边上专门为舞台监督留出的特别座位上。这也是以往只要林子桐看广福班的演出或看白家班他俩的学生宋遏云的演出的老规矩,然而,今天林子桐却谢绝了他。林子桐说:"今天情况有些特殊,我就当个普通观众吧。"

谢德顺说:"你不知道,先生,今天对你是个大日子呢。"

"什么大日子?"白俊亭探头过来问道。

"哦,"谢德顺故作神秘,"现在我不告诉你们,等会儿看了戏你们就知道了。"

"谁的主角?"林子桐问。

"聚财的。"

林子桐笑道:"哦,明白了,你不说,我也已经知道了。"

谢德顺稍稍愣愣,也笑了:"到底是先生,我们凡人脑子没先生转得快。"

白俊亭说:"你们俩打什么哑谜?我怎么越听越糊涂。"

林子桐说道:"那是你不入梨园的缘故,要不然你也一听就懂。"

此时大幕开启,不长时间丑角聚财登场,他扮演的私塾先生是剧中一个破落户浪荡子何为贵,另一个角色则是吝啬鬼财主陈万福——

陈:你可是个教学的先生?

何:是专门人才。

陈:我看那教学的先生,懂得多,什么四书呀,五经呀,国语呀、算术呀,这些你都懂吗?

何:I know a lot.(我知之甚多。)

陈:你刚才说的啥,我一点也没听懂。

何:这是一句外国话,这意思就是知识渊博,无所不知,无所不通,无所不精。不管他三皇五帝夏商周,妲己少年看春秋,前唐后汉,向左转,向右转,油炒米饭,宋朝的关公,打败了成吉思汗,把四书五经翻了八十六遍,学会了算术、国语、历史、地理、自然,能通背《康熙字典》,拿《辞源》能唱乱弹，甭看我面黄肌瘦骨头软，韩信人瘦做大官，腹内的能耐你看不见，胳膊细能端起大老碗，能吃就能干，这是真正的好胃口，不是胡诌，东家甭挑甭捡，咱就上馆。

……

所有的人听到这里都哈哈大笑。

白俊亭问："怎么戏里边连英语都有了？这戏有点儿意思，有点儿意思……"

同坐一个桌子的老秀才葛三良捂着一只耳朵问士绅许伯让："这戏文我怎么有些听不懂呀？"许伯让对着他的一只耳朵大声道："不是你老人家惯常看的老戏、传统戏，是新戏。"

"什么新戏？啊？"

谢德顺接过来说："还是许老爷懂戏。你瞧，许老爷一下就看明白了。这出根据蒲松龄《闹馆》写的戏，今天演出的意义很不一般呢。"

"谁写的？这戏词还真新呢！"常玉敏也探头说道，"写得好！好！"

白俊亭这下子明白了，他笑着一拍林子桐的肩膀："哈哈，这出戏的剧作家这是远在天边近在眼前呢！子桐哥哥，是你写的，对吧？"

林子桐听了只是得意地笑着。

"怪不得味儿不一样呢，原来如此啊！"许伯让也叹道。

林子桐这才小声地问谢德顺说："我怎么提前都不知道呢？谁点的这出戏？"

谢德顺说："没有谁有胆量在知府面前点戏——是知府本人。"

"怎么就点了这出戏呢？这戏可是有刺呢，德顺！弄不好会给咱惹麻烦……"

谢德顺小声地："那不怪咱！知府说九月九重阳节赏菊看戏的主题，就是要说尊师重教的事，问我可有这方面的戏。我说有个《陈老爷请师》，说的就是新学方面的事，他就点了这个。"

白俊亭这时候边看戏边乐得不停地笑："这个丑角儿，我们聚财这个丑角……"

此时戏中的丑角私塾先生何为贵在骂狠心吝啬的财主陈万福道——

这家伙面恶心不善，跟我们文人有仇怨，大概是哪个读书人在他先人坟里挖着掏过龟鳖的蛋，要不然就是哪个教学的先生在他先人的石碑上撒过尿点点……

……

大家又是一阵哄堂大笑。

陈家骥越听越觉得不顺耳，就问他同桌的顾仲舫："这是谁写的狗屁戏！不是在骂人么！还骂到人家祖宗八代了……真不是个东西！"顾仲舫扯扯他的衣服："陈老爷，这戏，听说还真不是别人写的，是你那伟大的表兄弟林子桐……"

话刚说到这里，突然，他刚才带来的十多个团丁中的两个慌慌张张地朝着他跑了过来，其中的一个抢先一步，对着他的耳朵说了句什么，陈家骥脸色一变，立即问道："知府大人知道了没有？"

"当然。"团丁说，"老爷，你没看知府大人现在已经离席了。"

陈家骥往正中间那张桌子一看，只见知府苟用在巡警局长张丹墀的陪同下正朝自己走来，陈家骥也赶忙起身，跟着知府往小花园外面走去。刚离开喧闹的戏园子，知府苟用就对陈家骥说道："唉，还是这该死的西潼铁路路捐的事！说是你们东北乡一下子就来了几千人，手持木杈扫帚要进城交农，现在，已经到了我们北城门外的桥上了！我们现在怎么办呢？你说！"

陈家骥说："这事情又不是我们俩的事，既然大家都在一个锅里捞肉吃，那他们也不要看戏了！一起去！去到北城墙上看看怎么对付这件事！"

"好！"知府说，"现在也的确不是看戏的时候！"

演戏很快被知府的衙役们叫停："不演了，不演了！反了，反了！"衙役们跑到戏场里，大呼小叫。大家开始还莫名其妙："反了，反了？什么反了？""演戏演得好好的，闹什么闹？"衙役们说："农民造反了，交农了，前头队伍已经到了北桥了！散了，散了，快走快走！"大家这才明白了，闹哄哄的，开始往外跑，台上正在演戏的丑角聚财和演啬鬼财主陈万福的演员不知道下面发生了什么,只见转眼间戏台下面的人就走得差不多了,他们一时半会儿不知道该怎么办,就还唱着,还演着,只是那道白和唱腔变得有气无力——

陈:真没看出这先生是数九天耍猴哩——还有点冷彩。安!先生,我再出个题:周瑜他爸叫个啥?诸葛亮他爸叫个啥?

何:拿这来考人哩,锄地的都知道,"既生瑜而何生亮,活活气煞小周郎",周瑜他爸叫周既,诸葛亮他爸就叫诸葛何。这就是既生下的瑜,何生下的亮。

……

谢德顺在台下急忙给两个人摆手,见他们还不明白,就"腾"地一个飞跃跳上舞台,拉起两人就跑:"出事了!不演了!"这两个人妆都来不及卸,只把头上的帽子抓到手里,跟着往出跑。戏台下面,空荡荡的戏园子里只愣愣地坐着腿脚不方便的老秀才葛三良。谢德顺在跑过他身边的时候,叫了一声:"老先生,还不赶快回家!这里不安全了!"好在他的那几个老弱病残的轿夫此时见势不妙,已经抬着那顶破旧的小轿来了,葛三良被搀扶上了轿子,也匆忙地离开了。等大家到了北城墙上往下一看,好家伙,只见距离北城墙只有一两千米的地方已经是黑压压一片,再往远处看,一条长长的洪流不知道延伸了有十里八里,卷起的烟尘如同一条滚滚的长龙,遮天蔽日,连北边的天空似乎都已经暗淡了,而人们踩在地面上的脚步声,竟然如同闷雷一般,震撼着人们的耳膜……

知府苟用额头上沁出了汗珠,小声地说:"这可不止几千人呐……"

林子桐、白俊亭他们这还是第一次见到如此壮观的场面,他们都有些兴奋。

林子桐小声地对白俊亭道:"看来革清王朝的命时机真要成熟了。"

白俊亭说:"气数尽了。这就叫多行不义必自毙……你没看,好像还不断有人流汇入。"林子桐也看见了,在这股洪流的旁侧,像是还有无数的小溪流,如同人的血脉一般,连接着中间的那根主动脉,源源不断地汇入大洪流中……

知府苟用问他旁边的陈家骥："刚才让封闭四面城门都关了没有？"

巡警局长张丹墀抢先说道："关了，关了。知府大人话刚落音，我就派人先把城门全都关了！"张丹墀的话引起了他跟前两个人的不满和侧目，一个是陈家骥，另一个就是景孝严。要说这张丹墀也算是蒲州地面上的一个头面人物，他的祖上几代都是有军功的人物，尤其是他的祖父在左宗棠收复新疆时血洒疆场，因而受到同治皇帝的旌表，张丹墀也因此世袭了只有满人才能有的军籍。出身于这样一个军人世家，张丹墀的武功可谓并不在武举人景孝严之下，两个人因此常常水火不容。比如巡警局成立，一心想为同盟会抓武装的景家兄弟两个就很想把这支除了新军和满人的绿营以外的武装力量控制在自己人手里。可是，论威望和影响力，景孝严还是输给了张丹墀，两个人的梁子因此也越结越大。而这位一看便威风凛凛、孔武有力的世袭军官参将张丹墀还不仅仅是一个只会舞枪弄棒的粗人，此人同时还兼着教育分会的学董，在教育界也是位实权人物，算是横跨军界和学界的一个重要人物。至于陈家骥对他的不满主要在争权夺利上：民团和巡警局算是蒲州知府手中两张重要的牌，张丹墀一旦得势，陈家骥必然落势。所以，陈家骥此时马上接口说："光关城门有什么用？他们不会堆火烧？我看，还是赶快把枪架到城墙上，不行的话就打他个妈的！"

"不到万不得已不能开枪！"张丹墀说。

"不让开枪，让这些暴民是烧了你家还是烧了我家？"陈家骥叫道。

"看看，看看，大敌当前怎么就只想自家的事情……"张丹墀说。

知府苟用生气地打断了两人的争吵："别吵了！都什么时候了还……"他示意两人跟他到一边去商量。这三个人就走到了城墙女墙的一个角落，至于他们怎么商量和商量出什么结果，没有人知道。也就在这个时候，已经当上了巡警排长的高满儿突然窜到了林子桐和白俊亭的面前。只见刚刚二十六岁的高满儿身穿巡警制服显得很是精神，他小声道："两位哥哥，能不能借一步说个话。"林子桐、白俊亭会意，三个人也走到了女墙的另外一边。

高满儿说："两位哥哥，猜猜，这次交农谁组织发动的？"

白俊亭见他笑得神秘的样子有点困惑:"满儿,不会是你吧?"

高满儿笑:"俊亭哥,你想会是我吗?"

白俊亭说:"你一身的造反精神,怎么不会是你?"

高满儿指指自己的衣服:"就我穿的这张皮,我发鸡毛传帖,谁会信?"

林子桐道:"满儿,不会是和五龙山……"

"五龙山什么?"高满儿紧追着问道。

"五龙山刀客'野狸子'王五、严凤山,他们有关?"林子桐说。

高满儿笑了:"看看,还是子桐哥脑袋瓜子好使,一猜就猜对了方向。你知道为什么'野狸子'王五他们要干这个?"

林子桐说:"这还用猜?用脚想都能想明白的事情。你想想,取缔了私盐买卖以后,谁吃的亏最大?'野狸子'王五他们!要说就是断了他们的一条主要生路了,如果不取消官盐专卖,许多刀客在经济上首先就断了来源……"

"就是这样!"高满儿两眼放光,"刀客和农民的利益一致,所以他们就一致地组织了起来,据我所知他们的计划是……"他小声对两人耳语一番,末了道,"嘿嘿,这帮家伙还真行,这叫什么?这叫'声东击西'。这下有好戏看了!"

"你怎么会知道这些?"白俊亭问。

林子桐说:"俊亭,你问也白问,你不看满儿对我们并不和盘道出,我们也就不要再问他了,对不对,满儿?"

高满儿被他说得不好意思起来,想想说,"唉,我不就是因为……因为……"

"哦,你和陈嗣祖有联系?"白俊亭像是突然想起来,问道。

高满儿突然警惕地"嘘"了一声,林子桐和白俊亭一看,只见那三个人已经商量好了,正朝这边走来。高满儿见张丹墀到了面前,一个立正敬礼,随即跟了过去。

此时,天色已晚,西边的太阳就像被什么人的手扯了一把突然之间就沉了下去,知府苟用在举着一片火把的巡警、衙役和民团的簇拥下

第三章 名伶失踪和蒲州血案

站在城墙上，几个号兵同时鼓起腮帮子"呜嘟嘟、呜嘟嘟"吹了一阵号子。这一吹，好像还真管用，已经聚集到了城墙下本来喧嚣声震天的民众一时间静了下来。张丹墀大声地喊道："乡亲们，知府大人刚才说了，他明天就去省城向巡抚大人请求，力争豁免我们蒲州的路捐。现在，你们大家先回去。还有什么要求，明天上午十点，派出代表来知府大堂当面向知府大人说明。好了，现在，马上散去！散去！"

一阵静默以后，突然一片山呼海啸声响起：

"骗子！骗子！"

"不行！不行！"

"免路捐！免路捐！"

"减盐价！减盐价！"

"废除公盐！废除公盐！"

"严办陈家骥！严办陈家骥！"

"严办顾仲舫等劣绅！严办顾仲舫等劣绅！"

……

听到这样的喊声，陈家骥、顾仲舫等人脸色大变，陈家骥恨得牙根儿痒痒，咬牙切齿道："妈的，这帮贱民，受哪个狗日王八蛋的煽惑，让老子找出来，非他妈碎尸万段不可！"他说着，一边朝林子桐等人这边投过来一道恶毒的目光。可就在这时，只见一个衙役班头慌慌张张、气喘吁吁地跑到知府跟前，大叫道："大人！大人！大人！快看，快看呐！"大家朝着他指的东南方向望去，只见那里有两处火光冲天。所有人一看就明白了，起火的地方一个是知府衙门，一个是官盐局。到了这时，知府苟用、陈家骥他们才明白了，原来，北门这里聚集着的民众起到的只是一个幌子的作用，造反的农民真正进攻的方向其实是离知府和官盐局最近的南门……

"哎呀！上当了！"知府苟用气地跺脚。

"行啊，狗日的，给咱来了个声东击西！"陈家骥恶狠狠地说。

"快！快！快走啊，还站到这儿干啥？还不快抓人、救火！"

苟用喊道，大家这才醒悟过来，又乱哄哄地往城墙下面跑。

一切都晚了。

南门方向城门早就被提前混进城的一伙人里应外合地打开了，等到他们在城墙上看到这两处大火，等到他们再从城墙上跑回去，唯一能做的就是把这两处的大火扑灭，而官盐局连同和它毗邻的官钱局早已经被洗劫一空。知府衙门的火势不算太大，这是苟用他们跑到跟前才发现的，造反农民看样子只是想警告一下知府大人，或者说，只是想用陕西农村传统的交农方式温和地向官府请愿而并不想诉诸武力。所以，知府衙门的大门只是被愤怒的老百姓用粗木桩撞开了，据说，百姓进到衙门以后还四处寻找衙门里的官吏，没想到，留守在衙门里的大大小小官吏，书记员、师爷等早就吓得屁滚尿流打开后门跑进了山里。百姓一看连一个倾听他们愿望的官员都找不到，一气之下，才把他们扛来的权把、扫帚等象征交农的农具丢在了衙门的大堂前，堆了满满一院子，临走时，有人为了泄愤放了一把火，所以，衙门里的大火烧的只是农民自己的东西。唯一不幸的就是，一个衙役腿脚慢了一些，被追上去的农民打了一棍子，打伤了一条腿。还有就是，燃烧的大火火星四溅，风助火势，结果把大堂旁边的一排房子也引燃烧了起来。还好，知府带的人马赶到以后，很快就把这排房屋的大火扑灭了。总的来说，知府衙门的损失并不大。可是官盐局和官钱局的情况就很不一样了。

陈家骥、顾仲舫他们看到的官盐局一片狼藉。

可以说，曾经的官盐局已经完全被捣毁而不复存在了。官盐局所有的房屋都被用芦苇席和扫帚浸上油点燃，这样的火只要烧起来人根本就没法儿去救。所以，陈家骥他们就是赶到了，面对这样的火势也无能为力，眼睁睁地看着官盐局的房屋一间一间、一排一排，被大火烧得扭曲变形后像遭受火刑的人一样在痛苦的呻吟中轰然倒下。而官盐局的大门口还一左一右摆了两具尸体，一具是农民的尸体，一具是官盐局一个盐官的尸体。两摊鲜血、两具尸体如此触目惊心，说明这里发生过一场流血冲突。得知承包了官盐局的总承包人陈家骥带领着民团和人马来了，那些同样跑到山里躲难的官盐局的经理、司事、伙计也全都战战兢兢跑了回来，在他们惊魂未定、痛哭流涕的哭诉中，陈家骥总算明白了全过程。原来，攻打官盐局才是这次交农运动的主要目标。这天，交农的农民兵分两路，一路走官道往蒲州城的北门而来，另一路走山道浩浩荡荡几千人马像蝗虫一样走一路，砸一路，毁一路，途经的十多个县、乡镇的官盐分局一个都没有幸免于难。刘经理数着指头给陈家骥哭诉说："蔡镇、高店、阳平、益平，还有凤州、凤县、同官……这些分局分店的存盐和局内、分店的家具物品全都被拿走的拿走，毁掉的毁掉。和咱这里一样，所有的东西洗劫一空，一样不剩！"

"好啊！很好！那你们呢？你们这帮家伙全是吃干饭的，是不是？"

陈家骥咬牙切齿地说着，踢了跪在自己面前的刘经理一脚。刘经理说："不是啊，老爷！好我的陈老爷呢！我刚才说的那十多个官盐分局分店倒真的是没有一个敢做任何反抗，全都是暴民一来就闻风而逃，一个比一个都跑得快，所以，助长了这些暴民的胆量。暴民也就滚雪球一般越来越多，等到了咱们这里，既然咱们是官盐总局，那就是他们最大的一个目标了。我们登高一看，不得了了！于是就架起枪炮，心说，只要他们敢攻门，就打……"

"打了？"陈家骥问。

"开了一炮。"刘经理说，"本来也就想吓唬吓唬，可没想到、没想到，打死人了！一打死人，我们大家就都慌了，而暴民们，一下子好像眼睛都红了，也有人就对着我们开枪了……"

"啊？他们有枪？"顾仲舫大声地问。

"有啊，子弹把我的帽子都打穿个洞，把他的耳朵也打流血了。"刘经理马上展示着自己的一顶礼帽，果真上面有个枪眼。同时，他拉过一个伙计，那伙计的耳朵梢子被子弹挂了一下，还在流血。"这我们大家才都跑了。也是侯盐官倒霉，他这几天正拉肚子，我们大家跑的时候他还在茅房里，提着个裤子刚跑出来就被暴民逮个正着。这暴民因为死了他们一个人，就都喊着，'以命抵命'，有人就一刀子捅死了侯盐官……"

陈家骥仔细看了侯盐官的尸体，一眼就看出了捅在侯盐官心口上的那个刀口毫无疑问是关山刀子。这还不说，一刀致命，且刀口很小，这说明杀死侯盐官的这个人刀法极其纯熟。"不是一般人干的。"他说。

"不是一般人干的？"顾仲舫也看出来了，回声似的问了句，"那么，会不会是五龙山的刀客'野狸子'王五和严凤山他们？"

陈家骥一听这个不由浑身打了个冷战。

他早就听说陈嗣祖上了五龙山，并且，被严凤山收作了义子。如果这次交农的幕后组织者是五龙山的刀客，那么，儿子陈嗣祖就不可能没有参加到里面。这也就是说，陈嗣祖已经到了家门口了，就在他眼皮子底下已经晃过一圈了！真可怕……他一直认为的灾星，或者说，他一直认为迟早要降临的父子仇杀，真的要到来了？算来，这小子今年也十七八岁了，正是一个好儿郎的好年龄啊，想来，恐怕已经长成一个堂堂男子汉了！真让人心痛，从小把他视若珍宝，到头来却成了不共戴天的仇敌。唉，也真后悔，那晚如果不那么冲动一刀杀死了他的亲娘，父子之间的感情也许还会有救，现在，只会是死敌了！想到这里，陈家骥突然想到了一件事情：如果陈嗣祖已经来到了家门口的话，那他就不可能不去他母亲的坟上……

陈家骥这一想，二话不说，立即跳上了一匹马。顾仲舫他们不明白他的意思，看他沉着脸也不敢问，几个人也跟着骑马追去。陈家骥到了他家墓地，只一眼就明白他所担心的事情果然发生了。此时既不是清明节也不是寒食节，陈家墓园里因为长时间没有人上坟了，从高祖开始的坟头上都疯长着一些野花野草，而且落满了枯枝败叶，而唯独有一座不起眼的小坟头像是刚刚被仔细地修整过：坟头上的野草被拔得干干净净，只留下了黄澄澄的一小片野菊花。坟头上的土是新土。还有，墓碑前有新烧过的纸钱、香烛……不会有别人！不会有别人！只会是那个孽子陈嗣祖！陈家骥蹲下来，捏了一撮香末在手里搓着，再望着那一小片野菊花，知道久香生前喜欢野菊花的，这世上只有两个人，他和儿子陈嗣祖。

"这小子确凿无疑地来过了。"陈家骥小声对顾仲舫说道。

顾仲舫明白这话的分量，正好惠久香的坟头前不知怎么刮起了一股旋风，他浑身打了个冷战，低语道："这么说，这次交农，真的就是刀客王五他们组织的？"

陈家骥说："我看十有八九，我们再仔细盘查盘查。"

官盐局的损失不说了，跟着官盐局一块遭殃的还有斜对面的官钱局。所谓官钱局，就是蒲州知府的一个"小金库"，州县各衙门强征暴敛来的钱财全都存放在这里，以应付知府衙门的大笔花销。这个时候，清政府开始新启用铜圆，百姓一般又称该官钱局为"铜圆局"。造反群众对这个所谓官钱局或铜圆局也是恨之入骨。在捣毁了官盐局的各种设备，把堆积如山的盐包、盐囤，搬的搬，背的背，抬的抬，一扫而空然后放火烧掉以后，有人高喊了一声："把这喝人血的官钱局也给它砸了！"于是，人群中一个壮小伙子提了把板斧，上前几板斧就把官钱局的门劈开了，一箱一箱的铜圆被人们抬了出来，却没有人去抢，而是把铜圆倾倒到了大街上，一时间，半条街都撒满了铜圆。这天重阳节人们正好赶庙会，砸官钱局的时候满街都是人，人山人海，开始还没人敢去捡钱，但那铜圆实在是太诱人了，一个叫花子先颤抖着手伸了过去，第一个人抓了一把以后，人们就蜂拥而上，不大工夫半街的铜圆就被一扫而空了……

知府苟用得知官盐局被抢以后尚还能沉得住气，因为毕竟足足涨了五六倍的盐价是百姓的心头之恨，抢砸官盐局是预料之中的事，可官钱局的被砸被抢却超出了苟用的心理承受能力。苟用只看了一眼官钱局被斧头劈开的门窗和扔在大街上空空如也的几十个大箱子，当时就眼前一黑，站立不稳差点儿瘫在地上，还好，紧跟在他身边的巡警局长张丹墀一把拉住了他。周围人看见，苟用流泪了。这等于让他破产了。自从他当上了蒲州知府以来苦心经营、可以让他用来上下打点在官场纵横驰骋的白花花的银子没有了，就是他的心没有了，胆没有了，魂没有了，命也没有了……苟用黑着脸让那该死却没有死逃了条活命的官钱局长查看损失，局长报了个惊天数字：二十万零八百文铜圆！"有这么多？"苟用疑惑。局长却信誓旦旦："就这么多！暴民们抢走的就这么多！"其实，这个数字是官钱局把历年来被悄悄挪用和贪污了的钱款也都算了进来。不管怎么说，被抢走的银钱已经"死无对证"了，谁也无法戳穿局长的谎言。官钱局被抢和官盐局被抢被烧，这么大的事情肯定得上报陕西巡抚桂升，桂升即派心腹大员都统裔王爷前来蒲州会同知府苟用审理此案。王爷听完苟用的汇报，说：

"这好办，就从第一个伸出爪子抢钱的叫花子审起。"

这叫花子好找。一个地方的叫花子一般都是这条街或这个地区的熟人，这个叫花子立即被官兵们从垃圾场旁的一个破窑里找到了，几板子打得皮开肉绽，叫花子说了一连串抢钱的人。那些天，巡警的马队和官府的马队天天到处捉人，白天黑夜捉。后来竟到了见人就捉的地步，男女老少，只要是被马队碰上，一根绳子就绑了起来，一串一串，全都带到了知府衙门的监狱里。那监狱，也立刻人满为患，几条街都是前来探监的人，哭哭啼啼，哭叫声震耳欲聋……

张丹墀很苦恼，一天，他给心腹高满儿抱怨说："这活儿真不是人干的！抓这些穷苦百姓来顶罪，而真正的凶犯他们却是不敢碰！"

高满儿问他："你说的这真正的凶犯是谁？"

张丹墀道："这还用问！"

高满儿说："好，大人，就算是把你说的真正的凶犯抓了，这修西潼铁路的路捐问题不解决，盐税、粮税和土地税各级官员层层加码加得那么狠，还不迟早要激起民变？老百姓你能杀完？杀不完他们，我们的头都难说还能长在自己脑袋上！"

张丹墀半天不语，只长叹一声："唉——！"

过了一会儿，他突然想到了一个问题："对了，满儿，你说官盐局连同下面的官盐分局、分店被抢被烧，损失最大的不是陈家骥吗？可他……咦，他这一段时间怎么会按兵不动？甚至都没听说他抓谁？——这倒是很奇怪呀！以他这种人的性格，不该是这样啊……"

高满儿想了一会儿，似乎有些没有把握地说："大人，我觉得……我觉得，陈家骥这是……这是怕投鼠忌器吧？"

"你是说，他儿子陈嗣祖也牵扯到了此案中？"

高满儿翻翻眼皮："这话可不是我说的，是陈家骥自己说的。"

"你怎么知道？"

张丹墀很好奇他的消息灵通。

高满儿再翻翻眼皮："反正，反正我知道。嘿，大人，我是顺风耳么。"他又顽皮地加了一句。张丹墀知道问不出来也就不再问了，只是对陈家骥会如何处理官盐局被抢一案感到更加好奇。

三

　　蒲州那场大规模的交农事件一发生，消息刚一传到陕西巡抚桂升的耳朵里，桂升就明白这是大麻烦开始的一个征兆。本来向朝廷奏请官办西潼铁路，一来可以落个支持新政的美名，二来还可以从中渔利得些好处，但现在显然像是坐到了火山口上。他明白，如果不把蒲州这件事弹压下去，别的州县势必很快也会爆发类似的事件，因此他派出了自己的族兄陕西都统霭王爷亲自前去弹压。这日，他刚刚放下碗，师爷笑眯眯地进来了，说霭王爷从蒲州回来了。桂升忙叫道："那就快请王爷进来。"不大工夫，师爷又笑眯眯地回来了，他的身后跟着的却不是霭王爷一个人，而是两位。桂升一看走在前面的那位，慌忙地赶紧迎了上去，嘴里一边叫着："哎呀，紫英公什么时候回来了？真是有失迎迓，有失迎讶！"说着，就又是拱手，又是作揖，恭敬备至。

　　来人不是别人，是官至二品的礼部右侍郎傅紫英。

　　这傅紫英正是当时陕西人在京城最大的官了，所谓官大一级压死人，桂升一看这位傅紫英大人突然光临不禁又惊又喜但又有些惴惴不安。虽然两人同朝为官，但一为汉人，一为满人，一为京官里的翘楚，一为地方上的封疆大吏，两人来往并不多。霭王爷也不是个凡人，在陕西的满族贵族里，他算是爵位最高的一位，不过，由于满族贵族整体地位的下降，王爷也多少有些落寂的味道。比如说，霭王爷就不大喜欢别人叫他"王爷"，而是喜欢人叫他"都统大人"或"总办大人"——这是他的两个实职，因为他除了是满族将军都统以外，还兼着陕西新军督练公所的总办。桂升开始还有些迷惑，这两人怎么会凑到了一起？霭王爷和傅紫英两个人同时明白了桂升眼中的困惑，两人几乎同时笑道："哎呀，这可真叫巧，前后脚，就像是商量好了一样……不，不，比商量好了还巧！"

"不过,还是王爷先我一步,"傅紫英补充道,"看来王爷这是有事要给巡抚大人汇报,那我……是不是先回避一下?"

"不用不用。"桂升赶紧把站起来的傅紫英重新拉回到座位上,很客气地说道,"陕西发生的这些事情也是迟早要报到朝廷去的。既然傅大人回陕省亲,也好多了解一些。"

傅紫英问:"是不是蒲州的事情?"

桂升道:"正是。"

"那好,我也正为此事而来。请王爷先说。"傅紫英道。

"好吧,傅大人让我先说,我就先把这事给两位做个汇报,是这样的……"他讲了到蒲州后怎么介入案件等等后,说,"现在追缴回的铜圆还不足十分之一,而官盐局的案子目前也没有任何进展。人嘛,倒是抓了不少,大概总有一千多吧!"

"审讯了没有?"桂升问。

"审了。"

"那就把罪大恶极的挑出前十名给他枪毙了,也好震慑、震慑!"

桂升话刚一落音就听到傅紫英的一声冷笑。

"傅大人难道认为这些暴民不该杀吗?"桂升尽量想让自己语气缓和一些,但说出来的话仍旧有些生硬。傅紫英道:"桂大人是陕西的巡抚,杀的是陕西的民,而他们抢了官钱按大清法律是该杀头。我对此没有任何发言权,不过,我带来了几份报纸请二位过目。"他转身从跟随在他身后的侍从手里接过了几份报纸,递给了桂升和霭王爷。两人刚开始看的时候还能够沉得住气,看着看着,就神色大变。桂升把报纸重重拍在桌上,恨恨道:"我就知道把这些崽子送到日本去没什么好处!看,这上面说的全是些诛心之语!是革命党的言论,煽动民众造反的话!"霭王爷可能还是第一次见到这报纸,他问道:"傅大人,你这报纸从哪儿来的?什么《夏声》?我怎么从来都没听说过呢?"

"唉,王爷,这你就不要问傅大人了。这事我知道。这《夏声》,还有先前的什么《秦陇报》《关陇报》,都是我们陕西的留日学生在日本办的报纸。这些报纸全都充满了革命造反的言论,真是是可忍孰不可忍!"

"既然这样,为什么还不……"霭王爷作了个杀头的动作。

桂升却是苦笑，"要是能把他们杀了也好了，可他们现在是远在天边，我们鞭长莫及啊……但上边这些话，说得也真够恶毒了！你看——"桂升指着一段念道，"西潼铁路今则一木未动，寸路未成，耗费却不知几许多金。我陕人一点一滴之膏血任人挥霍，至大至巨之利源任人攫取！贪污之巨，令人发指！……这狗东西！"桂升气得两手开始颤抖。

傅紫英却从他手中拿过报纸，笑着说："桂大人别生气，我让你看的还有这段呢，你听：且蒲州各州县民众聚众之目的，唯求停止路捐盐厘加价，亦人民之正当请愿权。陕西巡抚桂升者流，却即科以最野蛮之刑律，民众本应不在剿杀之中，而该桂升、都统霨王爷，马队飞骑四出，四处捕掠。蔡镇正法九人。高店枪毙五人、伤十余人。阳平杀五人。益平杀四人。凤州杀两人。凤县和同官各杀五人……蒲州血流成河，百姓怨声载道，此血海深仇，切切在目！"

傅紫英开始的时候脸上尚还能挂着笑容，读着读着，神色愈来愈凝重，以至到了后来就有些声色俱厉了。桂升和霨王爷只听了个开头就大惊失色，再往下听，听着听着，头上的汗珠就滚落了下来。他们不能不心惊肉跳。这报纸可是在日本出的呀，而且还指名道姓，把他们两个人的名字全登在了上面，这是说，全世界只要能看到这报纸的地方都知道了——那朝廷？朝廷会不会也看到了这报纸？——哦，不用问，也一定看到了！而最让桂升和霨王爷感觉五雷轰顶的事情就是，报纸上白纸黑字写的那些杀人数字，居然全是真的！而他们两人刚才的那番对话，本来就是做戏给傅紫英看的，没想到，真没想到，这里才刚刚发生的事情，远在日本的陕西留学生就已经登到报纸上了！这真太可怕了！

两人面面相觑，那表情就像白日活见鬼一样。

傅紫英放下报纸以后就告辞了。

傅紫英走后，巡抚桂升和霨王爷仍瞪着眼睛相互看了好大一会儿。末了，霨王爷拍着桌上的报纸道："你说，他把这破报纸拿给我们看，什么意思？"

桂升冷笑："意思很清楚，警告我们。"

"警告我们？警告我们什么？"霱王爷不耐烦地说。

"警告我们不要胡作非为。意思是，现在再也不是从前了，而是实行了新政以后的清王朝，国内国外到处办起了许多报纸，这些报纸就随时把我们的所作所为公之于众了，搞不好，我们就成了众矢之的或者过街老鼠了……这不，我们这才刚刚发生的事情，咱送出去的这些狗崽子就嚷嚷地全世界都知道了！这叫好事不出门，坏事行千里啊！"荀用苦笑着摇摇头。

"那……那我们怎么办呢？"

"能怎么办？我们现在能怎么办？朝廷现在也怕出事，只要这些贱民闹点事，就拿我们开涮。我们只怕是吃不上羊肉，反惹得一身腥。现在的情况，实际就是这样。我看，目前我们只能赶紧和尽快地停止路捐的征收……"

"停止？你说什么？——停止？难道我们……"

霱王爷的眼睛瞪得鸡蛋样大，两撇胡子也几乎飞上了天。西潼铁路申请筹办的时候，这堂兄弟两个曾仔细商量过，只要是办新政，朝廷喜欢；只要涉及筹款和办差，一定就是肥缺，为了多搜刮一些民财，同时还为了有资本去孝敬越来越缺钱花的朝廷。既然巡抚不好兼职做筹办西潼铁路的总办，霱王爷可以，所以霱王爷也就兼了这个铁路总局筹办处的总办，所有的实权其实都在这两个人手里。现在，没想到就落了个鸡飞蛋打。霱王爷好不甘心，好不气恼，他的两只阔大的手，拳头对着手掌使劲相互捶打了几下，再发出几声受伤的老虎一样的低啸："咳！咳！咳——！"

桂升也不甘心却无奈地说道："王爷，事情越快越好。不然，全省很快就会成为一种燎原之势……"霱王爷打断他："你贵为巡抚大人，我们……我们就不能发兵弹压？就听凭这些贱民暴民这样胡作非为！"

桂升苦笑："现在已经不是从前了。我且问你，王爷，你既是咱旗兵的将军，又兼着新军的总办，陕西的兵权除了巡防队那一点点外，几乎全在你手里了。可你说，一旦遇事，是我们满人的旗兵可用，还是这几年才组建的这支新军可用？"

第三章　名伶失踪和蒲州血案　　197

霨王爷听了，只把指关节掰得嘎巴嘎巴响，却说不出一句话。

桂升道："这就是问题的实质啊，王爷！大清几百年到现在却搞得无兵可用！旗兵绿营成了酒囊饭袋，而新军，据我所知，中下级中已经有了不少汉人军官，这些人都是正规军校毕业生，一些还受了日本新式军事教育。士兵呢？刀客和哥老会众徒占了新军总数的一半还要多！一有风吹草动，这些人究竟会干出些什么？——这你肯定比还我清楚，对吧？"

霨王爷瞪着一双铜铃大眼，把身子往桂升跟前凑凑，不高兴地说："你这是弹劾我？"桂升愣了一会儿："王爷，我说的只是事实啊。"

"事实不错。"霨王爷很是愤愤不平，"可我能有什么办法？这些汉人军官，我可是一直防着不让他们跻身掌握实际兵权的地位。可士兵，士兵的来源我真的是一筹莫展啊！你想想，我们满人有几个人家的子弟愿意来当兵？汉人中的正经家庭又有几个愿意让子弟当兵？结果呢？结果就是差不多是我们的一些敌人，一直与我们清廷作对的那些无业游民、大批江湖上谋生的刀客和哥老会众借着我们招募新军的机会进了我们的军队！这让我寝食不安啊。没想到朝廷编练新军，结果给自己编出了这么一个危险……桂升兄弟啊，我有时候都在想，朝廷这不是昏了头了？自己在给自己制造掘墓人！——真还不如什么都不做了好！"

"不说了。越说越让人没法儿活了。但有一点，"桂升看着霨王爷的眼睛，"我们死都不能让清王朝在我们手里给断送掉！死都不能让祖宗家业毁在我们手里！西潼铁路的事情是让人窝心，但还不至于毁我们，办不成就办不成了。我要抓紧把此事做个了结，免得夜长梦多。这一两天我就会给你下一道正式札令，命令停止路捐的征收。王爷，哥哥，我唯一要你做的，就是把咱的军队看管好！好吧？"

霨王爷知道该告辞了，刚想站起身，桂升却拉着他的胳膊似乎有私密的话要说，可还没张口，师爷就进来报告说："大人，提学方陛之来了，说有紧要事情禀报。"

"你让他在前堂等等。"

桂升一脸的不高兴，霨王爷问："怎么，还有不痛快的事？"

"我认为如今就是两个大麻烦，一个是新军，一个是新学……"桂升说。

"要不我说朝廷这是不做不死，做了……"

"不说了，"桂升摆摆手，"再怎么说都是我们的朝廷。只是这蒲州……唉，三天两头地闹事情……"霈王爷道："这次我到蒲州，我一直觉得，这民众闹事的背后总有一只黑手，是会党……"不等他说完，桂升一拍他的肩膀："正是！你说对了，是会党！是革命党！最近我们侦知，陕西的会党竟然和广东的会党、日本的同盟会有着瓜葛！"

"那不更危险？"霈王爷脸色也一变。

"不错，他们近来可是到处在杀人放火啊！我们必须得严查！……不过，王爷，我现在想问你的是一件咱自己的事情，你那宝贝女儿宝莲儿和我侄儿英杰……"

霈王爷一听满脸苦涩。

"宝莲儿的事情我真不想管！还不如当初她真的死掉好呢……"

"她这一逃婚可就十年光阴，找回来也两三年了，算来，宝莲儿如今总也有二十四五岁了，对吧？这么大岁数的格格怎么能不嫁人？王爷，你还是赶紧把事情办了吧！"两人这时一直边说话边往前边院子走，到了前院王爷的轿子跟前，两人站住了。霈王爷叹息一声："唉，我就是对宝莲儿这事毫无办法。你看呢，桂升兄弟，英杰现在不早娶了福晋，又收了几房丫鬟，他和宝莲儿的事……要不，就算了？"桂升说："我也想把当年的婚约取消算了，可你知道我弟弟就这一个宝贝儿子，还脑子有些这个……"他指指自己的脑袋，意思是他侄儿脑子不转筋，"别的事情都还好说，唯独对宝莲儿……听我弟弟说，再娶得多也不行，他就要宝莲儿。最近更是闹得厉害，连饭都不吃，绝食！眼看着人都快要不行了……我看这事，你得下个决心，不能任着孩子胡作非为，毕竟是两家早有婚约在先！"

霈王爷一跺脚："好吧！"

"最迟不能迟过年底前。"

"好吧！"霈王爷咬牙，"我就是抬个死尸也要把她抬到英公府不可！"

顾仲舫像个热锅上的蚂蚁一般焦急地等在提学使方陛之的房间里，衙役给他倒了杯茶以后恭恭敬敬地退出，提学使的大办公室里只剩下他一个人。开始的时候他还从提学堆积如山的报纸杂志里抽出几份《申报》《时报》《大公报》等翻看着，但好像所有的字都在眼前跳舞，竟然一个字也看不进去。在房间里不知道转了多少圈，一听到花园的小径上传来脚步声，他就急急地迎了出去。

"方大人，怎么样？巡抚怎么说？"

方陛之没有回答，只是沉着脸，迈着方步，慢慢悠悠地朝办公室走去。路上，看见小径上的石子被谁踢起来一块，他竟然还有心思走到树丛下捡了块小石子把它补到那里。到了办公室后，衙役递上茶，他又慢慢悠悠地品了一会儿。顾仲舫急啊，急得想跳脚，他等待的可是一件对他、对方陛之乃至对巡抚桂升都是一荣俱荣、一损俱损的大事啊，而对他个人，则是性命攸关的事情，提学怎么不急呢？当然，他知道提学的秉性，你越急的事情他越不急，就像是要告诉你，什么是涵养？这就是涵养……好吧，那就等吧，看你品茶品到什么时候！顾仲舫在提学的茶几旁坐下，拿了把扇子，也故作镇静慢悠悠地扇了起来。

"巡抚大人说，你说林子桐、林子衡兄弟，景孝严、景孝天兄弟，还有教育分会那一帮家伙都是些同盟会员、革命党，可空口无凭，没有真凭实据嘛！"方陛之终于开口道。顾仲舫心里暗暗叫苦，什么叫真凭实据？要是真有什么真凭实据，革命党还不像杀五大臣一样早杀到你头上来了！可他在自己顶头上司面前不敢这么说，只是低声说道："他们在课堂上给学生宣传什么孙文的主张，宣传什么'驱除鞑虏，恢复中华，建立民国，平均地权'这算不算真凭实据？他们还在集会上演林子桐、傅文远这些人写的秦腔剧，什么《黑世界》《鬼教育》，戏词里明明白白骂我们的朝廷腐败黑暗，煽动百姓反对政府，这算不算真凭实据？还有，他们把学生组织起来四处演说，要女人识字读书，不缠小脚，要男人剃发恢复汉人汉服，这算不算真凭实据？……"

顾仲舫委委屈屈地说了这一大通，方陛之始终在摇头："巡抚大人说了，这些都属于空口无凭，你说人家说了，写了，到时候人家说我没说没写怎么办？要他的白纸黑字才行。"

"什么白纸黑字？他的剧本不就是白纸黑字？"

"不行。这白纸黑字要的是他们是革命党、同盟会的证据！你拿得出来？"提学使方陞之敲着桌子问道，"你拿不出来，是吧？好，可人家现在要你的可是白纸黑字！人家现在叫嚷着要查的是我们教育公所十年的公款账目，是你敢让他们查，还是我敢让他们查？"

顾仲舫垂下了头，小声说："不让查，可他们说，不让查就是心里有鬼！到教育分会成立两周年，要是我们还不让查，他们说就要捣毁蒲州教育公所，就像这回烧毁官盐局、官钱局一样……"顾仲舫添油加醋地说，就想煽动起方陞之的火气。方陞之果然上当，瞪着眼睛道："反了他们不成！账目绝对不能让查！我们省上教育公所和巡抚大人那里都用了你们不少教育款，这账要是查了，还不闹翻天了——甚至老佛爷那里都有可能一怒之下把我们几个给查办了。不行！不行！"

"可你不让他们查，我们又怎么办？"顾仲舫问。

教育公款所以不敢让查，是顾仲舫自己从中贪污了不少款项，比起提学使方陞之和巡抚桂升的"明拿"——挪用作了贿赂往来朝廷官员的开支，顾仲舫就是只大"硕鼠"，他贪污的金额足以让脑袋掉个十次八次！所以他非常害怕……方陞之不知道他的这些心思，只认为这顾仲舫一心在为他和巡抚担忧，于是笑道："巡抚大人说了，我们要做的事情就是釜底抽薪。他们要查咱的账目，咱们呢，来它个引蛇出洞、擒贼先擒王，带头闹事的不是林子桐、常玉敏几个？林子桐在地方上目标太大，背后还有他哥林子衡和南秋阳先生这一大帮社会贤达，不敢动。好，那咱就拿他这个教育分会会长常玉敏开刀，具体办法是……"

方陞之如此这般地给顾仲舫交代了一番。

顾仲舫听完，不由拊掌叹道："唉，还是巡抚大人计高一筹啊！"

方陞之拍拍他的肩膀："好了，回去好好干吧，如果就此挖出个同盟会革命党组织，那可是你顾仲舫和他苟用苟大人大功一件啊！你们要好好商量，谨慎行事……记住了没有？"

"是，是。"顾仲舫连连点头，"我回去就给苟大人汇报。"

四

这天，林子桐还正在给学生上课，突然发现常玉敏在教室窗户外面急急地朝他招手示意，意思是让他先停下，他有急事要说。倒还真是，这种情况很少见，在蒲州高等小学堂里，林子桐虽然是总教习，可常玉敏是校董，总教习归校董管理。现在，校董让他停下来，他原本该立即停下。可他停不下来。他正讲得眉飞色舞、神思泉涌，学生们也全听得如醉如痴。这些学生，是蒲州按照清廷新式学制所设立的第一所高等小学堂招收的第一批学生，说是小学堂，可学生的年龄却参差不齐，最大的十七八岁，最小的十一二岁，可以说他们从入学的那天起受到的就是有关孙中山资产阶级启蒙思想的教育。作为京师大学堂毕业的高才生林子桐一直担任的是史地教师，今天，他写在黑板上的题目就是：近代中国史的教训是什么？鸦片战争以来中华民族的根本问题是什么？写完这个题目，整个教室静得仿佛掉一根绣花针都能听得到，几十双眼睛如饥似渴地盯着端站在讲台上的林子桐。林子桐端起茶壶啜口水以后，便亮起嗓门讲道："要我说，近代中国的根本问题只有一个，那就是——中国能近代化吗？中国能赶上西洋人吗？中国能利用科学和机械吗？中国能废除我们的家乡、家族以及宗族观念而建立和组织起一个近代的民族国家吗？……能的话，我们民族的前途一片光明；不能的话，我们这个民族就要完蛋！看看我们的近邻——俄国和日本。俄国在17世纪以前就是个野蛮落后四分五裂的大大小小的公国。可是在17世纪末，正是我们的康熙年间，俄国出了个彼得大帝，他隐名埋姓，独自跑到欧洲去学炼钢、学造船，以后他为了学习西方硬是把首都迁到了面海的圣彼得堡，这就是俄国的近代化。从此，落后的俄国就成了一个近代意义上的国家。再说日本……"

常玉敏一看止不住他的滔滔不绝，于是，推开教室门走了进来。

林子桐却对他做了一个"稍等"的手势,继续滔滔不绝:

"日本的明治维新也不过发生在我们鸦片战争以后二十多年。一个原有土地不过相当于中国一个省,原有文化几乎全是隋唐以来从中国学去的蕞尔小国,居然能在国际舞台上迅速崛起,就是因为日本接受现代文化非常之快。想想,倘若把同治、光绪年间的改革移到鸦片战争刚发生时的道光、咸丰年间,我们的近代化就要比日本早二十年!这二十年,远东的近代史,甚至世界的近代史就要完全改变面目!所以说,我们中华民族丧失了二十年宝贵的光阴,这一阴差阳错就让我们与日本和俄国发生了乾坤颠倒的逆转!现在,回过头来回答第二个问题:鸦片战争以来中华民族的根本问题是什么?——我们的落伍!对吧?我们的军队是中古的军队,我们的武器是中古的武器,我们的政府是中古的政府,我们的人民——包括我们的士大夫在内,是中古的人民。以落后愚昧的中古人民、中古政府和中古军队对付包括日俄在内的列强,这就是我们虽拼命抵抗终归失败的原因,这就是我们落后、失败、挨打的根本原因,我们的政府、军队、人民至今还没有跨进现代国家的行列!我们至今没有建立起一个现代国家制度,这就是根本原因!……同学们,请等一等。"

林子桐讲到这里,终于止住了他的滔滔不绝,他看了一眼焦急等在讲台一边的常玉敏,对学生们说:"现在,请你们自习,分小组讨论,写出对这两个问题的答案。"两人一走出教室,还不等常玉敏开口,林子桐先抱怨说:"唉,玉敏兄,有什么要紧的事情,就不能等我上完这节课再说?"

两人是同科举人,关系非常密切。

常玉敏拽拽他的胳膊,压低嗓门说:"真有点火烧眉毛的事情。唉,我也是一看就急了,就想赶紧和你商量商量……"

"到底什么事情?"

两人走在学校的走廊上,常玉敏用更小的声音:"这里不能说。"

"哦?"林子桐这才看清了常玉敏脸上挂满了焦虑和一种超乎寻常的紧张。两人加快了脚步,一路上,遇见的老师和学生也顾不上说话,只是匆匆地点点头。一进常玉敏的办公室,常玉敏先反身拴好门闩,然后,神情严肃地从抽屉里取出一份知府苟用签署的公函。公函上只有短短的几句话:"据查,蒲州高等小学堂校董常玉敏尝肆无忌惮,倡言革命,教唆学生,谋逆朝廷,故撤去其校董一职,即日起由本州士绅顾仲舫接任蒲州高等小学堂校董。特此。蒲州知府苟用。"

林子桐拧着眉头看完:"刚来?"

常玉敏点头:"是的,衙役刚送来。这事情奇怪的地方我认为还不是撤去我校董一职,关键是这十六个字,'肆无忌惮,倡言革命,教唆学生,谋逆朝廷',这要是定了性……"

林子桐打断他:"已经定了性了!我认为,这是个信号!要不我们内部出了内奸,有人向苟用告发了我们。要不就是苟用一伙反革命嗅觉特别灵敏,嗅到了我们同盟会活动的蛛丝马迹?"

"我认为,后者的可能性更大。你想想,子桐兄,我们这几年在蒲州发展了多少同盟会员?又在我们的学生中发展了多少?这么大的动静,不可能他们毫无察觉啊,尤其这次反抗西潼铁路路捐交农,陈家骥之流就说这是会党联合刀客犯下的滔天罪行,说是你和谢德顺有这嫌疑,想把这祸水引到你身上呢!"

"这不是毒牙咬人吗?"林子桐恨道。

常玉敏说:"你忘了赏菊那天你说的那些话了?有人就添油加醋把这话给苟用说了……这苟用,可是巡抚桂升的一条鹰犬,蒲州交农的事损失惨重,他无法给桂升交代,就一定要拿我们士绅中的头面人物开刀邀功。"

"你是说,他们这是醉翁之意不在酒?要想引蛇出洞,把我们一网打尽?"

"正是。我去职不算什么,可我想,我去职带来的后果却是非常可怕的。你想,假如我就这么离开,等于默认了对方加给我们的这个罪名。接下来呢?接下来他们还可以如法炮制,对他们怀疑的革命党一一下毒手……"

"不错!关键还有一点,不能让这狗日的顾仲舫来!"林子桐一拳砸在桌子上,瞪圆了眼睛,"要知道,这顾仲舫要是当了我们的校董,那等于在我们身边安插了苟用、桂升的一个眼线。我们同盟会就会丢失了这几年苦心经营的据点教育分会和蒲州高等小学堂。不行！坚决不行！"

常玉敏忧愁地说："我也知道不行，可怎么办呢？"

林子桐说："这样，如今我们所有的活动都得格外谨慎，相互间要尽量减少来往，可这事我们必须商量。你知道伯让兄的母亲昨天去世了？"

常玉敏点头。

"本来大家也都要去吊唁，我们正好趁这机会聚聚。"

许伯让幼年失怙，母亲年轻守寡，靠着纺线织布给人帮佣含辛茹苦养育大了他。许伯让刚刚十一岁时，母亲便因劳累而身染重疾，一病卧床不起。从此，许伯让一边每日沿街卖炊饼养活寡母，一边跟着南秋阳先生发愤读书，后以举人而被选授河阳学政。许伯让却因有母病在籍，遂辞官回到了蒲州，正好蒲州高等小学堂新创需要人才，于是许伯让被聘作该校教习。许伯让母亲缠绵病榻十几载，他侍奉汤水延医治病至恭至孝，因而以孝子闻名遐迩。许母的去世，引起了十里八乡众多乡民和士绅前来吊唁，许家所在村庄和庭院里，人流滚滚，络绎不绝，林子桐、白俊亭、高满儿、景孝严和常玉敏等十多个同盟会员先后来到这里，立即淹没到了人群里，并不招人耳目。到了这天中午时分，村道上和大院里摆开了上百桌流水席，唱戏的、诵经的、吹奏哀乐的，人声鼎沸，喧闹声震耳欲聋。就在这时，在许家后院的一间平时堆放柴草的窑洞里，这十几个孝子，伪装作商量丧事的样子，聚在了一起。

当常玉敏把知府苟用签署的那份公函小声地念了一遍，又把他和林子桐商量的结果告诉大家以后，反应最激烈的就是武举人景孝严。景孝严道："不对，不对，你们认为是第二种情况，我认为是第一种，我们教育分会里面出了奸细！"

大家基本全是教育分会的人，景孝严这一说，每个人都明显神色紧张。

白俊亭问："孝严兄，说清楚，你认为谁是奸细？"

景孝严一看大家紧张的样子，忙笑道："大家别误会，并不是说我们在座的各位。你们忘了，我们教育分会里还有一位极为特殊的人——当初我就说过不能要他，可你们坚持说，这人在地方上一呼百应很有影响力……"

高满儿先反应了过来："你说的是张丹墀？"

"正是！"景孝严不由声音略微大了一些。林子桐用手指按着嘴唇对他"嘘"了一声，景孝严控制了下自己的情绪，说："你们不想想，他既是巡警局长，又是我们教育分会的学董，经常和我们在一起活动，以他的聪明劲儿，我们的活动瞒得过他？还有，我还听说，他家的厨子和苟用的厨子，两人是一对赌友，会不会是张丹墀泄密给了他家厨子，他家厨子又泄密给了苟用？"

林子桐笑了："孝严兄，你不觉得张丹墀根本不用这样脱了裤子放屁？对不对？他本人就是苟用身边的红人，还用得着让他家厨子去告密？……总之，孝严兄这话倒还提醒了我。他们敢向我们动刀子，我们为什么不敢向他们动刀子？"

大家沉默了一会儿，仿佛在掂量这句话的分量。

许伯让睁着一双哭得红肿了的月牙眼，慢慢悠悠地说："倒也是，倒也是。这叫以牙还牙，一报还一报，我们不能坐等着挨打呀？"

白俊亭说："看看全国的形势，已经是烈火燎原了！从前年起，我们南方的同盟会就先后发动了萍浏醴起义、黄冈起义、惠州七女湖起义、镇南关起义、云南河口起义等，此起彼伏，彼伏此起！……北方呢？我们北方却是一片死水！"

林子桐附和道："没有北方的牵制，这就是南方同盟会屡起屡败的原因！"

景孝严打断他："不对！我们北方有吴樾刺杀出洋考察五大臣的英勇事迹，此外……"

白俊亭又打断景孝严："我知道你'此外'要说什么，孝严兄。你心目中最佩服的除了在北京刺杀出洋五大臣的吴樾以外，就是刺杀皖督恩铭的安徽徐锡麟，对吧？好，好，安徽是南方还是北方？……"

林子桐道："你们两个吵这个没有用，反正，流血牺牲的事情这几年多了。孙中山先生前后已经多次在潮州、惠州等多地起事，也号召我们要以武力推翻清政府。孙先生说得很清楚，我们同盟会在全国各地要掀起革命的浪潮……"

景孝严打断他:"包括暗杀。"

林子桐看他一眼:"对,包括暗杀。"

景孝严又说:"就像暗杀出洋五大臣和徐锡麟暗杀皖督恩铭。"

白俊亭听到这里笑了,扫视了大家一圈,那意思是:我说怎么样?

高满儿一脸严肃:"对,孙先生说过,我们同盟会员要不怕流血牺牲!"

"还有南先生。"许伯让道,"南先生一直教导我们说,对现今的中国皮毛的改良是不行的,必须采用激烈的革命手段,以武力彻底推翻清朝的统治!"

就在这时,在他们的身后响起了一个清亮的略带童稚的声音:

> 望门投止思张俭,
> 忍死须臾待杜根。
> 我自横刀向天笑,
> 去留肝胆两昆仑。

众人开始吓了一跳,回头一看,一个少年士绅的一张略带顽皮的笑脸出现在了他们的面前。大家几乎同时笑了,原来是林子健。他哥林子桐惊喜交加地上前一把拉住自己的弟弟:"子健,你什么时候回来了?"还不等林子健回答,景孝严一个箭步扑上前:"你回来了,那我家允弟呢?"高满儿也问道:"是啊,孝天兄、文远兄呢?"林子健指指白俊亭大声笑道:"哈哈,我们仨的行踪得问他!"

高满儿上前去抓挠白俊亭的胳肢窝:"我家少爷竟然隐藏了这么大一个秘密,一点儿口风都不露啊!"白俊亭笑着躲他,这一对曾经的主人和书童完全没有主仆的一点儿影子,倒像是一对天生的好兄弟。白俊亭笑道:"满儿别闹,别闹。让我说。好,好,让我说。孝天这次从日本一回来就带着文远和子健上了我们五龙山麻家梁铁矿……"常玉敏和许伯让同时叹息一声:"嚄,我们有铁矿?"高满儿插话道:"我们不但有铁矿,我们还有一个大牧场!……"

"明白,明白,明白。"平时并不多言语的常玉敏这时也兴奋起来，"牧场给我们养军马，铁矿给我们制造武器，对吧？"高满儿一拳砸向他的肩膀："正是！"常玉敏身子骨单薄，被他这一拳打得差点儿没坐到地上，还是林子桐手疾眼快拉了他一把。高满儿快乐地叫道："这是俊亭哥哥为革命做出的大贡献！我们必须有自己的武装，有自己的军队，有自己的武器，自己的兵工厂，我们很快要自己制造炸弹，如果好的话还要自己造枪！"

"真的是这样？"许伯让也兴奋地一把抓住了白俊亭。

"真的是这样。孝天已经为此做了安排，我和子桐兄很快就会去新疆伊犁为我们买回几百匹良种马，满儿……"白俊亭说。

高满儿一听说到他，马上一挺胸脯："叫我干什么？"

白俊亭说："孝天说了，你将来要做我们革命军的军需官。西北军火无源，却实为革命之首要，你要专司研制炸药和炸弹！"

"好啊，我愿意！可……这连西北都没有个军工厂，怎么学？"

"有我啊！"林子健一拍自己的胸脯，"我在日本就想到了这个，先在日本振武学校，后来又进了士官学校，学的都是军械……"

"还不够，军械和制造炸药又是两回事情。子健，你怎么把自己搞得一头草屑？"林子桐说着，给弟弟去拣头上的稻草。林子健把头上的瓜皮帽一摘，大家都笑了。原来他的瓜皮帽上缀着两根假辫子，这帽子一摘，就露出了一个青皮头顶。他把帽子上和身上的稻草抖落掉，笑道："我都来好大一会儿了，就钻在这草堆里面。"他指指柴房角落的一大堆草，大家又笑了。林子桐一边拍打着他身上，一边道："都成革命党了，还这么小孩子气！"林子健不管他，望着大伙，"你们说的，我也全听到了，嘻嘻……"他天真地笑着，露出两颗可爱的小虎牙，"现在，哥哥们，能不能让我也发表一下意见？"

"你回来了，可我家允弟呢？"

景孝严还是执着地想问出他弟弟的下落。

白俊亭拉他一把："唉，不是说了嘛，你家孝天和傅文远都还在五龙山里。"

林子健这才高声道："让我把刚才关于谭嗣同的话说完。大家肯定不会忘记戊戌六君子所流的血！当年，谭嗣同决心以自己的血来唤醒麻木不仁的民众，我们今天一样，谭嗣同说'各国变法，无不从流血而成'，我们今天则说，革命成功，也无不从流血而成。我愿追随谭嗣同，为推翻清朝统治，不惜一死。所以，我赞成我们也来一次暗杀，以呼应南方这数次起义，不然，让人小瞧我们陕西！你们说，是不是，哥哥们？"

站在柴房里的这十几个人全都郑重点头。

这天晚上林子桐、林子健、景孝严和常玉敏几个没有走，留下来帮着许伯让料理母亲的后事。快到半夜的时候，天越来越冷，几个人就在堂屋的中间生了个炭盆，林子健喊叫说饿了，许伯让便让人扛来了半麻袋土豆，几个人就边烤土豆吃边讨论起他们第一次刺杀行动的对象究竟应该是谁。景孝严还是坚持他的看法，巡警局长兼教育分会学董张丹墀很可能是出卖大家的奸细，应该先除掉他。林子桐、林子健兄弟两个的意见一致，认为是擒贼先擒王，要搞第一次行动就应该像徐锡麟暗杀皖督恩铭一样，拿那个狗官苟用开刀。而常玉敏和许伯让则认为，如果说民愤最大和除之也最快民心的，是陈家骥和顾仲舫。这两个家伙，利用民团的势力狼狈为奸，先后把持着官盐局和教育公所，贪污盐税和教育公款数额惊人，而且，这次苟用要免去常玉敏高等小学堂校董的职务，起因也是大家要查教育公所十年来的账目。因此，杀陈家骥和顾仲舫才应该是这次行动的主题。几个人正在争论，林子健突然把手放在嘴唇上轻轻嘘了一声，大家静了下来，很紧张，却只见林子健听了一会儿，脸上露出了微笑，小声道："没错，是孝天兄。"

"你怎么知道？"林子桐问。

景孝严却已经跳了起来："是允弟！"

话音刚落，门上传来了三下轻轻的敲门声，景孝严把门一拉开，门口果然站着的是景孝天。众人"呼"地全站了起来，热情地招呼着他们的书记长景孝天。景孝天也在火盆边坐了下来，先抓起烤熟的土豆吃了起来，看样子是饿极了，吃得都快要噎住了。这工夫，大家就把刚才争论的问题给他讲了，景孝严说："别急，先给我弟弟倒杯水来，没看他都快噎住了。"平时，大家都认为景孝严是个粗心人，唯独对他弟弟却非常细心，关心备至，有时甚至婆婆妈妈。许伯让忙给景孝天端来一杯水，同时奇怪地问他："孝天，我这三进的院子，你是怎么进来的？"

"还有，你俩是怎么知道是孝天来了？"林子桐也好奇地问他弟弟和景孝严。

"这还用问？"林子健回答哥哥说，"人都知道景家兄弟是'燕子李四'的传人，会飞檐走壁，轻功极好，拔地腾空可以轻取梁上燕子。所以，他肯定不会走我们惯常人走的路。我刚才也是听见像是树梢响了一下。"

"哦！"林子桐由衷地叹息一声。

他弟弟却不屑地说道："二哥，你怎么连景家兄弟这绝世的轻功都不知道？"

景孝天说："谁都有不知道的事情，子健！你哥多年在外边求学，不知道这个又能怎样？……好了，我这会儿也吃饱了。咱就说说你们刚才争论的事情。我刚才仔细想想，还是赞成常玉敏和许伯让的意见。"

他哥先问："为什么？"

景孝天说："第一，要刺杀知府苟用，我们力量不够……"

林子健叫道："为什么？不需要人多，我和你哥两个人就够！"

景孝天看他一眼："不行。我们基地那儿把文远兄留在那里了，你，还有高满儿，我们三个人要尽快到汉口一趟，让他们帮忙化验一下我们铁矿石的成分。还有，要参观和学习那里的兵工厂。所以，这边的行动你也不能参加……"

林子健一听有些沮丧地嘟起了嘴。

景孝天继续说："第二，我哥的意见也不对。张丹墀是不是奸细我们且不去说，但从目前来看，此人和陈家骥、顾仲舫不属一类人，陈、顾可以算作地地道道的劣绅，而张丹墀则是我们可以团结和争取的对象。所以，我建议把目标设定在民团团长、恶绅陈家骥身上……"

许伯让道："民团和巡警营一个在知府衙门的东北角，一个在西南角。那就是说，我们只要控制住东北角就行了。"

景孝天点头:"正是。还有一个问题,不知道你们想到没有?"

大家都凝神看他。

"你们为什么没有想到要发动学生呢?"景孝天站了起来,在炭火和油灯的光亮中他的身影被投放在了墙上,显得异常高大,"你们想,他们要撤掉大家敬爱的常校董,而给他们换上个原本就被大家怀疑有巨额贪污行为的劣绅顾仲舫来,这消息要是被学生们知道了,会怎么样?"

"是啊!"林子桐也一拍大腿,兴奋地站了起来,"学生中我们这几年已经发展了二三十名同盟会员了!如果苟用执意要撤换校董,学生们完全可以组织起来罢课!反正无论如何也不能让顾仲舫这个恶绅的蹄子踏进我们高等小学堂!"

"这倒是。"

"对啊,这样一来我们的计划就更完备了。"

"我们可以把这个学潮定名为'驱顾留常'运动!"

"是啊,是啊。"

几个人就这样又兴奋地说了一会儿。这时,鸡叫了,众人一看,窗外已经开始泛白了……

五

蒲州高等小学堂大门被贴上封条的这天下午,街道上站满了人。一看到学生们陆陆续续走出来,许多家长都一拥而上,拉住自家的孩子查看有没有被兵丁打了。消息已经传遍了全城,大家都知道,学生们要失学了,教师们也要失业了,许多家长一看见自己的孩子先放声哭了起来,这所高等小学堂是清政府用公款在蒲州设立的第一所公立学校,当初招生就极为严格,能上这所学校的孩子每一个都是家长、家庭和家族未来的希望。一听自家的孩子再没有学上了,许多家长都感到这是天塌下来了!可学生们的脸上并不沮丧，看样子也不难过，相反，许多孩子脸上还挂着兴奋的笑容。孩子们对父母亲友说，我们不会没书读！我们也不会没学上！我们只是搬个家！搬哪儿？哪有学校？家长们问。孩子们笑了，关帝庙啊！好，好，好，有书读就好……父母亲友们稍稍放下心来。这之后当然就是无数的热心人来帮孩子们安"家"。知府苟用说的三天期限到了，却没有一个师生返回他们原先的那所学校，关帝庙多年的积尘早被师生和无数热心人清扫得纤尘不染，庙里边的前堂后院都作了临时的教室，庙里的和尚成了敲钟人，每天按时敲着上课下课的钟声……

对峙成了一个既定的事实。

顾仲舫仍然无法到岗上任。

就在双方剑拔弩张的紧张气氛中，又发生了一件事，这件事终于把蒲州变成了一个火药桶。暗杀陈家骥的时间定在了农历二月十二，因为这天是知府苟用母亲的生日，陈家骥一定会前去祝寿，祝寿一定会喝酒，喝酒也一定会喝高，在这种情况下动手会比较容易。景孝严原本说，只要他一个人前去就行了，以他的武功对付一个喝得烂醉如泥的陈家骥应该不成问题。但林子桐、常玉敏和许伯让几个人不同意，他们说，得带上几个同盟会暗杀团的成员，因为知府衙门不光东北角驻着民团几十个人，西南角还驻扎着巡警局的一个营，所以，必须采取声东击西战术，在衙门里知府苟用住的西花厅放把火，把人都引到那边，这边才好动手。到了这天夜深人静，景孝严已经早早地埋伏在了距离陈家骥卧室不远处的一间厨房里，借着月光，他从舔破了窗户纸的小洞望出去，看见喝得醉醺醺的陈家骥被他家仆人张二搀扶着进了卧室。他侧耳听着陈家骥开始打起了呼噜，却总不见张二出来。这倒是个意外。他猜想这张二一定睡在了主人的旁边，心想，这倒不怕，对付这两个人也没问题。不知道等了多久，约定好的放火却一直等不到。景孝严已经冻得不得了了，可往衙门的西花厅方向看，既没有大火冲天，也没有一星半点的小火苗，这就奇了怪了！晚饭的时候，说是已经派人进去提前给西花厅的门窗上浇好了煤油，只要进去上两三个人把门窗点燃就行了……景孝严正在纳闷，却隐隐地听到衙门西花厅方向响起了一片嘈杂声。他心想不好，万一这嘈杂声把陈家骥惊醒了可怎么办？

景孝严几个猫步，跳出了厨房，轻轻用刀拨开了陈家骥卧室的房门，却发现门居然推不动。从门缝里一看，不好！原来，张二不但没有走，还睡在了门口，他这一推门，张二"忽"地跳了起来，从推开了的门缝两个人竟然直面相对！张二"啊"了一声，床上的陈家骥反应极其灵敏，只一个鲤鱼打挺就跳了起来，伸手就从枕头下面摸出了一把枪，这时候张二如果跑掉就好了，但他居然直直地扑向了景孝严。景孝严无奈，只能挺刀刺向了张二，张二"啊"了一声，而与此同时，陈家骥手中的枪也响了，打中了张二的后背。时机稍纵即逝，到了这个时候景孝严再要想刺杀陈家骥已经完全不可能了。他意识到了这一点，一把抓住张二，扔向了陈家骥，趁着陈家骥被张二的尸体扑倒的一瞬间，跃身跳上了屋顶。等到陈家骥从房间里追出来，只见月色下的房顶上飞奔着一个狸猫样的矫捷身影……

陈家骥倒吸一口冷气，心想，在蒲州有此功夫者只有景家兄弟——此人不会是别人，就是武举人景孝严！陈家骥这时也听见了西花厅那边的嘈杂声，带领着刚刚集合起来的民团跑了过去。原来，张丹墀的巡警抓住了一个叫冯春的衙役，抓住这个衙役的时候，巡逻的士兵说，冯春和另外两个人正在用引燃的稻草企图点燃这里的门窗。

"另外的那两个人呢？"陈家骥问。

张丹墀说："手下没抓住，跑了。"

"这个为什么能抓住？"陈家骥又问。

张丹墀说："冯春是个跛子，跑不快……"

冯春被带了过来，可他一口否认说："我没有放火，我就是想吸烟。"

陈家骥说："咦，你半夜三更地跑到西花厅来吸烟？"他说着，伸手摸了一把窗框，一股浓烈的煤油味扑鼻而来。他把手伸到张丹墀鼻子下面："闻到了？现在清楚了没有？"张丹墀说："清楚什么？"这一问，陈家骥就像突然被谁挠了痒痒，"咯咯、咯咯"地笑个不停，就在这时，他的身后传来一个威严的声音："笑什么笑成这样？成何体统！"

知府苟用出现在了大家面前。苟用也是被嘈杂声和刚才那声枪声惊醒的,等他穿好衣服赶了过来,看见的就是陈家骥癫狂了一般地笑个不停。陈家骥这才止住了笑声:"知……知府大人,您……别、别生气。您知道今天这把火……火,为什么没烧起来?——都是因为鄙人我呀!"陈家骥用乐不可支的音调叙述了事情的前因后果,原来,蒲州城里的煤油一直由陈府独家经营,就像他经营的米店给米里大量掺沙子一样,他经营的煤油里也大量掺水。冯春等人买到的就是这种掺了水的煤油,结果,他们怎么也点不着火。这就是原因。陈家骥说,如果今天夜里这火被顺利点着了,他的人头也可能让人给割了。所以,他命不该绝,真是谢天谢地!

苟用在给巡抚桂升的报告中说,尽管没有证据证明那天晚上潜入民团驻地去暗杀陈家骥的就是有着革命党嫌疑的景孝严所为,尽管这个被抓住的衙役冯春死活不承认他是同盟会员并且是受同盟会指使来放火烧知府衙门,以便给景孝严的暗杀行动做个掩护,但联系蒲州高等小学堂前前后后发生的事情,所有这一切的背后,卑职认为,必是林子桐、常玉敏、许伯让等革命党分子所为!因此,为了打击这些同盟会革命党的嚣张气焰,请求:一,彻底关闭该学堂,另行开办和招生。二,彻底取缔蒲州教育分会。三,应严加惩办,请求采取更为严厉的手段和措施。巡抚桂升皱着眉头读完苟用的来函后,十分震怒,提起笔就想在上面进行批示。他身边一边站着等着复函的顾仲舫,一边站着他的师爷。顾仲舫见桂升提笔,高兴得马上研墨,但刘师爷却连连咳嗽了几声。这是师爷暗示他有话要说。桂升放下笔,随即和师爷进了里屋。

师爷说:"大人,你准备怎么批函?"

桂升道:"似这等无法无天的事情当然是严加剿办了!"

师爷说:"我劝大人谨慎用语……"

桂升问:"为什么?"

师爷道:"大人,你不觉得大清的江山已经与前大不一样了吗?如果大人在复函上用了'严加剿办'这类字眼,将来激起读书人、那帮士子们的群起而攻之,对大人您集体声讨可怎么办?——我怕朝廷到时候都不会保你！……"

桂升瞪起了眼睛："笑话！我是朝廷的封疆大吏，能怕了这帮士林不成？"

师爷苦笑："大人，不是我说。如今这世道还真是不怕民变，怕就怕这帮读书人的集体摇旗呐喊呐！你知道他们如今汹汹然成了一大股子社会势力，手中又有舆论工具，报纸上一登，中外舆论哗然，到那个时候，那个时候……"

"那个时候怎么啦？"桂升瞪眼，说着就想往外走。

师爷急了，拉了他一把："大人，你知道这苟用大人为什么连折报您？"

桂升道："好啊，是我要他即时报告！有什么不对？"

师爷说："我认为他用心歹毒！如果真的惹起了事端他完全可以推到大人你身上……"

桂升跺脚："好了，你别说了！我堂堂一个朝廷命官，在此多事之秋风雨飘摇之际必须为朝廷分忧，为皇上和太后分忧，怎么能时时处处只想着个人呢？"

桂升拂袖而去。

师爷看着他的背影还是小声说了句："我劝大人还是尽量用语谨慎、谨慎呐！"

六

苟用在接到陕西巡抚桂升的复函后大喜过望，展读完毕，抬头对着毕恭毕敬站在他面前的顾仲舫连声说道："好！好！好极了！"然后就命令衙役快马去请民团团长陈家骥和巡警局长张丹墀。不长时间，两个人都到了，苟用用快活的语调说道："我们已经请来了'尚方宝剑'，可以大干一场了！"

陈家骥先接过复函看了一眼，叫道："好，好哇！看看这上边说的，'对蒲州知府苟用所采取的一切有力措施全力支持'。看看，还有这句'将滋事之人严加剿办！'——好啊，'严加剿办'！果然是'尚方宝剑'！"

张丹墀也接过复函仔细看了一遍，然后忧心忡忡地说道："大人，巡抚大人的复函的确是态度明朗，说是全力以赴支持你。可是……"

"可是什么，可是！"陈家骥很不客气地打断他，"这帮恶徒是没有把刀子架到你脖子上，要是那天杀的不是我而是你，我看你还'可是'不'可是'的！"

苟用显然是站在陈家骥一边，他拍拍张丹墀的肩膀："好了，好了，丹墀兄，你不说我也知道你想要说什么。别担心，俗话说，舍不得孩子打不到狼！这回，咱们什么都不要怕。真要是把蒲州的革命党一网打尽，那可是大功一件啊！弟兄们，好好干，到时候我苟某人可是要论功行赏的呀！"

"好啊，好啊！咱现在是不怕事大，就怕事不大！"

陈家骥嗷嗷叫着，如同一只即将扑向小白兔的恶狼，兴奋得两眼放光。

张丹墀无奈地叹息了一声，小声对刚刚赶来跑到他身边的高满儿说："唉，满儿呐，我怕就怕祸从今日起啊。自古以来，凡是向士林举起屠刀的无有好下场……那可是要遗臭万年的呀！你说，我们怎么能阻止这场祸患呢？"

高满儿把他拉到一边，悄悄道："大人……"

张丹墀道："唉，你就不要叫我什么'大人'啦，我这会儿心急如焚呐，快说，有什么办法？"

"没有办法，大人……真的是没有办法。你只能跟着他们去干，而我……"

"你怎么？"

"你可以让我去……"

张丹墀两眼死死地盯着他，像是突然明白了什么。而高满儿此时也横下一条心，对着张丹墀的耳朵小声道："大人，他们要一意孤行，你根本无能为力。你唯一能做的就是千万不要让自己成了他们的陪葬品，玉石俱焚！所以，你放我走，我去……处理一些事情，尽可能地多保护一些人。"

张丹墀完全明白了高满儿的意思，坚定地拍了拍他的肩膀："去吧！"

当张丹墀和高满儿在知府衙门的小花坛前悄悄地说着这番话的时候，陈家骥和苟用也已经商量完了他们的行动计划。苟用边接过侍从递给他的手枪插到腰间，一边朝着张丹墀喊道："出发！出发！你的巡警营立即跟我一起去包围关帝庙！家骥兄嘛……嘿嘿……"他看了陈家骥一眼，话没往下说，"总之，我们今天要血洗这帮无法无天的革命党分子！"

"可是……"

张丹墀才刚刚露出犹豫的神情，就被苟用在肩上重重地拍了一下，狂傲地说道："为朝廷和太后，我苟用不惜一进士，你张丹墀何必在乎一参将？走！"

林子桐这天要去关帝庙为蒲州高等小学堂学生们成立的"自治公学"去授课，他新娶的小夫人茹夫人边给他取来帽子手杖，边劝他说："前两天子衡哥哥派人捎话说，你们哥俩、俊亭和海波兄弟几个在西安新开办的益民学堂招收了不少学生，人手很是缺乏。他要你赶紧到西安去呢。你能不能这边的课就不要再去上了，子衡哥哥可是三番五次地派人来催了呢！"

林子桐只埋头系着袍襟上的扣子，顺嘴回答说："是啊，西安那边事不少，可蒲州这边也不少事。我一时半会儿还脱不了身，比如今天这个课……"

茹夫人突然打断他的话说："老爷，今天这个课你能不能不要去了？"

"不要去了？什么意思！"茹夫人平时并不这样对他说话，他感觉很意外，抬眼去看她时，才发现这年轻女人脸上布满了担心和不安。他问："怎么了？你是听到些什么了？"夫人说："知府大人的三姨太昨天请我到她府上去玩麻将，她问我，你这几天都干些什么，我说你照常去给学生上课。三姨太就说，唉，你还是最好劝他远离咱这块是非之地，最好走得远远的，要是能到西安的话，就早点去！我看她的意思是……"

没等夫人话说完，林子桐突然血一下子冲到了头上："你说什么？！"

茹夫人被他突然变得狰狞的面孔吓住了，连连后退几步，可还是想要顽强地把话说完，她叫道："老爷呐，我看她的意思是咱们这里马上就要有祸事了！你得躲躲！不要去！……"林子桐一听这话，脸色一下子变得铁青，劈手一把从夫人手中夺过帽子手杖，把帽子往头上一扣，拔腿就往出走。夫人本能地往后退了一步，却又突然抓住了他的袍襟，这下林子桐简直是雷霆大怒了，他伸手一把拨开她，还推了她一把，用手杖指着她的额头道："你呀，你！你知不知道，你这是在给恶人当枪使，人家就想让你绑住我的腿脚，懂吗？以后，再不准到那腌臜地方，不然，看我打断你的腿！"

茹夫人完全被他吓住了，眼泪凝在眼眶里，眼睁睁看着他大步走出家门。

大庙里，学生们坐得满满腾腾。

林子桐一走进去，就在临时挂起的黑板上写下一行字，说："我今天出的作文题就是'物竞天择，适者生存，试申其义'。好，现在开始讲课——在十多年前，我在南秋阳先生主持的秋阳刊书处得到了一本奇书，严复翻译英国人赫胥黎的《天演论》。我爱不释手，曾经把《天演论》全文一字不漏地抄录下来，藏在枕中，每天拿出来观看。书中主要说，自然界的生物不是万古不变，而是不断进化的；进化的原因在于物竞天择、优胜劣败。'物竞'——就是生存竞争。'天择'——就是自然选择。适者生存、不适者淘汰。这一原理同样适用于人类。人类竞争其胜负不在人数之多寡，而在其种其力之强弱。中国已经落后贫困、思想封闭，今后再也不能不看实际地妄自尊大，弄得不好，优胜劣败，中国就会亡国灭种。你们看看，中国近年来屡战屡败，不是庚子赔款，就是辛丑大辱。但是，我们也不能绝望，中国目前虽弱，但仍有挽救的办法，这就是强力竞争！通过努力，改变目前弱者的地位，变为强者。那就是与天争胜，图强保种。自强自立，救亡图存。时代必进，后胜于今！"

林子桐讲到这里，端起讲台上的茶壶喝了口。

"老师，我想提一个问题。"

突然，坐在最前排座位上一个圆圆脸、眉清目秀的少年举手说道。

林子桐很高兴，马上道："好，宋春晖同学，请讲。"

这个叫宋春晖的学生立即站起来，用清亮的童稚声音说道："林先生，您讲过，我们中国要变成一个现代西方国家制度的强国，就要实行孙中山先生的三民主义。实不实行三民主义，是不是也决定了我们国家的强弱？"

"是的。"林子桐立即神采飞扬地讲道，"宋春晖同学提出的问题非常好。不错，一个国家的强弱存亡的确决定于以下三点：一曰血气体力之强，二曰聪明智慧之强，三曰德性义仁之强。因此，孙中山先生认为，我们今天要办的就是这三件事：一曰鼓民力，二曰开民智，三曰新民德。鼓民力，就是全国人民要有健康的体魄，要禁绝鸦片和禁止缠足恶习。开民智，就是以西学代替科举。新民德，就是废除专制，建立共和。这三点，总结起来就是，民族、民权、民生……"

"啊，先生，这就是您说的孙先生的三民主义！如果真能这样，那就太好了！"宋春晖睁着一双清亮的大眼睛，不由向往地说道。

"会的，会的。"林子桐的语调却沉重起来，"我们要努力实现三民主义，只不过目前国家还极其危难。仔细想来，我们中国目前如此之弱，全是清朝这些鞑子们害的。清朝混沌颠顶，贪污成风，大搞文字狱，杀害正义之士，把个中国治理得气息奄奄，千疮百孔，国土被外国人左一块右一块地割走了。这还不说，中国人要搞改良，搞维新，六君子却被慈禧这个女人给杀了。这样的朝廷要它何用？跟了它就只有亡国亡种一条路了！"

林子桐越说越激愤。

就在这时，沉重的庙门被人突然撞开了，高满儿一头撞了进来，一边大口大口地喘着气,一边大叫道:"子桐哥哥!快快下课!快快转移!快……"

"怎么回事?别急,慢慢说!"林子桐冲下讲台,冲到高满儿身边。

"哎呀,来不及了!苟……苟用、陈家骥他们带领着大队官兵马上就要到了,说是、说是……"高满儿停了一下,看看围在身边的学生,有些犹豫,他怕吓着了学生,不知道该说还是不该说。林子桐明白:"满儿,但说无妨!这些娃娃,没有一个不是英雄好汉,说!"高满儿道:"说是要血洗关帝庙了!所以,子桐哥哥,你还是赶紧躲一躲,让孩子们也赶快撤离吧!"

"好!这样,赶快先去把庙门关上!"

林子桐话音未落,十几个大一些的学生已经顺手抓起关帝庙里顺墙摆放着的道具一般的棍棒剑戟,嗷嗷叫着冲了出去。不长时间,只听见"轰隆"一声,孩子们已经把庙门关上了。小一些的学生还围在林子桐的身边,那个叫宋春晖的孩子有十五六岁,这时,焦急地说道:"先生,林先生!你从后门赶快走吧!他们如果抓住了你,可就……"

林子桐笑道:"我是举人老爷,免打。我倒担心的是你们这些娃娃,你们赶紧从后门走吧!"宋春晖叫道:"不,老师不走,我们也不走!"林子桐突然想起什么,忙拉住高满儿小声道:"满儿,你无论如何,赶紧到……到孝严家去一趟!明白吗?"林子桐突然严峻起来的表情让高满儿立即意识到了问题的严重性,不错,同盟会的组织文件和成员名单都在景孝严的家里!而蒲州知府苟用"血洗"的行动一定会涉及景家兄弟!景孝天在南方没有回来,而景孝严……高满儿刚和景孝天分手回到蒲州,对蒲州这一段时间发生的事情他并不完全清楚。林子桐只好简单告诉他说:"孝严不在。前些时发生了些事情,孝严只能上了五龙山先躲避一段时间。你去!赶紧去他家!一刻都不能耽搁,明白吗?"

"好!好!"

高满儿飞奔出了后殿。

也就在这个时候,外面的庙门传来了"咣!咣!咣!"的砸门声。

还没等林子桐和他周围的小学生们回过神来,就见有十多个兵丁翻墙进了院子,再抬头看时,发现房顶上也有了不少兵丁,而与此同时,大门也被"哗啦"一声撞开了,随之,潮水般的兵丁涌了进来。林子桐在南先生的影响下倒是读过一些兵书,但却从来没见过这种场面。几乎不让他思考出怎么办,只见兵丁们一进到庙里,就像老鹰捉小鸡一样,一个个举着棍棒刀枪就恶狠狠地扑向了学生,林子桐这下明白了,他们这是要把所有的学生都抓捕起来!他急了,张开双臂大声呼喊道:"孩子们,孩子们!"——那样子就像是要把所有的学生都揽进自己的怀抱里保护起来……可是,他的声音在混乱中根本就没有人能听见,眨眼之间所有的人都卷入了一场混战中。面对兵丁们的抓捕,孩子们简直个个都像初生牛犊一般奋勇反抗,年纪小的学生在兵丁们的怀里又踢又咬,而更多的学生则举着庙里所能拿到的武器棍棒剑戟,甚至挥舞着手中的书本笔砚尺子文具等和兵丁们搏斗,而一些更勇敢的学生则爬到了屋顶和树上,用砖头瓦块作武器向兵丁们投掷。林子桐被几个学生团团地围在中间,学生们誓死要保护自己的老师,林子桐从来没有想到在他平生经历的这第一场肉搏中不是他用自己的血肉之躯保护自己的学生,而是学生们在用他们柔弱的身体保护自己。很多年以后林子桐都会想起这个瞬间,每当想起这个瞬间他都会有一种想要落泪的感觉,他的学生们在那一刻表现得多么勇敢啊,可是……

不知道怎么一来眼前一黑,林子桐"扑通"一声倒在了地上。

七

林子桐睁开眼睛的时候,发现南先生握着他的手坐在床前。再一看,床边围着的还有他嫂子南端芝、白俊亭和白俊亭的妻子林三妹,还有……他目光缓缓地扫视着,看见了站在窗前掩面哭泣的他的小夫人——茹夫人,还有……他居然看见了巡警局长张丹墀!

"嘀，他醒了！"

"醒了！"

屋子里响起一片唏嘘，大家全部如释重负地喘了口气。他想抬起身子，却被南先生按住了，张丹墀对着他笑笑："子桐兄，你醒了就好。其他所有的事情你都不用操心，好好休息。"和张丹墀一起的巡警局医官也说："林老爷，你的伤势虽然不及颅脑，但也不轻，至少要卧床休息上一段时间。千万注意，不可激动，也不可多走动！要是再次昏厥过去，就极其危险了！保重，保重！"医官连连说道，然后和张丹墀告辞走了。林子桐感到头脑迟钝，有些木木然，可刚才张丹墀的一句话还是反复在他头脑里回转，张丹墀说的"其他所有的事情"指的是什么？……哦，他突然想起来了：同盟会的文件和花名册！哎呀，这可是要命的东西，在景孝严的家里，万一，万一……那可是连想都不敢想的事情啊！事关革命成败，事关蒲州一百多名同盟会员的性命，假如落在了狗官苟用手里，那可真的是上百人头落地、血流成河的惨案啊！林子桐眼睛瞪得溜圆，连呼吸都急促起来，胸脯开始剧烈起伏，茹夫人、林三妹和他嫂子南端芝都扑了过来，焦急地问他："你这是怎么啦？怎么啦？"

林子桐对三个女人挥手："你们去，你们都先去。"

等三个女人一出去，林子桐就急急问白俊亭："我担心的就是咱们的文件和同盟会员名册！你见满儿没有？满儿在哪儿？我得赶快问他这件事情！……"

南先生却笑了，把他按了回去："子桐，你想想，如果这些东西落到了苟用手里，你这会儿还会躺在这儿？还会和我们说话？俊亭也还会安安生生地在他的宅院里？你没听刚才丹墀说，让你放心？——全处理好了！最紧急的时候，就是这个清朝的命官、世袭参将张丹墀派满儿去给大家通风报信……"

"啊？——"林子桐长出一口气，"到底怎么回事？"

白俊亭说："满儿非常机灵！这陈家骥一共派出了三路人马，一路直扑我们教育分会。结果，在那儿抓捕了常玉敏、许伯让几个人，还把教育分会砸了个稀巴烂，进行了一个彻彻底底的搜查，说是只要查出了革命党的证据，就把我们全体都置于死地……"

"好恶毒！"林子桐说。

"这你就明白了，并非苟用对你、我客气，是他目前还没有证据！"白俊亭说。"不错。还有呢，快说！"林子桐还是性急。白俊亭说："幸亏我们的文件全部都在景孝严的家里。可这陈家骥也相当厉害，他带的人马就直扑景家，而第三路人马则直扑许伯让家。他猜想，同盟会的文件大概就在这两人家里……"

"好险！"

"是好险，可更险的还在后面。满儿骑马到了景家，其实和陈家骥前后也只差了一刻钟，景嫂子和满儿刚刚来得及把所有的文件塞进炕洞里烧掉，满屋子都还是呛人的浓烟，陈家骥就带人闯了进来。满儿只好假装想抢功的样子把景嫂子一拳打翻在地上，用脚踢她、踹她，恶狠狠地叫喊说：'你这狗东西，把孩子的尿布塞到炕洞里烧，是想熏死我呀！快说，你家掌柜的是不是拿了些文件，放到哪里了？'陈家骥让兵丁赶紧去扒炕洞，扒出来的果然是几块湿尿布。"

林子桐听得几乎喘不过气来："那景嫂子呢？"

"也抓走了。"

"满儿呢？"

"满儿现在只能乖乖地待在巡警局里，以免引起陈家骥的怀疑。"

"常玉敏和学生们呢？"

白俊亭看了一眼南先生，南先生说："所有的士绅和学生都遭到了严刑拷打。"

林子桐一下子又坐了起来："包括常玉敏和许伯让？"

"是的。"南先生点头。

"可他们是有功名的举人呐，按照清朝律法，举人未经革去功名以前，不得用刑啊……"

白俊亭说："所传出来的消息是，苟用对此早有准备，他事先伪造了一个革去常玉敏、许伯让举人功名的文件，在他们眼前晃了一眼，就命令衙役们一人打两百嘴掌、五百手板，直打得两人口鼻鲜血淋漓，手掌白骨森森。苟用说，打这两人，就是要打掉士林的嘴和士林的笔！"

林子桐听着听着眼泪扑簌簌往下落，他哭着问道："还有，还有学生呢？"

　　白俊亭沉默了好大一会儿，咬了会儿嘴唇，一把抓住林子桐的手："子桐哥哥，你一定不要难过，一定不要难过！就在你昏迷不醒的这三天时间里，你的学生们，你的四十三位学生全都经受住了酷刑拷打，没有一个承认自己是革命党，没有一个承认自己是同盟会员，也没有一个出卖自己的老师——包括你！可是，宋春晖却被当堂活活打死！"

　　林子桐的眼泪一下子凝在了眼睛里。那个十五六岁的少年，那个有着可爱的圆圆脸的稚气未脱的少年一下子活脱脱地到了他的眼前，少年说："啊，先生，这就是您说的孙先生的三民主义！如果真能这样，那就太好了！"过了好大一会儿，林子桐问："我们怎么办？我们不能眼睁睁地看着他们……"

　　南先生道："是的，我们得赶紧行动起来，解救还被关押着的师生！子桐你在此养伤，俊亭和我准备今天连夜到西安去，得把这里发生的一切尽快告诉给全国和国外。还记得公车上书吗？公车上书虽然没能阻止住《马关条约》，但却影响了中国以后的历史！而这回这个'蒲案'，情况又和从前完全不一样了！"

　　南先生目光炯炯，烁然有光。

　　林子桐掀开被子，跃然而起道："我去！南先生，你就在此坐镇指挥，我和俊亭去西安。你倒是提醒了我，对！我们如今，情况的确和从前大不一样了，我们不是有了同盟会组织么？我们不是还有省教育总会么？我们还有了西安益民学堂、益智书局等？更重要的，我们在北京、上海，甚至日本都有了大量的报纸刊物，有舆论工具啊……好，好，走，俊亭，我们现在就走！"

　　没有人能够阻挡住林子桐，南先生挡不住，白俊亭挡不住，林子桐的茹夫人也挡不住，于是这天晚些时候，一驾马车驶出了白府。马车上坐着四个人，林子桐和茹夫人、白俊亭和林三妹。大家用厚厚的毛毯裹住林子桐，又给他缠着绷带的头上戴上顶厚呢帽。当马车驶向暮色中的原野、驶向古城西安的时候，林子桐并没有意识到，他的人生和命运将因为这桩发生在清光绪三十四年的著名"蒲案"而发生重大的变化，他此后的人生场景和舞台也将更为广阔……

第四章

满城里的女人们

一

当那桩发生在清光绪三十四年的著名"蒲案"还在轰轰烈烈进行的时候,西安的益民学堂新来了个学生,这学生叫杜学中。林子桐翻看学生的花名册,无意中看到了这个名字,名册上登记的这学生的年龄十八岁,祖籍山阳县,父亲杜怀中,母亲惠久香。学校负责招生的学监看林子桐一副凝神沉思的样子,忙问:"林董,您是不是觉得这学生年龄……有些大了?"

林子桐摆手。

这所益民学堂是林子衡、林子桐兄弟和白俊亭、焦海波等人在原先的西安蒲州会馆的原址上创建的一所义学性质的新式学堂。包括来来往往的景家兄弟景孝严和景孝天也都被聘作了这所新学堂的教习。学堂在西安最繁华的一条大街西大街上,距离市中心的城隍庙和钟鼓楼都非常近。这所学校日后几乎成了西安的黄埔军校。要说,这还有赖于清王朝的新政,因为清王朝在庚子赔款之后推行的一系列新政中很重要的一条就是鼓励民间社会力量大力举办新学。林家、白家、景家包括在西安的傅家都是当地的一些书香门第和名门望族,出资办一所学校不成问题,何况,他们都还有着拯救民族国家的抱负和雄心壮志。

百年之后悉心读史的女作家秋子珍在把她的目光投向了辛亥革命之前时发现,新政的推行,其中包括大力兴办新学和新军,都是历史给予林子桐他们这一代人的特殊机遇和天赐良机。所谓的天时,其实就是历史大运。任何一个人,都不可能超越历史大运,超越历史时空所给予他们的特定命运。准确地说,女作家秋子珍掩卷思之,是清王朝的新政给了林子桐他们一个历史舞台,而他们——幸尔他们长袖善舞,占据了这个舞台……

她想,她得接着往下思考。

林子桐当然很清楚他们办这个义学的目的。他们的同盟会需要大批新鲜血液。他们要起义,要像东南各省不断掀起的武装暴动一样随时准备在陕西也要进行流血牺牲的武装起义,所以他们需要播撒火种。益民学堂就是这样一个为革命和起义播撒火种的地方。所以,在招生简章里只非常简单地规定了几条:年龄不限,婚否不限,身体健康,体魄强健,有一定的文化知识,经过考试,陕西及邻近省区的男性青年均可招收。当然,益民学堂主要招收的还是十二岁到十六岁的青少年。学监以为学校的这位创始人和董事真的是因为这个叫杜学中的学生年龄偏大而有些不满,就说:"林董,要不,我……干脆把他除名?"

林子桐说:"不,不,等会儿下课了你让这个学生到我办公室来一下。"

林子桐记忆力极好,当他看见这个名字的时候他想起来的是他弟弟林子健给他讲过的山阳县曾经发生过的那桩"杀父娶母"的血案。那个叫杜怀珍的山阳县秀才以及他妻子怀中的婴儿……算来,陈嗣祖为报"杀父娶母"之仇却让他母亲死于陈家骧的刀下而他自己落草成了刀客,时间刚好过去三年,那么,这个叫杜学中的年轻人会不会就是陈嗣祖呢?……林子桐下课后在沿着操场朝自己办公室走的时候,脑子里还在想着这件事。他进了办公室,发现一个虎背熊腰身材相当魁梧的青年正背对着他站在窗户前,他盯着他的背影看了好大一会儿,却怎么也联想不到当年瘦弱得像根豆芽菜一样的少年陈嗣祖。他想,可能是搞错了。他故意把腋下夹着的课本"啪"的一声重重地放到了桌上,心想,听见老师进门连身子都不转过来,哪个学生这么大架子?

他有些生气。

突然,杜学中转过身子,笑盈盈地看着他。

林子桐这下子把眼睛睁得大大的,简直有些不敢相信:啊,还真的就是陈嗣祖!陈嗣祖笑笑,叫他:"九舅父,还是火气那么大呀?"林子桐故意绷着脸:"还叫我舅父?既然你已经不是陈家的子侄,你以后就只能叫我'先生'。"话刚说完,林子桐就有些后悔。林、陈两家原本有姨表关系,但如今,两家已经壁垒分明。作为"蒲案"的主要打手,陈家骥早已经是蒲州同盟会员心目中的革命对象,也因此才会有景孝严去刺杀陈家骥的行动。果然,林子桐开玩笑一样的那句话一出口,陈嗣祖脸色倏然一变:"好,林先生,算我今天投到了你的门下,你说,你是让我留还是让我走?"

林子桐一愣,这小子脾气还真够大呀!林子桐赶紧上前拉他一把,把陈嗣祖按到了自己的椅子上,大笑道:"哎呀呀!嗣祖啊嗣祖,这还真成了大水冲了龙王庙,一家人不认一家人了!说心里话,你可比那混账陈家骥和我亲多了!快坐,快坐,喝水不喝,吃饭不吃?……好,好,好,我看这样,叔请你到桥梓口吃碗羊肉泡馍,怎么样?"

陈嗣祖这下子才把绷着的脸一下子松开了。

"我不叫你叔,也不叫你舅,以后我就叫你哥!"

"不对吧,嗣祖,我可比你大了十几岁呢。"

"可我把子健叫哥,对不对?那你是子健他哥,不也就是我哥?"

"先不说这,"林子桐道,"我就不知道以后怎么叫你,叫你陈嗣祖呢,还是叫你杜学中?"陈嗣祖想了想说:"这事我也想过了,就连我义父都改不过口……"林子桐道:"其实叫什么名字没什么关系,主要是顺嘴。你说呢?"

"也是。"陈嗣祖叹口气,"唉,我这辈子怕是改不过来了。"

"好,好,不说了,嗣祖,咱走!"

两人到了桥梓口的羊肉泡馍馆,边细细致致地掰着馍,边小声地说了起来。陈嗣祖告诉林子桐,原来,那次反抗路捐盐税交农,他跟着他义父严凤山和"野狸子"王五去了蒲州府烧了抢了官盐局和官钱局,他原本想着那回就趁机杀了陈家骥为父母报仇雪恨。然而等潜入陈府见到他家仆人张二,才知陈家骥如今已经混到了官府里,吃上了官饭,住到了知府衙门。成了民团团长的陈家骥身边总有许多护兵,根本无法下手。"子桐哥哥,你知道,这件事对我打击有多大吗?我自从跟了义父严凤山苦练武功,就是为了有朝一日能为父母报仇雪恨,可是……"这时,馍掰好了,店小二取走两人的大碗又给他们送来了凉菜,坊上这地方不能喝酒,所以,两人在等待泡馍的时候就只能边喝茶边吃凉菜。林子桐看了看陈嗣祖嘴唇上长出的一圈毛茸茸的胡子,想起了他母亲久香的葬礼，心里有些难过，这孩子，心里得有多少新仇旧恨呐！

"那你是怎么……"林子桐问。

陈嗣祖苦苦笑笑："哥，你是问我怎么突然到了这里？……我告没告诉你，孝天哥哥在去日本之前给过我一本书？"林子桐问他："什么书？"陈嗣祖小声地："《革命军》。"林子桐也小声问他："邹容的《革命军》？"

陈嗣祖说："正是。我在五龙山上最苦闷的日子里只要一有空就拿出这本书看，我最喜欢的就是这一段。子桐哥，我小声地背给你听——

《记》曰：'父兄之仇，不共戴天。'此三尺童子所知之义，故子不能为父兄报仇，以托诸其子，子以托诸孙，孙又以托诸玄孙来初。是高曾祖之仇，即吾今父兄之仇也。父兄之仇不报，而犹厚颜以事仇人，日日言孝弟，吾不知孝弟之果何在也。高曾祖若有灵，必当不瞑目于九泉。

……

哥，我那时日日想、夜夜想的就是这段话，就是要报仇，报杀父杀母之仇。为此，哥，我都快要疯了！就在前些日子，你知道，孝严哥哥突然到了五龙山，还说是你让他去的，并且，还带了谢德顺的一封信给我义父，你都知道？"

林子桐点头。

当初在商定暗杀计划的时候就想好了退路，无论刺杀成功与否，景孝严都应该暂时避避风头，最好的地方当然就是五龙山。五龙山的"野狸子"王五因仗义行侠而声名远播，陕西蒲州、同州一带的刀客，每以杀人犯案或为仇家所逼，常常到五龙山寻求庇护，王五也总是予以收留和保护，官府对此恨之入骨，但进山剿匪却几乎都是竹篮子打水一场空。林子桐因为谢德顺的关系熟悉和了解了五龙山，为保险起见就提前让谢德顺给王五的义子严凤山写了封信让带上，看来，景孝严在刺杀陈家骥失败后的确是找了严凤山。

"你孝严哥都跟你说了些什么？"林子桐问他。

"孝严哥哥说，我并没有理解《革命军》中这段话的真正意义。他说，我要报的只是个人私仇，而邹容说的却是民族公仇，是民族仇恨。他要我忘一己私仇而报民族仇恨，和大家一起用革命的手段，推翻清王朝的专制统治……"

"哦，这些你都理解了？"

陈嗣祖点头，两眼放光：“我还把这些道理也讲给我义父听了，他也赞成。后来，我就问孝严哥哥怎么才能推翻清朝的专制统治？他说，你们在西安办了这所学校，让我隐姓埋名在这里完成我的学业，将来为革命参军。他还说……"正在这时，店小二端来了热气腾腾的羊肉泡馍，两人埋头吃了起来。

林子桐感到非常欣慰，陈嗣祖这样的青年将来一定可以成为革命的中坚力量，而且，刀客的力量对于陕西将来革命成功也非常重要。看来，景孝严这趟五龙山之行颇有收获，做了些革命的宣传工作。至于景孝严现在的行踪，陈嗣祖告诉林子桐说，他义父严凤山已经护送景孝严到了湖北。吃完饭，两个人走到了街上，林子桐本来就是个高个子，而陈嗣祖又比他高了半头，林子桐看着走在身边青春气息逼人而且相貌堂堂的陈嗣祖，笑道："嗣祖啊，有没有想过娶媳妇？"

陈嗣祖只是笑。

林子桐又问："要不要你九舅父……哦，不，子桐哥哥给你问下个媳妇？"

陈嗣祖还是笑。

林子桐说这话的时候其实心里有些难受。像陈嗣祖这样年龄的男孩子，一般在村里早就有父母给他操持着办了婚事，可现在，嗣祖成了个无父无母的孤儿了，他想，这以后他就要多操嗣祖的心了。但陈嗣祖并不为自己难过。他还年轻。他还非常年轻。他的心中早有了一个美丽的姑娘，她叫山奴。他还很小很小的时候，他五岁，她三岁，他们就因富原特产琼锅糖而相识在了彼此的生命中。然后就是山奴银铃般的笑声，然后就是山奴在送别他时深情的目光……他从来都没有忘记过她，从来都没有。当景孝严告诉他，他其实是可以到西安上这所学校的时候，他马上想到了在西安傅家有他心爱的姑娘山奴。现在，林子桐问到他这个问题,他心里甜滋滋的,嘴里就像是还含着颗糖。他想,他很快就会见到她,很快。就在他这样想的时候,林子桐刚好就问了他一个问题:"嗣祖,你到西安,去没去找你的小伙伴傅志远啊?"

陈嗣祖脸一红,偷偷看了林子桐一眼,就好像林子桐已经知道了他的心事一样。但他发现,没有,林子桐的眼睛望着此时浴在一片血红夕阳中的西城门箭楼。陈嗣祖也随着他的目光望过去,心里也惊叹了一声,好美!西安的这座城门,在夕阳西下的一片橙红色光晕中,美得让人心颤,那箭楼、那城堞、那女墙……曲线的优美,简直鬼斧神工!陈嗣祖从来没有想过西安的城门楼有这么漂亮,这可能是人间最美的一幅图画了。林子桐和他的脸也浴在这一片红光里,只是,林子桐戴的帽子下面还缠有一圈白纱布。他知道,这是林子桐在"蒲案"中所受的伤。陈嗣祖在确信林子桐并没有窥破他的心思以后,脸上的红潮渐渐退去,他说:"还没有。我才刚来,还没有志远的一点消息。"

"你看,出了西门,就是新军的兵营。"林子桐一边说,一边指着近在眼前的西城门,"傅文远和傅志远兄弟两个如今都在新军里。你离他们很近。有时间,你也可以到新军里找找他们,最好也能多结交一些新军里边的朋友。"

"好。"陈嗣祖点头,"志远从陆军学堂毕业后一定是进新军,这我想到了。可是他哥文远呢?我记得当初文远哥不是上的日本早稻田大学学习经济嘛,怎么也进了新军?"林子桐说:"这你就有所不知。文远到了日本接触到了新思想后,就立志要推翻清王朝,所以他改学了军事,上了日本士官学校。这样,他回来就进了新军,是新军里的一个不算小的军官呢。"

"可是,子桐哥哥,"陈嗣祖问道,"咱说了大半天话,你怎么就不告诉我子健哥哥现在呢?"林子桐听他这么问,笑了,"你终于问到我们家的那个调皮鬼了。我给你说吧,我家这小子看来不学成个军事家就不善罢甘休,在日本已经读过两所军事学校了,回来,一听河北保定陆军学堂招生就又去上了。这回,说是学的是炮兵科……"

陈嗣祖说:"呀,我可真是羡慕呢!"

林子桐说:"没关系,过上一半年你想上也可以去考。"

两人这时已经走回到益民学堂的大门口了,林子桐站住脚。

林子桐说:"嗣祖,要么你先回,我到教育总会还有些事情……"

陈嗣祖说:"不,你刚才一说志远兄弟俩就在西门外,我现在就想找他们去。"

林子桐说:"那好,我往城里,你往城外,咱俩就此分手吧。"

陈嗣祖却说:"子桐哥哥,不急……我还有句话刚才想问你呢。"

林子桐这才想起刚才陈嗣祖说到景孝严的时候话只说了一半,结果让店小二端来的羊肉泡馍打断了。陈嗣祖显然觉得这话很机密,所以往周围看看,落日黄昏中的街道上行人并不多,于是,他小声问道:"子桐哥哥,同盟会是怎么回事?我能不能参加?……孝严哥哥给我说过,同盟会就是革命党,革命党就是要推翻清朝统治,建立一个《革命军》中所说的中华共和国的国家,是吗?"

陈嗣祖的眼睛中充满了渴望。

二

陈嗣祖自从见到傅家兄弟一直想要开口问的就是那句话:"山奴呢?山奴怎么样?"然而,越是想问的话越是开不了口。傅家兄弟两个如今平时都住在兵营里,兵营里的生活极其紧张和单调,操练、演习、训话,自由活动的时间只有吹熄灯号前的半个小时左右,陈嗣祖只能和傅家兄弟两个要么在操场上转上几圈,要么到哥哥傅文远的寝室里少坐一会儿。虽然他们谈论的话题海阔天空,主要集中在清王朝的腐败无能和愚蠢、清朝官吏的恶毒和为非作歹,有时候还会有其他军官加入进来,但无论他们谈论什么和在什么地方聚会,陈嗣祖的眼前总有一个女孩儿美丽的和活泼的倩影,他的脑子里像回放皮影戏一般,总在回想着一个情景——

他走的那天，他发现小山奴站在送行的人群里偷偷抹眼泪，他跳下车，又跑回她身边，把一个用手绢折叠的小老鼠塞进她手里，山奴则把脖子上戴的一个香囊挂在了他脖子上，两个人又手拉着手地相互看了一会儿，最后山奴眼泪汪汪地说："嗣祖哥哥，早点回来啊。"

……

"嗣祖哥哥，早点回来啊。"

他的耳旁一直回响着这个声音。三年过去了，他十八岁，山奴也该十六岁了，正是古人所谓的"二八女郎"。人常言，女大十八变，真不知道十六岁的山奴长得该有多漂亮！……好不容易挨到了一个周末，傅家兄弟两个说好了这天要离开兵营回家去。第二天一大早陈嗣祖就等到了新军兵营的大门口，越走近那条叫卢进士巷的街巷，陈嗣祖感觉心脏就跳得越发厉害，快要走近大门，他觉得心脏已经要跳出嗓子眼了。在他的幻觉中，他看见，是山奴打开傅家那两扇沉重的朱漆大门，笑吟吟地站在门口望着他，然而，开门的是傅家一个老妈子，而且，不是山奴的母亲潘米娘。陈嗣祖还并不失望。进了傅家三进的院子，再到傅家藏书楼下的大厅坐下，再到丫鬟们端上茶点，再到快吃午饭的时间，一直到陈嗣祖伸着脖子看见傅家的小姐们从傅家私塾里逶迤而出，笑嘻嘻地相互打闹着往东西两院而去……他的脸色就越来越沉重，越来越难看了，终于，他的眼睛里沁出了一层泪水，他失望到了无法控制自己的地步！

傅志远终于发现了自己表弟不太对头，他问："嗣祖，你怎么啦？不舒服？"

陈嗣祖摇头。

"那你这又是为了什么？"

陈嗣祖终于哼着蚊虫般的声音哽咽道："山……山奴呢？"

"哦，你问这个？"傅志远并不理解陈嗣祖的感情，只随口回答了一句，"山奴本来也不愿意离开我家，可是，大概两年前吧，家里来了一个叫……哥，那人叫什么来着？"傅志远看着他哥的背影问道。傅文远此时站在顶到天花板的书架前正在专注地翻看着一本书，听见弟弟问他，随口答道："叫潘仁宝。"傅志远说："对，叫潘仁宝的，人叫

'宝七爷'，是西安旗兵营的一个游击。这人不知怎么就突然到了我家——听我家五妹说，是有一次看戏，这个宝七爷见过米娘和山奴母女两个，总之这人说，他是来认亲戚来了。他也是湖南人，是潘家的一个本家，说来他还是潘米娘的一个亲侄子。如今，他调防到了西安，才听说了她们母女俩。他说，他要把她母女两个接到他府上去住，他要给姑姑养老送终。我们能说什么？只要米娘愿意。后来，这人又来了好几次，每次来都带很多礼物，山奴后来也宝哥哥长宝哥哥短地叫他，潘米娘就辞了我家，带了山奴走了……"

山奴已经离开了傅家，这是陈嗣祖万万没有想到的。这之后的一些日子里，根据傅家兄弟提供的线索，陈嗣祖开始了一场犹如大海捞针般的艰难寻找。傅家兄弟告诉给陈嗣祖的只有一个叫"潘仁宝"、外号叫"宝七爷"的名字，还有一个在旗兵中的职务"游击"，除此之外就什么都没有了。但陈嗣祖相信只要心诚石头都会开花！他确定自己寻找的方向就是两个，一个是在西安城中的旗兵军队，一个就是西安的"满城"。旗兵军队他接近不了，也没法儿打听这个叫"潘仁宝"或"宝七爷"的人是谁，所以也就把重点放在了满城——反正，满族旗人的军队也主要驻扎在满城里，他只要能把满城的犄角旮旯都找遍，他想，就一定能找见山奴。可找见她干什么？也许她已经嫁人了？他不管。

他想，只要他能够看她一眼！

满城是什么地方？

怎么在西安会有一个叫满城的城？

开始的时候陈嗣祖并不知道，只是在请教了林子桐之后，他才搞清楚了这个所谓满城的来历。原来，从满清入关以来，一直有个巨大的阴影时时盘桓在满人心头：汉人那么多，有一天造起反来，我们怎么办？在这种巨大的不安全感的影响下，清廷在各个大的省会城市都筑了满城——所谓的"城中城"，由八旗兵丁分驻其中，以保护旗人的生命财产安全。西安的满城，在明城墙内东北角，面积大约为明代西安城的四分之一，是陕西旗人家眷的集中居住地和旗兵的驻防地，由旗人的军队进行专职保护。这个地方却也不是汉族人能随便进入的，它有六个城门，分别由旗营兵丁把守。不过，陈嗣祖每次去，总能给自己找到合适的掩护，他要么帮着担柴的人挑一担子柴进去，要么帮着卖菜的大爷挑着一担子菜进去，再不就是到西门的甜水井担一担子水去满城沿街叫卖……

这天，是个周末，学校放假，陈嗣祖又挑了一担水从满城的东门进去。前几次他已经逐步地搜索过了满城的几个区域，这回的重点是城东南角。他的目标就是要么能找到山奴妈妈，要么能找到这个叫"宝七爷"的旗人军官，所以，他转的最多的地方就是满城里的鸟市、花市、狗市——花鸟鱼虫等这些地方，尤其是鸟市。八旗子弟经过几百年的养尊处优，早已经销蚀掉了祖先刚入关时的骁勇，基本成了一个醉生梦死的群体，老少爷儿们每天的主要活动就是斗鸡、斗蛐蛐、遛狗和遛鸟，再不就是泡在茶馆里摸麻将、打牌、聊天，打发一天的光阴……陈嗣祖挑着水，专往人多的地方去，同时竖起耳朵注意听，方便的时候就问上人一句"你认不认识宝七爷呀"？或者"你认不认识一个叫潘仁宝的"？再或者"我找一个叫米娘的和叫山奴的"。几乎没有人回答他的问题，木然地看他一眼的，龇牙对他一咧嘴的，冷冷地一摇头的……有时候会有人叫住他想买他的水，可他不想卖，他说，这水有主了，他是给人送水的。

走啊，走啊，挑着一担水从早上已经走到了下午四五点了，他还滴水未沾，再强壮的身体也已经有些支撑不住了。陈嗣祖的脚下开始打绊子，腿也有些软了，关键是，有些头晕眼花了。他扒在桶沿上喝了一通水，感觉稍好一些。

这时，他走到了一个茶馆跟前。

"大嫂。"

他站立不稳，就倚在茶馆的门框上，对着一个女人的背影弱弱地叫了一声。这女人背对着门口，正提着一个铜制的大茶壶给客人倒水，茶壶显然太沉重，女人又太纤弱，结果，给茶碗里倒的开水太满，烫了客人的手。这客人看样子是个很有身份的人，一只手上戴着三个黄澄澄的大金戒指，上面嵌着蓝宝石、绿宝石、红宝石，身上还穿着黄马褂，一看就是个达官贵人。他本来完全可以把他尊贵的手从茶碗跟前移开，可他一心一意地在观察他眼前鸟笼子里的那一对金丝雀，等到手被开水烫了，他"呀！"地大叫一声跳了起来！而随着这声叫声，角落里同时跳起一个五大三粗的男人，这男人也"呀"的一声大叫之后，怒气冲冲地喊了声："山奴！"就冲到了女人的面前，挥拳便打。

"山奴？——"

陈嗣祖的头"嗡"的一声，像是天灵盖突然被人打开了，一道天光直射进了他脑海里。他几乎都来不及有任何想法，甚至来不及顺手抽出近在手边的扁担当武器，谁都没有看清楚，陈嗣祖就已经腾空跳起一个跃身隔挡住了男人即将落到山奴身上的拳头。也还没有等任何人看清楚，陈嗣祖跳到了桌子上，脚尖一挑，就把那男人挑飞到了屋顶，又重重地摔落到了地上……

霨王爷看得发愣。

山奴惊喜地叫道："嗣祖哥哥！"

陈嗣祖只看了她一眼，那眼泪就差点儿滚落下来。山奴长大了，十六岁的山奴的确是美若天仙，可是，山奴精致的小脸上却有着一种备受摧残的凄苦表情，这表情让陈嗣祖看了心碎，陈嗣祖刚叫了声："山奴妹妹……"忽然，感觉头顶上"嗖"的一阵冷风，这是那个五大三粗的男人倒地后抄起一把凳子，抡起来砸向了陈嗣祖。陈嗣祖却头都没回，一个鲤鱼打挺，飞起一脚，那凳子几乎就像根羽毛一样从男人的手里轻盈地飞了出去，却刚好落到了霨王爷的头顶，霨王爷伸手一接，随即喊了声："好功夫！"

茶馆里的人此时也都站了起来。

有人叫道："嘿嘿，宝七爷呐，这回，可遇到对手了！"

还有人说："什么对手？这明显下风，就不是对手……"

有人打趣："看吧，都是女人废了咱宝七爷的武功，可惜！"

此时，潘仁宝已经恼羞成怒，返身冲进里屋，拿了把明晃晃的鬼头大刀出来，一副要跟陈嗣祖拼命的架势。霨王爷这时站起了身，走向了潘仁宝，说："好了，好了，再斗下去，有什么意思？你先问问这小子是谁，是不是和你家山奴有什么关系？"

宝七爷怒气冲天地："这小子！你说，我打我老婆和你什么关系？"

陈嗣祖愣住了。

这也许是世界上最悲惨的事情了，一个男孩子在历尽磨难后终于找到了自己心上人的同时，却被命运宣判永远失去了她。那天，陈嗣祖是怎么回到学校的他不知道，而从那天起，他发现，他整个心被掏空了；他成了世界上最不幸的人和最悲惨的人。让他想不通的就是，山奴怎么会嫁给这个看上去如此粗鄙的男人？山奴她明明是爱着自己的呀！虽然他们分手的时候年纪还太小，但也已经情窦初开了。她送别他时候的眼泪和她送他的香囊，她脉脉含情地说："嗣祖哥哥，早点回来啊。"这些都说明，即使当时两人之间没有山盟海誓却也已经心心相印——可她怎么会嫁给这个叫宝七爷的人呢？……

陈嗣祖根本想不明白，也想不通。

这样昏昏沉沉地过了一段日子。

一天，他正在上课，上的是他最喜欢的体操课。益民学堂聘请的体操教习不是别人，而正是他表哥傅文远，日本士官学校毕业生傅文远在给他们上的体操课目中加进了军事课程，包括步兵操典等军事训练课目，深受学生们的欢迎。傅文远发现了站在队列里的陈嗣祖一副无精打采病恹恹的样子，很生气，命令他出列，又一脚踢掉了他手中作为演习用的木制枪。益民学堂曾以对学生进行军事训练为名向巡抚衙门打报告说，请给学校配备一些枪支，巡抚桂升毫不客气地驳回了这个报告，一句话：学校不准涉及军事操练！没有办法，益民学堂只能请木匠按照正规步枪的尺寸大小定制了一批木制长枪，新军军官傅文远就是用这种木制长枪训练他的学生。陈嗣祖被"请"出队列后，很落寂地站在操场的一角，看着同学们喊杀声震天地劈刺着一排排的稻草人，傅文远在这间隙踱步到了陈嗣祖身边，悄悄地给他递了块手绢："擦擦你的鼻子！"

陈嗣祖用手一摸，才发现自己没出息地流了鼻涕。

"你这是怎么啦？"傅文远用责备的口吻道，"你要打起精神，好好操练！记住你的誓言，我们要干什么？革命！懂吗？现在的每一次劈杀，就是将来战场上的你死我活！"

"我知道。"

陈嗣祖回答。不错，文远哥哥说得不错，他和益民学堂的许多学生都宣誓加入了同盟会，他们要"驱除鞑虏，恢复中华"，因此，他们是一些有使命的青年，必须掌握杀敌本领！这一想，突然之间浑身就有了力气，他望了一眼天边的云彩，心想，我怎么又犯浑了？嗣祖啊嗣祖，无论如何，个人的痛苦都比不上一个国家民族的痛苦大呀，孝天哥哥、孝严哥哥都曾经对你说过，国家都快要灭亡了，我们都快要亡国灭种了！你怎么还能因为一个女孩子——即使她是山奴——就忘记了民族以及自己父母的深仇大恨呢！

他"啪"地一个立正，给傅文远敬了个礼，说道："教习，我想入列！"

"好！"

陈嗣祖捡起地上的木头长枪，英姿飒爽地进入队列。

傅文远看着陈嗣祖虎背熊腰的身影，很是欣慰。他，林子桐，焦海波，白俊亭、高满儿，以及景孝天和景孝严，这些益民学堂的创办者和兼职教习们私底下都非常看好陈嗣祖这个学生，他们相信，这个品学都非常突出的学生未来一定是个将才甚至帅才。下课了，练得汗流浃背的陈嗣祖到井边提了桶水，脱掉衣服正在洗澡，他的同室好友张平安跑了来，对他说道："傅先生刚才找你。"等他穿好衣服到教师休息室，傅文远正对着镜子整理自己的军帽和武装带。陈嗣祖喊了声"报告"进去，傅文远对他说："嗣祖，我今天可能对你严厉了点儿，这都是对你心太重的缘故，你能理解？"

陈嗣祖点头："放心，哥哥，百炼成钢！"

"好！我就喜欢你这样。"傅文远在他厚实的肩膀上重重地拍了一下，说，"我刚才忘了告诉你了，嗣祖，志远今早让我给你捎话，我们家的山奴昨晚上突然回来了，要你今天下课后去家里呢……"

啊？！

陈嗣祖直感到像是天崩地裂，头脑一阵晕眩，但却是一种极度的幸福感。他重生了。天地混沌，盘古开天地了，他的女神，他的山奴，突然之间他就要见到她了！他跑啊，跑啊，从傅文远说完最后一个字他就开始奔跑，留下傅文远在那里惊讶、咋舌。他跑出学校大门，然后从西大街一路狂跑，跑过南大街，跑过南院门，最后跑进卢进士巷的傅宅。

就在两人小时候玩过家家的湖边假山旁，他看见了那个他朝思暮想的身影……

可是，然而——

几个小时以后，在哭成泪人的山奴身边陈嗣祖像死去一般成了一尊冰冷的没有了生命的塑像。他再一次落入深渊。而这一次，甚至比上一次更加彻底。他终于明白了他的悲剧命运、山奴的悲剧命运。多么相似的命运啊，他和他母亲惠久香、山奴和她母亲潘米娘……原来，一切都是个陷阱和骗局。这个人叫宝七爷的潘仁宝，根本就不是潘米娘的什么本家侄子，甚至不是湖南人而是湖北人，并且，是位旗人，也就是镶白旗的满人，和露王爷还有点沾亲带故。当他在看戏时偶然见了山奴母女以后便起了邪念，打听到傅家很容易，又从傅家用人口中打听到了潘米娘的身世，用甜言蜜语博得了米娘的信任，也是米娘落叶归根心切，想着跟这个本家侄子待上一阵子就好回湖南老家去。可是，等到母女两个一进了宝七爷的家门，潘府的两扇沉重大门一关，不多几日米娘就知道大事不好，落入虎口了。这位宝七爷在旗兵营里挂了个游击的官衔不假，却是个游手好闲的赌徒，在输尽了祖上的商铺田地以后，就打上了山奴的主意。在把米娘母女欺骗到家的当天晚上，他就迫不及待地强暴了才只有十四岁的山奴，性格刚烈的米娘在得知了女儿的遭遇后一头撞到了柱子上。宝七爷害怕惹上人命官司，又害怕米娘会把他拐骗了她们母女的实情告诉给傅家，于是，正式娶了山奴。然而，米娘很快就知道了，她的女儿在潘府里实际上是做了暗娼。这个宝七爷，只要赌输了钱，就会押上自己的"小夫人"作赌资，潘府里隔三岔五地会来几个酒肉朋友，吃饱喝足后轮宿山奴……山奴整日以泪洗面，却因为已经和这个宝七爷成了所谓的"夫妻"而无可奈何。米娘深感是自己害了女儿，终于有一天，吊死在了潘家的后花园里……

"母亲死后，"山奴抽抽噎噎地说着，"这个挨千刀的更加肆无忌惮，想靠我挣更多的钱，就……就开了这个茶馆。明着……明着，是个茶馆，可暗中……"

山奴说不下去了，哭倒在了山石上。

陈嗣祖明白了，心像在油锅里煎一样痛苦无比。他双手死死地抱住了头，似乎不忍听也不忍看。山奴哭了一阵后，使劲地掰开了他的手，用带泪的笑容看着他说："嗣祖哥哥，你怎么回来得这么晚、这么晚！我真真地恨死你了……山奴恨死你了……嗣祖哥哥！"她说着，撸开他的袖子，用指甲使劲地掐他。山奴的指甲深深掐进他的肉里，血沁了出来，他不知道疼。她心疼了。她轻轻地叫了一声，用口去吮他的血。当她的嘴唇刚一触碰到他的皮肤，陈嗣祖浑身突然像火炭烧着了一样，他叫了一声："哦——！"

闭上了双眼。

山奴抬眼看着他："嗣祖哥哥，你怎么啦？"

陈嗣祖不说话，只是下意识地攥紧了两只拳头，紧闭的眼睛里却流出了眼泪。

山奴说："嗣祖哥哥，你睁眼看看我呀……"

陈嗣祖睁开了眼睛，用含泪的眼睛死死地、一眨不眨地看着山奴。山奴也一样看着他。这样过了一会儿，山奴轻轻地叹息了一声，就像轻风掠过树叶一样，她含泪笑着："嗣祖哥哥，我满足了，能这样看着你，我已经满足了。我做过这样的梦……你知道，我无数次地想到过死，可有两件事，我心不甘。"停了好大一会儿，她才喘气似的轻声说道："一件，我死了，太便宜了那个猪狗不如的东西。一件，我想，我想，总有一天，我能就这样看你一眼。能这样见你一面，看你一眼，嗣祖哥哥，我，心满意足了……"

她笑了，笑得极其灿烂。

陈嗣祖看愣了。尽管她的容颜备受摧残，但这一会儿，似乎就这么一会儿，所有的苦难和不幸都似乎离她而去，她的笑容春花般灿烂夺目，她超凡脱俗的美被这种笑容衬托得像是要夺人魂魄一样，惊心动魄。陈嗣祖几乎不会呼吸了。

天呐，老天爷呐！

他心里痛痛地叫着。

"好了，嗣祖哥哥，你答应我的事情你忘了？"

陈嗣祖还在发愣。

山奴莞尔一笑："你说过，每次见我都要给我买糖的。你家乡的琼锅糖。我要。嗣祖哥哥。"

陈嗣祖不好意思地笑了："是啊，我怎么会忘了呢？……不，山奴妹妹，我没忘。我从来都没有忘过，我是这会儿心有些乱……你就在这儿等我。好吗？"

山奴温情地点了点头，站起来理理他的衣服，再理理他浓密的黑发，再看了他一会儿，轻声地："去吧，去吧，嗣祖哥哥。"她轻咬着嘴唇，可眼睛里分明有了一层泪雾。陈嗣祖跑了起来，他飞快地跑出了傅家后花园，跑出了傅家的几重庭院，也跑出了傅家的大门和那条卢进士巷，但他在刚刚跑到街口的时候突然停了下来，大街上川流不息的人群在他眼前像一条流动的黑白色河流，没有了声音和喧哗，不知为什么，他心里有了一种强烈的不祥预感。他的喉咙像是突然被谁卡住了一样，在喉结处不出声地滚动了一下，"啊"，这声连他自己都没有听到的叫声刚一出口，他已经迅即转身向来时的路跑去……陈嗣祖一直以善跑著称，即使是武功高强的景家兄弟两个，和陈嗣祖比起跑步来也要逊他一筹。陈嗣祖每次让他俩十步再跑，还是会比他们快。而这一次，许多年以后在陈嗣祖早已成为辛亥先烈而被人们无限缅怀的时候，人们说起陈嗣祖和山奴的爱情时往往会提起这次"飞奔"。陈嗣祖这一生似乎都没有跑出过这样的速度，风驰电掣啊，可真的是风驰电掣，快得比一阵风还要快，也许就是这样的速度，挽救了山奴，把山奴又一次地留在了人间。原来，等到陈嗣祖跑回两人分手的地方时，却发现湖边假山旁没有了山奴的身影，他再往湖水中一看，却发现湖中央正在冒出一串串水泡！

他知道大事不好，"扑通"跳进了水里……

"山奴啊山奴，你为什么要这样啊？你为什么要撇下我啊，我在这人世上没爹没娘，就你一个亲人了啊，你为什么、为什么、为什么啊？！"陈嗣祖像狼一样低声嗥叫着，膝上躺着奄奄一息的山奴。这天，两人抱头大哭了一场，而就在此时，宝七爷带了十来名旗兵到了傅家，傅家管家不敢隐瞒，陈嗣祖只能眼睁睁地看着山奴被宝七爷连拉带拖地带走。

"嗣祖哥哥，救我！"

第四章 满城里的女人们　241

很长一段时间山奴被宝七爷拖走时的凄厉叫声都回荡在陈嗣祖的耳旁。而让他能够从个人的情山恨海里暂时解脱出来的,还是那桩从蒲州发端而在西安乃至陕西全省掀起了一场惊涛骇浪的"蒲案"……

三

"蒲案"后来的发展情景还真像林子桐在离开蒲州时给南先生所说的那句话,情况的确和从前完全不一样了。当然,他们所说的这个"从前"指的就是《马关条约》签订、公车上书和戊戌变法时的情况。那个时候,他们深感势单力薄。如今,转头才不过十多年的工夫,给他们的感觉却像是"换了人间",社会环境完全不一样了。林子衡给弟弟林子桐分析说,这当然和清政府如今推行的这一系列新政有关,尤其是和大办新学、新军、报刊和言论自由有关。林子衡说:"子桐啊,看看这些报刊,你就知道什么叫'口诛笔伐'了!真了不起,我们蒲州发生的一桩学案,要在从前,谁能知道啊。可现在,报刊上只要这么一登,全中国全天下就都知道啦!"——"可不?"林子桐响应着哥哥也感慨道,"而且还是朝发夕至,白天在这里发生的事情,电报稿一发,晚上东京、北京、上海就都知道啦!"

兄弟俩坐在原先的蒲州会馆、如今的益民学堂一间简朴的寝室里,边喝茶边聊天。这是因为,林子衡也是这所学堂的创办者和兼职教习,这天,有他的数学课。下了课,他到了弟弟的寝室,想商量一下即将召开的省教育总会周年纪念活动。林子衡现在仍然一身数职,既是省舆图馆馆长,又兼着省教育总会的秘书长,同时,他还是包括私立益民学堂和公立陕西大学堂的兼职数学教习和校长。他们兄弟虽说都在西安置办了宅院,除了南先生外家眷也基本都到了西安,却难得有这样的闲工夫坐在一起喝茶聊天。两人坐在堆满了报刊的书桌旁,检阅着这一时期关于"蒲案"的战果。首先,就是景孝天在日本东京主持的《夏声》关于

"蒲案"连篇累牍的报道和评论。其次，就是上海和北京的几家报刊，撰文连载"蒲案"内幕的种种丑剧。两人越看越兴奋，尤其是林子桐，看着看着不由得霍然而起，对哥哥说道："看看这篇！哥，看看这篇！你听——《蒲案感言》，'自蒲州毁学辱绅之事起，吾乡父老子弟日夜号呼，求所以惩前毖后，伸士气，创元恶，使谬种奸人为吏而贪残凶悍无人理者，一扫而扩清之，不复留只影于吾土……'嘿嘿，哥，这简直就是一篇战斗檄文嘛！"

"对，对，你看还有这篇！"向来还比较矜持的林子衡这回也有些激动，他也举起一份报纸念了起来，"你听，子桐，这篇，发表在上海《申报》上的，《再论陕西蒲案》，这上边说，'凡为秦民者之所当同心勠力，共竖义旗，诛暴伐罪，灭此凶顽，以谢我古先祖考！'——这简直就是……就是……"

"哈哈，把翰林院大学士都搞得没词儿了，这可真是稀罕、稀罕！"

随着这声笑声，白俊亭和焦海波走了进来。焦海波说着，从林子衡手中拿过报纸，只看了一眼便说："你知道这个署名'剑侠'的人是谁？"

大家全笑了："还用说！"

"剑侠"是景孝天的笔名。

焦海波说："那好，现在我们大家都往益智书局去。"

林子桐问："干什么？你两个一来，咱益民学堂董事会成员就基本全齐了，正好商量省教育总会年会的事儿……"

白俊亭道："子桐哥你怎么不明白，你正在看的这文章的作者……"

林子桐一拍自己脑袋："嘿！还真是的！我怎么脑子这么糊涂，是孝天回来了？还是……"

林子桐想问的就是景孝严的下落，但不等他说完，白俊亭已经拉着他出了门。

几个人当下就往南院门的益智书局去。这益智书局的老板不是别人，正是景孝严和景孝天兄弟两个。一段时间以来，这兄弟两人行踪全无，书局的事就全权委托给了经理焦海波。就在"蒲案"发生的前后，同盟会在西安以及西安周边城市兴办的文化团体和文化事业如雨后春笋般遍地开花，包括书局、书店、纸店以及以各种名字命名的研究会、学堂、学校、报刊等。益智书局和益民学堂在其中起到了一个中枢的作用，陕西同盟会员们经常在这两个地方秘密集会。

辛亥百年以后女作家秋子珍在研究这段历史的时候有个经典的比喻，她说，如果说益民学堂是陕西辛亥的黄埔军校的话，那么，益智书局就是陕西辛亥的思想武库。这话倒是一点儿不假。益智书局的存在，就是连接日本同盟会总部以及中国政治文化中心北京上海的一条脐带。比如说，日本同盟会总部机关刊物《民报》及在日本的陕西同盟会刊物《夏声》等，不能公开寄回国内，景孝天他们就将其伪装成一些诸如《心理学》等教科书寄到益智书局，而北京上海的一些书报刊物也如法炮制。这种情形，正像戊戌变法前后南秋阳先生的正阳印书馆所发挥的作用一样，所不同之处就是，这个秘密通道转移了阵地，由蒲州转移到了省城西安，也由南先生转移到了更年轻一代的手里……

执行了一次暗杀任务后躲进了五龙山中的景孝严带来了一喜一忧两个消息：第一个消息是，五龙山刀客头目"野狸子"王五被蒲州知府苟用诱杀了；第二个消息是，报仇心切的王五义子严凤山如今也已经秘密宣誓加入了同盟会，并且答应起事之日将带五千人马支援革命。"好！好呀！"大家兴奋地小声叫着。从日本再一次赶回来的景孝天说："不错。自古以来常言就说，秀才造反十年不成。孙先生一再说，我们得掌握自己的武装，五龙山刀客严凤山这支队伍就是我们陕西同盟会麾下动员的第一支武装力量，可喜可贺！"景孝严被弟弟夸奖得很是兴奋，连连抱拳说："谢谢允弟，总算我没白在五龙山猫这么一段时间。"大家都在说笑之时没有人注意到陈嗣祖却在一旁悄悄地掉眼泪。林子桐看见了，想起来陈嗣祖之前一直生活在五龙山，一定是听了他义祖父"野狸子"王五的死讯而难过，于是就问景孝严："你刚才说王五被苟用诱杀了，究竟怎么回事？"

景孝严说："还是陈家骥设下的一个局。那次交农，王五、严凤山领人烧了官盐局和官钱局，陈家骥就放出话来说，他家的狗崽子陈嗣祖和王五这伙子参与了这件事。"他看了陈嗣祖一眼。陈嗣祖此时已经抹掉了眼泪，静静地听着。"陈家骥从那时候起就一直想尽办法收买王五身边的人。就在嗣祖走后不久，一天，王五和严凤山对我说，萧山那边有个庙会，王五手下的葛秃子提前约了几个武林高手，要在那天的庙会上设场子打擂台。萧山那镇子三面环山，一旦被包围连个鸟雀都飞不出去，所以我劝他们不要去。可葛秃子一再地说，这次打擂台绝对保险。没想到果真出事了。苟用让陈家骥的民团包围了萧山，所有进去的弟兄一个都没出来……"

陈嗣祖问："那……我义父？"

景孝严说："也是凑巧，嗣祖，你义父严凤山，那天寨子里临时有事去不了了，结果逃了一难……这陈家骥，上次没杀成他，还真是革命的祸害！"

陈嗣祖咬牙："我早晚都要杀了他！"

"只要是革命的敌人我们一个也不放过！"景孝天接着道，"嗣祖，这回给你个任务。"陈嗣祖一听，马上挺起了胸脯，粗声粗气地应了一声："好！孝天哥哥，你说！"景孝天看他一脸严肃的样子却笑了："不是让你去刺杀谁，别这么紧张。"

陈嗣祖笑："不是紧张，是……"

"是什么？"林子桐故意逗他，"哦，我明白了，嗣祖这是加入同盟会后书记长第一次派任务——激动？对不对？"

陈嗣祖不好意思地笑。

景孝天说："我要你和海波哥去一趟北京，就'蒲案'找你家姨父告一次御状如何？"

陈嗣祖有些不明白："我家姨父？"

傅文远、傅志远兄弟俩笑了："嗣祖，你怎么不明白，你家姨父不就是我父亲呀……"

"这就更让我糊涂了，"陈嗣祖说，"如果是告御状，不是你们兄弟去更合适吗？怎么自己儿子不去，倒让外甥去？"

其他人也都附和说："孝天，文远和志远兄弟去不更合适吗？"

林子衡有些老谋深算的样子，说："嘿嘿，这你们就不懂了，孝天这样安排自有他深谋远虑的地方。你们不想一想，一则，文远、志远兄弟的身份是什么？新军军官啊，能随便离陕进京？目标太大呀！要知道，新军的一举一动可都在巡抚桂升的严密监视下。二则呢，此是公事，不是家事，文远、志远兄弟反而并不合适……"

景孝天笑了："子衡哥哥到底当过总理衙门的高官，是不一样啊。其实呢，让嗣祖和海波去还有一点考虑，这傅家兄弟去真还不一定能说动他们父亲。要知道，我们这位礼部右侍郎傅紫英大人可是一个忠实的保皇党呢，他们父子三个绝对站在两条战线上，一个反清，一个保清，是不是，文远、志远？"

傅文远、傅志远兄弟俩点头。

傅志远说："在家里，我和哥哥就根本不敢让父亲知道同盟会的事情。"

景孝天说："所以让海波去，就因为海波对官场的事情懂得更多，知道怎么说动傅紫英大人，海波，你说呢？"

焦海波说："我明白，除非让他认为苟用这伙人的所作所为是挖了朝廷的墙脚，对不对？"

景孝天说："对，就是这样！"

焦海波问："什么时候去？"

景孝天说："越早越好，就是为了配合教育总会周年活动！"

省教育总会召开周年纪念会这天的情景用"沸反盈天"来形容一点都不为过，虽说提学方陛之在此之前心理上还有所准备，但实际发生的情景却还是大大出乎了他的意料。在此之前，他专门找来顾仲舫和张丹墀两个商量。顾仲舫只管哭丧着脸，反反复复就一句话："事到如今……事到如今……"

方陛之板着脸问他："仲舫，你到底说说，事到如今怎么样？"

顾仲舫瞪着一双仿佛很无辜的眼睛，好一会儿，叹息一声："唉，做梦都没有想到，怎么会闹到这种地步！"方陛之很生气，他这句话说了等于没有说。

但这句话却是两人心照不宣的真实感受。

当初，准备掀起这场波澜的时候他们的如意算盘就是用顾仲舫替代常玉敏,等于在蒲州高等小学堂这所他们已经察觉到被"革命党"控制的学府里插进一颗大铁钉,然后进行一场大搜捕、大逮捕。这时,在抓获的所有人中只要有一个人开口,他们就能顺藤摸瓜,把蒲州境内乃至陕西全省所有的同盟会革命党人一举破获和抓捕,这样,可就为摇摇欲坠的清王朝立一大功!对于平时谨小慎微的提学方陛之来说下这样的决心不容易,而对于野心勃勃的蒲州知府苟用和陕西巡抚桂升而言,也是一件几乎可以说赌上了半生前程的破釜沉舟的事情。他们原本上下齐心协力,决心毕其功于一役,打好蒲州这一役,却万万没有想到,他们不但骑虎难下,而且还等于捅下了一个大马蜂窝!他们抓捕的几十名学生和十多位教习以及教育分会的士绅们,在他们的严刑拷打之下居然没有一个承认自己是同盟会革命党——当然也没有一个说别人是同盟会革命党,而那天的突然搜捕也一无所获,这就让他们陷入了一无证据、二无口供的尴尬局面……

他们好不甘心!

想要证据和口供只有动用更加残酷的酷刑。那些日子里,蒲州知府的大堂成了一个血流成河的人间地狱,而知府苟用以及他手下的陈家骥、顾仲舫等一个个全都成了阎王殿里的活阎王和凶神恶煞的厉鬼。在把年仅十五岁的学生宋春晖活活打死以后,他们又用各种酷刑折磨举人常玉敏、许伯让他们,棍棒、皮鞭、老虎凳、辣椒水……打得所有被捕的士绅学生都体无完肤,而被重点"照顾"的常玉敏更是被打得两手皮肉俱无!

却还没有口供和证据。

最后,陈家骥出主意说搞几十个站笼站死他们,看他们说还是不说。

苟用也一咬牙同意了这个方案。可没有想到,站笼才刚刚摆放在知府衙门大门前一天,传来的消息是,四方震动,大批民众准备攻打蒲州城。这下子站笼也站不成了,只好撤了回去。也在这个时候,铺天盖地的舆论却像决了堤的大水一样,国内外的报刊,日本以及中国北京、上海知识界掀起的关于"蒲案"的口诛笔伐震动了朝野,巡抚桂升命他"立即放人"!苟用这时虽然心里也明白,放人等于承认了自己的失败,可再关下去……再关下去只能是多死上几个人,无法,只能命令放人。牢门打开，却没有一个人走出牢房，这下子苟用才着实地慌了。也就在这样的情况下，一个敏感的日子来到了——陕西教育总会成立周年纪念日。

毫无疑问，形势对他们很不利。

"你说，你说。"方陛之转向张丹墀。

张丹墀两手一摊："提学大人，我能有什么办法？要我说……"说到这里他停住了。

方陛之就像抓住一根救命稻草一样赶忙往前一倾身子："快说！"

"要我说，解铃还须系铃人。"张丹墀不慌不忙，"目前这会儿，也只能丢卒保车了。"他转向顾仲舫，"仲舫兄，我看就把你交出去，你就给大家说说清楚，教育公所十年的公款账目到底怎么回事？"这句话不说把顾仲舫吓了一跳，其实也把方陛之给吓住了。这个不知天高地厚的武秀才，教育公款的事敢说吗？十多年学银的去向敢说吗？这不拔出萝卜带出泥嘛！从巡抚桂升到知府苟用到他提学方陛之，哪一个都不敢说自己在教育公款上是干净的！张丹墀这是哪壶不开提哪壶啊，方陛之只能挥挥手说："都这会儿了，说这有什么用！"无用，真的是无用！把这两个无用的人赶走，方陛之开动自己的脑筋最后想出的办法就是，一句话：装聋作哑！定下的策略就是，能不开就不开，能迟开决不早开，能拖完时间决不延长时间。总之，草草开场，快快结束，不给对方以可乘之机。各省成立教育总会，各州县成立教育分会，原是清廷新政的一部分，全国各省都召开了纪念活动，独独陕西不纪念，朝廷一定会追究对新政的态度问题。策略只能是无疾而终。好，到了这天，原本预定的上午九点开会，方陛之一直迟到了足足一个多小时。他坐在主席台上往下一看，心里就不由得阵阵发凉，怎么所有的面孔，看起来全都像敌人呀！林子衡、林子桐兄弟俩、景孝严、白俊亭、焦海波……呀、呀、呀，他心里发怵，知道今天这关难过，但还是强打起精神，拿出准备好的一厚沓稿子，拖长声音念了起来。这是教育总会成立一年的工作总结，方陛之事无巨细全都罗列了出来，目的就是要占用时间。到了中午十二点，稿子居然还没念完，按照提前排演好的，主持会议的副会长这时来到了主席台上，笑笑，指指他面前的钟表，说："时间已经过中午啦，方提学兼我们会长的报告很圆满，现在我宣布，会议结束，请各位都到西都饭店——就餐！"

顾仲舫不失时机地带头鼓掌。

人群中也响起了几声稀稀落落的掌声，可很快，掌声就像突然被空气吸走了。

全体士绅肃穆而立，竟然没有一个人挪动脚步。

在一阵静默中，突然，有人放声号啕大哭。

方陛之正准备移步下台，被这哭声惊了一下，瞠目望去，却见同样是省教育总会副会长的林子桐在人群里大放悲声。方陛之知道林子桐是个戏剧家，平时除了教书就是写戏，写戏的人大多也会演戏，这林子桐据说也很有一番演戏的才能。那么，林子桐居然把戏演到了教育总会的会场？方陛之心里这么想着，就停下脚步，对着台下叫道："子桐哇，你这是怎么啦？何以如此伤心？"

林子桐其实就等着他这声发问，马上止住哭声大声道："哎呀，提学说了两三个小时，全空洞无物，这才问到了正题上！我哭，我当然要放声大哭，哭暗无天日的陕西教育界，哭现在还在牢狱中受难的蒲州学生和同仁，哭被打死的学生宋春晖，哭我们今日这教育总会竟无心、无肝、无肺！我当然要放声大哭！"

林子桐话刚落音，白俊亭紧接着说道："子桐兄说该哭，我也说该哭，我们陕西人都该哭！蒲州知府苟用，把蒲州高等小学堂几十名学生、十多名教习和教育分会的士绅无端逮捕拘押，用尽酷刑，打得血肉横飞，甚至打死无辜学生。这样的惨案，这样惨无天日的流血事件，我们今天开会居然连提都不提？何以告慰死者！何以对得起尚在狱中的学生、士绅？哭，哭，哭！我们今天全体要大放悲声，放声大哭！……"

白俊亭说完，也放声哭了起来。

此时，会场上一片哭声。激愤的人群开始向主席台涌去，有人大声地拍打着桌子，有人抓起桌椅板凳石头瓦块就朝台上扔去，众声沸腾地大叫："方陛之，你包庇恶人！""方陛之，滚下台！""方陛之，罢免、罢免、罢免！……"方陛之一看会场失控，一刻也不敢久留，在一群兵丁的保护下匆匆离去。这天余下的时间，由秘书长林子衡主持以专

第四章 满城里的女人们 249

门议题讨论了"蒲案"。

教育总会周年纪念会以后，巡抚桂升感觉自己坐在了火山口上。全国各地报纸上声讨陕西发生的这起骇人听闻的学案的报道和文章铺天盖地不说，关键接下来发生的几件事情，件件都扎心，让他寝食不安。先是陕西全省八十余州县的公私学堂一概罢课罢学，虽然他心知肚明这全是新学惹的祸，也明知你就是把方陛之骂得狗血喷头，提学方陛之对这种局面还是一筹莫展。但他还是把方陛之叫来跳着脚地痛骂了一顿。方陛之当时哭丧着脸问他："亏欠的学款怎么办？万一真被他们查出来了又怎么办？"桂升回答不上来。接着，全省八十余学堂公推了十二名代表到巡抚衙门请愿，内容包括严惩恶吏苟用和劣绅顾仲舫、清查蒲州乃至陕西全省各州县新学以来教育公款账目等，其中最后一条更是让桂升看得心惊肉跳：揪出蒲州学案背后的"黑手"！这十二名代表中居然就包括了林子衡、林子桐兄弟俩，这让桂升一下子就明白了这起掀起了轩然大波的所谓的蒲案不是一个寻常学界事件，它很快就会演化成一个政治事件——搞不好，甚至会危及他本人的乌纱帽！

桂升这一想惊出了一身冷汗。

他想起了戊戌变法时林子桐因为南秋阳先生被列为康党一案而来找他的情景。现在，这个蒲案既是全陕西士林阶层都骚动了起来，背后也就免不了有南秋阳的影子。唉，政治斗争真可谓无毒不丈夫啊，悔不该当初不把南秋阳以及曾在朝廷做过大官的这个林子衡一起干掉，给自己留下了个后患……然而，事过境迁，如今却是此一时彼一时了。林子衡、林子桐兄弟俩这次和他见面，完全一副公事公办的模样，双方之间形同陌路。虽然他口里还叫着"世侄"，可那兄弟两个不但口口声声称他"巡抚大人"，一副拒人于千里之外的样子，还由林子桐出面郑重其事地念了那份请愿书。请愿书最后几句话被林子桐铿锵有力地念出来时，桂升简直克制不住想要跳起来咆哮。这几句话是："我等陕西学子誓言，宁牺牲夫六尺兮，毋坏我辈自由，群起以沁航兮，誓破釜而沉舟！"桂升咬紧了牙关攥紧拳头才克制住了自己。请愿书读完之后，林子衡站起来说道："巡抚大人，这是陕西学界全体的要求，限你三日内答复。我们拭目以待！"嘿嘿，这是下战表呢！桂升起身，脸上带着僵硬的笑容，狠狠地盯着林子衡。林子衡却毫不畏惧，看着他的眼睛说："巡抚大人，有句话我不知道该不该说？"这是逼他表态！桂升心想，但只能皮笑肉不笑地说："世侄，说吧。"林子衡说："士绅们在一起议论时说，苟用这回敢如此胆大妄为，会不会因为有你在背后给他撑腰？你对他有过什么指示、批示、训示之类？"桂升一听这话，顿时色变。好家伙，这不是把祸水往他身上引嘛！他立即正色道："纯属宁妄猜测、道听途说！苟大人是蒲州知府，蒲州的事情自然是他说了算！"

"好，好。"林子衡说，"如果这样我们大家也就不再多说什么了，巡抚大人好自为之，千万不要为苟用所累，以致玉石俱焚！"林子衡抱拳，话中有话。

果然很快，桂升担心的事就发生了。

这天，刘师爷神色凝重地进来，给他送上了一份都察院转给陕西巡抚的奏折。桂升打开看了没几行字，脸色就已经变得煞白，再往下看时，额头上就沁出了细密的冷汗。这份奏折是由陕西最大的京官礼部右侍郎傅紫英领衔，由吏部郎中刘远及监察御史王述同等三十多名陕籍京官联合签名，具呈都察院代奏光绪皇帝的一份奏折，所奏事由："为陕西蒲州知府苟用毁学辱绅、滥刑毙命、学司徇私、酿成重案事。"其中写道——

> 值此国家厉行新政，提倡办学之时，陕西蒲州知府苟用竟敢封闭学校，擅作威福，违法滥刑，毁学辱绅，破坏学堂，仇视士类，毒打学生，掌责举人，草菅人命，以致酿成一死三十多人重伤的惨案，实属目无朝廷法律之恶行，请严惩此民贼败类，并揪出幕后之指使……

桂升只觉冷汗涔涔，接过刘师爷递给他的一方汗巾，擦了擦额头上的汗说："这傅紫英，居然给我背后捅了这么一刀子！实在可恶可憎……"刘师爷说："这也不怪他。这个傅紫英傅大人，虽说和我们一样忠君爱国，忠于朝廷，可他骨子里是一读书人，比较迂腐。再说，据我从京城打听到的消息，说是陕西京官们在关中会馆里开会之时，这傅紫英当众拿出了一份南秋阳先生写给他的信，说是林子衡亲自带给他的。傅紫英父子侄几人都是南秋阳的学生，在京的京官中也有不少人是南秋阳的学生，你说，这信一念不就如同油锅里溅进了水……"

话刚说到这里，巡抚的衙役班头突然一步闯了进来，"喳"了一声伏身道："大人，皇上圣旨到——"桂升跳起："什么？"他不敢相信自己的耳朵，一段时间以来他自己感觉被朝廷疏远了，地处西北一隅已经很久没有接到过皇帝和皇太后的旨意了，在深感意外的同时，他也感到惶恐甚至害怕：他已直觉到圣旨和蒲案有关。如此之迅速的背后能说明什么？

他瞠目望向刘师爷，小声地说："这么快？"

刘师爷摇头。

这话不用说，由都察院这么快就到了皇帝手里，皇帝又这么快地批下来，然后又这么快圣旨就到了西安，这一系列的"快"说明：一来此事非同小可；二来傅紫英又动用了皇帝身边的人，很可能就在那份弹劾的奏折报到皇帝面前的那一刻，光绪皇帝就当时御批了此案。桂升和师爷急忙到了前厅，跪接了皇帝的圣旨。圣旨说："谕都察院代表陕西京官呈控蒲州知府苟用毁学辱绅、滥刑毙命、学司徇私、酿成重案一折，着桂升按照所呈各节，秉公确查，认真究办，据实俱奏，毋稍回护……"

桂升接旨后半天回不过神来，他瞪着眼睛问刘师爷："什么叫'毋稍回护'？"

刘师爷叹息："已经可以听得出来，皇上对您已经有了责备之意。当初……"

"当初……"

桂升马上想起了当初刘师爷不让他在苟用的请示报告上用"严加剿办"一词，现在看来，这的确是他的一个重大失误。苟用的狡黠在这件事情上可见一斑，他完全可以用这个批示作为挡箭牌，说蒲州发生的一切都是巡抚桂升的指令，那么……那么……朝廷再追究下去……桂升不敢想了，烦躁地说道："现在就不说当初了，师爷，你就说现在怎么办吧！"

刘师爷捻着胡须想了一会儿，对着桂升的耳朵说了四个字："釜底抽薪。"

常玉敏、许伯让以及蒲州高等小学堂全体师生和教育分会的被捕士绅们胜利走出监狱的那一天，陕西众多士绅和民众都到现场去迎接。一时间，蒲州知府衙门大门口锣鼓喧天鞭炮齐鸣，蒲州当地民众以及学生家长亲属们还安排了几台大戏，扭起了秧歌。在所有的队伍中，南秋阳先生率领的正阳高等大学堂和林子衡率领的陕西高等大学堂两支队伍最为引人注目。在这次的蒲案中，这两所陕西最高学府起到了号召和组织作用，而焦海波的益民学堂等私立学校也出力不小，如今，几个方面汇合在了一起，此起彼伏的歌声和欢声笑语表达了大家胜利的喜悦。南秋阳先生在弟子们的簇拥下显得格外兴奋，对被大家搀扶着、还站立不稳的常玉敏和许伯让他们说："好好将息。我觉得，还有更重要的事情需要你们去做！"常玉敏带着满身的伤痕，百感交集，说："我和伯让兄已经做好了为革命献身的准备，没想到我们大家还有重见天日的一天……"

景孝严在人群中一把抱住了许伯让："没想到呀，伯让老弟，你这么弱的身子板居然扛得住苟用的虎狼之刑……"他说着拍打了一下许伯让的肩膀。许伯让"哎哟！"一声痛得迸出了眼泪，身子猛地往下一蹲。在他身后的高满儿手疾眼快，一把扶住了他。景孝严这才想起许伯让身上的伤，忙掀开他的衣服，这一看，周围所有的人都几乎闭上了眼睛……许伯让的肩膀一片血肉模糊不说，还散发着一股浓烈的臭味，一些皮肉已经腐烂，产生了坏疽，里面居然还有白色的小虫在蠕动，仔细看去，是蛆！

景孝严的眼睛里顿时溢满了泪水，他有些哽咽："伯让，受苦了！"

许伯让挤掉眼泪笑道："经此一难，我打倒和推翻万恶的清王朝的决心有增无减！孝严兄，"他压低了嗓子，"不要光说我们的功劳，你听说了没有，高满儿……满儿可是在关键的时候保住了我们最要命的文件。如果不是这样，我们再铁嘴钢牙，整个组织还是要被破坏了！"他把高满儿搂着他的胳膊紧紧抱住，月牙般的眼睛里装满了对高满儿的感激和钦佩之情。

"这我当然知道，"景孝严说，"怎么，你们在监狱里……"

许伯让挤挤眼睛："我们有通风报信之人。"

"谁？"

高满儿笑了："孝严哥哥，此人远在天边近在眼前。你瞧！"

他指着衙门石狮子旁边一身警装假装一本正经执勤的张丹墀。

"是他？"景孝严不相信。

高满儿小声地："孝严哥哥，你家允弟不是说过，要团结一切可以团结的力量？说实在话，张丹墀手下这一二百名巡警也不是一股可以小觑的力量，而他本人，自从西潼铁路路捐盐税那件事以后，早就对腐败的清王朝丧失了信心。所以，'蒲案'的时候他悄悄告诉了我苟用的阴谋诡计……"

"呀！"景孝严眼睛瞪得圆溜溜的，他想起了自己差点儿要暗杀了张丹墀。

"有机会，我把你们请到一起坐坐。"高满儿对景孝严说完又笑着补充了句，"冤家宜解不宜结嘛，何况，你们还不是冤家！"说完，他又察看了一下许伯让的伤口，道："伯让哥哥，我看你这伤真还大意不得，我带你去找我们张局长吧，上次子桐哥哥头骨被打得裂了条缝，就是我们军医给治好的。"

景孝严和许伯让听了这话，这才想起怎么这么热闹的场面里少了林子桐？

景孝严往远处看了看，说："咦，子桐呢？刚才不是还在南先生身边，怎么一转眼不见了？"许伯让也说："看病不是这一会子的事情，咱先去看谢德顺的《走雪》。被关在监狱里这大半年，还真想德顺的戏。你不听人说，有德顺戏的地方就有林子桐。说不定在那里我们就能见到子桐呢！"

三个人说着，朝戏台走去。

林子桐却既不在热闹的人群里，也不在谢德顺广福班的戏台子下面。就在大家都热热闹闹地庆贺胜利的时候林子桐想起了一个人：巡抚桂升的刘师爷。在离开西安之前，焦海波告诉了他一个消息，说是刘师爷问驿传房要了最快的马匹要连夜赶往蒲州。这消息引起了他的留意，在这敏感的时候刘师爷为什么要到蒲州？当时他就给焦海波说，一定和"蒲案"有关！所以他打听到刘师爷还没有离开蒲州，估计他下榻的地方就在苟用原先住过的南小院，和外面热闹的景象形成鲜明对比，整个知府衙门里冷冷清清几乎看不见一个人影，这就是所谓的"树倒猢狲散"。这起前后持续了一年左右的"蒲案"，以陕西知识界的完胜而宣告结束，涉案的所有官吏都受到了处分，其中，给知府苟用处以"革职"，并且，"不准援例捐复"——这意思就是，"永不叙用"，是清廷对官员的一种较为严厉的处罚。提学使方陛之和顾仲舫则被罚以重金，并且给顾仲舫戴上"劣绅"的帽子。而蒲州高等小学堂校董一职仍由常玉敏担任。要说，这样的结果知府苟用一定不会善罢甘休，可是奇怪，这次，他居然一声不吭悄悄、乖乖地卷起铺盖——走了。

这让林子桐感到不可思议。

刘师爷坐在堂屋的太师椅上吸着水烟袋，门口的驿车上已经放好了行李，仆人们也都静静地等在院子和门房里，一切迹象表明，师爷这是准备随时出发上路。林子桐走进这个小偏院的时候见此情景，笑了，明知故问道："师爷，您这是……"

刘师爷慢慢悠悠，一指桌旁另一把椅子："虚位以待。"

"谁？"他还故意问。

"你。抽吧，有你喜欢的烟丝。"师爷说。

果然，桌上打开着一个烟盒，盒子里有上好的烟丝，林子桐闻闻："不错。刘师爷，你怎么知道我要来？能掐会算？"刘师爷说："你呀，生就的一个关汉卿！你如果不把这事搞明白，回到西安你还会找我，对不？"

林子桐故意问："师爷这话我不明白，你说什么事啊？"

"好，好，好了，"刘师爷用水烟杆指着他说，"我知道你的好奇心，也知道你将来肯定会把'蒲案'一事写成秦腔。好，我连戏名都替你想好了。"

"什么?"

"《一字狱》啊。"师爷说。

"这一字是什么字?"

"这一字就是,'严加剿办'改成'严加查办'。"师爷又说,神情有些得意。

林子桐马上道:"愿闻其详。"

刘师爷却站了起来,哈哈笑道:"子桐啊子桐,凭你的想象力这还不够吗?"

林子桐也大笑了起来:"是啊,是啊!"

四

陈嗣祖再见到山奴已经是两年以后了。时间的脚步走到了宣统二年,公元1910年,山奴十八岁,陈嗣祖二十岁。这年,陈嗣祖和他在益民学堂时的好友张平安一起从保定陆军学堂毕业,在新军中分别当了排长和司务长。而在此前一年,林子健也从保定陆军学堂炮兵科以全校第一的优异成绩毕业,成了陕西新军中的炮营排长。傅文远和傅志远兄弟两个此时也分别升任了连长和排长。景孝天在这一年四五月间从广州回到了西安,就在白俊亭、林子桐和焦海波等人办的益民学堂教室里和新军的这些军官一起召开了一次极为秘密的会议。景孝天向大家报告了一个重要消息,这就是发生在这年春节期间广州的一次新军起义。景孝天说:"和我们陕西情形大体一样,广州新军中有不少人加入了同盟会。为适应形势的发展,孙先生指示同盟会在香港建立了南方支部,作为指挥南方革命的总机关,胡汉民是支部长,汪精卫为书记,下设筹饷、军事、民事、宣传各组。不久,黄兴、谭人凤等抵达香港,决定时机成熟时共图大举。不料,这次起义却很快失败,起义士兵被俘和遭到枪杀的共百余人……"

"为什么会失败呢？"陈嗣祖问。

景孝天说："这正是我们需要总结的。我认为：一，新军中我们力量不够。二，起义仓促。三，这是我认为的最重要的一个原因。大家想想，从五六年前广州、湖南、湖北举行过多少次起义？为什么都没有成功？……"景孝天望望大家，见所有人都在凝神思索，他转向林子桐说，"子桐哥哥，你是史地教习，你说！"

林子桐不慌不忙地把一张早就准备好的地图铺到了桌子上，大家都围拢了过去。林子桐用了根红铅笔沿着长江画了道粗线，说："看到了没有？这几年的起义主要集中在了长江沿线，有什么特点？一，交通便利；二，通信发达。这本来是件好事情，却对发动起义很不利……"

"原因就是，敌人很容易反应过来，并且，以最快速度进行反扑！"景孝天接过林子桐手里的铅笔，在地图上比画着，"这次起义失败后，见到孙先生。孙先生认为，仅仅集中在长江以及西南各省举行起义，一定势单力薄。要我们西北方面加紧努力，时机成熟时一并举义！这样，方可形成南北呼应之势，让清政府头尾不顾而顾此失彼！"

"新军中哥老会和刀客的势力非常之大，我们要不要联合他们？"傅文远问。

"当然。"景孝天斩钉截铁地说，"今后，你们所有在新军中的同盟会员都要加强和会党，尤其是哥老会、刀客的联系。嗣祖，你要利用你从前的关系，把他们拉进我们的队伍！"

"好！"陈嗣祖眼睛睁得圆圆的，"一定，孝天哥哥！"

"我认为，"白俊亭说，"失败还有一个原因就是武器太少。孝天，你刚才说，这次广州新军起义最后是'子弹罄竭'。这是说，我们得多多储备一些武器弹药才对。"

"不错。"景孝天说，"这次广州新军起义对我们还有一个重大启发——枪杆子！"

"是的，枪杆子！"景孝严马上接过弟弟的话说道，"我们之所以屡战屡败，就是我们大家多是文人，长于笔杆子，弱于枪杆子。现在我们新军里虽然有了些势力，可还很不够……我问你们，若是真要起义，你们能不能掌握军队？"

林子健首先说道："不能。"

"为什么不能？"景孝严又问。

"明摆的事，"林子健指指傅家兄弟两个、陈嗣祖和张平安等说，"我们这些人在新军中都还只属于中下层军官。就目前来说，我们同盟会员在新军当中最大的官儿就是文远哥哥了——也就是个新军连长。营以上的军官还一个都没有，更不用说标统、协统这一级别的高级军官了。"

"这的确是个问题，而且是个大问题！"大家纷纷说道，然后就陷入了好长时间的沉默。这时，林子桐突然叫道："哎呀，夺呀，夺呀！我们既然能把'蒲案'搞成功，就不能把个新军里的事情搞成功？……你们的武学会是干什么吃的？为什么不好好研究研究这个问题——不说协统这一级别，怎么样把团、营统拿到手？搞一次政变怎么样？"他这一说，大家纷纷议论说："这倒是个思路！"

几天后，在军营的操场上，林子健和傅志远叫住了正在抡双杠的陈嗣祖。这天是个周末，三个人出了军营到了郊外河边。陈嗣祖是个旱鸭子，只能坐在岸边看着林子健和傅志远越游越远，等两个人水淋淋地爬上岸，也躺到了草地上以后，陈嗣祖心事重重地问他们说："上次子桐哥哥说的那个问题，你们想过没有？"

林子健和傅志远相互看一眼，然后坏坏地一笑："没有。"

陈嗣祖不高兴了："这是革命的大事，你们怎么会不想呢？"

两人又相互看一眼，再坏坏地一笑："还是没有。"

陈嗣祖翻个身不再理他们。

两人一起在背后抓挠他："没有，没有，就没有——那你呢，嗣祖？"

陈嗣祖被他们抓挠得笑个不停，好不容易止住了，眉头又皱了起来："我脑子笨，想得脑仁子疼，却还是没想出好主意来。烦得不行！"林子健和傅志远乐了："我们就是来治你的病来了。"林子健开始把他深思熟虑的问题说了出来："我哥上次提到武学会，不错，这是我们新军的一个公开组织，对外的名义是军事学术研究，实际上是我们新军中同盟会员秘密集会的一个场所。但你既然是一个公开的学术团体，别人要来，你是不能挡的，结果现在什么人都可以来，搞得热闹非凡，跟个俱乐部一样！这就不行！我们得另外谋划一个更加私密些的场所，只有我们最核心的人才能来。所以，志远和我商量来商量去，想出了一个主意。"

林子健不说了，用指甲在草皮上抠着。

"什么主意？"陈嗣祖问。

林子健不好意思地望向远方："和你有关，就看你愿意不愿意？"

"怎么我愿意不愿意？"陈嗣祖觉得奇怪，新军和同盟会这么大的事情怎么会看自己愿不愿意？林子健把脸转向傅志远，意思是让傅志远说。傅志远也难为情地在草地上拨拉着一只蚂蚁，半天，才说："嗣祖，我可能对不起你，我给子健哥哥说了你和山奴的事情……因为要给我们组织找一个可靠保密的地方，我们想，需要一个家庭作掩护。需要一个品质极好又能为我们保守住组织秘密的女人，这个女人还得苦大仇深，拥护革命——我想到了山奴。"

"山奴？"陈嗣祖惊叫一声，这一段时间以来他努力让自己忘记掉这个他灵魂里的女孩子。怎么他们会想到山奴呢？山奴不已经成了宝七爷的……

他痛苦地摇着头。

林子健说："志远把什么都对我说了。我原先也听我二哥和德顺哥说过山奴和她母亲潘米娘被土匪掠上山的故事，没想到她们的命运这么惨！嗣祖，你只跟我说，你嫌不嫌弃山奴？"

陈嗣祖像是一时半会儿还没有反应过来这个问题，脸上还一副茫然的样子。

"这样吧，嗣祖，我和子健哥哥都是结过婚的人了，关于女人我们知道得要比你多些。这样说吧……"傅志远有点语无伦次地说，"你不该嫌弃山奴，她很可怜。要说，她现在并不是一个合法的婚姻，她连正常的婚姻都没有，她实际上就是宝七爷的一个奴隶，一个性奴隶！你，嗣祖，你该把她解救出来！"

陈嗣祖这回才像是听明白了，他一翻身坐了起来，急切地问道："怎么解救？你们说，快说呀，为了山奴，我什么都愿意去做！死都愿意，还说别的？"林子健和傅志远这下放心了，也一翻身坐了起来，三个人头碰头地小声商量起来……

陈嗣祖这番再去满城找山奴心情却与两年前大不一样。那时，他感到整个世界就他一个人孤苦伶仃，满城在他眼里也像是处处都充满了危险和陷阱。而现在，他觉得他的背后有着一个强大的组织，有了一群可信赖和可依靠的兄弟，他和山奴的命运都将与一个伟大的事业联系在一起，他感到，连满城里那些游游荡荡、松松垮垮的旗兵们和那些手托鸟笼、游手好闲的满蒙贵族们也都没有了往日的神气。他不惧怕他们。一点儿都不惧怕他们。虽然他仍旧穿着一身破衣烂衫伪装成了一个卖菜的，但他内心深处却十分地骄傲，"卖菜喽，小白菜、大青菜、红萝卜、绿辣椒……"他一路吆喝着，一路往上次找见山奴的那条巷子走去。越走近那条巷子，越是紧张，进了巷子，一眼看见了那个茶馆，心就"突突突"地狂跳不已。想到就要看见那个让他魂牵梦萦的、如今应该比上次见到还要漂亮和成熟的山奴了，他感到自己的心几乎已经跳出来了。可是，等他再走近一些这才发现，茶馆的几扇门板合得严严实实：没开门。怎么会不开门呢？这倒是他此前根本没有想到的，站到那儿愣了好一会儿，心想，或许是偶尔一次不开门吧。陈嗣祖这之后又接连去了几次，但每次去的结果都一样。这就奇了怪了，一个茶馆，总不能关门歇业一关就十天半个月吧？想到这里他突然有了不祥的预感，莫不是山奴病倒了？或者，莫不是山奴出事了？再不然就是，山奴搬家了，不住这儿了？

这几种猜测哪一个都很可怕，陈嗣祖吓出了一身冷汗。

正当他站在茶馆门前胡思乱想的时候，隔壁的一扇门"吱呀"响了一声，他一看，出来了一位女佣模样的人，胳膊上挎着一个菜篮子，明显是这家的老妈子早上出来买菜来了。陈嗣祖赶紧招呼说："这位妈妈，我这儿有新鲜的萝卜白菜，您要的话我便宜给您。"这老妈子一看就是个做事利落而且伶牙俐齿的人，马上走过来一边翻动着菜一边说道："哟，人家谁的菜不新鲜？你这孩子，你说你卖给我便宜，萝卜多钱？白菜多钱？"

"这位妈妈,你随便给点儿都行。"

陈嗣祖一味地想要讨好她。这老妈子一听,紧绷的脸松开,笑了:"你这孩子,小嘴挺甜,好吧,我就照顾你的生意。你还真得给我便宜,不然……"

"不然,你全拿去!我就算认了你这个妈妈!"

这老妈子于是一边高高兴兴地挑菜,一边和陈嗣祖说起话来。

"这孩子,你是哪儿的人啊?"

陈嗣祖说:"湖南人。"

"口音不像啊……这儿这个老板娘,"她努努嘴,朝茶馆指指,"听说倒是个湖南人,年纪轻轻的,就……"陈嗣祖一听,赶忙问道:"妈妈,她可叫山奴?今年十七八岁,额头中间……额头中间长着一颗胭脂红的美人痣?"这老妈子停下拣菜的手,翻他一眼,"山奴?没听说过,人都叫她潘七娘。不过,你说的这额头上一颗美人痣……倒是真的。唉,年纪轻轻的就做了暗娼,干那种见不得人的事情!"这老妈子还是忍不住要把那句最扎陈嗣祖心的话说出来。陈嗣祖流泪了:"妈妈,那怪不得她啊。"这老妈子惊奇,"这孩子,你哭了?她是你什么人,你为她这么难过?"陈嗣祖说:"她是我表妹,我姨为丢失了她都快哭瞎了眼。老妈妈,你告诉我,她如今在哪儿?——不管她做什么,她都是我表妹呀!"

这老妈子看了陈嗣祖一会儿,然后看看周围,等几个路人匆匆走过,这才对陈嗣祖招招手,让他附耳聆听:"我告诉你,小伙子,这潘七娘的来历可不一般呢!你知道霭王府不?"陈嗣祖说:"听说过,就是那个霭王爷,对不?""不错。"这老妈子说,"这茶馆只是个幌子,潘七娘实际上还长期被霭王爷包养着。我们周围这些好人家的人只要一看这茶馆关门,就知道这潘七娘又被霭王爷接走了。这回,说是霭王府的小姐宝莲儿病倒了,需要人照顾,就……"

陈嗣祖听到这里,连连拱手道:"谢谢老妈妈!今儿我这菜全送给你吧,赶明儿我这苦命的表妹若是回来,还请你多多照顾她!拜托了,我这就去给我姨报个消息!"说完,陈嗣祖扔了自己的菜筐子就大步流星地走了。

"霱王爷？"

林子健和傅志远一听都睁圆了眼睛，陈嗣祖奇怪地问他们说："他不就是个封建王爷，有什么了不起的？我上次在茶馆里见过，和别的满人没什么两样，就是个玩物丧志的家伙！上次要知道他还霸占着山奴，我就一脚踹了他心窝子！"

林子健说："嗣祖，你恐怕还不知道这个霱王爷的真实身份呢。他不单单是巡抚桂升跟前的红人，要说，他可是陕西地盘上最大的握有兵权的人。满族旗兵和我们新军全都握在他的手里。因为他不但是满族将军都统，还兼着陕西新军督练公所的总办，知不知道，他正是我们陕西新军掌握军权的最大一个障碍——革命的敌人！"

傅志远也接着说道："嗣祖，你刚进新军时间不长，所以对这个霱王爷的势力还不很清楚。这样说吧，包括我哥、子健哥哥等我们同盟会的人在新军中的上升渠道被他堵死了！新军督练公所总办，就是清廷在陕西新军的总代理，军饷、武器以及人事权，总之人财物全由他一手掌握。这当然是个肥缺，很肥的缺，他和桂升，肯定借此发了不小的财……"

"贪污腐败是一定的！"林子健打断傅志远的话，"最关键的问题还是我二哥说的那个，我们怎么样至少把团、营一级的指挥权拿到手！这个霱王爷是清朝贵族里一个极端仇视革命的人，而且，反革命的嗅觉和警惕性还很高，他虽然阻挡不住新军里我们这些从正规军校毕业的人担任中下级军官，可营以上的军官他一个也不用他信不过的人，尤其是汉人军官！文远哥哥是日本士官学校毕业的高才生，各方面的呼声都很高，可他就是不提拔，反倒是安插自己的党羽亲信，卖官鬻爵，大肆贪污受贿……我们大家无不恨得欲除之而后快！"

林子健说着，把两只拳头捏得卡巴巴响。

"可惜的就是，我们一直抓不着这狗杂碎的证据！"傅志远说。

"这样吧。"林子健掏出怀表看了看，"马上要熄灯了，我们得赶紧回到营房，免得人疑心。嗣祖，第一步，你要想办法进到霱王府里去见到山奴……"

"什么办法?"

"你不是扮作了个卖菜的?"林子健说。

"是……可是……"

"可是什么?"

"我今天一急,把菜连担子都给丢了。"

"这没关系。"傅志远说,"嗣祖,你和山奴之间不是有琼锅糖……"

"对,对!"陈嗣祖说,"我就扮个卖琼锅糖的,山奴听了一定知道是我!子健哥哥,志远哥哥,我人笨,你们说,见了山奴以后呢?我怎么把她从霱王府里弄出来?如果弄不出来,不是见也白见,还是达不到我们的目的?"

林子健道:"这个问题我们大家也都商量过了,当然一定要把山奴从火坑里救出来!我二哥、俊亭哥哥,还有海波哥哥都说了,钱不成问题!那个狗屁宝七爷不就为了从山奴身上多赚些钱吗?霱王爷能给多少?我们给的比他更高!"

林子健话刚落音,熄灯号果真响了。三个人在操场上分了手后,各回各的营房。陈嗣祖这天晚上失眠了,想到他又要很快见到山奴了,而且,这一次再见面两人就永远不再分开了。他激动得彻夜都大睁着眼睛,一直等到起床号响起,他一骨碌跳起来,给执勤官报告说,他闹了一夜肚子,要请假外出看病。

陈嗣祖没有想到他要再见到山奴会如此困难,让他根本没有料到的是霱王府的高墙大院护卫如此森严。门口几个兵丁站岗,小摊小贩还没走近大门远远地就被狐假虎威的兵丁们大声吃喝着赶跑了,他的道具琼锅糖没有派上用场,被兵丁们一哄而上抢着吃了,好在手忙脚乱中他还在袖管里藏了几根,心想,要是这些家伙再抢,他可对他们不客气了,这几根琼锅糖他是一定要给山奴的!可怎么进去?他琢磨着,正门进不去,那只能走"歪门"了——翻墙?飞檐走壁?或者,找个偏僻小门混进去?……他绕着霱王府的高大围墙走了一圈又一圈,一直琢磨着等天黑下来以后,从哪儿翻墙进去更容易些?后来他发现,霱王府的西面围墙外面是片小树林,而这片树林刚好长在一座小山丘上,地势较高,攀上一棵大树,居然就能看见霩王府里的大体情景,他一阵窃喜,就坐在树枝上吃起了带来的干粮。看看头顶上的太阳渐渐地偏西了,他也累了,困了,就在树上打起了盹。突然,他听到了一个非同寻常的声音,猛地一激灵,醒了,再仔细听去,他明白了,是霩王府里有人在唱戏——一个坤伶在唱《状元媒》柴郡主的唱段!陈嗣祖对秦腔的热爱几乎是与生俱来的,还在孩提时代,他就在他家养的广福班班主谢德顺的怀抱里整夜整夜地听秦腔,从那时候起,秦腔就成了他血液里的一部分,每天晚上,他母亲要哼着秦腔他才能入睡。所以,他一听霩王府里的秦腔唱腔,马上判断出了这个女伶的水平非同寻常!

他竖起耳朵仔细听着——

> 柴郡主在深宫笑容满面,
> 阵阵喜气上眉尖。
> 那夜晚突围遭凶险,
> 傅公子追车救命还。
> 怪不得中了雀屏选,
> 果然是才貌非等闲。
> 梨花枪似雨点,
> 杀的番兵心胆寒。
> 自那日阵前见郎面,
> 英姿常绕梦魂间。
> ……

声音渐渐沉寂下去。可过了不大一会儿,这个像是举世无双的坤伶的声音再度响起,却还是这几句唱腔。如此这般,这段唱腔被她翻来覆去唱,却也让陈嗣祖听得入迷,百听不厌,如痴如醉,像是永远也听不够。根据声音的方向他判定,唱戏的这位坤伶应该在霩王府里东南方向的一座小楼里,可茂密的树枝却挡住了他的视线。陈嗣祖小心翼翼地爬到了东南方向的枝头上,拨开树枝望了过去。夕阳西下的那座幽静小院里，一个眉清目秀的很小年纪的旗兵进到院子里以后小声地叫着什么，不长时间，小楼的楼梯上出现了一个身影。一看见这个曼妙的身影，陈嗣祖的心都一下子跳到喉咙眼了——啊，是山奴！是山奴啊！在他的泪眼的注视下，那个小旗兵噔噔噔地跑上了楼梯，把手里举着的一根琼锅糖给了山奴，两个人还小声地说了几句什么，小旗兵又欢快地噔噔噔地跑下了楼梯，转眼间就跑出了小院……

山奴很慢很慢地往楼上走，到了栏杆处，站住了，像是心事重重地四下里望去。这时，陈嗣祖突然不顾一切地运足了丹田里的气流用秦腔大吼一声：

——卖琼锅糖！富原的琼锅糖！

山奴一听，果真浑身一激灵，猛抬起头。

两个人的视线对上了，山奴焦急地给他打着手势，那意思是赶紧躲起来。她知道了，她要想办法到天黑的时候出来在小树林子里见他。山奴这次再见到他就一把抱住了他，再也不肯松手了。她哭得气塞咽喉，说："嗣祖哥哥，我就是为了活着见到你才不去死啊！我想死，我真的想死，我不想活！我活得不像个人呐！……宝七爷他不是人，他是个畜生啊，他逼我做的事都是我宁肯死都不愿意的啊，嗣祖哥哥，你要救我！我死都再不离开你了，我要生是你的人，死是你的鬼，我死活都要和你在一起，永不分离！"陈嗣祖抱住哭成了泪人、身体软绵绵的山奴，第一次亲吻她满是泪痕的精致的小脸。月光下，山奴的小脸散发着无与伦比的美丽，带着几分白色大理石般的光泽和冰冷，让人想到从大海深处浮出来的美神维纳斯……她哭的时候陈嗣祖觉得自己的心都一块块碎了。他吻她的时候感觉她整个人都融化在了他这处子的吻和纯洁的吻里了。她一边流泪，一边抱紧了他，越抱越紧；他一边吻她，一边用全身的热量去温暖她发抖的身体。

他说："不分开，再也不分开，永远不分开了！"

"可是，"等这段激情过后，山奴轻轻推开他说，"嗣祖哥哥，我怎么和你在一起？我……我已经不再是从前的山奴了，不是自由身了……"她声音很低很低，非常悲伤，两颗晶莹的泪珍珠般挂在腮上。陈嗣祖很心疼地用手轻轻擦掉这两颗泪："山奴，这你就放心。我舅舅从南洋回来了，他很有钱，他说，他来和宝七爷谈这件事，一定把你从宝七爷的魔爪下救出来！"

山奴含泪摇头。

陈嗣祖悲戚地叫道："怎么，你不信我？"

山奴绝望地说："你怎么救我？嗣祖哥哥，不是我不信你，是……我名义上还是潘、潘仁宝的妻子，除非，除非他肯离婚。可……嗣祖哥哥啊，他不会，不会。他把我当摇钱树啊！怎么可能放手呢？"

山奴再次哭昏倒在陈嗣祖的怀里。

陈嗣祖吻她。

她像是大梦初醒，两只胳膊紧紧地搂抱着他粗壮的脖子，梦呓般地喃喃着："就这样死去多好啊，就在你的怀抱里，我的嗣祖哥哥。我今生，今生多想当你的妻子啊，多想……可是上苍，上苍不给我这个福分。哦，我想要你！嗣祖哥哥，我想要你！现在就要！我要你，要你，要你……"

她的声音渐渐低沉了下去，但动作却越来越热烈，似乎她全身的每个毛孔里都散发出了热情，一片腾腾烈焰把两个人全部裹挟了进去。陈嗣祖脑子里已经一片空白，没有了天和地之分，也没有了白昼与黑夜的概念，更没有了他身处何时何地周围会有什么危险等任何意识，他的眼睛里、心里、灵魂里只有她——他苦命的、痴情的山奴！他当然想要她，甚至比她、比她想要自己更想要她！二十岁的他和十八岁的她，此时，再没有什么能阻挡他们相互完全地拥有对方，神仙来了都不行，天神地神城隍什么神来了都不行。她在他的怀抱里轻得像根羽毛，软得像根面条，他把她轻轻地抱起来，轻轻地放到他为她铺好的衣服上，就在霈王爷家院墙的外面，那棵高大的杜梨树下，冷月洒下一片清辉，但突然，陈嗣祖站住了，停了下来。

是附近的一只猫头鹰的叫声？

还是天地间的某个轻微的响动？

此后很多年陈嗣祖都解释不清楚自己当时为什么和怎么会停止进一步去爱自己心爱的女人……可他分明听到了内心深处有一个声音，是景孝天的声音，还是林子健的声音，或者是林子桐的声音？这声音在告诉他，嗣祖啊嗣祖，天地间还有比男欢女爱更重要的事情，同盟会的事情、新军的事情、革命的事情、推翻帝制建立共和的事情！哦，他要解救山奴，可不是只为自己，为了共和，对，为了共和，为了这个国家从此不再受清朝的统治，而现在，他还什么事情都没做，就想要……陈嗣祖在心底里狠狠地批判了自己。他给山奴穿好衣服，给自己穿好衣服，轻轻吻吻她说："好妹妹，我的好山奴妹妹，你刚才担心的事情，不要怕。相信哥哥，你会得到自由，会的。我们也一定会在一个更好的社会中生活在一起，会的！"

山奴不明白。

山奴听不明白他说的话，眨着一双好看的水波荡漾的凤眼。两人分开得正是时候，就在他们刚刚起身还在卿卿我我的时候，突然，从围墙的一头传来狗吠声，紧接着，灯笼火把和一群人影同时从墙的那头转了出来。山奴猛地推陈嗣祖一把："快跑！嗣祖哥哥，快跑呀！"陈嗣祖刚刚风一般地冲下小山坡，那群人就已经跑了过来。陈嗣祖不放心山奴，躲在了山坡下一条小水沟里，把整个身子都伏在了水中。只听一个凶恶的声音吼道："小贱人！大半夜跑到这儿干什么？想跑？看我不把你撕了喂狗吃了！"

静夜里，两声清脆的耳光。

紧接着，能听见山奴嘤嘤的哭泣声。

陈嗣祖心碎了。

他冲动地抬起身子，又使劲地攥紧了拳头，把拳头狠命堵在嘴上。灯笼火把中，他看见山奴被一个大汉高高地扛起在肩膀上，山奴挣扎着，声嘶力竭地叫着："不！不！我不——！放开我！放开我啊！"一群人转眼消失在了墙的拐角。陈嗣祖眼睛冒火地盯着这群人中一个高大肥胖魁梧的身影。这人他认识，就是在茶馆里见过的那个王爷——霱王爷。

五

这世上恐怕再没有比跟人开口说这样的事情更让人开不了口的了，

可是，林子桐和白俊亭很快发现，和这个人们叫作宝七爷的西安旗兵营的游击潘仁宝说这件事似乎却并不困难。正经读书人说不出口这样的事。这事很丑陋，叫"包养"或"典妻"。这是他们反复商量后才想出来的一个办法。山奴的担心并不是没有道理，对于已经几乎丧失了生存能力、游手好闲和醉生梦死的满族贵族宝七爷来说，山奴不仅沦落成了他的性奴隶，而且成了他的生计和谋生手段，他只有靠着老婆的皮肉生意才能生存下去和勉强维持住他的奢靡生活。要他和山奴离婚，恐怕太难做到，尽管这种婚姻有其十分丑恶的一面但还受着法律的保护，如果打官司解除婚姻，时间太久，革命党人等不及了，同盟会等不及了，形势已经风声鹤唳。从景孝天从广东带回来的消息以及全国形势的发展来看，事情已经变得很明朗——革命党人和清朝政权的最后较量已经是箭在弦上，武装暴动的脚步声也越来越清晰可闻，在这种情况下，他们必须有一个在新军中的可靠联络点。此事变得非常急迫。所以，他们只能让自己做一次这样下三烂的事情：为陈嗣祖和山奴这一对苦命恋人，和这个叫宝七爷的满族绿营军官进行一次丑恶的和肮脏的"包养"或"典妻"交易。

林子桐和白俊亭坐着一辆由八匹白色骏马拉的豪华大马车，前呼后拥着十多个穿整齐号服的仆人的队伍，甚是招摇和张扬地进了满城，到了门庭已经显得颓败和破落的潘仁宝潘府。潘府的老家人"吱呀"一声开了铜环已经锈迹斑斑的两扇沉重的大木门，只开了道缝，只朝这支队伍望了一眼，就惊讶地张大了嘴巴："老……老爷……"

坐在高大马车上的林子桐只动了动嘴，由高满儿扮演的他仆役长就狐假虎威地大声问道："请问，这里可是潘仁宝潘游击潘大人的府上？"

潘府老家人结结巴巴："是……是……请问……"

"既是，那就请打开大门，请我们二位老爷进去呀！"高满儿提高嗓门。

潘府老家人怯怯地问："你们是要账？还是催款……"

高满儿大声地说："老人家，我们既不要账，也不催款，是我家老爷要和你家老爷谈一笔生意……"潘府老家人显然松了口气："哦，这样。我家老爷不在。"

"不在？怎么会不在？"

"真的不在。"潘府老家人一脸苦相。

"不在，去找啊，把你家老爷找回来呀。"高满儿不满地说。

"唉，要能找回来就好了……"

"你说什么？哪有找不回来的人？……"高满儿很生气。

坐在马车上的林子桐很威严地咳了一声。

高满儿假装害怕地回头看了一眼。转过脸来就变了副模样，他笑盈盈地往潘府老家人跟前凑凑，又悄悄给他手里塞了块碎银，说："请您老人家帮个忙，今天要是找不见你家老爷，我家老爷会要了我的命！"老家人把碎银再往高满儿手里一塞，说："这个不用，这个不用。唉，年轻人，敢问这两位老爷是谁？"高满儿说："两位老爷都是南洋回来的大商人，左边那位姓贾，右边那位姓甄。""哦，知道了，姓贾姓甄。"老家人点头，"可我家老爷不做生意啊。"高满儿试探："不做？我们听说，通常生意不做，可有一种生意……"他卖关子似的不说下去，只是神情诡秘地挤挤眼睛。老家人假装不明白，嘟哝道："唉，把个好端端的日子过成这样！……唉，走，我带你们去找去，等是等不回来的。"

老家人从门缝里挤出身子，反转身把大门又关上了。

一支队伍又浩浩荡荡地跟着这个跛腿的、走得慢慢悠悠的潘府老家人的后面往满城里的一个特殊地方走去。这地方叫"柳巷"，是满城里的一个热闹去处，男人们吃花酒的地方。街巷窄小，却铺面林立。此时，虽然已近中午，艳阳高照了，可对生活在这个区域的族类来说，却似乎正是夜沉沉，整个街巷都看不见几个人，相当冷清。尽管这支队伍已经极尽招摇，可偶尔在这街上碰到的人和某个妓院馆舍门前袖着手冷得缩作一团的人，脸上一律一种表情：麻木。而他们缩手缩脚的样子就像是再火热的太阳都照不透他们那蜷缩在一起的身体里。林子桐和白俊亭这是第一次到满城来，以前关于省城西安的这座城中城他们也只是听人说说，尤其是听交游广泛的高满儿说，此番见了这番情景，也暗自咋舌，白俊亭小声对着林子桐的耳朵说了一个字："死。"

他的意思是说，这里像个死城，死气沉沉。

林子桐也咬着他的耳朵说了一个字:"醉。"

他的意思是说,这里的人全都醉生梦死,个个成了行尸走肉。

两个人相互看了一眼,嘴角挂上了一丝深意的和会意的笑。这笑容里有几分不屑,也有几分豪迈,两人心照不宣:气数尽了!清王朝气数尽了!看看我们一旦革命起义的这个主战场吧,就凭这一帮行尸走肉的活死人,他们守得住所谓的大清江山吗?——去他的!真的是去他的!跛腿的潘府老家人最后在一个挂着"逍遥别馆"的朱漆大门前停了下来,小声地对着高满儿说:"就到这儿了,你们自己去找吧。昨儿听说有人请我家老爷到这儿吃花酒,昨晚上就没回家。我走了,让老爷看见,一定是顿毒打。已经打断一条腿了,再打,我可就没腿走路了。"高满儿于心不忍,把那块碎银又塞到老家人的手里,这次,老人没有推辞。

仍旧是金钱开道。

老鸨收下高满儿递上的一块黄澄澄的金子,牙齿轻轻一碰,柳叶眉就一下子挑到房梁上去了:"这么长时间还没见过成色这么好的金子!两位爷,这边请。"

老鸨热情洋溢地带着他们三人上到二楼,到了楼拐角的一个房间门口,用脚把门直接踢开,对着里面叫了声:"潘七,有贵客找你来了!"

老鸨的声音已经非常大了,但里面没有动静。探头往里看看,黑漆漆一片。看样子,是用厚窗帘把窗户遮着呢。老鸨说:"死尸一样躺着呢。二位爷,人,就在里面了。有什么需要的,只管吩咐。"等老鸨高跟鞋打在木地板上的敲击声消失到了楼下以后,高满儿就知道他该干什么了。他冲进房间,一把拉开了窗帘,阳光顿时刺眼地射了进来,像探照灯一样,把房间里面的情景一览无余地暴露在了林子桐和白俊亭的面前。两人几乎同时地转过身去,本能地想要捂住自己的眼睛。后来很多年他们都没有忘记过这个场面,两名清末士子,共同用了一个词来形容他们眼前的这一幕:不堪入目。

这是两个赤条条的男人和女人。

两人在床两边一边一个地趴着,地上各自有一大堆污物。女人的头耷拉在地上,头发浸在自己吐的污物里,格外恶心。潘七爷的脑袋和半个身子也耷拉在床沿,他所以没有掉下去,是他的两条腿被死死压在女人的肚子底下。

潘七爷就这么死尸一样地躺着,即使阳光照着,即使有这么几双眼睛在看着他。林子桐和白俊亭这时已经退出了房间,两人站在楼道里,恶心地直想吐。里面再发生什么,两人就都不知道了。干这种事是高满儿的长项,不知道他都用了什么方法,反正过了一会儿,女人蓬头垢面地两手掩着衣服出来了,再过了一会儿,高满儿到门口来叫两人。他故意大声地:"二位爷!潘爷这儿恭候二位爷呢!"等两人往进走的时候,从他身边过,他小声道:"直接说!老小子还宿酒未醒呢!"

"知道?"林子桐小声地。

"应该!"高满儿点头。

这是说,高满儿刚才大体已经说了两人的来意,林子桐和白俊亭这才略微有点儿放松。话难出口啊,真难。可让他们万万没有想到的是,他们认为千难开口万难开口的事情,这位宝七爷却一张口就给他们解决了。宝七爷衣冠不整地耷拉着两条光腿坐在床沿上,看样子他沦落到了根本就不注意自己形象的地步。房间里地上那两摊污物,像是被草草打扫过了,所谓打扫过了,就是用被单抹过卷着扔到了墙角。床对面有一对破竹椅,高满儿请两位老爷屈尊就坐在了这里。

"好吧,这位小哥说,"宝七爷开口道,倒是单刀直入,"你们找我是来谈一笔生意?关于我家福晋的事儿?用你们汉人的话说,我老婆或我家娘子,是这样?如果是这事,好办,那就看你们出什么价钱!这位小哥说,二位是南洋做大生意的,不差钱。好吧,那你们就直说,多长时间?给多钱?不用暗示,也不用暗语,有话直说,我最讨厌你们汉人,做事不痛快,遮遮掩掩的,有什么意思?有屎就拉在当面,再臭,不就一泡屎嘛!我们满人不像你们汉人,既当婊子,又想立牌坊,我们不,我们满人都是直肠子,明人不做暗事……说!多钱?多长时间?"

宝七爷一下子像过嘴瘾一样哆哆嗦嗦说了这一大通话。这话听得林子桐和白俊亭瞠目结舌。他们饱读诗书,却从来没有想到过一桩丑陋的事被一个丑陋之人竟然能够说得如此光明正大,如此难启齿的一件事就这么如此轻易地解决掉了？像是这世上根本就不存在不能做和不可做的事情，也像是这世上就不存在"寡廉鲜耻"这四个字？就在这两人瞪着眼睛说不出话来的时候，站在一旁的高满儿却突然地鼓起掌来，连声叫道："好！好！好！"

更让人瞠目结舌的一幕出现了。

那潘七爷在高满儿一声高过一声的叫好声中突然激动了起来，赤脚站在了地上，摇摇晃晃地一头扑到了高满儿身上，居然还女人般嘤嘤地哭泣起来，还突然砸了高满儿一拳："兄弟，我喜欢你！"

"好！兄弟，我也喜欢你！"

高满儿又回了潘七爷一拳。这一拳像是把这潘七爷打舒服了，他竟然哈哈大笑起来，然后笑着瘫坐回了床上。从这时开始，主导这次谈判的主角就变成了高满儿，而两个人，还居然相谈甚欢。高满儿说，两年，五百两银子。潘七爷讨价还价，要么一年，五百两银子，要么两年，一千两银子，看你选择哪个？高满儿咬牙，两年，八百两银子，再多，贾老爷和甄老爷就劝他们那死心眼的外甥不要你家眼看就成了残枝败叶的小娘子，而去包养一个黄花姑娘得了！

这话一说，潘七爷翻了白眼。

林子桐有些担心，怕万一谈崩了，坏了革命的大事，忍不住想插话："一……"

他刚一张口，白俊亭扯了一把他放在椅背上的胳膊。他了解他这位内兄，知道他想说的是："一千就一千，不要为了两百两银子再争了。"这话不能说。因为白俊亭很了解他家高满儿的能耐，高满儿一定摸准了对方的脾性心理，才敢放心大胆地这么"激将"。事情绝不会像林子桐担心的那样搞砸。果真，潘七爷翻着白眼想了一会儿，突然涎着脸笑了："你这小兄弟，说话倒真叫结实！我喜欢你，咱俩对脾气……好，八百就八百吧，我要现银！现在！马上！行吗？"

"没问题。"高满儿说，"我们二位爷的银子就在外面的马车里。还有一点……"高满儿拖着声音又不说了。潘七爷这会儿反倒一点儿都沉不住气了，像是害怕到手的一大笔白花花的银子会飞走了，忙问："还有什么？你说！"林子桐和白俊亭这时已经完全放下心了，心想，真有我们满儿的,办事可真是滴水不漏啊。此前他们商量的时候就说过,新军的这个据点或者说联络点最好安放在满城里。这样做最大的好处就是容易避人耳目,也容易麻痹敌人。在敌人的巢穴里进行革命活动反而是最安全的,因为满人的大小官员都认为,满城才真正是属于他们自己的地盘,最安全,因此警惕性也最低。除此之外还有一点,在满城里安插这么一个据点容易了解和得到更多来自敌人方面的情报。可在满城新开张一个地方毕竟太显眼,最好的办法就是利用宝七爷原来的这个茶馆。但刚才两人一紧张,就把原先商量过的这件事给忘了,幸亏高满儿居然什么都记得清清楚楚。假如这事能谈成,满儿可就为革命立一大功了。两人凝神听着。高满儿此时故作一副满不在乎的样子,一边无聊地用左手的指甲剔着右手的指甲,一边慢悠悠说道:"有了马,是不是需要配个鞍?我们这一大笔巨款,到哪儿都能给老爷的这个外甥安个临时的家,对不对?你的茶馆关着也是关着,不如茶馆连你家福晋一起随了我们老爷的外甥?挣了钱归你,只让他们临时住在这里。你看如何?"

潘七爷一听,赶紧点头答应。

多好的事情,等于山奴还在为他继续开茶馆挣钱。只有傻瓜才不答应!

高满儿说:"空口无凭。这样,潘爷你立个字据,我们先付一百定金……"

"一百不行!最少两百定金!"潘七爷喊道。

"好吧好吧,那就两百定金!"

一个精致的皮箱提了进来,当箱子打开,白花花的银子简直晃晕了潘七爷的眼睛。白俊亭从箱子里数出两百两。当箱子再次合上的时候,潘七爷脸上的表情像是比剜他的心还难受。但转念一想,反正剩下的也很快会归了自己,这才恋恋不舍地把眼睛从箱子上移开……

六

潘七爷的两百两银子还没出逍遥别馆就被老鸨悉数扣下。原来，老鸨并没有离开，而是钻进了隔壁的房间，从墙缝里偷听和窥视到了一切。老鸨抢了这两百两银子不算，还冷笑着说，等潘七爷剩下的六百两银子到手就还要再归还她五十两！潘七爷此时心里苦啊，苦得比吞了黄连还要苦，苦得他连寻绳上吊的心都有。这可真是螳螂捕蝉黄雀在后啊，他苦苦哀求老鸨说，至少先给他二十两银子，等六百两银子到手，他一定多还老鸨十两银子。老鸨这才扔给了他二十两银子。潘七爷手里有了这二十两银子，顿时就又高兴了起来，心想，就是还掉了老鸨这儿的赌债和风流债，他还有至少五百多两银子。于是，他乐乐呵呵地割了几斤肉，又买了两瓶酒，还买了几样下酒菜，提着这一大堆东西哼着小曲回家了。

老家人一见他这样子心里就先明白了几分。

等伺候他吃完饭洗脚，潘七爷见老家人一直吊着个苦瓜脸，气得用湿淋淋的光脚踹了他一心窝子，问他："你有什么不高兴的事情？"老家人这才哭丧着脸说："老爷啊，霜王爷那儿你怎么办呢？"老家人这句话一出口，潘七爷像遭了雷击一样身子就僵硬在了那里。接着两眼一黑，身子往后一倒，一出溜，就直挺挺地躺倒在了地上。

他怕。

他可真怕呀。

别人是一女两嫁，他呢，他是一妻两典。典的一方是有权有势的霜王爷，另一方则是财大气粗的南洋富商。一边是钱，一边是权，他想要钱，又怕权。他也是昏了头了，怎么就把霜王爷的事儿忘得一干二净了呢？他想，要么就是那白花花的银子诱惑了他，要么就是他那天确实是在宿酒未醒、头脑不清楚的情况下犯糊涂才干下了这等能要了他命的事情。可不管怎么说，交人的日子越来越近了，他要么还钱，要么给人，除此之外再没有其他办法。但潘七爷已经没有钱还那两位姓贾的和姓甄的南洋富商，说好了到了日子，山奴就得梳妆打扮好了等在那个叫作奇缘茶馆的地方，而那天也是这两位南洋富商的外甥正式包养或典下山奴的日子……潘七爷在床上挺尸般地睡了两天，接下来的几天，他疯了般在他家破败的庭院里转圈圈，一圈、两圈、十圈、二十圈……无济于事。酒喝了一瓶、两瓶、三瓶、五瓶、八瓶……还是无济于事。到了第六天，离交人的期限只剩最后一天了，潘七爷的酒喝得更凶了，一瓶喝完，又喝一瓶，还要老家人再去买酒，这回，老家人却死也不动，任凭主人踢他、打他、推他，就是不动。潘七爷怒了，拳头像雨点样落在老家人身上："老子让你去买酒，你死了不成？再不去，老子打死你！"

老家人跪倒在了地上："老爷，你今天就是打死我，我也不去。我知道你心里不好受，可你就是把自己喝死，又能怎么样？你还是要想想办法呀！"

"想什么办法？唯一的一个办法就是等那两个汉人来了，和他们拼命！反正要钱没有，要命一条！"潘七爷红着一双眼睛，吼道。老家人点醒他说："不行啊，老爷，你想想，是两百两银子多，还是六百两银子多？我们为什么不想办法挣那六百两银子呢？"潘七爷颓然道："不是不想挣，是挣不到！""怎么会挣不到呢？老爷！霭王爷跟前的女人又不是一个两个，你可以……"

话没说完，潘七爷家一个小厮就匆匆忙忙跑了来，小厮一个"老爷"还没叫出口，霭王府的旗兵班头已经紧跟在屁股后面闯了进来。班头一进门就吆喝道："我们王爷，我们王爷叫你现在、马上、立刻就去见他！一刻都不能耽搁！潘爷，你现在就随我去，快，快！"

这就是霭王爷的风格，对他这个远房侄儿，一直都这么像对待一个奴仆一样吆来喝去。可是这会儿，潘七爷早已经顾不上生气和计较面子了。他只是心里"咯噔"一下，感觉整个身体都像是浸到了冰水里。真是越怕鬼叫门，鬼就越是顶头碰面打上门来了，他这会儿在世界上最怕见的就是霭王爷，霭王爷怎么这个时候偏偏这么急地叫他去？莫不是转卖山奴的事儿传到王爷耳朵里了？王爷知道这件事了？啊，一定是这样！那个逍遥别馆也是霭王爷爱去的地方，一定是那个破老鸨把这件事告诉霭王爷了，霭王爷叫他，这是东窗事发呀！

潘七爷只觉得腿肚子发软，一路跑，一路两腿打着绊子。

老家人一路陪着他跑着，但到底年纪大了，气喘吁吁，跟不上趟。好在潘府离霭王府只隔两条街巷，几步就到了。在潘七爷已经到了霭王府门前，腿软得迈不过王爷家那高门槛的时候，老家人终于赶上，来得及说出他半天没有说出口的话。老家人附耳道："老爷，没有别的办法，要想得到那六百两，你只有……只有……请霭王爷放了山奴！否则……好，否则……"

"否则怎么？快说！"

潘七爷眼里突然露出凶光。老家人提醒得对，为了六百两银子，让他去杀人放火都行！都值得去干！他一把抓住老家人的胳膊，那狠劲儿，就像眼前的这位老人就是他今世的仇人一样。老家人像是横下一条心，说了句："否则，你就跟王爷借钱！照实说！"老家人从高满儿嘴里已经知道了山奴和陈嗣祖两个年轻人之间的悲惨故事，他的确打心里同情他们，希望能从霭王爷和潘七爷的魔爪下救出山奴……其实，这也是他替主人想出的最好一个办法了。潘七爷很快做出了自己的判断，这个世界上想要谁来同情谁，那是天方夜谭的一件事，尤其像霭王爷对自己这样如今已经穷困潦倒的穷亲戚。只有钱，只有钱才是霭王爷的命根子！他想好了，好，就这么办！他对自己说。

没想到，霭王府的大管家却让他等等。

等什么？

大管家说，王爷正跟新军里的几位军爷商量什么大事呢。

这一商量就商量到了连午饭都过去了一个时辰了。潘七爷饿得肚子咕咕叫，索性让自己的老家人先买个荷叶饼填填肚子。热腾腾的笼笼肉荷叶饼才刚咬了一口，霭王爷进来了。霭王爷进来，黑着个脸，先骂了他一句：

"你这个狗东西，办下的好事！"

潘七爷一惊，"扑通"一声就跪到了地上，嘴里叫着：

"侄儿也是没有办法呀，现在，侄儿把乱子懂下了，侄儿要不给人还这两百银子，人家要拿侄儿这不值钱的头呢！十叔，你就可怜可怜侄儿吧，借给侄儿两百两银子，山奴就还照旧伺候您老人家。您要不借给侄儿这两百两银子，侄儿反正也活不成了，反正到哪儿都是个死，还不如死在自己亲叔叔、十叔您老人家面前算拉倒呢！"说完就一头往堂中间的柱子上碰去。

这其实就是潘七爷想好的主意，无赖加流氓。

霨王爷一把拉住他，踢他一脚：

"你说什么呢，你？这事和山奴有什么关系？什么两百两银子？什么人要拿你不值钱的头呢？这乱七八糟的都是些什么事嘛？——你倒是说清楚啊？"

潘七爷正准备往地上碰的头扬了起来，他愣住了。

"不……不是山奴的事啊？"

"山什么奴！哎呀，这会儿都快要大水冲了龙王庙了！你看看这些！这些！我让你做的账，那些个汉人军官，那些个狗崽子，是怎么弄到手的？是你卖给了他们的？从实招来，我可以免你一死！不然，我一定当下把你打烂成个肉泥！"

霨王爷一开始说着的时候，把手里拿的一沓纸往潘七爷的头上一掷，纸片天女散花一般纷纷扬扬地洒落下来。而说到后边，霨王爷顺手抓起一把椅子，往下一劈，还好，潘七爷手疾眼快，一个鲤鱼打挺，躲开了，椅子劈到地上，一下摔得粉碎。霨王爷手里抓着一个椅子腿，还要去劈潘七爷，却被潘家的老家人一下子死死地抱住。那老家人是用尽了全身的力气，竟然把力大如牛的霨王爷箍得动弹不得。潘七爷趁这工夫，抓起地上几张纸片看了一眼，顿时面如死灰。他明白霨王爷为什么会愤怒成这个样子了。陕西的新军编制为一个混成协，协统即陕西新军最高军事长官仍旧由霨王爷兼任，霨王爷既是新军督练公所的总办又是新军协统。新军的军事指挥、行政以及后勤保障等权力便全部集于他一身。这当然是巡抚桂升的特意安排。混成协有步兵、骑兵、炮兵以及工程、辎重部队等，督练公所掌管着所有这些部队的军费开支，霜王爷信不过其他人，阴阳两大套花名册就掌管在潘七爷手上。这两套名册极为复杂，一套是应付清廷的，名册上编了许多假军官和假士卒，甚至清廷以前战死官兵的名字也列在其中，这是为了吃空饷。桂升和霜王爷吃空饷的胃口越来越大，步兵五千，他们就敢吃两千多空饷，骑兵三千，他们也敢吃一千多空饷。随着他们胃口越大，潘七爷给他们编造的凭空出来的兵员以及武器装备等名目也就越多。这活儿，潘七爷一定也有利可图。只是，和潘七爷得到的那点小恩惠比起来，桂升和霜王爷的油水大得惊人，潘七爷心里不平衡，喝醉酒的时候，不免会跟酒友们吐露上一些。如今这雪片样的纸片上写着的可都是他名册里的内容，一个目，目里十二名士兵，其中七个士兵是真人，五个士兵是假人，有名有姓，就像是从他的名册里抄出去的！

"王……王……王爷，你不会认……认为，是我把名册，给……给卖了吧？"

潘七爷吓得浑身筛糠。

"不是你又会是谁呢？你说！"

霜王爷一转身，一伸手，他贴身的一个护兵明白他的意思，马上递到他手里一支手枪。霜王爷掂掂枪，掉过枪口，用枪抵住潘七爷的脑门。潘七爷明白，这霜王爷一怒之下真敢一枪打死自己，他闭上眼睛，连声哀求道：

"王爷饶命！王爷饶命！我说！我说！"

霜王爷提着他的领口，把他提了起来：

"好，你现在就说！是不是你？"

"不，不是我，"潘七爷向周围扫了一眼，一下子看到了被吓得瘫坐在地上的老家人，他突然胡乱地一指，信口雌黄道，"他！是他！名册的事全是他每次誊抄一遍……对！就是他，除了他不会有别人！"

老家人被士兵们架着拖了出去。

老家人被拖出去的时候无声无息。

这天晚些时候，霱王爷和潘七爷又像往常一样相对躺在了烟榻上，就像几个小时前什么事情都没有发生一样。霱王爷抽了会儿烟，像是情绪平静了许多，在云遮雾罩中，他长叹一声："唉，出了这样的事情总得有人到桂大人那里去顶个罪。"潘七爷这时才敢小心翼翼地问了句："到底出了什么事了？"霱王爷说："就是名册泄露的事！"潘七爷一横心，道："叔爷，这你的确是冤枉侄儿了。侄儿再糊涂，也不至于干这样会把天捅个大窟窿的事情，我家老家……家人，也是冤枉的。"霱王爷说："这世上就没有不冤枉的事情。我刚才也是气昏了头，现在想想，这名册可能还真不是被泄露的……"

"那是……"潘七爷紧张地问道。

霱王爷用眼角瞥他一眼："你也别说和你没有关系，一定是你嘴不严泄露了出去。但这么详细，我猜想另有原因。这原因一定是新军中那些中下层汉人军官……比如说，傅家兄弟俩、林家的老三林子健这些世家子弟，以及像陈嗣祖、张平安这些士绅阶层的子弟。这些人在中下层军官中很有势力，我想，恐怕就是他们，老鼠打洞一样，一点儿一点儿搜集到了我们这么详细的情况。"

潘七爷听到这里，眼泪都快要扑出来了。

"一定是这样！王爷，叔爷，一定是这样！"

"可怕就可怕在……"霱王爷循着自己的思路，"他们像是有组织地在做这件事儿。"这时，潘七爷不合时宜地插话道："那，他们想干什么？""干什么？弹劾我呀！抓住我的把柄向朝廷弹劾我，目的当然就是罢我的官夺我的权！甚至，还想要杀我的头！你说他们想干什么？怎么会问这么糊涂的问题？"霱王爷说着说着火气就又大了起来，潘七爷真有些后悔，好像刚刚才缓和下来的气氛这一下子就又紧张了起来。潘七爷赶紧又转动自己的脑子，心想，你老爷这会儿不好好地在这儿吗？那这就说明没事儿。巡抚桂升和霱王爷是一条船上的人，桂升还不死保霱王爷？想到这里，他讨好地说："他们倒想得美！看巡抚大人那一关他们过得去过不去？哼！真他妈有些异想天开，也不知道自己都几斤几两？"这话说得霱王爷高兴起来："是啊，这些王八蛋倒是真肯下功夫，竟然搜罗了老子十大罪状，除了吃空饷以外，还捏造和编造了什么老子卖官鬻爵、贪污受贿、滥用私人、任人唯亲、损公肥私、腐化堕落、花天酒地、广置姬妾、凌辱士兵这十大罪状，说老子'视将士如猪牛奴隶，稍不如意以鞭挞从事'，等等。可是写这些有什么用？我看全他妈瞎子点灯——白费蜡，说也白说，写也白写！你只能告到巡抚衙门，你还能告到天上去？那桂大人就把这所谓的告状折子转身给了我……看得我那可真叫气啊！"

"好，好！只要折子不出陕西，在咱桂大人手里，那就什么事都不会有！"

话说到这里，霈王爷一拍脑门。

"对了，我就说有件什么事要对你说。这事儿牵扯桂大人的侄儿英杰……"

"你说的是宝莲儿和英杰的那门婚事？"潘七爷问道。

"是啊，这事儿又牵扯你家山奴……"霈王爷说。

"宝莲儿和英杰的婚事，和山……山奴有什么关系？"潘七爷有些紧张。

"桂大人说的婚期眼看就要到了，可宝莲儿寻死觅活，死也不肯嫁到英公府上去。我看宝莲儿这段时间益发地离不开你家山奴了，两人可真谓形影不离。我看干脆，你就写上个卖身契约，把山奴卖给我。我给上你十两银子，这事就算了结。让山奴作为我家宝莲儿的陪嫁，一起嫁到英公府上去，宝莲儿心里好受点儿，或许就不闹得这么凶了。你看怎样？"

潘七爷没想到霈王爷会给他来这么一出。

他半天不说话，但心里恨得牙根儿痒痒。心说，你十两银子就想买走山奴，心也太黑了吧？那头八百两，你十两？门儿都没有！可他不敢说，更不再敢说要借两百两银子的事儿。

"这样吧。"霈王爷本来也就没打算听他的意见，"今儿天有些晚了，明天，你找个中人，立好字据，咱一手钱，一手人，这事就算成了。"

"好吧。"

潘七爷无可奈何地答应道。

七

这天晚些时候,山奴像往常一样给房间里同时点亮了三盏灯。宝莲儿总是说,她喜欢房间里亮堂一些,而且,宝莲儿有夜读的习惯,她每天总是读书到很晚才上床就寝。山奴知道她的习惯,给她铺好床,放好灯,就坐在自己往常坐的西窗下那张桌子前,为宝莲儿绣一块手帕。宝莲儿说,这块手帕上一定要绣上一轮明月和一棵高大的梧桐树,树上一对儿相互在梳理着羽毛的大雁。山奴曾经反对说,梧桐树上不应该是大雁而应当是凤凰或鸟雀。可宝莲儿说,凤凰这世上原本就没有,而鸟雀都飞不远,只有大雁可以飞向远方。山奴说,小姐,你忘了,大雁一般是不会落在梧桐树上的,要落,它也应该落在水边的芦苇里啊。宝莲儿红了眼睛,说,山奴妹妹,你就依了我吧。我就想要一对大雁落在梧桐树上。我想,它们只是歇歇脚,然后就会远走高飞!山奴明白了,宝莲儿是要用这幅图画表达她内心深处的一种感情。"好吧,宝姐姐。"她说。"大雁还有最好的一个地方,你知不知道,山奴?"宝莲儿还沉思着又说了一句话,"大雁从来都从一而终。如果一只雁死了,剩下的那只雁就终生成了只孤雁。所以,人世间就有了孤鸿哀鸣的说法。"山奴刺绣了一会儿,感觉身上冷了,这才发现宝莲儿并没有回到屋子里。她拿了件披风走了出去。宝莲儿的身影雕塑一般矗立在小花园里,沐浴在夜晚白银泻地似的月光里,她站在池塘边上,一双黑亮黑亮的眼睛望向天上的月亮,只听她小声哼唱着《状元媒》——

> 你是花中魁,我是女中贤,
> 愿你和我常做伴,
> 倩郎折来压鬓簪,
> 有幸得配英雄汉,

夫妻们与叔王保立江山。

……

　　这是宝莲儿最喜欢唱的一段秦腔。而今晚她唱这段秦腔似乎格外伤感，声音里像是带上了哭音。山奴走近才发现，宝莲儿的确是哭了，哭的时间不短，月光下的那张满面泪痕的脸儿看上去格外让人心疼。她像是反复在唱着这段唱词。因为山奴从走进园子听见她唱完这段，又从头开始唱。山奴走过去给她披上披风，她都没有感觉。山奴抱住她的肩膀说："宝姐姐，夜深了，还是回去吧。"

　　宝莲儿不再唱，也不再哭。

　　她静静地站了一会儿，开始挪动了脚步。

　　山奴静静地跟在她的后面。她知道宝莲儿的习惯，这种时候她最好不要说话。

　　两人拉开有两三步远的距离，就在快要走到小花园门口的时候，突然，山奴的嘴被一只大手捂住了。山奴本能地想要挣扎、哭喊，可是那人在她耳边小声说道："别怕，是我，七爷！"同时，一只大手把她的脸拧了过去，月光下潘七爷对着她不知道是在冷笑还是狞笑，反正，山奴猛然间身体哆嗦了起来，整个人都像是掉进了冰水里，冻得上下牙磕碰着。这一段时间以来，她早已经把这个恶魔般的男人忘得一干二净。尽管她有时候还得满足霱王爷的兽欲，可大部分时间里她都在宝莲儿的保护下，后院里的这个小世界就是她们两个纯情女人，一个汉族姑娘和一个满族姑娘的小天地。两人相差了七八岁，宝莲儿像个大姐姐一样对她爱护有加……然而现在，这个恶魔般的男人又出现了，所有的噩梦就又重新回来了。潘七爷附在她耳边小声道："看清楚了？好。看清楚了就告诉宝格格一声，说让她先上楼，你有事情到前院去！快！"

　　他放开了捂在她嘴上的手，但黑暗中那对凶残的眼睛让她不寒而栗。

　　山奴颤声喊了声："宝姐姐，我……我，有事到……前院、院去了。"

　　没有听见回应声。

　　很可能宝莲儿还沉浸在她自己的痛苦里，听见了或是没听见？不知道。

潘七爷拽着山奴的胳膊，静静地等了一会儿。宝莲儿的脚步声越来越远，终于像是消逝在了小楼上。二楼上的房门打开又关上，灯光泄出又消失。小院彻彻底底地静了下来。潘七爷把山奴带出了后院小门，门外面等着两个大汉，两个大汉二话不说，一个用毛巾堵住山奴的嘴，另一个就张开一个麻袋，把山奴捆扎在了麻袋里面。当这两个人正在做着这些的时候，潘七爷返身又进了小门，从里面插好门闩后再跳墙出来。大汉把山奴放到了一辆小牛车上，赶着牛车转了小半个时辰，潘七爷给了两个大汉一人几个银角子，然后自己赶着牛车回到了家中。

潘七爷什么都不告诉山奴。

次日清晨，当晨曦的一缕天光照进房间里，山奴发现自己躺着的这间小屋像是非常熟悉。她惊诧地看看四面的墙壁，再看看窗户桌椅，感觉像在梦中一样，有些恍惚，这是哪儿？怎么这么熟悉？她跳下床，推开窗户往院子里一看，明白了，是茶馆后院的那间平时放杂物的小屋。她走到院子里，想着这一晃都两年过去了，茶馆后院荒草已经长得这么高了，自从她在霱王府的后墙外面见到陈嗣祖，时间也过去快半年了，怎么就不再有他的消息了呢？就在她这么胡思乱想的时候，听到有人走了进来，她转身，见是潘府的老家人胳膊上挎着一个蓝色印花的包袱笑盈盈地进到了院子里。天色已经大亮，老家人的脸上明显有青紫色的瘀伤，一条胳膊吊着绷带，额头上的绷带还渗出了血，乌紫乌紫的。但老家人的脸上有喜气，山奴很惊讶，忙迎上前去。

"德胜伯，你这是……怎么伤成这样？"山奴问道。

"不说了。我也不知道是捡回的命还是我本身就命大，那帮狗东西把我绑到巡抚衙门，往死里打啊！幸好巡抚大人听到了我的呼救声，过来救下我。"

"巡抚大人，你认识？德胜伯，可又为什么把你绑到巡抚去？"

"一言难尽，不说了。吃空饷的事儿，被新军里的汉人军官们给揭发了……老爷说拿我去抵罪。我知道他是吓糊涂了，不怪他。不说了。反正巡抚大人说，不追究，越追究越抹黑，就把我给放了。不说了。奴女子，我这是给你道喜来了。"

山奴一愣："喜？我有什么喜可道？"

"有啊，有啊，你是不是从小有个相好的？这相好的姓陈，他有两个在南洋做大生意的舅舅？一个姓贾，一个姓甄……"

山奴听得心一下子跳到了嗓子眼。

莫非？

莫非真的是陈嗣祖说的他在南洋做大生意的舅舅来了？

老家人把包袱递到她手里，催她赶紧更换衣服和梳洗打扮。山奴还有些将信将疑，尽管她对德胜伯的人品毫不怀疑，相信他不会骗自己，可是，她已经有过太多次被潘七爷转手典卖的经历，昨晚上的事情更是让她惊魂未定，德胜伯是好人不假，可德胜伯会不会受骗上当呢？德胜伯虽然对自己一直很同情，很好，也很照顾，可他也经常糊涂地帮潘七爷干些糊涂事，这次呢？这次会不会又是一个陷阱？要是一个更大的阴谋自己可怎么办？山奴根本就没有心思梳洗打扮，德胜伯进来催了她几次，她都动也不动。

林子桐和白俊亭带着高满儿和陈嗣祖这天如约而至。

陈嗣祖一身戎装，早晨起来又特意仔细地刮了胡子，看上去青春俊朗，飒爽英姿，意气风发。一想到马上就要见到心爱的山奴了，陈嗣祖已经几天几夜没有睡好觉了，他的两个好朋友林子健和傅志远这几天一直在拿这件事打趣他。傅志远说："嗣祖，你可不要娶了媳妇忘了娘啊。"陈嗣祖说："怎么会呢？"林子健再加上句："可你知道谁是娘？"陈嗣祖一下子眼睛红了一圈。林子健马上后悔自己问的这句话，他知道嗣祖这是想起了自己的母亲惠久香。是的，这些天，陈嗣祖想的最多的人除了山奴就是母亲了，他想，如果母亲还活着，母亲也一定喜欢和疼爱山奴的，那他们生活在一起该有多幸福啊。母亲如今长眠在了地下，他想好了，等过些日子，他一定要带着山奴悄悄去一次富原，到母亲坟头拜祭拜祭，让山奴给母亲点上几炷香，磕上几个响头，这样，山奴才能算是杜家真正的媳妇。陈嗣祖虽然想起自己母亲红了眼圈，可他明白两人话里的"娘"是谁。陈嗣祖说："当然！没有同盟会就没有我陈嗣祖的今天。我娘死了，同盟会就是我的亲娘，你们就是我的亲人。我和山奴两个,要生生死死报答同盟会,这你们尽管放心!"林子健和傅志远听了这话都难过起来,他们一人一下重重地拍打在陈嗣祖的肩上,三个人膀靠膀,头顶头地相互拥抱了一会儿,傅志远说:"一样。我们一样。我们三个人一样。"林子健说:"我们投笔从戎,我和孝天哥哥,还有文远哥哥,我们远渡重洋,到日本学习军事,就是要推翻万恶的清王朝。嗣祖,我们希望你和山奴幸福美满,同时,也希望你和山奴把革命的事业搞好!"陈嗣祖说:"子健哥哥,你不了解山奴,可志远哥哥了解山奴,对吧?山奴正是苦大仇深又深明大义的女孩子,对吧,志远哥哥?"傅志远点头:"是的。关键是,山奴在我家的时候受过良好的教育。等你们成家后,再让她多读点儿革命书籍,说不定,山奴会成为圣女贞德那样的女英雄呢!"陈嗣祖听到傅志远这样夸奖山奴,高兴得一下子笑出了声。此时,一队人马进了满城,林子桐和白俊亭坐在马车里,高满儿和陈嗣祖一人骑了匹高头大马。林子桐望着骑在他马车前面的陈嗣祖挺拔的背影,再看见陈嗣祖回头对着他笑的时候那孩子气的灿烂笑容,却不知为什么,心里有些揪着疼。他总感到不能让嗣祖和山奴这一对有情人终成眷属是自己的罪过,也总觉得让嗣祖以这样一种龌龊方式"迎娶"山奴很对不起嗣祖死去的亲生父母。

林子桐小声对白俊亭说:"等过些日子我们得想办法把这事搞圆满了。"

白俊亭明白他的意思,看着满城里那些懒散的人群,叹口气:"唉,子桐哥,你还在为将来发愁,我倒是担心眼下,不知道今天这事情会不会顺利?"

林子桐有些意外:"什么?你担心今天这事情会不会太顺利?为什么?"

白俊亭说:"为什么?你要问我为什么,我也不知道为什么。也可能是我们做生意人的一种习惯,杞人忧天吧,一笔生意没有完全做成前总觉得心里不踏实。"

"反正我看这老小子不是个正经人!"骑马走在一边的高满儿突然也插进来说道,"总之,我们是得对这老小子提高点警惕,千万不要上了这老小子的当!"

说话间,远远地,他们看见了那个用满文写着的"奇缘茶馆"的门楼。

只见奇缘茶馆门前冷冷清清。

大门紧闭,不像是里面有人的样子。

"这就怪了。说好的是今天上午九点,是我们来早了?"高满儿先忍不住说道。林子桐和白俊亭不由得各自掏出怀表看了一眼:差十分九点。但也不至于关门闭户呀。一行人停了下来,林子桐看了眼陈嗣祖,只见陈嗣祖骑在马上的身体像是一下子耷拉下来了,脸色都变了。高满儿跳下马,性急得就要上前拍门。他刚跨上门前的那几级台阶,门吱呀一声开了道缝,门缝里露出的那张脸正是潘七爷。潘七爷诡秘地对高满儿笑笑,小声道:"走后门,从后门进。"话音一落,门缝底下就钻出来个小厮,潘七爷说:"你们就跟他走。"

这茶馆的后门却在另一条街上。

林子桐心里嘀咕,干什么搞得这样神神秘秘?从茶馆的后门进去,是一个不大的院子,院子里一间小屋。陈嗣祖一眼就看见了站在院子里那棵歪脖枣树下的山奴。山奴两只手死揪着自己那根大辫子,像是在悄悄地掉眼泪呢。

陈嗣祖叫了声:"山……奴?"

山奴慢慢转过了身,又惊又喜地也叫了声:"嗣祖哥哥?真的是你啊!"

两个人一下子就扑在了一起。

林子桐眼睛湿了。他想起了谢德顺给他讲过的山奴和她母亲潘米娘的故事,潘米娘被土匪姚二劫上了山,后来冒死和谢德顺的广福班一起逃了出来,以后潘米娘的死和山奴的被拐卖。他也想起了戊戌变法的时候他在焦海波家见过的孩童时代的小山奴。十年不见,山奴出落成了一个如此楚楚动人的美貌姑娘,她额头中间的那颗胭脂红的美人痣,她眼中天生的不笑自媚的那种妩媚,让林子桐一下子想到了十年前的小山奴。这十年,这美丽的孩子吃了多少苦,受了多少罪啊!白俊亭知道林子桐的多愁善感,此番看到他眼睛里的泪光,明白他心底里又在翻江倒海起了波澜,便捅捅他,小声道:"子桐哥,到这会儿似乎我的心才放回到了肚子里。这事已经成了。我们应该为他们两人高兴才对。"

"是啊，是啊。"林子桐忙叠声说，一边催促高满儿，"满儿，那就把账清了。"

"好啊！"潘七爷一把拽过山奴，推到了林子桐和白俊亭面前，"人，在这儿了。房，也就是这茶馆，也在这儿了。咱说好的，一手人，一手钱。"

"没问题。"白俊亭说，"满儿，去！"

高满儿让人从车上取来箱子，就在院子的石条桌上打开了箱子。当白花花的银子在阳光下耀得潘七爷眼睛都睁不开而眯缝了起来的时候，不知为什么，高满儿从他的眼缝里似乎看到了一丝狡黠的笑。高满儿心里有了一丝隐隐的不安，一个不祥的预感像是突然攫住了他的心，他下意识地"砰"地一下合上了箱盖，还差点儿夹住了潘七爷的手。

"咦？"潘七爷充满狐疑地看着高满儿，"这位爷，你这是怎么啦？"

林子桐、白俊亭以及紧紧依偎在一起的陈嗣祖和山奴，都用不解的眼光看着高满儿。高满儿似乎也被自己头脑里一闪而过的念头搞得很不愉快，他皱着眉头问潘七爷说："你不会……不会有什么事情隐瞒着我们吧？要不然，怎么把事情搞得这么鬼鬼祟祟，连个店门都不敢开？"

潘七爷苦笑着，像是受到很大委屈和有着不可言说的苦衷。

"你让我怎么说？这位爷！我这是要把自己老婆……嗨！这还是什么光荣的事不成？还需要敲锣打鼓让旁人全知道？好吧，还有，实话说，这小子……"他指着陈嗣祖，"这小子我认识。几年前他就到我这茶馆里大闹过一次，我就已经看出来他和这小贱人，不，不，"他看陈嗣祖一下攥紧了拳头，眼睛瞪得铜铃大，一副想要跟他拼命的样子，忙改口道，"他和我们家这位小娘子关系绝不一般。要不是当时霱王爷……好，不说了。"他看一眼怒发冲冠的陈嗣祖再一次忍住了，"嘿嘿"干笑了两声，"现在我看明白了，这两人，你情我义，你哥我妹的，那就成全他们。你说，这位爷，我就不能做点儿积德的事，成全这两个年轻人吗？"

潘七爷话说得冠冕堂皇。

"好吧，钱不是问题。潘七爷，你可千万不要搞什么猫腻！"林子桐严肃地提高嗓门道,"你看我这外甥,不说有一身好武功,他在新军里的众多弟兄们也不会睁眼看着他受人愚弄。我这是把丑话说到前头了,你要是真有什么隐瞒我们的事情,现在说还为时不晚!"

潘七爷连连摆手:"没有,没有。真的什么都没有。如有什么隐瞒的事情,就像你们汉人发誓的那样——天打五雷轰!"

于是六百两银子归了潘七爷。

八

这天晚些时候,大约到了快吃晚饭的时候,潘七爷带了两个中人到了霭王府。等了不长时间,霭王爷回家了,见到潘七爷果真如约带着中人来了,很高兴。

"字据带来了?"霭王爷问。

"带来了。"潘七爷应道。

"那我们大家就很快把这事办完。"霭王爷说完就让人取来笔墨印泥,同时,让人叫管家马上到这里来。四个人围着张桌子,一个挨一个郑重其事地在这份买卖契约上签名、按指印。刚刚做完这些,管家来了。霭王爷吩咐管家马上取十两银子来。管家却站着不动,然后附耳对霭王爷说了些什么,霭王爷听了,倒是连连点头,说:"对啊,对啊,既然这件事涉及山奴,那就最好把山奴叫到当面,叫她明白这事合理合法,免得以后闹出点什么事情或者有说不清楚的地方。"

两位中人说:"不错,这种事情最好是把当事人叫到当面。"

潘七爷也说:"王爷,山奴不就在你府上?那就赶紧把她叫来。咱是一个愿卖,一个愿买,两下里清,以后再没有什么纠缠不清的事情了。"

四个人喝茶等了一会儿。

先是到后院去的仆人回来了,仆人带来的消息让霭王爷很是吃惊。

仆人说:"小姐那儿没有人。小姐说,昨晚上她们在花园里,山奴没跟她回房,说是到前院来了。小姐还问我要人,说是今晚上山奴要是还不回她那儿,她就绝食!小姐要我告诉王爷,山奴是她跟前的人,谁都不许碰!"

"昨晚上?昨晚上山奴就根本没过这边来呀?"霈王爷吃惊地瞪圆了眼睛,"这样,你再到各房去问问,看山奴会不会是其他人支使去了?"

这次仆人去的时间较长。

"各房都问了,都说没见山奴。说,不要说这一两天了,已经有一段时间没见了。"仆人问:"老爷,还要不要再到各位格格少爷那里问问?"

霈王爷似乎对仆人这次的回答早有准备。

他恶狠狠地:"不去了!"

管家小心翼翼地:"不会是……逃、逃跑了吧?"

霈王爷的嗓门又高了几分,简直声震屋宇:"别瞎想!她早不逃跑,晚不逃跑,偏偏这会儿逃?她能逃到哪儿去?你说!在这满城里哪能有她容身的地方?你说!别是谁胆大包天给王爷我下的套吧!"

霈王爷说到这里用那双铜铃大眼恶狠狠地瞪了潘七爷一眼。

这潘七爷真叫有种,他眼也不眨地迎着霈王爷的目光,"嘿嘿"笑了两声说:"叔爷,您不会认为是侄儿把山奴给拐走藏了起来吧?侄儿就是立马死在叔爷面前,都不会做出这等下作的事情!叔爷,你看,这人,怎么突然就没了呢?不会是寻死跳井了吧?不会是在哪棵歪脖儿树上上吊了?反正你这王爷府太大了,哪儿死上个把人一时半会儿还真很难发现。但也许还活着,女人家,心里一不高兴就会躲起来……"

管家听了,倒认真起来:"是啊,王爷,咱园子大了,得好好找找。"

潘七爷马上接口道:"要不这样,叔爷,我和中人们得到准信再来?那这字据……叔爷,这样吧,先留您这儿,等找到了人咱再说也行。"

霈王爷什么话都没有说。

茶馆再次开张后非常热闹,这里既是满城的中心地带,又在城的西南角,距离城门外的新军军营很近。茶馆对外名义上的主人是新军军官陈嗣祖,老板娘山奴则是他的一位表亲。从茶馆更换了主人以后,茶馆的客人也几乎全成了清一色的新军官兵。开始是陈嗣祖骑兵营的官兵，到了后来，步兵、炮兵、工程等兵营里的兵也往这里跑，一来二去，这里就几乎成了新军的一个军人俱乐部。大家在这里喝茶、聊天、推牌九、打麻将……官兵们爱往这里跑的一个重要原因，大家谁都不说，但其实谁都心知肚明，那就是这个茶馆有一位美貌如天仙一般的小娘子。山奴，就是茶馆最好的招牌。她热情好客，招呼周到。她脸上始终挂着能温暖到让人心都酥了和融化到里面去的笑容。这是山奴人生中最幸福的时光，她打心里，打灵魂里，打每一个毛细血管里和每一次心跳和呼吸里，都感觉到了幸福。她欢乐得每天都想要雀跃和像百灵鸟一样歌唱，她的幸福和欢乐写在她俊俏的脸上，也写在她每一声温柔的招呼里，每一个轻盈的脚步上和每一个体贴入微的端茶送水的动作里。每个士兵都想要多看她一眼，多看她一眼似乎就有阳光穿透阴霾照射到了心底里……

傅文远、傅志远和林子健他们也经常到茶馆里来。

茶馆的阁楼上就是他们秘密聚会的地方。

"文远哥哥，你来了。"

傅文远一进茶馆，山奴一脸灿烂笑容地迎上前来。傅文远每次见到山奴，每次都会感到惊奇，因为他似乎每次都能从她身上发现某种变化。这次也不例外：山奴的笑容里有了一种特殊的深意。她对着他轻轻撩了三下裙摆。这是暗号，意思是要他马上到阁楼上去，有紧要的事情。傅文远应付地在茶馆里坐了一会儿，和他熟悉的一些军官打了打招呼，就借口说，他有事要先走一步。如今，当这个茶馆成为新军里同盟会员们的秘密集会地点以后，才知道它后院的门开在另外一条街上的好处，傅文远出来拐了几个弯，就悄悄进了茶馆后院的那个很不惹人注意的小偏门。上到阁楼上，傅文远吃了一惊，这才发现小小的阁楼里竟然挤了二三十个人，阁楼的天窗大开着，天光直接倾泻在了阁楼里，这样，里面的光线很充足，傅文远在像是有轻纱拂动的光晕中看到了这段时间他们联络到的一个个新军军官的面孔，这些军官中，不用说，有他弟弟傅志远、林子健和陈嗣祖。而最让他吃惊的是，他居然在这些面孔中看到了几张他非常熟悉的人的脸——景孝天、林子桐和焦海波。

景孝天、林子桐和焦海波的出现，立刻让他感到今天这个聚会一定非同小可。

景孝天对着傅文远点点头，示意他先坐下来。傅文远有一段时间没有见到景孝天了，但他知道，景孝天这一段时间主要在他们的五龙山基地办矿，办军马场和兵工厂。林子健和弟弟傅志远时不时也会去那里几天，主要是想制造枪械，但听他们说，造枪械的机器实在太复杂，陕西就根本没有制造枪械的基础。他们折腾了一段时间，在日本学到的那些枪械知识派不上用场，只好放弃了。现在，他们一心是想办化工厂，从矿石里想办法提炼出一些矿物质用来制造炸药。景孝天明显黑了，也瘦了，大概是在山里边风吹雨淋的缘故吧！但景孝天看上去却比从前更加英气勃勃，原先脸上的线条还略显柔和，如今却有些像刀刻斧凿过一样棱角分明，线条也显得更加粗粝。林子健正在说话，见傅文远进来，便说："文远哥哥来了。我看，新军里的情况文远哥哥比我熟，还是让文远哥哥先说。"

景孝天说："你还是接着说吧。文远哥哥等会儿再发表意见也不迟。"

林子健在新军中非常有威望，大家显然还想继续听他说，所以有几个人就催促他说："子健兄，说吧，说吧，弟兄们还都在洗耳恭听呢！"

"好！"林子健看看他哥林子桐，"我们上次弹劾陕西新军督练公所总办兼协统霨王爷之所以失败，我认为最大的障碍就是陕西巡抚桂升。这两人沆瀣一气。如果扳不倒桂升，霨王爷就稳如磐石。我们弟兄商量，要一不做，二不休，想办法扳倒桂升，让陕西局面为之一变！哥，还有海波哥哥，你们和桂升打过交道，我们新军的人就想听听这个，行，还是不行？"

"这办法好，这办法一劳永逸！"林子桐兴奋地叫道。

"不行。"焦海波一张口就否定了这个想法。

"怎么个不行，海波哥哥，你要给我们大家解释清楚。"坐在角落里的傅志远突然伸长脖子叫道。"我当然要说。"焦海波回答，"桂升你目前搬不动，他在京城里有很大的势力。以我在官场这么多年经验，要想扳倒像桂升这样一个省的巡抚、清王朝一位封疆大吏，从来都不是一件容易的事。这个办法，孝天和我也都动过心思。前一段时间，我趁着到京城去办事,找过我们在京的陕西京官,就想探探他们的口风。别说直接弹劾桂升,只要一提弹劾霱王爷,这些京官一个个都避之唯恐不及。知道这是为什么吗?"

大家一时都不再说话。

林子桐说:"当然,弹劾霱王爷一定牵涉桂升。而桂升,这些京官都深知桂升乃目前朝廷宠信的大吏。搞不好,自己要丢乌纱帽乃至性命。这和上次我们'蒲案'时弹劾一个知府苟用和一个陕西提学方陛之不一样。但我认为,却也不是完全没有可能。清廷现在最想做的是什么事?——立宪。因为他们认为只有立宪才能挽救清廷摇摇欲坠的命运。那么,清廷最想制裁的又是哪些人?——反对立宪的官员。我认为,清廷正想抓住几个反对宪政的蒙满大员杀鸡给猴看呢,这桂升,据我所知,正是这样一个人物!"

"这个思路不错。"景孝天说,"不过,我认为可以分两步走。正像海波哥哥说的,桂升我们目前要扳倒很不容易。而现在最关键的,还是我们在新军里的地位和能量不够。从这个角度考虑问题,的确,霱王爷就成了我们的一个主要绊脚石和要解决的一个主要矛盾。所以,我认为第一步,还是要想办法搞掉这个霱王爷!"

景孝天的话一落音,几乎所有的新军军官全都点头。

大家纷纷议论。

"是啊,是啊,把这个喝兵血、吃兵肉的家伙先干下去!"

"是啊,不然,我们大家就都没有出头之日!"

"见识高啊,还是要先易后难,一口吃不成个大胖子!"

"不错,虽说是擒贼先擒王。可是,如果先折断了桂升的这个左膀右臂,再对付桂升不更容易一些?"

"是这个道理。"

"先干掉霱王爷,是当务之急也是火烧眉毛,就看该怎么干了?"

"……

"我当然有主意。"焦海波大声说,大家一下子静了下来,"刚才子桐哥哥不是说到了宪政吗?我们完全可以利用这件事。清廷为了推行宪政,不是让各省都成立了所谓的'咨议局'吗?这个咨议局说是由各地士绅组成，结果呢，我们子衡哥哥、子桐哥哥，还有孝严哥哥、许伯让先生等，都由各地推选成了议员。子衡哥哥、子桐哥哥和孝严哥哥等还当上了议长、副议长。可以说，整个咨议局就是我们同盟会控制的一个阵地。对不对？"

大家都说："对啊，对啊！"

"这不就是我们现在非常好的一个条件嘛！"傅文远马上反应过来，"我们就利用咨议局的合法地位，和霈王爷之流来一次正面较量，看谁能战胜谁，如何？"

"是啊，是啊。"陈嗣祖和傅志远也激动了起来，两人几乎同时站了起来，陈嗣祖说："子桐哥哥，假如由咨议局出面，这事真是再好不过！"傅志远也说："我认为，桂升、霈王爷他们这次可真的是棋逢对手了！咨议局，好家伙，全都是些陕西士林界的领袖人物，而且孝天哥哥完全可以掌握！孝天哥哥，你说呢？"

景孝天道："正是，我的想法也是这样。最近，清廷刚刚宣布资政院要召开第一次全国制宪会议，商讨所谓的预备立宪问题，我看，我们正好借此机会由陕西咨议局对新军督练公所正式提出弹劾。子桐哥，你说呢？"

"这可真是，好！好！高！高！我看可以，这样对霈王爷的弹劾也就名正言顺！"林子桐心悦诚服，连声地叫好。他又对他弟弟说："子健，看来桂升的事情得先放一放了。"

林子健早就按捺不住内心的激动，这时，他尽量压低自己的声音说道："大家这样一说，我有一种拨云见日的感觉，真好！我同意！不过，我还有一个建议……"

就在这时，陈嗣祖把手放到嘴唇上"嘘"了一声，大家一下静了下来。在一片寂静中，只听见茶馆里山奴尖锐地叫了声："哎呀，小蒙子呀，这水烧得能把一头牛烫死，还在烧？"——这是暗号，"一头牛"说的是旗兵营来人了。

陈嗣祖总是说，没能给山奴一个体面的、正式的、明媒正娶的婚姻，让山奴就这么委委屈屈地做自己的女人、连个名分都没有地和自己

第四章 满城里的女人们

过日子，他非常痛苦。他说，让他选择一千种一万种死法，只要能解除山奴的痛苦，只要能让山奴生活得幸福，他都愿意去死一千次一万次。他说，山奴啊，你知道我有多么多么地爱你！你是我灵魂里的爱人，你是我的眼中眼，肉中肉，骨中骨，你是这个世界上我唯一想娶的女人，你是这个世界上我唯一想要你为妻的女人呐，我想光明正大地拥有你，我想要向全世界宣布：山奴是我爱，山奴是我妻，山奴是我的至爱、我的爱人。我想用八抬大轿把你迎娶进门，我想给你穿世界上最美丽的新娘嫁衣，我想让你成为世界上最光彩夺目的新娘……山奴啊，我想给你一个最体面的婚礼，这是我今生最想做的事情。可是现在，我、我却办不到！山奴一边听他说一边流泪，一边一刻不停地吻他，吻他的手，吻他的胳膊，吻他的脖子和他的脸颊，最后用双唇盖住了他的双唇。她流泪说，嗣祖哥哥，能和你这样在一起是我做梦都想的事啊，多少次在梦里我和你在一起，醒来，才知道是场梦，那个时候我多愿自己就死在那个梦里！多愿长睡不再醒！因为只有在梦里我才能和你长相厮守不分离啊！嗣祖哥哥，我做梦都没想到还真有这样一天，我能日日夜夜守在哥哥身边！能这样和你在一起，我已经心满意足了！你不要为我难过，我这样已经很幸福了，我觉得我现在每天都过着天堂般的日子。我这一辈子，能过上这么一段和我的心上人、和我心爱的嗣祖哥哥共度日月、同床共枕的日子，就是明天让我去死，我也已经可以含笑于九泉了——我已经死而无憾，嗣祖哥哥！

陈嗣祖用热吻堵住了她的嘴。

他不愿意听她说什么"死而无憾"这样的字眼。

两个人如胶似漆。

而让包括陈嗣祖、林子桐和景孝天所有这些同盟会员最为欣赏和惊喜不已的是，他们大家几乎同时发现，山奴简直就是一个天生的革命者。山奴和她母亲潘米娘经历过的苦难实在太深重了，她从自己的经历中知道这个社会的黑暗和丑恶，当她清楚了她深爱的嗣祖哥哥以及她所敬爱的林子桐、焦海波、高满儿他们全都投身到了想要推翻清王朝黑暗专制的斗争中，她对陈嗣祖说，可惜我是个女儿身呐，不然，我真想和你们一样将来有一天跨上战马驰骋在疆场上，和万恶的潘七爷、霑王爷他们拼个你死我活！林子桐、焦海波他们闲暇时间偶尔和她聊起历史上的那些女英雄，比如穆桂英、梁红玉，尤其是反清英雄秋瑾的生平事迹，他们发现，山奴听得简直如醉如痴，一口一个"林先生、海波哥哥"地叫着，缠着他们讲了再讲，像是总也听不够，那种贪婪劲儿让林子桐、焦海波他们都暗暗称奇。所以称奇，是因为他们觉得山奴的妩媚中如今似乎又有了秋瑾一样的侠气——她是把秋瑾当作自己的榜样了！山奴对革命的热情简直具有熔岩一般的炽热，林子桐、焦海波他们很快便感受到了她身上的这种炽热的革命热情野火一般燃烧着周围的人，很有感染力和号召力。林子桐一次感慨道："山奴呐，那是在用她全部的生命、全身的热情和热血支持着我们的革命啊。"那是一次他们开会，从下午五六点一直开到了次日凌晨五六点，天都蒙蒙亮了，灯里的油都熬干了，油灯跳了几下后突然灭了。林子桐、焦海波他们本来彻夜不眠在和林子健、傅文远几个头碰头地研究着新军中各个势力的会党，尤其是和在新军中势力很大的刀客与哥老会联合的问题，灯突然一灭，他们抬头，这才发现微曦的晨光已经从天窗上和窗户的缝隙中钻了进来⋯⋯

几个人都站了起来，伸胳膊踢腿地活动活动突然感到酸疼的身体。

林子健先大叫了一声："呀，饿了，这会儿怎么饿得前心贴后背了！"

焦海波和他开着玩笑："这儿可没有你家小媳妇青荷伺候你。咱嗣祖兄弟可是出了名的疼媳妇，不会让山奴妹妹到这会儿了还不睡觉等着给你伺候饭。你说呢，嗣祖？"

陈嗣祖说："这你可错了，海波哥哥。不是我要不要心疼媳妇，是山奴自己⋯⋯"

陈嗣祖话音未落，就听见有脚步声轻轻响了起来，大家回头看时，却看见正是山奴的头顶，接着是山奴的笑靥，一点点从楼梯口升了上来。她的脸被油灯的光晕照亮着，有点像圣母玛利亚的脸，等到她的全身出现在楼梯口的时候，大家这才看见，她一只手端着盏灯，另一只手盘着只大盘子，盘子里竟然是满满一大盘热气腾腾的饺子！

他们全体都"啊"了一声。

山奴放下盘子和油灯，小声说了句："你们先吃，我还得在下面给大家盯着点儿。"大家这才发现山奴好看的一对凤眼里有着很显眼的血丝。山奴这是一夜未睡，在为他们大家站岗放哨啊。没有人要求她这么做，连陈嗣祖都没有。陈嗣祖说，这是在满城里边，很安全。新军的这些军官可以不远离兵营，第二天早上还能赶回去上早操，这就是把秘密据点放在这里的几大好处。但山奴不放心。她一整夜都守候在门口。楼上的一举一动和街巷的一丝一毫响动都牵扯着她的心。她知道他们油灯灭了，知道他们熬夜到这会儿肚子饿了。这让林子桐非常感慨。林子桐吃了几个饺子后，说了上面那句话。焦海波则说："我还想补充一下子桐哥哥这句话。当我们大家全都沉浸在革命里面而忘了山奴的时候，山奴却从来没有忘记过我们每一个人……这是山奴把我们每个人的命看得比她贵重。是不是这样？"傅文远和傅志远兄弟两个点点头。傅文远说："这是因为她把我们每个人都看成了恩人。山奴总是说，如果当初没有南先生、林先生和我们傅家，她和她母亲就会流落街头冻饿而死，命运就会更惨。所以我们这些人做的事情她就认为肯定是善事、好事，有利于社会和穷苦百姓的好事、善事。"一说到南先生，林子桐马上想起一件事，说："上次子健建议的那件事进行得怎么样了？"

　　林子桐问的是焦海波。

　　不等焦海波回答，林子健说："哥，你是不是问的是请南先生给傅紫英大人修书一封的事儿？"林子桐点头。林子健说："这事海波哥哥做得漂亮极了。"焦海波谦虚："没什么，我也就是消息灵通、跑跑腿儿。"傅文远说："可不是跑跑腿儿的事呢，前几天我父亲回西安只待了半天工夫，还提到了南先生给他写书信的事儿。我看我父亲对这件事态度大变。以前只要提到霱王爷和桂升的事情，他的确都三缄其口。原因就是父亲虽然对这两人的人品看不惯，但却认为这两人是完全忠于朝廷忠于皇上和太后。这次看了南先生给他写的请他协助弹劾霱王爷的新军督练公所的信后，很愤怒，说，这王八蛋是要断送我们大清江山了。"

　　"为什么会发生这样的变化呢？"林子桐问。

　　傅志远说："这就是海波哥哥的功夫和功劳了。南先生信的草稿是海波哥哥帮助起草的，他深谙官场心理，尤其是深谙我父亲这样的铁杆保皇党的心理。"

"这就好。"林子桐说，他见盘子里的饺子已经不多了，放下了筷子，"上次你们新军的弹劾可能失败就失败在了这里。得让陕西京官们不认为这是陕西新军要造朝廷的反，而是要为朝廷除害。孝天这段时间到广州和上海去了，临走时交代给我和我哥还有他哥景孝严说，我们咨议局要全面配合新军的同志完成好这次弹劾，争取胜利！孝天还交代说，这段时间新军同志要集中力量多搜集一些督练公所和霱王爷的罪证，越详细越扎实越好。新军把材料搞好给我，我呢，进京之前还要海波兄弟再最后把把关……"

　　焦海波听到这里一拱手，笑道："孝天这是太高看我了。在子桐哥哥这样的大文豪面前，怎么文字上还要我把关？"

　　林子健捅他一把："海波哥哥，你不看看，所有这些人里就你是正经八百的朝廷命官啊。我哥也罢，南先生也罢，甚至包括我大哥子衡哥哥，当然都是大文人、士林中的领袖不假，可他们一个共同的优点或缺点就是书生意气，容易激动和意气用事……"

　　焦海波听到这里，连连给他摆手："打住打住，子健！你这是要把我往油锅里煮啊！你把我一个清廷小吏和陕西最大牌的士林领袖们这样做比，不羞煞我也！"

　　满城里响起了第一声号角。

　　天大亮了。

九

　　陈嗣祖这天回家发现屋里屋外、店里店外、院里院外前前后后到处都找不到山奴的踪影了。问烧火的小蒙子，小蒙子急得直摇头摆手，那意思是上午的时候陈嗣祖刚走不久，女主人装了一篮子脏衣服到城河边洗衣服去了。中午没有回来，下午还没有回来，到现在，这么晚了也没有回来，他也不知道女主人这是怎么啦？小蒙子是个哑巴，是被妓院的老鸨用哑药灌哑的,耳朵却出奇好。陈嗣祖便问他,听没听见周围有响动?听没听见女主人的喊叫声?听没听见有人找女主人?比如说,傅家的人、焦家的人、林家的人,或者是潘七爷家的人?陈嗣祖所以问这几家,是因为在西安能认识山奴和与山奴有关系的就这几户人家。但哑巴孩子却一一摇头。

陈嗣祖第一个反应就是,山奴也许是被人掳走了!

果真,当他满头大汗地飞跑到山奴平时洗衣服的城河边上,哪里有山奴的影子啊,陈嗣祖只在河边找见了山奴洗衣服用的木槌,往常许多次,他都幸福地和山奴一起蹲在河边,用木槌捶打着衣服。每次山奴都洗很大一堆衣服,当然很多都是兵营里弟兄们的衣服。这一次,山奴一定也不例外想趁着天好多洗几件衣服。陈嗣祖拿着木槌发了会儿呆,接着又在河边不远处发现了踩坏了的篮子,还有一两件可能没扔远扔到了树梢上的军衣……根据这种种迹象,陈嗣祖确信无疑,山奴是被人绑架了。

林子桐、焦海波、常玉敏和许伯让几个经常住在益民学堂里的教习听到这个消息都非常着急。大家分析说,山奴被土匪绑票的可能性不大,最大的可能性,一个是清廷的臬台衙门密捕了山奴,密捕的原因就是督练公所霱王爷他们对新军里同盟会的这些活动有所察觉,要先下手为强,让主管司法的臬台衙门先捕了山奴,然后从山奴身上打开缺口,大规模的抓人捕人就要开始了。另外一个可能就是,满城里的旗兵营抓走了山奴。新军和旗兵营原本就有矛盾,这么多汉人军官经常出入这个茶馆可能早就引起了旗人军官的不满,他们这是想要挑起事端,或者是用这种方式警告汉人军官,满城里不欢迎他们。这两种情况,其实都威胁到了同盟会的安全。前者是可怕,可怕的是同盟会的活动已经引起了清廷官府的注意。而后者呢,后者则会让他们这么快就将失去一个好不容易建立起来的秘密据点……

林子桐安慰陈嗣祖说:"嗣祖,不管怎么说这两种情况山奴都不会有生命危险。前一种,山奴会受些罪,但他们一定不会害死她。而且,我们也会很快打听出来想办法救她。后一种,就更不要害怕山奴会出什么事,他们吓唬吓唬我们,很快就会放人。旗兵不可能闹出太大的事情,他们大概也就是想泄泄愤,把我们挤出满城,不敢也没有能力和新军发生正面冲突。"

陈嗣祖痛苦得一个字也说不出来。

就在大家一筹莫展的时候，林子衡得到消息匆匆地赶了来。听了他们几个的分析却很不以为然，说："你们为什么只想到公仇就没有想到过私仇呢？为什么一想就想到了山奴的失踪和我们同盟会有关呢？"

几个人同时问他："不和同盟会有关还能和什么事有关呢？"

陈嗣祖这时也抬起了头，用一双热辣辣的眼睛死盯着林子衡。

"你们分析的这两种可能性也许会存在，但我怎么觉得这件事情更像是潘七爷这号人的所作所为呢？"林子衡说。

"何以见得？"焦海波有些不解。

林子桐也一脸困惑："没道理呀！我们已经和潘七爷签了合约，也给了他那么大一笔银子。他还会做出什么事情来呢？"

林子衡道："这就是我们这些读书人对世道和人心的险恶总是估计不足。这个潘七爷，一个靠老婆皮肉生意为生的人，一个能堕落和无耻到如此地步的人，你以为他什么事情都做不出来？我认为，你们一开始就不该给他那么大一笔钱，让他感觉到这钱来得太容易了，这潘七爷只会胃口越来越大，越来越贪得无厌。"

"那你说他绑架山奴干什么？"常玉敏一时半会儿转不过弯来，问道。

许伯让眯缝着他那对月牙般的眼睛，道："玉敏兄，这你还不明白？如果真是这潘七爷绑架了山奴，那就只有一种可能性——他再转手倒卖一次。或者，逼迫山奴重操卖笑生涯。"

林子衡道："这就是这种卑鄙之人的卑鄙伎俩，逼得你们要么重新再花钱赎回山奴，要么他还可以到官府里去告你们个强占民妻的罪。总之，这个潘七爷不是个省油的灯，此人就是个毒瘤！"陈嗣祖听到这里眼睛都快要瞪出眼眶了，目眦尽裂。他把牙咬得咯嘣嘣响，从牙缝里挤出一句话："要是这样的话，我一定先杀了他！"林子桐却听出味来了，他问："伯让兄，你刚才说'如果'，那你是不是认为还有另外的可能性呢？"

"霭王爷。"许伯让说。

大家一听这三个字全都瞪圆了眼睛。

"山奴失踪和霱王爷有什么关系？"焦海波先发问道。

许伯让说："你们还记不记得嗣祖说过，霱王爷的小姐宝莲儿和巡抚桂升侄儿英杰的婚事？"

焦海波、常玉敏和林子衡几个人全都不解："婚事？婚事和山奴？"

林子桐突然眼前一亮："有关系！有关系！嗣祖，你说这个宝莲儿一直抗婚？她死活都不想嫁给巡抚桂升的侄儿？为此还逃跑了差不多快十年？是这样？"

"是，"陈嗣祖说，"宝莲儿也一直和山奴寸步不离。"

"这就对了！"林子桐和许伯让几乎异口同声，"这就和霱王爷有了关系！"

焦海波道："你们这写戏的人就是和我们平常人想问题不一样。一个王爷的千金格格不愿嫁给一个满族公子哥，这和山奴的失踪究竟会有什么关系？"

"有关系，有关系。"林子桐和许伯让两人同时说道。

"想想崔莺莺和红娘的故事，既然小姐离不开山奴，霱王爷就绝不允许潘七爷把山奴给卖了！"许伯让说，"霱王爷想要保证他和桂升的联姻，就必然要把山奴再夺回去！"大家还是瞪眼睛："有些离奇。有些离奇。"焦海波还是说："只有你们这些写戏的才会编出来。"林子衡也说："没道理啊，霱王爷就是想要夺回和强占山奴，也不至于用这样的手段啊，他完全可以打压潘七爷毁掉和我们的合约？"林子桐说："问题就在这里！霱王爷和潘七爷之间一定发生过一些不可告人的秘密，这才让霱王爷出此下策！"

"你就这么肯定？"林子衡问他弟弟。

"八九不离十。"林子桐道。

"好！那哥哥跟你打赌，"林子衡道，"我认为此事和潘七爷有关，你认为此事和霱王爷有关。咱们现在就想办法让人到这两个府上打听打听，看看山奴到底在不在那里？赢了，你欠我一场戏。输了，我欠你一场戏。"

到潘七爷府上和霱王爷府上打听到的消息却都极为出人意料。别说山奴没有在潘七爷府上，就连潘七爷本人，似乎也已经无影无踪几天了。霱王爷府上打听回来的消息是，府上风平浪静，并没有人见过绑架回一个女子，也没有人见过山奴。

线索中断了。

十

林子桐曾经为宝莲儿的事情问过陈嗣祖和山奴。他问他们，听没听过宝莲儿说她还用过别的名字？听没听宝莲儿说过她曾经是个秦腔女伶的事儿？听没听过宝莲儿提起过白俊亭、谢德顺和林子桐这几个人的名字？——听没听宝莲儿说过，她还有个名字叫宋遏云？林子桐问这话时急切的表情是山奴和陈嗣祖从来没有见到过的。陈嗣祖以前虽然听说过白俊亭白家戏班子的事，包括白家戏班子出过一个女伶名角儿，这女伶名角儿还是他家从前的戏班子广福班班主谢德顺和他子桐哥哥收的第一个女弟子，但陈嗣祖自己有那么多苦恼事和伤心事，所以他知道这些事却从来不往心上放。陈嗣祖是个爱戏和懂戏的人，听了林子桐的问话，他想起了曾经在霱王府外面听到过的秦腔唱段。

他说："霱王府里我听到过有人唱戏，唱得极其好听！"

山奴说："你可能说的就是宝格格，她几乎天天唱。除了读书，就是吊嗓子和唱戏。她最爱唱的就是《状元媒》……"

林子桐激动得几乎窒息。

他急切地问道："是不是那段'柴郡主在深宫笑容满面'？"

山奴奇怪："是啊，林先生，你怎么知道？"

林子桐差点儿落下泪来："山奴，假如有一天你能见到这位宝莲儿小姐……"

"是王爷家的格格，她是满人。"山奴瞪大眼睛纠正说。

"好，"林子桐说，"如果有一天你真的能再见到这位宝格格，我请你一定问她一句话……这句话就是、就是……"林子桐突然间说不下去了。泪水已经糊满了他的眼睛，他的喉咙也像是突然被塞了团棉花，怎么也出不了声了。他已经预感到了，这位宝莲儿格格很有可能就是失踪已经三四年的宋遏云！这话他谁都没给说过，连白俊亭和谢德顺都没有说过。此事非同小可，你要说王爷家的一位格格是个女戏子！如果搞错了，那可就惹来杀身之祸！所以，他最后又改变了主意，说："不要问。不敢问。不能问。山奴，记住，就是有朝一日你见到了这位宝莲儿格格也千万不要问她是不是唱过戏这一类事情。不要问她的姓名——除非她自己告诉你！记住没有？"

山奴和陈嗣祖对林子桐的突然大喜大悲都感到莫名其妙。

林子桐怎么也忘记不了宋遏云，他经常出神，出神的时候就恍如回到了十多年前，第一次听到宋遏云亮开嗓子唱那段秦腔——

柴郡主在深宫笑容满面，
阵阵喜气上眉尖。
……

想起他摔碎的那只西夏茶碗。这小丫头，当时才十二岁，她竟然能让他听得如此痴迷，也如此动心。从黄七手里把她买下，他用了十年光阴倾心打磨这块他认为是举世无双的璞玉，看着她一点点儿成长，看着她一点点进步，也看着她从一个小丫头渐渐地长大成了一个风情万种、举手投足间都透着一股独特韵味的妙龄女子……他对她从无其他念头。但有一点，林子桐心里非常清楚：宋遏云是这个世界上唯一能和他在精神层面上互通款曲的异性。除了是他心血的结晶和他精神的产品以外，她就是他唯一的在这个世界上的知音。他们之间几乎无需语言就完全能感知到对方的所思所想所感，精神上的这种契合美妙得让人简直无以复加。林子桐以前从来没有过这种经历，从感受到两颗心灵的契合以后，他才第一次真正体会到了古人所说的"千金易得知己难求"是什么意思。所以，每当想起宋遏云他就心痛得不得了。那次新军里有演出活动，谢德顺的广福班去演出，军官们点了《打金枝》《拾玉镯》,还点了《美人换马》《断桥》和《花亭相会》。这次新军的联欢活动,林子桐和白俊亭想借此机会进入兵营里去侦察一番,于是两人积极地充当了戏班子的演职人员,当谢德顺拿着戏单子和他们商量演员的角色如何分配的时候,商量来商量去都感到不甚满意,于是,谢德顺不由地叹息一声道:"唉,要是宋遏云还在就好了。戏单子上点的这几出戏,全都是遏云小姐的拿手好戏啊!如果遏云小姐要在,我们还何愁之有啊!"谢德顺话一说完,发现两位爷——也是舞台监督的神色就不对了。

白俊亭眼圈红了,半天,说了句:"唉,一晃遏云失踪已经好几年了。真不敢想啊,怎么还像昨天一样?子桐哥,你说,怎么就一点儿消息也没有?"

林子桐没有说话。

他心里痛痛地叫着:遏云啊,你在哪里?!茫茫人海里,你究竟让我到哪儿去找你啊?!

十一

潘七爷睁开眼睛的时候都搞不清楚自己到底在哪里,也想不起来前一天或前两天、三天都发生过什么。有了六百两银子在手,他感觉自己就像成了水里的龙王、天上的玉皇大帝,简直就抖得不得了,呼风唤雨地,大赌豪赌,进馆子,逛窑子,躺在烟榻上吞云吐雾活神仙一般,不知道日月是什么,也不知道家在哪方又身在何处。但不管他到哪里,总归身边还跟着个老家人。所以,他的行踪总归家里人还能够知道。就这么昏天黑地地过了一段日子,开始的时候他还有所警惕,因为他明白,他这么做,等于是老虎口中拔牙,太岁头上动土,霜王爷一定咽不下这口气,也一定会报复他。然而,不知道为什么,霜王爷那儿毫无动静。渐渐地,他胆儿就越来越大了,有时候就一个人也不带,没事儿人一样大摇大摆地走街串巷，过他那种糜烂的生活。这天，他躺在烟榻上正在神仙国里游荡，三四个女人一口一个"爷"地叫着，伺候得他舒服得跟皇帝老儿一样，他就这么迷迷糊糊地睡着了。睡梦中，他突然感觉自己像是到了阎王殿，里面怎么有这么多凶神恶煞的人物，有人举着皮鞭打人，有人拿着大棒狠命地一下一下挥打得人皮开肉绽，还有人拿着一把烧红的烙铁在往人胸口上烧，他都能够闻见烧煳的皮肉臭味，呀，真恶心！真难闻！他想他都快要呕吐了！……可那个手拿烧红的烙铁面目狰狞的大汉怎么突然向自己走来！大汉狞笑着，就把烙铁往自己脸上贴！潘七爷大叫了一声："不——"

烙铁"嘶啦"一声。

潘七爷的脸冒了股青烟。

他醒了。

他彻底地疼醒了，这才发现他根本不在梦里，而是在现实中。脸颊火辣辣地疼，疼得他跳脚，他用手捂，发现粘下来一块焦煳的皮："呀，呀，呀！疼死我了！疼死我了！你们这些该死的畜生！这是想干什么呢嘛！这是想害死老子呀！也不看看老子是谁！老子！……"

他后面的一个"老子"还没有完全叫出口，一大棒从他脑门子劈下来。

潘七爷脸面上糊满了血，一声不吭地倒在地上。

一盆冷水浇了下来。

有人把湿淋淋、血肉模糊的潘七爷拎了起来，带到了一个人的面前。

潘七爷浑身一激灵。

他面前的这个人不是别人，是他最害怕见到的一个人：霑王爷。

霑王爷狞笑："七爷，你这可真是不给王爷我面子啊，你怎敢把王爷我喜欢的女人再转手卖给别人呢！你还做局，假模假样地带中人和字据来，你这是把王爷我当猴儿耍呢！你可真的是聪明反被聪明误啊，说！你想要怎么个死法？是横着死，是竖着死？活埋？还是刀剐？……说！"

潘七爷叫道："冤枉死我了！叔爷，你想侄儿怎么会做对不起你的事儿呢！是那小贱人……山奴自己逃跑的……我真的是不知道哇！叔爷饶命！"

霑王爷"嘿嘿"冷笑："死到临头了还要撒谎！"

潘七爷大叫："不，我没撒谎，就是那小贱人……"

霱王爷："来！带山奴！"

霱王爷用了开堂审案子一般的声调。话音一落，被堵着嘴和捆着手的山奴被推了过来，一直推到了潘七爷的眼睛跟前。霱王爷一把扯下堵在山奴嘴里的破布，恶狠狠道："说！为什么跑？"山奴静静地看了潘七爷一眼，不慌不忙地把那天晚上发生的事情说了一遍。山奴说话的过程中，潘七爷一直不停地嚎叫："叔爷，你别听这小贱人的！叔爷，你是相信侄儿的话，还是相信这小贱人的话？侄儿说的全是实话呀，是她自己跑出去找了一个叫陈嗣祖的兵娃子！……"霱王爷上前噼噼啪啪给了他十来个大耳光，直打得潘七爷口鼻鲜血迸流。

霱王爷说："好哇，我就不怕你不见棺材不落泪。把那两个狗东西给我带上来！"话一落音，两个血肉模糊的汉子被推到了潘七爷的面前，这两人像是死了一样，毫无声息，脑袋软塌塌地耷拉在胸前，打手们死命纠住两人的辫子，猛往后一拽，两人的脸扬了起来。

潘七爷只看了一眼，腿软了，"扑通"一声跪下。

这两个人正是他雇佣的绑架山奴的凶手。

山奴再回到宝莲儿身边，发现什么都变了。宝莲儿不再是从前的宝莲儿，后花园宝莲儿的闺房里再也没有了宝莲儿的笑声和唱戏声。看到宝莲儿的第一眼，她惊呆了。她也不知道为什么，竟然是霱王爷亲自把她送到了后楼。霱王爷死死地抓住她的胳膊，房门紧闭。霱王爷轻叩房门，语调柔和地叫道：

"宝莲儿，是我，是你阿玛，你亲阿玛……"

话未落音，里边一声尖锐的叫声："去死吧！"

接着像是有什么东西"砰"的一声砸到了门上，"哐当"一声摔得粉碎。虽然隔着门，山奴还是吓了一大跳。霱王爷对此像是已经有所准备，隔着门，他还是笑脸相迎，道："你把门开开，宝莲儿。你看，我把山奴给你找回来了。她再也不会离开你了。我保证。再也没有人敢把她从你身边抢走了。宝莲儿，你听，是山奴……山奴，你叫上一声。"

"小姐，小姐，是我。我是山奴。"

山奴对着门，轻轻叫了声。里面好一会儿没有动静。再过一会儿，只听有了很轻微的脚步声。山奴想起了刚才像是有东西摔碎了，可能是房间里的花瓶，也可能是桌上摆放的其他古董，那么……她急切地轻声又叫了声："小姐，当心脚下！"她这句话才刚刚落音，房门就一下子打开了。宝莲儿的神情和模样吓了山奴一大跳。这人就根本不像是宝莲儿。从前的宝莲儿是个姑娘，而眼前这人是个妇人。从前的宝莲儿是个特别黑亮、大而有神的漂亮姑娘。眼前这人披头散发，满脸污垢，脸上还布满了指甲的抓痕，一道道，蚯蚓一样，很可怕、丑陋，让人看上去心惊肉跳。最可怕的还是那对眼睛。这双原本大而黑亮的眼睛现在透着一股迷乱而癫狂的神情。眼睛里的光焰消失了。眼睛暗而无光，一潭死水一般，没有了一丝生气。她就这么直瞪瞪地瞪着霑王爷——也就是她的父亲。突然，一扬手，一巴掌扇了过去，嘴里叫着："你这个恶魔！你以为你装扮成我阿玛的样子，就可以骗我了！恶魔！你个恶魔！死吧！去死吧！"

在宝莲儿一下一下死命地扇着耳光的时候，霑王爷动也不动。

山奴惊讶地发现，这个像恶魔一样的人眼睛里竟然有了泪光！

他不眨眼地看着宝莲儿，嘴里说着："打吧，打吧，只要你高兴，阿玛就是马上去死也愿意。"他低垂下头。而就在他垂下头的一刹那，他眼睛一下直了。他看见了宝莲儿的脚，一双赤脚。这双脚像是被浸在血泊里。地上满是尖锐的玻璃，原来，宝莲儿刚才摔碎的是一只鱼缸。十来条珍贵的金鱼还在地上垂死挣扎。宝莲儿的一双赤脚就站在碎玻璃上……霑王爷一下子痛得大叫了一声："我的宝莲儿呀！"就一把抱起了她，踩着碎玻璃进了房间，把女儿放在床上。宝莲儿拼死挣扎，又踢又咬。这时，山奴帮着抱着她的头，宝莲儿终于像是平静了一些。霑王爷让人取来药水、绷带等，亲自给宝莲儿用酒精把脚清洗干净，给她上了药，缠上绷带。又吩咐人赶紧给房间里送来了一桌子丰盛的水果菜肴。等这一切结束了，所有的人退下，宝莲儿昏昏沉沉地睡着了。

山奴坐在花园里为宝莲儿变成了这个样子掉眼泪。

陪她一起掉眼泪的还有宝莲儿的乳娘董妈妈。

"董妈妈，小姐怎么变成这样了？"她问。

董妈妈说："你没看小姐已经有了？"

"有了？有什么了？"她不明白。

"有身孕了啊，你这孩子！"董妈妈把嘴掩上，免得哭出了声。

山奴一下跳了起来："小姐怎么会……小姐怎么会有……有身孕了呢？"

在董妈妈的哭泣声里，山奴明白了从她被潘七爷绑架走以后霱王府里发生的事情。巡抚桂升那天到了霱王府，来的时候脸色就很不好看。霱王爷匆忙迎出来的时候，桂升劈头盖脸地就是一顿斥责，说他侄儿英杰这会儿还在屋里闹，他弟弟和弟媳两个哭哭啼啼坐在他家里不走，说霱王府和英公府这满蒙两家王族的联姻，当年可是请了慈禧太后的示下，满朝的王公大臣都知道，而保媒的就是他这个当大爷的桂升。宝莲儿逃婚十年，英公府的人不计较，宝莲儿逃婚后还和汉人的剧团搅和在一起成了个女戏子，英公府的人还不计较，这找回来已经好几年了，当年的婚约早该践诺了，怎么推了一年又一年？

"你说！你说！你这是不是戏耍我们？是真心毁婚还是怎么的？"

桂升气愤得连胡子都要翘到天上去了。

霱王爷一直赔着笑脸，也一直在赔不是。

霱王爷说："说好的事我是绝不会反悔的……"

桂升直接打断他："什么不反悔！你前年说，就是抬个死尸也要把她抬到英公府。你去年说，宝莲儿生是英公府人死是英公府的鬼，随英公府处置。你话说得都很漂亮，可是事儿呢？你做什么事了没有？你那宝贝女儿一哭一闹你就偃旗息鼓……这回不行。这回我给我弟弟、弟媳说了死话，就是后天，后天是个黄道吉日，两家抓紧把事情办了！有什么需要，我的巡抚衙门，我弟弟的臬台衙门都可以帮你去办！"

霱王爷直摇头说："不需要，不需要。那边准备好了的话，我这边早就准备好了嫁妆。"

桂升跺脚："还那边准备好了没有？那边都准备十年八年了！别怕你宝莲儿受委屈，宝莲儿过去，那就是英公府里的奶奶！事情就这么定了！后天！"

霈王爷也一咬牙，一跺脚："定了！后天！"
……

董妈妈说："唉，假如知道事到后来变成了这样，我也不会去帮着欺哄小姐。我给小姐说，八仙庵有庙会，还有唱戏的。小姐问，是哪个戏班子？你帮着打听打听，是不是广福班？有没有一个叫谢德顺的名角儿的戏？我去问了王爷，王爷说，你回答就是，说王爷也要去看戏，让她打扮好了一起去。我照着王爷的话去说了。小姐很高兴，打扮得特别仔细。我看她还仔细地给里面穿了身戏装，我问她说，你去看戏怎么还自己也穿戏装？她笑，说，说不定我也上去串演上一出呢。到了那天，小姐高高兴兴出了门，结果，轿子一下子就抬到了英公府……过了一段时间，小姐就被英公府的人送了回来，回来……回来……就成这个样子了！"

董妈妈说到后边就泣不成声了。

"现在，小姐连我都不认了！一见我就骂我是鬼婆，就撕我、咬我……"

宝莲儿醒来的时候月光已经照进了窗户里。

山奴没有点灯。她坐在黑暗里，看着变得白亮的窗户发呆。她想念陈嗣祖，想念和陈嗣祖有关的一切。想念她刚刚离别的生活。在那样一种生活里，有她从小到大的亲人和熟人，有她的海波哥哥、文远哥哥和志远哥哥，还有她非常尊敬和崇敬的林子桐先生、白俊亭先生等。这么多可敬的人都在做着一件要是暴露了会掉脑袋的事情——推翻清王朝的事情，她无时无刻不在替她的这些亲人们，她的嗣祖哥哥、海波哥哥担着一颗心。可也正是这样的担惊受怕让她感觉到了她生存得有意义。嗣祖哥哥说，推翻了清王朝他们建立的那个社会是个非常美好的社会，在那个社会里就再也没有了潘七爷这样的人，他陈嗣祖就可以和她潘山奴名正言顺地生活在一起，他陈嗣祖就可以明媒正娶地娶山奴为妻。他们可以有一个自己的家，有儿孙绕膝，山奴可以去上学，山奴上了学，毕了业，就可以到焦先生、林先生他们办的学堂里去教书，可以成为"女先生"！山奴每次听到这里都会瞪大眼睛问他："真的吗？"嗣祖就会高兴得哈哈大笑，背着她在房间里走来走去，说："你的嗣祖哥哥什么时候哄过你？"还在她的脚心上抠，挠她的痒痒，痒得她在他的背上咯咯直笑……

"山奴，山奴。"

山奴猛一哆嗦，有人叫她。她朝屋子里四下看，除了床上躺着的宝莲儿并没有其他人。山奴坐在月光下的窗户跟前。宝莲儿躺在床上。宝莲儿的床上笼着帷幔遮挡出的阴影。她看不见她。刚才的叫声非常清晰，并不像一个疯子或病人的叫声，她不敢相信是宝莲儿在叫她。她没敢回答。走到桌前，点亮了灯，端着灯再往宝莲儿的床前去。这一看，她吓了一跳，原来宝莲儿大睁着一双眼睛，倚在床上，静静地看着她，那神情，像是看了她好一会儿了。而此刻的宝莲儿，一点病态都没有，和白天见到的完全判若两人。

山奴完全被她吓住了。

她端着灯站在那里，颤声问道："小姐，你，是你叫我？"

宝莲儿笑笑："我，当然是我……你先去把门关上。"

山奴这才发现，门是敞开的，大片的月色印在地面上，就像谁在地上画了一个大大的长条形状。她把门关上后，再次来到床前，宝莲儿已经从床上下来了。可是脚刚一挨地，马上痛得大叫一声："哎呀！"山奴急忙搀扶住她，让她重新躺回床上。"小姐，你……你没……病？"山奴脱口而出。

"你是想问，我是不是疯了？"宝莲儿说。

"你刚才……"

"我刚才是疯了，但这会儿不疯。"

山奴盯着她眼睛看，心想，人不可能一会儿疯，一会儿又不疯了。但也许还真是这样。人有可能半疯半不疯，可能这会儿就是小姐清醒的时候。宝莲儿像是看透了她心里想的，把她拉近自己一些，点了点她额头正中的那颗美人痣，脸上现出了苦笑："山奴，你想我能真疯吗？要知道，我可是个角儿呢！"

"你？是个……角儿？"

山奴这一问，宝莲儿自己反倒吃了一惊，她一不小心，说出了自己的一个秘密。她想了想，也横下了一条心，再苦苦笑笑："我还是个不

第四章 满城里的女人们

小的角儿呢,所以我把所有的人都骗了。他们都以为我是真的疯了。我如果不这样装疯卖傻,山奴妹妹,你说,他们会我放回到这里,我还能再见到你吗?……我不想疯,我更不想死,因为……"她不说了。"对了,山奴妹妹,你刚才笑什么?"

"我笑?我刚才在笑吗?"山奴问。

宝莲儿说,她刚才已经看了山奴好大一会儿,月光下的山奴一边想心事一边在微微地笑,那模样,那神情,真的是太美了,像是一幅月下仙子图。她问山奴,是不是在想她的嗣祖哥哥?山奴羞涩地说道,她和嗣祖哥哥已经成亲了,他们一起生活得非常幸福。是潘七爷绑架了她,又把她转手卖给了嗣祖的两个舅舅。而她后来才知道,嗣祖的这两个装扮成南洋富商的舅舅却原来是……

山奴不说了。

宝莲儿听得正入神,见山奴突然不说了,忙一劲儿地催促她。

山奴看看窗户对宝莲儿说:"小姐,我今天告诉你的事情可都是……"她做了个抹脖子的动作,"杀头的事情,你千万不能告诉任何人!"宝莲儿点头:"当然。我当戏子的事情都告诉你了,你有什么秘密不能告诉我呢?"山奴想起林子桐让她帮忙打听的事情,忙抓住她的手问她说:"宝莲儿姐姐,你能不能告诉我,既然你说你唱过戏,你是不是还有个其他名字?这名字就是……就是……"

"宋遏云。"

宝莲儿吐出这几个字的时候泪水糊满了眼睛。

山奴睁大了眼睛:"啊,林先生让我打听的就是这个名字。"

"你说,你说'林先生'?"宝莲儿迟疑地问她,"你说的哪个林先生?他叫什么?快告诉我啊,山奴妹妹!"宝莲儿急促的呼吸让山奴感到她快要窒息了。山奴说:"啊,既然你是林先生让我打听的宋遏云小姐,那我当然什么都能告诉你了。姐姐,宝莲儿姐姐还是遏云姐姐……"

"快说啊,山奴。在这儿,在霭王府里你最好还是叫我宝莲儿好。"

"好,我说!买下我的南洋富商就是富原林家和蒲州白家的两位公子!林子桐和白俊亭啊。让我打听你的也是这位富原林家的林公子林子桐,我总叫他林先生的人,啊,小姐,你怎么啦!……"

宝莲儿半张着嘴,眼睛瞪得圆圆的,不说话,只是两只眼睛里不断地流着泪。

宋遇云双泪长流。

十二

潘七爷绝对没有想到,他在被毒打一顿后,在被打得奄奄一息、昏迷不醒地扔到了乱坟岗以后,还能活着回到家里。他更没有想到的是,在此事发生后大约过了半年,霹王爷的管家居然会恭恭敬敬地来请他到府上赴宴!管家的原话是:"霹王爷让我送来帖子,说,请潘七爷无论如何光临府上赴宴。"

潘府的老家人找到他的时候,他正在斗蛐蛐。两只蛐蛐已经斗了七八个回合了,还是斗得不分上下。斗蛐蛐的那个场地,围了里里外外三四层人,潘七爷的"红元帅"和对方的"黑头将军"这一轮好像还是无法分出胜负。潘七爷全神贯注,两人下的赌注可是两堆白花花的银子,大意不得。潘七爷在聚精会神地督战,热心地、激情饱满地激励他的"红元帅":"上呀,我的小兄弟,上呀,咬它!咬它!对,咬死它!咬死它!""红元帅"就像是能听懂他的话,突然就勇猛起来,把个"黑头将军"咬得抱头鼠窜,"红元帅"扇着它的两只翅膀,奏起了它胜利的凯歌。就在这时,老家人凑到他耳朵跟前,小声地说了句:

"霹王爷……"

没等老家人话说完,他已经吓得一头冷汗。对他来说,霹王爷如今已经成了噩梦。听到霹王爷这几个字就跟听见了丧钟一样。老家人见他吓得面如土灰,忙有意提高嗓门说:"老爷,王爷家的管家可是拿着请柬来的。"

这话是故意让周围人听的。潘七爷一听,也立刻抖了起来。他大模大样地收了银子,问老家人:"王爷家可是抬着八抬大轿来的?"老家人知道他这是要面子,也就大声随他说道:"那是当然!爷!快回吧,王爷家的轿子在咱府上等您呐!"潘七爷到了霱王爷府上,这才发现气氛有些不太对头。来宾倒是不少,但大家的脸上却像是愁云密布。潘七爷只扫了一眼,就明白这天的宾客是清一色的满族官员,有布政使司、按察使司、按察使佥事、提学使、几位副都统以及几位道台,而他这个从三品的游击将军恐怕是来宾中官职最小的了。他不明白发生了什么事情让这么多满族大小官员聚到了一起,更不明白霱王爷怎么会让自己这么个游击参与到这样一场高级聚会中?

潘七爷不由得心里有些忐忑不安。

但时间不长他就什么都清楚了。

因为桂升来了。

巡抚桂升一来,这宴会的规格就很不一样了。在桂升还没来之前,大厅里闹哄哄一片,嘈杂之声简直不亚于西安最热闹的骡马市。大家全都站着,三五一堆地说话,席面却是已经铺排好了,丰盛的菜肴瓜果散发着诱人的香味,仆人还在进行最后一道程序:布置杯盏。潘七爷突然在仆人中间看见了一张极为熟悉的面孔,是山奴。一段时间不见,这山奴似乎更标致了,就是在霱王府一群模样都很出众的女仆丫鬟中间也格外引人注目。潘七爷感受到了山奴两只眼睛中喷射的火焰。他避开了。他知道山奴对他的仇恨。山奴这一辈子的苦难和不幸都是他一手造成的。而如今,十两银子他就把山奴再次转卖给了霱王府终身为奴。他从山奴的眼睛里看得出来,山奴恨不能扑过来生啖了他的肉!潘七爷挪动了几下脚步,躲在了副都统高大的身体后面,他想,大家都不急着入席,除了主人没来以外一定还有更重要的客人,他得找人说说话,挨过这让人难过的时刻。从听到的人们的片言只语中,他只知道形势对大家极为不利。朝廷要新政政绩,咨议局、教育会、大小学堂等,全都掌握在了汉人精英的手里!

大家忧心忡忡。

潘七爷在人群中看到了提学使方陛之和前蒲州知府苟用。苟用在被免掉了知府以后,却又捐了一个道台的官,并且是主管全省粮草的肥缺，不降反升，这也是苟用的本事。这时，只见苟用正唾沫星子飞溅，大声地发表着宏论，方陛之几个不时地插上几句附和着。

苟用叫道："我认为国家现在是误入歧途了！新政，新政，最后断送掉的就是大清江山！不信你们就看吧，汉人的精英如今可是活跃得很呢，他们办学堂、办报刊、办书店、办刊书局、办各种什么狗屁学术团体等，遍地开花！大清两三百年还从来没有遇到过这种局面！提学你说，他们这么积极地办这些东西干什么？"

方陛之冷笑："司马昭之心路人皆知啊！就是可惜我们的皇帝、太后被身边那些巧舌如簧的佞臣们蛊惑了，非要变而从夷……"

"可憎！可恶！"按察使金事激愤道，"我们这些科举出身的人都是国家培养的有用人才，结果现在，废了科举不说，还要我们'变而从夷'？正气为之不伸，邪气因而更盛。数年以后，就要把中国人都驱赶到夷人那边去了！你们看吧，恶果很快就会出来！"

"不过，好在我们还有桂大人和霭王爷这样的明智之人。只要军队还牢牢地在我们手里，我们就根本不用害怕！"潘七爷突然插了进来。他用眼角瞥见霭王爷陪着桂升走了进来，故意大声说道。可是他话一落音，就发现周围的人都在用眼睛瞪他，目光中充满了鄙夷。潘七爷搞不明白，不知道他这话又错在了什么地方？他随着大家一起移步到餐桌前，有意套近乎地和方陛之坐在了一张桌上，方陛之有些嫌恶地想要摆脱他，可他狗皮膏药一样缠着方陛之寸步不离。他小声问方陛之："我这话有什么错？霭王爷除了是我们满族将军都统以外，还兼着新军督练公所的总办和协统。除了巡防营那一点微不足道的队伍，霭王爷几乎掌握着陕西全部的军事力量。有霭王爷作为陕西最高军事长官，我们还有什么怕的？"

方陛之嗤之以鼻。

他用一种讥诮的语气说："潘七爷，你睡醒了没有？怎么大家都知道的事情你就不知道呢？还有，你看不看报纸？你如果整天过着纸醉金迷的日子，你可就等着革命党把刀架到你脖子上！"

"到底什么事嘛？"潘七爷硬着头皮。

"好了，你也别问我，听巡抚大人说。"

桂升连咳三声，全场安静。

桂升说："十一年前，也就是庚子年，太后、皇帝移驾西安，我侍奉太后时说了一番掏心窝子的话。我对太后说，陕西地处大西北的中心，西安自古帝王都，如果发生最坏的情况，我请太后和皇帝放心，陕甘二十万清兵将誓死保卫太后和皇帝。如果最坏的局面出现，大不了我们可以实现南北分治，把西安作为我们清王朝的新都！"

桂升话说到这里，停了一下。

大家一片叫好声："好啊，好啊！"

桂升等大家话音一落，继续道："现在，太后和光绪帝已经仙逝，宣统帝继承大统。我们忠君报国的意志没有丝毫动摇。我还是那句话，我们生是大清朝的人，死是大清朝的鬼。大清在，我们在。大清不在，我们连一天都不苟活于天地间！南方革命党气焰嚣张，我们必须为大清守住西北。一旦出现最坏的局面，我们占领住西安，把宣统帝和清王室迎至西安，至少我们还有西北这一大片立足之地！可是现在，大家都清楚刚刚发生的这件事情……"

桂升半天不再说话，情绪一下子低沉下去。

潘七爷急得扯扯方陛之的衣袖，那意思是，爷，你就告诉我吧。

方陛之只能尽量压低声音，说："唉，连桂大人都没能保住霱王爷在新军中的总办和协统……革职了！这可、可真是！"

方陛之悲伤地摇头。

潘七爷瞪大眼睛："什么？还真让那帮狗东西弹劾成了？"

潘七爷内心深处五味杂陈。他想起了那次吃空饷名册暴露，他被霱王爷毒打和冤枉的事情。这段时间，他倒是清闲了，新军里的弹劾事件和他无关，谁也找不到他头上，可霱王爷却还是被革职了。他不知道自己该幸灾乐祸，还是应该像方陛之一样深感悲伤。从刚才桂升的一番话里他听明白了，他们这些人是一个团体，是一个一荣俱荣、一损俱损的群体，霱王爷的这件事应当已经不是霱王爷自己的事了，而是他们这个团体或群体的事。他小声问道："方提学，你告诉我，这事到底是怎么发生的？"方陛之深深看他一眼，这一眼意味深长，那意思是，你可睡醒了？知道我们大家是一根绳上拴着的蚂蚱了？他耐心对他解释说，就是两件事把霱王爷给害了。一个,就是朝廷为推行宪政,学习西方国家的议会制度,搞什么北京咨政院的公开开院议事,结果,林子衡、林子桐,还有景孝严、许伯让这帮陕西咨议局的议员进京议事,借此机会,正式以陕西咨议局的名义就把霱王爷的所谓十大罪状以及巡抚桂升包庇等,上告给了咨政院。咨政院不能受理,只能立案调查。这一查,核实了。再一个,就是陕西那些该死的京官们,其中,特别是官至二品的礼部右侍郎傅紫英,也受到陕西这帮士林中头面人物的蛊惑,上书参劾说陕西新军的事情坏就坏在了桂大人和霱王爷一伙人的身上。说什么"庆父不死,鲁难未已",这个"庆父"指的就是桂大人。因为桂大人自己也牵涉在里边,最后就只能够丢卒保车了……

"哦!"

潘七爷听得长叹了一声,同时倒抽一口冷气:这帮人可真厉害!居然搞得桂升都没有了办法,只能把视为自己左膀右臂的霱王爷断其一臂。桂升垂头沉思了一会儿,此时抬头看看大家:"消息大家已经知道了,满天下都搞得沸沸扬扬了,也就不用我再解释。今天请大家来,只想告诉大家一句话——你们千万不要以为这件事只是霱王爷丢掉了新军的指挥权。你们要明白,这是一个极其危险和极其凶险的信号!革命党在向我们夺取兵权!他们要兵权干什么?你们说,干什么?"

桂升瞪大眼睛,用野兽一般的咆哮问大家。

"跟我们夺江山!"

"想要推翻我们的大清王朝祖宗江山!"

"好大的胆子,也是好大的胃口呀!"

"不错,他们已经磨刀霍霍了!看看最近发生了什么事,大家就知道这帮汉人的读书人想要干些什么了?"霱王爷猛地一拳砸在桌上,一豁袍襟,站了起来,"我在位一天,连睡觉都睁着一只眼啊,那些留学日本的士官生,那些陆军学堂毕业生,十有八九,都他妈是些革命党分子!我千方百计不让他们掌握实际兵权,他们顶多当些中下层军官,而标舵、营舵这一级中高级军官,我坚决让我们改编过来的旗人军官担任。好了。现在把我打下去了,由该死的陕籍京官们保荐的瑞漪,完全就是一个酒囊饭袋!短短几个月就撤换掉了我二三十名心腹,换上了谁？换的全是这些所谓的士官生！可怕呀可怕，刀，的确架在了我们大家脖子上了！"

霱王爷说得义愤填膺。

有人小声说："那……瑞澂，为什么要这么做？他难道不知道这样做是搬起石头砸自己的脚？是亲者痛仇者快吗？"这人其实并没敢对大家说，他只是给自己身边人小声嘟哝。但整个大厅里太静了，他的话大家听得一清二楚。

"这就是愚蠢！糊涂！"桂升恨得牙咬得格格响，"他以为重用了这帮士官生就能治好新军，就能增强新军的作战能力，就能给所谓的新政增光添彩，殊不知，他这样做等于把我们的枪杆子递到了杀我们头的人手里！今天在座的全是自己人，我要你们明白当前的形势，再不敢高枕无忧了！我们有个糊涂的朝廷和一帮糊涂的官员，形势只会越来越糟！就目前，除了不顶事的巡防营外，也就是现在还握在霱王爷手里的我们的旗兵了。这是说我们在西安的兵力。当然陕甘总督手里还有我说的二十万旗兵，所以大家不用怕。到时候，我要从长庚手里把兵借过来，武装保卫西安！你们每个人都要武装起来，保卫自己和我们的家人！明白没有？"

所有的人都表情凝重地说道："明白。"

筵席进行到一半的时候潘七爷被桂升和霱王爷叫到了一间密室里。三个人关在里面小声说了半天。潘七爷出来的时候心情非常好。此时，月上梢头，微风习习，潘七爷嘴里哼着小曲，穿过庭院往前庭走去。突然，他感觉像是有个人影在密室的后窗下竹林里一闪。他站住脚，喊了声"谁"？却半天没人回答。他心想，也许是自己看错了，也许是自己疑心生暗鬼，太多疑了，霱王府里总不会混进来个刺客之类吧？于是放心大胆地往前走去。

等潘七爷走远了，躲在假山后面的山奴赶紧悄悄跑回了后院小楼。

霱王爷一直延请名医给宝莲儿看病。这天，医生看完病，霱王爷看着医生开出处方，吩咐管家说，现在就赶紧派人到义和大药房去给格格抓药。话音刚落，霱王爷就听见身后一声轻微的叫声：

"阿玛。"

霭王爷身体轻轻抖了抖,以为自己听错了。好熟悉的叫声啊,可是,他已经有多少年没有听到过了?这叫声显得那么遥远,遥远得像是他记忆深处的一个回声,甚至不大像是真实的声音。但这声音分明很清晰,不像是一个疯子或病人的声音……他缓缓地转过身,看着女儿,有些惊疑和迟疑地:

"宝莲儿?你?……是你?你叫你阿玛?"

宝莲儿还像刚才医生看病的时候斜倚在床头,脸色也还像刚才一样苍白。但霭王爷此时看到的宝莲儿眼神里没有了先前的迷乱和疯狂,黑眼珠子透出来的是一股清澈的水一样的光亮。霭王爷感到非常惊奇。他离开桌子坐到了女儿床前,握住了女儿的手:"宝莲儿,你,好了?"

宝莲儿以一种认真的口吻问他:"你是我阿玛?"

"当然。我当然是你阿玛!"

"阿玛,我好像做了个长长的梦,在梦里,我疯了,我怀孕了……可我现在知道,这不是梦吧?阿玛……"她把头伏在了霭王爷的臂弯里。霭王爷轻轻抚着她的头发,却不敢说话,像是怕自己哪句话说不好,又惹得她犯病发疯。

这之后宝莲儿的病就一天比一天好。

这天,宝莲儿说,她想要到八仙庵去给母亲进支香。八仙庵离满城非常近,按说只派几个家丁跟上就行了,可霭王爷还是派了十来个旗兵。他说,世道很乱,必须加强对格格的保护。宝莲儿明白,这实际上也是对她的监视,她还是没有自由。从山奴告诉她的情况她已经知道,林子桐和白俊亭现在都把家安到了西安,林府和白府如今也都在西安置了地买了房,所不同的便是,白俊亭的根据地仍旧在蒲州,他家大业大不可能全部迁到西安。而且,白俊亭还经常往来于上海、广州、湖北等地,说是经营生意,其实很大部分是在为推翻清王朝购买军火置办武器等。那么,林子桐呢?山奴告诉她说,林府富原那一摊子主要交给了南先生,因为南先生和南瑞芝及其家眷的缘故,林子衡如今是两头兼顾,经常需要往返于西安和富原之间。更由于他身兼数职,又经常往返于北京和西安之间。林子桐和他哥哥不一样,他平时就主要在两个地方,一个是益民学堂，一个是益智书局。这两个地方，其实离满城也不算太远，都在西大街附近。宝莲儿——其实宋遏云原本的想法是，如果她能逃出樊笼，她就去找林子桐，即使林子桐不敢收留她，陕西的所有戏班子都不敢收留她，最起码，她能见林子桐一面！

但是现在，显然不行。

山奴讲给她的同盟会的活动情况让她既兴奋又紧张。

既是宝莲儿又是宋遏云的这个年轻女子在她十多年的流浪和演艺生涯中，走南闯北，见多识广，眼界开阔，又长期在三位恩师林子桐、白俊亭和谢德顺的影响下，耳濡目染，知道中国民间的疾苦。腐朽和腐败透顶的清王朝肯定要灭亡，她心里透亮得像明镜一样，只是，林子桐和白俊亭正在从事如此危险的事业，一旦暴露就是砍脑袋的事，这让她揪心得就像用刀子一寸寸割她的心！她要山奴留意王府里的动静，要山奴操心着王府里的风吹草动。她对山奴说，林先生和白先生对她恩重如山，她今生就是做牛做马都报答不完，她不能让任何人和任何事伤害到他们，任何一点不利于他们的事情都要赶紧告诉她，她要想办法让他们躲避风险，为此哪怕她粉身碎骨都在所不惜！山奴听着她这番话都想掉泪。山奴说，姐姐呀，你的心思怎么和我完完全全一样啊，我也是担心着我嗣祖哥哥的安危呀，担心海波哥哥，担心文远哥哥，担心志远哥哥，还有，还有那么多好人儿的安危啊。姐姐啊，我都发过誓言，我生是革命的人，死是革命的鬼，万一要是有了什么危险，我舍了命也要保护他们，我宁可咬断我的舌头也不会吐露半个字！

宋遏云和山奴两个紧紧地抱在了一起。

那天，霨王府进行的活动，山奴一一告诉给了宋遏云。后来她发现几个人进了密室，想着他们一定是进行某种罪恶的活动，于是想办法去听墙根，但却几乎没有听见什么。只是，潘七爷从密室出来的时候，她像是听到了霨王爷给潘七爷说到一个人的名字，叫什么"黄胡儿"。那是两人最后在过道里说的，然后，霨王爷就又进了密室和桂升继续商量着什么，潘七爷就走了。

宋遏云听了，拧着眉头想了半天。

"你就只听见这么个名字？"她问。

山奴说:"我的好姐姐,为了听到这个名字,我都差点儿让潘七爷那个恶鬼发现了呢!我不知道他们想让这个黄胡儿干什么,所以就记下了这个名字。"

"一定是有什么坏事情。"宋遏云说。

"一定不干好事!"山奴说。

"所以,我们一定要想办法把这名字告诉林先生他们。"宋遏云说,"不管怎么说,让他们想办法找出这个人,看看这个人到底想干什么。"

两人想了半天就想出个到八仙庵去上香的办法,这个办法失败了。让宋遏云剥去她装疯的伪装,说她病已经好了,这个办法其实是有风险的。霱王爷和英公府如果认为她病好了就该回到英公府去,那对宋遏云就是个天大的灾难。但她只是笑笑,对山奴说:"我感觉形势已经到了最危急的关头了!"

"什么最危急的关头?"山奴感到紧张。

宋遏云说:"就是到了一触即发的时候了,只要一星半点火种子就会引发一场漫天大火和一场改朝换代的革命!这就是最危急的时刻了!也是人们常说的'黎明前的黑暗',林先生、白先生若出一点儿问题,就会……山奴,你知道吗?就会人头落地!所以,我们必须把知道的和听到的都尽快告诉他们,让他们有所防备!这个时候,我不能再疯了……"

"可是……"

"我知道。我是个好演员,你放心,山奴。疯子不都是时好时坏吗?我阿玛只要一提英公府的事儿,我马上犯病。这对于一个名伶来说还不容易吗?"

宋遏云笑笑。

山奴觉得宋遏云的笑里有些悲壮的意味。

"怎么办?怎么办?这可怎么办?这个会,满城里的一次秘密大聚会,还有密室阴谋,还有……还有这个叫黄胡儿的,都得想办法告诉林先生啊!可现在,我们怎么办呢?"从八仙庵上香回来,两个人关上房门后,宋遏云急得团团转。山奴也努力地在想、想。她想到从前陈嗣祖来找她，可是现在，陈嗣祖都不知道她被关在了霭王府……对了，那个小旗兵！那个叫欢儿的小旗兵，一直非常喜欢她，知道她喜欢吃富原琼锅糖，就总给她买琼锅糖吃。那次，陈嗣祖为了找她专门扮作卖琼锅糖的，就是这个小旗兵把她叫了出来。那么……

"姐姐，宝莲儿姐姐，你说，我们找个人把信送出去如何？"山奴问。

"当然可以。可是，我们能让谁送呢？"

山奴于是说了这个小旗兵欢儿。

林子桐这天匆匆地去益民学堂去上课。天还很早，四周还一片漆黑，他打了盏玻璃灯罩的油灯。这种灯不怕风吹雨淋，陕西人又把它简称为"镜镜灯"。镜镜灯的光晕只照亮他周围几步远的范围，他盯着光晕慢慢移动脚步，边走边想着他剧本里的某个情节、人物或者唱词。这是林子桐一天中最惬意的时光。这个时间只属于他和他的剧中人。从他家住的城南到益民学堂所在的城西，他要走四十多分钟，所以走着走着天就亮了。因为想戏词儿着迷，林子桐的镜镜灯一直到大天亮还打在手里，这在益民学堂和朋友中早就成了一个大家说笑的故事，所谓"瞎子点灯白费蜡"，他们把这句话改成"林子桐的灯——大白天点灯白费油"。再拐过一个弯，出了这条巷子离益民学堂就不远了。天的确已经大亮了，而林子桐手里的油灯还依旧亮着，这让这位穿长袍的先生显得有些怪异。在路过一个卖油条豆浆的早点小摊时，一个年轻人站了起来，拦住了他的路，小声地叫他："先生，先生……"

林子桐充耳不闻。

林子桐旁若无人地从年轻人身边绕道而行，口里还念念有词："天地昏昏星光惨淡，日月颠倒……"年轻人急忙再次去拦他："先生，先生。"林子桐这次已经和年轻人面对着面，可他仍沉浸在戏词中，旁若无人地嘴里念叨："凭总镇欺压我实实、实实可恶！"他眼一瞪，直瞪瞪地瞪着年轻人。年轻人这次被他吓了一跳，不由身子往旁边一闪。林子桐走出几步远后，年轻人才再次追上去，扯住他的衣袖："先生！先生！林先生！"

这时，两人已经快要走到巷子口了。

林子桐"啊"了一声，瞪着眼睛看年轻人的脸。这时，似乎才从戏文中走了出来，眼睛不再空洞无物了。"你叫我？"他问。年轻人说："先生可是林子桐先生？"林子桐有些警觉："你先说你是谁？你找林先生做什么？"年轻人看看四周无人，有些焦急地："我有一封重要的信给这个林先生。你要是林先生我就把信给你，你要不是林先生……""信？信在哪儿？你先让我看上一眼。"林子桐仍旧没有放松警惕。年轻人从胸口前掏出封信。林子桐似乎没有意识到天已经大亮了，他接过信，还提起手里的镜镜灯去照着看。年轻人"扑哧"一声笑了，说："先生！天早大亮咧！"林子桐在看见信封上的几个娟秀的字迹时，只觉得天地间什么都不存在了。他傻呆呆地站在那里。手里的灯早已经摔落到了地上，灯盏摔碎在地上的声音，灯油溅到了他的长袍上，灯芯在地上的一汪油里还在继续燃烧，并且，起了一堆火焰……所有这一切都无法把他唤回到现实世界里，他心里一劲儿地叫着，啊，遏云啊！

　　信封上的三个字是：鉴侠收。

　　"鉴侠"只是他和几个最亲密朋友在一起时用的一个名字，几乎没有人知道——而且，这字迹，他一眼就认出了，是宋遏云！

十三

　　以后很多年林子桐都没有搞明白的是，不知道他和宋遏云之间究竟存在一种什么孽缘？对，一定是一种孽缘。每次他都认为自己就要抓住她的手了，可最终发现他抓到的是一把空气。仿佛指尖都快要触碰到一起了，只要再努力一丁点儿，他就可以拉住她，把她从那可怕的、无法看到底的、燃烧着熊熊烈焰的地狱一般的深渊口拉出来了……啊，遏云的脸都升起在深渊上边了！他已经能够看见那张他朝思暮想的美丽精致的小脸儿了，遏云的一双黑漆漆的眼睛里流露出的绝望与被拯救的惊喜，那样一种混杂着复杂感情的神情，让他马上泪下！啊，遏云啊遏云,我来救你来了。亲爱的遏云,我来了,我来了。他用了一把力气,可是——遏云呢?——是啊,遏云呢?遏云哪儿去了?

林子桐大睁着一双泪眼,猛地坐了起来。

梦醒了。

他发现自己只是做了一个梦。伸手摸摸两腮,居然两行泪还挂在腮边。

这是辛亥年农历九月,公元1911年10月。林子桐身在异乡,住在武昌,湖北革命军政府一座花园洋房的一间小偏屋里。他做了一个梦。在梦中,他和宋遏云两个不知道为什么在爬一座天梯。梯子很长很长,像是耸入云霄,看不到顶,也见不到底,仿佛悬在空中。还是不知道为什么,他和宋遏云两个清清楚楚地知道,这天梯不知道哪一节是朽坏的,表面上和好的一样,可你只要一脚踩上去,它就是空的,你肯定会跌入万丈深渊——很可能还是地狱!他们两人中,必有一个要踩上这节梯子。但也许这节梯子的存在只是一个传说。等爬完了这座天梯,他们两人就可以获得一种永久的幸福。这像是上天在告诉他们的。于是他们两人在努力地爬这座可能会给他们带来永恒幸福,也可能让他们中的某一个永远失去另一个的天梯。他们手牵着手,小心翼翼。林子桐清楚地听到自己的心跳声。那是一种随时会跳出胸腔的心跳。他设想了三种可能。第一种,两人都活着。第二种,宋遏云活着,他死了。第三种,他活着,宋遏云死了。他祈祷上苍,最好是第一种,其次是第二种,而千万不要是第三种。两人一级、一级地爬着。每一级都爬得心惊肉跳,屏着呼吸,额头上滚动着豆大的汗珠。每爬完一级,两人都要相视一笑。就在他们越来越感觉所谓那节抽空的梯子只是一种传说、越来越感觉胜利在望和放松了所有警惕的时候,悲剧刹那间发生了:宋遏云一脚下去,踩空了,她掉了下去。等到林子桐伸手想要去拉她时,才发现宋遏云掉下去的甚至还不是万丈深渊,而是熊熊孽火的地狱!他没能挽救她。尽管他的指尖已经碰到了她的指尖,可他还是没能拉住她和挽救她,他眼睁睁看着她被地狱之火无情地吞噬⋯⋯

林子桐悲从中来。

有好大一会儿他都没能从这个梦境中清醒过来,觉得刚才发生的这一幕是真实的。宋遏云死了。她就死在他的眼前。这是真的。他本来应该能够挽救她的生命,可是却没有。他捶床痛哭,哭声一声比一声高,从一开始的低嚎和呜咽到了后来就放声大哭把床捶打得"砰砰"响。白俊亭和高满儿被他的哭声惊醒了。两人跳下床,一边一个地推他、摇他。白俊亭一连声地问他:"你这是怎么啦,子桐哥?出什么事了?到底是出了什么事了?你说呀,子桐哥!"

三个人这次到武昌来任务相当不寻常。

林子桐是刚刚起义的新军派出的信使,白俊亭和高满儿的任务则是为起义的新军来采购军火。因为战乱,他们三人扮作了主仆,驾着一辆马车,从崎岖的山路上,昼伏夜行,越紫荆关,绕道老河口,于这天深夜才到达了湖北军政府。林子桐的信使任务完成得非常顺利。督军府总管听到三人来意,马上去叫醒了刚刚就寝的都督黎元洪。黎元洪大喜过望,连声大叫:"快请!快请!"趿着鞋就到了外屋,一把就抓住了也刚刚被带进屋的林子桐和白俊亭的手,一手拉着一个,许久都不能松开,叠声问道:"西安新军起义了?你们说,陕西也反正了?这是真的?"三人证实了这个消息:"是的,是的!一点儿都不假!"高满儿抢先说道:"黎大都督啊,我们陕西新军原本计划在九月初八日举事……""哦,公历就是10月29日,这是我们陕西同盟会原本商定的起义时间。"林子桐插进来说道,"后来事情有变,起义提前了!""哦?"黎元洪瞪大了眼睛,"快说!"白俊亭道:"准确地说,武昌事变后仅十二天,农历九月初一,公历10月22日,我们陕西新军便在西安起义了!"高满儿又抢着说道:"黎大都督,我们走的时候,陕西新军已经控制了除满城以外的整个西安城……"

"满城怎样?"黎元洪问。

"我们走的时候尚在激战。"林子桐叹口气说道,"起义军定名为秦陇复汉军,总指挥张凤翙,副总指挥傅文远。我带来的就是他们两位给您的亲笔信。"

"好啊,好啊,"黎元洪一边接过林子桐从贴身的衬衣口袋里取出的一封信,一边高兴地说道,"这样说来,陕西与湖南同日,并列成为全中国第一个响应湖北军政府宣告独立的省份了！"站在他一边的督军府总管接过来说道："不止于此啊，都督。湖南还属于长江沿岸，而陕西则占领着大半个北方中国的咽喉，举足轻啊。陕西是辛亥年第一个举义的中国北方省份呢！"

"不错。"黎元洪道，"这样就可以形成南北响应之势！是太重要了！我听说清政府有可能想要重演庚子年的一幕，宣统及朝廷万不得已时逃往陕西，把西安作为清王朝的新都，实现南北分治！这是个大阴谋。如果这个阴谋实现，中国就会被分裂成为两个国家，又开始了一个历史上的南北朝时代。陕西起义成功，就能挫败保皇党们的这一阴谋！"

"都督，陕西革命党人岂能让他们阴谋得逞？"高满儿意气风发地说道。

黎元洪低头看完了信。

"咦，我有个问题。"黎元洪问道，"西安新军起义成功，当然需要通电全国，就像同日湖南那样。可你们为什么……为什么不发电报不打电话，却要靠人徒步来送达这个消息呢？如果发份电报通电全国或者我们之间通个电话不更好吗？毕竟我们有邮政和开办电报局也有十来年了啊。"

林子桐和白俊亭相互看看。

白俊亭说："这就是我们陕西人的愚昧了。我们那里，不少民众认为电线杆子栽到谁家地头路边就会影响到谁家风水。所以，你前脚栽了电线杆，后脚他就给你推倒。紧急情况下起义军竟发现无法与外界取得任何联系，与外界断绝音信！这就很可怕，我们西安瞬时间成了一座孤岛……"高满儿带着几分骄傲和夸赞的神情插进来说道："所以，我们子桐哥哥主动请缨前来向湖北军政府通报信息。"这天深夜，三个人给接下来临时召开的湖北军政府督军会议详细地汇报了陕西新军起义前前后后的情况，关于目前局势，最后归结到了一点：军火。

林子桐滔滔不绝。

他告诉参加督军会议的各位将军，陕西新军起义以后形势不容乐观。临行前，起义军总指挥张凤翙和副总指挥傅文远要他一定要转告湖北军政府，他们对形势有一个基本判断，这就是清军一定会从东西两线夹击陕西，战事将十分激烈和残酷。东线，因潼关作为军事要塞的地理位置，清廷一定会调河南和山西的清军猛烈进攻。而西线，情况将可能会更加惨烈。原先的陕西巡抚桂升，如今刚刚被清廷擢升成陕甘总督，手里握有二十万精锐清兵。这个桂升，一直就是个铁杆保皇派，也一直主张，一旦京师告危，隆裕皇太后与宣统皇帝大可以效法庚子年慈禧与光绪皇帝做法，西去西安甚至兰州，保住潼关以西的陕甘青新，这样，至少可以形成一种清廷的苟安局面。如果陕西不保，中国南方，包括已经起义的湖北、湖南以及其他省份的革命成果，也恐难以维持……话说到这里，林子桐突然闭紧了嘴巴，不再说话。

会场上一片寂静。

许久，黎元洪开口道："明白。林先生所传达的意思本督全都明白。陕西方面急需的是援军和军火，对不对？"

"是军火，都督。"白俊亭说道，"我们两位总指挥行前有所交代，说一定要告诉督军，即使请不到援军，陕西最急需的还是大量军火……"

林子桐道："我可以介绍一句，这也就是这两位先生，白俊亭和高满儿此次来鄂的一项光荣任务——他们负责为陕西起义部队购买军火。钱呢，资金呢，都不成问题……"

"知道，知道。"都督府总管道，"白先生和高先生一露面，我就知道是陕西的大财神来了。白府的生意在武汉三镇做得很大，两位先生的大名早就如雷贯耳。可是，购买军火的事情，恐怕，会让我们督军有些难为。"一个大胡子的将军此时也有些难为情地说道："不瞒各位，我们此时的军火也非常困难。主要就是我们正在进行的阳夏战争……"在双方音信断绝的情况下，对在武汉方面发生的战争陕西人有所闻但并不十分清楚。现在，几位将军告诉他们，就在武昌起义发生后的第三天，清政府迅速编组了一、二、三军，清军迅速向汉口附近集结。起义军也迎头痛击，由此打响了汉口、汉阳保卫战。双方目前仍在激战，而且战事越来越激烈，因为清军还在不断增援。如果全国其他省份不像陕西和湖南这样迅速响应武昌起义，以分散清廷的兵力，很有可能，这次起义还会像从前数次起义一样，革命胎死腹中。因为湖北革命军政府也将很快面临弹尽粮绝……

林子桐三个一下子沉默了。

这是他们湖北之行前完全没有想到的情况。

高满儿担任起义军的军需官，而白俊亭则担任起义军的军械官，一个军需，一个军械，都和武器弹药有关。这可是陕西起义军命悬一线的事情啊！怎么办？怎么办？湖北军政府的各位将军一个个面有难色，最后还是黎元洪出主意说，只要白先生肯花银子，为什么不到上海租界去，向英商、德商等外国商行购买一批世界上最新式的武器呢？一句话点醒梦中人，三个人顿开茅塞。当湖北督军府总管带着满面愧色，举着一根洋蜡烛，把三人送往后院小偏屋的时候，三个人却一扫脸上沮丧的神情，这让总管看了暗暗称奇。总管也不好问。等总管告辞后，三个人一关房门，就头凑头地开始热烈讨论起来，三个人同时想到了在上海的几位陕西名人，于右任、张季鸾，对！好！就找他们联系洋人商行购买新式武器！白俊亭说，花多少钱我都在所不惜，只要革命成功，推翻万恶的清政府！哪怕我倾家荡产！林子桐和高满儿听到白俊亭这样说，顿时心生敬意。高满儿深鞠一躬："少东家，这一躬是满儿替革命向您叩首了。"他再鞠一躬："这一躬是满儿替自己向您叩首了。"他还要再鞠躬时被白俊亭一把抱住了。白俊亭说："我替我自己向你鞠一躬。满儿啊，想当初，如果不是你、焦海波和景孝天几个的革命启蒙……""俊亭哥哥，你是指我们从武汉带回的那个小册子？"高满儿问。"是啊……"白俊亭说。林子桐插进来："还有南先生！南先生的革命启蒙！"

"是啊是啊。"白俊亭感动地说，"南先生、子衡哥哥，我们这些人从甲午海战失败，到《马关条约》签署后的公车上书到戊戌变法、慈禧新政等等，冒着随时被杀头的危险，好不容易走到了今天，怎么能让革命大业因为武器匮乏而失败？——到了我们人头落地的时候，子桐哥哥、满儿，你们说，且不说万贯家财，即使金山银山，即使坐拥天下财富，对我白俊亭又有何用？！你们说！"

林子桐早已摇摇晃晃站起了他高大的身躯。

他对着白俊亭一竖大拇指:"革命成功,俊亭兄首功一桩!我读过不少史书,知道'毁家纾难'这个词,但我今天,着着实实记住和明白了这个词。有朝一日,我要写一大本戏,名字就叫《辛亥革命》,写就写你白大公子毁家纾难的这个故事,让谁演?对了,就让谢德顺来演你白俊亭,女主角白娘子就让宋、宋遏云……"

林子桐突然顿住了。

白俊亭看他一眼,两人都立刻避开了彼此的目光。只有高满儿不明就里,问两人道:"好好的一出戏,怎么一说宋遏云,你们就、就……就这样了?"

其实,宋遏云永远是林子桐和白俊亭心里的痛。自从小旗兵欢儿送出了宋遏云的一封亲笔信,林子桐清楚地知道了宋遏云果真是霭王爷府里的格格宝莲儿,而山奴也果然被潘七爷又转手卖给了霭王爷,和宋遏云一起被软禁在了霭王爷府里以后,林子桐、白俊亭以及陈嗣祖就无时无刻不在牵挂着这两个弱女子的安危。但此后再没有来自霭王府里的消息了。怎么打听都打听不出来了。就连那个送信的小旗兵也再没有出入过霭王府,派去蹲守的人一连多日都无功而返。这就让林子桐和陈嗣祖他们很焦心。至于霭王府里的那次高级别秘密会议的内容以及陕甘总督桂升和霭王爷以及潘七爷密谋中提到的"黄胡儿"这个名字,林子桐很快就汇报给了同盟会支部长景孝天。景孝天指示新军中的傅文远和林子健他们暂停一切活动,几个新军的据点也暂时关闭或撤离。以后查出来的结果果然了得。此人深藏在新军同盟会,暗中记下了新军中的同盟会员,主要是中下级军官的名字,林子健、傅文远、傅志远、陈嗣祖、张平安等,全都在这张名单上。好家伙,如果这张名单被送出去,那可真就叫一网打尽了!新军中的这些革命党人真的就是人头落地!他们设计,由林子健、陈嗣祖和傅志远几个把混入新军革命党中的这个内鬼,神不知鬼不觉地溺死在了西安的护城河里……

黄胡儿事件让陕西新军逃过了一劫。

挖出这个内鬼,清除了这个隐藏在新军里的定时炸弹,这才有了辛亥年九月初一陕西新军起义的壮举。然而让林子桐、白俊亭格外担心的，就是满城里这两个女人的命运。这也是他们离开西安时的一桩心事。满城城破之日一定会玉石俱焚。为革命立有如此大功的这两个弱女子——宋遏云和山奴能生还吗？……

第五章

革命党人的光荣与梦想

一

炮弹子弹雨点般在周围飞溅，爆炸声此起彼伏，露王府里的人早就不再四处奔跑和尖叫，在经历了连续几天几夜的枪炮声后，王府里的人几乎已经麻木了。他们谁都不可能出去，四周的高墙和紧锁的大门，把露王府和外面的世界全部隔绝了。露王爷最后一道命令就是，要全家老小听命于管家和旗兵班头，假如突围成功，他们会带领大家一起出逃，但如果突围失败，露王爷说，绝不留活口给汉人！所以除了在混乱中已经四散逃出去的，留下来的二三十口人全都集中在了厅堂里，等待着要么随时突围出去，要么随时等着死。

宋遏云挺着个大肚子静静地靠着墙角坐着，她的脑海里只留下了几天前她让乳娘董妈妈带着山奴深夜离去的情景。宋遏云感到有些欣慰，因为山奴得救了，山奴可以活命了，自己肚子里的孩子就可以活命了。山奴临走的时候，宋遏云让对方特意带上了她为林子桐绣的那方手帕——梧桐树上栖息着一对随时准备远走高飞的大雁。此时在四周不停顿的爆炸声中，火光熊熊，烈焰映红了整个天空。这是城破之前的最后一个夜晚，宋遏云坐在那里想象着山奴见到林子桐他们时的情景，她内心温暖极了。她自己也没有想到革命会来得这么急，这么快，这么突然，这么让人猝不及防！也不知道林先生、白先生，还有高满儿、焦海波他们这会儿都在哪里？也许他们就在城墙外面进攻满城的军队里？也许他们也全都投入了这场攻城战？啊，但愿他们不要受伤，但愿子弹长眼睛绕着他们飞，但愿亲爱的人儿平安无事，但愿，啊，但愿所有的枪炮子弹都不要伤着他们一根毫毛！

黎明前的黑暗很黑，但却非常地静。

宋遏云心里暗暗地祈祷着。

过了一会儿，她睁开眼睛，发现了一个地狱一般的恐怖景象。天空是半红半黑。黑的透黑，从来没有过的那种比墨还要黑的黑，一种让人惊心动魄的黑，让人想到恶鬼狰狞面目的黑。红的血红，是那种让人充满恐怖感的猩红色，里面似乎浸满了鲜血。那是火焰。漫天大火正在吞噬着清王朝自从入关以来就悉心建设了几百年的这座城中之城。宋遏云能够想象到一座城毁灭时的惨景。可是当初为什么要修筑这座满城呢？宋遏云想，或许悲剧从一开始就已经是命中注定。它是满族人的家，实际上就是个大兵营或防守严密的大城堡。现在，它四处起火了，火光冲天。这几天，从西安的制高点钟楼上架着几门大炮不断地炮轰着满城，满城里原先的几座军火库一座接一座地爆炸，爆炸炸飞的人体和牲畜的尸体碎块有如肉雨血雨一般纷纷扬扬，空气中充满了血腥味和焦煳味。有几颗炮弹就落在了王府里，炸开了假山鱼池，炸开了马厩狗舍，花园里燃起了大火，围墙也倒塌了好几处。外面的世界，熊熊燃烧着的大火和焦黑的残垣断壁，令人触目惊心。

王府里的人只是不想跑。

他们似乎失去了跑的能力和愿望。

再说，跑出去又能够跑到哪里？

大家就只是木然地坐在那里。

宋遏云望望红黑两色的天空，她知道，黎明前的这个寂静持续不了多久。传回来的消息，东城门和北城门虽然还在旗兵的手里，可是北城门的炸药库爆炸了，北城门起火了。而西南城门，露王爷率领的旗兵，以旗兵中的精锐、曾经骁勇善战的绿营骑兵在前，大批步兵在后，打开城门后冲出去了几次，但几次都被攻城部队的猛烈炮火打了回去。西南城门也起了大火，骑兵的马一看见火焰，嘶鸣着往回跑，结果踏死了大批自己人，而革命军的炮弹隔城打入，炮弹落在了骑兵密集的队伍中，这下炸了锅，战马狂奔乱窜，一片血肉模糊。露王爷只能收拢起残兵败将，退回到了西南城角。绝望已经笼罩在了满城的各个角落，好像大家心里全都明白，天亮以后恐怕没有谁能够活命……

宋遏云心想，她在这个世界上还有什么事情可以做呢？她才二十七岁，多么不甘心死啊，可她，居然也得为她所憎恨的这个政权和憎恨的家族去殉葬了！不，她想留下点文字，给亲爱的林先生、白先生，还有这个注定要诞生的新的国家。她扶着墙,缓慢地站起身来,想挪步到霱王爷的书房去找张纸和笔。突然,"怦,怦,怦"——有人敲门!这个时候了,还会有人来敲王爷家的大门?一片死寂中,这个敲门声实在太可怕了!所有人都一脸惊吓动也不动地侧耳聆听,宋遏云也一样,她停止了脚步的挪动,不知道这敲门声带来的是福还是祸?

敲门声却再没有响起。

正当包括宋遏云在内的王府里所有的人对敲门声没有再响起多少感到有一些失望时,一个人形的东西跑了进来。火光把这个人形的东西映照清楚了,是董妈妈。董妈妈的形象甚是可怕,她的一块头皮可能是被刀削掉了,连同半个耳朵一起耷拉在脸上,满脸血污,浑身的衣服也被火烧得只剩下了几片,勉强地挂在身上。黑暗中,她疑疑惑惑地叫了声:

"格格?宝格格……"

宋遏云朝她走了几步,董妈妈一把就抱住了她,接着就呜呜咽咽地哭了起来。

两人在断墙边坐了下来。

董妈妈边哭边断断续续地告诉宋遏云说,山奴死了,她本来也死了,她以为再也见不到宝格格了,她这是从死人堆里爬出来,放心不下宝格格和她肚子里的孩子,穿越了大半个满城好不容易才找了回来。宋遏云不敢相信山奴已经死了,她几次打断董妈妈,问她:"你说山奴死了?……董妈妈,快告诉我,山奴是怎么死的?你们没有出城?你看清楚了,山奴真的死了吗?"董妈妈说,她们那天夜里试探了几个城门,腿都快要走断了,却就是出不去,守门的旗兵都接到了霱王爷下的一道死命令,一人不进,一人不出,除非有王爷亲自签发的手牌,否则,谁敢放人出城或进城就地杀头。这样,一直到了天亮她们也没出去,躲在了一座寺庙里,混在了上香的人群中,结果就听到了枪声。枪声一响,全城就一下子混乱了。她和山奴被人群冲散了。

"冲散了?那你怎么说山奴死……死、死了?"

宋遏云结结巴巴的话音还没落,从厅堂那边的人群中就有一个尖利的女人的声音叫道:"别一个劲儿死、死、死的!待会儿我们大家都会死!都会死!啊?!全都活不成!全都会死!全都会被革命党咔嚓咔嚓,杀头！杀头！"宋遏云扭头看去，才发现天已经亮了，青白的天光把眼前这鬼一样的人群像剪影一样投放在了天幕上，所有的人失魂落魄的样子，像地狱里的小鬼一样，形状特别可怕，从这群人的身上再也看不到王府里的人曾经的显赫和颐指气使的贵族气焰，原来，人的精神倒塌就像人被活抽了筋一样，整个人都不再有人形了。宋遏云冷眼看着。这个尖叫的女人是王爷的正妻福晋，宋遏云的母亲死后从填房升到正妻的位置上，她比王爷小了二十多岁，但这会儿，这女人像是已经疯了，她跳了起来，给大家表演着杀头的样子。就像是要回应她一样，王府的大门"哗啦"一声被推开了，聚在厅堂里的这些人都一齐伸长脖子朝大门的方向望去，一阵像是踏碎了所有人神经的沉重脚步声后，从隔在前院和中堂的高大影壁后面，霱王爷和一队亲兵一起出现在了这群人的面前……

"啊？王爷！"

疯了的这位福晋像是眼前一亮，本能的，忘记了此时此刻此情此景，当成还是往日一样，扭着屁股，嗲声嗲气地叫了一声，就迎了上去。王爷不等她到跟前，手里的剑已经刺向了她的心窝。她只轻轻"啊"了一声，瞪着眼睛，扑到了霱王爷的怀里。鲜血瞬时溅了霱王爷一脸一身。霱王爷轻轻地推开她的尸体，连看都不再看一眼，提着还在滴着鲜血的剑，朝着还愣在那里的全家人走去。几十口人本能地呼啦全都跪了下去，一片叫声：

"王爷！"

"阿玛！"

"玛法（爷爷）！"

福晋的三个孩子，大的十几岁，小的才五六岁，哭着扑向母亲的尸体，口中大叫着"额娘！额娘！……"可这三个孩子都没能跑到他们母亲身边，霱王爷只轻轻刺向他们的脖子，他们就一个接一个地倒在了他们父亲的脚下。所有的人都一下子没有了眼泪，只是死了一样瞪着眼睛望着一脸杀气的霱王爷。

霱王爷面无表情哑声说道：

"你们都不要怪我太狠心。我……守不住这座城了。要不了多长时间，汉人的军队就会攻进来。与其让汉人杀死你们，还不如……唉！"

霭王爷沉重地叹口气，对身边的亲兵道：

"动手吧！"

亲兵的将领流泪了，不动。霭王爷一把推开他，挺起剑就刺向了他面前的小女儿。接着，王府里的亲兵们动手了。宋遏云和潘妈妈失魂落魄地望着眼前的一幕，她们距离这杀人的血腥现场只有不到二十米，浓烈的血腥味扑鼻而来，两人已经不会呼吸了，只是失神地瘫坐在地上。血流成河。血河蜿蜒着流到了她们的脚下，然后把她们浸泡在了血水里。已经杀了全家人的霭王爷猛地扔掉了手里的剑，从一个亲兵手里接过来一把枪，他举起枪，把枪口对准了自己的太阳穴，一扣扳机，枪响了，但霭王爷却还好好地站在那里。就在枪响的一瞬间，宋遏云本能地轻轻"啊"了一声，闭上了眼睛。等再睁开眼睛时，她发现霭王爷已经提着冒着青烟的枪，走到了她的面前。

她跪下了。

她的两只黑漆漆的大眼睛无声无息地流着泪，嘴唇翕动着，像是在说话，但却发不出声音。以后很多年，这幕情景一直反复地出现在林子桐的眼前。那个提枪的霭王爷和跪在他面前他的亲生女儿宋遏云——不，是宝莲儿格格。宋遏云以后告诉过他，她一直在嘴唇间翕动着的话大概是，阿玛，阿玛，看在我肚子里孩子的份上，给我一条活命吧！是的，是的，她是在为她肚子里的孩子求情。霭王爷默默地在她面前站了一会儿，对管家说："你处理。"管家命两个亲兵架起宋遏云，朝着废弃了的一个园子走去。宋遏云被拖着跟跟跄跄往前走，走到一口井跟前，两个兵使劲把她往前一推……

再后来，宋遏云就什么都不知道了。

二

整个满城血腥扑鼻。

在军政府里当了铸印官兼参议的林子桐忙碌得简直屁股冒烟儿，不过，好在这个时候陕西的对外联络已经恢复，电报和电话线路已经修通。不断有电话打进来，当然，也不断有电话打出去。手摇电话的铃声此起彼伏，加上人们不断的说话声、吼叫声，显得参议室里一片混乱和嘈杂。一个电话打了进来，有人叫他："林参议，你弟弟！"

是林子健从满城里打来的一个电话。林子健叫了声"二哥"，可还没说话，电话里就传出了另一个声音，看样子是焦海波一把抢过了林子健手里的话筒。

焦海波说："这样的好消息当然该我来报告子桐哥了！"

"什么好消息？"林子桐问。

"你的得意门生啊，遏云小姐找到了！"这是焦海波的声音，旁边又传来林子健的声音，"哥，还有一个碎娃娃，一个女娃儿！"林子桐脑子一时反应不过来，"说什么？遏云？遏云……真的找到了？在哪儿？快说，在哪儿！"林子桐本来就嗓门洪亮，他说话时，坐在他旁边的人会感到耳膜被震得受不了，得用手捂住耳朵，这样耳朵才不会受到伤害。这会儿，他对着话筒的吼叫声，让整个参议室的人都感到了耳朵被震得发疼，所有人的眼睛都看着他，参议长林子衡走了过来，轻轻拍拍他的肩膀："子桐……"林子桐却顾不了这些，扔了电话就往出跑。他这一跑，就直接跑进了满城。满城里的景象让林子桐此生再也忘记不了。他刚跑到城墙下，突然感到一滴黏稠的东西滴到了他的头顶，他用手摸了一把，是血！他疑疑惑惑地抬起头往上看，这一看不由吓了一大跳，啊，城墙上边挂满了血淋淋的人头，再看，发现个别树上还有吊着的死尸。林子桐是从东城门进的，他发现城门口里外三层地布了好几道岗，所有进出的人都要被盘问。一个麻脸的士兵正在问一个老汉："满人还是汉人？"老汉回答了句："咱们是汉人……"老汉话音刚落麻脸士兵就手起刀落，老汉的头就像西瓜一样滚落到了地上。林子桐简直傻了，从来没见过这样杀人的。林子桐上前一把抓住杀人的麻脸士兵，问他："你为什么杀人？为什么？"士兵一看是个穿长袍的先生，后面还跟着两个兵，一下子吓得话都结巴了："他说，咱、咱们，不说'我'，分明就是个满人。"林子桐怒道："满人，满人你就要杀他？他犯法了？"和老汉一起的老婆婆哭喊着说：

"你们杀错人了啊，我们是汉人不是满人！"老婆婆指着她的小脚让士兵看。汉人妇女是小脚，满人妇女是大脚，大脚小脚一目了然，这老婆婆显然是汉人。老婆婆哭道："就因为说了个'咱们'你就杀人？那是我们在满城里住久了，口音改不过来！"林子桐气愤极了："把你们长官叫来，我要立刻逮捕你！法办你！"让林子桐万万没有想到的是，他这句话却惹了众怒，一群士兵和进出城门的百姓立刻把他围了起来："你这先生，你这是在替谁说话？"

"满人杀我们的时候可是一点儿都不手软啊，你这会儿倒替他们说话了！"

"想想扬州十日，想想嘉定三屠！"

"不杀鞑子，难平民愤。"

"以血还血，以牙还牙。"

"想想这些满人平时的作恶，真想剥他们的皮，抽他们的筋，喝他们的血！"

有人朝林子桐吐唾沫，有人朝他扔砖头瓦块。林子桐还想和众人辩论："可他杀错人了啊……"人群中有人喊道："错就错了！当初，满人错杀了我们多少人？"陪同他的两个士兵赶紧拉他胳膊，拽着他就出了人群。一个士兵说："先生，赶紧走，赶紧走！你没看众怒难犯啊！"另一个士兵说："先生，你难道不知道，有人就因为在街上错说了一句话，当场就被人一枪打死了！"这事林子桐知道，那是陆军学堂的一个学生，和同学吵架时说了句："革命也不能随便杀人。"结果他就被愤怒的同学一枪打死了。此时林子桐才明白了，所谓"众怒"的确十分可怕。进了满城，情形就更加惨不忍睹。到处是焚烧和拆毁了的残垣断壁，到处都是死尸；臭水坑里、断墙下面，水沟里，道路两旁临时挖开的大土坑里……尸体横七竖八地堆积满了。野狗和乌鸦成群结队争相啄食，被撕扯成碎片的人的肢体随处可见，许多尸体已经腐烂，成群的蛆和苍蝇，臭气熏天，景象瘆人。他们三个走着走着，走到一条小巷时，发现几个士兵正在追赶一对青年男女，边追边喊："鞑子！鞑子！快抓住他们！快抓住！"听见喊声和脚步声，林子桐急忙站住了脚，并且有意识地挡在了两个兵的前面，巷子很窄，林子桐横身在巷口两个兵也就出不来了。两个年轻人跑过林子桐面前时他只看了一眼血就冷了，啊，太年轻了！两张稚气而惊恐的面孔从他面前一闪而过，男孩子紧拉着女孩子的手，他们跑啊，就像被猎人追逐着的兔子。几个士兵也紧跟在他们后面一闪而过，不大工夫听见两声惨叫，"啊！啊！"非常短促。再不大工夫，士兵们就拖着两具血淋淋的尸体隔着一道矮墙扔了过去。然后，士兵们推倒了墙，说笑着走了。这还不算恐怖。最恐怖的一幕情景就是，他们正走在一条大街上，在街道的另一边，他们眼睁睁看见一个骑马的大汉正在追杀一个抱小孩儿的女人，大汉开了一枪，女人晃了一下，可还继续跑。大汉再接着开了两枪，女人晃着倒在地上，把孩子扔出去了几步。女人爬着，想爬到孩子身边，大汉挥刀，先拦腰一刀砍死了女人，接着从马背上伏下身子。林子桐以为他是要抱起那个在地上大声哭号着爬向母亲的孩子，可是，大汉朝着这个大概才只有一两岁的孩子狠狠地剁了几刀……

林子桐一把捂住了眼睛半天也睁不开。

到了景孝天和林子健他们临时设在一座破庙里的司令部，林子桐似乎半天都没有从刚才那些恐怖情景中缓过神来。他已经忘记了他干什么来了。景孝天正在和人谈话，见了他先站了起来高兴地叫了声："子桐哥哥，你来了！革命胜利了，革命……"可他很快发现林子桐整个人就像在梦游。林子桐神情恍惚，口中一直在喃喃自语："太可怕了，真太可怕了……"焦海波和林子健一看他这样子，明白他们这个敏感而多情的子桐哥哥是受了刺激了。他们一边一个扶他坐下，给他倒碗水。没想到林子桐手抖着刚一接过茶碗，茶碗就掉落在了地上摔碎了。林子桐痴痴地看了会儿摔在地上的茶碗碎片，笑了一下，轻轻哼出两句戏词：

柴郡主在深宫笑容满面，
阵阵喜气上眉尖。
……

景孝天和林子健不明白，焦海波一拍脑袋："子桐哥哥唱的是《状元媒》！"

"知道啊。"景孝天和林子健道，"《状元媒》谁不知道啊？咱不像子桐哥哥、文远哥哥他们一样会写戏，但起码算是个票友，听戏的功夫还是有的。"

焦海波说："这你们两个就差了。你们是不知道这里面的故事，说的是当年一个小女孩叫宋遏云一开口唱《状元媒》，就让我们子桐哥哥摔碎了一只价值连城的西夏茶碗。当时，就连蒲州第一大富户白大公子白俊亭都不由地叹了声'可惜'。这事儿后来就传开了，人们都说，这宋遏云的唱功可是了得，一声千金不止！"

景孝天和林子健道："这事我们还真不知道。"

焦海波道："你们当时还都是些小屁孩儿……"

"可你也比我们大不了多少？"林子健好斗，回敬他说。

焦海波说："哥哥我年长你们五岁，五岁可是一大把年纪呢！"

当这几个人斗嘴的时候，林子桐已经背着手朝外走去，嘴里一边叫着："子健、海波，宋小姐在哪儿？快带我去！"茶碗一落到地上，往昔的那幕情景就活脱脱地到了眼前，一个碎碎的女娃，那声石破天惊的唱腔一出，穿云破雾的一道炫目的光亮就直刺到了他灵魂深处。几年了，哦，一眨眼居然就六年了，遏云失踪的那年和那年发生的一切都还恍惚就在眼前，可这世界，如今却像是翻了个个儿！遏云变成什么模样了呢？还会是从前那个可人样的模样么？寺庙里一间偏房的床上，躺着一个让林子桐看上去全然陌生的女子。这女子的身边还躺着一个襁褓中的婴儿。此时虽然是中午，但阳光并不刺眼，小房间里的光线也很弱。有一会儿工夫，林子桐觉得眼晕，仿佛躺在那里沉沉地睡着的这个年轻女人不是他日思夜想的宋遏云，而躺在她身边襁褓中的小婴儿也让他觉得怪怪的。时间拉开了他们的距离，不知道此后他们是否还能重续旧缘？

林子桐默默地在宋遏云身边坐了一会儿，看看床上的被子有些单薄，就脱下自己外面罩着的那条夹袍给她盖在了上面。然后又伏身看了看婴儿皱巴巴的小脸儿。他不知道这是谁的孩子？总之，这是林子桐看到这婴儿的第一眼——他怎么也没想到，这个叫美云的孩子以后长大成了一个如花似玉的大姑娘。

他退了出来，好让遏云好好睡睡。

几个人一起退到了另一个房间，正好是午饭时间，于是他们几个边吃边聊。

林子桐首先想知道的就是他们怎么会刚好就救了宋遏云？从他这一路看到的情景，像宋遏云这样王府里的格格首先就是被杀头的对象，她怎么能活下来呢？她能够活下来，在林子桐看来简直就是个奇迹。"是的。"焦海波说，"子桐哥说得完全对。这女子的命运可真奇特，不是说呢，就连子桐哥这大戏剧家想编都编不出来呢。你说霭王爷这恶魔，把全家人都杀了，怎么就偏偏对他这个忤逆的女儿下不去手了？""不对，不对。"林子健叫道，"根本就不可能是他下不去手，他让人把她推到井里，不就是想要淹死她？只是这宋遏云够命大，那井，偏偏是口枯井！"景孝天摇头："子健，你这是小看这霭王爷了。据我们和此人打了这十多年交道，这人做任何事情可都是心思缜密的。他不会连他家这口井是不是枯井都不知道。"焦海波道："孝天，你这是说杀人不眨眼的霭王爷是故意给这个女儿留了条活路？""我看大概就是这样。"景孝天说。"好了，"林子健说，"如果孝天哥这样认为，那我认为，唯一的理由就是这恶魔是想保住他霭王府和英公府的一条血脉！"林子桐这时抬头问道："你们说，这孩子的父亲是……是英杰？"

林子健点头："不错。"

"是宋遏云给你说的？"

"是。"

林子健告诉他二哥说，如果不是她父亲霭王爷把她推到了枯井里，让她躲过了满城里最初的搜捕，以她的身份，她死定了。而最奇特的就是，她掉进井里以后，居然把孩子生在了井里！而更奇特的就是，假如这母女俩在枯井里冻饿上几天几夜，她们也会死。听到这里，林子桐又问："是个女孩子？"林子健："也还多亏是个女孩子，不然，早就被摔死了。"焦海波说，"她们母女能从井里逃出来，还多亏了那个叫董妈妈的乳娘。子桐哥，你知道吗？还是这个董妈妈给宋遏云说，她亲眼看见山奴死了。这个董妈妈说，她和山奴被人群冲散后，她在城里东躲西藏了几天。一天,她正在废墟中扒着找吃的东西,突然听到有人喊她'妈妈,董妈妈'。听到这声音她非常吃惊,是山奴!肯定就是山奴!她四处张望、寻找,可是,等她刚刚看到躲藏在一个巷子里探出来半个头的山奴,还没来得及过去去拉,那个巷口就跑进去了几个兵。接着……接着……"

焦海波眼圈红了。

林子桐问:"山奴到底怎么了?"

焦海波说:"这孩子命可真苦。唉,董妈妈说,她躲着,只听见山奴撕心裂肺的惨叫声,叫了一会儿,没有声音了。后来,尸体被扔进了一座正在燃烧的房子,大火把尸体也烧没了。"

大家都默不作声地吃了会儿饭。

"嗣祖还不知道?"林子桐问。

"不知道。"景孝天说,"唉,这事不敢给嗣祖说。嗣祖马上就要和志远到潼关前线去了,我看,再晚一些给他说。只是,迟早要说的事情……"

"要是他知道了遏云的消息,找遏云和董妈妈问呢?"

林子桐有些担忧。

"董妈妈死了。哥。"林子健道,"唯一需要告诉的就是让遏云姐姐不要给嗣祖说。"林子桐奇怪:"董妈妈怎么也会死呢?——遏云都没死,她怎么会死?"焦海波说:"遏云没死是我和子健发现救的,却没来得及救董妈妈。"焦海波告诉林子桐,董妈妈给枯井里放下了个梯子,她先是下到井里把刚出生的孩子抱了出来,接着,又给刚生过孩子身体虚弱的宋遏云身上缠了条绳子,帮着她从井里出来。这之后,她们三个人就开始东躲西藏,可最后还是被进到满城里捉满人的一群汉人发现了,其中有人认识她们,大叫:"哎呀,王爷家的格格!"董妈妈当即被一刀砍死,遏云和孩子还有许多满人都被绑着全都推到一个大坑里准备活埋。"这个时候,"焦海波说,"我们从西南城门攻进满城的部队全都接到了景孝天发布的一道紧急命令,说所有放下武器的满人一律不杀。我和子健刚好就赶到了这个活埋人的地方,救了这些人。当时还真没想到,里边会有遏云和她的孩子,她可是为了我们革命立了功的人呐，却差点儿被活埋了！"

"分毫之间啊，我们就可能再见不到遏云姐姐了。"林子健道。

过了好大一会儿，林子桐突然问景孝天说："孝天，你说，这就是我们想要的革命吗？怎么会有这么多的暴民，他们想干些什么——烧杀抢掠？"景孝天看着他，半天说道："子桐哥，这当然不是我们想要的革命。不是。这种局面肯定是要控制，但目前我感到，还有另外一些问题比这个问题更加严重。"

"会党问题。"焦海波说。

几个人心里全明白，都不再作声。

这时，"轰隆"一声巨响，满城的东门方向像是又一个炸药库被人引爆了。这个炸药库可能规模巨大，爆炸的声浪震得全城所有的土地都在剧烈颤抖，仿佛一次强烈地震，地动山摇。他们几个面前的桌子连同杯盘碗盏全都掀翻在了地上，几个人也猛不防地跌倒在地。这里边林子健和景孝天两个不仅年轻，还到底是武林高手，两个人几乎同时一个鲤鱼打挺，跳了起来，林子健拉住了他哥，景孝天拉住了焦海波，这两人眼看着头就要猛劲儿地撞到墙上和柱子上了，如果不是及时被拉住肯定会头破血流……

三

很多年以后当林子健和景孝天都还非常年轻的时候就已经先后为国捐躯，当他们的哥哥及至亲好友林子桐和焦海波闲来无事坐在西安易俗社白天空荡荡的戏台子上，边喝茶边有一句没一句地说着闲话的时候，两个人会偶尔想起辛亥年攻占满城后四个人同时人仰马翻的情景，想起那两个身手矫健的弟弟。两人挂着眼泪笑着说道，如果不是子健弟弟、孝天弟弟手疾眼快那个时候我俩一定会碰得死去活来。这话说完，过了一会儿，两人又感慨一番。"你说呀，"焦海波说，"老哥哥，我时常想,中华民族几千年遇到过的危急还鲜有晚清这样的。这年月,让我们赶上了。仁人志士,英雄豪杰,成批出现。慷慨悲壮,慨然赴死,为国捐躯,竟然一幕幕接连上演。那个时代由此成为一个精神不朽的时代。那个时代的知识分子由此成为中国历史上最有血性、气节和抱负的一个群体。你说呢,老哥哥,我的子桐哥哥?"林子桐则击节长叹道:"我想哭,我只想长歌当哭,海波兄弟,因为我的胸腔里溢满了血啊——为什么一个国家存亡时刻,最先赴死的总是她最优秀的儿女呢?孝天、子健、志远、嗣祖,他们哪一个如果活着,不都能活成一个山一般的人物?他们,个个都是世之先觉,国之少年、国之青年呐,可他们全都英年早逝了啊!"

说到后面林子桐痛哭流涕,焦海波则拊掌唏嘘不已……

是啊,是啊。

辛亥百年后悉心读史的女作家秋子珍每每读到这里,读到林子桐和焦海波这让人心碎不已的话时,她想对他们说,或者想补充他们的话说,这是因为——国难当头时,一个国家,只有她最优秀的儿女才最早看到国家的危险和危机。最先忧患者,也是最先赴死者。秋子珍这样想的时候,她脑海里映现的是辛亥年烈士、国之少年傅志远、陈嗣祖……

四

陈嗣祖还是知道了山奴已经死了的消息。

要想隐瞒住山奴的死讯基本不可能,因为新军的官兵们对山奴几乎无人不知无人不晓。其实,就是在宋遏云被救后,面对景孝天、林子健和焦海波他们关于山奴的询问,她断断续续讲述的时候,在一旁的新军士兵已经开始抹眼泪了,接着这消息就传了出去。山奴死了。山奴死了。山奴死在了城破后的满城。山奴先是被强奸,后来被扔进了火里活活烧死了。这就是陈嗣祖听到的关于山奴的消息。大家都认为陈嗣祖这下一定会痛苦得发疯,一定会痛不欲生,陈嗣祖太爱山奴了,关于他俩的浪漫爱情故事早就在新军中、他的朋友和战友之间传播得人人皆知。但是,非常奇怪的是陈嗣祖似乎是非常平静地接受了这个噩耗。他甚至连哭泣都没有。非常平静,也非常安静,平静和安静得令人害怕。从他的脸上甚至看不出任何痛苦的迹象,只是看上去他的脸像大理石一样冰冷。他就这样面无表情无声无息地把自己关在了傅家后花园的一间小屋里,傅志远看着他这个样子,非常害怕他会把自己憋出病来。傅志远这才第一次知道,原来人这样不声不响安静地忍受痛苦是这么可怕,有时间他就过来陪陪陈嗣祖,可是陈嗣祖对他的到来和离去恍如对待空气一样。傅志远每次看到他时,发现他不是在湖边就是在假山后面,要不就是在当年女孩子们读书的那个厢房周围,默默地低头徘徊。傅志远想,那是嗣祖旧地重游,默默地回想他和山奴在一起时的那些甜蜜日子呢,每当这个时候傅志远都不去打扰他,只是远远地站着,难过地看他一会儿,然后就悄悄地离去。

在傅志远看来陈嗣祖这是万念俱灰。

如果此时嗣祖对他说要像贾宝玉一样在黛玉死后剃发出家当和尚他都相信。

可是只有一件事情傅志远看出来了,只有这件事情能够让嗣祖暂时忘掉他失去山奴的痛苦。这件事情就是此时的潼关战场和西线战场——陕西辛亥起义以后面临东西两线和清军作战。辛亥百年后悉心读史的女作家秋子珍做过研究,她发现,在辛亥起义的各省中,陕西与清军的作战时间最长,长达五个月。而即使是首先起义的武汉,那场清军绞杀武昌起义的著名的阳夏战争,号称是辛亥革命期间规模最大的一次战争,前后也只有一个半月。而陕西的战争则从辛亥年的十月一直打到了次年三月。民国都建立了,清王朝都已经灭亡了,陕西同清军的战争还在打。清帝逊位于1912年2月12日,陕西的战争却一直打到了3月8日。这是陕甘总督桂升想给已经灭亡了的清朝皇上、皇太后打出一条偏安之路,建立一个偏安的清王朝。桂升痴心如此,于是让陕西的战火在民国已经建立后又多烧了一个月……

东部战场，陕西潼关战况惨烈。北洋大臣袁世凯派来河南赵倜的五营豫军。开始时双方还互有胜负，潼关几次易手。但这时，袁世凯又增派了清军劲旅毅军从东西南三个方向合攻陕西东面门户潼关。

潼关再次陷落，情况危急。

西部战场，桂升率领二十万清军气势汹汹。攻陕之战，以陕甘总督桂升统北路，由泾川东进；以陕甘提督马子良统南路，由陇南东进。清军兵分两路，浩浩荡荡，由西而东，如同两只大钳，杀气腾腾，一路杀向陕西与甘肃交界的府县。双方刚一交手，陕西起义部队就接连失利。坏消息一个接一个传到西安：长武失守，彬县失守，永寿失守。这三个最西边的县就是陕西对甘肃的一道屏障，三个县三百余里地相继失守，陕西就非常危急。桂升率领清军长驱直入，一部分已经占领礼泉进袭咸阳，距西安仅五十华里！

这五十华里一马平川。

西安震动。

乾州保卫战就此拉开了血腥大幕。

这天，傅志远参加完军事会议后回来，意外地发现陈嗣祖就站在前院天井里像是在等他——而不像前两天只待在后花园里。大门一开，陈嗣祖就急急地迎了上来："志远，我刚听说，严凤山被清军包围在了乾州，情况甚是危急啊！"

"不错。乾州一旦被攻破我们就无险可守，桂升就可以毫无顾忌地打我们咸阳了！你知道，清军现在一部分已经占领礼泉！再要是把乾州丢了……"

傅志远说话的时候陈嗣祖眼睛瞪得铜铃般大。

"乾州绝对不能丢！我到乾州去，增援我义父！"

陈嗣祖一把拉住傅志远，几乎是吼叫着说道。

傅志远有些不解："咦，嗣祖，你不是要跟我去潼关？怎么又要去乾州？"

陈嗣祖瞪着眼睛问他："潼关危急还是乾州危急？东线危急还是西线危急？"

傅志远本来想说，西线东线都危急，西线是强敌，东线也是强敌，东线是清总理大臣袁世凯，西线是清陕甘总督桂升。东面是虎，西面是狼。陕西正在遭受强敌两面夹击，腹背受敌啊！他想去守潼关，已经立了军令状，非常希望嗣祖和他一起去。可是，他看了陈嗣祖一眼，就把到嘴边的话又咽了回去。陈嗣祖一脸决绝之态！陈嗣祖选择了他认为更危险的西部战场，傅志远一下子就看透了他的心思：嗣祖这是想去赴死——在他心爱的女人山奴死后他不想再活着回到这座城市。两人既是亲戚，又从小一起长大，傅志远对陈嗣祖非常了解。他知道，嗣祖一旦决定要做的事情他不可能劝说他改变主意。"好吧，嗣祖哥哥，那我们两个就只能就此分手了。明天，我就要去潼关了。"傅志远说。

"这么快？"这倒是陈嗣祖没有想到的。

"潼关方面的情况我认为也是越快越好。"傅志远说。

这天晚些时候傅文远带着一脸疲惫回到家里，在餐厅的桌旁却没看见傅志远和陈嗣祖。家里人告诉他，志远和嗣祖两个在喝酒。傅文远觉得奇怪，志远从来都滴酒不沾，怎么会突然喝起酒来了？天气很冷，已经飘起了雪花，傅文远穿过他家的回廊假山、亭台楼阁往后花园走的路上才意识到，这是辛亥年的第一场雪。下雪了。雪刚刚下下来。因为革命，也因为打仗，仆人们和主人们都一起去参加革命了，园子疏于管理，显得很冷清，甚至让人感到有些荒芜和荒凉。推开陈嗣祖住的后花园厢房的门，傅文远看见两个人果真正在喝酒。气氛有些沉闷，陈嗣祖和傅志远似乎都有些情绪低沉。见傅文远进来，两人都没有说话，只是抬头看了他一眼，就算招呼过了。桌子上多摆了一副碗筷和酒杯，看样子两人在等着文远哥哥的到来。傅文远坐下。房间里有一大盆炭火，火烧得正旺，靠窗的八仙桌上摆满了杯盘碗盏，两盏烛台把房间照得亮堂堂的。可即使房间很温暖也很明亮，傅文远还是觉得，这房间的气氛有些凄凉。两个弟弟眼圈都有些发红，不知道是喝酒喝得还是刚才哭过？傅文远坐下，自己倒了杯酒，正想开口问两人把气氛搞得这么凄凄惨惨怎么回事？他弟弟傅志远却先开口了。傅志远斜睨了一眼，一开口就有些出言不逊："敢问我们傅副大统领，今天又做出了多少利国利民的重大决策？发布了多少有利于国计民生的布告公告？"

傅文远一愣。

毒舌啊，他弟弟傅志远怎么会说出如此明显带着讽刺和嘲笑，也明显对军政府不满的话？这一段时间，弟兄两个很少见面，即使见面也很少聊天，哥哥傅文远吃住都在军政府里，每天都忙得昏天黑地。今天，还是因为志远明天就要去潼关前线，又听说嗣祖也要到乾州前线，他才硬是抽时间回来一趟，想着给两个弟弟送行，当然，他还有许多话要嘱咐他们。回来之前他还安排人特意带话给弟弟，说一定要等着他回来吃饭。本来想着挺温馨的，弟兄们吃顿饭，没想到弟弟就先这么呛了他一句。

从来不喝酒的志远可能是有几分醉意了？傅文远想。

"志远，你会不会是哪里不舒服？来，哥哥扶你先躺上一会儿。"

傅文远的手刚刚搭到弟弟的肩膀上，傅志远拉着哥哥的手突然哭了起来。

"嗣祖，志远这是怎么了？"

陈嗣祖酒量很好，他虽然看上去眼睛和脸都喝红了，但人一点儿都没醉。

陈嗣祖说："志远和我刚才说到目前这混乱局面，很是气闷。"

傅文远问："你们都说到什么了？"

没等陈嗣祖开口，傅志远突然一边捶桌痛哭，一边喊道："都什么玩意儿嘛！革命革成了这个样子？这不沉渣泛起，军政府成了会党一伙儿的天下了？——这帮人，完全没有革命意识，完全没有天下为公的想法，把个军政府当成了他们争权夺利的场所。看看他们一个个丑恶的嘴脸，看看他们一个个争名于朝、争利于市的丑恶样子，把我们千辛万苦才换来的革命局面搞得乌烟瘴气！"

傅志远这样一说，傅文远也沉默了。

他不说话，心里也很难过。这句话戳到了他的痛处。他端着酒杯，一口喝干了，接着又一杯一杯地倒，一杯接一杯地喝，喝干。最后还是陈嗣祖默默地拿开了他的酒杯，小声地说了句："文远哥，你不能这么喝。"傅文远不！他要夺酒杯，他要喝！他想要喝个烂醉如泥，好把心里的郁闷随着这酒力喝出来、发泄出来。连喝的这几杯酒,让他第一次知道,酒,真的是好东西!他知道,傅志远嘴里的会党,主要指的还不是刀客、严凤山他们这些人——尤其是已经招募到了景孝天、林子健麾下的关中刀客这些人,从目前革命的情景来说,他们对革命的破坏力不大,相反,大多数刀客都支撑和支持了革命。严凤山本人目前就是革命队伍里的一员骁将。傅志远嘴里说的会党,主要说的是洪门或哥老会的人。要说,这真的是革命的无奈,或者说,是中国式革命的无奈。傅文远这些日子其实非常苦闷,一直在想这些问题。他也想有机会一定要和景孝天、林子桐他们好好谈谈。问题出在了新军内部。新军主要由受过良好教育的中下层军官和来自社会底层的士兵组成。像傅文远、傅志远兄弟以及林子健、陈嗣祖这些人,本来是一些士家子弟,原本并不愁吃喝生计。他们投身军队,是典型的投笔从戎,目的并不为自己,而为拯救这个眼看就要亡国灭种的中华民族。但士兵们不一样。他们大多贫苦出身,当兵是为了求生存,而在新军里想要生存下去,不参加帮会几乎没有可能。洪门帮会又叫哥老会,他们最早的宗旨是反清复明,或者又叫灭清复明,从明末清初在中国民间兴起已经有了二三百年的漫长历史。陕西的哥老会在新军中找到了很好的寄生体,而且和新军中的同盟会革命党人有了一拍即合的意思。反正大家都反对清政府,都想要革清王朝的命,哥老会的舵把子们在动员他们的会众参加这次起义时常挂在嘴边的一句话就是:我们现在的新名词叫"革命"。我们大家现在都是"革命党"。我们大家都参加"革命"了。因为革命党与我们洪门的宗旨一样。不错。开始大家皆大欢喜,想着一起革命势力大,你离不开我,我离不开你。可真正一革命,问题却大了去了!哥老会原本就有严密的组织,有一整套严格的上下级组织关系,现在,他们把这一套几乎原封不动地照搬进了新军里。新军的编制里有所谓的协、标、营、队,分别称为协统、标统、管带等,结果,他们就把不同层级的军官替代成了哥老会里不同级别的舵把子,造成了新军你中有我、我中有你的局面。表面上它是一支编制完整的新军部队,骨子里却是大大小小不同山门的哥老会武装力量。起义发生后不久,包括傅文远、傅志远都发现,他们的兵不听他们的指挥,而只听他们舵把子的话——枪声一响就跟着各自的舵把子行动了。新军的编制瞬时间被冲击得土崩瓦解、七零八落，新军中的标统、管带等中高级军官或中下级军官，这些新军中的同盟会革命党人突然发现，他们在革命发生的时候差不多就变成光杆司令了！

傅文远原本是新军第一标第一营管带，正儿八经的一位营级军官。结果，他的一营兵马转眼间就都不见了。原来，归队了——归的却不是新军的队，归的是他们哥老会山门的队。傅志远的情况也不比他哥强。他原本是一位队统，即一连之长，至少应该有三个排的兵力，现在，他的队伍也都被舵把子们拉走了。等到他准备带兵去增援潼关前线的时候，他发现，手头只剩下了七八个新军中同盟会下级军官可用！这对傅志远的打击非同小可。他原本以为他可以以革命的名义召回他的旧部，几天以来，他费尽口舌，软硬兼施，用各种办法游说他的几位班排长们，可是，到昨天，他彻底绝望了。到了宣布的部队集合时间，只零零落落来了帮会之外的十来个老兵……

傅文远又喝了几杯酒。

这次，是他弟弟把他的酒杯一把夺了下来，直接摔碎到了地上。

"好，好，我不喝了。这样，志远，咱喝茶好不好？咱以茶代酒好不好？"傅文远说，他说话也舌头发硬。"我的想法，你明天先不要去了。说句难听话，我这个副大统领还有张大统领，都给你派不出一兵一卒了。为了应付目前紧张的军事局面，我们只有和帮会的人和解……"

"好啊！"傅志远有点咬牙切齿，"知道，知道！为了满足几个洪门帮会舵把子的野心，狮子大开口啊，你们就一口气委任了八个大都督和数不清的副大都督！这已经在社会上传成笑话了！哥哥，你知不知道这样做的恶果会是什么？"

"怎么会不知道？"

傅文远一把撕开领口，红着眼睛吼道。

陈嗣祖吃惊地望着自己从前的老师和教官。他的文远哥哥从来都是文质彬彬，连嗓门大一点都没有过，居然也能绝望和失望、气愤和愤怒到这么失态的地步。傅文远就像个被激怒的狮子一样捶打着胸口，咆哮着叫道："我怎么会不知道？怎么会不清楚？我们这样做，等于是助纣为虐,把危害百姓的枪杆子从这一群恶魔手里交到了另一群豺狼虎豹手里,等于是把我们同盟会这些年前仆后继流血牺牲好不容易取得的革命局面拱手给了帮会!……可是,志远,还有你,嗣祖弟弟,你们说,你们说啊,我们不这么做,又能怎么做?——总不能让清军把我们打败?那可就……"

"哥哥,你还在糊涂呢!"傅志远打断他哥,"这和清军把我们打败几乎没有什么两样!你看这才刚刚把清朝的衙门打跑,哥老会的人就到处设关设卡,横征暴敛,派税派捐,百姓的苦倒比我们没有革命前更深重了!我已经听到百姓憎恨我们了,他们甚至把我们看得和帮会、哥老会是一丘之貉了!我感到脸红!"

傅志远猛地抽了自己一巴掌。

傅文远一把拉住弟弟的手。

"志远,打在你脸上疼在我心里啊。可你要相信,现在这样,只会是权宜之计。现在,得让他们去带兵打仗,至少他们在反对清王朝方面与我们一致……"

"不不不!哥哥,你彻头彻尾地错了。革命不能靠这些会党分子,革命得靠我们!哥哥,我已经想好了,你也千万不要再劝说我了,我,傅志远,同盟会会员傅志远,这次到潼关前线去,一个会党的人都不带,绝对不带……"

傅文远哑声笑了。

"志远,兵在他们手里,你不带,莫非你赤手空拳上战场去不成?"

"不是,文远哥,志远已经想好了,只带我们陆军学堂的几十个学生……"

陈嗣祖给傅文远解释说。

傅文远一听,简直把眼睛都要瞪出眼眶了。

"志远,你这是疯了?带几十个学生娃娃去上潼关前线?"

"我没疯。"

"不,志远。你要有耐心再等几天,我一定……"

"你心里很清楚,哥!我就是再等上十天半个月,你也不可能给我变出两营兵来。没关系。我只需要你们给我一些空头支票,我这一路走，一路招兵买马，宣传革命。等到了潼关，我想，我们也是一支革命大军了。"

傅文远看着弟弟那张洋溢着灿烂革命热情的脸没有说话。

次日清晨，天才刚蒙蒙亮，傅家大门开了。

傅志远和陈嗣祖一身戎装，各骑一匹高头大马，上前线了。

傅志远上潼关前线。

陈嗣祖上乾州前线。

五

没有人想到傅志远死得那么惨烈。

最先知道噩耗的也是当初送他上战场的人——林子衡。林子衡这时担任着军政府的高级参议，相当于军政府的第一谋士，人们叫他"林丞相"。让即将奔赴潼关前线的傅志远感到非常惊讶的就是，只一个晚上，林子衡就像变魔术一样给他印制好了一厚沓盖了军政府朱漆大印的空白委任状和几百副空白军衔肩章。这是任何一个出征的将军都没有过的待遇。这是军政府对傅志远的一种特殊信任，希望他真的能一路走一路召集起一支大军以解潼关战场的燃眉之急。当纷纷扬扬下了一整夜的辛亥年这场初雪，在旭日东升的初阳照耀下闪射出一片耀眼的红光，站在队伍前英姿飒爽的青年军官傅志远不由得眯缝起了那双虎虎有生气的眼睛，代表军政府为他们送行的林子衡看了，心里几乎升起了父辈样的疼怜。傅志远让他的文书小圆子把那些委任状和肩章等全部收好在了一个大褡裢里，再把褡裢平平稳稳地安放在马背上。因为考虑到将来要组建一支大部队，林子衡特别贴心地多给他们划拨了一些粮饷和武器弹药，雇了一些民夫，赶着毛驴、马和骡子，一眼望去，人欢马叫，队伍甚是壮观。林子衡感觉很满意。他把目光投向了已经集合起来的傅志远的小小的队伍：十多个老兵和几十个学生兵。傅志远站在自己队伍前面，挨个地打量着自己的兵，目光中充满着骄傲，一边不时地整整这个的衣领，扯扯那个的武装带。就要出发了，傅志远转过脸，发现林子衡站在不远处的廊下，一直在含笑看着他们。

傅志远对着林子衡笑笑，露出一对可爱的小虎牙。

这一笑，绯红的阳光照耀着的这张脸显得特别稚嫩。

傅志远朝着林子衡走了几步，两人紧紧握手。

"子衡哥，我的队伍不错吧？你看，清一色受到新式教育和有新思想的年轻人。你信不信，我手下的这些人一个个就是火种，就是播种者！将来的这支队伍将是从来没有过的一支全新的军队。一支完全用孙中山先生三民主义武装起来的新式军队——新军中的新军啊。子衡哥，我一定能做到，你信不信？"

"信，我信。"林子衡完全被傅志远的热情感染，给了他一个大大的西式拥抱。傅志远热情地拉着林子衡，把他拉到了自己那支小小队伍前面。"你看他们才多大呀，已经在捍卫革命了！子衡哥，来，和他们都握握手吧，鼓励鼓励！"林子衡与这些大的才十六七岁，小的只有十四五岁几乎是支童子军的孩子们一一握手。这里边，充当傅志远文书的小圆子才刚刚十五岁。这是个长着个圆脑袋，有着一双圆眼睛看上去圆乎乎的大男孩儿。林子衡不由疼爱地伸手去摸摸他剃得光光的圆脑袋。

"冷不冷？"

"不冷。"小圆子腼腆地笑笑。

"长大想做什么？"

"啊，建设一个孙先生说的民有、民治、民享的三民主义国家！"小圆子挺挺胸脯，像课堂上背书一样一字一板地说。

"真好！"

是的，真好。这些年轻人，林子衡打心眼里喜欢啊。他把他们送上路，看着这支生龙活虎的队伍一条长龙一般出了西安东门。让林子衡万万没有想到的是，三天以后，仅仅三天以后，这群孩子就全部倒在了血泊中。三天后的那个夜晚当消息传到军政府，所有人像遭到晴天霹雳，惊呆了。林子衡都不敢相信电报上的这十多个字："青年军大都督傅志远等三十八人临川遇难。"——遇难？好好的三十八个孩子怎么会遇难？没有人敢把这消息报告给副大统领傅文远，好在西线战事紧急，傅文远一直在忙着调兵遣将，竟然没有发现大家的目光都在躲他。林子衡从最初的震惊中清醒过来，第一个念头就是得赶紧派人到临川县去，第一搞清楚事情的来龙去脉，第二处理善后事宜，第三防止事态进一步扩大。大都督张凤翔认为，这事只有林子衡和焦海波去最合适。进到城里，见到殉难的三十八个年轻人的尸体，焦海波和林子衡瞬时泪流满面，想掩饰都掩饰不住……

太惨了。

实在太惨了。

三十八具尸体整整齐齐摆放在了县衙门内的大堂上。这里，是县官升堂审案子的地方，庭很大，现在摆满了尸体。一排一排，排列得很整齐，就像他们还随时准备站起来集合一样。血腥扑鼻。焦海波和林子衡说，他们此后再也忘记不了血的味道。也许因为是冬天，也许因为刚刚下过一场雪，更也许因为这些年轻人刚刚遇难不久，尸体很新鲜，血也很新鲜，这么多年轻人新鲜的血聚合在了一起，竟然让血有了一种浓烈的甜丝丝的味道！一种化也化不开的甜味，浓烈和甜腻得让人想要吐！再仔细看去，尽管尸体被在匆忙中做了一些粉饰性的处理，但处理得太简单太草率了。能看得出来，圆乎乎的小圆子死得最惨，他的胸口被挖开了一个大洞，一定是被活生生的开膛破肚而死的。胸口里的一汪血居然还鲜红鲜红。其他人呢？其他人包括傅志远在内，没有一个全尸。没有一个。有的耳朵和鼻子被削掉了，有的脸皮被揭掉了，有的被砍掉了胳膊和腿，还有的半边身子或半边脑袋被劈开了，有的肠子被揪了出来……全都血肉模糊，不仔细辨别，根本分不清楚谁是谁。一开始，就连焦海波和林子衡都没有认出来哪具尸体是傅志远。他们从小就看着他长大、那个远涉重洋去寻求救国救民真理的傅家小公子，最后，还是焦海波凭着傅志远脚心上的一颗痣才辨认了出来……

焦海波不由地抱住了傅志远的尸体。

惨案的发生让所有人都猝不及防——包括正准备到西线前线去的林子桐。

六

革命军西路总指挥部设在乾州城内一大户人家的宅院里。林子桐、许伯让两人自己牵马进了前院，把马拴到树上，然后就大步朝正房的堂屋走去。此时是清晨，除了不远处清晰清脆的零星枪声提醒人们这里是前线以外，几乎让人感觉不到和平时有什么异样。林子桐走进院子的时候，深深吸了口气，冬日清晨的空气清新而凛冽，接连下的几场大雪都没有融化，所以院子里积雪很厚，踏上去"嘎吱嘎吱"作响。林子桐侧眼一望，发现有个年轻军官正在屋檐下刷牙，他朝许伯让轻轻嘘了声，许伯让立刻放轻了脚步。

林子桐故意大声地咳了两声。

年轻军官猛一抬头，吃了一惊："啊，子桐哥哥，许先生，怎么会是你们两个？"

"我们两个又如何了？不对？"不等林子桐开口，许伯让眯缝着他那双月牙一样的眼睛，故作气恼地说道。陈嗣祖用搭在脖子上的毛巾擦擦嘴，笑了："两位先生突然变了这副模样，我刚才还看了一眼，竟然都没认出来，让人想不到啊！"林子桐、许伯让一改平时一袭长袍的穿着，像劳动人民一样，黑棉袄黑棉裤，腰间还扎了一根军人的武装带，这让他们的模样多少有些怪异。

许伯让说："那你说，我们上前线还能长袍马褂不成？"

"长袍马褂的先生在我们陕西革命军里可是一景呢！这有什么奇怪？"

陈嗣祖说得倒是事实。

辛亥百年后悉心读史的女作家秋子珍也发现，陕西的读书人不得了，陕西的士绅阶层上流人物几乎悉数参加了为保卫起义成果而发生的辛亥年及其以后的数次战争。他们身穿长袍上战场，是各个军队中的高参，人们称他们是"长袍先生"。知识和文化渗透到了陕西民国时期的战争史里，使得陕西这一时期的历史文化呈现出了非常独特的面貌。女作家秋子珍由此得出结论：由于同盟会的存在，由于士绅阶层的广泛参与，中国几千年历史上第一次出现了由政党和知识分子主导的革命。它已经不再是从前的农民战争和农民革命。全国如此，陕西更是如此。而这一时期对中国历史的重要性则在于，几千年来第一次国家民族意识的觉醒。

正在这时屋里传出一个人的声音："啊，是我二哥和许先生来了！"

三个人抬头，只见窗户被推开了一扇，露出林子健剃得光光亮亮的脑袋。

陈嗣祖说："你们快进去吧。我义父和孝天哥哥、子健哥哥他们一夜都没有睡，在研究作战方案呢！你们来了，正好让他们吃点饭，休息休息。"

许伯让被军政府任命做了乾州知事，此时他的主要任务是为革命军筹备粮草。由于乾州成了整个西部的主战场，粮草的问题越来越严峻，好在许伯让很有点"萧何之才"，他把乾州的富户们召集起来，成立了一个支援前线粮秣委员会，公平买卖，短时间里竟然在乾州形成了若干个粮食市场，得以把源源不断的粮食供应前线。粮食不缺，现在缺的是武器弹药和士兵。林子桐此次奉军政府命令押送来了一批武器弹药和新征的上千士兵。进到乾州城，临时做了些安排，两人就急着到了前线指挥部，目的就是想赶快见到景孝天。一夜未睡的景孝天看上去非常疲惫，他才刚刚从作战地图上抬起身子，还没来得及和两位客人打招呼，本来与他头顶头地伏在地图上的一位白净面皮、瘦长脸的汉子就突然冲上来，一把抱住了林子桐：

"哎呀，可见到你了——子桐先生，久仰，啊，真的久仰啊！"

林子桐莫名其妙，陈嗣祖在一旁笑道：

"我义父严凤山啊，西路军副大都督啊。"

严凤山的相貌和传说中的刀客很不一样。这人看上去文质彬彬，像个私塾先生。林子桐心想，怎么一样的会党，那个杀害青年军的临川哥老会全大爷和五龙山刀客严凤山会有这么大差别？……景孝天看出来林子桐有心事,问他:"子桐哥,西安那边出什么事了?"

林子桐话还没说出口眼睛先红了。

傅志远一行人马进到临川县城的时候太阳正当头顶。

只见县城大街小巷到处遍插小红旗。一面面三角小红旗上写"×山××码头",中间写一个很大的姓字。正如路途上百姓说的,果真哥弟云布,码头星罗。街上行人稀少,商家店铺几乎家家关门闭户。不像是进行了一场推翻清王朝帝制的革命,倒像是发生了一场空前绝后的大浩劫,整个临川县城给人的感觉就是百姓惊恐,商家惶惶不可终日。见到这种情况,傅志远他们很是义愤填膺。当如今的县令、哥老会龙头老大全大爷率领大小头目出来迎接时,傅志远态度极其冷淡,勉强应酬之后,既不吃请也不酬谢,一行人马进了县署的一座偏院就歇息了下来。原打算次日一大早就离开这里,可是黄昏时分发生了一件事。

刚刚安顿下来,突然听到隔壁街巷一片哭声。开始傅志远他们并没有在意,但后来简直哭声震天了,傅志远就让小圆子去看看,到底怎么回事?没想到,不大工夫跟着小圆子一起涌到了县署偏院的就有好几百人。一位妇女披头散发跪行到了傅志远跟前,一把抱住他的腿号啕大哭道:"都督啊,这是什么世道啊!天杀的全大爷!天杀的张三保!天杀的石应龙、石小龙!天杀的哥老会!欺男霸女,杀人越货啊,抄家破寨,强奸勒索,光天化日之下真的是无恶不作!青天大都督啊,你可得为民做主,不然,你走了,我们全都要死于非命啊!青天大都督……"

原来,这位看上去颇有些姿色和大家闺秀风范的年轻女人不是别人,是临川县府知事德兰的夫人。德兰是满族人,不用说,德兰成了哥老会革命的对象——虽然德兰没有任何罪恶,而且在百姓中口碑还极好。和许多汉族官员一样,德兰出身贫寒,中了举人,靠功名当了名县衙里分管司法的低级官吏。对于这样一个勤勤恳恳奉公守法的知事,革命发生的时候,临川县的士绅们和老百姓本来已经联名并签字画押保德兰全家性命。德兰没有逃跑,而是积极配合革命,把县府里的一应公文账目理得清清楚楚。惨案的发生让德兰和所有人都意想不到。石应龙、石小龙兄弟两个为首的"石门码头"突然在一个深夜闯进了德兰家。德兰夫人不育，把自己的妹妹嫁给德兰做了小妾，小妾育有三子，最大七岁，最小的只有一岁。石家兄弟中的弟弟石小龙一直垂涎于德兰小妾的美貌，为夺人所爱，先枪杀德兰，小妾死不相从，反复扑向自己哭闹成一团的三个儿子。为了让美人死心塌地跟自己过，石应龙、石小龙兄弟两个及其帮凶，竟然当着母亲的面，也当着德兰府上全宅上下十几口人的面，当众用刀砍死了三个男孩儿。小妾一把夺过石小龙手里杀死自己儿子们的屠刀，直接抹了脖子，母子四人连同德兰一家五口血淋淋的尸体此时就摆放在德兰家的厅堂上……

血案震惊了整个临川县城。

就在德兰夫人哭诉的过程中，临川的士绅们聚在了现场的门廊下面开了个简短的会议。此时，士绅代表上前，庄严地读了一份请愿书。要求严惩杀人凶手石应龙、石小龙等九人，否则，临川民众将武装起来，以武力对抗现政权以及这血腥的"革命"！傅志远双手接过了这份请愿书，只说了七个字："是可忍孰不可忍！"同青年军团一起出发的十几个老兵见这种情况赶紧把傅志远拉到了一边，悄悄说道，事情肯定不只关乎石家兄弟等哥弟，按照哥老会的规矩，这些人敢这么做一定是龙头老大全大爷同意了的。"假如处置了这些人，"老兵的正目（班长）说，"那就等于我们和临川整个哥老会为敌，傅大都督啊，后果将不堪设想！"傅志远不听，当即命人去逮捕了石家兄弟等九个杀人凶手，并在县城西门枭首示众。当天深夜，全大爷就率众血洗了县署，傅志远等三十八人全部遇难……

"那十几个老兵呢？"林子健问道。

"消息正是这十几个老兵跑回来报告的。他们说，因为劝说不住傅志远和那帮学生娃，他们那晚可是睁着眼睛睡觉，发现被包围，拼死突围了出来，而青年军则被团团包围，结果无一幸免于难！……"

沉默了一会儿景孝天问道："事情最后怎么处理的？"

林子桐却拧着眉头半天不开口。

许伯让看了他一眼："派去处理问题的林子衡、焦海波两位先生可能迫于当时的形势，不得已和全大爷他们搞了个口头上的'君子协议'。内容就是承认青年军事件是个误会,由全大爷他们优抚死者家属,处理好死者的善后,而军政府则不再追究。以后子衡先生和海波先生回到西安后,军政府咨议此事,大都督等人也默认了这样的处理方式。"

"啊?"

陈嗣祖和林子健几个人几乎都把眼睛瞪出了血。

陈嗣祖叫道:"怎么能这样处理?这样大的血海深仇怎么能不报?志远的血难道白白流了不成!怎么不把这该死的全大爷他们千刀万剐、生吞活吃了?"

"这罪行可真的是十恶不赦!"林子健怒目圆睁。

他哥林子桐突然一拳砸到桌上,把桌上的碗筷盘子等震落到了地上,冷笑道:"不错,是十恶不赦,是该千刀万剐。可我们现在不这样处理又能怎样?大敌当前,不能发生内讧,不能革命队伍内部先乱了自己的阵脚。不能和会党闹翻。我们东西两面还有不甘灭亡的清廷大军压境……"

"不错,会党的问题绝非我们眼前、当下能解决的。"

沉默了好大一会儿景孝天语气沉重地说道。

七

这天晚些时候,林子桐、许伯让和景孝天、林子健以及陈嗣祖几个围着一盆炉火,边喝酒,边聊天。大战前的夜晚,格外寂静,陕西关中西府一带像是整个沉进了一个硕大的地窖中,静得十分可怕,院子里的积雪在惨淡的月光下似乎有着一种不祥的地狱里一般的阴光。从来都喜欢静夜的林子桐第一次感觉到了夜阑中竟然有着一股如此阴郁和可怕的力量。青年军和傅志远事件发生以后大家的心情都十分沉重。许伯让说,"蒲案"发生的时候他有着一腔子的热血,愿意随时为同盟会所追求的革命事业献出生命。那个时候,虽然坐牢,甚至站站笼,受尽蒲州知府苛用的各种酷刑，可是，精神却是昂扬的、向上的和积极的，感觉天地间似乎都有着一种浩然正气，让人愿意去为一个目标生生死死。可是现在，虽说西安起义成功，陕西大多数地县也都随之很快起义和反正成功，给人的感觉像是一夜之间就推翻了清王朝，朝夕之间就改朝换代，但是，革命后的这种情况却让人感到非常迷茫。许伯让说："说心里话，我现在除了军政府任命做了这乾州知事，为打胜这一仗筹备粮草外，已经没有当初的奋斗心。"

"为什么呢？"景孝天拨着火问。

"如果当初知道推翻了清政府却又是会党和帮会人物的天下，老百姓过着更苦的日子，"许伯让说，"我就宁肯不革这个命！你说，孝天兄弟，这到底是为了什么？为什么我们革命了一整，结果革命成果却让会党窃取了？"

"傅志远和青年军的事件肯定不是一个孤立的现象。"林子健道，"这是一个全国性的问题。我和孝天哥这些日子也一直在想这个问题。因为孙中山和同盟会，知识分子和政党主导的革命第一次登上了中国历史舞台，这是进步。但为什么会党的问题会和我们如影相随呢？我们当初在新军里发动革命的时候，哥老会的目标是灭清复明，在推翻清王朝问题上和我们一致，如此，他们就积极参加了革命。问题是我们当时也需要他们。可我们为什么需要他们呢？很简单，他们人多。新军中像我们这样的读书人太少，大量的、可以说组成新军主干的就是这些底层百姓，他们在新军中不加入会党活不下去，包括哥老会在内的会党和他们形成了一种人身依附关系。所以革命一发生，他们全都跟着各自的哥老会山堂堂主跑，搞得我们反而手里没了军队。志远的青年军就是个典型事例，要上战场了却成了个光杆司令！可问题就在于，大量士兵为什么不跟着我们跑？"

林子健侃侃而谈。

林子桐听着弟弟的话，心里感慨果真士别三日当刮目相看。这个小了自己十岁的弟弟如今竟然会有如此大的胸襟，真不知道是从小跟着南先生读书的结果还是小小年纪就和景孝天一起漂洋过海到日本早早参加同盟会的结果。弟弟提出的这个问题倒还真是问题的症结呢——我们是为贫苦百姓谋天下,贫苦百姓却不懂我们,却心甘情愿为全大爷这类准社会黑恶势力效力,这究竟又为了什么?

大家都努力在想。

景孝天道:"许先生你说。"

许伯让说:"我认为还是宣传群众不够。戊戌变法以来尽管新思潮竞相引入,但除知识阶层外,大众心理的变化并不显著。造成中国变革曲折、艰难的一个重大原因,我认为是百年来的变革仅集中于社会中上层,很少波及社会下层。"

"是的。"林子桐道,"我和伯让兄讨论过。如果说经济上的闭关自守,是中国近代经济落后的重要根源的话,那么,思想文化上的闭关自守则是中国近代思想文化落后的重要原因。中国百姓受教育者极少,国人中文盲居多,识文者有限。民众愚昧的罪魁祸首是封建专制,但民众愚昧又成了我们革命的天敌、大敌!我们非得启蒙和教育民众不可,否则,革命无法真正成功!"

景孝天频频点头:"说得太好了,子桐哥哥!"

陈嗣祖张了张嘴。景孝天看出来他是碍着两位先生——他在益民学堂的老师林子桐和许伯让不好意思开口,鼓励他道:"嗣祖你说。"

"我想说的就是,两位先生说得非常好,子健哥哥说得也非常好,让我有一种茅塞顿开的感觉。明显的例子就是我义父啊。我义父严凤山和那些会党中的大多数人一样也是苦大仇深,但他接受了我们同盟会的思想,就同那帮会党人员从根本上大不一样啊。革命一起,他没有想自己争权夺利,把一支几千人马的队伍毫无保留地交给了孝天哥哥。因为他知道,孝天哥哥是我们同盟会的领袖,他心甘情愿拥戴和服从孝天哥哥。我认为,这就是思想的力量和教育的力量!"

"不错,我想请你们大家再好好想想这个问题。"景孝天说,"我们革命党人有救国救民之志,夺取政权是为了实行世界上最先进的国家制度——民主共和制,好让积弱积贫的中国一步跨入世界先进国家行列。但现在我认为可能是欲速则不达。起义之前我们清晰地知道,我们需要军队,也需要用先进文化武装百姓,但这两项我们好像都没有做好。结果就形成了目前这种局面,每次起义,都没有社会的呼应,基本上是我们革命党人单打独斗。这次起义成功,相当大原因不能不说是会党的加入——可这毒瘤,迟早会给革命带来危害。现在这局面,我们却还不能不依靠他们。问题就是,即使我们仗打赢了,我们能给老百姓一个清平天下吗?如果不能,伯让先生说得对,我们要这革命干什么?"

八

乾州战事牵动着所有人的心。

在潼关战场又一次打退了清军,东路战事稍稍缓和的情况下,军政府副大都督傅文远以及从晋东战场返回的景孝严也都前去增援乾州。而就在他们到达乾州之前,一天深夜,陕甘总督桂升的前线中军大帐也来了一位神秘的客人。桂升一看来人,立刻翻了脸,大叫:"把他给我绑了拉出去砍头!"来人是著名保皇党人、官至二品的礼部右侍郎傅紫英。傅紫英问:"凭什么绑我?"桂升说:"凭你是革命党人他爹!凭你包庇和纵容革命党!凭你为虎作伥!凭你助纣为虐!凭你们这号不是东西的京官在皇上跟前尽进些什么革新鼎故、变革改革之类的谗言混账主意,害了我们皇上,断送了我们大清基业大好江山!老东西,想起过去那些事情,这会儿我恨不得一口把你囫囵吃下!推出去,杀!""好!"傅紫英大叫一声,"本官来前线就是准备赴死,杀了好!杀了好!如果皇上退位,我无君可事,也无颜苟活于人世,紫英唯有一死以报圣恩。"桂升一愣,"此话怎讲?"傅紫英道:"一为两个犬子是革命党,二为自己先前做过的错事。误国误君,本当罪该万死。如今,袁世凯用革命军逼皇上退位,如果我们打通北京—山西—陕西的通道,把皇上接到西安或兰州来,大清就没有亡,至少可以实现南北分治,以图东山再起。"桂升一听,当时就给这傅大人松了绑,后来这两人就彻夜长谈。

清王朝最有才干的两个能臣会合在了陕西西部前线。

这之后战争风云突变。

清军做出要合围乾州与革命军决一死战的样子，暗中却在调兵遣将，把在宁夏、青海以及新疆的清军全都调了过来，迂回到了乾州东南西三个方向，这天凌晨突然同时发起进攻，仅仅几个时辰就一下子吃掉了乾州周边五六座县城！与此同时，桂升和傅紫英亲率清军六大提督中两位最骁勇善战的猛将，投入四十营兵力于乾州大战。这天拂晓，他们突袭了战略要地冉店桥。

冉店桥失陷。

情况十分危急。

而此时双方兵力极为悬殊。

景孝天和诸将领这时需要做出的决定就是，敢不敢以卵击石？

傅文远的意见，以目前情况最好是以守为攻——只要清军不再往东进攻。但景孝天、景孝严兄弟和林子健几个一致认为，必须以一场恶战打击桂升的嚣张气焰。否则，守是守不住的。林子健和景孝严分别率三营人马突击到了距桥还有五里的地方与敌遭遇。这场大战，从清晨战至黄昏。结果，越打敌人越多。清军从三面包抄，林子健和景孝严陷入重围，而前去救援的陈嗣祖两个营同样陷入重围。就在这危急关头，严凤山率领的铡刀队八百勇士，人人挥舞着寒光闪闪的宽刃大刀片杀入敌群。刀片闪处，人头飞落，这种场面和阵势，让即使训练有素的清军也胆寒心怯，铡刀队所到之处敌人潮水般退去。严凤山先是杀退了围攻陈嗣祖的清军；接着，这父子二人再奋力杀向冉店桥，以解林子健和景孝严之围。桥上，双方又是一场恶战。两天两夜激战，双方死伤甚众。战至最后，连桂升看了战场上的惨状都一把捂住了眼睛。惨不忍睹。惨淡的月光下，冉店桥及其方圆十里尸体枕藉，尸横遍野。再往桥下一看，发现河水为之断流，尸体塞满了河道不说，几十丈深的深沟不见了，竟然被双方士兵的尸体填满！

冉店桥却还在清军手里。

但正如景孝天所言，此战遏止住了清军西进的势头。

谢德顺这天突然来到了军政府，他给正在埋头处理公务的林子桐带来了两个消息。一个，他回了趟富原县，发现南先生病了，看样子已经病了有些日子了，而且病得不轻。林子桐一听这话就有些焦急，急忙拉着谢德顺到都督府去找林子衡。林子衡也有一段时间没回富原了，可上一次回去时知道南先生的肺气肿比原先重了一些，却似乎并不很严重。谢德顺说，那是南先生有意想要瞒着他，怕他分心，耽误了辛亥年的起义大事。而这次，是他夫人南瑞芝背着她父亲悄悄告诉谢德顺，郎中认为她父亲的病挨不过今年春天了，想要林子衡回去一趟为南先生的后事提前做些准备。如果人一旦倒头，现在连棺木都还没有。林子衡听了，连连叫道："若是这样我得马上回去！可是，军政府这边的事一大堆，我每天都忙得昏天黑地，这种时候，我怎么开口说家里有事要告假回家？"

林子桐道："哥，我认为你现在就放下手头的一切，马上回去。"

林子衡一愣："子桐，这可不像你平时做派。"

林子桐问："我平时怎样？"

他哥说："你平时总说以革命事业为重，怎么现在你却反倒要我……"

林子桐说："哥，我知道人前人后大家都叫你'林丞相'，是说你的确日理万机。可你不觉得我们这些参议，包括你这位军政府文职最高级别的高级参议，最多能做的事情只是纸上谈兵，究竟对革命大局能起多少作用？"

林子衡拧着眉头说："子桐，你的意思是……我们革命大权旁落？"

"你说呢？哥！"

林子衡问："说清楚点，子桐。你的意思我去留都对革命没什么影响？"

"你说呢？哥！"

林子衡明白了，他们弟兄两个同样对目前的局面有些难过和失望。

一旁的谢德顺说："我也搞不明白，听街谈巷议，不管是士绅阶层还是老百姓对目前的军政府也不满意，说自古以来都没有过的一省八都督，而八个都督倒是哥老会的就占了六个。革命党人似乎倒成了陪衬，除了我们的张大都督和傅大都督以外所有要位都在文盲会党分子手里，这些人起义后把许多地方都搞得乌烟瘴气，不少商家甚至丧气地说，真还不如腐败的清政府来得好点儿呢。"

三个人一时半会儿都不再说话。

"对了。"过了一会儿林子衡突然想到一个问题，"德顺兄弟，这段时间听说你的广福班反倒比革命前还要繁忙，你怎么会有时间回趟富原呢？"

谢德顺说："这就要说到我带给你们的第二个消息呢。我所以抽空回趟富原正和这件事情有关。是严凤山托人给我带了个口信，说是他和弟兄们想死我的戏了，请我一定带广福班全班人马到乾州前线去做一次演出。我就想到了子健、嗣祖也在乾州。嗣祖这孩子我一直疼他，可怜到现在连个媳妇都没问下，我就让我屋里的赶着做了些鞋袜。子健有他媳妇青荷，所以我就抽空儿去了趟富原。青荷说，她一定要跟我一起到前线，被我硬是劝下了，她也给子健带了一包袱的衣物吃的用的。到了富原，我不可能不去看南先生。"

谢德顺总是说南先生对他有活命之恩，当年如果不是南先生和南瑞芝父女俩接到潘米娘的报信后深夜赶到陈府，从陈家骥的毒打下救了他，这世上早就没有他了！他记得南先生的恩德，所以，总是记挂着南先生，林子桐、林子衡兄弟两个一直赞赏谢德顺的这种人品德行。谢德顺在告诉了两人自己要到西路前线慰问演出的消息后，给自己的老师林子桐提了个要求。谢德顺说，西安反正以后，紧接着陕西许多州县掀起风起云涌的起义浪潮，纷纷易帜，赶走或杀死清政府的大小官吏，结果，革命成功之日到处比赛一样唱大戏庆祝胜利，所有陕西的这些戏班子简直就忙不过来。但美中不足的就是，他们只能演出从前排出的那些旧戏，而许多百姓大呼不过瘾。为什么说不过瘾呢？谢德顺说，就是老百姓想看辛亥年发生的这些新鲜事。过去的那些旧戏里许多词儿还是给清政府歌功颂德的旧词儿，老百姓非常不满意。这次的劳军演出他希望自己的先生能不能编出个新戏，以鼓励新军的士气？林子桐听了，两眼放光。

谢德顺马上道:"先生有了?"

林子衡问:"什么有了?"

这两人就笑。

林子衡恍然大悟:"哦,子桐已经编出新戏了?这么快!"

林子桐得意道:"辛亥这么大的事情,没有一本子大戏怎么对得起历史?"

林子衡道:"你们两个倒是心有灵犀啊,一个想要演,一个就写出了本子……"

谢德顺笑了:"让我猜猜,看先生取材于哪件事情……两位帼国女英雄?"

林子桐道:"又让你猜对了!"

谢德顺说:"不是我猜对了,是想对了。我在省城,在外地府县听民间传诵着两位女英雄的故事。我就想,要是先生能把这故事编成戏就好了,就像古时候的梁红玉、今天的秋瑾……没想到先生还真这么写了,太好了!"

林子衡插进来:"你们两个到底说些什么?什么两个帼国英雄?"

林子桐叫道:"哥,这你还要问?民间传说的这两个帼国英雄是我们大家非常熟悉的人。一个叫潘山奴,一个叫……"

谢德顺接口道:"遏云,宋遏云。"

"遏云和山奴。两个弱女子,她们可是冒着生命危险为我们同盟会和新军起义成功传递了重要消息和情报。只是现在,山奴……死了,遏云她竟然差点儿被活埋!我的戏写的就是这样两个女英雄,真不知道该怎么评说!"

林子桐说着眼睛红了。

谢德顺说:"遏云她现在怎样?假如可以登台演出的话……"

林子桐知道他的意思,连连摆手,伤心地说道:"我都不知道遏云她今生还能不能重返戏台。说她是女英雄,可这场革命革得她……里里外外,左左右右,前前后后,身和心,心和身,都是伤,都是伤呐!唉,不说了。"

最后几句话林子桐是用秦腔道白的腔调说的,似乎只有用这样的腔调和语气才能够表达清楚他内心的愤懑。林子衡和谢德顺都知道宋遏云的遭遇，谢德顺对自己这个爱徒非常牵挂，只是他每次去林府里探望一次，出来后都要暗自神伤上好几天。宋遏云的情况一点儿都不容乐观，她先是得了产褥热一直高烧不退，意识恍惚地一劲儿说梦话、胡话，似乎精神还在满城破城之后的那场血腥之灾的惊吓中无法逃脱出来。产褥热好不容易好了，接着又是一场几乎要了她命的伤寒。林子桐和白俊亭拼了全力，请了全陕西最有名、当然也是最贵的医生把宋遏云从死亡线上救了下来。但宋遏云却又几乎汤水不进，一吃就吐，人瘦得完全脱掉了人形。而她身边的那个女婴，也像只瘦猫一样。这母女俩，谁看了都难过。林子桐和谢德顺私下里说，可惜了我们的一代名伶了，他们费尽心血培养的这位坤伶也许就这样被毁了……

毁掉宋遏云的还不是她的病痛，而是她精神上的创伤。

林子桐和谢德顺悲观地这样想。

九

南先生病势沉重的消息在进入了民国元年即公元1912年春夏之交的省城西安迅速传开。南先生的门生故吏，为数众多的弟子与故交都想赶在先生辞世前再和先生见上一面，这件事成了改朝换代以后的陕西文化与政界的一件大事。那些日子，从省城西安通往富原县的大道上冠盖冕旒、华服豪车络绎不绝。辛亥百年后悉心读史的女作家秋子珍从当时报刊上众多报道中明白了这件事情的意义。人们这是去向一个时代的先贤哲人致敬和告别，也是去向关学最后一位大师致敬和告别。南先生为之奋斗了一生的事业在他生命最后的日子里开花结果。人们说，南先生此生有幸，南先生足以告慰平生了，南先生也足可以心安理得地瞑目于九泉之下了，因为他不仅亲眼看到了清政权的灭亡，也亲眼看到了一个共和体制的新国家诞生在了世界东方的地平线上。他的门生故吏们如今成了新政权的主人，这点，从那些前去向他致敬的人们的社会地位、品级,都可以看得出来。因此人们又说,南先生死得其时,备享哀荣……

秋子珍却发现所有这些其实只是外界人的猜测。

——清末民初陕西最后一位大儒走得并不平静。

医生认为南先生的病挨不到这年春天。如果这样,这位先哲活不过民国元年的春天,他可能就留不下关于这场他盼望已久的革命的最后思考。想象中的革命总是和实际发生的革命有很大距离。南先生顽强地多活的这几个月,革命爆发的情景和夺取政权后最初的情景已经足够让他看清楚很多问题了。许多年以后,当耄耋之年的林子桐和焦海波坐在空荡荡的易俗大剧院的舞台上闲聊,想起南先生的时候还相当感慨,他们说,多亏了历史的这个馈赠。否则,历史的天空会缺了一大块。林子桐赶回富原县的那天天气出奇的好,晴空万里,阳光灿烂得让人感到有些目眩,他和白俊亭、高满儿、焦海波坐着一辆马车到了富原就直接进了南先生住的林府里那个小偏院,一进院子,几个人愣了,林子衡和南瑞芝一边一个正搀扶着南先生在院子里散步!不是说南先生早就卧床不起了?怎么会……林子桐的第一直觉就是南先生这该不会是回光返照?南先生看他们几个愣在那里倒笑了:"子衡,看看谁来了?我就说怎么今天早上起来就感到浑身有了力气……难得海波、俊亭、满儿几个都来了。"

南瑞芝搬了把大藤椅到花园水塘边的太阳地里。

水波潋滟。

这水却不是地下水而是引的富原母亲河石川河的水。

石川河从东里堡镇蜿蜒流过,使得该镇不仅盛产藕中极品九眼莲,而且每到春夏之季,粉红色的荷花争奇斗艳婀娜多姿,简直就是一幅天上人间的美丽画卷。此时,正是荷花开放的季节,一塘荷花,南先生久久、久久地望着,目光中充满了眷恋……许久,才收回了目光。

南先生道:"我最近听说了一个歌谣,你们听说了没有?"

先生和往常讲课一样,总是从设问开始。

没人知道先生问的是哪时候哪方面的歌谣,众人一头雾水。

南瑞芝毕竟了解父亲,她补充说:"父亲最近在上海于右任办的《民呼报》上看到了一道民谣,我倒是把它记住了……父亲?"南瑞芝的意思是征询父亲的意见,看她说得对不对?南先生轻轻颔首。"好吧,那我就背给各位听——"

南瑞芝道:

> 共和政体成,专制政体灭;
> 中华民国成,清朝灭;
> 总统成,皇帝灭;
> 新内阁成,旧内阁灭;
> 新官制成,旧官制灭;
> 新教育成,旧教育灭;
> 枪炮兴,弓矢灭;
> 新礼服兴,翎顶礼服灭;
> 剪发兴,辫子灭;
> 盘云髻兴,坠马髻灭;
> 爱国帽兴,瓜皮帽灭;
> 阳历兴,阴历灭;
> 鞠躬礼兴,拜跪礼灭;
> 卡片兴,大名刺灭;
> 马路兴,城垣栏栅灭;
> 律师兴,讼师灭;
> 枪毙兴,斩绞灭;
> 舞台名词兴,茶园名词灭;
> 旅馆名词兴,客栈名词灭。

南先生睁开眼睛道:"听清楚了?这民谣什么意思?歌颂呢——还是讥讽呢?"

"毫无疑问是讥讽,不可能是歌颂!"林子桐应声答道。

"何以见得?"林子衡和焦海波几乎同时反问道。

"革命根本就是革了个皮毛,这还不清楚吗?听听这民谣,我们只是换了些名词而已!根本的问题却并没有触动!我们只是叫了个'中华民国',可有什么实际上的意义吗?除了叫了个好听的名字,其他变化全都是表面的、皮毛的!"

林子桐用尖锐的语调诘问。

好一阵沉默。

焦海波终于忍不住:"子桐哥,以你的看法,我们的革命……失败了?"

"你说呢?"林子桐再次反问。

"我知道你因为遏云和山奴的事情心里难过,但却不至于……"林子衡说。

林子衡明显站在焦海波一边。满城破城的经历让林子桐很受刺激,他曾经反复地给他哥林子衡和焦海波说,这不是革命,这是暴民。暴民与暴政同样可恶,它有损于我们革命的初衷。想想看,那些满族平民,那些满族妇女儿童老人,那些已经放下武器的士兵,怎么会成为革命的对象呢?林子衡一直认为林子桐受这件事的打击太大,以至于对革命失去了判断力。林子桐知道哥哥对他的这种看法,非常反感。"哥,"林子桐尽量克制着自己,但语气中仍然表现出受到了极大委屈和误解,"哥,你不会认为,因为遏云和山奴的遭遇影响了我对革命的判断力,以至于让我对革命产生了反感和失望吧?"林子桐这是把问题推到了极致。这样一来,逼得林子衡没有了退路,只能硬着头皮道:"子桐,你别生气,从满城破城以后我看你就不大对头了……"

高满儿终于忍不住开口了。

"子衡哥哥,我认为海波哥刚才提出的那个问题至关重要。就以我们现在的局面来看,革命到底是成功还是失败了?不错,辛亥年十二月二十五日,公元1912年2月12日,清帝宣告退位,在中国统治了几千年的帝制从此退出历史舞台。好吧?很好。虽然那个时候全国的枪声都停了,只有桂升一伙还在拼死向乾州进攻。但总的来说我们宣告革命成功。哥哥们,我说的是'宣告',实际上呢?——现实便是孙中山先生被迫在清帝退位后第二天就辞去临时大总统职务,而让位于手握重兵的北洋军阀袁世凯。"

高满儿话一落音白俊亭也张口说话了。

白俊亭说:"关于这个问题,前几日我见到孝天、文远、嗣祖几个人,大家一起在文远兄家里喝酒,心里很难过。除我以外,他们几个全戴着孝。孝天是为哥哥景孝严,文远是为他父亲和弟弟,嗣祖则为他义父严凤山……这就是革命的代价。虽然傅紫英大人是因为不愿做民国之臣而自刎于西路战场,其他人却都是以身殉国,其中最让人难过的其实还是志远的牺牲……"

一提到傅志远的死大家全都沉默了。

目光都集中到了林子衡和焦海波身上。

两人嗫嚅。

林子衡:"当时的情景……情景……"

焦海波道:"我们当时也有迫不得已。"

南先生突然开口:"当时情景怎样?有什么迫不得已?说,你们让他们说!"

南先生疾言厉色。

"当时的情景就是,"林子衡像在课堂上回答先生的提问一样,"我和海波清楚的就是,当时就陕西和临川的实际情况是,我们同盟会革命党人势弱,而哥老会和帮会势力太大。如果我们惩治了全大爷等凶手,不说我和海波当时连临川县城都出不去,整个陕西的哥老会、帮会都会骚动起来。我们控制不了局面,后果将不堪设想。总之,我和海波是从革命大局出发才做出了当时那个违心决定……"

"这就对了!"南先生大声地说道,伸手去摸藤椅旁边的拐棍,一把抓到手里,双手撑着想站起来,可是,手抖了半天就是站不起来,反而挣出了一头大汗。南瑞芝赶紧把拐棍夺了下来,小声地叫他,"爸,爸……"又用手绢轻轻拭他额头上的汗。南先生愤怒地一把把她的手打掉,目光炯炯地说:"为什么迫不得已?为什么要做出那个违心的决定?为什么?这都为什么?——那就和袁世凯逼迫孙中山先生让出临时大总统一样。形势所迫!可又为什么会形势所迫呢?……一句话,我想来想去就是,我们没有群众基础。我们的革命一直在知识阶层或社会的中上阶层进行，从来没有波及和深入下层社会。就是说，普通老百姓和我们的革命没有发生关系！"

"啊，先生！"白俊亭激动了起来，叫道，"我们那天喝酒，孝天说的也正是这番话！孝天说，民智不开，再美好的理想都不会开花结果。民智不开，再好的政治设计都是空中楼阁。我们推翻了一个帝制，还会开始另一个帝制。袁世凯迟早都要称帝。孝天说……"白俊亭停顿了一会儿。

"啊，孝天还说些什么？"林子桐焦急地问。

高满儿道："子桐哥别急，我那天也在座。孝天说的话我都记得死死的、牢牢的。孝天说，革命带来了民主共和制度，但这个制度在中国却落不了地。落不了地的制度，就是空中楼阁！就是竹篮子打水一场空。所以，我们不要自欺欺人，不要讳疾忌医，也不要没有勇气承认现实，革命失败了。"

焦海波和林子衡瞪圆了眼睛："孝天真这么说？"

高满儿点头："真这么说。"

林子桐道："我认为孝天这样说是对的！虽然我们接受起来有些痛苦……但现实就是，我们没能从根基上动摇这个社会的基础！"

高满儿道："正是这样！孝天、文远和嗣祖他们都对现在的这个局面很不满意，孝天甚至要我和俊亭哥去一趟汉口，去见黄克强、黎元洪，说是请他们从湖北派一支革命军过来，帮助陕西驱除哥老会等帮会势力。信都写好了，一封给黄克强，一封给黎元洪……"

"你们没去？"林子桐性急地问。

白俊亭说："不是我们不去，是孝天后来改变主意了。"

"改变主意？为什么改变主意？"林子桐焦急地。

高满儿道："不是改变主意，是根本行不通。湖北那边自己局势不稳，自顾不暇。所以，孝天后来的主意就是自己的问题要自己解决。要从教育民众开始，进行长期的启蒙教育，不能急功近利。"

"对呀对呀，"林子桐叫道，"西方从黑暗愚昧的中世纪发展成为现代国家，前后经历了几百年思想启蒙教育，先是文艺复兴运动，后是卢梭、伏尔泰等人的思想启蒙运动……我们就该做这样的事情，启发民智!"

"不错。很好。这就说到点子上了。"南先生道。

南先生伸手再次抓住拐棍。这次,他居然双手杵着拐棍颤颤巍巍地站了起来,让南瑞芝也猝不及防。她忙伸手扶住父亲。"我倒是问问你们,想怎样启发民智?——办学?除过办学还有什么?"南先生的目光在每个人脸上停留片刻,审视着他们每一个人。当先生的目光停驻在林子桐脸上的时候,他心里先"咯噔"了一下。他这一生,从孩童时代起不知道回答过先生多少问题,可是这个问题,很可能就是先生今生向他们提的最后一个问题了。"这个问题我想过很久,先生。"林子桐道,"我和许伯让、傅文远,还和俊亭、满儿,也都谈论过这件事。是什么原因让我们在精神上、思想上和普通民众形成了两张皮?你说你的,想你的,干你的,似乎和一般老百姓过日子柴米油盐没有关系。原因当然就是,我们整个中国社会,只有学校教育而没有社会教育!没有社会教育就是没有社会启蒙!一个没有社会教育和社会启蒙的社会,就是一个愚昧的、没有文化、教养和素养的社会,这就是现在我们普遍的一个社会现象。有一天,我和伯让兄、文远兄说到这个问题……"

林子桐说到这里突然不说了,眼睛望向庭院树荫下的小径。

众人也都望过去,没想到那里站着的正是许伯让和傅文远。

林子桐笑了。

许伯让和傅文远看见大家都对着他们笑,有点儿丈二和尚摸不着头脑。于是林子桐向他们解释了南先生的提问,说:"好了,现在让他们自己说吧。"高满儿却打断说:"不行。既然是先生提问,我们每个人都有回答问题的权利。我举手,我想先说。"

"好吧,"南先生笑道,"满儿先说。"

"我就一句话,先生。子桐哥哥说得对,社会教育,刻不容缓,民智不开,新政受阻。我的意思,改良戏剧以辅助社会教育。戏曲作为文化传播的一个重要途径,却被封建礼教奴役和控制,造成旧戏泛滥,愚弄民众,所以我们必须从戏曲改革入手改良社会教育。"

"用戏曲？——秦腔！"南先生眼睛一亮。

"是的，我们要成立一个新剧社。"傅文远道，"这个新戏剧社有着明确的社会教育目的，大体有这三个新字——组织一个新型的戏曲团体，编演新戏曲，改造新社会。不是办学，类似办学，总之是一个戏剧教育组织机构，完成的也是社会教育的内容。"

南先生点头："嗯，我大体听出点味儿来了！"

林子桐道："说得不错，可我还是认为伯让兄概括得更好。"

许伯让说："我有点笨嘴拙舌。不过，我把这几句话已经写下来了……"

"写下来了？——好！好！"

林子桐性急地一把就从许伯让的手里夺过来，看了一眼，马上呈给了南先生。

南先生仔仔细细看了会儿。翻来覆去又看了会儿。捻着胡须再想了会儿。突然大声念了出来，声音竟然如同洪钟一般，让围绕在他身边的学生们恍如回到了从前的课堂——

"同人忧之，急谋教育之普及。以为学堂仅及于青年，而不及于老壮；报章仅可及于识字者，而不及于不识字者；演说仅及于邑聚少数之人，而不及于多数；声满天下，遍达于妇孺之耳鼓眼帘，而有兴致、有趣味、印诸脑海最深者，其惟戏剧乎！戏剧之于社会，为施教育之天然机关。"南先生念到此，不由拊掌道，"好！好！真是说得太好了！——'戏剧之于社会，为施教育之天然机关'。我懂了，这就是你们想要办戏剧社的初衷。"

"对啊对啊！"林子桐兴奋地说道，"初衷即宗旨。关于我们想办的这个戏剧社，我们想过，它的宗旨就是'辅助社会教育，启迪民智，移风易俗'。所以，名字也就想叫它'易俗剧社'。您觉得怎么样，先生？"

南先生仰脸抬头看了会儿天空。

此时天空如洗，一群不知名的鸟雀在他们头顶上浓密的枝叶间欢快地鸣叫。

池塘里一池荷尖含苞待放。

等到南先生终于收回目光，深情地望向他的学生们时，他们发现，先生的腮边挂着两行清泪。南先生拱拱手，嘴角挂上了一丝微笑，他说："啊，如我所愿。我们选择了民主共和制度，但共和制度需要全社会和民众的思想觉悟。我从前，以为只要推翻了帝制就可以实现孙中山先生的共和国制，现在看来，实在是书生之见，太幼稚了！我知道我已经不久于人世，来不及去做这个普及社会教育的事情了。好在有你们。移风易俗，启迪民智，辅助社会教育。用戏剧的方式对民众进行思想启蒙教育。好，非常之好，却不是一件容易的事。甚至，不是一代人、两代人乃至三四代人的事。甚至，是一件比我们推翻帝制还要困难得多的事情。好在你们可以开启这样一个好头，开创这样一个伟大的事业。这样，终有一天，我们的子孙后代也能生活在一个真正民主共和的现代国家里……"

南先生笑了。

笑得那么舒心。

十

民国元年夏天，陕西发生了两件大事。

这两件大事其实都和一代关学大儒南秋阳先生有关。一件，南先生病逝。一件，陕西易俗社诞生。南先生去世前留下的最后一句遗言便是："我想看戏。想看你们编写的新戏。假如能看到你们易俗剧社诞生，我南秋阳死都瞑目了。"于是，从这年春天开始紧锣密鼓地筹备，到夏天，在景孝天、林子衡、林子桐等几乎所有在陕同盟会员以及革命党人士的共同努力鼎力相助下，一二百名社会各界贤达及知名人士在西安创建了一个新型艺术团体——陕西易俗社。当林子桐、许伯让几个把该社第一份章程拿给卧病在床的南先生看时，南先生只看了前边几行字浑浊的眼睛里就突然有了光亮。林子桐和许伯让他们起草的章程第一句话便是："爰结斯社，取名'易俗'，意在移风易俗，俾久压于专制之民程度骤高,有共和之实焉。声音之道,与政相通,于以为补助之,教育庶有当也。"章程说,该社要按照资产阶级民主制度建立领导机构。主要领导成员由社员民主选举,并规定任期。设立评议部、编辑部、学校部、训练部,招收少年学员,先学初小、高小课程,后上文史进修班,达标者发给毕业证。在此基础上学习六年戏曲专业,合格者发给戏曲专科学校毕业证书,从事戏曲演出。"先生,"林子桐坐在南先生的病榻旁,和高满儿一人拉着他一只手,说道,"就像文远说的,我们和旧戏班子完全不同,和中国历史上几千年的梨园戏班也完全不同,最重要的,我们不是以谋生和营利为目的,而是以传播新思想、改良新社会为目的。我们是中国几千年第一个集革命理想、戏曲教育和演出为一体的新型艺术团体。先生,因为我们易俗社从骨子里,从里到外,流淌的都是辛亥革命一批仁人志士的血液,是他们灵魂的孩子,是辛亥年这场推翻帝制的伟大革命所结出的一个留给后世的硕果……"

林子桐说得热泪盈眶。

南先生的喉头急剧地滚动了几下。

林子衡明白。

林子衡伏过身对着南先生的耳朵轻声道:"父亲,你听听这份长达一百三十六人的易俗社发起人名单,你就会明白,它秉承的就是同盟会的精神衣钵。"林子衡念出的第一个名字就是同盟会陕西支部创始人景孝天。

南先生听了,嘴角上挂上了笑容。

东里堡镇在这年的仲夏成为一个引人注目的地方。不说社会名流云集,就是普通老百姓也扶老携幼往这里来,不为别的,想看新戏,想看名满西北的大旦角"满堂红"谢德顺的戏——大家传说,如今谢德顺已经不再是广福班的班主,而是做了刚刚成立的易俗社总教习。所以这戏虽说还是谢德顺的戏,却是易俗社成立后的第一次演出。很特别,不为别人,为了南秋阳先生平生的最后一个心愿。谢德顺原本就是从东里堡镇陈家骥戏班子走出去的名伶,早年逃走后就再没有回来过,此次重返故地当然很是轰动。不仅如此,和谢德顺一起回来的还有陈嗣祖。陈嗣祖敢回东里堡镇，比谢德顺的重返更加引人注目。因为当年的父子仇杀。因为当年陈家骥的"杀父娶母"以及陈嗣祖母亲惠久香奇特的猝死。更因为这父子俩如今相当显赫和不一般的身份。

陈嗣祖此时是革命军中的一位年轻营长。

陈家骥原本就手握蒲州最重要的一支地方武装力量，作为民团团长，在得知西安革命党起义成功的消息后，他连夜去找了巡警局长张丹墀。一开始张丹墀不明白他的来意，以为他还是清廷的一个忠实爪牙，想拉他一起反对革命。没有想到，陈家骥告诉张丹墀，他早就是秘密的反清组织洪门里的一位开山堂主，并且拿出了作为大山主的一副秘帖。张丹墀一开始还将信将疑，但当他看完这副秘帖以后，所有的疑虑就都烟消云散了，原来陈家骥是洪门开山鼻祖最重要一支的嫡传弟子。既是洪门，那么当然，陈家骥就是要反清的了。令张丹墀更加吃惊的是，陈家骥这一反清就来了个一百八十度的大转弯，他把刚从省城西安逃回的前蒲州知府苟用及其家眷一门几十口子斩尽杀绝，同时被杀的还有蒲州境内所有的清官清吏。张丹墀劝他要杀只杀那些罪大恶极的，陈家骥冷笑："都什么时候了你还在念着清王朝的好！"张丹墀一听这话就像是被人揭了短，毕竟他的世袭军官参将是清王朝封赏的。蒲州反正成功，陈家骥立了大功。此后陈家骥的戎马生涯就汇入了革命大潮中，在追随军政府大都督南征北战中屡建战功，因此，等到民国诞生重整军备时就荣升成了一旅之长。

陈家骥的飞黄腾达让很多人极为羡慕。

因此，一听说陈家骥的养子陈嗣祖要回东里堡镇这些人就非常兴奋，想着一定会有一场好戏。谢德顺和陈嗣祖的车马队伍一进镇子两人就发现气氛有些不对，街道两旁聚起的人群越来越多，人群中还夹杂着不少兵士。越往前走，人群就越拥挤，以至于道路为之堵塞，坐在车辕上赶车的丑角聚财先感到不安了，他回头对坐在车里的谢德顺和陈嗣祖说："两位老大啊，我怎么感到脊梁骨有嗖嗖冷风？该不会出什么事吧？"谢德顺对聚财道："你只管往前走，只是慢点儿，小心别碰了人。"转脸他对一身戎装且一脸严肃眉头不展的陈嗣祖说："嗣祖啊，我也感到气氛有些不对啊，是不是……"

陈嗣祖说:"德叔,你的意思我懂。可和南先生见的这最后一面我是一定要去的。再说,子健哥哥、文远哥哥也都会来,我也很想见他们。"

"好吧。"谢德顺半天应道。

丑角聚财扭回头说:"老大啊,人家再怎么说都还有父子情分,我倒是担心你。当年人家是恶霸,今天人家可是威震四方的一个枭雄,比如曹操一样。你就不怕你这回是有去无回?我看,我们还是赶紧逃吧,免得到时候想跑都来不及了!"

"噤声!"

谢德顺吼了一声。

谢德顺的心思陈嗣祖理解,为了林子桐和南先生,也为了刚刚诞生的易俗社这第一次公开演出,不要说要他面对当年的仇人陈家骥,就是上刀山下火海谢德顺都在所不计。不过,丑角聚财的话倒是提醒了他。他知道,要说陈家骥最恨的人恐怕还不是谢德顺而是他陈嗣祖。"德叔,"陈嗣祖道,"我看你先往前赶上一步,我到这路边店铺里去见个熟人。"谢德顺马上明白了他的意思:"嗣祖,你是怕你会连累到我?你德叔是那种贪生怕死的人吗?"陈嗣祖说:"我知道德叔不是。只是南先生要看的新戏非你莫属,整个场面都全靠你去撑台,所以,你不能出任何问题。你走吧。我和陈家骥的生死恩怨,那是迟早都要了结的!"

陈嗣祖说完跳下了车。

陈嗣祖一下车就淹没到了人海中。他默默地走向队尾牵了自己的马,就想到路边的客栈去先给马喂上点饲料。他低头往前走,人群自动地像潮水一般往后退,给他让出一个通道。突然,他眼前横过来一个壮硕的身体,同时听到一声冷笑,他抬头,血,在一瞬间凝住了:是陈家骥。陈家骥一身家常打扮,身着一袭白绸缎长衫,手拿一把折扇,正冷笑着看着他。人群鸦雀无声,空气仿佛都凝固住了。这一对曾经的父子相隔六七年再次见面一时间却无语以对。陈嗣祖离家出走时才是一个十五六岁的翩翩少年,可如今已经长成了一个虎背熊腰、一表人才和威风凛凛的青年军官。如果不是他军帽上缠着的一圈白纱和臂上佩戴着的黑纱,太过刺眼,陈家骥很可能就会换了另外一种口吻。

陈家骥冷笑:"你大还活着,你给谁戴孝?"

陈嗣祖冷笑:"谁是我大——你吗?"

陈家骥道:"我养你十五六年,把你当掌上明珠,你不叫我大,叫谁大?"

陈嗣祖道:"这世上有无耻的,却没见过你这样无耻的。你如果非要问我,我就告诉你,我生父杜怀珍,我义父严凤山。我生父杜怀珍早就死在了二十一年前的那场大火里了。烧死我生父的人又娶了我母亲,我与他今生今世不共戴天!我义父严凤山,辛亥革命烈士,我为他重孝在身,请你尊重……"

陈家骥打断他:"尊重?你让我去尊重一个土匪头子、一个刀客?笑话!人说你认贼作父,看来还是真的……"

"不许你污辱我义父!"陈嗣祖大叫一声,拔出枪来,对着陈家骥的胸口。

陈家骥脸不变色心不跳,反而把胸口往陈嗣祖的枪口上顶了顶。

"有种,你就开枪。我宁愿今天死在你的枪口下,也不愿别人指着我脊梁骨笑我。嗣祖我儿,是你把我逼到了今天这样的境地。你说你为什么要回东里堡镇呢?你回来,却路过家门而不进,你还为别人——一个不相干的土匪头子戴孝,可你大我明明还活着!你让我这脸面往哪里放?嗣祖我儿,就算我求你了,我好歹也是革命军、军政府的一旅之长。这样行不行?你哪怕先把孝除了,你回家,我摆桌家宴……这一切就算全过去了。行不行?"

陈嗣祖的枪口一直对着陈家骥的胸口,在陈家骥小声地说着这番话的时候,他痛苦地闭上了眼睛,枪口抖动了几下,手指死死地叩在扳机上。所有的人都被这场面吓住了。人群中走出一个白发苍苍的老人劝说道:"嗣祖啊,你还认不认得你街坊花爷爷,小时候总给你买琼锅糖吃?听爷爷一句话,这冤仇呢,宜解不宜结呐。如今都民国了,你爷俩儿也都是革命军人,一家人了!回吧,回家吧,给你大一个台阶下。"

就在这时,一只手伸了过来轻轻握住了陈嗣祖拿枪的手腕。

两人回头,不是别人,是林子健。

林子健也一身家常衣服,但魁梧的身材像半截铁塔一样横挡住了众人的视线。民国元年的整军，林子健也罢，傅文远也罢，都被剥夺了兵权。林子健在被迫解兵辞职后选择了隐忍和卧薪尝胆，他找到当时正春风得意的表舅陈家骥，说只要不离开军队，他情愿给陈家骥当个马夫卫兵！陈家骥一眼看穿了林子健的心思，却也非常欣赏林子健杰出的军事才能，知道像林子健这样杰出的青年将领如果不能为自己所用，也一定会为别人所用。于是他试探着问林子健，你原先一个副都统，如今当我一个补备排排长行不行？这等于是官降九级！但林子健眼皮眨都不眨就答应了。傅文远不一样。傅文远因为有了易俗社这份牵挂，正好借此机会"解甲归田"，除了想多写些剧本以外就想专职从事教育。林子健虽然此时只是陈家骥手下的一个补备排排长——说穿了所谓"补备"就是"候补"，连个正式排长都不是，但陈家骥却根本不敢小觑他。

　　林子健的身上有一种不怒而威的凛然正气。

　　林子健不说话，伸出手。

　　人群中有人吐舌头，小声叫了声："呀，簸箕手！"

　　陈家骥这时也注意到了林子健的手果真与一般人不大一样，手掌又大又肥又厚，熊掌虎掌一般。陈嗣祖当下收了枪，把枪放到了林子健的掌心。林子健把枪重新塞回到了陈嗣祖的枪套里，轻轻合上。"好了。"林子健道，"花爷爷说得不错，如今都民国了，你们也都是民国的革命军人，怎么能够为一些芝麻小事就干出人命呢！表舅，我看不如这样，你们爷儿俩各让一步。嗣祖，你就把你的孝暂时除掉，起码在东里堡镇这几天先不戴，这样让表舅脸面上也好看一些。""表舅，"他转向陈家骥，"您大人不计小人过，大人大量。嗣祖毕竟年轻，一时半会儿转不过弯，您也就别计较嗣祖什么过家门而不入了。您把嗣祖交给我，嗣祖到我家去，不跟回您家一样？待会儿正戏开场，您也来，你们父子坐一个桌上，在外人眼里，不也叫父子和谐？咱不就想要个脸面？您说呢，表舅？"

　　陈家骥只能点头。

十一

  正对着戏台中央安放了一把太师椅，这把椅子在所有的贵宾落座以后还一直空着。但谁都知道，这把椅子上的主人是谁。陪在椅子主人两边的是民国元年陕西最有权势的人物，军政府大都督张凤翙和省议会议长杨西堂。这两人都是早期同盟会员，也是易俗社发起人之一。他们早早就到了场，而且轻车简从，并不前呼后拥，他们心里清楚，易俗社的这首场演出，是仪式，也是致敬——向辛亥革命火种的播种者南秋阳先生的一个崇高致敬。等到他们入场，分坐在太师椅及其还空荡荡的那张圆桌两边以后，这才发现，现场早已经人山人海，偌大的林家花园早已经没有了后来者的落脚之地，树上、墙上、假山上、楼台亭阁、近处的小山丘上，挤满了人。此时，舞台两旁升起了两盏大红灯笼，灯笼上写着三个金光灿灿的大字：易俗社。人群中发出了一阵欢呼声和叫声，人们交头接耳，相互询问，易俗社？以前怎么没有听说过？怎么是"社"？"社"是什么意思？从前不是叫这个班那个班的吗？难道这也是革命后的新气象？有人就解释说，这易俗社来历可不一般，瞧瞧台下都坐些什么人？陕西巡抚和督军啊！在一般老百姓的口中仍然是叫惯了的清朝官吏的称呼听得人直吐舌头，乖乖，连巡抚和提督都来捧场，这易俗社来头可真不小啊！还有人说，巡抚和提督又算什么？你们等着看吧，看看这正位子上坐的会是谁？——南先生啊！南先生才真正是这场戏最贵的贵宾！

  一提南先生，所有的人都肃然起敬。

  南先生病重期间，整个渭北高原为之难过。现在，人们想起来了，在林家花园里的这场戏很可能就是先生生前看的最后一场戏了，他们也将最后告别这位圣人一样的南先生了……人们的眼睛望向花园的一条小径，从那条小径通往一道月亮门，那道月亮门原先紧闭着，这会儿，有人打开了这道门。人们屏息静气。不大工夫，一行人从月亮门里走了出来，当看到南先生的那一刹那，人群中发出了一声轻微的叹息声。

"啊——"

这声音像大海的一声涛声一样，仿佛由近而远，传播到了很远很远的地方。

南先生半躺在一张藤椅上，他形销骨立，瘦得已经变了形，但却更显得仙风道骨。他整个人似乎都活成了一个精神符号，神情肃穆庄严，眼睛里闪动着一种仿佛来自天堂的圣洁的光。他微微笑着，目光缓缓地落在人群中，仿佛在和这片土地、这片土地上的人民做着最后的告别。抬着和扶着这张藤椅的是南先生的家人和最亲近的学生们。而当人们看清楚了这一小群人的时候，人群中又再次发出了一声叹息。

"啊！——"

这次的叹息声更长、更加响亮，如同海啸一般，振动着在场的每个人的心。这一小群人是林子衡、林子桐、林子健兄弟们，景孝天、白俊亭、焦海波、高满儿、许伯让、傅文远和陈嗣祖。他们当中，除过陈嗣祖、白俊亭、焦海波以外，其他每个人的手臂上都佩戴着黑纱。不错，他们在这场战争中几乎全都失去了亲人。林家有两个子侄战死沙场，景孝天失去了哥哥景孝严，高满儿一位叔叔战死，许伯让失去了他的姑父，而傅文远和陈嗣祖，也分别失去了弟弟傅志远和义父严凤山……

这一小群人佩戴着的黑纱把刚刚过去的战争清晰地带回到了人们的眼前。

这一片黑纱就昭示了一切。

这天林家花园的戏剧演出活动，陈嗣祖恐怕是心情最为复杂的人。首本戏演出的就是林子桐为西路前线劳军而创作的《巾帼泪》。别人看不明白，陈嗣祖看了，往事尽在眼前，戏中的满族王爷家的德馨格格以及格格的贴身丫鬟青儿，为革命舍生忘死窃取了重要情报，让新军中一大批军官得以死里逃生……陈嗣祖看着看着泪流满面，那青儿，活脱脱就是他的心上人山奴啊。戏中的青儿最后为保护格格而殉难，为满族王爷所杀，现实中山奴却死于破城后的满城……陈嗣祖悲从中来，再也看不下去了。他抬头,发现有双眼睛正盯着他看。是陈家骥。这是根据林子健的安排,把他们父子俩特地安排在了一张桌子上。陈家骥探究的目光像针刺一样刺进了陈嗣祖的心里,父仇未报,又添母恨,而如今却因为革命的缘故必须与这位弑父杀母的仇人握手言和。

陈嗣祖站起身。

他迈步到了林府后花园。

林府后花园的凉亭建在一座假山上面,往东是古城西安,往西是渭北高原,平时大家聚会,总喜欢在这凉亭上面把酒畅饮,谈天论地。这会儿,他心事重重,拾级而上,等他快要上到山顶,突然抬头,发现亭子外正站着一个魁梧的身影。此时天色已晚,星星已经升起在了天空,却没有月亮,他看不清楚,只觉得像是林子健,于是他停住脚步,试探性地叫了声:

"子健哥?"

上边那人道:"嗣祖,我正在此等你。"

两人在凉亭的石级上坐了下来,露天剧场那边的演出丝竹声声清晰可闻。陈嗣祖把头埋在两膝之间,半天一动不动,就像一尊石雕一样。林子健问他:"嗣祖,生哥哥气?"陈嗣祖不动。林子健再问:"嗣祖,你这是怨恨哥哥了,是吧?"陈嗣祖还不动。过了一会儿,林子健说:"嗣祖,我知道你肯定怨恨哥哥。让你和陈家骥同坐一桌,对你是莫大的屈辱和难堪,这我懂。你义父严凤山为国捐躯,你热孝在身,结果我却让你当众除孝,对你义父严凤山的在天之灵,我甚至感觉我有罪……可是,嗣祖,知道哥哥为什么要你这样做?"

陈嗣祖不动。

林子健叹口气:"嗣祖,人这一生有许多不得已的事情你要学会忍耐。你想,就当时的情景,你不让步,行吗?如果你义父活着,我想,他也不愿意你干出这么鲁莽的事情——万一你的枪走火了呢?一个陈家骥,值得你陈嗣祖去拼命?你有更重要的事情去做啊,嗣祖!"

陈嗣祖抬起了头。

两人沉默了一会儿。

月亮透过云层钻了出来。此时,在一阵激越的锣鼓声之后,谢德顺扮演的德馨格格的两句高亢的唱词穿云破雾清晰地送进了他们的耳朵里——

> 我欲海晏河清，
> 必先除淤浚污。
> ……

陈嗣祖不由叹息道："听到这两句唱词，子健哥哥，真是恍如昨日啊。好像我义父，还有孝严哥哥，还都活着。你还记不记得，就在第三次夺回冉店桥那场恶战之前，我义父还有孝严哥哥说，他们就想看我德叔的戏……"

"当然。"林子健道，"怎么会不记得？就是《巾帼泪》这出戏让士兵们全都深受感动。我记得清清楚楚，那天演完戏后，不识字的士兵让识字的士兵写回家书说，誓死捍卫革命成果，决不让腐朽黑暗的清王朝死灰复燃！决不让我们的姐妹们遭受青儿妹妹这样的痛苦！"

好一会儿两个人又都不再说话。

陈嗣祖的眼睛里又迸出了眼泪，他刻骨铭心地想念山奴。

当时，《巾帼泪》演出结束，全体将士起立，随即响起一片山呼海啸的喊声——

为了青儿！

为了青儿！

为了青儿！

就在这天夜里，景孝天、林子健和前来增援的军政府副大都督傅文远以及景孝严商量出了一个大胆计划，派一支奇兵深夜去摸敌司令部。因为根据被迫到清军司令部当伙夫的一个当地农民想办法送出来的消息，清陕甘总督桂升这晚把他的临时司令部设在了距离冉店桥只有几里的一个小村庄里。杀掉桂升这个清王朝的死硬分子，或许会对战争起到扭转乾坤的作用！几个人决定冒这个险。林子健和景孝严都争着想去，景孝天首先否决了林子健。说，这活儿应该是他哥景孝严的拿手好戏。

林子健不服，说别看他没有武举人的名分，但武功决不下于孝严哥哥。林子健要傅文远说话。傅文远笑道："我倒觉得你两个都不合适……"傅文远话没落音，身后就传来一个人的说话声："哈哈，我就说今晚得养好了精力去干活儿，怎么样，嗣祖？"大家回头，发现严凤山和陈嗣祖各背着一柄寒光闪闪的大铡刀，边说话边一脚跨进门来。

严凤山请景孝天等移步到门外。

月光下的雪地里站着四十余名严凤山和陈嗣祖从八百名铡刀队员中挑选出来的精英——敢死队员们。只见他们个个袒着半个前胸，露出健硕的胸大肌。背后斜挎着一把大铡刀，宽阔的刀片在月光下发出森森寒光。他们的脸上都涂抹上了一层黑釉，只露出着一双黑亮的眼睛……当景孝天给他们每人倒一碗酒双手捧上时，他们每个人都从喉咙里滚动出几个低沉的字：

"杀死桂升！"

四十多名敢死队员在大家目光的注视下走向旷野，最后两位是严凤山和陈嗣祖。他们是死士，捍卫辛亥革命成果的死士。走向旷野的时候，走向冉店桥，下到沟里摸到被清军占领的土桥的北面劫敌营寨的时候，他们每个人的脸上都表现出了一种决绝之态。四十多名勇士搞不好就会陷入清军的汪洋大海，被剁成肉沫，出都出不来。没想到这次劫营他们居然全都毫发未损地回来了，严凤山的手里提着一名清军协统的头颅……原来，刚刚一场恶战后清军压根儿没有想到陕西这边的革命军会不要命地半夜来劫营，不少清兵在睡梦中做了刀下鬼，但狡猾的桂升逃了。桂升那天夜晚临时和协统换了床，两人一个睡里屋，一个睡外屋。严凤山摸进去后，把睡外屋的桂升当成了勤务兵，睡里屋的协统于是做了桂升的替死鬼。这个错误，一直等把那个头颅举到灯下细看才发现。桂升死里逃生，清军惊退数十里，陕军收复了冉店桥及其亭口坡两处险要隘口。

军心大振。

但桂升恼羞成怒。

十天后，桂升统帅四路大军杀气腾腾而来。此时东线潼关告急。潼关告急，就是西安告急，不得已副大都督命傅文远从乾州前线带走了大部兵力，包括最能作战的严凤山的铡刀队三去其二。严凤山和陈嗣祖率领其余二百队员与清军殊死相搏。这一仗，冉店桥再被清军夺走，而二百多铡刀队员全部战死，其中包括严凤山。陈嗣祖的腹部被清军一个骑兵挑开，肠子流了一地，敌人在打扫战场的时候顺便把他推进了沟里。结果当天深夜他被冻醒了，他听到附近有呻吟声，肠子一路流着血，他一路爬，爬到一棵大树下面发现他义父严凤山瞪着一双眼睛看着他。他喊，严凤山的嘴唇无声地动着，他趴下身子去听，只听呼出的气流中隐隐约约说出这几个字："我想看……德顺的……戏……"

说完，脸上露出一丝笑容，闭上了眼睛。

在安葬严凤山的墓前，谢德顺一口气给严凤山唱了所有他想要听的戏，尤其是当年在五龙山时严凤山说他百听不厌的《白玉钿》——

我何必忍欺凌强活世上，
人世间伤心事故国沦亡。
坐店房一阵阵心神飘荡，
细思想还不如衔恨长江。
……

乾州城久攻不下，桂升突然率十营清军出现在咸阳城下。这一招极其恶毒，咸阳离西安咫尺之遥，而此时革命军因为东西两线作战，咸阳几乎是座空城。林子健奉命去解咸阳之围，陈嗣祖和景孝严原本都想随他前去，林子健说道："你们都走了，乾州怎么办？"他命陈嗣祖带领他的两营人马辅助景孝天死守乾州，而自己只带了一个卫队营和敢死队两营人马连夜开赴咸阳。林子健前脚进到咸阳城中，甚至来不及布防，清军先头部队已经到了咸阳北原。北原唯一险要之处叫虎牢关，此关一丢，咸阳城外则无险可守。林子健当机立断在拂晓时分趁清军立足未稳，亲率卫队营猛扑虎牢关，正激战中，突然，一枚炸弹在林子健身边爆炸，林子健应声倒下，弹片嵌进了他的大腿，血流如注。清军张提督此时率大队人马赶到，居高临下，一眼看到革命军年轻的副兵马大元帅林子健躺倒在了血泊中，扬鞭一指，大叫一声："啊呀，敌人主帅坠马！快，活捉、斩首者赏银千两！"

清军潮水一般冲向林子健倒地的崖下。

林子健拔出佩剑，背靠死去的战马，准备一旦敌人靠近绝不活着落入敌手。

就在这时，突然一阵嘹亮的军号声。景孝严率敢死队从敌人后面冲了进来，敢死队官兵人人手持一柄锋利无比的关山刀子，竟然从潮水般的清军中间撕开了一道口子。只见武举人景孝严一把佩剑挥舞得如同一条银蛇，无人可以近其身。景孝严冲到林子健身边，命自己身边两名魁梧的军士背林子健回城。

林子健双眼迸泪："孝严哥哥，不——！"

景孝严温情地一笑："子健，子健，我允弟对我说过，你林子健是可堪当国之大任之人。记住我的话，有朝一日，见到孙中山先生，告诉他当年他托付我的重任我已经不可能完成了，但有你和我允弟在，革命一定成功！"景孝严陷入了重围，孤军奋战。清军见对方主将受伤，顿时士气大长，攻势如潮，一浪高过一浪。景孝严身边的敢死队员像被割草一样，一批批倒下，血肉横飞。景孝严杀得兴起，武举人到底不同于凡人，力大无穷，臂力过人，他扔了佩剑，抽出一把大砍刀，砍刀到处，清军官兵非死即伤，身边砍死的清军尸体倒下一片。清军张提督见状，命令进攻的士兵全体后退百米，整个战场上只矗立着一个铁塔般的身躯——武举人景孝严。张提督命一百名弓箭手，弯弓搭箭，一声令下："射！"景孝严浑身被射成了刺猬一样，最后山一般沉重地仰面朝天倒地而亡……

"你说，子健哥哥，"陈嗣祖突然开口道，"我有时候想，这人生真的很奇怪。我义父还有孝严哥哥都是听了我德叔的戏走向战场，最后又都马革裹尸战死沙场。他们三个人的命运让我想起来都觉得很不可思议……"

林子健收回了目光。

陈嗣祖看到他眼睛里有泪光。

"嗯，你说，嗣祖。"

"如果当初我义父严凤山不是因为是个戏迷，就不会把我德叔劫到五龙山上一听戏就是一个多月,那就不会引起我德叔的杀身之祸。德叔被劫上山又遇到了……遇到了山奴母女。"陈嗣祖停了一下,"这还不算。以后又因为我德叔的缘故,孝严哥哥也上了五龙山,给我义父传播了革命思想。所有这些,子健哥哥,你不觉得跟写剧本一样?"

"是啊,"林子健道,"要不说人生如戏、戏如人生?"

"戏就是人生百态……"

陈嗣祖这才刚刚感慨了一句,戏场那边一阵激越的锣鼓声后又一场戏开始了。林子健侧耳听了一会儿,突然一跃而起道:"哎呀,是文远哥哥写的《戊戌变法》!谭嗣同要上场了,是六君子的戏,走!这是我最爱看的戏了!"

他伸手去拉陈嗣祖,陈嗣祖却坐着不动。

"哦,我明白了。嗣祖,你是不愿回到刚才的座位?……我有个好地方,来,来,你随我来,我们两个会看得美美的。来吧!"林子健拉着陈嗣祖从戏台的后台进去,他身手矫健地"噌噌"几下就爬到了舞台侧面从空中伸出去的一个小空间,这空间就像舞台的阁楼一样。两个人猫到了里面,津津有味地看了起来。

> 我自横刀向天笑,
> 去留肝胆两昆仑。
> ……

谭嗣同一上场,一亮开嗓子,林子健就不由大喝一声"好"!还差点儿从这"空中阁楼"里一下翻了下去。陈嗣祖的目光却死死盯着坐在台下第二排中间的陈家骥,咬紧牙关。陈家骥身体前倾,像是专心地和坐在他前面一排的大都督小声地说着什么,那副媚态,让陈嗣祖看了恶心。陈嗣祖心想,总有一天你会露出狐狸的尾巴,到那时候,咱就看你是真革命还是假革命……

第六章

情深似海只为君

一

林子桐这天正在省女子中学给学生们上课，突然发现不少学生眼睛看向窗外，而且还叽叽喳喳，"呀，是易俗社的……""——易俗社的高社长！""真的是他？你认识？""没错！我看过他的戏，他的《夺锦楼》可好看啦！"林子桐一扭头，果真，高满儿站在一扇打开的窗户外面焦急地给他招手。这很不寻常。易俗社实行的是民主选举制度，所有的成员都是社员，而社长则是由社员大会选举产生。其他人包括林子桐、许伯让、傅文远这些元老级的人物也一律是聘任制。他们是社里的编辑，每月却只领取数目很少的车马费，如果半年编不出新戏，车马费还要停发。所以，他们的生活主要靠教书和其他社会职业。林子桐就身兼了两所学校的教师和陕西史志总纂。一般情况下，社里都不会到他们任职的地方来干扰他们的正常职业，林子桐心里一惊：莫不是社里出事了？

他赶紧给学生们布置了作业，匆匆走下讲台。

两人刚一离开教室外的走廊，高满儿就急急地对林子桐说："子桐哥，真是不得了了，开来了一大队人马的军队，说是要把我们易俗社征用做他们军营！"

"怎么会有这种事情？"林子桐一听也急了。

林子桐知道高满儿嘴里所说的"一大队人马的军队"不会是其他什么人的军队，只会是北洋军阀的军队。哥老会或者会党的势力在陕西辛亥之后的局势中只是昙花一现。当时的局势毕竟是拳头说话，袁世凯的北洋军阀很快窃取了辛亥革命的成果。陕西也不例外。此时，陕西督军陈树藩是北洋军阀段祺瑞的忠实爪牙——所谓段祺瑞督军团的铁杆成员，陕西就此沦入了北洋军阀的黑暗统治中。这个时候，林子桐他们才益发地明白了南先生要他们长期启迪民智、进行思想启蒙的深远意义。他们当初为之奋斗的目标，他们加入同盟会推翻帝制想要建设的一个民主共和的现代国家不仅没有实现，而且离他们似乎却越来越远……

孙中山在广州成立军政府，中国第一次"南北战争"，又叫"护法战争"就此拉开了大幕。这年冬天焦海波把自己编练的军队和陈嗣祖的骑兵团合为一处打出了"陕西护法军"的旗号在陕西白水宣告起义，其他军队纷纷响应，星火燎原。陕西的护法战争成为全国最为耀眼的一盏明灯，孙中山在陕西派出代表请示时，亲自以广州军政府大元帅的名义颁授"陕西靖国军"的军名。到高满儿跑到省女中来找林子桐这天，陕西的护法战争正进行得如火如荼。陈树藩的军队在渭河、黄河一带正和靖国军四处激战，而省城西安则是北洋军阀的统治区。易俗社此时就在"白区"里。如果有军队要进驻，当然只会是北洋军阀陈树藩的军队。

但高满儿告诉林子桐，是北洋军阀的军队不错，但却不是陈树藩的军队，而是段祺瑞的一支"御林军"。这就让林子桐弄不明白了，段祺瑞的嫡系全都驻扎在北平天津一带，怎么会跑到陕西来？

高满儿说："子桐哥哥，你忘了南北议和的事儿了？"

"这倒是。"林子桐一拍脑门，想起来了。1918年11月，段祺瑞北洋政府发布停战令，紧接着孙中山南方军政府也下令停战。从此，"南北战争"转为"南北议和"。南北和平会议一开始首先遇到的问题便是陕西战场的问题。陕西战场很特别。从地域上来说，它属于北方，北洋军阀统治区；但从性质上，靖国军却是孙中山"南军"的一支军队。谈判双方胶着于对陕西军队定性的问题。段祺瑞说陕西靖国军不是"南军"是"土匪"，陕西的战事是北洋政府在"剿匪"，故不在停战范围之内。南方军政府则加以驳斥，提出共同派员监视双方停战、划定停战区域等五项解决办法。所以，双方代表最后商定派国会大员赴陕划界停战。国会大员于前几天到陕，同时还开来了一支"御林军"——段祺瑞的一支嫡系部队。那么，这是说，就是这支军队要把易俗社变成他们的兵营？"这是为什么呢？"林子桐紧接着问道,"那么多的地方他们不去住,为什么偏偏要把我们一个文艺团体的地方霸占了去驻军呢?"

这事儿重大。

林子桐随着高满儿赶紧回到易俗社。一到社里,发现白俊亭、许伯让、傅文远、谢德顺、林子衡都在焦急地等着他们。原来,这天上午大约十点钟,国会大员派了个总务长来易俗社,说是要求在天黑前腾出所有的教室宿舍,他们这个地方已经被政府"征用了"。"这事很奇怪。"许伯让此时担任着易俗社的评议长,他说,"以我的分析,不这么简单。我倒不担心什么人在背后使坏,想逼迫我们易俗社散伙、关门。我担心的倒是背后还有其他原因。"

"你是担心,"傅文远道,"子健、嗣祖靖国军的人来来往往住在社里被人发现了?所以陈树藩借此机会要除掉我们?如果是这样的话,我倒觉得他们还不必用这种办法的。"谢德顺急了,说:"各位大先生,我们今天晚上马上都要流落街头了,还顾得上在这儿分析原因?大家只说,咱怎么办!"

白俊亭说:"德顺你别急。大家想找到原因,其实也就是想要找到解决问题的办法。要我说,我倒同意文远的看法。易俗社是革命党——当然,现在叫民党组成的,这是全陕西,包括陈树藩本人都清楚的一件事。公开的秘密。对吧?陆建章督陕时有人就给这'陆屠夫'报告说,易俗社是革命党的一个秘密机关,景孝天、林子健等都常来常往这里。陆建章所以没有下毒手,还是惮于易俗社的社会地位和影响。陈树藩也一样。如果就因为易俗社是个革命窝子他要治我们大家的罪,真的是易如反掌,直接来抓人就是了!我想,问题恐怕还不在这里……"

"另有原因?"林子桐焦急地问。

大家却都不再说话了。

林子衡很不自然地咳了一声,大家的目光就都盯在了他身上。

林子衡说:"你们不要都看我,有话,直接跟子桐说!"

这哑谜打得林子桐极不耐烦起来。他站了起来,在地上来回地走,发怒:"你们有话倒是说呀!哑巴了不成?我会吃了你们不成?我一点儿都想不通,段祺瑞的一个'御林军'要进驻我们易俗社和我林子桐有什么关系？我总不会去招惹他们吧？"

林子衡只好开口说话了。

"子桐你别激动。你先坐下来。唉，大家都不好开口，那我就说了。是海波打听到的一个消息告诉给了俊亭，我认为原因恐怕就在于此……"

"哎呀，快说！到底什么原因？"林子桐道。

"你先要答应我，不管我说什么你都不上房揭瓦！"

"好，我答应。"

林子衡说："据打听到的消息，这事和……和宋遏云有关系。"

林子桐这下真的跳了起来。

宋遏云在满城破城后受到的精神和身体上的摧残让她再也恢复不到从前的名伶风采。她的精神时好时坏，情绪极不稳定，为了她和女儿美云的生计，社里把她聘作了一名教练，作为教练长谢德顺的一名助手，专门培养旦角，但收入极其微薄。林子桐、白俊亭以及谢德顺等还经常需要接济她。林子桐作为社会名流，宋遏云曾是他的学生，这种师生关系尽人皆知，这在民国时期的正统观念里反而成了他们爱情关系的障碍。林子桐连丧五个妻子以后很长时间没有再娶，一心一意地想明媒正娶宋遏云为妻，但林子衡告诉弟弟，不管社会怎么进步，作为世代簪缨之家，林氏家族祖训中有一条他恐怕违反不了：林氏子弟中娶戏子者不得进入祖坟。而社会舆论则认为林宋之间是一种"不伦之恋"。社会上有人竟然散布说，宋遏云的女儿美云是林子桐的私生女，两人早在林子桐在京师大学堂读书时就已经同居，林子桐有蓄养女伶的不良嗜好，云云。现在，居然有人还拿他和宋遏云的关系做文章！林子桐气得牙根儿痒痒，可他，强忍住了心头怒火，语气平静地说道："哥，事关易俗社的生死存亡。如果因为我的缘故的话，无论让我做什么我都愿意。说吧，到底怎么回事？"

"你知道这次段祺瑞派的这位钦差是谁？"林子衡问。

林子桐摇头："不知道。"

"他的满族名字叫英杰，如今改名叫了孟凡夫。"

林子桐吃了一惊。对于当年这位英公府里的公子，他不可能不知道。当年，宋遏云就是为了逃他的婚才落到黄七的戏班子。他只知道北洋政府派来的这位来陕主持划界停战的大员姓孟，没想到竟然是这位满族贵族英杰。这太出乎人意料了。林子桐大脑里几乎一片空白，张大嘴，只问了两个字："真……的？"

林子衡继续道："知道这个从前的英杰和如今的北洋政府总统徐世昌什么关系？当年留学日本，这个英杰可是徐世昌的同窗好友不说，两人还结拜过兄弟。英杰可是对宋遏云念念不忘，一来陕西就打听宋遏云的下落……"

打听宋遏云不难，易俗社的教练每一位在社会上都是如雷贯耳的名角儿，而这位当年唱红大西北的坤伶，更是老百姓茶余饭后津津乐道的一个人物。英杰会很快找到宋遏云，这点儿毫无疑问。当初，为了照顾遏云和孩子的生活，林子桐和白俊亭出面给她在易俗社近旁买下了一个小偏院，院子不大，但却幽静可人。林子桐会时不时给母女两个送些米面油照顾她们的生活，可到后来，闲言碎语太多，他也就并不经常过去。有一天，小美云发烧，林子桐听说后请了医生，看完病，林子桐被宋遏云叫住了，说，她想跟他说会儿话。

两人坐在窗下面的一张桌旁，宋遏云给他双手捧上一杯热茶。

林子桐默默地喝茶。

遏云没有开口却先流泪。

她默默啜泣了好大一会儿，含泪道："给我找个师母吧……我们不能这么下去。找个师母，至少外面风言风语会少些，对你……对你的名节有好处。"

林子桐说："我不在乎什么名节不名节，也不在乎死后进不进祖坟，我只想让你和美云将来能……"宋遏云听到这里却摇了摇头："不对，先生，不对。我想过了。我想得很多很多。对先生这样的人，祖坟恐怕不是问题，但名声却是先生生前死后都无比重要的。先生名声受损，遏云会心里不安。先生一世清名，怎么会落下个早年读书时就包养女戏子的坏名声？……要是那样，岂不坐实了别人对你我的谣言。"林子桐突然想到，宋遏云不愿意嫁他会不会因为他那个"得子丧妻"的奇怪命运？于是他问："遏云，你不会因为……因为我前边的几位夫人都……"宋遏云笑了,笑得非常苦涩,又非常深情,用很低很低的声音,几乎像是喃喃自语,但却像是从灵魂深处说出的一句话:"先生,啊,先生,遏云今生如果说还有什么愿望的话,那就是能永伴先生长此而眠。如果做不到,那就是能为先生而死……"

林子桐大恸,不由上前去一把抱住了她。

宋遏云在他怀里,用念白的功夫轻轻吟哦了《长恨歌》里那句名句——

  在天愿作比翼鸟,
  在地愿为连理枝。

按照宋遏云的愿望,林子桐在这年冬天娶了他这一生的第六个夫人。其实,也就是为了堵住众人之口。想着这下就不会再生枝节了,谁知道这回还惹了一个更大的麻烦!林子衡接着告诉弟弟,英杰现在虽然飞黄腾达,妻妾成群,但他说,他只有妾而没有妻,他今生今世的妻子就是宋遏云!到西安后,这位北洋政府的钦差带着重礼去了几次宋遏云那儿,可能都被拒绝了。英杰肯定是迁怒于易俗社和林子桐,这才恼羞成怒,要把军队开进易俗社。林子衡话没落音,就听得大门外面响起一阵惊天动地的嘈杂声,大家全都脸色一变,冲了出去。

最后通牒的时间还没有到,北洋军阀的这支军队就已经开到了易俗社的大门口。易俗社的小学生们,小的才十一二岁,大的十五六岁,闻讯全都冲到了大门口,他们绝大多数都练过武术,所以几乎人人手里都掂了件武器,不是棍棒,就是演戏用的刀枪剑戟,大家拥堵在门口,和正要开进门来的军队形成了对峙。

军队的前面是几个骑在高头大马上的军官。

战马嘶鸣着。

高满儿见状,急步上前道:"我要见英大人。"

为首的军官说:"这儿没有什么英大人!"

高满儿忙改口:"不,我们想见孟凡夫孟大人……"

军官说:"孟大人说了,谁也不见!你是什么人?"

学生们喊道:"我们高社长!"

军官道:"好!既是社长,就是负责人了?让所有人后退!否则,阻碍军事行动,就是叛国!一律格杀勿论!"军官说着,拔出佩剑,举到眼睛跟前。空气一下子凝固住了。如果学生们继续挡在军队前面,一场血流成河的场面肯定就在眼前。林子桐大叫一声:"不!不!娃娃们,让开!赶紧让开!"这一声叫喊非常及时,大人们手忙脚乱地刚刚来得及把学生全部推到两边,为首的军官指挥刀一举:"前——进——!"就在所有人的目瞪口呆下,这支北洋军队踩着鼓点,大皮靴发出整齐划一的"夸夸夸"的声响,威武雄壮地开进了易俗社。

一场空前浩劫。

戏箱戏服,剧本书籍,学生教练的日常用品,社长社监评议长的办公场所,全都惨遭涂炭。此时正是三九寒天,一年中最冷的时候,北风呼啸,北风卷着鹅毛大雪,下得天地间一片混沌,不见天,也不见地,黄昏倏忽间降临,失去了安身之处的师生们饥寒交迫——食堂里刚刚做好的饭也被这些北洋兵一抢而空。没有办法,大家只好暂时把铺盖卷搬进了戏园子,又到街上临时给学生们买了些吃的。为了学生们的安全,社里排了班,轮流值日值班。日场的演出和夜场的演出当然也全部取消。此非长久之计。一个几百号人的演出团体,每天坐吃山空的情景非常可怕。虽然所有的人都没有埋怨或抱怨,但林子桐知道,他该行动了……

就在他苦思冥想着怎么和宋遏云见上一面以商量出一个解决问题的办法的时候,这天他刚出家门,巷子里蹦蹦跳跳过来一个叫花子一样的男孩儿,跑到他跟前给他手里塞了张纸条。他打开一看,是宋遏云的笔迹,上面只写了几个字:下午五点,南门外城河边小树林。这个地点是宋遏云平时练声的地方。

到了地方,两个人默默地相互望了一会儿,都不说话。

过了好大一会儿,宋遏云转身朝城墙根儿走,林子桐跟了过去。宋遏云突然站住脚,几乎完全遮住脸的一条厚围巾只露出一双眼睛,那双黑眼珠子特别大,因此显得特别黑亮的眼睛里此时溢满了泪水。她见林子桐也突然停住了脚步,站在离她几步远的地方,突然难过地连声叫道:"先生,啊,先生……遏云就是想再看你一眼啊,请先生,请先生……走近一点儿。你看这风,你看这雪,你看这怎么就突然暗了下来的天,天老爷啊,求求你,就让我再多看先生一眼啊,让我看清楚一点儿啊……"

宋遏云祈求着。

林子桐开始还一直低头站着,到了后来也不由地朝她挪近了一些。

宋遏云一把抓住他的两只胳膊,那样子就像是害怕他突然消失了一样。

林子桐急切地对她说道:"遏云,啊,遏云,你听我说,你还是放开我一些……你朝那边看,对,东南方向,那根电杆下面,对,那是辆两匹快马拉的车,车上坐着的那位装扮成赶车的,是你海波哥哥。你等会儿就坐那辆车,赶紧走!出了西安,到了鄠县,就是靖国军的地盘!……"

宋遏云打断他:"我走了,易俗社怎么办?"

林子桐道:"这我想过了,英杰占领易俗社的目的就是逼你就范。你人都不见了,他还占着易俗社干什么?……闹腾上一阵子他就会走。"

宋遏云摇头:"不,先生。他只会迁怒于易俗社和你啊,那他就非把易俗社整垮,非加害于你不可呀。不,先生!易俗社是众多同盟会党人的心血,是南先生临终的遗愿,如果因为遏云毁了易俗社,那我就是个浑身是罪的人呐!不,先生,遏云就此与您作别,先生保重!保重!"

宋遏云一边说着,一边眼含热泪向后退着。

林子桐的心头掠过一丝不祥,他一把抓住宋遏云的衣袖:"遏云,你——!"宋遏云并没有停止脚步,突然一甩袖子,挣脱了他,转身小跑起来。林子桐愣在了那里。他看到,宋遏云跑向了停在南城门洞的一辆四匹高头大马拉着的豪华大马车。当宋遏云快要跑到时,马车上下来一个身穿笔挺将军服的男子,上前挽起她的胳膊,把她搀扶着上了马车。林子桐还在纳闷,没有反应过来,此时,他身边响起一个声音:"走吧,子桐哥。"

林子桐回头,是焦海波。

焦海波道:"走吧,子桐哥。易俗社没事了……"

林子桐疑惑地看着他,像是不解。

焦海波道:"军队撤走了。"

林子桐用一种像是他的回声似的音调:"军队撤走了?"

焦海波有些心疼,过来搀住他的胳膊,拉着他边往路边的马车走,边给他解读说:"子桐哥呀,遏云这是以一己之身救了易俗社,救了你啊。你知道刚才那马车上下来的是谁?就是北洋政府派来给陕西主持划界停战的钦差……"

"英杰?"

"对,孟凡夫孟大人!"

"他,他,他……"林子桐连着说了几个"他"也没有说出口的话是,孟凡夫怎么出现在这里,而且和宋遏云?焦海波更加痛心地说道:"唉,我的子桐哥,你怎么还不明白?一定是遏云和这位英公子做了笔交易,她答应跟他走,条件就是和你再见最后一面、军队撤出易俗社。我们这会儿回去,不信你看,天下太平了,军队撤走了。"两个人当下驱车进了易俗社的大门,门口已经有几个小学生在欢天喜地贴海报,次日起易俗社全部恢复正常演出。两人进了社长办公室,高满儿给两人一人倒杯茶水,高兴地说:"不知道哪儿来了尊大神,今天中午的时候,督军陈树藩的秘书长专程登门拜访,给送来了一大笔银子,说是弥补因驻军给易俗社带来的损失,同时,军队说撤便撤。就这么——走了!你们说,会不会是于右任找了孙中山,孙中山又找了段祺瑞,进行了严正交涉,这才让我们易俗社转危为安?"

焦海波看了一眼林子桐。

林子桐脸色煞白地坐在高满儿的床沿。到了这会儿,他脑子突然清澈得像一汪池水,宋遏云最后向他告别的情景历历在目,那一双特别明亮的漆黑大眼睛里闪烁着的分明就是诀别啊,是诀别……那也是遏云在向生命诀别。遏云不会活着回来了。遏云不会活着再见他了。高满儿见林子桐突然间如此黯然神伤的样子,吓了一跳。焦海波给他讲了刚才发生的一幕,摇头叹道:"子桐哥这是想到,以宋遏云一烈性、高傲和独立的女子,是决不会和这个英杰再生活在一起了。我也是这么认为的。"高满儿也突然想明白了："不错。不错。这就是宋遏云的做派。她会以死相报……"

三个人坐着，一语不发。

窗外，夜幕降临了。

西安的一场鹅毛大雪无声无息地下着。

果然，在北洋政府的这位钦差回到北平后不久，消息传了回来，宋遏云上吊自杀了。人们是在她卧室的窗户下面发现了她的遗体，从她的身上发现了一封遗书。遗书是写给三个人的：林子桐、白俊亭和谢德顺。宋遏云说，先生，我的先生们，感谢你们让我平凡的生命度过了今生一段最快乐的时光。我一直认为，我宋遏云就是为唱戏而生的，你们十年心血的教养之恩，遏云我今生无以回报了。唉，苍天啊，我多么想登上易俗社的舞台，多么想在易俗社的舞台上演出先生写的戏啊……遏云此生心愿未了。唯一的心愿就是，易俗社在，遏云的灵魂就在，你们会听到我在易俗大戏院的戏台上唱戏，对吧？

二

北洋政府大员孟凡夫来陕主持划界停战最终也没有给陕西带来和平。而对陕西来说，这场全国瞩目的划界停战几乎可以说就是北洋政府的一次政治阴谋，它是在完全不公平的条件下对陕西靖国军——这支在北洋政府统治区的孙中山南方政府的重要军事力量的一次掠夺。划线结果，北洋军阀督军陈树藩扩大了自己的地盘，靖国军统辖区则大面积缩水，形势明显对陕西靖国军不利。林子桐、白俊亭和许伯让几个人这天在教员休息室里正趴在桌子上看一幅地图，林子桐用红蓝铅笔标出的军事形势态势图很明显地说明了这一点。林子桐把笔一掷，叹道："明白了吧？原先我们的地盘在临潼、渭南、咸阳一带还有不少府县，现在呢，全都挤压到了渭河北岸。靖国军如今主要在渭北这一带，形成了隔渭河与陈树藩北洋军队的对峙。狗东西,这就是清王朝的残渣余孽给我们陕西人民犯下的罪恶!"

"子桐哥哥又在骂谁呢?"

话音一落,高满儿和一个彪形大汉一掀门帘一步跨了进来。

白俊亭说:"骂那个北洋政府的钦差英公子呢,也真他妈不是个东西,吃陕西的,喝陕西的,最后害陕西……当初,真不如派个刺客杀了那家伙!这下,局面对我们就更加不利了。"

"哈哈,"高满儿笑道,"你们只管围着火炉评论时事政治,就不想知道我带回来的这个人是谁?"大家这才发现,这位身穿棉袍、头戴一顶黑呢帽,还围着一条大方格围巾,打扮时髦阔气的彪形大汉从进门起就一直背对着他们大家站在门口,高满儿这一说,大家就都看。其中,林子桐尤为激动,他揉了揉眼睛,看了又看,疑疑惑惑地说出了声:"该……该不会是我子健弟弟吧?"

林子健在去年秋天被陈树藩诱捕,至今还关押在西安。兄弟相隔咫尺,不能见面。林子桐想弟弟,想得常常心里发痛!眼前的这个彪形大汉体形的确和林子健有几分相似,但却明显比林子健四肢更加修长匀称,大家都看出来了,听了林子桐的话心里便有些难过。

白俊亭说:"嗣祖,还不快转过身?"

陈嗣祖这才缓缓地转过身来,先不好意思地笑笑:"对不起,子桐哥哥。我本来想和大家开个玩笑,没想到……"他摘了围巾,脱下棉袍,也到了火炉边上。

林子桐说:"唉,我也是看走眼了。孝天去年被人杀害,听看守我子健弟弟的人传出来的消息说,子健弟弟心如刀绞,曾当面斥责陈树藩。我也是……子健一日不自由,我一日无时不心惊啊。"

陈嗣祖说:"一样啊,大家一样。于右任总司令也总在说起子健哥哥……"

林子桐打断他:"不说了。嗣祖,你打扮成个阔商模样,是有任务?"

"有啊。"

陈嗣祖小声道,陕西靖国军受到北洋军阀的"围剿",此事让孙中山忧心如焚，于是从广州军政府不多的经费中给陕西拨了三万五千大洋。他说，虽然远水不解近渴，但用这笔钱至少可以给靖国军购买上一批军火。"我这次的任务就是先去北京提这笔巨款。于总司令布置说，提了款就到天津去找洋人商行购买一批军火想办法运回来……"陈嗣祖说完这番话，大家全都面面相觑，一时间谁都不再说话。半天，白俊亭道："嗣祖，这事不能你干，这事得我干。"

陈嗣祖说："俊亭哥哥，我当然知道这事的危险性……"

"哎呀，嗣祖，"许伯让叫道，"此事何止是危险。购买军火私运到陕西，按照北洋政府的法律，那就是犯法！如果被抓，你再供出你背后的孙中山大元帅和于右任总司令，北洋政府可就不说他们武力'剿灭'陕西靖国军的罪行，而是说南方军政府在破坏和平，破坏和谈，这帽子肯定会给孙中山先生和于右任先生戴上，事情可就闹大了！"

白俊亭也拧着眉头说："这南北和谈的事情虽然是个鸡肋，但表面上现在还在进行……在所谓的双方停战期间，大批购买军火，罪名不小。嗣祖，我看这事如果我去，就是出了事，我说我是贪图钱财，毕竟我是个商人嘛，也说得过去！"

林子桐道："俊亭你就别争了，你也争不得。"

白俊亭问："为什么？"

许伯让说："俊亭你就别问为什么了，你想，这是南方军政府拨给陕西靖国军的一笔公款，它一定是要军队内部的人履行一定的手续才能提出来。嗣祖如今是靖国军总司令部参谋副总长，这样的职位才能担当这样重要的任务……"

白俊亭难过地说："不就三万五千大洋？让嗣祖，也让孙先生和于先生冒这么大的风险？……如果我能拿出这样一笔钱就好了，那就纯粹是民间的事了，那嗣祖也罢，孙先生和于先生也罢，也就都不担此罪名，冒此风险了……唉！"

白俊亭难过，林子桐、许伯让特别是高满儿则更难过。蒲州白家，蒲州第一大富户偌大的家业，在白俊亭父亲死后白俊亭当家的这短短五六年时间几乎倾家荡产支援了革命。他出资几十万两为同盟会买下五龙山麻家梁几座矿山建造兵工厂，买下几座山头建牧场、军马场，特别是辛亥革命起义后，清军东西两路大兵压境，起义军械弹缺乏，白俊亭这时早已经荡尽家产，见革命危急，他赶赴上海，以全部家产作抵押，从外国洋行购买了价值一二十万大洋的几万支步枪、十几门大炮。仅就辛亥年这一笔就已经是如今南方军政府给陕西靖国军这笔巨款的十多倍！白俊亭过去花上几万大洋眼睛眨都不眨，现在，居然为了这三万多大洋的一批军火，他因自己无能为力而叹息难过。高满儿是太清楚白俊亭内心的感受，他是恨不能自己拿出这笔钱来为靖国军去买这批军火……

高满儿说："俊亭哥你已经为革命做得太多了，你也别太担心。嗣祖这几年先是在子健身边，后来又在于右任先生身边，学的不少，进步不小，本事大增。放心吧，嗣祖今晚在社里好好休息上一晚上，明天一大早我已经安排人一路护送嗣祖出潼关。这之后，嗣祖说，也有人接应？"

陈嗣祖点头。

陈嗣祖后来却出事了。

大概半个月后，有消息说，靖国军的一个参谋总长因贩运军火被北洋政府军法处抓捕，从北平押送回了西安，交给了陕西督军陈树藩，陈树藩又把人交给了他的第三路司令陈家骥，现在关押在督军府特设的一座监狱里。林子桐、高满儿他们听了，心里一沉：该不会是嗣祖吧？从时间、地点、事件，都像是啊。傅文远在督军府里当副官的一个朋友很快打听出了消息，果真就是陈嗣祖！来人身穿便服，行色匆匆，说："文远兄，我的身份不便在此久留，几位先生有问题赶紧问吧，我尽可能回答。"易俗社的这几位先生是社会名流，秦副官一来便说，能见先生们三生有幸，能为先生们出上力的事情他会鼎力相助。这时，高满儿问了个最关键的问题："秦副官，你知不知道陈嗣祖可曾供出过什么？比如，这笔款从哪儿来，他又是受何人指使去购买武器？"

"没有。"秦副官摇头，"据我所知没有。小伙子受尽酷刑，审讯人说，牙口很硬，铁嘴钢牙，只说是就他自己，没有任何人指使……"

傅文远道："酷刑？你说是酷刑？陈家骥居然给嗣祖上酷刑？"

秦副官这下却不懂了："审案子没有不上刑的。"

林子桐失声道："这可是爹给儿上酷刑啊！"

秦副官一脸茫然："什么？林先生你说，陈家骥和陈嗣祖是父子关系？"

高满儿道："秦副官，我给你说说这几个人的关系。"他先指着白俊亭和林子桐，"富原林家和蒲州白家世代通婚，白先生娶了林先生的本家三妹，所以，白先生是林先生的内弟。富原林家和陈家又是姑表亲戚，林先生是陈嗣祖的九舅父。好了，还有这位。"他指着傅文远，"西安傅家和富原陈家是姨表亲戚，所以，傅文远是陈嗣祖亲亲、亲亲的表哥。所以，你现在明白了吧，他们是决不会把陈家这父子关系搞错的。"

秦副官一拍脑袋："哎呀，这陈树藩可真够狠毒，让亲老子审亲儿子！我算是明白了，陈树藩一直对这陈家骥放心不下，用这种办法……哎呀，真够恶毒！"

林子桐、白俊亭相互看看，脸色也倏然间变了。

高满儿明白，如果真是这样等于断了嗣祖活命的最后一线希望。

林子桐和白俊亭对陈家骥的秉性实在太清楚，如果不涉及陈树藩对他的疑心，不涉及他升官发财，那么，嗣祖也许还有一线生机，他们本来已经打算试着去找找陈家骥了。听了秦副官的话，两人马上打消了这个念头。傅文远也说，现在我们唯一能给嗣祖做的事情就是想办法贿赂主审官，让嗣祖少受些罪。三个人想尽办法筹到了十根金条，正在商量着找什么人通过什么办法去买通这位主审官，突然一天，一位威风凛凛的军官带着两名卫兵进了易俗社。军官直接进了社长办公室，给高满儿点明说，陈司令官请林子桐和白俊亭两位先生，如果没有其他事情的话最好现在就去，他可以在此等候。高满儿跑到后院照此一说，林子桐和白俊亭当即站起身拔腿就往外走，傅文远一把拉住林子桐的胳膊："慢点儿，就是去也得坐下来好好商量商量再去。"

林子桐说："商量什么？"

傅文远说："万一是什么阴谋呢？"

林子桐道："能有什么阴谋？咱正想要见他，这不正好？倘要抓我们，他直接来抓就是了，也不至于……"

高满儿却说:"文远哥哥说得有一定道理。这陈家骥会不会动脑子想把我们易俗社也扯进这个案子里——嗣祖和靖国军的人来来往往他不会不知道。"

林子桐想想:"好吧,我和俊亭尽量多加小心就是了。"

两人随那名军官到了陈家骥在西安新置的一座深宅大院,经过其中一个内院时女人们尖锐的笑声让林子桐不由得想起了嗣祖的母亲惠久香。拐了几处宅院,最后到了一个非常僻静的院落,军官"啪"的一个立正:"陈司令,客人到了。"

原来陈家骥就站在院子里的一株蜡梅下面。

"看看,革命革得亲戚们都疏远了。"陈家骥打着圆场,语气却有些自得,他知道林、白两家如今的衰落,尤其是蒲州白家现在居然到了变卖家产的地步,陈家骥掩饰不住自己的优越感,嘴里却说:"请二位来,是有一事相求。"

林子桐直截了当:"是嗣祖的事吧?"

陈家骥一听,眼睛一红:"别人不清楚,你们清楚。我陈家骥缺乏子嗣,嗣祖抱到我跟前的时候,还是个襁褓里的婴儿,我疼爱他,一直视若己出……尽管嗣祖以后听信了别人的挑唆,想要害我。我是他大,我能和自己儿子计较?就包括到了今天,我也想救他呀!可他不交代出他背后的人物,陈督军那儿,我无法交代呀,就是有心救他,也是万般无奈!说心里话,我,我是真怕落下一个杀子的恶名!嗣祖听你们的话,你们就好好劝劝他……"

陈家骥说着,还掉了几滴眼泪。

林子桐、白俊亭和傅文远明白,这是陈家骥的软硬兼施,想让他们劝陈嗣祖交代出"幕后指使"。但他们明白,如果不能救嗣祖一命的话,至少他们还能见嗣祖一面。陈家骥答应,网开一面,让他们在监狱里单独见面。到了这天,几个人买了些酒肉,傅文远还特意买了一袋琼锅糖。当牢门打开,几个人一眼看见陈嗣祖的时候,不由得全都鼻子一酸,林子桐先扑过去,一把就抱住了陈嗣祖:"嗣祖啊,你可真受大罪了!你让你子桐哥哥这心,都要碎成八瓣了……"

这才半个多月，陈嗣祖已经被酷刑折磨得脱了人形。从前那个魁梧的、健壮的陈嗣祖不见了，只剩下一副大骨头架子，全身上下没有一块好皮肤。但陈嗣祖看见他们却咧开嘴巴笑了，笑容非常甜美，就像一个婴儿。陈嗣祖说，没想到在死前还能和他在这个世界上最亲的亲人们在一起。只是，少了景孝天，少了林子健，还少了傅志远。孝天哥哥和志远哥哥永远走了，而子健哥哥现在还在陈树藩的魔爪里。这话让几个人更加难过，他们同时想到了嗣祖不幸的身世。嗣祖原本同陈家骥就有着杀父娶母的深仇大恨，可惜可叹的是，嗣祖不但没能为父母报仇，如今，他自己也要死在陈家骥的枪口下了！

陈嗣祖接过傅文远给他的琼锅糖，眼睛一下子湿润了。

他说："谢谢你，文远哥哥。这琼锅糖……琼锅糖……山奴给我说过，她这一生度过的最幸福的日子就是在你们傅家。我也一样。我和山奴都怀念那个时候的生活，可惜不会再有了……"他深情地凝视着傅文远，把琼锅糖举到眼前看了许久，才缓缓地打开袋子，取出一块，细细地品尝，像是要把这味道记忆到灵魂里。过了一会儿，他轻声道："你们不知道，我曾经很想很想死，那是在我听说山奴死了的消息以后。我想死在战场。我那时候天天都想死。可是现在，我不想死。奇不奇怪，我想死的时候怎么也死不了。我不想死的时候却真的要死了……文远哥哥，你不要这样看我，我没有糊涂。我这会儿，比一生中任何时候都要清醒。"陈嗣祖很凄惨地笑着。这次，不需要别人，他掂起酒壶给自己倒了满满一大杯，仰起脖子"咕嘟咕嘟"灌到了嘴里。当他又拿起酒壶时，林子桐捂住他的手，说："嗣祖，你心里有事。说吧。无论什么事情，我，你文远哥哥，俊亭哥哥，都会为你去做。说吧！"

傅文远和白俊亭都点点头。

"你们不会认为我贪生怕死？"

白俊亭说："不，不会。我想，你这是因为……因为？嗣祖，你不会有了山奴的什么消息了？"白俊亭疑疑惑惑地说。没想到，他这一说陈嗣祖两眼都放光了。他把酒壶"砰"的一声蹾在桌上，隔着桌子，在白俊亭的肩上轻轻砸了一拳头："好我个俊亭哥哥！你到底知道我的心。我这一生除了我死去的母亲，只爱过一个女人，山奴，哦，我是生生死死只爱她。我刚才说我现在想活，现在特别想活，不是我贪生怕死，是我想为山奴和我女儿活着……"

陈嗣祖的眼里有了泪。

几个人大吃一惊。

林子桐失声道："山奴没死？山奴活着？而且……而且山奴还生了你的孩子？嗣祖，你有山奴的消息了？这是真的？"就在林子桐这么连连发问的时候，陈嗣祖含着眼泪笑着，从贴身的衣服里取出一张照片，三个人一一传看，没错，是山奴，照片上的山奴瘦了，但却更加美丽，山奴的身边依偎着一个六七岁的小女孩儿。小女孩儿长得异常美丽，明显是遗传了山奴和嗣祖的优秀基因。

嗣祖笑着说："我有女儿了，我女儿叫潘筱月，随她母亲姓。"

陈嗣祖说，他们打完龙驹寨一仗后抓到了一个人，"你们都不知道这人是谁？——五龙山上我义父严凤山的二弟姚二！这姚二也就是当年把潘米娘和山奴母女抢劫到山上去的那个土匪。我当然认出了他。知道他如今做什么？成了陈树藩手下的一个团长！他说，他知道山奴的下落。原来，满城破城时山奴和董妈妈走失了，董妈妈看见的那个被扔进火里的女子不是山奴，山奴却是被在混乱中逃出城的潘仁宝——那个宝七爷劫持了。当时山奴已经有孕在身。满城破城后这宝七爷失去了房子、家财，一贫如洗身无分文，于是带着山奴隐姓埋名住在了西安一条小巷里，逼迫山奴重操皮肉生涯。后来一天，这宝七爷把山奴带到姚二家里，姚二一眼认出了山奴，因为山奴额头中间那个美人痣，于是长期包养了她。我问他如今山奴呢？他说，因为打仗，他又把山奴交回到了她丈夫宝七爷手里。我要他派人给山奴带去一封信，不久后，就收到了山奴带给我的这张照片……山奴在信里告诉我，筱月是我俩的爱情结晶。"

林子桐听完，连连叹息："真比我们写的剧本还要曲折。遏云给我说过，山奴那时已经有了身孕。这么说，嗣祖，你上次到西安来就已经知道山奴母女的下落了？你见她们了？"

陈嗣祖摇头："要是能见上一面就好了。我那时想，于总司令托付的重任在肩，等我完成了这次任务，再来西安想办法把山奴母女接走。可是现在看来……"

白俊亭突然说:"不如这样,嗣祖,我和你子桐哥哥再见一次陈家骥,安排你和山奴母女见上一面……"陈嗣祖说:"这肯定不行。第一,我不想把山奴母女暴露在陈家骥面前。陈家骥会把我的女儿筱月夺走,我死都不愿意这样。第二,我的死,绝对要给山奴保密。我知道她。山奴所以这些年能够屈辱地活着,就是想着有一天我们夫妻女儿一家人团圆。宝七爷虽然是她名义上的合法丈夫,但山奴说,她相信民国的法律会保护我们。我不能让她知道我死了。山奴一旦知道我不活在人世她肯定会死。这我知道。拜托了,拜托各位哥哥,这事保密。"

　　陈嗣祖的目光望向他们每个人。

　　三个人一一点头。

　　陈嗣祖站起身,突然后退几步,一下跪倒在地。三个人也慌忙起身,去拉他。陈嗣祖不起。陈嗣祖说:"社会如此动荡不安,战争好像连绵不断望也望不到头,老百姓的生活,恕我直言,好像比清朝末年还要苦。我死之后,唯独操心的就是山奴母女,她们,她们在这样的世道上可该怎么活下去啊,你们答应我,如果有一天,她们母女……"

　　"好,你不说了。"白俊亭道,"你子桐哥哥,文远哥哥,还有我,答应你,一定照顾好她们母女,一定把你女儿筱月抚养成人。这点你放心。"

　　陈嗣祖还跪着,张开双臂。

　　四个人跪在一起,相互间紧紧抱着。

三

　　陈嗣祖死后第七年。

　　民国十五年,公元1926年。这天又到了陈嗣祖的忌日,一大早起来林子桐就给嗣祖的遗像前点上了三炷香。然后,他站在那里,久久地凝视着嗣祖的遗照。照片上的陈嗣祖穿一身靖国军军服,飒爽英姿,栩栩如生,好像随时都会从照片里走出来一样。在陈嗣祖遗像的右边,是弟弟林子健的遗像。林子桐站在那里,又仔仔细细看了会儿弟弟,就仿佛兄弟两个面对面地站着一样……"好想你啊,好想你!"他对弟弟说。

就在此时,突然一颗炮弹,再一颗炮弹,远远近近,忽远忽近,林子桐侧耳仔细听着,他要辨别清楚炮弹来的方向和落下的方向,因为此时西安城的四周都被北洋军阀吴佩孚手下刘镇华的所谓十万镇嵩军团团包围着,炮弹不分昼夜随时落在城里的各个地方。时至深秋,被困在城里的二十万军民已经到了弹尽粮绝、冻馁交加的地步,偏偏这年才刮了第一场秋风,下过第一场秋雨,转而就刮起了一股强劲的西北风,雨下着下着就下成了雪花。在下第一场雪的时候,西安东西南北四条大街的街上路沿上店铺门口已经有了冻饿而死的人,开始出现尸体的时候还有慈善团体拎来张草席把尸体裹巴裹巴葬埋掉,后来尸体就越来越多,到了街头上一天会出现上百具尸体的时候,到了所有的人自己都苟延残喘、挣扎在死亡线上的时候,到了街上的死尸一天多似一天的时候,后死人的尸体就堆积到了先死人的尸体上,再没有人管……林子桐一样饥饿,他也饿得头晕眼花。他想起了陈嗣祖临死前说的那番话。辛亥年以后国家没有太平,陕西更是战火连绵。弟弟林子健逃出了陈树藩的魔爪以后,果真实践了他当初在日本读书时对孙中山先生说过的一句话:"来日我一定要打进北京城,请先生主持大计。"北京政变消灭了吴佩孚,迫使曹锟下台,把溥仪赶出了皇宫,为中国革命史写下了光辉的一页。林子桐在得知了这个消息以后,专程回了趟富原老家,和哥哥一家人一起,到了南先生的墓地,把能搜集到的当天世界和全国各地报道此消息的报纸烧化给了南先生。告慰先生说,子健是您用关学精神教育出来的从我们陕西黄土地上走出去的杰出军事将领,他居然干出这么轰轰烈烈的一件事——把皇帝赶出了紫禁城,彻底结束了中国的皇权!哦,下一步,子健来信说了,军队是国家的军队,不是任何个人的军队,所以,他们把军队命名作"中华民国国民军",电邀孙中山北上,主持大计。主持大计,就是主政。但不久,厄运接二连三,先是孙中山病逝,紧接着林子健病逝,子健死时年仅三十四岁!到了刘镇华十万镇嵩军包围西安的时候,西安实际是在林子健的部下陕西国民革命军的统治之下,过了快一年的好日子。北洋军阀这次卷土重来，刚过上好日子的西安人民决心捍卫来之不易的革命成果，把整个城墙内的城池作了军事堡垒，誓与西安共存亡。

这就有了长达八个月被围城的惨痛历史。

林子桐、许伯让他们供职的学校此时因饥饿问题全都给学生们放了假，所以现在，只要是被围困在了西安城以内的易俗社的教员教练，白天大多数时间都会来社里上班。林子桐从前天不亮就会到社里，现在更是如此。他侧耳听了会儿炮弹的方向，提着镜镜灯出了家门，他现在已经学会了在炮火下过日常生活，根据炮弹飞的方向选择沿着哪边的城墙根儿快步走。

天色还很黑，镜镜灯照着的地方不时会有死尸，也不时会遇到吃死尸的野狗。这很可怕。许多尸体都让野狗啃着吃了，只剩下一个骷髅架。林子桐得小心翼翼地绕过那些尸体或骷髅。到了易俗社大门口的时候，林子桐瞪大了眼睛，啊呀，门口的石阶上坐着一个女人和一个小女孩儿，这母女两个坐在那里一动不动，该不会又是一对饿死的母女？

林子桐心里紧张。

他上前，提着灯照照。

女人和孩子一动不动。这下他心里就更紧张了，他拍门，门房一听是林先生的叫门声，赶紧给他开了门。林子桐问门房，门口这两人是怎么回事？门房出来看了看，把林子桐拉进房间里说，昨天就来了，这当娘的说，要送这女孩子来学唱戏，副社长许伯让先生给她们解释说：第一，易俗社从来不招女娃；第二，现在围城非常时期，不说招人，连留下的人都养不活了。所以劝说她们走。可那当娘的说，她打听到的消息，守城的杨虎城将军和李虎臣将军对易俗社特别照顾，连士兵都饿肚子了，可还给这里送来了几十袋面粉。"她央求我们收下这个女娃，怎么说都不走。这不，大门关了，就在门外冻了一夜，怕是也已经死了吧？"

林子桐跺脚："怎么能让人活活饿死冻死在我们易俗社的大门口？"

这冯伯瞪眼："林先生，这些日子饿死在我们门口的人还少吗？我们谁有能力让人不饿死？"林子桐一想，这倒也是，城里饿死了那么多人，所有的人也都束手无策。说话间，高满儿也提着一盏灯进了大门，他也发现了冻饿在门口一动不动的母女俩。高满儿说:"这样吧,我们总不能见死不救,先把人抬进来,看喂上点儿热汤能不能缓过气来。"冯伯说:"好吧,你是社长,我们的高社长,你让把人弄进来,人说,请神容易送神难,到时候人送不走,我们再多两张吃饭的嘴!"冯伯嘟哝着,但还是和两位先生一起,把冻僵在门口的母女抬了进来。

这时,天已经大亮了。

天色放晴,是个久违的艳阳天。

红红的太阳从窗棂探进头来,被灌了点儿热汤的母女两个脸上也渐渐地有了血色,林子桐和高满儿这时到了院子里看留下来的小学生们上操、练功、吊嗓子,许伯让也来了,许伯让问林子桐和高满儿:"我听冯伯说,我昨天拒绝的那个女娃被你们收留了?"高满儿正要回答,突然一回头,愣住了。

初升的朝阳下,那位年轻母亲领着那女孩儿在冯伯的指点下正摇摇晃晃朝这边走。高满儿轻声叫道:"子桐哥,你看,你看看,该不会是……山奴?我……不会看错吧?"他话音刚落,那母亲拉扯着女儿已经踉踉跄跄到了他们面前,母亲扯着女儿跪倒在地上,一边叫道:"请收下我娃!我娃虽然是个女娃,可她可以唱小生啊!"

林子桐听到高满儿的那声叫声以后,这时正在仔仔细细打量着这对母女。

这时他弯下腰,轻声道:"请抬头……"

那母亲以为先生是要看她女儿,先把女儿的头扶了起来。

林子桐和高满儿几乎同时"啊"了一声——这女孩子,活脱脱就是当年的山奴!不用说,这母亲就是山奴啊。许伯让被这两人的神情搞得糊糊涂涂,还没来得及开口去问,只见林子桐趋前一步,一把把跪在地上的山奴拉了起来。

"是你,真的是你,山奴!"

山奴看清了林子桐,也看清了高满儿,嘴唇哆嗦半天,才叫出了声,"啊,林先生,高先生……是你们?"然后,她拉女儿,"筱月啊,这就是我常给你说的你父亲的两位先生,林先生和高先生。"筱月立刻乖巧地叫道:"先生好!"说着就要行跪拜礼,被高满儿一把拉了起来。

山奴道："嗣祖……嗣祖他、他现在在哪儿？"

林子桐和高满儿相互看看。

高满儿说："这样，山奴，你和筱月恐怕还饿着肚子。咱边吃边说话。"

没法儿隐瞒嗣祖的死讯。山奴听到陈嗣祖是因为给靖国军购买军火最后死在了他的杀父杀母仇人陈家骥的手里，美丽的凤眼里充满了一种旷世的悲哀，她只小声地叫了几声："天呐，天呐，天呐……"那似乎是在问苍茫大地，天理何在？为什么作恶多端的人反而活着、还活得好好的，嗣祖这样为国为民品行端正的好青年却早早地死在了这样的恶人手里？听到嗣祖是带着她和女儿的照片走向刑场，她悲哀地浅浅一笑，最后提出了一个要求，想去看看嗣祖。至于潘仁宝宝七爷，山奴说，是前几天出去再没有回来，估计也是饿死在街头。她和女儿为了活命这才跑到了易俗社……

华山脚下，苍松翠柏间，一排一排坟茔。

西安解围后，山奴带着筱月给陈嗣祖上坟，之后，一行人宿在了寺庙里。到了第二天早上要出发时，筱月慌慌张张跑来说，母亲不见了。白俊亭和傅文远忙带着筱月四处寻找，最后却在嗣祖的坟上发现了山奴的尸体。山奴用一种拥抱的姿势伏身在嗣祖的坟上，尸体已经冰凉。人们在她的身上发现了一封遗书，遗书上写着，她追随嗣祖到另一个世界去了，至于筱月，嗣祖生前曾经托人带话给她，希望筱月能够受到良好的教育。白俊亭说："当年我、子桐哥哥和文远答应过嗣祖，一定要把筱月抚养成人。现在，你们两个都有易俗社当大编剧的重任在肩，养育筱月的重任看来只有我最合适。只要筱月愿意，我白俊亭对天发誓，一定要把烈士遗孤好好地抚养成人。"

高满儿说："筱月差不多就是我们易俗社的孩子，教练长谢德顺看了这孩子的条件，说这孩子的确是个演小生的料。但秦腔，现在却还并无坤伶。而如今陕西已经有了女子中学，北京有几所大学都招收女生。

俊亭哥哥有此美意，筱月，还不快拜白先生！"

十四岁的潘筱月含泪倒地磕头。三个响头后，白俊亭弯下腰来想要扶起她，筱月却睁着那双酷似母亲山奴的凤眼，含泪道："先生，我……我想叫您声……大……不知可不可以？"

白俊亭高兴地连声说道："当然，当然，筱月，我的好女儿。"

潘筱月以后告诉养父白俊亭，她一直也没有把潘仁宝潘七爷叫过一声"大"，因为母亲山奴告诉她，她的生身父亲叫陈嗣祖，是位同盟会员、国民革命军军官。总有一天，会把她带到父亲陈嗣祖面前，那个时候她就有父亲了。可她还是没有等到这一天。她太想有一位父亲了。白俊亭愿意收养她的那一瞬间，她的心里温暖极了，她就想叫他一声"大"。白俊亭听了，大恸。他知道，筱月的身世里，有着三个女人和一个男人的不幸故事。这三个女人是，筱月的奶奶、陈嗣祖母亲惠久娘，筱月的外婆、潘山奴母亲潘米娘和筱月母亲潘山奴。而这一个男人就是筱月的生身父亲陈嗣祖——一位辛亥先烈。白俊亭跟林子桐说过，就筱月的身世本身就是一本大戏，一本关于清末民初乃至于民国初年风云变幻的一本大戏，林子桐、许伯让、傅文远和高满儿他们应该为此写出鸿篇巨制的大戏来。

四

易俗社的这几位巨擘的确不负众望，一台台启迪民智的好戏不断上演，消息总会传到京城，这让为了潘筱月的教育而移居北京的白俊亭甚感欣慰。他让西安来人总是把易俗社的海报给他捎上一份，几年下来，倒也积攒了厚厚一沓。闲来无事时，他和筱月会细细地翻看这些海报，这已经成为父女两个的一种乐趣。这天，筱月从学校回来，手里拿着一厚沓报纸，这些京津的报纸《京报》《大公报》《全民报》《民治报》《国剧现画报》等都刊登着一条消息，标题是《西安易俗社赴京演出大型抗日秦腔剧》。

消息说——

当此日军入侵国难当头之际,驻扎在华北的宋哲元将军为鼓舞士气,在部队开赴抗日前线前夕,特别向西安易俗社发出劳军演出电邀。6月6日,在社长高满儿和评议长林子桐等的带领下,该社组织了规模较大的甲乙班联合演出大队,起程赶赴北平,为国民革命军第二十九军驻苑平、南苑、西苑、北苑以及中山公园、长安戏院、怀仁堂的阵地,举行慰军演出。所演戏目内容贴近团结一心、抵御外族入侵的主题。剧社演出队赶排了反映南宋将帅岳飞、韩世忠抗击金兵的大型前后本历史剧目《山河破碎》《还我河山》,宣传和弘扬抗日爱国精神。"当时演出时,在驻军中引起极大轰动。当演员唱到'还我河山'时,台上台下一起高喊'还我河山'!群情高涨,声浪如潮,演出场面令人无不动容!"

……

筱月拿着这沓报纸兴奋地回到家的时候,发现养父白俊亭并不在家里,只有养母林三妹在院子的小菜园里拔草。她推开窗户,扬着手里的报纸对着养母大声喊叫:"妈,妈,你家二哥、我二舅到北京来了!"林三妹笑了。她和白俊亭所育的几个子女此时都已经成家立业,夫妻两人现在一心一意地抚养着筱月。她进到屋里,戴上老花镜,和筱月一起读着报纸。

"还没完,妈,你看这段。"

筱月把报纸翻过来,两人继续看——

这已经是西安易俗社第二次为抗日进行慰军演出了。

在此之前的五年前,正是九一八事变发生不久,为宣传抗日,易俗社就曾组织了百名演职人员,先后历时近一年,奔波山西、河南、山东、河北五省及北平等,行程数万里,演出了

第六章 情深似海只为君

《颐和园》《打倒日本化》等一系列描写国人抗击八国联军入侵、宣传抗日等内容的秦腔剧目，受到各地抗日官兵的热烈欢迎。其中，受二十五军军长关麟徵之邀，该社演出于其徐州驻地，关将军及该军将士多为陕西人，酷爱秦腔，演出效果极其热烈，掌声此起彼伏。十多天后，该军即开赴古北口与日本展开决战……

就在这时，她们背后传来掌声，"哈哈，念得好！"

两人回头，见是林子桐和高满儿。鼓掌的是高满儿，而一直以来喜怒哀乐总是喜形于色的林子桐则没有表现出来特别的快乐，林三妹仔细地看了看林子桐的脸，发现他气色很不好，人像是十分疲惫。林三妹接过他摘下的礼帽，关切地问道："二哥，你是不是病了，还是哪儿不舒服？"林子桐只是疲惫地摇摇头。高满儿正高兴地和筱月说着闲话，问她北平学生们参加抗日游行的情况，筱月说，我们女师大的同学不少人都想投笔从戎，可是父亲说，其实中国更需要教育民众，所以希望她大学毕业后最好当老师。父亲还说，这也是她生父陈嗣祖的愿望。"高叔，你说，我到底该怎么办呢？"筱月问道。高满儿正要回答筱月，这时听到林三妹的问话。

三妹说："满儿呀，我怎么发现我二哥……我二哥会不会是病了？"

高满儿道："三妹啊，你可得好好劝劝你二哥。从前年开始他就有了头晕的现象，可他还是拼命地写。前些日子几次走着都差点儿晕倒，就在来北京前大概一个月，他写着写着便晕倒在了书桌前。那次，就一下子晕倒过去不省人事了三天三夜，到第四天才缓过一口气……"

林三妹说："哎呀，那是什么病嘛？"

高满儿道："请了医生，最后的诊断就是过度劳累所导致的神经疲劳。这回进京劳军演出，我跟文远、伯让几个人都坚决不让他来，可他非坚持来不可，再怎么劝都劝说不住！"

林子桐插道："别总说我，先问问俊亭在哪儿？我们有些日子没见俊亭了。"

筱月说："我大总是早出晚归，不知道在做些什么？"

林子桐道："筱月这么一说，三妹，我倒是想起来了，俊亭如今到底靠什么为生？我听说，俊亭如今不但一贫如洗，还欠了山西一家银号上万两银子，一直有债主跟在屁股后面要账？"

林三妹道："你知道俊亭的秉性，是个至死不求人的个人。家中的情况到底怎样，他从来也不给我说。所有到家中来的人，他也都拉到一边说话……"

林三妹边说边给林子桐和高满儿使眼色，两人心里明白，这是当着筱月的面有些话不好说。等到筱月被来家里的几个女孩子叫走，林三妹这才对他们说，如今兵荒马乱，物价飞涨，俊亭只能靠拉洋车维持一家三口的生计，所以早出晚归。高满儿问："那俊亭拉洋车筱月能不知道？"林三妹说："不知道。俊亭从不把洋车拉回家。他只告诉筱月，他在一个银号当襄理。"高满儿又问："那筱月的学费呢？"林三妹说："唉，不瞒你们，俊亭有时候还得变卖点过去的老物件。"

高满儿听了不由得唏嘘不已。

林子桐在他们两人说话的时候显得精神不济，头渐渐垂了下去。高满儿回头见他这样，忙推推他："子桐哥，子桐哥哥……"林子桐猛一晃，睁开了眼睛。高满儿说："唉，我真怕你再晕过去。"林子桐很生气："胡说！我这不好好的？"

"好，好，好。"高满儿无奈地摇着头。

林三妹掐指算了算："唉，我二哥今年才刚六十二岁，身体怎么这么快就垮了……"高满儿看着林子桐说："从1912年到现在，二十五年写了六百多部戏，平均一年写一二十本戏，是个神仙也会被累死啊！"

五

就在林子桐和高满儿等在家里的时候，白俊亭正拉着一辆人力车跑在前海后街，跑着跑着就跑不动了，是学生反日游行队伍过来了。坐在人力车上的麻脸胖子等得不耐烦了，扔了几个铜子给白俊亭，下车走了。白俊亭看着望也望不到头的游行队伍想着不如趁这会儿工夫去典当行看看，反正这儿离保得利典当行不远，去看看前些日子送到这里的那幅郑板桥的画儿卖出去了没有？

白俊亭拐个弯，进了一条小巷。

从这条小巷出去，就到了典当行。

典当行的老板见他来了，告诉他说，几天前来了个阔佬儿，出手非常阔绰，一下子就买走了店里好几幅明清画作，其中，就有白俊亭的那幅郑板桥的《秋吟图》。但这位阔佬儿很奇怪，说是一定要见卖这幅画的主人。如果见到卖这幅画儿的主人，他可以用加倍的钱来买这幅画，否则，就是再便宜给他，他也不会要。白俊亭问，那画儿现在在哪儿？老板说，在那不知姓名的阔佬儿手里，不过，只付了一半的定金。"所以，白先生，您要是想要得到全款，您就得去这阔佬儿的府上去拜见一下这人。"

说着，老板给了白俊亭一个地址。

白俊亭拉着人力车按照地址到了一个王府一样的宅院门前。

在等待主人接见的时候白俊亭一边欣赏着这家博古架上件件价值连城的瓷器及青铜艺术精品，一边心里暗暗好奇，这究竟是个什么人，为什么会提出这么奇怪的条件？听见客厅门外的脚步声，他转过身，等到这家主人出现在门口，白俊亭一下愣住了。

陈家骥？

不错，是陈家骥！

陈家骥哈哈大笑道："果真是你！蒲州第一富户白家大公子白俊亭！不错，当初我在你府上见过郑板桥这幅画，当时我曾想要从你父亲白大佑手里把它买下来送给我们蒲州苟知府。你知道你那老爹说什么？这话我到死都记得——啊，'从来只有好东西进我白府，从来没有好东西出我白府。所以，你就是搬个金山银山，我白府的好东西也绝不外流！'今天……今天……哈哈哈！……哈哈哈！"

陈家骥笑得几乎背过气去。

"俊亭啊俊亭，我以为你蒲州白家会永远兴旺发达下去，结果今天,居然白府的好东西要流入我陈家骥的寻常人家里。这可真是风水轮流转,三十年河东,三十年河西。我做梦都不会想到,你白家大公子会有今天。你知道这是为什么?知道吗?"陈家骥咄咄逼人地问道。

白俊亭早就站起身,要走。

陈家骥像是看穿了他的心思,并不挽留他。

"俊亭啊,我只是想起当年这些事觉得好笑,绝无半点儿笑话你的意思。你想想,当初我们可是一起投身革命的,辛亥年反正的时候……可二十多年过去,你一个巨富之家败落到如此地步,谁能想到?——谁能想到,革命革得白家大公子落到这种地步!唉,请坐,请坐。"

白俊亭这时已经重新坐下。

此时,除了筱月上学需要钱,他夫人林三妹也已经重病在身。他需要钱,需要钱给筱月交学费,给夫人看病。还有,眼看日本人就要打到北京,逃离战火他也需要钱。这幅郑板桥的画已经在典当行放了一段时间了,老板告诉他,情形就是有价无市。他心想,管他陈家骥胡说些什么,只要把钱拿到手就行。

陈家骥这时倒收敛住了他的笑。

"好吧好吧,"陈家骥说,"关于这幅画儿,钱的事情都好说。俊亭,我想见你,是有件事想和你商量,就是……筱月,我家筱月。她不该叫潘筱月,她该叫陈筱月。她是我家的骨肉,我家嗣祖的骨肉。俊亭,你知道,关于嗣祖的死我有多痛心,但迫不得已啊。当时,嗣祖要不死,陈树藩会让我死。可嗣祖毕竟是我一把屎一把尿当亲生儿子一样养大的。我的意思,你一定要把筱月还给我……"

白俊亭这时忽地站了起来,朝着陈家骥狠狠地啐了几口:"休想!休想!休想!陈家骥,亏你说得出口,也亏你敢这么想!……画儿我不卖了,你的钱给你。至于筱月,她身上每一根毫毛都不属于你陈家骥。她是革命遗孤,当然是我白俊亭的女儿。"白俊亭冲了出去。白俊亭的身后,传来陈家骥的叫声:"俊亭,好赖我们是乡党,你要想听我说句话的话,你就站住。是关于、关于当年你白家班子那个叫宋遏云的女戏子的……"

白俊亭头"嗡"的一声。

宋遏云？

遏云死后已经快二十年了，陈家骥关于遏云会有什么消息？

他站住了。

陈家骥追出来到了院子里，陈家骥说："我在京城的票友群里得知了一个消息，现在京都大剧院挂头牌的名角儿宋美云就是宋遏云的女儿。原来这孩子，长到十一二岁的时候居然就像当年她母亲一样逃离了家庭，好好的小姐不当，却非要当个戏子，真是有其母必有其女……"

他后面的话，白俊亭不听了。

几天后，京都大剧院。

贴出来的海报是当红名伶宋美云挂牌演出陕西秦腔名作《帼国泪》，编剧林子桐。剧情简介里写道，该剧取材于辛亥革命真实历史事件，纪念两位帼国为推翻帝制之革命而英勇献身的故事。白俊亭托人找到剧院经理，花大价钱买了三张第一排中间三张票，请了林子桐和高满儿，说，他今晚请他们看戏。至于看什么戏、看谁的戏他都没说。他想给林子桐一个惊喜。当然，他自己对此也充满好奇。到了戏院门口，一看海报，高满儿先高兴地说："呀，演的是子桐哥哥的戏呢。这倒让我想起来了，去年的时候京城一家剧团到我们易俗社买过我们好几本子戏呢，其中就有子桐哥哥的这本戏。太好了，俊亭，看看别人怎么演我们的戏。"林子桐显得也很高兴，只是有些疑惑地问："呀，俊亭，你打听过没有，这挂头牌的主演、德馨格格的扮演者怎么这么巧，就叫宋美云呢？"

白俊亭道："许是碰巧吧！子桐哥，你大概是想起了宋遏云的女儿也叫美云，是吧？——可这世上重名重姓的人多了去了。"

"这倒也是。"林子桐说，"美云在我们身边长过六七年，那模样，活脱脱跟她母亲一个样。假如是我们的那个美云，我想我肯定能认出来。但想想似乎也不可能，她父亲英杰，不可能让她唱戏，不可能……"

林子桐摇头。

话虽这么说，但林子桐似乎多少有了一些预感。高满儿也一样。

进了剧场，三个人落座。林子桐坐在中间，白俊亭和高满儿一边一个。林子桐像是有些紧张，两眼一眨不眨地望着猩红色的丝绒大幕，仿佛要看命运揭开的一个谜底。高满儿从后面探过身子，小声问白俊亭："俊亭哥哥，你真的不知道，这个宋美云会不会就是我们遏云姐姐的那个女儿？"

白俊亭笑笑："等会儿你不就知道了。"

幕起，德馨格格两句高亢的唱词穿云破雾般清晰地送进了他们的耳朵里——

> 我欲海晏河清，
> 必先除淤浚污。

宋美云一上台，一亮相，白俊亭和高满儿就听见林子桐轻声地"哎呀"了一声，然后低低的、几乎耳语似的叫了一声："遏……云……"然后就没声了。两人看到林子桐大睁着眼睛，一动不动地望着台上，似乎台上美云的一颦一笑，那酷似宋遏云的嗓音，都让林子桐回到了从前——那个戊戌变法的前夜。什么都没有改变，自己还是从前的那个林子桐，而台上的，就是从前的那个宋遏云。不是美云。不是。是遏云。什么都没有变。只是没有了中间四十多年的时间。唯独不一样的，是林子桐手里没有了那盏价值连城的西夏茶碗，有的只是一把普通折扇。

折扇无声无息地落到了地上。

等到白俊亭和高满儿感觉有些异样，再转头去看林子桐时，发现他嘴角上留着一丝笑容，大睁着一双眼睛已经晕过去了。这之后林子桐就再也没有醒来。

2016年5月17日—2019年2月24日 第一稿
2019年4月26日—2019年5月7日 第二稿
2019年8月6日—2020年1月27日 第三稿